Erbin der Zeit

Die Schlacht von Pyrinas

Über die Autorin

Xenia Blake, 2000 geboren, lebt in einer Kleinstadt in Rheinland-Pfalz. Sie liebt Bücher und Kaffee über alles und kann sich kaum an eine Zeit erinnern, in der sie nicht geschrieben hätte. Schon sehr früh begann sie, an ihrem Debütroman „Erbin der Zeit: Die Schlacht von Pyrinas" zu schreiben.

Xenia Blake

Erbin der Zeit

Die Schlacht von Pyrinas

Bibliografische Information der Deutschen Nationalbibliothek:
Die Deutsche Nationalbibliothek verzeichnet diese Publikation in
der Deutschen Nationalbibliografie; detaillierte bibliografische
Daten sind im Internet über http:/ /dnb.dnb.de aufrufbar.

© 2016 Judith Bierwolf
Herstellung und Verlag:
BoD – Books on Demand, Norderstedt
cover art work by artist-designer Art Bearman.
https://www.facebook.com/Art.Bearman
https://www.facebook.com/Art.Bearman.Design

ISBN 978-3-7412-8982-8

Kapitel 1

Xaenym

Wenn ich im letzten Jahr etwas gelernt habe, dann, dass Gefühle einerseits Stärke bedeuten, andererseits aber auch der Schwachpunkt jedes Menschen sind.
Als mich eines Morgens ein schrilles Piepen aus dem Schlaf riss, schlug ich genervt mit meinem Kissen nach dem Wecker, der mit einem Knacken den Geist aufgab. Ich hievte mich aus dem Bett und ging in mein kleines Bad, um mir dort eiskaltes Wasser ins Gesicht zu spritzen. Zwei grünbraune Augen blickten mich aus dem Spiegel an, umrahmt von rotbraunen, gewellten Haaren, die mir sanft auf die Schultern fielen. Ich lächelte. Mein Name war Xaenym Davine und mein Leben war perfekt. Mit meinen hübschen Haaren, außergewöhnlichen Augen und weichen Gesichtszügen galt ich in der Schule als das schönste Mädchen. Meine Mutter hatte viel Geld und ich hatte einen Freund, Zack, den Quarterback im Footballteam unserer Schule. 16 Jahre alt wurde ich heute, allerdings hielt sich meine Vorfreude in Grenzen. Genaugenommen gab es nur eine Sache, die ich an Geburtstagen mochte: den Teil der Geschenke, mit dem man etwas anfangen konnte. Bedaulicher Weise war der nie besonders groß. Jedes Jahr hört man sich etliche Glückwünsche an und nimmt schreckliche Geschenke entgegen, nur um zu feiern, dass man Jahr für Jahr älter wurde.
Schnell zog ich mir ein gelbes T-Shirt sowie einen kurzen, schwarzen Rock an und schlich aus meinem Zimmer, doch ich wurde von einer heftigen Umarmung aufgehalten.
„Happy Birthday!", rief meine Mutter Annie aufgeregt. Sie war eine außergewöhnliche Schönheit. Schwarze Locken fielen ihr bis zum Kinn und leuchtend blaue Augen ließen ihre Züge geheimnisvoll aussehen. Ein knielanger Rock schmiegte sich um ihre Beine, der gut zu ihrer zierlichen Figur passte.
Ich wurde mit geschlossenen Augen in unsere Küche geführt, wo eine schiefe, leicht verbrannte Torte, umgeben von kleinen

Geschenktüten, in denen ich hauptsächlich Schmuck vorfand, auf mich wartete. Dass meine Mutter gebacken hatte, war ein Wunder. Annie trug rund um die Uhr Hosenanzüge oder schicke Blusen und lief dauernd wegen irgendwelcher Unterlagen für ihre Arbeit als Anwältin durch die Wohnung. Ich konnte mich nicht erinnern, sie jemals kochen oder backen gesehen zu haben. Mit entschuldigendem Lächeln, sagte ich, dass ich spät dran sei, um der Torte zu entkommen und rannte, weil ich nicht ganz gelogen hatte, hastig zur Bushaltestelle. Gerade so erwischte ich den uralten Schulbus, in dessen Innerem ich mich erschöpft auf einen Sitz fallen ließ. Plötzlich tauchte neben mir meine beste Freundin Catherine auf und erschreckte mich zu Tode.
„Musst du dich immer so anschleichen?", meckerte ich.
„Schlechte Laune? Kein Problem, das hier wird dich deutlich aufheitern", verkündete sie strahlend und reichte mir ein zerknittertes Päckchen, das ich in meine Schultasche stopfte.
„Danke. Ich öffne es später", meinte ich, während ich einige Geschenke und Glückwünsche von ein paar Kids aus den hinteren Sitzreihen entgegennahm, die nun nach vorne schlurften und mir diese überbrachten. Natürlich hatte ich weder eine Ahnung, wer sie waren, noch wieso sie mir etwas schenkten, doch da ich ziemlich beliebt war, lief das jedes Jahr so ab. Fremde Kinder schenkten mir Nagellack, meine Freunde ebenfalls und Zack versuchte es mit Gutscheinen. Ich wusste nicht, ob er mich wirklich liebte. Unsere Beziehung beruhte eher auf der Tatsache, dass die beiden beliebtesten Leute der Schule einfach zusammen sein mussten. Aber ich mochte Zack. Ich mochte meine Freunde. Ich mochte mein Leben. Und gegen Gutscheine konnte man auch nichts einwenden.
Mit quietschenden Reifen hielt der Bus und alle Schüler drängten sich zum Ausgang. In der ersten Stunde hatte ich Mathe mit Catherine, also schlenderten wir gemeinsam zum Raum und setzten uns auf unsere Plätze. Die ganze Stunde starrte ich Löcher in die Luft und Mr. Bree, unser Lehrer, war tatsächlich so freundlich mich einfach in Ruhe zu lassen, statt mir irgendwelche Fragen zu stellen, auf die ich ohnehin keine Antwort gewusst hätte.
Bald wurde ich endlich durch die Pausenklingel erlöst und als

ich aus dem Raum ging, griff jemand nach meinem Arm. Instinktiv holte ich aus und schlug nach demjenigen. Doch er duckte sich weg und lachte.
„Was ist denn los, Xae?" Ich erkannte Zacks Stimme und beruhigte mich ein wenig. Als ich herumfuhr und ihn ansah, grinste er mich breit an.
„Du ... du hast mich erschreckt", erklärte ich knapp. Er schenkte mir ein Päckchen, das ich ebenfalls in meinen Rucksack stopfte, und küsste mich kurz. Verwirrt begab ich mich zum Englischunterricht. Warum war ich heute so schreckhaft? Kopfschüttelnd verließ ich den Raum.
Vielleicht lag es daran, das mir meine Mutter heute endlich von meinem Vater erzählen würde. Ich hatte ihn nie kennengelernt, doch meine Mom sagte mir immer, er hätte wegen eines Jobs wegziehen müssen. Allerdings glaubte ich, dass das einem Code für 'Er ist im Gefängnis' entsprach und erhoffte mir somit nicht viel vom Namen, den Mom mir heute nennen wollte. Trotzdem war ich neugierig und konnte den Schulschluss kaum erwarten, der noch länger auf sich warten ließ als sonst, weil ich heute ausnahmsweise eine Stunde länger Unterricht hatte.
Als es endlich soweit war, stürmte ich aus dem Klassenzimmer und ging zu Fuß, statt mit dem Bus zu fahren, da ich niemandem mehr begegnen wollte. Ich fühlte mich schon seit einigen Stunden irgendwie schutzlos und beobachtet, mein Herz schlug wie wild und ich hatte mich durch so ziemlich alles erschrecken lassen: herunterfallende Stifte, sich öffnende Türen und andere vollkommen unerschreckende Dinge.
Vielleicht habe ich ja Fieber, dachte ich und berührte meine Stirn. Tatsächlich war sie brühend heiß, obwohl ein kühler Frühlingswind wehte und die Sonne nur vereinzelte Strahlen durch die dicke Wolkendecke sandte. Es würde wohl das Beste sein, wenn ich schnell nach Hause lief und mich dort ein wenig ausruhte.
Als ich ankam, rannte ich die Treppe hinauf und betrat die Wohnung, die seltsam leer wirkte. „Mom?", rief ich, doch niemand antwortete. Alles befand sich noch genau da, wo es heute morgen gewesen war: die Tasse auf der Kommode im Flur, die Vase auf dem Kühlschrank, die ich kurz dort abgestellt

und seit Tagen nicht weggeräumt hatte. Ein unbehagliches Gefühl beschlich mich. Mein Puls raste.

Leise schlich ich in mein Zimmer, wo ein kleines Kästchen auf meinem Bett lag. Mit zitternden Händen öffnete ich es und fand darin als erstes ein Foto. Es zeigte meine Mutter und einen etwa 25-jährigen jungen Mann mit hellbraunen Haaren und seltsamen Augen, die mich an flüssiges Gold erinnerten. Mom sah jünger und wesentlich glücklicher aus. Ihre Haare waren länger und sie trug eine schreckliche, grüne Strickmütze. Ich legte das Foto beiseite, nahm einen weißen Umschlag aus dem Kästchen und las den darin enthaltenen Brief:

Xaenym, es tut mir alles so schrecklich Leid. Dein ganzes Leben lang habe ich dir Informationen über deinen Vater vorenthalten. Auch jetzt bringe ich es nicht über mich, dir alles in diesem Brief zu erklären. Du wirst es bald verstehen. Ich weiß nicht, was heute geschehen wird, aber du musst unbedingt bevor du wirklich 16 Jahre alt wirst zu unserer Nachbarin Mrs. Neel und ihr diesen Brief geben. Du musst vor 15:17 Uhr dort eintreffen oder du gerätst in schreckliche Gefahr. Vertrau Sivah und halte sie nicht für verrückt, denn was sie sagt ist wahr.

Nun zu deinem Vater: Wie du sicher erraten hast, ist es der Mann auf dem Foto. Als ich in einem Café gearbeitet habe, lernte ich ihn kennen. Damals war ich gerade mal 20 Jahre alt. Er hat einen Espresso und ein Stück Kirschkuchen bestellt. Dann fragte er mich nach einem Date und es lief viele Wochen alles perfekt zwischen uns.

An dieser Stelle sah ich gewellte Flecken auf dem Papier; hier hatte meine Mutter weinen müssen.

Doch dann wurde ich schwanger und unser kleines Paradies drohte einzustürzen. Er erzählte mir das, was du bald auch erfahren wirst und wieso er weg musste; ich war geschockt. Ich wollte dich beschützen, schließlich warst du alles, was mir noch geblieben war. Ich konnte dich nicht auf ewig verstecken, aber ich wollte es versuchen, obwohl klar war, dass du spätestens mit 16 alles erfahren wirst. Sivah wird dir alles genauer erklären. Geh mit ihr nach Titansvillage und lass dich ausbilden. Sei tapfer, Xaenym. Du hast es im Blut.
Annie

Wieder waren einzelne Stellen des Papiers durch Tränen gewellt. Bestimmt hätte ich auch geweint, wären mir nicht so viele Fragen durch den Kopf geschwirrt.
Außerdem konnte ich mich nicht erinnern, jemals geweint zu haben. Nicht, als mein Großvater gestorben war, nicht, als mein Arm gebrochen war, niemals. Es war glücklicherweise niemandem außer Mom aufgefallen, doch sie hatte es nie angesprochen. Irgendwann begann ich zu glauben, dass ich wohl eine starke Persönlichkeit hatte und mich nichts so schnell aus dem Konzept brachte. Doch dieser Brief tat genau das.
Benommen ließ ich die Hand sinken und starrte in die Leere. Was hatte das alles zu bedeuten? Gedankenversunken

schlenderte ich zum Fenster und sah hinaus auf den bewölkten Himmel, auf den Horizont und die Häuser auf der gegenüberliegenden Straßenseite. Ein Anblick, den ich schon mein ganzes Leben lang kannte, doch jetzt fragte ich mich, ob das alles eine Lüge war, ob nichts so war, wie es schien.

Als ich auf meine Armbanduhr schaute, bemerkte ich, dass es bereits 15:11 Uhr war. Gerade wollte ich zu Mrs. Neel gehen, doch dann erstarrte ich. Am Horizont erschienen sieben schwarz gekleidete Gestalten, die zielsicher zwischen den Häusern hindurchgingen und genau auf unseres zusteuerten. Mrs. Neel wohnte auf der anderen Straßenseite, doch der Weg dorthin war jetzt abgeschnitten. Ich sprintete zur Tür, um den Notausgang zu nehmen, doch plötzlich hörte ich Stimmen im Treppenhaus, die immer näher kamen. Leise fluchend wirbelte ich herum und stürzte zurück in die Wohnung, um mich dort zu verstecken. In den Schränken würden sie nach mir suchen, unter meinem Bett auch. Ich müsste irgendwie aus dem Fenster fliehen, aber wir wohnten im dritten Stock …

Plötzlich hörte ich ein lautes Krachen; jemand hatte die Tür eingetreten. Eine Stimme, die mir das Blut in den Adern gefrieren ließ, rief meinen Namen und somit hatte ich die Wahl: Das Fenster oder die gruseligen Gestalten. Mit einem Ruck zog ich das Fenster auf und schwang mich hinaus, wobei meine Hände die Fensterbank umklammerten. Schmerzhaft schlug ich an der Außenseite des Hauses auf. Die Luft blieb mir weg. Keuchend rang ich nach Atem. Ich hörte Rufe und Türen, die gewaltsam geöffnet wurden. Die Stimmen kamen immer näher, wurden lauter und wütender, bis schließlich irgendetwas zertrümmert wurde.

Mein Puls raste, doch ich zwang mich ganz ruhig zu atmen und meine Möglichkeiten zu überdenken. Erstens konnte ich vielleicht springen, doch diese Option erschien mir angesichts der mindestens zehn Meter, die mich vom Boden trennten, unmöglich. Der zweite Ausweg war, mich zurück in die Wohnung zu hieven, aber dann dachte ich an die grauenhafte und definitiv nicht menschliche Stimme und erschauderte. Die dritte und bis jetzt beste Idee war es, zu warten, bis sie weg waren und zu ignorieren, dass meine Arme langsam taub wurden. Vielleicht hätte das sogar funktioniert – hätte nicht in genau diesem Augenblick der Minutenzeiger meiner Armbanduhr die 17 erreicht. Brennender Schmerz schoss durch meine rechte Hand und mir wurde schwarz vor Augen, während meine Finger vom Fenstersims glitten und ich in die endlose Dunkelheit stürzte.

Kapitel 2

Xaenym

Langsam verschwanden die gleißenden Flecken vor meinen Augen. Ruckartig setzte ich mich auf und erkannte, dass das ein Fehler gewesen war. Augenblicklich wurde mir schwindelig und übel. Jede Zelle meines Körpers schrie vor Schmerz.
Ich befand mich in einem lichtdurchfluteten Raum mit hölzernen Wänden, dessen einziges Möbelstück das Bett, in dem ich lag, war. Als ich an mir hinuntersah, bemerkte ich, dass ich noch das gelbe T-Shirt, den schwarzen Rock und dazu schwarze Sandalen trug, allerdings war die Kleidung ziemlich zerschlissen und blutbefleckt.
„Leg dich wieder hin", befahl eine raue Stimme. Vage erkannte ich eine Gestalt im Augenwinkel und fuhr herum. Ein großes Mädchen in meinem Alter mit sonnengegerbter, jedoch sehr glatter Haut, stand vor mir. Ihre schokoladenbraunen Locken hatte sie zu einem strengen Zopf gebunden, sodass man ihr kantiges Gesicht besser erkennen konnte. Mit eisernem Blick musterten sie mich. In ihren stahlgrauen Augen lag keine Wärme, nur Trauer und Wut, was mir einen kalten Schauer über den Rücken jagte. Quer über ihre schmale, hübsche Nase verlief eine kleine Schnittwunde. Ihre Arme waren dünn, aber relativ muskulös. Von beiden Schultern verlief ein mit zahlreichen Messern versehener Lederriemen bis zur gegenüberliegenden Hüfte. An ihrem Gürtel hing eine breite Schwertscheide, aus der ein silberner Griff ragte. Sie trug lederne Handschuhe, bei denen die Fingerkuppen abgeschnitten waren, ein ärmelloses schwarzes Oberteil, dunkle Hosen und lederne Stiefel, die ihr bis zu den Knien reichten.
„Sivah Shae", stellte sie sich vor.
„Xaenym ...", setzte ich an, doch meine Stimme versagte, als brennender Schmerz durch meine Kehle schoss.
Sie rollte die Augen. „Ich weiß, wie du heißt. Du bist vom Fenstersims gefallen und hast dir einige Knochen gebrochen.

Aber ... du hast überlebt, ich hab dich noch da raus bekommen. Und das ist mehr, als wir uns erhofft hatten."
„Wo raus bekommen?", krächzte ich und ignorierte den Schmerz in meiner Kehle.
„Sie sind gekommen und haben dich gesucht. Als sie dich nicht finden konnten, haben sie alles in Brand gesteckt. Weil du nicht rechtzeitig bei Mrs. Neel warst, bin ich schnell zu eurem Haus gelaufen und habe dich dort liegen sehen, blutüberströmt, aber am Leben."
„Wer sind die?"
Sivah ging ans Fenster und sah gedankenverloren hinaus.
„Das wird dir bald jemand erklären." Gerade wollte ich etwas erwidern, als sie bereits fortfuhr: „In zwei Stunden sollst du bei Aras sein. Er wird dir alles genauer erklären. Alles was du jetzt wissen musst, ist, dass du in Gefahr bist. Deine Mutter wollte dich hiervor bewahren, doch es war immer klar, dass du mit 16 das Mal der Götter erhältst, also hat deine Mom einen Fluchtplan für heute erstellt. Sieh dir deine Hand an."
Instinktiv wusste ich, dass sie die rechte Hand meinte, die noch mehr schmerzte, als die linke. Neben zahlreichen Schürfwunden und tiefen, blutigen Kratzern prangte auf meinem Handrücken ein rundes Symbol aus verschlungenen schwarzen Linien. Mit einer Mischung aus Angst und Bewunderung betrachtete ich den Verlauf der einzelnen Striche und die Konturen des Musters, das Spiel der Schlangen, die über meine Hand zu kriechen schienen und ...
„Trink das", riss mich Sivahs Stimme aus meinen Gedanken. Sie reichte mir einen Becher, der eine trübe, braune Flüssigkeit enthielt, deren Geruch an Kräuter erinnerte.
„Was ...", setzte ich an.
„Trink es einfach, das wird deine Verletzungen heilen. In zwei Stunden verstehst du alles."
Nun würde ich hier zwei Stunden mit unzähligen Fragen, die mir durch den Kopf schwirrten, herumliegen und an einer fragwürdigen Brühe nippen. Noch dazu stürmte Sivah jetzt aus dem Raum und obwohl sie nicht die warmherzigste Gesellschaft war, fühlte ich mich ohne sie allein und noch verwirrter.
Schweigend starrte ich auf meine Armbanduhr, die trotz des

Sturzes noch tickte. Die Zeit schien einfach nicht vergehen zu wollen. Jede Minute schlich sich eine weitere Frage in meine Gedanken. Was war mit meiner Mom passiert? Wo war ich hier? *Warum* war ich hier?
Als ich das Gebräu leergetrunken hatte, breitete sich eine wohlige Wärme in mir aus. Vielleicht hätte ich ein wenig misstrauischer sein sollen und nicht irgendein Getränk von einer Fremden annehmen sollen. Aber Sivahs Name stand im Brief und wenn meine Mutter ihr vertraute, konnte ich das auch. Ich wälzte mich hin und her, während ich einen misslungenen Versuch startete einzuschlafen. Doch da jede Bewegung glühende Schmerzen durch meinen Körper jagte, gab ich bald auf. Also lag ich starr herum, bis endlich die Tür knarrte und Sivah hereinkam. Sie trug ihre Haare jetzt offen, sodass ihr die braunen Locken über die Brust fielen.
„Steh auf", befahl sie barsch..
„Ich habe gebrochene Knochen, weißt du noch?"
„Du hast eben Epouros getrunken, was bedeutet, dass sie bald heilen werden. Und jetzt komm mit."
Anscheinend duldete Sivah keine Widerrede, weshalb ich mich aus dem Bett quälte. Jeder meiner Knochen brannte, doch ich ignorierte den Schmerz und lief Sivah hinterher, die, ohne sich zu vergewissern, ob ich ihr folgte, hinausging.
Draußen blieb mir die Luft weg. Vor mir erstreckte sich ein riesiges Tal voller kleiner Häuser, die denen in einem Ferienlager ähnelten. Sie umgaben ein großes, weißes Gebäude in griechischem Baustil mit hohen Marmorsäulen, die in den Himmel emporragten und ein Dach trugen, auf dessen Vorderseite etwas auf altgriechisch eingraviert war. Neben den Hütten befand sich ein runder, mit Sand bedeckter Platz, auf dem ich kleine Gestalten erkennen konnte, die miteinander zu kämpfen schienen. Das Tal war von einer Hügelkette und einem Wald umgeben. Zwischen mehreren Bäumen verliefen dünne Kletterseile, an denen sich gerade eine winzige Person entlanghangelte. Daneben sah ich eine grüne Ebene, an deren Ende Zielscheiben aufgestellt waren, auf die mehrere Bogenschützen zielten.
„Wo bin ich hier?", fragte ich Sivah.

„Das", sagte sie ehrfürchtig, „ist Titansvillage."
Da ich nicht wirklich etwas mit diesem Namen anfangen konnte, nickte ich nur.
Wir liefen an etlichen Hütten vorbei auf das große, griechische Gebäude zu. Da es keine Tür gab, gingen wir zwischen zwei Eingangssäulen hindurch. Der Raum erinnerte mich entfernt an einen Ballsaal mit glatten, weißen Marmorwänden.
In jeder Ecke ragte eine wunderschöne Säule bis zur Decke empor. Vor uns stand ein gutaussehender, muskulöser Mann mit schulterlangen, dunklen Haaren und gebräunter Haut. Seine hellblaue Jeans wurde ihm an den Knöcheln etwas zu kurz und sein weißes T-Shirt war an der Schulter zerschnitten. Die braunen Augen des Mannes glichen flüssiger Schokolade, jedoch blitzten darin, als er mich ansah, für einen kurzen Augenblick Schmerz und Trauer auf.
„Willkommen im Lager, Xaenym. Ich bin Aras, der Leiter von Titansvillage. Du bist sicherlich schrecklich verwirrt und das kann ich nachvollziehen."
Seine Stimme klang alt, weise und traurig, vollkommen unpassend für jemanden, der so jung war. Obwohl er freundlich wirkte, erschauderte ich.
„Komm mit, ich erkläre dir das alles." Er deutete auf eine weiße Tür, deren Farbe den Wänden so sehr ähnelte, dass sie mir zunächst gar nicht aufgefallen war. Nachdem ich hindurchgegangen war, setzte ich mich auf einen unbequemen Stuhl, der direkt vor der Tür stand und musterte das Zimmer. Inmitten von vier weißen Wänden stand ein hölzerner Schreibtisch, auf dem ein paar Bücher verstreut lagen, dahinter ein Bürostuhl und ein kleines Fenster.
Aras setzte sich und fragte: „Xaenym, wie gut kennst du dich mit griechischer Mythologie aus?"
„Ähm ... wenig bis gar nicht", antwortete ich stirnrunzelnd.
„Nun, ich denke du kennst die Sage, in der die Götter gegen ihre Eltern, die Titanen, kämpfen und diese in die Unterwelt verbannen?"
Ich nickte.
„Es gibt abertausende Geschichten. Nur, dass es keine Geschichten sind. Das alles ist wahr."

Stille. Bis auf ein eigenartiges Rauschen in meinen Ohren, nahm ich keinen Ton wahr. Da ich nicht wusste, was ich davon halten sollte, erlaubte ich mir gar nicht erst, über seine Worte nachzudenken.

Als Aras weitersprach, hörte ich ihn fast nicht. Seine Stimme klang, als wäre sie weit weg, wie eine schlechte Tonaufnahme.

„Vor langer Zeit herrschten die zwölf Titanen über die Erde. Sie waren die Töchter und Söhne von Uranos, dem Himmel, und Gaia, der Erde, die dem Chaos entsprungen sind. Als eines der Titanenpaare, Chronos und Rhea, einen Sohn namens Hades bekam, zog Chronos ihn auf dem Berg Othrys in den wunderschönen Hallen seines Palastes auf. Doch Hades dürstete es nach Macht und er versuchte, seinen Vater im Schlaf zu erwürgen. Dieser Teil wird in den Sagen nie erwähnt, weil niemand wissen soll, dass Chronos seine Kinder nicht einfach grundlos verschlang. Aus Angst davor, von seinem eigenen Sohn getötet zu werden, verspeiste Chronos ihn und alle Kinder, die Rhea ihm gebar. Doch als Zeus, der Gott des Himmels, geboren wurde, wickelte Rhea einen Stein in eine Decke und gab Chronos diesen, der ihn in dem Glauben, es sei sein Sohn, verschlang.

Zeus mischte sich unter Chronos' Diener und schüttete ihm eines Abends ein Brechmittel in den Wein. Chronos erbrach seine Kinder, die wegen ihrer Unsterblichkeit in seinem Magen überlebt hatten. Sie zerhackten Chronos mit seiner eigenen Sense und verbannten ihn dadurch in den Tartaros, die tiefste Unterwelt, genau wie alle anderen Titanen bis auf Atlas und Hekate. Atlas wurde gezwungen Uranos von Gaia zu trennen, damit keine weiteren Titanen geboren werden konnten. Die beiden waren so traurig, dass sie sich ganz ihrem Element hingaben. Gaia versteinerte und wurde eins mit ihrer geliebten Erde und Uranos wurde zu Wolken und Luft, weshalb Atlas den Himmel auf seinen Schultern tragen musste, damit sich die beiden nicht wieder vereinen konnten. Hekate war stark genug, sich zu widersetzen und floh auf eine Insel, deren Namen sie niemandem verriet.

Einmal alle zehn Jahre darf einer der Titanen für ein Jahr in die Welt der Menschen zurückkehren. Und so entstehen Kinder, zur

Hälfte menschlich und zur anderen Hälfte titanischen Blutes, mit besonderen Kräften. Im Grunde genommen sind sie wie Halbgötter, mit wenigen, aber entscheidenden Unterschieden: Die Halbtitanen sind schneller, stärker und unsterblich. Sie können im Kampf fallen, hören jedoch mit 16 Jahren auf zu altern. Demigötter hingegen altern ab ihrem 17. Lebensjahr lediglich viel langsamer als Sterbliche. Es gibt so viele verschiedene Wesen, dass ich dir nicht von allen erzählen kann. Da wären zum Beispiel die Nymphen. Die wichtigsten Nymphenarten sind Nereiden, die Wassernymphen, und Dryaden, die Baumnymphen. Aus Verbindungen zwischen ihnen und Göttern entstehen Monster, zum Beispiel die einäugigen Zyklopen oder die Kentauren, die von der Hüfte abwärts aussehen wie Pferde, jedoch einen menschlichen Oberkörper haben. Wiederum andere haben eine sowohl eine menschliche als auch eine tierische Gestalt."

Er machte ein kurze Pause und fuhr dann fort: „Kommen wir dazu, was Titansvillage eigentlich ist. Die Götter sind böse, sie töten Sterbliche aus Lust und Laune. In diesem Lager sind alle, die sich gegen sie stellen."

„Was für Wesen leben hier?" Meine zitternde Stimme klang viel zu hoch und leise, fast schon wie ein Flüstern.

„Dryaden, Demigötter, Kentauren, sogar zwei Halbtitanen. Sivah und du."

„Ich?", wiederholte ich ungläubig.

Aras nickte. „Sicher glaubst du mir nicht, aber ..."

„Nein, ich glaube dir nicht", sagte ich, woraufhin er mich mit einem verärgerten Blick bedachte.

„Aber", fuhr er fort, „so geht es jedem hier am Anfang. Deshalb haben wir einen kleinen Beweis vorbereitet. Sieh aus dem Fenster."

Ich gehorchte und als ich hinausschaute, stockte mir der Atem. Dort stand ein Junge in meinem Alter – zumindest sein Oberkörper war der eines Jungen mit braunen Augen und schwarzen Haaren. Jedoch war er von der Hüfte abwärts ... ein Pferd. Aras hatte so jemanden als *Kentaur* bezeichnet. Eigentlich war mir sofort klar gewesen, dass er die Wahrheit gesagt hatte, allerdings sträubte sich mein Hirn gegen den Gedanken, alles

was es für einen Mythos gehalten hatte, als wahr anzusehen.
Ich versuchte, zu verdrängen, was ich eben gesehen hatte. Wenn ich anfing, darüber nachzudenken und mir bewusst wurde, was das bedeutete, würde ich nur ausflippen.
„Okay, überzeugt", räumte ich widerwillig ein. „Und wessen Tochter bin ich nun?"
„Chronos'."
Ungläubig starrte ich ihn an.
„Nein ... das kann nicht ..." Leider fand ich kein richtiges Gegenargument.
„Xaenym, es gibt noch so viel zu erklären. Wenn du willst, kannst du das erst mal verarbeiten und morgen nochmal vorbeischauen."
„Nein, erzähl es jetzt", hörte ich mich sagen, obwohl sich bereits jetzt alles in meinem Kopf drehte und meine Gedanken sich überschlugen.
„Also schön. Hier in Titansvillage bilden wir allerlei Goldblüter aus – so nennen wir jeden mit göttlicher oder titanischer Abstammung, da das Blut der Götter, Ichor, golden ist. Du musst wissen, Titansvillage kämpft gegen Zeus' Heer. Hier lernen alle Goldblüter das Kämpfen und Überleben. Manchmal wird man auf Missionen geschickt, je nachdem, was gerade erledigt werden muss, kann das auch mal mehrere Monate dauern. Man bekommt Waffen und das Heilmittel Epouros, welches Knochenbrüche und Wunden innerhalb weniger Tage heilt. Im Moment dreht sich der Götterkrieg um einen besonderen Gegenstand, das Skia. Es ist eine Manifestierung aller Schatten. Der Besitzer kann mit seiner Gedankenkraft alle Unsterblichen auslöschen, wiederbeleben oder in die Unterwelt verbannen. Bei Goldblütern funktioniert das nicht. Für sie ist der Tod endgültig. Aber wir könnten damit die unsterblichen Titanen erwecken. Die Götter wollen sich selbst für kurze Zeit auslöschen, um das Gleichgewicht zwischen Gut und Böse zu stören – und somit eine Kreatur, den sogenannten Hüter, erwecken, der weder für das Gute noch für das Böse, sondern für das Gleichgewicht zwischen diesen Mächten kämpft. Je nachdem, welche Seite erheblich schwächer ist, erwacht er als Krieger für die schwächere Seite und kämpft 100 Jahre dort, außer die andere

Seite wird noch schwächer, als seine es ursprünglich war. Noch ist das Gleichgewicht intakt, da die Titanen nicht ausgelöscht sind. Sie befinden sich lediglich im Tartaros. Aber die Götter würden für wenige Tage komplett verschwinden, sodass der Hüter erwachen würde. Anschließend wollen die Krieger der Götter diese mit dem Skia wiederbeleben – dadurch stünden wir gegen die Götter und den Hüter gleichzeitig. Das Leben, wie wir es kennen, würde zerstört werden."
Langsam nickte ich.
Nicht darüber nachdenken, sagte ich mir selbst.
„Und was bedeutet das Zeichen auf meiner Hand?"
„Man nennt es das Mal der Götter. Es sorgt dafür, dass Monster deine Nähe spüren. Ein Goldblüter erhält es, wenn die Götter ihn unbedingt tot sehen wollen. Dafür nehmen sie sogar den komplizierten Zauber auf sich, der ihnen für ein paar Tage fast ihre gesamte Kraft raubt.
So nun reicht es für heute. Ich werde mal sehen, mit wem ich dich in eine Hütte einteile. Sei bitte um fünf Uhr wieder hier. Ich gebe dir dann einen Stundenplan für deine Ausbildung. Bis dahin könntest du dich von jemandem herumführen lassen und dir eine Waffe aussuchen, am besten du gehst dafür zu Sivah. Du findest sie ... irgendwo in der Nähe des Kampfplatzes. Das ist der Sandplatz am Rand des Lagers. Und du solltest etwas essen und trinken, schließlich warst du fünf Tage bewusstlos."
„Fünf Tage?", staunte ich. „Wieso bin ich nicht verdurstet?"
„Ich dachte, das hätte ich bereits erwähnt. Du bist unsterblich. Im Kampf kannst du sterben, aber nicht an Durst oder den Folgen einer Verletzung, die du beispielsweise durch einen Sturz erleidest."
Nicht darüber nachdenken.
Ich nickte, stand auf und machte mich auf den Weg, doch dann fiel mir kurz vor der Tür noch etwas ein.
„Aras, was ist mit meiner Mutter passiert?"
„Das ... das wissen wir nicht. Wir arbeiten noch daran."
Ich ging hinaus, setzte mich auf den Boden neben dem Hauptgebäude und umschlang meine Beine. Mein Gehirn hätte eigentlich auf Hochtouren laufen müssen und ich hätte über alles, was Aras gesagt hatte, nachdenken müssen, ob ich wollte

oder nicht. Doch überraschenderweise war mein Kopf seltsam leer. Ich nahm meine Umgebung kaum wahr und dachte einfach an nichts.

⚜

„Xaenym, richtig?", fragte eine freundliche Stimme wenig später. Ich zuckte überrascht zusammen.
Ein Junge mit sandfarbenen Haaren und großen, braunen Augen setzte sich neben mich. Er hatte weiche Gesichtszüge und wirkte etwas jünger als ich. Alles in allem sah er nicht besonders gut aus, hatte aber etwas Charmantes und Vertrauenswürdiges an sich.
„Ja, Xaenym Davine."
„Seth Morinson. Ich wette du kommst gerade vom Gespräch mit Aras. Bist du verwirrt?"
„Ein bisschen", gab ich zu.
„Kann ich verstehen. Ich erinnere mich noch, wie es mir ging, als ich von der versteckten Welt, wie die Meisten sie nennen, erfahren habe. Jedenfalls, wenn du jemanden brauchst, der dir alles zeigt ... Ich kann das gern übernehmen."
„Klar, danke."
„Hast du jetzt dafür Zeit?"
„Um fünf Uhr muss ich bei Aras sein, aber mir bleiben bis dahin noch ..." Schnell schaute ich auf meine Armbanduhr, „zwei Stunden."
„Okay. Also, als Neuling solltest du dich vielleicht über Götter, Titanen und die ganzen Sagen informieren. Aras hat dir bestimmt schon einiges erklärt, aber das ist noch längst nicht alles. Daher zeige ich dir am besten als erstes die Bibliothek."
Er führte mich zum Rand des Lagers, wobei er mir alles, was Aras über Goldblüter gesagt hatte, noch einmal zusammenfasste.
„Oh, kleiner Tipp am Rande: Überleg dir gut, wem du was schwörst. Goldblüter können einen Schwur nicht so einfach brechen wie Sterbliche. Aber keine Angst, jemanden durch Folter zu einem Schwur zu zwingen, verstößt gegen den sogenannten Kodex", erklärte er und bedeutete mir, abzubiegen. Unterwegs liefen etliche Jugendliche mit Schwertern, Schildern und ledernen oder bronzenen Brustpanzern an uns vorbei, von

denen mich jeder anstarrte.
„Was bist du eigentlich? Von wem stammst du ab?", fragte ich Seth.
„Von Medusa", erklärte er.
„Kannst du auch Leute in Stein verwandeln?"
Er schmunzelte. „Nein. Tatsächlich kann ich rein gar nichts."
„Nichts? Ich dachte jeder hätte eine Gabe."
„Jeder außer mir. Und bei dir? Chronos, hm?"
„Ja, anscheinend", seufzte ich schulterzuckend.
„Du gewöhnst dich an all das hier. In einer Woche hast du dich eingelebt."
Schweigend runzelte ich die Stirn, während ein hohes Gebäude in mein Sichtfeld rückte. Es war ähnlich aufgebaut wie das Hauptgebäude, allerdings wirkte es kleiner und nicht so edel. Die Eingangstür bestand im Gegensatz zu den restlichen Marmorsäulen aus dunkelbraunem Holz, in das verschiedene Symbole geschnitzt waren. In der Mitte erkannte ich eine Uhr, die genau Mitternacht zeigte. Aus ihr entsprangen Efeuranken, die beispielsweise zu einer Mondsichel, einem Speer und einer sorgfältig ins Holz eingearbeiteten Sonne führten. Die Tür war wunderschön. Sicher musterte ich sie schon seit einigen Minuten, als Seth sich räusperte.
„Du kannst die Tür auch öffnen, nicht nur anstarren."
Verlegen nickte ich und drückte die Türklinke hinunter. Dutzende Regale voller alter Bücher fielen mir ins Auge. Behutsam strich ich über den braunen Ledereinband eines alten Buches und musterte die goldenen altgriechischen Buchstaben. Es fühlte sich rau und antik an, als hätte es eine lange Geschichte zu erzählen und als könnte ich sie lesen, indem ich meine Finger nur lange genug über den Einband gleiten ließ.
Plötzlich stand Seth neben mir. „Die Chronik des trojanischen Krieges", erklärte er. „Nicht die Ilias von Homer. Dieses Buch erzählt die Geschichten, die sich im Verborgenen abgespielt haben, das was geheim bleiben sollte, aber irgendwie den Weg in die Öffentlichkeit fand. Allerdings ist dieses Buch für dich eher unwichtig. Lies stattdessen diese hier." Er deutete auf einen Stapel, den er neben sich abgestellt hatte.
Ächzend nahm ich die Hälfte der Bücher, davon ausgehend, dass

Seth die andere tragen würde. Anscheinend durfte man hier einfach so Bücher mitnehmen, also gingen wir hinaus und stellten sie neben der Bibliothek ab, da mir noch keine Hütte zugeteilt worden war.

Wir setzten uns auf die Marmorstufen und Seth deutete auf ein Mädchen, das an die Wand ihrer Hütte gelehnt ein Messer polierte. Ihre langen, blonden Engelslocken fielen ihr über die Schultern und sie hatte große, haselnussbraune Augen. Dennoch wirkte sie alles andere als zierlich: Sie trug ein schwarzes T-Shirt, darüber einen bronzenen Brustpanzer und eine mit allerlei Reißverschlüssen versehene Hose, ebenfalls in schwarz. Ihre kantigen Gesichtszüge waren angespannt. Sie war schlank, aber muskulös und relativ groß.

„Das ist Cryliss Preed. Sie ist die Tochter des Hades, des Gottes der Unterwelt. Jahrelang stand sie auf der Seite der Götter, bis ihr der Auftrag erteilt wurde, Aras umzubringen. Sie kam hierher, tat so, als würde sie jetzt uns unterstützen und griff Aras an. Doch er gewann den Kampf. Beinahe wäre sie dabei getötet worden. Verwundet kehrte sie zu Hades zurück. Der warf ihr vor, sie habe versagt, und bestrafte sie mit hundert Jahren Gefangenschaft im Tartaros, dem tiefsten Teil der Unterwelt, der Verbrechern und Mördern vorbehalten ist. Sie wurde dort schrecklich gequält. Und sie konnte nicht sterben, schließlich war sie schon im Tartaros. Aber sie entkam. Außer ihr war kaum jemand lebend aus der Unterwelt zurückgekehrt. Nach etwa sechs Jahren stand sie eines Tages vor dem Hauptgebäude, blutüberströmt und weinend. Wir haben versucht, sie zu heilen, tröstend mit ihr zu reden und gesagt, dass es vorbei sei. Langsam wurde es besser. Die Panikattacken wurden kürzer und seltener. Sie vergab Hades nie, was er ihr angetan hatte. Sie kämpft nicht für uns, weil sie überzeugt ist, dass die Titanen richtig handeln. Sie kämpft für uns, weil sie überzeugt ist, dass die Götter falsch handeln. Und dabei ist sie besser, als so ziemlich jeder hier. Fast so gut wie Sivah."

Als er meinen geschockten Blick sah, lachte er auf.

„Das erzählen wir jedem Neuling, damit er weiß, wie solche Sachen in unserer Welt laufen. Wir nennen es die Eingewöhnungsstory."

Ich wusste nicht, was ich antworten wollte. Eine bedrückende Stille lag in der Luft, als Cryliss plötzlich den Kopf hob und zu uns herüber stapfte. Es war unmöglich zu beurteilen, ob sie wütend oder freundlich schaute. Ich nahm an irgendwie beides.
„Cryliss Preed", erklärte sie mit einer rauen, aber nicht allzu tiefen Stimme und reichte mir die Hand.
„Ich bin ..."
„Xaenym Davine. Ich weiß. Jeder weiß das", schnitt sie mir das Wort ab und stürmte, nachdem sie den Händedruck abgebrochen hatte, davon.
„Nimm ihr das bitte nicht übel. Sie ist eigentlich ganz in Ordnung."
„Tue ich nicht. Es ist okay." Und das war es wirklich. Aus irgendeinem Grund war sie mir sympathisch.
„Wann ist das alles mit ihr passiert?", fragte ich nach einer Weile.
„Vor fünf Jahren."
„Warst du damals schon hier?"
„Nein, ich bin gerade mal sechzehn und erst seit drei Jahren hier."
„Seth?"
„Hmm?"
„Was ist eigentlich mit Sivah passiert? Es kommt mir so vor, als wäre sie irgendwie ... verbittert."
„Ich denke, das wird sie dir erzählen. Oder Aras. Ich traue mich nicht, irgendetwas über sie zu sagen. Cryliss' Geschichte erzählen wir jedem. Es macht ihr nichts aus. Sivah dagegen ist verdammt nachtragend und manchmal unberechenbar. Und es wäre mir lieber, meinen Kopf zu behalten."
Er machte eine derart lange Pause, dass ich schon den Mund öffnete, um zu antworten. „Scheint das Motto von Titansvillage zu sein. Je mehr Schmerz du erlitten hast, desto besser kämpfst du", meinte er schließlich leise.
Dann schüttelte er den Kopf, als würde er diesen Gedanken loswerden wollen. „Wie dem auch sei. Soll ich dich noch ein paar Leuten vorstellen?"
Schulterzuckend stand ich auf. „Ja, ich denke das wäre gut."
Er führte mich den Schotterweg entlang in die Mitte des Lagers,

während er erklärte: „Derzeit leben 94 Goldblüter in Titansvillage. Ich nehme dich einfach mal in meine Hütte mit und stelle dich meinen Freunden vor."
Wir stiegen ein paar Steintreppen hinauf zu einer niedrigen Hütte, die aussah wie jede andere Behausung in einem Ferienlager. Innen gelangten wir in ein kleines Wohnzimmer mit weißen Wänden, in dessen Mitte ein Sofa stand, auf dem ein recht blasser Typ saß. In ein Videospiel vertieft schaute er auf einen Bildschirm. Ich konnte seine Augenfarbe nicht genau einordnen. Irgendetwas zwischen grau, grün und blau mit ein paar goldenen Sprenkeln darin. Seine braunen Haare hatte er hochgegelt. Er trug dunkelblaue Jeans und ein schwarzes T-Shirt, durch das seine Armmuskeln zu sehen waren. Mehrere Narben zogen sich über seine Hände.
Mit den Gedanken bei seinem Videospiel sagte er: „Hey Seth, weil du beim Mittagessen nicht da warst, hab ich dir was mitgebracht." Er griff auf den kleinen hölzernen Tisch vor sich und warf ein in Alufolie verpacktes Sandwich in Seths Richtung. Da ich im Weg stand und ohnehin riesigen Hunger hatte, fing ich es kurzerhand auf und biss genüsslich hinein.
„Das war mein Sandwich!", protestierte Seth.
Der Junge auf dem Sofa fuhr herum und starrte mich überrascht an. Dann lächelte er, wodurch seine strahlend weißen Zähne sichtbar wurden, schwang sich über die Couchlehne und schüttelte mir die Hand.
„Roove Carter."
„Xaenym Davine."
„Chronos' Tochter also. Das spricht sich schnell rum."
Ich nickte, unschlüssig, was ich darauf antworte sollte.
„Ähm, und du?", stammelte ich.
„Nike, Göttin des Sieges. Xaenym, bleib doch eine Weile hier, innerhalb von einer halben Stunde kommen hier ein paar Leute vorbei, dann kannst du sie kennenlernen", bot Roove an.
„Äh, klar gern", erklärte ich und widmete mich erneut Seths Sandwich. Ich ließ mich auf das Sofa fallen und verputzte es, während Roove weiterspielte und Seth lustlos auf einem Apfel herumkaute.
„Kannst du dir nicht etwas anderes als diesen Apfel holen? Das

ist ja grauenvoll anzusehen. Gibt es hier denn keine Mensa?", fragte ich.

„Doch, natürlich. Allerdings gibt es in drei Stunden Abendessen, was weitaus besser schmeckt, als das, was man jetzt bekommt, also warte ich darauf", erklärte er achselzuckend.

Plötzlich wurde die Tür aufgerissen und ein Mädchen mit glatten, hellbraunen Haaren, die ihr bis zur Hüfte fielen, stürmte herein. Eisblaue Augen musterten mich mit einem unergründlichen Blick. Ihre hohen Wangenknochen und weichen Züge verliehen ihr ein wunderschönes Aussehen. Sie trug dasselbe wie Sivah und Cryliss: ein T-Shirt, lederne Schnürstiefel und einen bronzenen Brustpanzer, den sie jedoch jetzt abschnallte und gegen die Wand lehnte. Dann ging sie zu Seth und gab ihm rasch einen Kuss.

„Wie war das Training, Schatz?", fragte Seth sie.

Roove prustete drauf los.

„Ihr seid wie ein altes Ehepaar."

Das Mädchen warf ihm einen finsteren Blick zu, kam dann auf mich zu und lächelte.

„Ich bin Bluerax. Und du bist bestimmt Xaenym."

„Genau. Und ich glaube, ich sollte Sivah suchen. Aras meinte, ich solle mir Kampfkleidung und Waffen von ihr geben lassen. Wisst ihr, wo sie ist?"

„Auf dem Kampfplatz", meinte Roove.

Ich sah ihn fragend an.

„Oh richtig, du kannst ja gar nicht wissen, wo das ist. Ich bringe dich hin."

Er drückte ein paar Knöpfe auf seinem Controller, woraufhin der Bildschirm schwarz wurde, stand auf und hielt mir die Tür auf.

Schweigend gingen wir nebeneinander her, bis der Sandplatz in Sicht kam. Sivah schlug gerade mehreren Übungsfiguren den Kopf ab, wirbelte herum oder stach mit ihrem langen silbernen Schwert auf sie ein. Die Waffe zischte mit angsteinflößender Geschwindigkeit durch die Luft. Egal was sich Sivah in den Weg stellte, sie würde es blitzschnell beseitigen.

Als sie mich sah, stieß sie die Klinge in den Boden und kam auf mich zu. Frische Schweißperlen zeichneten sich auf ihrer Stirn ab, ihr Haar war zerzaust und ihre Wangen durch die

Anstrengung gerötet.
„Ich nehme an, du willst Waffen, Kampfmontur, Rüstung und Training", sagte sie ein wenig atemlos.
„Ganz genau", erklärte Roove.
Sivah musterte ihn mit einem kritischen Blick und sah dann mich an, als würde sie sich fragen, wieso er bei mir war.
„Xaenym, komm mit. Roove, geh sonst wohin", erklärte sie und stürmte auf ein flaches, altgriechisches Gebäude neben dem Kampfplatz zu. Ich wollte ihr gerade nachsetzen, als Roove mich am Arm festhielt.
„Wenn du willst, kannst du dich beim Abendessen zu Seth, ein paar anderen und mir setzen."
Ich lächelte, antwortete aber nicht und folgte Sivah.
Das Innere des Waffenlagers bestand aus weißen Marmorwänden, an denen zahlreiche Schwerter, Äxte und Speere hingen. Auch standen einige Tische herum, auf denen Dolche, Bögen und Köcher herumlagen. Im hinteren Teil des Raumes befanden sich zahlreiche Brustpanzer sowie Helme, Schilder und lederne Kampfkleidung. Sivah drehte sich um und deutete auf die Waffen.
„Der Kodex verbietet Schusswaffen, Bomben und ähnliches, aber sonst hast du freie Wahl. Äxte, Speere, Schwerter, Dolche, Bögen. Ich glaube wir haben sogar einen Morgenstern da. Such dir etwas aus."
Ich schlenderte zu einem länglichen Tisch und sah mir einige Waffen an. Ein Bogen kam nicht in Frage. In einem Sommercamp hatte ich mal das Bogenschießen ausprobiert und dabei kläglich versagt. Ein Speer ... Nein. Eine Axt war mir zu schwer. Also würde ich wohl ein Schwert nehmen. Ein Teil von mir fand diese Wahl ziemlich langweilig, aber mir fiel nicht ein, was ich sonst hätte probieren können.
Mein Blick schweifte über die Schwerter an der Wand. Viele fand ich zu groß oder zu dünn, zu kurz oder zu schwer. Probeweise nahm ich mehrere in die Hand, doch keines passte zu mir. Dann sah ich zwei identische Dolche, deren Griffe mit schwarzem Leder umwickelt waren. Die Klingen waren etwa 20 Zentimeter lang, blattförmig, aber dennoch spitz zulaufend und bestanden aus seltsam schimmerndem, durchsichtigem Material.

Ich nahm beide Messer in die Hand. Das weiche Leder schmiegte sich perfekt an meine Handflächen.
„Ich nehme diese hier", sagte ich.
Ein Lächeln huschte über Sivahs Gesicht, welches so schnell wieder verschwand, dass ich nicht sicher war, ob ich es mir nur eingebildet hatte.
„Aus im Othrysgebirge gewonnenem Diamant gefertigt, weshalb sie nie stumpf werden oder kaputt gehen. Die sind perfekt für dich, allerdings brauchst du noch ein Schwert. Ich glaube, ich habe da sogar etwas für dich", meinte sie und verschwand in einer kleinen Tür, die mir zuvor gar nicht aufgefallen ist. Dann kehrte sie mit einer Scheide aus dunkelbraunem Leder zurück und reichte sie mir. Das Schwert blitze auf, als ich es zog. Das Schwert war etwa 60 Zentimeter lang und schien ebenfalls von einer dünnen Diamantschicht überzogen zu sein. Die Klinge bestand aus schwarzem, mir unbekanntem Edelstein, war aber dennoch nicht zu schwer. Das Heft, wie der Griff häufig genannt wurde, war aus silberfarbenem Metall und am Ende des Knaufs war ein runder, schwarzer Stein eingearbeitet. Als ich gerade danach fragen wollte, sagte Sivah: „Die Klinge und der Stein sind aus Onyx."
Stirnrunzelnd sah ich sie an. „Woher wusstest du, was ich gedacht habe?"
„Es ist meine Gabe. Ich kann Gedanken lesen", erklärte sie knapp.
Ich erschrak ein wenig. Die Tatsache, dass sie immer wusste, woran ich dachte, jagte mir einen kalten Schauer über den Rücken. Meine Gedanken gehörten mir allein. Doch ich konnte wohl kaum etwas dagegen tun, dass Sivah sie nun auch kannte.
Mein Blick fiel wieder auf das Schwert. An der Klinge waren einige wunderschön geschwungene, griechische Buchstaben eingraviert.
„Skouro", sagte Sivah ehrfürchtig. „Das griechische Wort für dunkel. Das Schwert der Nachtgöttin Nyx, die für die Titanen kämpfte und mit ihnen in den Tartaros verbannt wurde. Doch davor schenkte sie uns diese Klinge mit der Aufgabe, es seinem würdigen Träger zu geben."
„Und das soll ich sein?"

Sie nickte und starrte Skouro mit traurigen, leeren Augen an.
Plötzlich schien sie sich wieder daran zu erinnern, dass ich noch neben ihr stand und meinte: „Ich schlage vor, du nimmst dir eine Rüstung und ein paar Klamotten. Trainieren können wir morgen. Du musst ohnehin in zehn Minuten zu Aras."
Ich legte meine Waffen vorerst zurück auf den Tisch. Sivah führte mich in den hinteren Teil des Raumes, durchwühlte einen Haufen Brustpanzer und riss schließlich einen der kleineren hervor.
„Eine Spolas, ein dünner lederner Brustpanzer, der viel Bewegungsfreiheit lässt. Die meisten von uns tragen dieses Modell und wenn wir auf Missionen gehen, nehmen wir höchstens einen solchen Panzer oder nur bequeme Kleidung mit", erläuterte sie. Dann zog sie eine enge, schwarze Hose mit allerlei Reißverschlüssen und Taschen hervor. Nun warf Sivah mir beide Kleidungsstücke zu, während sie mich anwies, in eine der Umkleiden hinter der Kleidungsabteilung zu gehen.
Der Raum besaß nur ein winziges Fenster und war so klein, dass ich gerade noch genug Platz zum Umziehen hatte. Schnell schlüpfte ich aus meinem Rock sowie meinem T-Shirt und legte die Kampfkleidung an. Der Brustpanzer war ärmellos und schmiegte sich weich an meinen Körper wie ein Oberteil aus sehr robustem Stoff. An der Seite hielten ihn Lederriemen zusammen, die jedoch nicht unangenehm drückten, wie ich es erwartet hatte. Die Hose war ebenfalls überraschend bequem und passte wie angegossen. Ich trug noch immer meine eigenen Sandalen, die im Gegensatz zur Kampfmontur zierlich und mädchenhaft wirkten, obwohl sie blutbefleckt und zerschrammt waren. Ich ging hinaus, wo Sivah schon mit ein paar schwarzen Stiefeln wartete.
„Hier, die dürften deine Größe haben."
Nachdem ich mich bedankt hatte, schlüpfte ich zurück in die Umkleide und tauschte meine Sandalen gegen die Stiefel. Sie passten perfekt und hatten eine flexible Sohle, gut zum Rennen. Dann ging ich wieder hinaus, wo Sivah mir einen dunkelbraunen Gürtel voller Dolch- und Schwertscheiden reichte. Als ich ihn umgeschnallt hatte, warf sie mir eine schwarze Lederjacke zu. Sie lag eng an und war ebenfalls mit kleinen Dolchscheiden

versehen, die kaum auffielen. Nun führte die Halbtitanin mich zurück zum Waffentisch und gab mir für jede leere Dolchscheide ein Messer. Die Diamantdolche befestigte ich seitlich am Gürtel. In eine der beiden Schwertscheiden an der Hüfte steckte ich Skouro und in die andere ein kleineres, eher leichtes Schwert mit einem Heft aus Horn.
„Noch ein kleines Detail", sagte sie und schob den Ärmel ihrer Jacke hinauf. Zahlreiche Lederbänder, die sie um ihr Handgelenk gewickelt hatte und sich fast bis zu ihrem Ellenbogen hinaufwanden wie Schlangen, kamen zum Vorschein. Eines nahm sie ab und reichte es mir.
„Bind dir damit die Haare zusammen. Die überstehenden Enden kannst du dir um die Haarspitzen wickeln, sodass etwas ähnliches wie ein geflochtener Zopf entsteht."
Überraschenderweise war das gar nicht so schwierig, wie es sich anhörte. Eine knappe Minute später hing mir kein einziges Haar mehr ins Gesicht.
„Bereit für den Spiegel?", fragte Sivah.
Ich nickte, woraufhin sie mich in eine weitere Umkleide mit einem riesigen Spiegel an der Wand führte. Dieses Spiegelbild erschien mir vollkommen fremd. Meine Gesichtszüge sahen ohne Haare, die sie bisher immer sanft umrahmt hatten, markanter aus, obwohl mein Gesicht noch immer eher rund wirkte. Meine Wangenknochen traten stärker hervor. Ein Kratzer prangte auf meiner Wange. Die Kleidung ließ mich nach wie vor schlank, aber muskulös aussehen. Ich sah nicht länger süß aus, sondern gefährlich.
Sivah stand plötzlich neben mir und sah auf mich herab. Obwohl sie mich nur um wenige Zentimeter überragte, kam ich mir viel kleiner vor als sie. Alles an ihr strahlte Autorität und Kraft aus. Aus irgendeinem Grund konnte man ihr nicht widersprechen – sie war die perfekte Heerführerin. Auf einmal schob Sivah mich unsanft aus dem Waffenlager.
„Du musst jetzt zu Aras, wir haben drei Minuten vor fünf. Mach dich auf den Weg", sagte sie. „Wir sehen uns morgen beim Kampftraining", fügte sie im Vorbeigehen hinzu und verschwand im angrenzenden Wald.
Achselzuckend stapfte ich in Richtung Hauptgebäude.

Schließlich erreichte ich das hohe altgriechische Gebäude in der Mitte des Lagers und ging zwischen den Marmorsäulen am Eingang hindurch. Da sich im großen Saal niemand befand, öffnete ich ohne anzuklopfen die Tür zum kleinen Büro, in dem ich schon vorhin gesessen hatte. Drinnen sah ich Aras in ein Buch vertieft an seinem Schreibtisch sitzen, jedoch schaute er auf, sobald ich hereinkam.
„Hallo Xaenym. Setz dich."
Stumm ließ ich mich auf den unbequemen Holzstuhl fallen.
„Du wurdest Hütte 9 zugeteilt. Mit Moonrise und Neffire. Deinen Stundenplan habe ich Moonrise gegeben. In einer Stunde gibt es Abendessen in der Mensa. Das war eigentlich schon alles. Wenn du möchtest, kannst du morgen um dieselbe Uhrzeit noch einmal hierherkommen, um Fragen zu stellen. Und ... " Er zögerte. „Vielleicht haben wir bis dahin ja etwas über deine Mutter herausgefunden."
Ich nickte, stand wortlos auf und ging hinaus. Eine seltsam leeres Gefühl breitete sich in meiner Brust aus. Was war mit meiner Mutter passiert?
Mehrere Minuten lief ich umher, nur um festzustellen, dass die Hüttennummern nicht ausgeschildert waren. Als ein Mädchen mit hüftlangen, schwarzen Haaren an mir vorbeilief, hielt ich sie an und fragte nach Hütte 9.
„Ich kann dich hinbringen." Ihre Stimme klang melodisch und hell. „Mein Name ist übrigens Nae. Und du bist sicher Xaenym."
Nae war fast einen Kopf kleiner als ich und wirkte allgemein eher zierlich. Sie hatte weiche Züge, eine Stupsnase voller Sommersprossen und leuchtend grüne Augen. Ein wunderschön geschwungener Bogen war an ihrer Schulter befestigt und zwei kleinere Schwertgriffe ragten aus ihrem Waffengürtel hervor.
„Das ist im Moment alles sicher etwas viel, aber das wird schon", sagte sie im Gehen. „Du kannst dich beim Abendessen zu uns setzen. Moonrise und Neffire werden dich ohnehin an unseren Tisch schleppen. Bis zum Abendessen also", lächelte sie und verschwand. Ich stand vor einer Hütte, die bis auf einen knallbunten Fußabtreter vor der Tür aussah, wie jede andere hier. Da es schließlich auch meine Hütte war, hielt ich es nicht

für nötig anzuklopfen und öffnete die Tür. Ich setzte mich auf das Sofa. Auch innen war die Hütte genauso eingerichtet wie Rooves und Seths.

Plötzlich kamen zwei Mädchen aus einem Zimmer. Eine war groß und schlank, trug ihre hellblonden Haare zu einem strengen Pferdeschwanz gebunden, wodurch ihre großen braunen Augen hervorgehoben wurden. Sie hatte Jeans und ein ausgebleichtes, einst orangenes T-Shirt mit unlesbarem Aufdruck an. Die andere war eher klein, hatte glatte, rabenschwarze Haare bis zur Brust und blaue Augen. Ihre Haut war vergleichsweise blass und ihre Lippen rot, hübsch geschwungen und voll. Irgendwie erinnerte ihr Aussehen mich an Schneewittchen.

Beide kamen auf mich zu und setzten sich neben mich.

„Ich bin Moonrise Fox", stellte sich die Schwarzhaarige vor.

„Neffire Thompson", sagte die andere.

„Xaenym Davine."

Moonrise grinste. „Ah, das Chronos-Mädchen."

„Und ihr?"

„Asbolos, der offiziell unbekannteste Kentaur der Welt", erwiderte Neffire.

„Selene, Göttin des Mondes", meinte Moonrise.

Plötzlich öffnete sich die Tür und ein Mädchen mit blonden, gewellten Haaren, in die sie bunte Bänder geflochten hatte, und sonnengebräunter Haut trat ein. Sie trug mehrere, mit bunten Federn bestückte Halsketten und unzählige farbenfrohe Armbänder, außerdem ein violettes T-Shirt und helle, etwas zu große Hosen, die von einem Perlengürtel gehalten wurden. Das Mädchen kam mir seltsam bekannt vor.

„Du bist Xaenym Davine", sagte sie und musterte mich eingehend. „Ich bin Scuerah Burton, Tochter der Iris, der Göttin des Regenbogens."

„Scuerah hat bis gestern hier gewohnt, zieht jetzt aber in eine andere Hütte, weil dort jemand ... äh ... fehlt. Allerdings war sie ohnehin nie hier", erklärte Neffire achselzuckend. Mich beschlich das beklemmende Gefühl, dass *fehlt* eine wohlwollende Umschreibung für *gestorben ist* war. Mein Blick fiel auf Scuerah. Ich konnte den Gedanken nicht loswerden, dass ich sie nicht zum ersten Mal sah. Da fiel es mir ein.

„Ich kenne dich", platzte ich heraus.
Scuerah hob eine Augenbraue und sah mich aus großen, braunen Augen fragend an.
Aber ich war mir sicher: Vor drei Jahren hatte ein Mädchen mit bunten, geflochtenen Zöpfen sowie karamellfarbener Haut auf meine Schule gewechselt. Wir waren befreundet gewesen, doch nach zwei Wochen war sie spurlos verschwunden, ohne dass sich jemand gewundert hatte, selbst die Lehrer nicht. Also hatte ich beschlossen, sie nie wieder zu erwähnen, da man mich sonst für verrückt gehalten hätte.
„Du bist Melissa", sagte ich.
„Ich bin Scuerah", entgegnete sie.
„Ich erinnere mich daran, wie du zwei Wochen an meiner Schule warst", beharrte ich.
Erschrocken riss sie die Augen auf und murmelte: „Aber ich habe eure Erinnerungen doch ..."
„Was auch immer du getan hast, es hat bei mir nicht funktioniert."
„Ich ... ich muss zu Aras und etwas wegen dir regeln."
Dann schnappte sie sich einen bunten Trolley, der hinter der Tür stand und verließ die Hütte.
„Wunder dich lieber nicht. Sie ist ein wenig ... eigen", meinte Moonrise schulterzuckend und setzte sich auf die Couch.
„Und ... was machen wir jetzt? Was macht man hier denn so?", fragte ich verlegen.
„Das was wir immer tun, trainieren. Das machen wir fast alle schon unser halbes Leben lang", erklärte Neffire.
„Wir lange seid ihr überhaupt schon hier?"
„Ich nur ein Jahr, aber Fire schon sieben", antwortete Moonrise.
Ich nickte. „Also geht ihr jetzt trainieren?"
„Ich? Meine Güte, nein! Kämpfen ist nicht gerade so meins. Ich mache eine Ausbildung zur Heilerin, falls Epouros mal versagt, kann ich mit verschiedenen Kräutern helfen. Training habe ich nur einmal die Woche", meinte Moonrise.
„Aber ich gehe. Und zwar genau jetzt. In einer dreiviertel Stunde bin ich wieder hier. Danach gehen wir was essen."
Neffire rappelte sich auf und verließ die Hütte. Moonrise hingegen schnappte sich eine Zeitschrift von einem Stapel auf

dem Couchtisch und blätterte gedankenverloren darin. Nach ein paar Minuten schien sie sich jedoch daran zu erinnern, dass ich schweigend neben ihr saß und meine Schuhe anstarrte. Sie zeigte mir ein kleines Zimmer mit weißen Wänden, das mit einem Bett, einem Schreibtisch, einer Kommode und einem winzigen Kleiderschrank eingerichtet war.
„Das gehört dir. Ach ja, ich habe noch deinen Stundenplan", meinte sie und ging in ihr eigenes Zimmer, das eher chaotisch aussah: Die Türen des Kleiderschranks standen offen, einige Kleidungsstücke lagen auf dem Boden und der Schreibtisch war voller Phiolen, gefüllt mit seltsamen Tränken, sowie Notizblättern. Zwischen diesen fischte sie einen winzigen Zettel hervor.
„Da haben wir ihn ja. Entschuldige das Chaos hier." Sie grinste.
„Kein Problem. Und danke für den Stundenplan", sagte ich, nahm den Zettel entgegen und legte ihn in meinem Zimmer auf die Kommode.
Dann setzten wir uns wieder auf die Couch, wo ich nun endlich eine der Fragen stellen konnte, die mich schon die ganze Zeit beschäftigten.
„Sei bitte ehrlich: Wie normal ist das Leben hier? Trainieren wir nur den ganzen Tag? Was machen wir sonst noch?"
„Es ist in Ordnung. Man hat Fächer wie zum Beispiel Tarnung und gelegentlich landet man wegen Trainingsverletzungen auf der Krankenstation oder wird auf Missionen geschickt, von denen häufig nicht alle zurückkehren. Aber sonst ist alles halbwegs normal." Ich musste schlucken, nickte dann aber.
„Ich würde gerne duschen. Wo ist das Bad?", fragte ich.
„Da drüben." Sie deutete auf eine niedrige Holztür am anderen Ende des Raumes.
Das Bad war klein, nur mit einer Dusche ausgestattet und mit blauen und weißen Fliesen verziert. Überrascht stellte ich fest, dass irgendjemand mir schon frische Unterwäsche auf ein Regal gelegt und mit einem Zettel, auf dem mein Name stand, versehen hatte. Schnell schlüpfte ich aus meiner Kampfmontur und stieg unter die Dusche.
Das heiße Wasser brannte in meinen Schürfwunden, fühlte sich aber dennoch wunderbar an. Blut und Schmutz wurden von

meiner Haut gespült und die Rosenseife hüllte mich in eine wunderbare Duftwolke. Dann zog ich mich an und begab mich erneut ins Wohnzimmer. Meine feuchten Haare band ich im Gehen mit dem Lederband zusammen und umwickelte den Zopf mit den überstehenden Enden, wie Sivah es mir gezeigt hatte. Neffire und Moonrise saßen auf dem Sofa und warteten ungeduldig auf mich.

Die sogenannte *Mensa* bestand eigentlich nur aus mehreren langen Holztischen, die auf einer Wiese neben den Hütten standen. In der Mitte jedes Tisches standen Schüsseln mit frischem Obst, Brot, Wurst und Käse sowie einige Flaschen Wasser. Ich setzte mich mit den beiden an einen Tisch, an dem Seth, Roove, Nae und ein recht kleines, rothaariges Mädchen mit einem runden Gesicht und aufgeweckten, blauen Augen, das sich als Loryelle vorstellte, saßen.

„Bist du ein Demigott?", fragte ich.

Sie lachte. „Nein, ich bin Rotblüterin."

Ich sah sie fragend an.

„Du weißt ja, Goldblüter sind göttlicher Abstammung und Rotblüter sind Sterbliche. Ich bin Seths Halbschwester. Eines Tages wurden unsere Eltern ermordet und Sivah kam Seth holen. Aber mit mir hatte sie nicht gerechnet. Sie musste sich also entscheiden, ob sie mich mitnahm. Und das hat sie. Allerdings kämpfe ich nicht, sondern mache mit Moon eine Ausbildung zur Heilerin", erklärte sie.

Ich nahm mir zwei Scheiben Brot, ein wenig Käse sowie ein paar Weintrauben und kaute stumm darauf herum. Es stellte sich heraus, dass Loryelle unerträglich viel über belanglose Dinge redete, sodass ich das Meiste von dem, was sie sagte, einfach ausblendete und versuchte, die Ereignisse des heutigen Tages in meinem Kopf zu sortieren.

Als das Abendessen beendet war, gingen Moonrise, Neffire und ich zurück in unserer Hütte. Neffire verschwand im Bad und Moonrise zog sich schnell um. Sie trug jetzt ein weißes Sommerkleid mit einer türkisfarbenen Kette, die das Blau ihrer Augen unterstrich. Sie hatte ihre Augen mit Wimperntusche geschminkt, obwohl ihre Wimpern ohnehin lang und schwarz waren.

„Wir gehen abends meistens alle zu Rooves und Seths Hütte. Dort sind wir eigentlich immer, wenn wir nicht trainieren. Fire will heute nicht mit. Hast du vielleicht Lust?" fragte sie mich.
Ich nickte und ging dich gefolgt von Moonrise zur Tür. Draußen wehte ihr Kleid sanft im Wind und ich fragte mich, ob sie nicht fror.
„Bist du mit Roove zusammen?", wollte ich wissen.
Sie lachte. „Nein, wie kommst du darauf?"
„So ein Kleid trägt man nicht ohne Grund.."
„Nathan, von dem ich mich vor zwei Tagen getrennt habe, wohnt auch in Rooves Hütte. Das Kleid trage ich, um ihm zu zeigen, dass er was verpasst hat."
Da ihre Stimme traurig klang, beschloss ich, nicht weiter nachzufragen und schwieg stattdessen den Rest des Weges.
Vor der Hütte angekommen klopfte Moonrise kräftig an die Tür, die daraufhin von einem dunkelhaarigen, gut gebauten Jungen geöffnet wurde. Er hatte braune Augen mit goldenen Sprenkeln darin und hohe Wangenknochen. Als er mich sah, schenkte er mir ein selbstbewusstes Grinsen und reichte mir die Hand.
„Nathan Parks, Sohn der Hera."
Als ich aus Loyalität zu Moonrise keine Anstalten machte, seine Hand zu schütteln, sondern nur kühl meinen Namen nannte, ließ er den Arm enttäuscht sinken.
„Stell dir vor, wir wollen tatsächlich nicht zu dir. Wenn du jetzt so freundlich wärst, uns durchzulassen", fauchte Moonrise. Widerwillig machte er den Weg frei und ich folgte Moonrise, die ins Wohnzimmer stürmte, wo Roove, Nae, Seth und Bluerax auf der Couch saßen.
Lautes Stimmgewirr war zu hören, bevor Moonrise im Türrahmen erschien und fragte: „Worüber reden wir?"
„Über Xaenym und Arme... " Seth verstummte, als er mich hinter Moonrise stehen sah.
„Ardric. Xaenym und Ardric. Wir sind der Meinung, dass er auf sie steht", meinte Bluerax hastig.
„Ich bin einen halben Tag hier und kenne niemanden außer euch. Bluerax, du solltest an deinen Ausreden arbeiten", erwiderte ich.
Mir war klar, dass niemand erklären würde, worum es wirklich ging, also machte ich mir nicht die Mühe zu fragen. Trotzdem

brannte ich vor Neugier.
„Wie auch immer", meinte Roove und klopfte auf einen freien Platz neben sich. „Ihr könnt euch gern setzen."
Moonrise und ich setzten uns auf den viel zu engen Platz, der eindeutig nur für eine Person gedacht war. Wir redeten über belanglose Dinge, doch ich hörte eigentlich gar nicht zu, sondern nickte nur hin und wieder. Die ganze Zeit dachte ich darüber nach, was Seth gesagt hatte. Nämlich ganz eindeutig 'Arme' und nicht 'Ardr'. Ich beschloss, später in den Büchern aus der Bibliothek, die ich vor dem Abendessen hier stehen gelassen hatte, nach einem Wort, das mit 'Arme' anfing, zu suchen.
„Ich glaube, ich gehe einfach jetzt schon zurück. Drei Stockwerke tief zu fallen hinterlässt trotz Epouros Spuren und ich will einfach nur schlafen. Die Bücher hole ich morgen ab", meinte ich gähnend.
„Ich möchte noch ein bisschen hier bleiben. Macht dir das was aus?", fragte Moonrise mit besorgter Miene.
Ich schüttelte schläfrig den Kopf und lächelte sie an. „Schon okay."
„Ich bringe dich zu deiner Hütte", bot Roove an.
„Dann mal los."
Inzwischen war es draußen fast dunkel und kalt geworden, weshalb ich meine Jacke enger um meinen Körper zog.
„Roove, was wollte Seth wirklich sagen?", fragte ich und bemühte mich, meiner Stimme Nachdruck zu verleihen.
„Keine Ahnung."
„Du lügst. "
„Ich weiß."
Wie ein Echo hörte ich diese Worte immer wieder durch meinen Kopf hallen. Den Rest des Weges schwiegen wir beide. Als wir vor meiner Hütte ankamen, starrte Roove verlegen auf seine Schuhe und sagte: „Da wären wir. Gute Nacht."
Dann lächelte er mich kurz an, drehte sich um und verschmolz fast augenblicklich mit der Dunkelheit. Resigniert stapfte ich in mein Zimmer, machte mir nicht die Mühe mich umzuziehen oder meine Waffen abzulegen, sondern ließ mich einfach ins Bett fallen, ignorierte die Fragen, die durch meinen Kopf schwirrten, zog die fremde Bettdecke bis zum Kinn und fiel in

einen traumlosen Schlaf.

Kapitel 3

Xaenym

W ach auf!", brüllte Neffire nun schon zum dritten Mal, doch ich schlummerte einfach weiter.
„Beweg dich!" Ich rührte keinen Finger.
„Bist du wach?" Als Antwort schmiss ich ihr mein Kissen ins Gesicht. Plötzlich wurde ich mit einem Ruck auf den Boden befördert, wo sich der Knauf meines Schwertes schmerzhaft zwischen meine Rippen bohrte.
„Das", prustete sie, "war jetzt deine Schuld."
Ich warf ihr einen finsteren Blick zu, musste mich aber bemühen, nicht zu lachen.
„Sivah steht vor der Tür und will dich zu irgendeinem besonderen Training mitschleppen. Sie meinte, du hättest fünf Minuten Zeit, bevor sie dich höchstpersönlich aus dem Bett schmeißt und ehrlich gesagt, würde ich es nicht darauf ankommen lassen."
Blitzschnell entwirrte ich meine rotbraunen Haare mit den Fingern, machte mir einen Zopf mit dem Lederband und stürmte hinaus, wo Sivah gegen die Wand gelehnt auf mich wartete. Obwohl es recht kühl war, hatte sie nur eine Spolas ohne die Lederjacke an, die man für gewöhnlich dazu trug.
„Eine Minute länger und ich wäre dich holen gekommen", sagte sie.
Ich rollte die Augen und fing einen Apfel auf, den sie mir zuwarf.
„Frühstück", meinte sie und machte sich auf den Weg zum Kampfplatz. Hastig aß ich den Apfel, da ich ahnte, dass ich ein paar Stunden nichts mehr zu essen bekommen würde. Wir waren bald am Sandplatz angekommen, der erstaunlicherweise menschenleer war, doch dann dämmerte mir, dass alle anderen ja gerade Unterricht hatten.
Sivah stellte sich in der Mitte des Kampffeldes auf und erwartete anscheinend von mir, dass ich es ihr gleichtat. Nun standen wir wenige Meter voneinander entfernt, während wir unsere

Schwerter zogen. Sivahs silberglänzende Klinge lief eher spitz zu und eignete sich daher perfekt als Stichwaffe, konnte aber trotzdem gut für einen Hieb genutzt werden.
Sie räusperte sich. „Also ich habe gedacht, wir fangen mit ..."
Plötzlich stürmte sie ohne jegliche Vorwarnung auf mich zu, das Schwert, das im Sonnenlicht aufblitze, voraus. Kurz bevor mich die Waffe aufgespießt hätte, wich ich zur Seite aus und beschrieb mit Skouro einen Bogen, der Sivah um ein Haar verwundet hätte, doch sie lehnte sich so zurück, dass sie zwar fast umfiel, die Klinge aber nur ihre Brust streifte und lediglich eine Kerbe in der Spolas hinterließ. Ihr Schwert zischte nun auf mich zu, doch ich konnte gerade noch so parieren. Einige Sekunden drückte ich meine Klinge gegen ihre, warf mich dann aber abrupt zur Seite, woraufhin Sivah nach vorn strauchelte, wobei sie mit dem Schwert nach mir schlug und eine Schnittwunde an meinen Rippen verursachte. Glühender Schmerz schoss durch meine Seite und ich zuckte zusammen, vollführte aber dennoch einen Hieb. Skouros Klinge glitt über Sivahs ungeschützten Oberarm und hinterließ eine lange, blutige Wunde. Um sie nicht zu stark zu verwunden, übte ich kaum Druck mit dem Schwert aus.
Die Verletzung schien Sivah nicht im Geringsten zu stören. Gerade noch rechtzeitig duckte ich mich, bevor ihr Schwert mir fast den Kopf abschlug. Während ich mich hinter sie rollte, zog ich beim Aufstehen einen Dolch ließ Skouro auf ihre Schulter zuschnellen. Geschickt blockte sie den Schlag ab, konnte meinen Dolch, den ich hastig an ihre Kehle drückte, aber nicht mehr abwehren. Sie funkelte mich wütend an und drehte sich dann plötzlich, sodass das Messer ihren Hals zwar leicht verletzte, sie aber die Gelegenheit hatte, mir den Dolch aus der Hand zu schlagen. Daraufhin stemmte Sivah ihre Klinge gegen Skouro und ließ von allen Seiten Schwertschläge auf mich herab prasseln, so dass ich Mühe hatte, sie abzuwehren Schließlich machte sie einen Satz zur Seite und drückte mir die Schwertspitze zwischen die Schulterblätter.
„Du hattest schon verloren", keuchte ich atemlos.
„Du hast unfair gekämpft. Man zieht keine Dolche, wenn man schon ein Schwert hat."

„Ich glaube nicht, dass irgendein Monster sich dafür interessiert. Wenn man überlebt, ist es egal, wie viele Waffen man beim Kampf gezogen hat", entgegnete ich.
„Punkt an dich, Davine", gab sie widerwillig zu und ich glaubte, ein kleines, wenn auch trauriges Lächeln über ihr Gesicht huschen zu sehen.
„Komm mit, ich muss dir noch beibringen, wie man Messer wirft", wies sie mich an und steckte ihre Waffe zurück in die Scheide.
„Sollten wir nicht ein bisschen Epouros trinken? Wir sind verletzt."
„Das da", sie deutete auf meine Schnittwunde, „ist gar nichts. Ein oberflächlicher Schwertschnitt ist kaum tiefer, als ein Schnitt in den Finger mit dem Küchenmesser, nur länger. Eine, maximal zwei Wochen und man sieht nichts mehr."
„Das hinterlässt eine Narbe, die wird man durchaus noch sehen."
„Ich dachte, das hätte Aras dir gesagt: Demititanen sind unsterblich. Wenn wir an einer Verletzung nicht sofort sterben, kann sie sich nicht entzünden. Du würdest jeden Sturz überleben. Jede Wunde heilt vollständig wieder. Das heißt keine Narben, fehlenden Zähne oder Gliedmaßen. Alles wächst zu beziehungsweise nach. Obwohl, Zähne wachsen auch bei Demigöttern nach."
„Das", meinte ich, „ist wirklich nützlich."
Inzwischen waren wir auf der angrenzenden Wiese für den Fernkampf angelangt. Auch dieser war, bis auf eine kleine, schwarzhaarige Gestalt, leer. Ich erkannte Nae, die mit ihrem Bogen auf verschiedene Zielscheiben schoss und fast jedes Mal die Mitte traf. Sie wirbelte herum und legte während der Bewegung einen neuen Pfeil ein, den sie auf ein winziges Ziel am anderen Ende der Wiese schoss und beinahe ins Schwarze traf. Als sie uns sah, hängte sie ihren Bogen über die Schulter und kam lächelnd auf uns zu. Sie wirkte so klein und zerbrechlich. Allerdings hatte ich ja gerade selbst gesehen, dass sie sich ausgezeichnet verteidigen konnte.
„Hast du einen Bogen gewählt?", fragte sie mit leuchtender Miene.
„Messerwerfen", entgegnete ich.

Sie wirkte enttäuscht. Anscheinend wünschte sie sich jemanden, mit dem sie zusammen trainieren konnte.
„Wie ungewöhnlich. Kaum jemand wählt Messerwerfen."
„Bogenschießen fand ich nicht so verlockend und ein Speer war mir zu schwer und unhandlich." Ich machte eine kurze Pause. „Warum bist du nicht beim Unterricht?"
„Ich habe meine Ausbildung schon absolviert. Das dauert hier etwa ein Jahr", erklärte sie schulterzuckend.
„Du hast keinen Unterricht mehr?"
Sie schüttelte den Kopf und grinste. „Ich kann tun und lassen, was ich will."
„Äh, wir sehen uns nachher bei Roove", meinte ich hastig und folgte Sivah, die unser Gespräch anscheinend nicht ertragen konnte und voraus gestürmt war. Sie stand mit gezücktem Dolch in der Nähe einer Zielscheibe.
„Du klemmst die Klinge zwischen Daumen und Zeigefinger ein", erklärte sie. „Dann hebst du deine Hand ungefähr an dein Ohr, streckst den Ellenbogen leicht zur Seite und lässt deinen Arm nach vorne schnellen, wobei du den Dolch im richtigen Moment loslässt. Dafür musst du noch ein Gefühl entwickeln. Das Messer darf sich nicht drehen, wenn doch, hast du etwas falsch gemacht."
Sie machte es einmal vor; der Dolch zischte mit atemberaubender Geschwindigkeit auf das Ziel zu und bohrte sich tief ins ohnehin schon zerschundene Holz, fast ins Schwarze.
„Kapiert?", fragte sie.
Ich nickte, zog einen der Diamantdolche und klemmte ihn zwischen Daumen und Zeigefinger, wie Sivah es mir gezeigt hatte. Tief durchatmend hob ich ihn hinters Ohr. Ich spürte wie jeder Herzschlag in meiner Handfläche pulsierte und schloss die Augen, als mein Arm nach vorn schnellte und das Zischen des Dolches sich im Pfeifen des Windes verlor. Nachdem ich die Augen wieder geöffnet hatte, stellte ich überrascht fest, dass ich die Mitte getroffen hatte. *Genau* in die Mitte.
„Mach das nochmal", forderte Sivah mich auf.
Stirnrunzelnd drehte ich mich zur Seite, um eine andere Zielscheibe ins Visier zu nehmen und warf einen anderen Dolch.

Und tatsächlich – wieder bohrte sich die Spitze mitten ins Schwarze. Plötzlich bemerkte ich, dass einer der Dolche wieder in meinem Waffengürtel steckte.
„Wieso ... ", setzte ich an.
„Manche Waffen kehren zu ihrem Besitzer zurück. Eins der Messer erscheint nach ein paar Minuten wieder, das andere nicht, so wurden diese Dolche geschmiedet, frag mich nicht warum. Skouro kehrt übrigens auch nicht zurück. Mächtige Waffen tun das nie."
Obwohl ich spürte, dass sie log, nickte ich, woraufhin sie fortfuhr: „Ich würde vorschlagen, wir bringen dich jetzt zu Aras. So gut kämpft kein Anfänger ohne irgendeine Gabe." Schnell lief ich zur Zielscheibe, zog das zweite Messer heraus, steckte es in die Scheide und wurde unsanft von Sivah mitgezerrt.

⁕

„Also nochmal: Du hättest Sivah töten können?"
„Ja."
Inzwischen saß ich auf dem unbequemen Stuhl in Aras' Büro. Sivah lehnte an der Fensterbank und sah mit nachdenklicher Miene hinaus. Aras hatte den Kopf aufgestützt, musterte mich und stellte zum dritten Mal die gleichen Fragen.
„Du hattest einen Dolch an ihrer Kehle?"
„Ja."
„Aber du hast unfair gekämpft, da du den Dolch mitten im Kampf gezogen hast?"
„Ja."
„Und du hast zwei Mal beim Messerwerfen ins Schwarze getroffen?"
„Ja."
„Hol bitte ein Gabenbuch aus der Bibliothek."
Fast schon hätte ich automatisch 'Ja' gesagt, dann ging mir jedoch auf, dass er mit Sivah gesprochen hatte.
Als sie hinausgegangen war, meinte Aras:
„Scuerah war gestern hier und hat erzählt, dass du dich an sie erinnerst. Sie ist ein *Diagraf*, was bedeutet, dass sie Erinnerungen löschen oder verändern kann, bei allen, außer bei anderen *Diagrafen* oder bei Menschen mit Alzheimer. Hast du

Alzheimer?"
„Äh, nein?"
„Dann bist du höchstwahrscheinlich auch ein Diagraf.
Ich seufzte.
Nicht darüber nachdenken.
„Und du bist das Kind des Chronos ... Jedes von euch hat eine bestimmte Gabe: Die Zeit anhalten. Auf deinem Stundenplan steht 'Gabentraining'. In diesen Stunden kommst du hierher und ich unterrichte dich im Umgang mit deinen Fähigkeiten."
Erneut seufzte ich. Aras sagte das alles so beiläufig, als wäre es keine große Sache. Aber das war es definitiv. Ich wollte lieber nicht darüber nachdenken, wozu ich angeblich fähig war. Es kam mir alles so surreal vor. Beinahe wartete ich darauf, in meinem Bett zu Hause aufzuwachen und festzustellen, dass alles nur ein Traum gewesen war.
Auf einmal öffnete sich die Tür und Sivah stapfte herein, ein dickes, braunes Buch mit Ledereinband umklammert.
Sie ließ es geräuschvoll auf den Schreibtisch fallen und begann mit Aras, darin zu blättern. Auf einer Seite schienen sie etwas Wichtiges gefunden zu haben, lasen es einige Minuten lang durch und sahen mich dann mit zur Seite geneigten Köpfen an. Ich schaute die beiden fragend an, doch sie musterten mich nur kurz und blickten wieder auf das Buch. Unbehaglich rutschte ich auf dem Stuhl hin und her.
Ein paar Minuten wartete ich schweigend auf eine Erklärung, bis Aras endlich sagte, dass ich die Gabe des Kämpfens hätte und somit eine *Machitis* genannt werde. Ich könne diese Gabe ohne Anstrengung automatisch bei jedem Kampf nutzen, allerdings nicht innerhalb magischer Grenzen, die die Nutzung von Gaben verhindern. Außerdem könne ich die Zeit anhalten und sei auch noch ein Diagraf, wie er eben schon erwähnt hatte.
Stumm nickte ich. Da ich nicht wusste, was ich darüber denken sollte, schob ich den Gedanken an meine Fähigkeiten einfach von mir fort.
„Komm, wir gehen weiter trainieren. Besiegt hast du mich schließlich nicht ganz", meinte Sivah und ging, ohne auf mich zu warten, hinaus. Meine Seite schmerzte bei jedem Schritt, doch ich ließ mir nichts anmerken und folgte Sivah in eine

Halle, in der sich verschiedene Turngeräte und Kletterwände befanden. Wir übten Saltos, Klettern und eine Technik, bei der man den Gegner an der Schulter packte und sich hinter ihn schwang. Hier nützten mir meine Gaben nichts, sodass ich noch vor dem Mittagessen vollkommen ausgelaugt war. Meine Glieder fühlten sich bleischwer an. Ich konnte mich nicht erinnern, meine Muskeln jemals so stark gespürt zu haben wie jetzt.

„Wir machen für heute Schluss. Ab morgen hast du normalen Unterricht, der sowieso größtenteils nur aus Kampftraining besteht."

Sie drehte auf dem Absatz herum und stapfte hinaus, wobei jeder ihrer Schritte ein lautes Echo verursachte. Erschöpft ging ich zu meiner Hütte zurück, stieg unter die Dusche und zog eine zu enge, schwarze Hose sowie eine viel zu kleine dunkelgrüne Bluse, die ich vorn kaum zubekam, an. Die Kleidung hatte auf dem Regal, wo ich auch gestern die Unterwäsche vorgefunden hatte, gelegen, wieder mit dem Zettel, auf dem mein Name stand. Ich nahm an, dass die Sachen von Moonrise stammten, da Neffire niemals in solche Kleidung gepasst hätte. Weil ich heute nicht mehr vorhatte, zu trainieren, trug ich meine Haare offen.

So angezogen ging ich nun zum Mittagessen und sah, dass Roove mit Moonrise und Nathan zusammen an einem Tisch saß. Während die anderen beiden sich wütende Blicke zuwarfen, stocherte Roove unbehaglich in seinem Rührei mit Wurst und Salat herum. Die Spannung in der Luft war förmlich greifbar. Dennoch setzte ich mich wortlos hin und füllte meinen Teller mit allerlei Gerichten, die für meinen Geschmack alle zu viel Gemüse und zu wenig Süßes enthielten. Anscheinend war es sehr wichtig, dass wir alle immer in Form blieben, was wegen des Götterkrieges durchaus verständlich war.

Wie sich herausstellte, erhöhte meine Anwesenheit das Unbehagen noch mehr. Roove nahm sein Mittagessen jetzt noch ausführlicher unter die Lupe, um mich wegen gestern Abend bloß nicht ansehen zu müssen.

Moonrise verließ den Tisch, woraufhin Nathan sofort den Kopf hob, mich ansah und nach meinem Training fragte. Ich erzählte ihm kurz von den Übungen in der Turnhalle. Die Gaben ließ ich aus. Ich war zwar nicht unbedingt die bescheidenste Person, aber ich wollte hier nicht direkt damit beginnen, anzugeben.

Bald gesellte sich Loryelle zu uns und tatsächlich war ich froh über ihr Geplapper, da dadurch das betretene Schweigen beendet wurde. Nachdem ich mir mehrfach Nachschlag genommen hatte, war ich endlich satt, verabschiedete mich und schlenderte zurück zu meiner Hütte. Dort fand ich Moonrise, die auf dem Couchtisch versuchte, einen Heiltrank zu mischen. Leider änderte das Gebräu mehrfach die Farbe und an ihrem Gesichtsausdruck konnte ich ablesen, dass so etwas eigentlich nicht passieren sollte.

„Möchtest du den Heiltrank ausprobieren?" Sie deutete auf den Schnitt, der auf meiner Wange prangte.

Wie zur Warnung wurde die Flüssigkeit genau in diesem Augenblick schimmelgrün, was mich veranlasste, höflich abzulehnen. Resigniert ließ sie sich aufs Sofa sinken.

„Was mache ich nur falsch?" Moonrise hob verzweifelt die Arme. „Ich habe die Anweisungen genau befolgt. Seit Stunden sitze ich hier, experimentiere herum und schaffe einfach nichts."

Erschöpft setzte ich mich neben sie.

„Falls es dich irgendwie beruhigt, mein Tag war auch nicht so super." Ich hob den Stoff meiner Bluse leicht an, damit der blutige Schnitt sichtbar wurde. Dann erzählte ich ihr vom Training.

„Für die Verletzung kann ich dir gern etwas zusammenmischen", bot sie an.

„Einer deiner Tränke wechselt gerade die Farbe zwischen schimmelgrün und schlammbraun. Selbst wenn du etwas Neues mischen würdest, hätte ich Angst davor."

Sie schmunzelte. „Du hast ja Recht."

Ich bedankte mich noch schnell für die Kleidung, die sie mir geliehen hatte und begab mich dann zu Seths Hütte, um meine Bücher abzuholen. Innerlich hoffte ich, nur ihn dort anzutreffen, doch natürlich wurde meine Hoffnung zu Nichte gemacht, als Nathan mit einem breiten Grinsen die Tür öffnete. Er musterte meine zu enge Bluse, wobei ich das Bedürfnis verspürte, die Arme vor der Brust zu verschränken, und bedeutete mir dann hereinzukommen.

„Ich wollte meine Bücher abholen", sagte ich kühl.
„Klar, hier", meinte er und drückte mir einen riesigen Bücherstapel in die Arme.
„Soll ich dir tragen helfen?", fragte er.
„Nein."
Ohne ihn auch nur eines Blickes zu würdigen, stolzierte ich hinaus und versuchte dabei mit aller Mühe, mir nicht anmerken zu lassen, wie schwer die Bücher waren. Vielleicht hätte ich nicht so gemein zu ihm sein sollen, aber anscheinend hatte er Moonrise betrogen oder etwas Ähnliches getan, was es mir schwer machte, unvoreingenommen zu sein. Ich ging zurück in Hütte 9, wo diese noch immer erfolglos versuchte, einen Heiltrank zu mischen. Daher störte ich sie nicht, ging leise in mein Zimmer und schlug das Buch mit dem Titel 'Titanenkrieg' auf. Es erzählte die Geschichte von Zeus, Hades und Poseidon, die Krieg gegen Chronos geführt und ihn in den Tartaros verbannt hatten.
Aras behielt Recht – nirgends wurde auch nur mit einer Silbe erwähnt, dass Hades versucht hatte, seinen Vater zu erwürgen. Die Götter wurden im Allgemeinen so dargestellt, als seien sie die Guten, obwohl auf den darauffolgenden Seiten klar wurde, dass sie egoistisch und grausam waren. Schließlich hatte ich genug vom Lesen, da ich ohnehin noch nichts Neues in Erfahrung gebracht hatte, weshalb ich das Buch zu den anderen auf meinen Schreibtisch legte und beschloss, ins Hauptgebäude zu gehen, um Aras nach meiner Mom zu fragen.
Auf dem Weg dorthin begegnete mir Nae, die sich nach dem heutigen Training sowie meinen Gaben erkundigte und im Gegensatz zu den anderen nicht weiter überrascht zu sein schien, als ich ihr davon erzählte.
„Du erinnerst mich ein bisschen an Sivah. Ich kenne sie schon lange und sie war früher genau wie du jetzt bist. Seit ihr so Schreckliches widerfahren ist, hat sie sich sehr verändert."
Vermutlich war das als Kompliment gemeint, doch ich tat mich schwer damit, es auch als solches zu betrachten. Dennoch rang ich mir ein nettes Lächeln ab.
Nae bog nun in Richtung Wald ab, um ein paar Kletterübungen an den Seilen, die dort zwischen den Bäumen gespannt waren,

zu machen. Ich hingegen steuerte auf das Hauptgebäude von Titansvillage zu. Aras saß an seinem Schreibtisch und las ein Buch, das er jedoch hastig schloss, als ich den Raum betrat.
„Ich wollte mich nur schnell nach meiner Mutter erkundigen."
„Xaenym, es tut mir leid, aber wir haben noch keine neuen Informationen. Wir hatten erwartet, sie bei deiner Nachbarin Mrs. Neel zu finden, allerdings war die Wohnung menschenleer und verwüstet. Wahrscheinlich sind die beiden geflohen." *Oder gestorben*, ergänzte ich in Gedanken.
Ich musste schlucken, nickte dann aber stumm und ging hinaus. Um mich ein wenig abzulenken, beschloss ich, mit Nae im Wald Klettern zu üben. Da ich mich in der Turnhalle an der Kletterwand nicht allzu geschickt angestellt hatte, konnte ein bisschen Übung auf diesem Gebiet sicher nicht schaden.
Mehrere Goldblüter kletterten an Ringen, die an einem Seil befestigt waren, oder an einer waagerecht verlaufenden Strickleiter. Keiner jedoch traute sich an die Strecke, die Nae gerade mit Bravour meisterte. Auch ich probierte zunächst eine einfache Route. Überrascht stellte ich fest, dass sich hier trotz der fünf Meter Höhe niemand sicherte. Da man allerdings bei schlimmen Verletzungen sofort Epouros bekam, war das kein allzu großes Problem.
Ich kletterte an verschiedenen Seilen, bis meine Hände ganz trocken und rissig waren und mein Magen knurrte. Beim Abendessen saß ich mit Loryelle, Neffire, Seth, Nathan und Bluerax zusammen am Tisch. Wie immer blendete ich alles, was Loryelle sagte, einfach aus und nickte alle paar Minuten. Da ich ziemlich erschöpft war, ging ich nach dem Essen sofort in meine Hütte und fiel kraftlos ins Bett.

※

Am Morgen darauf wurde ich erneut aus dem Bett gezerrt und so unsanft geweckt. Schnell putzte ich mir die Zähne mit der Zahnbürste, die Neffire für mich besorgt hatte, machte mir einen Zopf und begab mich auf den Sandplatz, wo meine erste Stunde, nämlich Kampftraining, stattfinden würde. Aras ließ uns im Nahkampf gegeneinander antreten. Ich stellte fest, dass sich nur etwa 15 Jugendliche noch in der Ausbildung befanden. Die anderen durften trainieren, wann sie wollten.

Nun wurde ich zum Kampf aufgefordert, woraufhin ich mich in die Mitte des Platzes stellte und Skouro zog. Mit weit aufgerissenen Augen starrten alle die Klinge an, als würde ich ihnen damit drohen.

„Gibt es ein Problem?", fragte Aras das blonde Mädchen, Laia, das gegen mich kämpfen sollte. Verängstigt trat sie vor, den Griff ihres Schwertes so fest umklammert, dass ihre Knöchel weiß hervortaten. Sie wirkte so zierlich und klein, dass ich Angst hatte, sie beim Training zu verletzen.

„Aras, muss sie gegen mich kämpfen?", fragte ich.

„Laia, du brauchst keine Angst vor Skouro zu haben", sagte er nur.

„Hat sie aber", entgegnete ich, warf Skouro in den Sand und zückte meine Dolche. Dadurch ermutigt straffte Laia die Schultern und trat vor. Jetzt sah sie überhaupt nicht mehr jung und zerbrechlich aus. Obwohl sie zierlich war, erinnerte sie mich jetzt an Nae – klein, aber gefährlich und klug.

Sie vollführte eine Finte und versuchte dann, meine Schulter zu durchbohren. Nachdem ich ihren Angriff abgewehrt hatte, tauschten wir weitere Schläge aus. Schließlich gelang es mir mit einer Drehung meines Dolches, ihr die Klinge aus der Hand zu schlagen.

Jetzt rief Aras meinen nächsten Gegner auf den Platz, den ich innerhalb weniger Sekunden entwaffnete. Im Laufe des Vormittags kämpfte ich gegen weitere Goldblüter, nutzte dabei aber kein einziges Mal Skouro. Es fiel mir nicht sonderlich schwer, die anderen zu entwaffnen. Doch als ein Mädchen namens Jannes Xanthos, Tochter der Sterngöttin Asteria, ihr Schwert zog, wusste ich sofort, dass sie nicht so leicht zu besiegen sein würde. In ihren grünbraunen Augen lagen der gleiche Stolz und die gleiche Entschlossenheit, wie in Rooves und Neffires. Die Art wie sie sich während des Kampfes bewegte, leichtfüßig, schnell und bedacht, erinnerte mich an eine Wildkatze. Jannes hatte hellbraune Haare bis zur Brust, gebräunte Haut, ein eher schmales Gesicht mit kantigen Zügen. Ich vermutete, dass sie lange Zeit wegen eines Auftrages verreist war und dadurch ihre Ausbildung für eine Weile unterbrochen

hatte, denn sie kämpfte weitaus besser als die anderen. Natürlich war sie nicht so gut wie Sivah, aber mehrfach hätte sie mich fast verwundet und erst nach einigen Minuten, schaffte ich es, ihr einen Dolch an die Kehle zu halten.
Jannes' Wangen waren durch die Anstrengung gerötet, ihre Haare zerzaust und sie rang nach Luft. Abrupt riss sie sich los, sichtlich darüber aufgebracht, dass ich sie besiegt hatte, und stapfte zurück zu den anderen.

Den Rest des Vormittages verbrachten wir im großen Saal des Hauptgebäudes, wo Aras eine Vorlesung über verschiedene Monster und ihre Schwachstellen hielt, doch ich hörte kaum zu. Die ganze Zeit über fragte ich mich, warum Laia und die anderen Angst vor Skouro gehabt hatten. Plötzlich wurde mir bewusst, dass die Stunde vorüber und alle bereits hinausgegangen waren. Ich schlenderte zu meiner Hütte, wo ich ausgiebig duschte und machte mich anschließend auf den Weg zum Mittagessen. Als ich in der Mensa ankam, saß nur noch Nae an unserem Tisch und biss genüsslich in ein Sandwich. Ich ließ mich neben ihr auf die Bank sinken und nahm mir ein wenig Reis, dazu Hühnerbrust und gebratenes Gemüse.
„Ich habe gehört", Nae unterbrach ihren Satz, um einen großen Bissen Hühnerbrust von meinem Teller zu klauen und ihn sich in den Mund zu stopfen, „du hättest alle beim Training ganz schön schwach aussehen lassen. Vor allem Jannes."
„Hast du auch gehört, dass sie irgendwie Angst vor Skouro hatten?"
„Ja." Eigentlich hatte ich fragen wollen wieso, aber in ihrer Stimme schwang ein Ton mit, der dieses Thema für beendet erklärte und keine weiteren Fragen duldete.
Nach dem Essen ging ich zurück zur Hütte, wo Sivah an die Hauswand gelehnt auf mich wartete.
„Komm mit, Davine."
„Aber wohin ... ?"
„Komm einfach mit."
Ein wenig genervt folgte ich ihr zu einem kleinen Pavillon aus Holz, der am Rand des Lagers stand.

„Ich muss morgen auf eine Mission. Und ich will, dass du mitkommst."
Fragend sah ich sie an.
„Sivah, ich bin erst drei Tage hier. Drei."
„Und trotzdem kämpfst du fast so gut wie ich."
„Ich kann noch nicht mal mit meinen Gaben umgehen!", protestierte ich.
„Na und? Ich kann zwei Leute mitnehmen. Scuerah steht schon fest. Für den anderen Platz nehme ich entweder Bluerax oder dich. Sie ist eine Wassernymphe, kann also unter Wasser atmen, was bei diesem Auftrag nichts nützt. Und du kämpfst besser", erwiderte sie.
„Drei Tage", wiederholte ich eindringlich.
„Du kommst mit, Davine, ob es dir gefällt oder nicht."
Sie schaute hinaus und drehte mir den Rücken zu. Ihre traurigen, sturmgrauen Augen fixierten die Hügelkette am Horizont.
„Sivah, warum bist du so?", fragte ich vorsichtig.
Statt mir eine Antwort zu geben, stellte sie ebenfalls eine Frage.
„Liebst du Roove?"
„Ich ... ich kenne ihn doch noch kaum. Aber ja, ich finde ihn sympathisch und vielleicht, wenn wir uns besser kennen ..."
Sivah bedachte mich mit einem abwertenden Blick und brachte mich dadurch zum Verstummen. Dann drehte sie sich wieder um, doch ich lehnte mich neben ihr ans Geländer, um ihr Gesicht sehen zu können.
„Halbtitanen können nur eine Person in ihrem Leben lieben, die einen automatisch auch liebt und ebenfalls ein Halbtitan ist. Außer man ist der letzte, dann verliebt man sich in irgendwen."
Sivah machte eine Pause und lächelte traurig. „Man will ihn beschützen, ihm alle Last von seinen Schultern nehmen und ihn nie wieder gehen lassen. Stirbt er, stirbt auch ein Teil von einem selbst. Das ist auch mir passiert. Sein Name war Crudd Adams. Er hatte blonde Haare und blaue Augen, strahlend wie das Meer. Er war der Sohn von Atlas, des Titanen der Kraft, der den Himmel auf seinen Schultern trägt. Als ich 16 wurde und das Mal der Götter erhielt, hatte ich nicht so viel Glück wie du. Sofort griff mich ein Mantikor an. Crudd rettete mich, brachte mich zu Aras, mit dem er damals gemeinsam ums Überleben

kämpfte. Wir beschlossen, dass niemandem etwas wie mir widerfahren sollte und entschieden, allen Goldblütern ein sicheres Zuhause zu bieten, wo sie eine Ausbildung und Waffen erhielten."
„Was ist mit ihm passiert?", fragte ich leise.
„Vor zwanzig Jahren griffen die Götter das Lager an. Ich habe Crudd geliebt. Doch Zeus hat ihn getötet. Und dafür werde ich ihn töten."
Sivah stürmte aus der Hütte und ließ mich allein dort stehen. Nachdenklich schlurfte ich in Hütte 9 und setzte mich wortlos neben Moonrise und Neffire.
„Lass mich raten: Der Tag heute war bisher der totale Reinfall?", seufzte Moonrise.
„Woher weißt du das?"
„Erstens weil ich einiges gehört habe und zweitens weil mein Tag eine Katastrophe war und du genauso geknickt aussiehst wie ich."
„Was ist passiert?"
„Wusstest du, dass der Trank nicht nur seine Farbe ändern, sondern auch explodieren und deine Haut in dem Farbton, den er gerade hat, färben kann, woraufhin du zwei Stunden unter der Dusche verbringen musst?"
„Schimmelgrün?", fragte ich vorsichtig.
„Schimmelgrün", bestätigte sie heftig nickend.
„Also es tut mir ja leid, dass ich mich nicht eurer kollektiven Trauer anschließe, aber mein Tag war super!" Neffire strahlte.
Moonrise sah sie fragend an.
„Paver und ich ..." Weiter kam sie nicht, da sie durch Moonrise' Gejubel unterbrochen wurde. Sie sprang auf und hüpfte durchs Zimmer, während Neffire anfing zu lachen und ich verständnislos dreinschaute.
Nachdem die beiden sich ein wenig beruhigt hatten, erklärte Moonrise mir, was es mit Paver auf sich hatte.
„Seit etwa einem Jahr sind die beiden ineinander verliebt, aber sie waren bis jetzt einfach zu unfähig, zusammen zu kommen."
„Wenn das so ist, wurde es ja mal Zeit." Ich grinste Neffire breit an.
Bis zum Abendessen saßen wir auf dem Sofa und redeten über

belanglose Dinge, hauptsächlich aber über Neffire und Paver, was mich jedoch nicht störte. Wir lachten viel und einige Themen wurden besonders ausführlich diskutiert: Jungs, dass Jannes sich immer über alles aufregte und was besser an Jungs aussah: Unterhosen oder Boxershorts. Boxershorts waren die klaren Sieger. Noch immer lachend gingen wir gemeinsam zum Essen, wo wir uns zu Roove, Seth und Nae setzten. Nach einigen Minuten setzte sich ein braunhaariger Junge zu uns und gab Neffire einen schnellen Kuss auf die Wange. Er hatte strahlend goldene Augen, eine hohe Stirn und eine schmale Nase. Seine Haare hatte er mit Gel gestylt und er trug ein dunkelgrünes T-Shirt sowie eine schwarze Hose. An seinem Waffengürtel hingen eine Axt und zwei Dolche.
„Paver Cane, Sohn der Demeter, Göttin des Ackerbaus", sagte er freundlich und schüttelte meine Hand.
„Xaenym Davine, Tochter des Chronos."
Da es nicht allzu viel Gesprächsstoff gab, schwiegen wir den Rest der Mahlzeit größtenteils und machten uns danach auf den Weg zu unserer Hütte. Ich setzte mich auf mein Bett und las das Buch über den Titanenkrieg, als Neffire plötzlich anklopfte und ohne auf eine Antwort zu warten, die Tür aufriss.
„Wir gehen noch rüber zu Roove, Nathan und Seth. Kommst du mit?"
„Nein, heute nicht."
Achselzuckend verließ sie mein Zimmer. Vielleicht hätte ich doch mitgehen sollen, aber mein Tag war viel zu anstrengend gewesen. Noch immer gingen mir die angsterfüllten Gesichter der Auszubildenden nicht aus dem Kopf. Irgendwann am Abend schlief ich, das Buch noch in der Hand, ein.

Am nächsten Morgen erwachte ich wieder durch den schmerzhaften Aufprall auf dem Fußboden, da Neffire mich aus dem Bett gezerrt hatte.
„Soll das etwa zur Gewohnheit werden?", meckerte ich, rappelte mich auf und band meine Haare wie üblich mit dem Lederband zusammen. Da ich fast den ganzen Tag Gabentraining hatte, behielt ich die grüne Bluse und die schwarze Hose, die ich noch

von gestern trug, einfach an. Ohne zu frühstücken, begab ich mich zum Hauptgebäude, wo Aras in seinem Büro schon auf mich wartete.

„Also Xaenym", begann Aras „Ich dachte, wir fangen mit der leichteren Gabe an. Als Diagraf musst du dir genau klarmachen, was du bewirken willst. Du willst einen bestimmten Zeitraum aus der Erinnerungen einer Person entfernen. Eigentlich sollte Scuerah dieses Training übernehmen, aber sie ist mit Sivah auf einer Mission, hat aber ein paar Anweisungen hinterlassen. Ich werde jetzt diesen Kugelschreiber auseinander schrauben, ihn dir geben und dann wirst du versuchen, mir die Erinnerung daran zu nehmen. Als Beweis zeigst du mir dann die Einzelteile des Stiftes. Verstanden?"

Ich nickte und versuchte mir nicht anmerken zu lassen, dass ich überhaupt keine Ahnung hatte, wie genau ich das anstellen sollte.

Aras begann, den Kugelschreiber auseinander zu bauen. Dann gab er ihn mir und sah mich erwartungsvoll an. Tief durchatmend schloss ich die Augen und konzentrierte mich, auch wenn ich nicht genau sagen konnte, worauf. Plötzlich erschien sein Bewusstsein wie ein Labyrinth vor mir. Ich streifte darin umher und durchsuchte seine Gedanken bis ich zu einem Bereich kam, zu dem ich keinen Zugang hatte. So sehr ich mich auch bemühte, dieser Teil blieb mir verschlossen. Ich gab auf und suchte weiter. Kurz darauf sah ich den auseinandergeschraubten Kugelschreiber wie ein Hologramm vor mir. Ich sah es einige Sekunden lang an, woraufhin das Bild in eine Art silberne Blase eingeschlossen wurde. Ich lenkte mein Bewusstsein zurück zu meinem Körper. Die Erinnerung folgte mir. Sobald sie Aras' Bewusstsein verließ, zerfiel sie zu Staub.

Ich öffnete die Augen.

„Hat ... " Er runzele die Stirn. „Hat es funktioniert? Ich kann mich daran erinnern, dass ich den Kugelschreiber in der Hand hatte und ..."

Lächelnd zeigte ich ihm den Stift.

„Mit der Zeit schaffst du sicher auch kompliziertere Erinnerungen. Ach ja, versuch das *niemals* bei Göttern. Ihre Gedanken sind zu verzweigt, zu anders. Du würdest dich darin

verlaufen und nicht mehr herausfinden. Dein Bewusstsein würde ewig in ihren Gedanken umherirren. Aber das gerade eben hast du fantastisch gemacht, gleich nochmal."
Drei Mal wiederholten wir das Experiment mit dem Stift, jedes mal klappte es schneller und leichter. Danach erhielt ich die Aufgabe, einzelne Erinnerungen und unwichtige Dinge aus seinem Kopf zu löschen. Hierfür brauchte ich mehrere Minuten, da ich lange durch seine Gedanken streifen musste. Doch es klappte jedes Mal, sodass Aras noch vor dem Mittagessen nicht mehr wusste, wann er das letzte Mal eine Katze gesehen hatte und wie Käse schmeckte. In einer Stunde würde der Unterricht zu Ende sein, doch davor hatte ich noch Kampftraining.
„Aras, wegen des Kampftrainings ... "
„Du musst nicht länger hingehen. Die Vorlesungen und das Gabentraining solltest du weiterhin besuchen, aber statt Kampftraining hast du eine Freistunde, in der du mit Sivah oder Neffire trainieren kannst."
Dankbar lächelte ich, ging schnell in mein Zimmer, um meine Kampfmontur anzuziehen und verbrachte die restliche Zeit bis zum Mittagessen in der Turnhalle mit Kletterübungen und Ausdauertraining. Völlig erschöpft duschte ich und zog mich um. Beim Mittagessen saß ich mit Neffire, Moonrise, Paver, Seth, Roove und Nae am Tisch.
Wieder in meinem Zimmer fand ich einen Briefumschlag auf meinem Bett. Sofort öffnete ich ihn und las:

Wüste Sahara

Sivah
PS: Armenia

Kapitel 4

Xaenym

Seths Worte hallten durch meinen Kopf.
Wir reden über Xaenym und Arme ... nia, beendete ich in Gedanken. Armenia. Er hatte Armenia sagen wollen. Sofort machte ich einen Satz auf meinen Schreibtisch zu und warf alle Bücher um, während ich ein griechisches Lexikon aus dem Stapel herausriss. Hastig blätterte ich darin herum und fand ... nichts.
Es gab hunderte Begriffe unter „A", jedoch keinen einzigen der „Armenia" auch nur im Entferntesten ähnelte. Resigniert ließ ich mich zurück auf mein Bett sinken. Wäre Sivah noch hier, hätte ich sie fragen können. Vielleicht hätte sie es mir gesagt. Deprimiert schlurfte ich zum Kampfplatz, um mich ein wenig abzulenken. Am Rand des Platzes stand Cryliss und schlug mit ihrem Schwert auf eine Trainingspuppe ein. Ich machte einen Satz auf sie zu und parierte mit Skouro einen gezielten Schlag auf deren Kopf. Cryliss lächelte verschmitzt und stürmte plötzlich auf mich los. Aus Angst, sie könnte so reagieren, wie die Auszubildenden steckte ich Skouro weg und zückte meine Dolche. Ich wehrte mehrere ihrer Schläge ab und suchte nach einer Lücke in ihrer Deckung. Ein Hieb von der Seite verfehlte mich nur knapp. Den kurzen Moment danach nutzte ich, um ihr den Dolch quer über den Bauch zu ziehen. Sie gab jedoch keinen Laut von sich und zielte stattdessen auf meinen Arm. Mit Mühe konnte ich den Hieb abwehren, verlor aber einen Dolch, als sie ihr Schwert abrupt drehte und so mein Handgelenk erwischte. Ich wich zurück, duckte mich unter dem nächsten Seitenhieb weg, sprang auf und drückte ihr den Dolch an die Kehle. Schwer atmend gab ich sie frei und half ihr auf, wobei sie mich leicht verwirrt, aber auch beeindruckt ansah.
„Ich habe ja einiges gehört, ", sagte sie leicht atemlos, „doch ich glaube es erst jetzt. Du kannst wirklich kämpfen."
Dann stürmte sie davon.

Bis zum Abendessen übte ich Saltos, Sprünge und die Technik, bei der man sich an den Schultern eines Gegners über ihn schwingt, sodass man hinter ihm landet. Oft gelang es mir recht gut, obwohl ich zwei Mal gestürzt und schmerzhaft auf dem Boden aufgeprallt war.

Inzwischen war mein ganzer Körper mit blauen Flecken und Schürfwunden übersät. Außerdem hatte ich eine Schnittwunde an der Stirn, an der Wange, am Handgelenk sowie an der Seite. Seltsamerweise machte mir das nicht viel aus. Vor einer Woche noch hätte ich diese Wunden für schrecklich schmerzhaft gehalten, jetzt jedoch tat ich sie als leichte Verletzungen ab und trainierte einfach weiter. Ich fragte mich, ob man als Goldblüter ab seinem sechzehnten Geburtstag, wenn die Gaben ihre Wirkung entfalteten, auch Schmerzen als weniger schlimm empfand.

Später beim Abendessen setzte ich mich nicht zu den anderen, sondern nahm mir lediglich einen Apfel und eine Scheibe Brot mit in meine Hütte. Dort duschte ich und zog ein weißes T-Shirt und eine weite, schwarze Stoffhose als Pyjama an. Im Gegensatz zu den engen Sachen von Moonrise, in denen ich letzte Nacht geschlafen hatte, waren diese (wahrscheinlich von Neffire stammenden) Sachen viel zu groß, aber dafür wunderbar bequem. Ich kuschelte mich in mein Bett und schlief bald darauf ein.

⁂

Um mich herum sah ich weit und breit nur Sand. Die warmen Sonnenstrahlen fielen auf meine ungeschützten Arme und meine nackten Füße schmerzten durch den glühend heißen Wüstensand. Ein paar Meter von mir entfernt stand Aras, der jünger aussah als sonst. Seine Augen wirkten glücklich, keine Spur von dem Schmerz und der Trauer war zu sehen, die sich normalerweise in ihnen abzeichnete. Allerdings beachtete er mich gar nicht. Sein Blick richtete sich bewegungslos auf den Horizont. Plötzlich erschien eine Frau auf dem kleinen Hügel, woraufhin sich Aras' Gesichtsausdruck sofort erhellte. Sie rannte auf ihn zu, wobei ihre rotbraunen Haare im Wind wehten. Je näher sie kam, desto genauer konnte ich sie erkennen. Sie

trug ein weißes, bodenlanges Kleid. Ihre braungrünen Augen sahen Aras voller Liebe an und ihre vollen Lippen verzogen sich zu einem Lächeln. Mein Herz setzte einen Schlag aus. Die Frau, die auf ihn zulief, war ich.
Aber das war unmöglich – ich konnte nicht diese Frau sein. Ihre Augen waren voller Liebe, so wie meine es nie gewesen waren. Sie liebte ihn wirklich. Aras schloss sie in die Arme und küsste sie stürmisch.
Eine Weile gingen sie Hand in Hand nebeneinander her, als sie plötzlich sagte:
„Aras, du solltest nicht hier bei mir sein. Ich bin eine von ihnen. Ich trage das Böse in mir. Und ich habe keine Ahnung, wie lange ich noch dagegen ankomme."
„Kämpfe für uns. Du kannst es schaffen."
„Du weißt, das kann ich nicht. Der Fluch ..."
„Man kann ihn sicher aufheben."
„Nein. Ich habe meine Wahl getroffen. Es war meine Entscheidung, für sie zu kämpfen. Sie sind meine Familie. Stell dich auf unsere Seite, wenn du mich wirklich liebst."
„Ich bin blind vor Liebe. Und ich würde so gern einfach die Seiten wechseln, um bei dir zu sein. Aber ich kann nicht. Ich muss das Richtige tun."
Blitzschnell ließ er ihre Hand los, zückte sein Schwert und stieß es ihr tief ins Herz. Der seidige Stoff ihres Kleides färbte sich blutrot, während sie hinfiel und Aras sie sanft auffing. Tränen rannen über ihre Wangen.
„Ich hätte nicht in meiner sterblichen Gestalt erscheinen sollen."
Aras küsste sie und flüsterte dann: „Ich liebe dich, Armenia. Ich habe dich immer geliebt und ich werde dich immer lieben."
„Und ich liebe dich, seit ich dich das erste Mal gesehen habe und jeden Tag ein kleines Stück mehr", wisperte sie und schloss die Augen.
Doch Aras hielt sie weiterhin fest, bis zum Ende des Traumes, und weinte um sie.
Obwohl er sie geliebt hatte, hatte er sie getötet. Und fest in den Armen gehalten, als das Leben aus ihr gewichen war.

Schweißgebadet fuhr ich aus dem Schlaf hoch und richtete mich kerzengerade auf. Das war also Armenia. Aber wieso sah ich aus wie sie? Ich vermutete, dass Roove, Bluerax und Seth das auch nicht wussten und genau deshalb darüber gesprochen hatten. Anscheinend war das alles lange her, da Aras noch so jung ausgesehen hatte und alle Goldblüter nur langsam alterten. Wer also war alt genug, um damals schon in Titansvillage gewesen zu sein? Außer Sivah fiel mir niemand anderes ein. Aber leider war sie, falls ich den Brief richtig interpretiert hatte, tausende Kilometer weit weg in der Sahara. Doch dann kam mir noch jemand anderes in den Sinn. Ich hatte gelesen, dass die Zeit in der Unterwelt weitaus langsamer verging, als auf der Erde. Und wer jahrelang im Tartaros war, war vielleicht alt genug.
Hals über Kopf stürzte ich mich aus dem Bett und rannte barfuß hinaus in die Kälte. Ich zitterte, doch es war mir egal und ich rannte nur noch schneller durch die eisige Nachtluft, während mein keuchender Atem weiße Wölkchen bildete. Adrenalin pulsierte durch meine Adern, als ich die beiden Stufen bis zur Tür hinauf hastete und so fest an die Tür klopfte, dass meine Fingerknöchel schmerzten. Plötzlich wurde die Tür mit einem Ruck aufgerissen, woraufhin ich erschrocken zurückwich.
„Was zum Hades ... " Cryliss verstummte, als sie mich sah. Sie trug einen violetten Pullover und eine kurze, schwarze Hose. Ihre blonden Locken waren verknotet und zerzaust, ihre Augen lagen tief in den Höhlen und dunkle Schatten zeichneten sich darunter ab.
„Wir haben drei Uhr morgens", sagte sie trocken.

Fünf Minuten später saß ich auf ihrem Sofa und trank einen Tee, den sie kurz zuvor gebrüht hatte.
„Du hast Glück, dass ich keine Mitbewohner habe. Was hättest du gemacht, wenn jemand, den du gar nicht kennst, die Tür geöffnet hätte?"
„Ich habe geahnt, dass du allein wohnst."
Cryliss warf mir einen grimmigen Blick zu.
„Warum? Weil ich verrückt bin? Dürfte ich dich daran erinnern,

dass das nicht so ist? Ich habe zwar noch ein paar Probleme mit Hades und der Unterwelt sowie einige Albträume, aber wie du siehst, rede ich ganz normal mit dir."

Sie setzte sich neben mich, nahm einen großen Schluck Tee und fragte dann: „Also, warum rennst du mitten in der Nacht hierher?"

„Armenia. Ich hatte gehofft, du könntest mir sagen, wieso ich aussehe wie sie."

„Ich nehme an, dass du nicht vorhast, mir zu sagen, woher du das weißt. Aber du hast Recht, du siehst aus wie sie. Und ich habe keine Ahnung warum. Einmal habe ich sie auf dem Olymp gesehen, und später erfahren, dass sie eine Beziehung mit Aras hatte. Wo sie heute ist ... " Cryliss zuckte mit den Schultern.

„Dann muss ich zu Sivah."

Eigentlich war mir schon vor dem Gespräch klar gewesen, dass es darauf hinauslaufen würde.

Cryliss hob eine Augenbraue. „Und was willst du mir jetzt damit sagen?"

„Ich muss zu Sivah. Und ich hoffe du kommst mit."

„Aras lässt uns nie im Leben gehen."

„Und genau deshalb sagen wir ihm nichts davon."

„Na schön. Anscheinend bin ich ja doch verrückt", murmelte sie. „Und nur damit das klar ist: Ich komme nicht mit, weil ich dir helfen will, sondern weil ich hoffe, dass wir mit Sivah das Skia finden und ich dabei sein will. Da fällt mir ein: Wo willst du Sivah überhaupt suchen?"

Ich lächelte verschmitzt. „In der Sahara natürlich."

Ein paar Stunden später hing ich an einem Kletterseil, das zwischen zwei Bäumen gespannt war und hangelte mich daran entlang. Nachdem Cryliss und ich vereinbart hatten, dass wir uns in vier Tagen um fünf Uhr morgens vor der Krankenstation treffen würden, war ich zurück in meine Hütte gegangen und bald darauf wieder eingeschlafen. Am Morgen hatte Moonrise mich aus dem Bett gezerrt. Ich hatte ausgiebig gefrühstückt und da ich am Kampftraining nicht teilnehmen musste, den ganzen Tag frei. Beim Essen war ich Nae begegnet, die angeboten hatte,

mit mir klettern zu gehen.
Und nun baumelten meine Beine frei in der Luft, während ich mich an Kletterschlaufen festhielt. Nae, die auf einer viel höheren und schwierigeren Bahn kletterte, rief mir zu, dass ich mich gut anstelle und weitermachen solle.
Zum Mittagessen holten wir uns jeweils einen Apfel sowie ein Sandwich und kletterten anschließend weiter. Dank der ledernen Handschuhe, die Nae mir gegeben hatte, schmerzten meine Hände kaum, weshalb mir das Klettern heute großen Spaß machte.
Später gingen wir gemeinsam zum Abendessen, wo wir mit Loryelle, Nathan, Neffire und Paver aßen und uns danach alle in Rooves Hütte trafen. Da kein Platz mehr auf dem Sofa war, holte ich Seths Schreibtischstuhl aus seinem Zimmer. Glücklicherweise war Loryelle heute eher schweigsam, sodass jeder zu Wort kommen konnte. Noch lange nachdem es dunkel geworden war, saßen wir zusammen und lachten über die unterschiedlichsten Dinge.
Spät abends lag ich im Bett und dachte über den heutigen Tag nach. Seit fünf Tagen war ich erst hier und trotzdem fühlte es sich an, als wäre ich nie woanders gewesen. Hier hatte ich sofort Freunde gefunden, die ich bald verlassen würde, nur um einem unfreundlichen, verbitterten Mädchen wegen ein paar Fragen in die Wüste zu folgen. Und seltsamerweise war es mir wichtiger als alles andere.

Am nächsten Morgen hatte ich enormen Muskelkater. Nachdem ich unsanft geweckt worden war, zog ich mir schnell meine Kampfmontur an, putzte mir die Zähne und band meine Haare wie üblich zusammen. Anschließend musste ich zu einer Vorlesung, die überraschenderweise von Cryliss gehalten wurde. Sie erzählte von verschiedenen Waffenarten und wie man die passende Waffe für sich selbst fand. Zu mir passte anscheinend ein Schwert oder ein Speer. Danach ging ich in Aras' Büro zum Gabentraining.
„Wir werden heute versuchen, die Zeit anzuhalten", sagte Aras. „Das funktioniert auf zwei verschiedene Arten: auf Personen

oder auf einen Ort bezogen. Wir werden heute die erste Variante versuchen, da diese leichter zu erlernen und praktischer ist. Du musst in Gedanken Grenzen festlegen, in denen die Zeit angehalten werden soll. Besonders wichtig ist es dabei eine Barriere um dich selbst zu legen, da sonst auch für dich die Zeit stehen bleiben würde und du deinen eigenen Zauber nicht mehr aufheben könntest. Nicht einmal Chronos selbst wäre dazu in der Lage. Das Anhalten selbst ist nicht allzu schwierig. Schwer wird es erst, wenn du den Zustand aufrecht erhalten willst. Schweifen deine Gedanken ab, so können sich auch die Grenzen, in denen die Zeit still steht, verschieben und du verlierst die Kontrolle. Sobald du merkst, dass du abrutschst, musst du die Zeit sofort loslassen oder du könntest dich aus Versehen selbst anhalten. Entspann dich dazu und denke an irgendetwas Belangloses. Hast du soweit alles verstanden?"
Nickend antwortete ich: „Ich glaube schon."
„Du wirst jetzt zuerst mich anhalten, dann versuchen, aufzustehen, zur Tür zu gehen und dann die Zeit loszulassen."
Tief durchatmend schloss ich die Augen und versuchte es. Eine Minute verstrich, dann die zweite, doch alles, was ich zu Stande brachte, war eine gerunzelte Stirn. Ich wusste nicht, wie lange ich herumsaß und darauf wartete, dass etwas passierte. Irgendwann sagte Aras, dass das völlig normal sei und ich mir keine Sorgen zu machen brauchte. Doch plötzlich stockte seine Stimme. Eine Art Druck legte sich um meine Brust. Ich bekam keine Luft mehr. Meine Lunge begann unerträglich zu brennen und erinnerte mich an das Gefühl, das ich gehabt hatte, als ich als kleines Kind ins Schwimmbecken gefallen war. Damals hatte ich geglaubt, sterben zu müssen, aber nach scheinbar endloser Zeit hatte man mich hinaufgezogen. Doch jetzt gab es niemanden, der mich hinaufziehen würde – ich war auf mich allein gestellt.
Aber wie sollte ich um die halbe Welt reisen, um Sivah zu suchen, wenn ich nicht einmal dass hier schaffen konnte? Ich gab mir alle Mühe, einzuatmen und aufzustehen. Keuchend schnappte ich nach Luft und selbst wenn der Druck dadurch nicht geringer wurde, beruhigte die Luft, die nun durch meine Lungen strömte, mich ein wenig.

Auf den Tisch gestützt stemmte ich mich hoch und sah Aras an. Seine Augen wirkten noch leerer und emotionsloser als sonst. Ich dachte an den Traum zurück, als sein Blick noch glücklich und voller Liebe gewesen war …
Plötzlich fiel mir Aras' Warnung ein. Tatsächlich begannen meine Gedanken abzuschweifen. Ich versuchte, mich zu entspannen und mich an meine letzte Mathestunde bei Mr. Bree zu erinnern. Nie hätte ich gedacht, dass mir das jemals etwas nützen würde. Doch das tat es. Die Zeit begann weiter zu laufen, auch wenn das wohl nicht ganz der ursprüngliche Zweck der Unterrichtsstunde gewesen war.
Erschöpft sackte ich auf den Stuhl zurück. Ich hatte es nicht geschafft zur Tür zu gehen.
„Das", keuchte ich, „ist grauenvoll."
„Wie lange hast du es in etwa geschafft?"
„Ein paar Sekunden vielleicht."
Beeindruckt sah er mich an. „Das ist für den ersten Versuch ausgezeichnet. Als ich …" Er schüttelte leicht den Kopf, als würde er einen lästigen Gedanken loswerden wollen. „Wirklich ausgezeichnet."
Ich versuchte es noch mehrere Male, jedoch schaffte ich es bei keinem Versuch länger als wenige Sekunden. Allerdings bildete ich mir ein, dass der Druck in meiner Lunge ein wenig erträglicher wurde.
Ironischerweise verflog die Zeit dabei sehr schnell, sodass es bald Abend wurde und ich völlig ausgelaugt in meine Hütte zurückkehrte. Dort stürzte ich mich sofort auf das Sandwich, welches Neffire beim Mittagessen für mich mitgenommen hatte. Es schmeckte scheußlich, was meinen knurrenden Magen jedoch nicht zu stören schien. Wie aus dem Nichts tauche Roove im Türrahmen auf. Seine grünlich grauen Augen musterten mich besorgt.
„Xaenym, geh nicht."
„Was?"
„Geh nicht", wiederholte er.
„Wohin?"
„Sivah suchen."
Wütend sah ich ihn an. „Hat Cryliss es dir verraten?"

Er schüttelte den Kopf und hielt es offenbar nicht für nötig, weiter darauf einzugehen.

„Bitte geh nicht. Es ist zu gefährlich. Du könntest sterben."

Ich verschränkte die Arme vor der Brust und sah ihn trotzig an.

„Ich gehe."

„Verstehst du das denn nicht? Du hast keine Ahnung von der versteckten Welt! Du kannst nicht einfach in die Sahara reisen!"

„Du hast mir nichts zu sagen", erwiderte ich wütend, stürmte in mein Zimmer und schlug die Tür mit einem lauten Knall zu. Mein Sandwich hatte ich einfach auf dem Couchtisch liegen gelassen, da mein Hunger schlagartig verschwunden war. Später schlurfte ich noch ins Bad, wo ein Blick in den Spiegel mir verriet, dass meine Haare zerzaust, der Schnitt an meiner Stirn noch immer blutig und der an meiner Wange von einer dicken Blutkruste überzogen war. Dunkle Ringe lagen unter meinen Augen, außerdem waren meine Lippen trocken und rissig. Erschöpft stieg ich unter die Dusche und wünschte, ich könnte die Sorge um meine Mutter, die Fragen über Armenia und die Angst davor, dass Roove Recht haben könnte, einfach abwaschen, indem ich nur genügend Rosenseife verwendete. Völlig kraftlos ließ ich mich in mein Bett fallen, schloss die Augen und schlief fast augenblicklich ein.

Das erste, was ich spürte, war glühende Hitze. Durch die trockene, warme Luft fuhr bei jedem Atemzug sengender Schmerz durch meine Lunge. Um mich herum sah ich eine leicht hügelige Wüstenlandschaft ohne jegliche Abwechslung. Soweit das Auge reichte, sah man nur Sand und grelle Sonnenstrahlen. Auf einmal erschienen am Horizont zwei Gestalten, eine auf die andere gestützt, die sich mühevoll voranschleppten. Sofort fiel mir auf, dass sie verletzt waren. Als sie näherkamen, erkannte ich Bluerax und Sivah. Bei dem Anblick von Bluerax' Bein wurde mir schlecht. Eine grässliche Wunde verlief an ihrem Oberschenkel, aus der bei jedem Schritt Blut sickerte und ihre Hose dunkelrot färbte. Ihr Bein war geschwollen und vermutlich entzündet. Die Verletzung sah aus, als hätte jemand einen Speer durch ihren Oberschenkel gebohrt. Sivah ging es auch nicht viel

besser. Von ihrer Schönheit war kaum noch etwas zu erkennen. Eine Schnittwunde verlief von ihrem Kiefer über ihren Hals bis zum Schlüsselbein, eine Platzwunde prangte auf ihrer Stirn und da sie ihre Jacke nicht trug, konnte ich sehen, dass ihr gesamter rechter Arm voller Blutergüsse und Kratzer war. Außerdem sah ich nur eine einzige Dolchscheide an Sivahs Waffengürtel. Alle anderen Waffen mussten sie wohl verloren haben. Scuerah konnte ich nirgends finden, was bedeutete, dass sie tot oder gefangen war. Bei diesem Gedanken erschauderte ich.

Plötzlich erschienen auf den umliegenden Hügeln unzählige, schwarz gekleidete Bogenschützen. Mit mechanischen Bewegungen legten sie alle gleichzeitig einen Pfeil ein und zielten auf Bluerax und Sivah, die jedoch nichts bemerkten. Ich wollte schreien, sie sollen weglaufen, ihnen irgendwie ein Zeichen geben, dass sie in tödlicher Gefahr schwebten, aber ich hatte in diesem Traum keine Stimme.

Und dann ertönte das Surren unzähliger Bogensehnen, während ein Pfeilregen auf Sivah und Bluerax hinabprasselte.

Zunächst konnte ich vor lauter Pfeilen gar nichts mehr erkennen. Dann sah ich, dass sich einige davon in den Wüstensand gebohrt, andere aber ihr Ziel getroffen hatten. Bluerax schrie auf und umklammerte ihr Bein, wo ein Pfeil aus ihrer Wunde hervorragte. Ein weiterer steckte in ihrem Arm. Und einer hatte sich tief in ihre Brust gebohrt, genau dorthin, wo das Herz schlug. Langsam sank sie auf die Knie und fiel dann nach hinten um. Sivah, die nicht getroffen worden war, rannte sofort zu ihr und fing sie auf.

Ein trauriges Lächeln umspielte Bluerax' Lippen, als ihre Augen sich gen Himmel richteten und eine letzte Träne über ihre Wange rann.

Ich bemerkte eine Bewegung im Augenwinkel. Ein einzelner Bogenschütze stand noch auf dem Hügel, während alle anderen schon verschwunden waren. Er war kleiner, als die anderen, zitterte leicht und hielt die Pfeilspitze noch immer auf Sivah gerichtet. Wieder versuchte ich zu schreien, fuchtelte wie wild mit den Armen, obwohl mir klar war, dass es überhaupt nichts nützen würde. Die Bogensehne schnellte nach vorn, der Pfeil zerschnitt mit beängstigender Geschwindigkeit die Luft und *bohrte sich tief in Sivahs Rücken. Für einen Moment saß sie stocksteif da. Dann hustete sie und ein Blutschwall ergoss sich auf Bluerax. Jeder ihrer Muskeln war zum Zerreißen gespannt und trat deutlich hervor, doch dann erschlaffte ihr Körper plötzlich und kippte vornüber.*

Ruckartig riss ich die Augen auf. Mein Mund war trocken, meine Kehle wund, was mich erahnen ließ, dass ich im Schlaf geschrien haben musste. Neben mir erkannte ich Moonrise' Silhouette, die mir beruhigend die Hand auf die Schulter legte.
„Willst du darüber reden?", fragte sie leise.
Natürlich wollte ich *nicht* darüber reden, falls der Traum jedoch tatsächlich der Wahrheit entsprach, musste ich es tun. Also erzählte ich ihr davon. Einige Sekunden saß sie schweigend auf meinem Bett, die Lippen zu einem dünnen Strich zusammengepresst und sagte dann: „Wir sollten zu Aras gehen."
Stumm nickte ich und folgte ihr zur Tür. Draußen herrschte eisige Kälte, die sich wie Nadeln in meine Haut bohrte. Der Weg zum Hauptgebäude kam mir länger vor als sonst. Als wir dort ankamen, war ich völlig durchgefroren.
Moonrise hämmerte mit beiden Fäusten gegen die Tür von Aras' Büro. Eigentlich hatte ich erwartet, dass er in seiner Hütte schlief, aber tatsächlich öffnete er wenige Sekunden später die Tür. Seine Augen waren von dunklen Schatten umrahmt und lagen tief in den Höhlen, seine Kleidung war zerknittert und sein Haar zerzaust. Schnell winkte Aras uns herein und bedeutete Moonrise und mir, uns zu setzen. Hastig schilderte ich ihm den Traum, woraufhin er die Lippen genau so zusammenpresste, wie Moonrise es vorhin getan hatte.
„Du bist eine *Oneira*", sagte er trocken. „Eine Träumerin. Du siehst vergangene und momentane, jedoch keine zukünftigen Ereignisse, die aus verschiedenen Gründen wichtig sind, in deinen Träumen."
Ich seufzte. Das beste war, wenn ich nicht darüber nachdachte. Hier konnte man aber auch an gar nichts mehr denken.
„Und ... es gibt da noch etwas", setzte Aras zögernd fort.
„Wir haben deine Mutter gefunden, aber sie ist nicht mehr ..."

Vermutlich sagte er noch mehr, was ich allerdings nicht mehr hörte, da ich schon hinausstürmte und mich neben dem Hauptgebäude auf den Boden kauerte. Ich stieß einen erstickten Schrei aus. Mom war tot. *Tot.*
Ich sah ihren strahlenden blauen Augen vor mir. Sie würden nie wieder so strahlen, ich würde nie wieder ihr melodisches Lachen hören. Sie würde nie wieder auf der Suche nach irgendwelchen Unterlagen durch die Wohnung rennen und fast einen Geschäftstermin verpassen. Sie würde gar nichts mehr tun. Sie war tot.
Wieder umgab mich die seltsame Leere, die ich schon am ersten Tag in Titansvillage gespürt hatte. Offenbar geschah das bei mir immer, wenn andere geweint hätten. Da Demititanen nur ein einziges Mal weinen konnten, musste mein Körper eine andere Möglichkeit finden, traurig zu sein. Plötzlich drangen dumpfe Schritte im Gras und eine beinahe klanglose Stimme zu mir durch. Es war Moonrise, die sich neben mich setzte und versuchte, mich zu trösten.
„Tu mir einen Gefallen", flüsterte ich. „Bitte lass mich einfach allein."
Sie nickte, stand auf und verschmolz fast augenblicklich mit der Dunkelheit. Ich rollte mich auf dem Boden zusammen und schloss die Augen.

※

Am nächsten Morgen wachte ich voller blauer Flecken und mit einem steifen Nacken auf. Meine Nasenspitze war eiskalt und ein Stein hatte sich schmerzhaft in meinen Rücken gebohrt. Doch das alles war mir egal. Meine Mom war tot.
Ich schaffte es, aufzustehen und zu meiner Hütte zurückzuschlurfen. Eigentlich war es mir schon seit Tagen klar gewesen. Unbewusst hatte ich die Hoffnung bereits aufgegeben und mich damit abgefunden. Ich versuchte mir einzureden, dass es keinen Zweck hatte, traurig zu sein. Schließlich brachte sie das nicht zurück. Ich hatte keine Ahnung, was ich tun sollte. Ich fühlte mich machtlos. Ich wusste nicht einmal, was ich denken sollte. An sie zu denken, machte mich traurig. Es nicht zu tun, kam mir respektlos vor.

Mir fiel ein, dass Sivah auch gestorben war. Wegen ihr wäre ich um die halbe Welt gereist, nur um ein paar Fragen zu stellen. Und jetzt war sie tot. Ich fühlte mich ziellos, hatte keinen Plan, würde einfach hier trainieren und warten, bis ... Ich wusste nicht, worauf ich überhaupt warten sollte.
In meiner Hütte duschte ich und zog meine frisch gewaschene Kampfkleidung an. Dann schlich ich mich so leise ich konnte hinaus, um Neffire und Moonrise nicht zu wecken und begab mich auf den Kampfplatz, wo ich härter als je zuvor trainierte. Stundenlang warf ich Messer, übte mit Skouro und den Dolchen. Es war pure körperliche Arbeit, bei der man nicht nachdenken, sondern mechanisch immer wieder dieselbe Bewegung ausführen musste, was im Moment genau das Richtige für mich war.
„Xaenym, ich ... Moon hat mir erzählt ... wegen gestern ..." Ich fuhr herum und erblickte Nae, die statt ihrer Kampfmontur ein moosfarbenes Kleid trug. Ich fragte mich, was sie auf dem Kampfplatz zu suchen hatte, wo sie doch unbewaffnet war, doch da ging mir auf, dass sie wegen mir hergekommen sein musste.
„Es ist okay. Ich wusste schon länger, dass sie tot ist. Vergiss einfach, was passiert ist und erzähl es keinem. Ich will kein Mitleid", sagte ich, während ich eine Strohpuppe enthauptete. Als sie sich umdrehte, um zu gehen, rief ich ihr hinterher: „Was hat es mit Skouro auf sich?"
Falls Nae mir jemals etwas sagen würde, dann jetzt. Ich konnte das Mitgefühl in ihren grünen Augen sehen. Es war nicht fair, das auszunutzen, aber es war auch nicht fair, mir alles zu verschweigen.
Langsam drehte sie sich um. „Jeder, der versucht, mit Skouro zu kämpfen, wird sterben, ausgenommen ein einziger Krieger, den das Schwert auserwählt. Deshalb hatten sie Angst, Xaenym. Sie hatten keine Angst *vor dir*. Sie hatten Angst *um dich*. Anscheinend hat es dich aber auserwählt, denn du hast überlebt. Umbringen wird es dich jedenfalls nicht. Aber es hat eine sehr traurige Geschichte und ich frage mich gerade, ob du ein Teil davon sein wirst." Mit diesen Worten verschwand sie im angrenzenden Wald.
Weiterhin zerstörte ich Strohpuppen und warf Dolche, die jedes

Mal die Mitte der Zielscheibe trafen. Ich dachte nicht über Naes Worte nach, nicht über meine Mutter und nicht über Sivah. Es gab nur mich und die Klinge meines Schwertes.

Nach einiger Zeit füllte sich der Kampfplatz langsam. Ich kämpfte gegen einige andere Goldblüter, darunter auch Neffire und ein großer, breitschultriger Junge mit braunen Augen namens Devan. Er führte einen schweres Zweihänderschwert, das seinen Hieben große Wucht verlieh, ihn aber auch verlangsamte. Neffire kämpfte ebenfalls gut. Sie vollführte viele Saltos, Sprünge und andere Manöver, setzte eher auf Geschwindigkeit statt auf Kraft und war somit unberechenbar. Bei unserem Kampf trug ich einen Bluterguss an der Schulter und einen oberflächlichen Schnitt am Oberschenkel davon, konnte sie aber schließlich besiegen.

Am Nachmittag stapfte Jannes auf den Sandplatz und warf ein Messer nach dem anderen auf die Brust einer Strohpuppe. Ich wunderte mich, wieso sie nicht beim Training für die Auszubildenden war und fragte Devan danach.

„Sie ist hier aufgewachsen und absolviert die Ausbildung alle paar Jahre einmal. Frag mich nicht, wieso." Er zuckte mit den Schultern und begab sich zur nächsten Strohpuppe, deren Kopf er mit einem gezielten, kräftigen Schlag spaltete.

Ich hingegen beschloss, Neffire zu suchen und mit ihr zum Abendessen zu gehen, doch es stellte sich heraus, dass Aras eine Versammlung im großen Saal einberufen hatte und es erst danach Essen geben würde.

Ich spürte, wie mein knurrender Magen protestierte. Seufzend begab ich mich mit Neffire zur Hütte, wo Moonrise erschöpft auf der Couch saß.

„Ich hatte heute Kampftraining und musste gegen Roove kämpfen", murrte sie.

Sie präsentierte uns einige Verletzungen an Armen und Beinen, an denen man allerdings erkennen konnte, dass Roove sie absichtlich geschont hatte.

Später bei der Versammlung saß ich auf einem der unzähligen Stühle und trommelte nervös mit den Fingerspitzen auf meinen

Oberschenkel. Die Spannung im Raum war förmlich greifbar. Die Menge schien die Luft anzuhalten und wartete ungeduldig auf Aras' Worte. Er stand auf einem Podest und sah uns nun schon seit einigen Minuten schweigend an, was mich zutiefst beunruhigte.

„Willkommen!", rief er endlich. „Ich werde euch direkt sagen, warum ihr hier seid: Bluerax, Scuerah und Sivah sind tot."

Daraufhin folgte betretene Stille, die schließlich von einem Schluchzen unterbrochen wurde. Es kam von Seth, der in der hintersten Reihe saß und mit geröteten Augen zu Boden blickte. Nun ertönte ein weiteres Schluchzen, doch diesmal von Devan, der Scuerahs Namen vor sich hin flüsterte. Irgendwie passte es nicht zu Devan zu weinen. Obwohl ich ihn noch nicht lange kannte, wusste ich, dass ihn nichts so schnell aus der Fassung brachte. Er war mir so unerschütterlich vorgekommen. Aus irgendeinem Grund verspürte ich das Bedürfnis, ihn in den Arm zu nehmen. Roove schien gegen die Tränen anzukämpfen, ebenso wie Neffire und Moonrise. Meine Augen suchten den Raum nach Cryliss ab. Kreidebleich den Griff ihres Schwertes fest umklammernd, erblickte ich sie am anderen Ende des Raumes. Sie war im Gegensatz zu den anderen nicht traurig, sondern wütend. Ihre braunen Augen trafen meine. Dieser flüchtige Blick reichte aber schon aus, um mir zu verstehen zu geben, was sie sagen wollte: *Damit wäre der Plan, Sivah zu suchen, im Eimer.*

Nachdem Aras drei Münzen in eine kleine Schale, in der ein Feuer brannte, geworfen hatte, was hier anscheinend einer Beerdigung gleichkam, verkündete er: „Die drei sind bei dem Versuch, das Skia zu finden, ums Leben gekommen. Wie ihr wisst, setze ich keinen von euch unnötig einer Gefahr aus. Wenn wir aber die Titanen aus dem Tartaros befreien wollen, brauchen wir das Skia unbedingt."

Ein zustimmendes Murmeln ging durch die Reihen.

„Insgesamt werden zehn Kämpfer losziehen. Einen davon werde ich bestimmen und dieser wählt sich neun Begleiter aus." Hätte ich es gekonnt, wäre ich augenblicklich im Erdboden versunken. Aber da das leider nicht zu meinen Gaben gehörte, konnte Aras mich erwartungsvoll ansehen und laut meinen Namen nennen.

Ich unterdrückte das Bedürfnis, mir mit der Hand vor die Stirn zu schlagen. Warum wollten alle unbedingt, dass ich auf eine Mission ging?

„Du musst eine Rede halten", flüsterte Neffire mir zu, während ich aufstand und mit unsicheren Schritten zum Podium ging.

„Du hast Gaben, die sich keiner zu erträumen vermag, bist die letzte Halbtitanin auf der gesamten Welt und kämpfst besser als jeder andere hier." Aras verlieh jedem seiner Worte Nachdruck. „Wirst du das Skia suchen und diesem Krieg ein Ende bereiten?" Alle blickten mich erwartungsvoll an. Ich spürte, wie mir das Blut in die Wangen schoss. „Äh, ja." stammelte ich. Einige Sekunden herrschte unangenehme Stille. Offenbar erwartete man von mir, dass ich noch etwas sagen würde, aber ich brachte kein Wort heraus. Hilfesuchend blickte ich zu Neffire, die kurzerhand anfing zu klatschen, als hätte ich bereits eine Rede gehalten, woraufhin die anderen es ihr gleichtaten.

Aras wies mich an, neun Begleiter auszuwählen. Mein Blick wanderte durch die Reihen. Einige sahen mich gespannt, andere verunsichert an.

„Nae", verkündete ich mit wackeliger Stimme. Sie lächelte zaghaft und stellte sich neben mich.

„Roove." Er warf mir einen flüchtigen, dankbaren Blick zu. Anscheinend hatte er geglaubt, dass ich ihm den Streit um Armenia und meine Reise noch übel nehmen würde.

„Neffire." Ihre Mundwinkel hoben sich zu einem breiten Grinsen, während sie auf mich zukam.

„Jannes." Auf ihren Namen folgte ein langes, ungläubiges Schweigen. Ihre Augen blitzen überrascht auf, als sie mit entschlossenen Schritten zum Podest kam. Der Stolz in ihrer Miene war kaum zu übersehen.

Mein Blick fiel auf Moonrise, die mich flehend ansah. Doch im Gegensatz zu den meisten anderen bat ihr Blick darum, *nicht* ausgewählt zu werden.

„Seth, Nathan, Devan und Cryliss", rief ich. Neffire stieß mir einen Ellenbogen in die Rippen.

„Und Paver", meinte ich nun, woraufhin Neffire kaum merklich anfing, zu lächeln.

„So sei es", sagte Aras und erinnerte mich mit diesen Worte an

eine unglaublich alte und weise Person, was mir bei Aras Aussehen irgendwie widersprüchlich vorkam.
„Ihr werdet morgen um fünf Uhr früh aufbrechen. Seid bitte in einer Stunde in meinem Büro. Dort werden wir ein paar Einzelheiten klären."

Später bei der Besprechung saß Aras an seinem Schreibtisch und blätterte in einem antiken Buch, wobei er einige unverständliche Wörter murmelte. Nach einiger Zeit erhellte sich seine Miene und er begann, laut aus dem Lexikon vorzulesen.
„Das Skia, der Schatten, bezeichnet einen magischen Gegenstand materialisierter Dunkelheit, der dem Besitzer erlaubt, alles und jeden von den Toten zu erwecken, aus der Unterwelt zu befreien und all dies wieder umzukehren. Von seiner Herkunft ist nichts weiter bekannt, jedoch weiß man, dass sich das Skia auf der Insel der Verdammten befindet."
„Was ist die Insel der Verdammten?", fragte ich und kam mir dabei ein wenig albern vor.
„Vor langer Zeit diente sie als eine Art Gefängnis für Monster. Irgendwann wurde das Skia dorthin gebracht und von diesem Zeitpunkt an übernahm der Tartaros diese Funktion, damit die Lage der Insel in Vergessenheit geriet. Wir wissen nicht, wo sie ist. Keiner weiß es, außer der Person, die *alles* weiß. Neraya."
Er sprach diesen Namen mit solcher Ehrfurcht aus, dass ich beinahe Gänsehaut bekam.
„War lange nicht mehr in Griechenland. Dürfte interessant werden", meinte Roove.
„Und ihre Bezahlung?", fragte Seth mit unsicherer Stimme.
Aras musterte mich aus großen, dunklen Augen.
„Informationen über Xaenym."
Fragend sah ich ihn an.
„Neraya ist eine Nachfahrin des Orakels von Delphi", erklärte er. „Sie sammelt jegliches Wissen und lässt sich auch größtenteils damit bezahlen. Sie lebt in einem Palast am Grund des ägäischen Meeres, den sie von Poseidon im Tausch gegen Wissen erhalten hat. Jeder, der in der Ägäis zum Meeresboden taucht, wird auch dort ankommen, sofern Neraya das zulässt."

„Dann gehen wir zu ihr, egal was wir bezahlen müssen", sagte ich bestimmt.
„Sie würde die Informationen an Zeus weitergeben", entgegnete Cryliss stirnrunzelnd.
„Das müssen wir hinnehmen."
Nae schüttelte den Kopf. „Er weiß wenig über dich, kennt deine Gaben nicht und das ist ein entscheidender Vorteil – vielleicht der einzige, den wir haben."
Cryliss seufzte. „Also gut. Informationen über meine Flucht aus dem Tartaros."
„Würdest du das wirklich tun?", fragte Aras.
Sie verdrehte die Augen und winkte ab. „Natürlich würde ich das. Ich will Hades in den Arsch treten und das ist eine fantastische Möglichkeit dazu. Sollen ihm doch alle noch lebenden Seelen, die er vor ihrem Tod eingesperrt hat, davonrennen. Außerdem sind wir die Guten, da dürfen wir unseren Vorteil nicht einfach so aus der Hand geben."
Nachdenklich nickte Aras. „Dann werdet ihr an der Küste zu Poseidon beten, um unter Wasser atmen zu können."
„Poseidon? Er ist doch ein Gott!", platzte ich heraus und erntete einige überraschte Blicke.
„Poseidon hat die Seiten gewechselt", erklärte Nathan knapp.
„Oh, äh, klar. Tschuldigung." Ich senkte den Blick. Niemand würde mich dafür auslachen, dass ich mich noch nicht so gut in der versteckten Welt auskannte, aber ich kam mir trotzdem lächerlich vor.
„Treffpunkt ist morgen früh um fünf Uhr an der Krankenstation. Nehmt euch alle Waffen, die ihr braucht, sowie Epouros und versucht, am Leben zu bleiben."
Aras sah jedem von uns noch einmal in die Augen, als wäre dies die letzte Gelegenheit dazu.

Kapitel 5

Xaenym

Wenig später in der Waffenkammer füllte Nae den Köcher an ihrem Rucksack mit möglichst vielen Pfeilen. Paver nahm einige Äxte mit, Seth griff nach zwei Speeren, Devan wählte die größten, schwersten Schwerter. Ich schnappte mir dutzende Dolche und steckte sie an meinen Waffengürtel und an die Innenseite meiner Lederjacke. Da ich nicht bogenschießen konnte, nahm ich mir im Lagerraum nebenan einen einfachen Rucksack ohne einen Köcher daran, in dem ich nun eine Zweiliterflasche, Ersatzkleidung und einen dünnen, schwarzen Schlafsack, der die Körperwärme besonders gut speichern konnte, verstaute. Außerdem schnappte ich mir noch ein Seil und Streichhölzer.

Als nächstes begaben wir uns zur Krankenstation, wo jeder mehrere dutzend Fläschchen voll Epouros einpackte. Anschließend in der Mensa nahm jeder an Proviant mit, was er noch tragen konnte. Nun waren wir fertig ausgerüstet und saßen alle in Neffires, Moonrise' und meiner Hütte, wo ich jeden nach seiner Gabe fragte, um einen Überblick zu erhalten.

„Ich ... habe geschärfte Sinne", meinte Roove zögernd.

Jetzt wurde mir klar, woher er von unseren Plänen, Sivah zu suchen, gewusst hatte.

„Du hast gelauscht", zischte ich.

Verlegen nickte er. Ich funkelte ihn finster an.

Bevor sich das unangenehme Schweigen noch länger hinziehen konnte, räusperte Jannes sich. „Also, es tut mir ja leid, diesen peinlichen Moment hier zu zerstören, aber meine Gabe ist jedenfalls, dass ich merke, wenn jemand lügt."

Ich hatte keine Ahnung, ob ich ihr einen dankbaren oder wütenden Blick zuwerfen sollte.

„Ich bin das, was man gerade braucht. Das heißt, ich erhalte die Gabe, die gerade nützlich ist. Allerdings funktioniert das nicht bei allen Gaben", erklärte Neffire.

„Nichts", meinte Seth knapp.

„Ich spüre Lebewesen und ihre Größe im Umkreis einer halben Meile", sagte Nae.
„Während die Seelen der Toten auf dem Weg zur Unterwelt sind, kann ich mit ihnen sprechen", erläuterte Cryliss.
„Ich kann im Dunkeln perfekt sehen", sagte Devan.
„Ich kenne immer unsere genauen Koordinaten und weiß, wenn wir einen falschen Weg einschlagen", erklärte Paver.
„Ich bin feuerfest", meinte Nathan und sah mich dann, genau wie alle anderen, erwartungsvoll an.
„Oneira, Machitis, Diagraf und die Zeit anhalten", erklärte ich mit gedämpfter Stimme und sah verlegen zu Boden.
„Und du bist stolz auf *meine* Gabe", flüsterte Neffire Paver zu.
„Wir sollten gehen, bevor Xaenym noch vor Verlegenheit im Erdboden versinkt. Wenn du schon solche Gaben hast, sei wenigstens stolz darauf", meinte Jannes, woraufhin ich ihr einen finsteren Blick zuwarf. Langsam leerte sich unsere Hütte, bis ich schließlich nur noch mit Neffire auf dem Sofa saß und Moonrise hereinkam.
„Also vorhin, das war ja eine wirklich schicke Rede", lachte sie, wobei ich erfolglos versuchte, mein Grinsen zu verbergen.
Sie ließ sich neben uns aufs Sofa sacken und seufzte.
„Dann fange ich mal mit der Tirade an: Wie könnt ihr es nur wagen, mich hier allein zu lassen? Xae, du hast alle meine Freunde mitgenommen!"
„Loryelle nicht", entgegnete ich, was mir einen bösen Blick einbrachte.
„Um sie geht es jetzt nicht. Sondern um euch. Ich weiß ja nicht mal, ob ihr zurückkommt!", rief sie aufgebracht.
„Das werden wir", sagte Neffire.
Auf einmal glitzerten Tränen in Moonrise' Augen.
„Sicher?", flüsterte sie mit erstickter Stimme.
„Ganz sicher", versprach ich.
Und ich wünschte, ich hätte mir glauben können.

Unruhig wälzte ich mich im Bett herum. Seit einigen Stunden versuchte ich nun schon einzuschlafen, was mir jedoch einfach nicht gelingen wollte. Meine Gedanken kreisten um die Mission

und den kommenden Tag. Vielleicht würde ich morgen sterben, in Gefangenschaft geraten oder jemanden töten müssen. Wie viele von uns und vor allem *wer* würde zurückkehren?
Schließlich gab ich den Versuch zu schlafen auf, ging hinaus und setzte mich auf eine der beiden Treppenstufen vor unserer Hütte. Mein Atem bildete weiße Wölkchen in der Luft und ich zitterte, doch ich ignorierte die Kälte. Tief durchatmend starrte ich in den klaren Sternenhimmel, als plötzlich ein Zweig knackte. Meine Hand fuhr instinktiv zu meiner Hüfte, um mein Schwert zu ziehen, griff jedoch ins Leere, da Skouro in der Hütte lag. Leise fluchend wollte ich wieder hineingehen, als Rooves Stimme ertönte.
„Alles gut, ich bin es nur. Du bist wohl aufgeregt wegen morgen." Ich konnte nur seine Silhouette in der Dunkelheit erkennen, während er sich neben mich setzte.
„Natürlich bin ich aufgeregt. Sollte ich das nicht sein?"
„Doch." Er atmete hörbar aus. „Wegen des Lauschens ..."
„Ist schon in Ordnung", platzte ich heraus. „Ich weiß nicht, wieso du mir gefolgt bist, aber du wolltest mich nur davon abhalten, mich in Gefahr zu begeben. Allerdings will und brauche ich keinen Beschützer."
„Das weiß ich. Das wusste ich, seit ich dich zum ersten Mal gesehen habe, als du dieses Sandwich aufgefangen hast." Lächelnd strich er mir kurz über den Arm, stand dann auf und verschmolz mit der Dunkelheit.
Ich blieb noch eine Weile draußen, atmete tief durch, ging dann wieder in mein Zimmer, warf mich aufs Bett und zog die Decke bis zum Kinn.

Ich befand mich in einem fensterlosen Raum mit kahlen Wänden. In der Mitte stand ein steinerner Tisch, an den Scuerahs Hand- und Fußgelenke gefesselt waren. Sie war leichenblass, zitterte und trug ein weißes Kleid, das von Blutflecken übersät war. An ihren nackten Armen und Beinen prangten einige Brandwunden. Die bunten Federn, die sie sonst immer sorgfältig in ihre Haare eingeflochten hatte, lagen verstreut auf dem Boden. Plötzlich erschien ein Mann mittleren

Alters im Raum. Er hatte schneeweißes Haar und sonnengegerbte Haut. Sein Kinn war von Bartstoppeln übersät und seine grauen Augen erinnerten an Sturmwolken, in denen gelegentlich Blitze zuckten. Er trug eine griechische Rüstung und musterte Scuerah voller Verachtung. Diese starrte stur die massive Steindecke an.

„Warum tötest du mich nicht gleich?", höhnte sie, doch in ihrer heiseren Stimme schwang Unsicherheit mit.

„Nun ... weißt du, wie schwer es ist, mein Heer zu versorgen?" Seine raue, gebieterische Stimme hallte im gesamten Raum wieder.

„Zeus, du sagst 'versorgen' so, als würden deine Monster sich mit Wasser und Brot zufriedengeben."

„Nein, das tun sie wirklich nicht. Und genau deshalb bist du noch am Leben." Er lächelte kühl, bevor er verschwand. An der Stelle, an der Zeus eben noch gestanden hatte, tauchte eine blonde Frau auf. Ihre eisblauen Augen musterten Scuerah schadenfroh, ihr Mund war zu einem hämischen Grinsen verzogen, sodass nun ihre wachsenden Reißzähne zum Vorschein kamen. Scuerahs Augen weiteten sich angsterfüllt, als die Frau plötzlich wuchs und die Gestalt eines riesigen Löwen mit einem Skorpionsschwanz voller giftiger, dolchgroßer Stacheln annahm.

Abrupt sprang das Monster auf sie zu. Ich hatte von diesem Ungeheuer namens Mantikor gelesen. Es war nicht viel über Mantikore bekannt, weil nur wenige nach einer Begegnung noch davon berichten konnten.

Scuerah schrie lauter und länger, als ich es für möglich gehalten hätte. Ich wollte meine Augen schließen oder mich umdrehen, um den Anblick nicht weiter ertragen zu müssen, doch mein Körper war erstarrt. Scuerahs Schrei verblasste zu einem matten Stöhnen. Und bald gab es für mich nichts mehr, keine Hoffnung, keine Freude, nur noch die gequälten Laute des Mädchens, das vor meinen Augen starb.

Noch lange nachdem ich schreiend und schweißgebadet aufgewacht war, wiegte ich mich hin und her, meine Beine mit den Armen umschlungen. Inzwischen war es vier Uhr morgens, was bedeutete, dass ich nur eine Stunde Zeit hatte, um mich zu beruhigen, zu sammeln und anzuziehen. Glücklicherweise hatte ich niemanden geweckt. Tief durchatmend kroch ich aus dem Bett und band mir einen Zopf. Im Bad zeigte mir ein Blick in den Spiegel, dass ich aussah wie der Tod höchstpersönlich. Dunkle Schatten lagen unter meinen Augen, mein Gesicht war blass und von Schweißperlen überzogen.

Ich schlüpfte in meine Kampfmontur und versuchte dabei, jeden Gedanken an Scuerah oder Zeus aus meinem Kopf zu verbannen. Nun – meiner Meinung nach viel zu früh – hörte ich Neffires Zimmertür knarren. Ich setzte mich auf das Sofa, nahm meinen Rucksack auf den Schoß und spielte nervös mit dem Reißverschluss.

Nach einigen Minuten kam Neffire in eine Dampfwolke gehüllt, jedoch schon in ihre Kampfmontur gekleidet aus dem Bad und bedeutete mir, ihr zu folgen.

Auf dem Weg zur Krankenstation sagte Neffire kein einziges Wort. Auch sie wirkte angespannt. Alle paar Sekunden betastete sie den Griff ihres Schwertes, als wollte sie sich vergewissern, dass es noch da war. An der Krankenstation warteten alle anderen bereits auf uns. Die Spannung in der Luft war förmlich greifbar. Als ich in die Runde blickte, sah ich Nervosität und Furcht. Nur Jannes schien den Beginn der Mission kaum erwarten zu können. Deshalb hatte ich sie mitgenommen. Sie hatte keine Angst, sondern kämpfte für ihr Leben gern.

Die Sonne sandte schon die ersten Strahlen durch die dicke Wolkendecke. Bevor ich mich umdrehte und meinem Team, das sich schon auf dem Weg gemacht hatte, folgte, warf ich einen letzten Blick auf den Ort, der inzwischen zu meinem Zuhause geworden war. Mein altes Leben erschien mir unglaublich weit weg, wie eine verblasste Erinnerung, das Lager hingegen wirkte heimatlich und vertraut. Inzwischen kannte ich die Anordnung der Hütten, die Bäume, Sträucher und Wege so gut, als wäre ich hier aufgewachsen.

Und jetzt war ich dabei, diesen Ort zu verlassen, um eine Reise ins Unbekannte anzutreten, wo ich verletzt oder sogar getötet werden konnte. Ich lächelte, wobei ich eine seltsame Mischung aus Trauer und Abenteuerlust empfand, drehte mich ruckartig um und folgte den anderen.

◈

Nachdem wir uns in den hinter der Krankenstation bereitstehenden Honda gequetscht hatten, setzte sich Cryliss ans Steuer und startete den Motor. Wir steuerten den Flughafen von Chicago an, wo ein Charterflugzeug für uns bereit stehen würde. Während der Fahrt herrschte angespannte Stille, die gelegentlich durch das Klirren der Waffen unterbrochen wurde. Paver trommelte die ganze Zeit über mit den Fingern auf dem Armaturenbrett, immer den selben Rhythmus, um sich zu beruhigen. Mir ging es allerdings nur gehörig auf die Nerven.
Im Flugzeug setzte ich mich neben Roove und nippte hin und wieder an meiner Wasserflasche.
„Ihr habt Moonrise versprochen, zurückzukehren", bemerkte er auf einmal.
Ich bedachte ihn mit einem misstrauischen Blick. „Hast du wieder gelauscht?"
„Sie hat es mir *erzählt*", korrigierte er und sog scharf die Luft ein. „Du weißt, du kannst ihr so etwas nicht versprechen."
„Doch, das kann ich. Wir werden zurückkehren. Ich lasse nicht zu, dass die Mission umsonst ist", sagte ich, bemüht, meine Stimme selbstsicher klingen zu lassen. „Ich lasse nicht zu, dass wir sterben", fügte ich leise hinzu, sprach dabei aber eher mit mir selbst als mit Roove.
Kurz darauf fiel ich in einen unruhigen Schlaf, bis ich schließlich bei der Landung wachgerüttelt wurde. Alle anderen stiegen schon aus, doch Roove wartete noch darauf, dass ich meinen Rucksack schulterte und meinen zerzausten Zopf erneuerte. Als wir zum Ausgang liefen, griff eine blonde Stewardess, die mir seltsam bekannt vorkam, nach meinem Arm.
„Entschuldigung Miss, es gab ein Problem mit ihrem Gepäck. Würden sie mich bitte für einen Moment begleiten?", sagte sie mit melodischer Stimme.
„Ich hatte nur Handgepäck", erwiderte ich kühl.
Ihre blauen Augen funkelten drohend und sie verstärkte den Griff um meinen Arm. „Doch Miss, ich bin sicher, dass es sich

um ihr Gepäck handelt."
Mein Herzschlag beschleunigte sich. Schweiß brach an meinen Handflächen aus.
„Xae, gibt es ein Problem?", fragte Roove, der schon die Treppe außerhalb des Flugzeuges hinunter ging.
Ich bemühte mich, ein strahlendes Lächeln aufzusetzen. „Es ist alles in Ordnung, ich komme gleich nach", rief ich ihm zu. Rooves Hand schnellte zu seinem Waffengürtel, woraufhin ich kaum merklich den Kopf schüttelte. Momentan war nur ich in Gefahr. Wenn er jedoch sein Schwert zog, würde uns die Stewardess beide töten. Denn ich wusste nun, wieso sie mir so bekannt vorgekommen war. Diese Frau war der Mantikor aus meinem Traum. Zeus hatte das für uns bereitgestellte Flugzeug durch eines von seinen ersetzt.
Ich konnte noch einen letzten Blick in Rooves vor Panik geweitete Augen werfen, bevor die Stewardess die Flugzeugtür mit einem lauten Knall schloss.
Plötzlich trat ein aschblonder Mann aus dem Cockpit, nahm meinen Rucksack sowie meine Waffen an sich und warf sie achtlos auf die Sitze. Unsanft wurde ich in einen kleinen, dunkeln Raum gestoßen und in die Gefängniszelle darin gesperrt. Resigniert ließ ich mich auf den kalten, harten Boden sinken und spürte kurz darauf, wie das Flugzeug abhob. Nach einigen Minuten kehrte einer der Diamantdolche zu mir zurück. Als der Mantikor hereinkam und mich abwertend durch die Gitterstäbe musterte, versteckte ich ihn hastig hinter meinem Rücken.
„Wieso habt ihr die anderen am Leben gelassen?", wollte ich wissen.
„Keine Sorge, die sind auch bald dran. Im Moment suchen unsere Truppen das Skia. Danach werden wir euer geliebtes Lager dem Erdboden gleich machen. Dagegen kannst du auch mit deinen Gaben nichts ausrichten."
Ich wusste nicht einmal, woher der Mantikor von meinen Gaben wusste, doch dadurch brachte das Monster mich auf eine Idee.
Konzentriert legte ich in Gedanken eine Zeitgrenze um mich sowie um das Flugzeug und wartete. Das Monster erstarrte und die Luft blieb mir weg, doch ich kämpfte mich bis zum Gitter

und begann mit dem Dolch am Schloss zu sägen. Währenddessen sandte ich ein stummes Gebet an alle möglichen Titanen und Götter, die auf unserer Seite standen. Und tatsächlich wurde ich von einer seltsamen Energie ergriffen. Sie verhinderte nicht, dass meine Muskeln vor Anstrengung brannten und mein Körper zu zittern begann, gab mir aber die Kraft, das Schloss durchzusägen.

Ruckartig durchtrennte ich die Kehle des Ungeheuers. Scuerah würde sein letztes Opfer bleiben, es sei denn Hades schickte es wieder zurück in die Welt der Lebenden.

Es wurde immer schwerer, die Zeit nicht weiter laufen zu lassen. Langsam verließ mich die Kraft, doch ich zwang mich, meine Ausrüstung zu nehmen und zum Cockpit zu gehen, um den Piloten außer Gefecht zu setzen. Auf dem Weg dorthin tötete ich drei weitere Monster, nur bei einem jungen Mann stockte meine Hand. Er war ein Demigott. Aus irgendeinem Grund wusste ich das. Er würde niemals aus der Unterwelt zurückkehren, sondern endgültig sterben. Vielleicht hatte er das Leben verdient. Aber hatten meine Mutter, Scuerah, Bluerax und Sivah das etwa nicht? Und dieser Junge hätte ihr Mörder sein können. Plötzlich lief mir sein Blut über die Hand, als sein lebloser Körper in sich zusammensackte. Mir wurde klar, dass ich unbewusst seine Kehle durchgeschnitten hatte.

Im Cockpit befand sich zu meiner Überraschung niemand. Plötzlich wurde das Flugzeug erschüttert, wodurch ich nach hinten fiel und hart auf dem Boden aufschlug. Als ich aus der Frontscheibe sah, zuckten einige Blitze über den Himmel. Anscheinend versuchte Zeus das Flugzeug mit ihnen zu treffen. Eigentlich hatte ich einen Fallschirm suchen wollen, doch dafür blieb nun keine Zeit mehr. Sivah hatte beim Training einmal erwähnt, Halbtitanen seien Überlebenskünstler. *Du würdest jeden Sturz überleben,* hatte sie gesagt. Jeden Sturz ... Und plötzlich fasste ich einen Entschluss. Der Plan war waghalsig und verrückt, genau das, was Zeus nicht erwartete.

Da ich keine Ahnung hatte, wie man eine Flugzeugtür öffnete, schleppte ich mich mit letzter Kraft zur Frontscheibe und begann, mit Skouro darauf einzuschlagen. Die Klinge prallte mehrmals klirrend ab, doch plötzlich ertönte ein Knistern, das an brechendes Eis erinnerte. Ein Sprung zeichnete sich auf dem dem Glas ab, auf den ich nun mit voller Wucht einhämmerte. Jeder meiner Muskeln brannte und meine Sicht begann, zu verschwimmen. Ein weiterer Blitz krachte auf das Flugzeug. Und plötzlich sprangen mir tausende Glassplitter entgegen, bohrten sich in meine Haut oder schnitten sie auf. Ein apfelgroßes Loch prangte in der Frontscheibe, welches ich mit wenigen Schwerthieben so vergrößerte, dass ich mich hindurchquetschen konnte. Die eisige Höhenluft schmerzte auf meiner Haut fast genauso sehr wie die durch das Glas verursachten Schnitte.

Auf einmal hörte ich das Geräusch der Elektrizität, die Zeus in diesem Moment über mir bündelte und jeden Augenblick auf mich herab zischen lassen würde. Das würde mich umbringen. Aber der Sturz nicht. Mir blieb also gar nichts anderes übrig.

Mit verkrampfter Hand versuchte ich, Epouros aus meinem Rucksack zu holen, was mir kaum gelingen wollte. Hastig würgte ich sieben Fläschchen des Heiltranks hinunter. Ich unterdrückte die Angst und konzentrierte mich auf Sivahs Worte. *Du würdest jeden Sturz überleben.* Innerlich wiederholte ich diesen Satz, klammerte mich an diese Gewissheit und sprang.

Die Kontrolle über die Zeit entglitt mir. Meine Lunge wurde plötzlich von kalter, klarer Luft durchströmt, als der Druck verschwand. Während eines Donnergrollens schlug der Blitz wie eine grell leuchtende Peitsche auf der Nase des Flugzeugs ein. Er schien der weißen Lackierung die Helligkeit zu entziehen und diese in sich aufzusaugen. Der vordere Teil des Flugzeuges blieb schwarz und rauchend zurück.

Die Luft zischte an mir vorbei. Es fühlte sich an, als würden meine Augen tiefer in ihre Höhlen gedrückt. Jede noch so kleine Verletzung brannte. Es kam mir so vor, als würde ich durch eine trübe Glasscheibe auf den weit entfernten Boden hinabschauen. Die Bäume, Flüsse und Hügel, denen ich mich mit rasender Geschwindigkeit näherte, wirkten nicht real. Für mich gab es in diesem Augenblick nur die Kälte und den Schmerz. Aus irgendeinem Grund hatte ich nicht einmal Angst vor dem unweigerlich bevorstehenden Aufprall. Es war, als würde ich mit vollkommener Gleichgültigkeit meinen fallenden Körper von außen betrachten. Ein Schrei entfuhr mir, als ich durch das Blätterdach krachte und mir dabei mehrere Schürfwunden zuzog. Plötzlich spürte ich Rippen brechen und Knochen splittern. Glühender Schmerz durchfuhr meinen Körper und verschwand sofort wieder. Ich sah nichts, hörte nichts, fühlte nichts und war allein in der Dunkelheit.

Kapitel 6

Roove

Mit einem plötzlichen Ruck schloss sich die Flugzeugtür, sodass ich keine Chance hatte, Xae zu helfen. Wie betäubt ging ich langsam die Treppen hinunter. Mit besorgter Miene erkundigte sich Nae nach ihr. Sofort spürte ich, wie mir Tränen in die Augen schossen, die ich jedoch schnell wegblinzelte. Auf einer Mission war es nicht üblich zu weinen, egal was geschehen war.
„Sie ..." Mühsam schluckte ich den Kloß in meinem Hals hinunter. „Zeus' Monster waren im Flieger. Die Götter haben sie."
In den Augen der anderen spiegelten sich Trauer, Entsetzen und Ungläubigkeit. Nur Jannes' Gesicht blieb unverändert. Nathan klopfte mir beruhigend auf die Schulter, Neffire vergrub ihr Gesicht an Pavers Schulter, während Nae mit geröteten Augen vor sich hin starrte. Eine einsame Träne lief ihre Wange hinab. Devan stand stocksteif herum, Seth wandte das Gesicht ab und Cryliss umklammerte mit wutverzerrter Miene den Griff ihres Schwertes. Schweigend gingen wir zum Parkplatz.
„Gibt's hier einen Ferrari?", fragte Nathan, offensichtlich bemüht locker und cool zu wirken, doch die Unsicherheit in seiner Stimme ließ seinen Tonfall einfach nur merkwürdig klingen.
„Da passen wir nicht alle rein. Ein Van?", fragte Cryliss.
„Nein, wir brauchen etwas mit Stil", erwiderte Nathan.
„Ein Hyundai?", schlug Devan vor.
Das ganze Gespräch war nur ein ungeschickter Versuch, die Gedanken an Xaes Gefangennahme und ihren somit sicheren Tod zu überspielen. Das hatten wir schließlich immer getan, bei Ayslynn, Sivah, Scuerah, Bluerax und jetzt Xaenym. Wir versuchten die Toten zu vergessen, doch wir alle wussten, dass dies unmöglich war. Der Schmerz würde nicht einfach verschwinden, weil wir ihn ignorierten.

„Xaenym ist gerade gefangengenommen worden und ihr diskutiert über ein Auto!", hörte ich mich plötzlich rufen.
Nathan legte seine Hand auf meine Schulter.
„Ich weiß, sowohl Ayslynn als auch Xae innerhalb von ein paar Monaten zu verlieren, ist hart, aber ... wir müssen weitermachen. Im Lager wird eine Münze für sie verbrannt, wie bei allen anderen."
Ruckartig zog er seinen Arm von mir weg, steckte die Hände in die Taschen und nickte entschieden. „Also ein Hyundai."
Binnen weniger Minuten fanden wir ein passendes Auto, mit sieben Sitzen, in das wir alle neun hineinpassen würden. Neffire, die immer die Gabe erhielt, welche gerade benötigt wurde, entriegelte die Türen. Als sich alle ins Auto gequetscht hatten, trat Cryliss das Gaspedal abrupt durch, was ihr lauten Protest insbesondere von denen einbrachte, die keinen eigenen Sitzplatz gefunden hatten.
Wie so oft herrschte während der restlichen Fahrt bedrückende Stille. Ich hatte das vor ein paar Jahren 'Autoeffekt' getauft: Beim Autofahren herrschte immer eine bedrückte, traurige Stimmung, weil man im Wagen Zeit zum Nachdenken hatte und sich nicht davon ablenken konnte, dass jemand gestorben oder verletzt worden war.
Mit gedämpfter Stimme gab Paver Anweisungen bezüglich des Weges und der Richtung. Ich hingegen starrte bis in die Nacht hinein aus dem Fenster und beobachtete die vorbeiziehende Landschaft.
Als es stockdunkel geworden war und nicht einmal Scheinwerfer die Straße ausreichend beleuchteten, hielt Cryliss das Auto am Straßenrand an und führte uns ein paar Meter in den angrenzenden Wald hinein, wo jeder seinen Schlafsack auspackte. Schnell aßen wir ein karges Abendessen aus Brot und Käse. Da ich heute Nacht ohnehin kaum Aussicht auf Schlaf hatte, meldete ich mich freiwillig für die zweite Wache, jedoch bekam Seth den Posten. Die erste wurde Jannes zugeteilt.
Seufzend kroch ich in meinen Schlafsack. Ich konnte nicht sagen, wie lange ich reglos herumlag und in die Dunkelheit starrte, als Jannes' Stimme die nächtliche Stille unterbrach. „Ich weiß, dass du noch wach bist."

Hatte sie mit *mir* gesprochen? Ruckartig setzte ich mich auf. Ihre Silhouette lehnte wenige Meter von mir entfernt an einem Baum und starrte in den klaren Nachthimmel.
„Wenn ich nicht schlafen kann, schaue ich mir oft die Sterne an. Sie beruhigen mich irgendwie", flüsterte Jannes. Ich runzelte die Stirn. Das war so ziemlich das netteste, das Jannes jemals zu irgendwem gesagt hatte. Vermutlich wollte sie mich trösten.
Mein Blick schweifte nach oben. „Ja, sie ..."
„Bist du sehr traurig wegen ihr?", fiel sie mir ins Wort.
„Natürlich. Ihre Gefangennahme ist doch erst ein paar Stunden her. Wer weiß, was sie mit ihr gemacht haben."
Jannes schüttelte den Kopf. „Ich meine nicht Xaenym, sondern Ayse."
„Das auch."
„Und wieso liebst du dann Xaenym?"
Als ich sie entgeistert anstarrte, winkte sie ab. „Tu nicht so, als wäre das nicht offensichtlich. Alle haben schon auf den Moment gewartet, in dem du ihr mit einem Rosenstrauß in der Hand hinterherrennst."
„Ich ... ich vermisse Ayse nicht mehr, schließlich kann ich ihr nicht ewig nachtrauern. Und Xae ist ..." Ich schluckte, „*war* wundervoll. Und dann ..." Ich zuckte mit den Schultern.
Obwohl ich Jannes nicht genau sehen konnte, war ich mir sicher, dass sie eine Augenbraue hob. „Ayslynns Tod ist erst zwei Monate her."
„Und ich habe sie geliebt. Ich habe sie so verdammt sehr geliebt, glaub mir. Aber sie ist nicht mehr hier. Und dann bin ich darüber hinweggekommen, weil ich mich in Xae verliebt habe."
„Warum liebt ihr sie nur alle?", flüsterte sie, leiser als zuvor.
„Alle?"
„Devan."
„Deshalb warst du nicht traurig, als Xae gefangen genommen wurde. Aber Devan ... Er hat Scuerah geliebt, nicht Xae. Wie kommst du nur darauf? Scuerahs Tod ist ..."
„Noch nicht lange her? Erzähl *du* mir nichts darüber", sagte sie und starrte weiter hinauf zum Sternenhimmel.

Während meines Traumes hatte ich das Gefühl, Trampolin zu springen. Ich war wieder neun Jahre alt, übte Saltos und wollte bis zum Himmel hinaufspringen. Noch kannte ich Ayslynn und Xaenym nicht. Ich war nur ein glückliches Kind. Aber plötzlich wurde ich wach und die Realität brach über mich herein. Ich kannte Ayse, ich kannte Xae und blickte aus irgendeinem unerfindlichen Grund auf einen außerordentlich behaarten Rücken.
Meine Beine waren mit einem Seil zusammengebunden, an welchem ich kopfüber herunterhing und dabei hin und her baumelte. Wahrscheinlich hatte ich deshalb vom Trampolinspringen geträumt. Ab und an streifte mich einer der Äste des lichten Nadelwaldes, durch den ich getragen wurde. Meine Hände waren gefesselt und alle Waffen aus meinem Gürtel verschwunden. Neben mir hing Seth, an dessen Hinterkopf eine riesige, blutige Wunde klaffte. Mir war klar, dass er eine solche Verletzung nicht überleben konnte. Ich verdrängte diesen Gedanken und versuchte als erstes, herauszufinden, was mich mit sich herumschleppte.
„Ähm ... Hallo?", rief ich.
Mit einem Ruck flog ich in hohem Bogen nach vorn. Eine riesige Hand fing mich auf und alles was ich sah, war ein gigantisches, braunes Auge, das mich eingehend musterte. Als das Wesen mich ein Stück von seinem Gesicht entfernte, konnte ich einen ausführlicheren Blick auf mein Gegenüber werfen. Es war etwa zehn Meter groß, am ganzen Körper widerlich behaart, hatte aber seltsamerweise eine Glatze. In der Mitte seiner Stirn befand sich lediglich ein einziges Auge. Bekleidet war er nur mit einem Lendenschurz, der mich an eine Windel erinnerte. Das war ein Zyklop – und zwar kein friedlicher, denn an der Windel hing eine gigantische Axt. Die anderen waren alle irgendwo an seinem Körper festgebunden. Nae und Nathan an den Waden, Jannes am Unterarm ...
Ich konnte nicht jeden sehen, vermutete aber, dass alle irgendwo befestigt waren. Der Zyklop gab ein Grunzen von sich und fragte mit rauer, tiefer Stimme, die allerdings ein wenig dümmlich klang: „Was ist?"
„Wenn man gefesselt aufwacht, fragt man sich, wer einen

gefangen hält."
„*Ich* halte euch gefangen."
„Das sehe ich. Wo bringst du uns hin?"
„Zu meiner Höhle, wo ich euch kochen werde."
„Nein! Halt! Hier wird niemand gekocht."
„Doch. Ihr. Oder vielleicht brate ich euch auch. Und jetzt halt die Klappe."
Unsanft warf er mich wieder über die Schulter, woraufhin mich fast die messerscharfe Klinge der hin und her schwingenden Axt traf. Und plötzlich mir kam eine Idee ... Wenn der Zyklop eine ruckartige Bewegung nach rechts machen würde, könnte ich mit etwas Glück die Fesseln an meinen Armen durchtrennen. Also rief ich: „Hey Zyklop! Guck mal, da! Rechts!", in der Hoffnung, dass Zyklopen genau so dumm waren, wie in Büchern immer behauptet wurde. Tatsächlich drehte er sich zur Seite und starrte verdutzt zwischen die Bäume. Die Axt kam auf mich zu, doch sie würde nicht nahe genug kommen. Also tat ich etwas, das ich niemandem empfehlen würde: Ich versuchte mit aller Kraft auf die riesige Klinge zuzuschwingen, wobei ich die Hände vorausstreckte und die Augen so fest zukniff wie noch nie. Plötzlich spürte ich glühenden Schmerz an meiner Brust. Warmes Blut lief mir übers Gesicht, doch immerhin waren meine Hände nun frei.
Aus welchem Grund auch immer fragte der Zyklop nicht, was ich angeblich gesehen hatte, sondern grummelte einfach vor sich hin. Schnell löste ich meine restlichen Fesseln. Mit einer Hand hielt ich mich am Seil fest und mit der anderen löste ich die kleine Perle voll Ypnosöl von meiner Halskette, darauf bedacht, sie nicht zu zerbrechen. Ypnosöl war eine goldene Flüssigkeit, die bei Kontakt mit dem Gesicht alles und jeden für etwa zehn Minuten betäubte.
„Zyklop! Ich muss dir was zeigen! Hol mich nach vorn!" Kaum hatte ich den Satz beendet, flog ich auch schon im hohen Bogen über seine Schulter, wobei es mir schwer fiel mich festzuhalten. Ab jetzt zählten Sekundenbruchteile. Als er meine befreiten Hände und das Blut sah, schnappte der Zyklop sofort nach mir. Seine Hand, die zuvor das Seil festgehalten hatte, schnellte auf mich zu. Mit aller Kraft warf ich das Ypnosöl nach seinem

Gesicht. Kurz bevor die Perle auf seiner Stirn in tausende Splitter zersprang, landete ich in seiner Hand.
Sein Griff drohte, mir alle Knochen zu brechen, ließ aber plötzlich nach. Der Zyklop fiel mit einem dumpfen Schlag nach hinten um und ich stürzte auf seinen Bauch, was mich glücklicherweise abfederte. Wer hätte gedacht, dass Fett mir mal das Leben retten würde?
Hastig rollte ich mich von ihm hinunter und rannte zu Paver, der am Griff der Axt festgebunden war. Ich befreite ihn von den Fesseln und verpasste ihm eine Ohrfeige, um ihn zu wecken. Träge öffnete er die Augen und fragte verschlafen: „Was ..."
„Du befreist Neffire! An den Waden!", schrie ich und lief zum linken Arm des Zyklopen, um Jannes loszubinden. Diese schreckte wie aus einem Albtraum hoch und rief: „Ein Zyklop!"
„Weiß ich. Die anderen sind irgendwo an ihm festgebunden. Such sie!", fiel ich ihr ins Wort.
Sie fischte ein Messer aus ihrem Ausschnitt hervor. „Ich hab den Dolch versteckt als ...", begann sie. „Erklär mir das einfach später", unterbrach ich und sprintete zu den Waden, wo Nae hing. Hastig schnitt ich ihre Fesseln durch und weckte sie. Kaum hatte sie den Zyklopen erblickt, erhellte sich ihre Miene. „Stich ihm das Auge aus!", wies sie mich an, was mich einen kurzen Moment staunen ließ. Nae war nicht der Typ für Brutalität. Zu solchen Maßnahmen griff sie nur, wenn es absolut keinen anderen Ausweg gab. Aber ich musste zugeben, dass es eine verdammt gute Idee war.
Ich kletterte den behaarten Fettberg hinauf, lief zum Auge und stieß den Dolch mit voller Kraft durch das geschlossene Lid. Es fühlte sich an, als würde ich versuchen, einen riesigen, eingetrockneten Wackelpudding aufzuspießen. Blut und Augenglibber quollen hervor. Obwohl mir übel wurde, drückte ich das Messer tiefer in die Wunde. Dann zog ich es schnell heraus, kämpfte gegen den Würgereiz an und sprang hinunter. Dort standen Neffire, Paver sowie Devan tatenlos herum und starrten mich an.
„Was steht ihr hier rum?", brüllte ich. „Befreit jemanden!"
„Wir finden Seth und Nathan nicht!", protestierte Neffire.
„Seth ... Er ist ... Er hing am Rücken und hatte eine Platzwunde

am Kopf, die er nicht überlebt hat."
Als sie sich nicht rührten, rief ich: „Trübsal blasen könnt ihr im Auto. Sucht jetzt gefälligst Nathan!"
Aus ihren Gedanken gerissen rannten sie genau wie ich los. Kaum hatte ich Nathan an den Griff der Axt gefesselt gefunden, fing der Zyklop an, zu grummeln und sich zu bewegen.
Schweiß brach an meinen Handflächen aus und als Nathan mehr oder weniger befreit war, begann ich panisch, an ihm zu zerren. In letzter Sekunde gelang es mir, ihn zur Seite zu ziehen, bevor sich der Zyklop herumrollte und uns beinahe zu Mus verarbeitete. Nae und Cryliss kamen angerannt. Panik stand ihnen ins Gesicht geschrieben. Sie halfen mir, Nathan ein Stück vom Zyklopen wegzuzerren, der inzwischen angefangen hatte, ohrenbetäubend laut zu brüllen. Einige Sekunden versuchte er, sich zu erheben, wobei er weiterhin schrie und mit einer Hand sein Auge verdeckte. Hinter ihm kamen Jannes, Devan, Paver und Neffire zum Vorschein. Sie alle sahen mit angsterfülltem Blick zum Zyklopen auf. Nur in Jannes' Gesichtsausdruck lag eine seltsame Mischung aus Stolz und Wut. Sie hatte keine Angst. Einen Augenblick bewunderte ich sie dafür, obwohl ich wusste, dass es kein Mut, sondern Eitelkeit war. Jannes war einfach zu stolz, um ihre Angst zuzulassen.
Ruckartig riss der Zyklop seine Axt hervor und schmetterte sie mit voller Wucht direkt neben uns in den Boden. Dabei fiel mir eine breite Schlaufe mit unseren Waffen an seinem Handgelenk auf.
„Passt auf! Er kann hören wo wir sind", rief Nae.
„Fantastisch", seufzte ich, während wir in alle Richtungen davonliefen und jeder sich irgendwo versteckte.
Mein Blick fiel auf Nae. Auch sie schien die Schlaufe mit den Waffen bemerkt zu haben. Durch ein Nicken trafen wir eine stumme Vereinbarung. Sofort sprang sie vor den Zyklopen und schrie: „Hey, du Schwachkopf. Hier unten!", woraufhin dieser die Axt hob und auf sie einschlug. Nae warf sich augenblicklich zurück, doch die vordere Ecke der Axt streifte noch ihren Arm und ein markerschütternder Schrei hallte im gesamten Wald wieder. Aber ich hatte gerade keine Zeit, um mich darum zu kümmern.

Sobald die Axt im Boden steckte und er versuchte, sie wieder herauszuziehen, machte ich einen Satz auf seinen Arm zu und griff blindlings nach der Schlaufe mit den Waffen. Ich erwischte ein Schwert sowie eine Axt. Nun zog das Monster seine Axt mit einem Ruck aus dem Boden und ich sprang zu Nae hinüber. Ihr rechter Arm war blutüberströmt, ihr Muskel teilweise durchtrennt, der Knochen aber glücklicherweise unversehrt. Schnell hob ich sie hoch und schleppte sie hinter einen Felsen, wo sich die anderen zusammengefunden hatten und das Geschehen beobachteten. Dort angekommen drückte ich Paver die Axt in die Hand und rannte mit Nae über der Schulter dem Team hinterher in den dichteren Teil des Waldes. Durch Naes Gewicht und die schmerzende Wunde an meiner Brust fiel ich schon nach kurzer Zeit zurück.

Meine Lunge brannte und meine Beine drohten, unter mir einzubrechen, doch ich zwang mich weiterzulaufen. Ich hörte das Knacken der Äste und schwere Schritte, als der Zyklop sich einen Weg durch den Wald bahnte. Irgendwann stolperte ich über eine Wurzel, wobei Nae aufschrie. Das Monster kam mit beängstigender Geschwindigkeit näher. Plötzlich wirbelte Cryliss herum, fing Naes Blick auf, die daraufhin schlagartig verstummte. Nun setzte Cryliss Naes Schrei fort, sodass der Zyklop dachte, wir wären bereits weitergelaufen. Also trat er über uns hinweg und verfolgte die anderen, die sich nun in zwei Gruppen aufgeteilt hatten: Rechts liefen Neffire, Paver und Jannes, links Cryliss, Nathan und Devan. Beide Gruppen rannten vorwärts und machten abwechselnd irgendwelchen Krach. Dadurch lief das Monster immer im Zickzack hin und her. Das funktionierte eine ganze Weile – bis der Wald an einer Klippe abrupt endete. Beinahe wäre Neffire hinabgestürzt, doch Paver riss sie zurück, woraufhin nur einige Steine von der Kante ins tosende Meer fielen.

Beide Gruppen starrten den Abgrund hinunter, unschlüssig, was sie nun tun sollten. Der Zyklop stand schon hinter ihnen und schlug mit seiner Axt blindlings um sich. Es war nur eine Frage von Sekunden bis er jemanden erwischen würde. Doch dann fiel mir eine breite Spalte an der sonst geraden Felskante auf ...

Ich rannte auf die andere Seite der Spalte und griff mir einen apfelgroßen Stein. Diesen warf ich mit voller Kraft gegen die Schläfe des Ungeheuers, wobei ich laut herumschrie, um möglichst viel Aufmerksamkeit auf mich zu ziehen. Die gute Nachricht war, dass der Zyklop herumfuhr und mit erhobener Axt, zum tödlichen Schlag bereit, auf mich zumarschierte. Die schlechte, dass der Zyklop herumfuhr und mit erhobener Axt, zum tödlichen Schlag bereit, auf mich zumarschierte.

Je nach Größe seiner Schritte würde er entweder in die Felsspalte hineinfallen oder darüber hinwegtreten, ohne sie überhaupt zu bemerken. Er setzte seinen linken Fuß an die Kante der Spalte, machte einen riesigen Schritt und erreichte sicher die andere Seite. Ich malte mir schon aus, wie er mich mit der Axt zerschmettern würde, als plötzlich hinter ihm Naes Geschrei ertönte. Der Zyklop hielt inne, drehte sich hämisch grinsend um und steuerte entschlossen auf Nae zu.

Aber diesmal trat er siegessicher ins Leere und fiel mit einem ohrenbetäubenden Gebrüll zunächst auf einen Felsvorsprung und schließlich in die tosenden Wellen des Meeres.

Einen Moment atmete ich tief durch und versuchte, mich zu beruhigen. Dann rannte ich zu den anderen hinüber und half Nae dabei, sich hinzulegen.

„Das", staunte Neffire, „war *riesig*."

„Die Rettungsaktion oder der Zyklop?", fragte ich.

„Beides", erklärte sie.

Wir alle schauten besorgt auf Naes Wunde, die einfach nicht aufhören wollte zu bluten. Ich schnitt an meinem Knöchel einen Stoffstreifen von meiner Hose ab und reichte ihn Cryliss. „Du kannst Wunden besser verbinden als ich."

Sie nickte und machte sich mit konzentrierter Miene an die Arbeit, wobei ich gespannt die Luft anhielt. Nae war leichenblass. Schweißperlen zeichneten sich auf ihrer Stirn ab und sie zitterte. Obwohl ihr Gesicht schmerzverzerrt war, beklagte sie sich nicht.

„Haben wir Epouros?", fragte Cryliss nach einer Weile, ohne den Blick von der Verletzung abzuwenden.

„Nein, wir haben einen Dolch, ein Schwert und eine Axt."

„Das ist alles? Wasserflaschen? Nahrung?"

Ich schüttelte den Kopf. „Nichts."

„Neffire, Paver, geht Wasser suchen", ordnete sie an. Als sie die Verletzung verbunden hatte, fügte sie hinzu: „Ohne Wasserflaschen und Jagdwaffen können wir nicht überleben." Und dann sprach sie aus, was sich keiner zu sagen getraut hatte. „Ohne Xaenym schaffen wir es nicht zu Neraya. Wir suchen die nächste Stadt und fliegen zurück nach Chicago zum Lager."
„Nein", widersprach ich. „Dann findet Zeus das Skia vor uns und wir sterben in Titansvillage. Ich fliege nicht."
Sie schaute in die Runde. „Was sagt ihr dazu?"
„Das ist der größte Mist, den ich je gehört habe. Wir haben es bis jetzt doch auch ohne diese arrogante Demititanin geschafft, oder nicht?", schnaubte Jannes.
Trotzig sah Cryliss uns an. „Allein kann ich wohl kaum gehen. Aber wenn wir sterben ..." Sie unterbrach ihren Satz, und bedachte mich mit einem zornigen Blick. „... ist Roove schuld", fuhr sie mit drohendem Unterton fort.
Der Ausdruck in ihren braunen Augen jagte mir einen Schauer über den Rücken. Ich fragte mich, ob sie wieder verrückt werden würde. Eigentlich vertraute ich ihr, ich mochte sie sogar. Aber sie war das Mädchen, das die Unterwelt überlebt hatte, weshalb ich es für klüger hielt, einfach zu nicken. Nun erschienen Neffire und Paver, was die Spannung, die in der Luft lag, ein wenig löste. Paver hielt einen selbstgemachten Lederbeutel für Wasser in der Hand, aus dem bei jedem Schritt etwas Wasser tropfte.
„Wir präsentieren den besten improvisierten Wasserbeutel der Welt!", rief er stolz und hob diesen grinsend hoch. Schnell gaben wir Nae fast das gesamte Wasser, die daraufhin glücklicherweise etwas Farbe im Gesicht bekam. Für mich blieb nur ein kleiner Schluck, doch obwohl ich durstig war, hätte ich meinen Anteil am liebsten auch Nae überlassen.
„Wir haben nicht weit entfernt im Wald einen kleinen See gefunden. Es wäre wohl das Beste dort unser Lager aufzuschlagen", schlug Neffire vor. Zustimmendes Gemurmel ertönte und kurz darauf folgten wir Paver und ihr. Devan hatte angeboten, Nae zu tragen, doch diese beharrte darauf, allein zu laufen. Leichenblass, mit vorsichtigen, aber sicheren Schritten ging sie hinter uns her.
Der See war von Sträuchern und Bäumen umgeben, die sich im

kristallklaren Wasser spiegelten. Einige Sonnenstrahlen fielen durch das Blätterdach und tauchten den Ort in ein idyllisches Licht. Der See hatte etwas Friedliches an sich, wodurch ich meine Trauer zumindest für den Moment vergessen konnte.
Cryliss untersuchte Naes Wunde mit besorgter Mine. „Ich brauche Niesblumwurzel zur Wundheilung und Felbenzweigrinde gegen den Schmerz. Jannes und Nathan, ihr sucht nach den Heilpflanzen. Neffire und Paver, ihr besorgt etwas Essbares. Ihr anderen baut uns Betten aus Moos, Laub sowie Zweigen und sammelt Feuerholz. Ich bleibe bei Nae und kümmere mich um ihre Verletzung."
Wortlos machten wir uns an die Arbeit.
Nach einigen Stunden saßen wir gemeinsam am Feuer. Ich kaute lustlos auf einem Stück innerer, weicher Kiefernrinde herum. Sie hatte zwar die Konsistenz einer gebratenen Schuhsohle, war aber immerhin essbar. Dazu gab es für jeden eine Handvoll Steinpilze, die im Vergleich zur Rinde köstlich schmeckten. Als ich alles hinuntergewürgt hatte, knurrte mein Magen noch immer, doch da es schon dunkel war, musste ich mich damit zufrieden geben. Cryliss teilte die erste Wache mir, die zweite Nathan zu. Nun legte sich jeder, bis auf mich einfach ohne Schlafsack auf sein Bett. Obwohl diese selbstgebauten Dinger aus Moos und Ästen nicht sonderlich bequem auf mich wirkten, schliefen alle innerhalb weniger Minuten ein. Erschöpft schleppte ich mich zum See und watete durch das angenehm kühle Wasser. Da es sauber war, trank ich davon und wusch meine Wunde aus. Plötzlich hörte ich hinter mir ein Knacken, riss das Schwert aus meinem Waffengürtel, fuhr herum und hätte beinahe Jannes zerteilt, die einen spitzen Schrei ausstieß.
„Psst, du weckst die anderen", mahnte ich. „Warum bist du wach?"
Sie setzte sich ans Ufer und zuckte mit den Schultern. Gedankenverloren starrte sie die Wasseroberfläche an, in der sich jetzt der Mond und die Sterne spiegelten.
„Woher hattest du beim Kampf eigentlich den Dolch?", fragte ich.
„Ich hatte Seth zur zweiten Wache geweckt, war aber noch nicht eingeschlafen. Als ich plötzlich einen Schlag gehört und

zurückgeschaut hab, sah ich, dass der Zyklop Seths Kopf an einen Baum geschlagen hatte. Ich wusste, dass wir im direkten Kampf keine Chance hätten, also hab ich den Dolch versteckt, wo niemand suchen würde, und hab so getan, als würde ich schlafen. Und dann schlug er jedem von uns leicht auf den Kopf, um sicherzustellen, dass wir vorerst nicht aufwachen würden."
Sie zuckte mit den Schultern, dann schwiegen wir einige Minuten. Langsam watete ich ans Ufer und ließ mich neben sie fallen.
„Ich weiß, dass du heute gelogen hast. Du glaubst nicht, dass wir es zu Neraya schaffen", bemerkte sie spitz.
„Weißt du, ich habe Angst zurückzukehren und immer den leeren Platz am Tisch zu sehen. Dieser Platz war seit Ayslynns Tod leer, doch Xae hat ihn gefüllt. Die Lücke verschwand, aber jetzt ist sie wieder da. Es ist nicht fair."
„Xaenym ist nicht Ayslynn", sagte sie schroff.
„Wie nett du doch bist", meinte ich mit sarkastischem Unterton.
Sie hob eine Augenbraue. „Ich sage nur die Wahrheit."
„Die Wahrheit ist totaler Mist."
„Das ist nicht meine Schuld."
Dann schwiegen wir, starrten auf die ruhigen Wellen des Sees. Es tat gut, etwas so Gleichmäßiges zu sehen, etwas, das beständig blieb, egal was geschah.
Jannes dachte, ich würde Xae nur lieben, weil sie Ayse' Platz eingenommen hatte, aber das tat ich nicht. Als Ayslynn gestorben war, hatte sie ein großes, schwarzes Loch in meine Brust gerissen. Doch seit ich Xaenym kannte, hatte ich aufgehört, um Ayse zu trauern und war in Xae verliebt – vom ersten Augenblick an. Aber ich hatte Ayse nicht vergessen. Das hätte ich nie gekonnt, selbst wenn ich es gewollt hätte.
„Nae wird sterben", flüsterte Jannes.
„Sie kann es schaffen ... Es ist nur ihr Arm, vielleicht ..."
„Wenn du das glaubst", seufzte sie, „belügst du dich nur selbst. Die Wunde wird sich entzünden. Sie braucht Epouros oder sie stirbt innerhalb einer Woche."
„Warum sprichst du eigentlich immer aus, was alle anderen verschweigen?"
„Wir wissen es doch alle, also können wir es auch sagen",

entgegnete sie.

„Wir wissen es alle, wollen es aber nicht hören."

Einige Minuten war es still, doch dann sagte ich: „Sie sterben alle. Sivah, Bluerax, Scuerah, Seth, Xae, Ayse und bald auch Nae. Wir können es nicht verhindern, sie sind wie Sand, den man in der Hand hält. Egal wie sehr man versucht ihn festzuhalten, er rinnt einem durch die Finger und verschwindet allmählich. Also machen wir weiter, trauern nur innerlich, und verhalten uns fast, als hätte es sie nie gegeben. Aber es hat sie gegeben, Jannes. Sie haben gelebt wie wir und sie sind gestorben, wie wir es bald werden."

Aufgewühlt stand ich auf und stapfte zurück zu den anderen, um Nathan zur zweiten Wache zu wecken.

Meine Lunge brannte, meine Kehle war ausgetrocknet und meine Schienbeine vom Gestrüpp zerkratzt. Dennoch musste ich den vor mir liegenden, steinigen Hang hinaufrennen, so schnell ich konnte.

Am oberen Ende des Hanges prangte in großen weißen Buchstaben das Wort Hollywood. *Neben mir lief Ayslynn, wobei ihre zimtfarbenen Locken auf und ab sprangen. Ihre großen, schokoladenbraunen Augen sahen mich erschrocken an. Aus einer Schnittwunde auf ihrer Wange rann Blut, welches wegen ihrer dunklen Haut aber kaum zu sehen war. Ein Mantikor mit weit aufgerissenem Maul jagte hinter uns her. Seine blauen Augen funkelten gefährlich.*

Unsere Lage war aussichtslos. Der Mantikor spielte nur mit uns. Hätte er uns einholen wollen, wäre das längst geschehen. Er ließ uns immer so viel Vorsprung, dass wir hoffen konnten, die Buchstaben zu erreichen und uns auf diesen in Sicherheit zu bringen. Ayse hatte all ihre Pfeile, bis auf einen einzigen verschossen. Ansonsten steckte nur ein kleiner Dolch in ihrem Waffengürtel.

Es war eine leichte Mission gewesen: Nach Los Angeles gehen und nach weiteren Goldblütern suchen. Nichts Außergewöhnliches. Nach unserer Ankunft hatten wir uns am Fuß des Hanges schlafen gelegt und waren kurz nach

Sonnenaufgang durch ohrenbetäubendes Gebrüll aufgewacht. Endlich erreichten wir die Hollywoodbuchstaben. Ayse warf mir einen kurzen Blick zu und wir sprangen mit aller Kraft hinauf. Ich krallte mich an die unterste Stange des Y und zog mich hinauf, als Ayslynn plötzlich schmerzerfüllt aufschrie. Der Mantikor grub seine Krallen in ihren Oberschenkel und riss sie hinunter. Mit einem dumpfen Schlag krachte sie auf den Boden. Das Monster biss ihr in die Seite. Blut tropfte von seinen Lefzen. Während der Mantikor Ayse mit dem Maul zur Seite schleuderte, sah er mich aus Augen, die wie blaue Eiskristalle funkelten, an. Drohend knurrte das Monster, drehte sich abrupt um und jagte plötzlich den Hang hinab, während es sich bereits in seine menschliche Gestalt zurückverwandelte.
Sofort ließ ich mich hinunterfallen, wobei mein Knöchel umknickte, doch es war mir egal. Die brennende Lunge, die zerkratzten Schienbeine, die trockene Kehle interessierten mich nicht. Es zählte nur Ayse, die dort vor mir in einer Blutlache auf dem Boden lag, die Hand an ihre Rippen gepresst, flach atmend. Augenblicklich riss ich ein Fläschchen Epouros aus meiner Jackentasche und reichte es ihr, doch sie schloss ihre Hand um meine, drückte so meine Finger wieder um die Flasche und schob meinen Arm kopfschüttelnd zurück.
„Du brauchst es vielleicht selbst. Mir hilft es nicht mehr." Ich schluckte den Kloß in meinem Hals hinunter, legte mich neben sie und nahm sie in den Arm.
„Roove?"
„Ja?"
„Wenn das hier vorbei ist, gehen wir tanzen, ja? Ich wollte schon immer mit dir tanzen gehen. Etwas Normales tun."
„Und du trägst das beigefarbene Kleid, das ich so mag."
Tränen rannen ihr über die Wangen.
„Du trägst einen Anzug", flüsterte sie.
„Im Anzug sehe ich miserabel aus."
„Du siehst nie miserabel aus." Ayslynn küsste meine Wange und fuhr mir durch die Haare, obwohl sie genau wusste, dass ich das hasste.
„Aber ich warne dich: Ich kann nicht tanzen", sagte ich.
„Ich doch auch nicht." Dann lagen wir schweigend da, starrten

die Wolken an, wie sie über den Himmel wanderten, als sie mit schwacher Stimme sagte: „Roove, du musst mir etwas versprechen."
„Alles."
„Du musst loslassen. Werde nicht wie Sivah, schließlich kannst du dich im Gegensatz zu ihr nochmal verlieben. Dein Leben ist noch nicht zu Ende und, das verspreche ich dir, bald wird es ein anderes Mädchen geben."
„Ich will dich nicht ersetzen."
„Du sollst mich ja auch nicht ersetzen. Du sollst mir nur nicht ewig nachtrauern."
„Aber noch bist du hier. Ich werde an kein anderes Mädchen denken, solange du bei mir bist."
„Nein Roove. Ich bin nicht mehr bei dir. Du redest zwar noch mit mir, aber meine Seele ist bereits auf dem Weg in die Unterwelt. Die Moiren schneiden gerade meinen Lebensfaden durch. Ich liebe dich und egal was geschieht, egal wohin ich gehe, ich werde dich nie vergessen, das verspreche ich. Aber du musst mich irgendwann vergessen."
„Ich liebe dich mehr als alles andere auf dieser Welt", flüsterte ich, doch sie konnte mich nicht mehr hören. Ihre Augen waren zwar offen, aber sie sahen mich nicht mehr.

Kapitel 7

Roove

Schweißgebadet schreckte ich aus dem Schlaf hoch.
„Hey Mann, alles okay?", fragte Nathan, der an einem Baum lehnte, besorgt.
„Alles ... alles klar, hab nur schlecht geträumt."
„Xae?"
„Ayse." Ich räusperte mich. „Nate, wenn du willst, übernehme ich den Rest der Wache. Ich kann sowieso nicht mehr einschlafen."
Er gähnte, bedankte sich und fing, direkt nachdem er sich auf den Boden gelegt hatte, an, leise zu schnarchen.
Ich stand auf, setzte mich ans Seeufer und starrte bis zum Morgengrauen auf die Wasseroberfläche, wobei mich die ganze Zeit ein Thema beschäftigte: Ich war mir vollkommen sicher, dass der Mantikor aus Los Angeles auch Xae entführt hatte. Während es den Hang hinabgelaufen war, hatte ich einen kurzen Blick auf die menschliche Gestalt des Ungeheuers werfen können. Diese eisblauen Augen und die blonden Locken würde ich nie vergessen. Beide Male hatte der Mantikor das Mädchen, das ich liebte, getötet. Beide Male hätte er mich auch töten können. Und beide Male hatte er es nicht getan.
Nach und nach wachten die anderen auf. Zum Frühstück gab es nur Rinde und Wasser, was meinen knurrenden Magen nicht im Geringsten zufriedenstellte. Naes Zustand war unverändert. Aus der Wunde sickerte noch immer ein wenig Blut. Mit schmerzverzerrtem Gesicht duldete sie, dass Cryliss ihr einen neuen Verband anlegte.
„Wir teilen uns in drei Gruppen auf", entschied Cryliss. „Paver und Neffire schauen sich in der Umgebung um. Sucht nach einer Stadt, wo wir Wasserflaschen und etwas zu Essen kaufen können. Jannes, Devan und ich schnitzen Holzspeere, Roove und Nathan besorgen etwas Essbares aus der Umgebung. Nae ruht sich aus. Alles klar?" Zustimmendes Gemurmel ertönte, als ich plötzlich ein Knacken hörte und rief: „Passt auf! Rechts!"

Jeder sprang kampfbereit auf und wartete angespannt auf die herannahende Gefahr. Cryliss seufzte gelangweilt. „Roove, da ist nichts."
„Wer von uns beiden hat denn die geschärften Sinne?", fauchte ich.
Cryliss setzte sich wieder und die anderen taten es ihr gleich. „Dann war es eben weit ... " Die restlichen Worte wurden plötzlich von Devans ohrenbetäubendem Aufschrei übertönt. „Verdammte Scheiße!", brüllte er und umklammerte seinen linken Oberschenkel, aus dem ein schwarz gefiederter Pfeil hervorragte.
Ich fuhr herum. Der Schütze sprang von einem der Bäume so schnell zu Boden, dass ich ihn nur schemenhaft erkennen konnte. Mit einer blitzschnellen Bewegung legte er einen Pfeil ein und nahm mich ins Visier. Ich stürmte mit erhobenem Schwert auf ihn zu, als der Pfeil plötzlich meine Hand traf, eine kleine Schnittwunde am Handrücken verursachte und mir die Waffe auf der Hand riss. Auch Paver schoss er die Axt aus der Hand, ohne ihn ernsthaft zu verletzen.
Jannes warf ihren Dolch mit rasender Geschwindigkeit auf sein Herz zu, doch er trat seelenruhig einen Schritt beiseite, als hätte er alle Zeit der Welt, sodass sich der Dolch in einen Baum bohrte. Dann richtete er die Pfeilspitze genau in meine Richtung und hielt still. Er hatte schwarze Haare, die anscheinend mit Haargel gestylt waren, ein markantes Kinn, leuchtend moosgrüne Augen und Tattoos, die sich an seinen muskulösen Armen hinauf schlängelten. In der Hand hielt er einen Langbogen aus dunkelbraunem Holz mit kleinen Klingen an den Enden des Schafts.
„Ich will euch nichts tun", verkündete er.
Plötzlich schnappte Jannes überrascht nach Luft. „Das ... ist die *Wahrheit*", meinte sie stirnrunzelnd.
„Ich *werde* euch auch nichts mehr tun."
„Wahrheit", bestätigte Jannes.
„Lasst mich das hier erklären", bat der Schütze.
„Du hast eine Minute", zischte Cryliss.
„Bis vor kurzem stand ich auf keiner Seite. Die Götter haben mich zwar hin und wieder in die Finger bekommen, allerdings

schaffte ich es jedes Mal, zu fliehen. Zeus versah mich irgendwann mit dem Mal der Götter und verstärkte es nach einigen Jahren, daher die Tattoos an meinen Armen. Aber durch einen Handel mit Hekate, konnte ich das Mal außer Kraft setzen. Ein neues würde Zeus viel zu viel Kraft kosten, deshalb hat er mir kein zweites verpasst. Doch vor ein paar Wochen fanden die Götter mich trotzdem und ließen mich hungern, bis ich schwor, ein paar von euch abzuschießen. Glücklicherweise hieß es nur abschießen und nicht töten, also hier bin ich, habe euch abgeschossen und will mich euch anschließen."
„Wahr", sagte Jannes, woraufhin er sie mit einem fragenden Blick bedachte.
„Und du bist?" Er schien sich nicht zu bemühen, seine Arroganz zu verbergen.
„Jannes Xanthos", fauchte sie.
„Ramy", erklärte der Schütze breit grinsend.
„Und der Nachname?", fragte Cryliss.
„Wer seinen Nachnamen verrät, hat einen bedeutungslosen. Wenn sich ein Name zu verschweigen lohnt, ist er wichtig."
„Halbgott?", wollte Neffire wissen.
„Ja", bestätigte er verschmitzt lächelnd.
„Welcher Gott?", fragte Cryliss schroff.
Doch er zuckte nur mit den Achseln und setzte sich auf den Waldboden. „Was geht dich das an?"
„So einiges. Schließlich willst du dich uns anschließen."
Jetzt lachte er, als wäre diese Antwort lächerlich.
„Vertrau mir oder tu es nicht, aber sieh es ein, Hadestochter, ihr braucht mich. Ich habe Epouros, Vorräte, Ypnosöl und schieße besser als jeder von euch. Ich will euch nur helfen. Und mich an Zeus rächen. Mir wäre es allerdings lieber, das Wort *helfen* statt *rächen* zu benutzen. Wir wollen schließlich immer positiv bleiben." Er grinste.
„Wahrheit", bestätigte Jannes.
„Dann", knurrte Cryliss, „schätze ich mal, gehörst du jetzt zum Team."
Ein Grinsen breitete sich auf seinem Gesicht aus.
„Gib Devan Epouros", forderte Jannes.
Ramy deutete auf Nae, die mit geschlossenen Augen an einem

Baum lehnte. „Sie braucht auch etwas."
„Zuerst Devan."
Seufzend kramte er aus seinem kleinen, ledernen Rucksack ein Fläschchen Epouros hervor und warf es Devan zu, der es auffing und gierig davon trank.
Dann ging Ramy zu Nae und reichte ihr ein zweites Fläschchen.
„Danke", lächelte sie.
„Was ist passiert?", fragte er leise.
„Ein Zyklop mit einer Axt."
„Vermutlich Steropes. Wo ist er jetzt?"
„Roove hat ihn mit all unseren Vorräten ins Meer befördert", erklärte Cryliss und warf mir einen missbilligenden Blick zu.
„Du hast doch nur ein Problem damit, dass nicht *du* uns gerettet hast", erwiderte ich.
Ramy verdrehte die Augen, wandte sich von Nae ab und warf Cryliss einen abwertenden Blick zu. „Hab ich etwa mit dir geredet, Hadestochter?"
„Da ich die Mission leite, ja."
„Tust du das? Wer von euch kämpft denn am besten?"
„Cryliss", antwortete Nathan, woraufhin er ihr einen leicht misstrauischen Blick zuwarf.
Dann sagte Nae entschieden: „Cryliss hat das Kommando verdient."
Nun nickte er zustimmend.
„Also der Zyklop hieß Steropes?", fuhr Cryliss fort.
„Ja. Nicht schlecht, dass ihr seinen Angriff überlebt habt. Wenn ihr mich dabeigehabt hättet, wärt ihr natürlich nicht mal verletzt worden, aber immerhin."
„Das haben wir Roove zu verdanken", meinte Nathan.
„Gib uns Waffen", befahl Cryliss.
Ramy ignorierte ihren unfreundlichen Tonfall, zog zwei massive Zweihänder aus seinem Waffengürtel und reichte sie Devan und Cryliss. Dann gab er jedem ein normalgewichtiges Schwert mit blattförmiger Klinge. Doch als er bei Nae ankam, schüttelte diese den Kopf.
„Zwei leichte Schwerter und einen Bogen, bitte."
Überrascht lächelte er sie an. „Ah, eine Bogenschützin."
Er holte einen recht kleinen, stark geschwungenen Bogen aus

rötlichem Holz sowie einen prall gefüllten Köcher und zwei kurze, dünne Schwerter aus seinem Rucksack.
„Brauchst du die Sachen nicht selbst?", staunte Nae.
„Ich habe noch dutzende Schwerter, der Rucksack ist von Hekate. Spezialanfertigung. Da passt so gut wie alles rein. Den nächsten Zyklopen stopfen wir einfach in den Rucksack", sagte Ramy grinsend und zwinkerte Nae zu. Nun gab er jedem von uns noch einen Dolch mit spitz zulaufender Klinge, Nae eine neue Jacke und mir eine neue Spolas, da meine an der Brust zerschnitten war. Während wir uns umzogen, schien es Ramy große Mühe zu bereiten, nicht dauernd zu Nae hinüber zu schielen.
Anschließend gab er mir ein Fläschchen Epouros, das ich mit schlechtem Gewissen trank, weil wir es später sicher nötiger brauchen würden.
Andererseits hatte Ramy vermutlich hunderte Liter davon in seinem Rucksack.
Ob er überhaupt Ramy hieß? Hatte er Jannes vielleicht getäuscht? Doch diesen Gedanken verwarf ich sofort wieder. Das war das besondere an Jannes' Gabe: Nicht einmal Götter konnten ihr etwas vormachen.
Aber trotzdem hatte ich ein mulmiges Gefühl. Obwohl ich normalerweise an das Gute im Menschen glaubte, beschloss ich, ein Auge auf Ramy zu haben.

Xaenym
Dunkelheit. Alles verschlingende, unendliche Dunkelheit. Ich hatte jegliches Zeitgefühl verloren, lag nur herum und wartete darauf, dass irgendetwas geschah. Und irgendwann passierte tatsächlich etwas: Schmerz durchfuhr meinem Körper und ich rang verzweifelt nach Luft. Dann riss ich die Augen auf. Verschwommen konnte ich einen Wald um mich herum erkennen. Sonnenstrahlen fielen mir aufs Gesicht. Mein Hinterkopf tat höllisch weh, an meinen Armen befanden sich unzählige Schürfwunden. Ruckartig setzte ich mich auf und wünschte sofort, ich hätte es nicht getan, denn ich spürte, wie eine Wunde an meinem Rücken aufriss. Meine Kleidung war vollkommen zerfetzt und blutrot verfärbt. Doch ich lebte. Meine

trockenen Lippen platzten auf, als ich sie zu einem Lächeln verzog. Ich lebte!

Direkt neben mir lag Skouro, die Klinge so glatt und strahlend, wie sonst auch, als wäre nichts geschehen. Meine beiden Diamantdolche steckten in dem, was vom Waffengürtel noch übrig geblieben war. Die anderen Messer waren verschwunden. Ich lag auf einer Lichtung im hohen Gras. Plötzlich ertönte eine Stimme, die mir einen kalten Schauer über den Rücken jagte.

„Wo ist sie? Ich kann das Mal der Götter spüren. Sie ist nicht weit entfernt."

Die Stimme klang furchterregend und zweifellos nicht menschlich. Also blieb mir keine Wahl: Ich schnappte mir Skouro und die Dolche und robbte möglichst lautlos durch das hohe Gras in den Schutz der Bäume. Im Wald sprang ich auf und rannte so schnell ich konnte. Weg von der Stimme, weg von der blutgetränkten Wiese. Ich sah nicht, wohin ich lief, konnte keinen klaren Gedanken fassen. Alles was ich spürte, war der Schmerz und der Drang, mich in Sicherheit zu bringen. Immer wieder stolperte ich, rappelte mich auf und fiel erneut. Bäume tauchten aus dem Nichts auf oder verschwanden einfach. Teile des Waldes erschienen mir winzig, andere riesig, der Himmel veränderte seine Farbe und wurde immer dunkler, bis er vollkommen schwarz war, wie alles andere um mich herum.

Ich fand mich inmitten eines lichten Nadelwaldes wieder. Die Schmerzen hatten deutlich nachgelassen und das wundervolle Gefühl, wie die Luft durch meine Lunge strömte, erschien mir wie ein Beweis, lebendig zu sein.

Zum ersten Mal seit dem Sturz hatte ich das Gefühl, wirklich wach zu sein und meine Umgebung richtig wahrzunehmen. Meine Zunge fühlte sich jedoch wie Sandpapier an, meine Kehle war trocken und mein Magen knurrte. Außerdem fror ich, weil meine Kleidung ziemlich zerschlissen und voller Löcher war.

Da die Sonne bereits unterging, beschloss ich, auf einen Baum zu klettern, um dort zu schlafen. Ich wählte eine Kiefer mit vielen, dicken Ästen an denen es mir sogar mit meinen schmerzenden Armen nicht allzu schwer fiel, hochzuklettern.

Erleichtert seufzte ich. Hier würden mich die Monster bestimmt nicht finden.

„Äh, Poseidon und Hekate", flüsterte ich. Das Sprechen tat weh, meine Stimme klang heiser und kraftlos. Doch es war einen Versuch wert, also zwang ich mich, weiterzusprechen. „Ich ... Könnt ihr mich zu meinem Team bringen? Oder, falls sie gefangen sind nach Titansvillage? Mir würde auch Wasser reichen, oder ein Kompass, ein Ratschlag ... irgendwas. Bitte."

Danach fielen mir die Augen zu und ich fiel in einen tiefen Schlaf.

Es roch nach Meer, salzig und frisch. Vereinzelte Sonnenstrahlen schienen auf mein Gesicht. Langsam öffnete ich die Augen. Ich lag an einem weißen Sandstrand. Glitzerndes, türkisblaues Wasser umspülte meine aufgeschürften Beine und brannte leicht in den Wunden. Hinter mir erhob sich eine Böschung. Als ich zur Seite blickte, sah ich eine lächelnde Frau mit feinen Gesichtszügen. Sie musterte mich aus hellgrauen Augen, durch die gelegentlich Schatten huschten. Ihre welligen Haare waren silbern, ebenso wie ihr bodenlanges, einfach geschnittenes Kleid, dessen Farbe mich an Mondlicht erinnerte. Ihre Haut war recht blass und ihre vollen Lippen blutrot. Man konnte trotz ihrer Haarfarbe unmöglich beurteilen, wie alt sie war. Ich erkannte sie sofort: Hekate, Sivahs Mutter.

„Poseidon ist der Gott des Meeres, er hat dich hierher gebracht. Aber was soll ich tun? Ich bin die Titanin der Hexenkunst, der Ratschläge ... Ich will dich nicht mit dem Rest langweilen." Natürlich könnte sie nie jemanden langweilen. Ihre Stimme war so zart wie eine Blüte, strahlte aber dennoch Kraft und Energie aus. Schon allein deshalb lohnte es sich, ihr zuzuhören.

„Xaenym, du hast auch um einen Ratschlag gebeten. Also merke dir gut: Der schwerste Weg ist meist der richtige", sagte Hekate, während sie in einer Wolke aus Nebel und Rauch verschwand.

Ich beschloss, später über diese Begegnung nachzudenken und mich jetzt erst mal darauf zu konzentrieren, meine Freunde zu finden. Unter Schmerzen stemmte ich mich hoch und schlurfte kraftlos in Richtung der Böschung. Der Durst und der Hunger waren unerträglich. Die ganze Zeit hatte ich trotz meiner Schmerzen durchgehalten. Aber wenn ich mein Team nicht hinter der Böschung war, würde ich zusammenbrechen, von Monstern gefunden und getötet werden. Das wäre das Ende des Mädchens mit den vielen Gaben, das Ende der letzten Halbtitanin – mein Ende.

Vor mir erstreckte sich ein weites Tal, in dem einige Sträucher wuchsen und ein kleiner Bach floss. In der Mitte des Tals stieg Rauch von einem bereits gelöschten Lagerfeuer auf. Sie mussten also vor kurzem hier gewesen sein und waren jetzt sicher kaum drei Meilen entfernt. Doch in welche Richtung sollte ich diese drei Meilen gehen? Augenblicklich spürte ich, wie meine Beine einknickten und ich mit einem dumpfen Schlag auf den Boden fiel. Drei Meilen. Ich hatte sie um drei Meilen verfehlt. Nun gab es für mich keine Hoffnung mehr. In meinem Zustand konnte ich die anderen niemals einholen. Sie würden es zu Neraya schaffen und die Götter besiegen. Ich würde wie alle Opfer dieses Krieges von Monstern getötet werden und in Vergessenheit geraten. Es gab schlimmere Arten, zu sterben. Traurig lächelnd schloss ich die Augen und wartete auf den Tod.

Roove

„Ich kenne einen sicheren Platz, wo wir heute Nacht unser Lager aufschlagen können. Er ist nicht weit entfernt und liegt in der Nähe der Küste. Es gibt dort auch einen kleinen Bach. Wir können es sogar riskieren, ein Feuer anzuzünden. Wegen der umliegenden Hügel ist es nicht weit zu sehen", meinte Ramy. Ich warf ihm einen misstrauischen Blick zu, folgte ihm dann aber, wie alle anderen durch das Dickicht.

Den ganzen Weg über kreisten meine Gedanken um Xae und Ayse. Mir kam der Tag, an dem ich Ayse zum ersten Mal gesehen hatte, in den Sinn. Es war, als wäre es erst gestern gewesen.

Ich war 15 Jahre alt und hatte schon ein Jahr im Lager trainiert. An diesem Morgen stand ich mit ein paar anderen auf dem Kampfplatz und wartete auf Sivah, die damals noch das Training leitete. Sie verspätete sich eine halbe Stunde und zog ein kleines, zierliches Mädchen mit zimtfarbenen, gekräuselten

Haaren, hinter sich her.
Sivah ließ sie sich vorstellen, rief meinen Namen und schob das Mädchen, welches eine viel zu große Spolas trug und ein leichtes Kurzschwert umklammerte, nach vorn. Ihre schokoladenbraunen Augen musterten mich neugierig, aber auch ängstlich.
Ich fasste all meinen Mut zusammen und sagte: „Sivah, das ist ihr erster Tag. Ich kämpfe nicht gegen sie."
„Wie du willst", meinte Sivah trotzig und zog ihr eigenes Schwert. „Jetzt zufrieden?"
„Dann mache ich es lieber", knurrte ich und machte einen Schritt auf das Mädchen zu.
Ich ließ mich absichtlich von ihr besiegen und versuchte sie nicht zu verwunden. Als ich nun mit lauter Schnitten an Armen und Beinen im Sand lag, half sie mir hoch und flüsterte grinsend: „Danke. Du hast was gut bei mir."

„So da wären wir", verkündete Ramy und riss mich damit aus meinen Gedanken. Er deutete auf ein Tal, durch das ein kleiner Bach floss und in dessen Mitte sich ein noch rauchendes Lagerfeuer befand.

„Ich gehe jagen", sagte er. „In zwei Stunden bin ich zurück, bitte versucht, bis dahin *nicht* zu sterben. Füllt euch jeweils eine Wasserflasche aus dem Bach und macht ein Feuer. Ich wäre wirklich stolz auf euch, wenn ihr das hinbekommt."

Er kramte ein paar Flaschen hervor und warf jedem von uns, bis auf Nae, eine zu. Naes Flasche füllte er selbst und reichte sie ihr zwinkernd. Dann legte er einen Pfeil ein und verschwand im Wald hinter dem Hügelkamm.

„Roove, Nathan, erkundet die Umgebung. Die anderen sammeln Brennholz", befahl Cryliss. „Ich lasse mir von diesem dahergelaufenen Idioten nicht das Kommando abnehmen", fügte sie leise hinzu.

Ich begann, im Tal herumzulaufen und mich umzusehen. Nach wenigen Minuten bemerkte ich etwas Dunkles auf einem der Hügel und beschloss, es mir genauer anzuschauen.

Kapitel 8

Xaenym

Nate! Hey Nate! Komm her! Schnell! Sie braucht mit Epouros gemischtes Wasser!", hörte ich eine Stimme schreien. Nun ertönten Schritte, die immer lauter wurden und dann plötzlich verstummten. Ich spürte, wie kühles Wasser über meine Lippen lief und riss die Augen auf. Vor mir kniete Roove und hielt eine Wasserflasche an meinen Mund. Es fühlte sich wunderbar an, wie die kühle Flüssigkeit meine ausgedörrte Kehle hinunterrann. Ich nahm die Flasche aus seiner Hand, setzte mich auf und trank sie innerhalb weniger Sekunden leer. Nun fiel mir Roove um den Hals und sogar Nathan umarmte mich, wenn auch nur sehr kurz. Jetzt riefen beide nach den anderen, die sofort heraufgerannt kamen und mich überrascht anstarrten. Dann umarmten mich alle, selbst Jannes, die sich jedoch ziemlich unwohl dabei fühlte und über mein Auftauchen nicht wirklich glücklich zu sein schien.
Plötzlich fiel mir auf, dass Seth fehlte. Als ich nach ihm fragte, schüttelte Roove den Kopf und sah zu Boden. Ich unterdrückte das Bedürfnis, ihn zu trösten und musterte die anderen, wobei ich Naes Wunde bemerkte: ein schrecklich tiefer Schnitt am ganzen Oberarm. Schweißperlen zeichneten sich auf ihrer blassen Stirn ab. Devan hatte eine Stichwunde am Bein, durch die er humpelte, was jedoch nichts an seiner grimmigen und bedrohlichen Erscheinung änderte.
Roove und Neffire stützten mich auf dem Weg zum ausgebrannten Lagerfeuer. Als wir dort saßen, wollten natürlich alle sofort wissen, was mit mir passiert war, also fasste ich die Ereignisse der letzten Tage kurz zusammen. Hekates Besuch schien Cryliss sehr zu überraschen.
„Hekate ist dir *höchstpersönlich* erschienen?"
„Nein, sie hat ihren Chihuahua geschickt. Hast du denn nicht zugehört?", fragte jemand, bevor ich antworten konnte. Ich drehte mich um und erblickte einen schwarzhaarigen

Bogenschützen, dessen moosgrüne Augen mich abwägend musterten. Tattoos schlängelten sich über seine muskulösen Arme. Seine hohen Wangenknochen ließen sein Gesicht kantig wirken. Ich versuchte, ihn nicht anzustarren, aber um ehrlich zu sein, sah er verdammt gut aus.

„Ich bin Ramy", stellte er sich vor. Kurz erklärte Cryliss, wer er war und knirschte dabei, warum auch immer, ständig mit den Zähnen. Währenddessen holte Ramy ein Kaninchen aus seinem Rucksack und nahm es direkt neben mir aus, was dafür sorgte, dass mein Hunger durch die aufkommende Übelkeit verdrängt wurde. Das änderte sich allerdings, als das Feuer angezündet war, drei Kaninchen darüber brieten und mir der leckere Geruch in die Nase stieg.

Nach ein paar Minuten verteilte Cryliss dann endlich das Fleisch. Ich glaubte, noch nie etwas Köstlicheres gegessen zu haben, was vielleicht auch nur daran lag, dass mein Magen wie verrückt knurrte.

Gedankenversunken kaute ich auf meiner Kaninchenkeule herum. Ich hatte das Gefühl etwas Wichtiges vergessen zu haben. Beim Essen erzählte Cryliss die Geschichte vom Angriff des Zyklopen.

Und dann erinnerte ich mich.

„Sie werden das Lager angreifen!", stieß ich plötzlich hervor. Die Gespräche verstummten.

„Ganz ruhig", sagte Roove. „Wer greift das Lager an?"

„Zeus' Armee. Der Mantikor hat es gesagt."

„Und das fällt dir *jetzt* ein?", brüllte Jannes.

„Reg dich nicht so auf. Sie ist vor Kurzem aus einem Flugzeug gesprungen", erwiderte Roove.

„Ist schon in Ordnung, Xae", meinte Neffire, wobei sie Jannes einen missbilligenden Blick zuwarf.

„Wir schicken zwei Leute los, die Aras warnen", beschloss Cryliss.

„Wie kommen die beiden zurück nach Chicago? Wir haben kein Geld für den Flug und keine Ahnung wo die nächste Stadt ist", bemerkte Nathan.

„Ich habe Geld. Und der nächste Flughafen ist einen halben Tagesmarsch von hier entfernt", erklärte Ramy achselzuckend.

„Und wer geht? Ich brauche Naes Gabe für den Weg zu Neraya, Cryliss hat die meiste Kampferfahrung, keiner im Lager kennt Ramy. Somit bleiben Neffire, Paver, Roove, Jannes, Devan und Nathan. Freiwillige?", fragte ich.

„Ich gehe. Aber nur mit Paver. Wir machen uns sonst zu große Sorgen umeinander", erklärte Neffire.

„In Ordnung, dann geht ihr beide", beschloss ich. „Ramy, du begleitest sie zum Flughafen."

Alle verabschiedeten sich von den beiden und nachdem Ramy ihnen jeweils einen Rucksack mit Epouros, Vorräten und Waffen gegeben hatte, führte er sie aus dem Tal hinaus. Nach wenigen Minuten verschwanden sie am Horizont.

Während die anderen das Nachtlager aufschlugen, kam Roove zu mir und sagte mit gedämpfter Stimme: „Hoffentlich schaffen Neffire und Paver es rechtzeitig."

„Wenn sie zu spät kommen, ist es meine Schuld", erwiderte ich und sah dabei die untergehende Sonne an.

„Du bist vor wenigen Tagen aus einem Flugzeug gesprungen. Jeder würde verstehen, dass du nicht sofort daran gedacht hast", sagte er sanft, setzte sich neben mich und legte tröstend seinen Arm um meine Schultern. So saßen wir schweigend da, bis die Sonne untergegangen war und sich jemand hinter uns räusperte.

Wir fuhren herum und erblickten Jannes, die die Arme vor der Brust verschränkt hatte.

„Ich will euer Gekuschel ja nicht stören, ", sagte sie trocken, „aber Xaenym muss Wache halten, da Paver heute an der Reihe gewesen wäre und sie ihn weggeschickt hat. Außerdem haben wir Hunger, weil sie ein ganzes Kaninchen allein verdrückt hat."

Roove stand auf und warf Jannes einen drohenden Blick zu. „So ein Quatsch. Ich übernehme die erste Wache."

Aufgebracht stapfte er davon, wobei er rief: „Ich übernehme sogar beide Wachen."

„Jannes, warum magst du mich eigentlich nicht?", fragte ich, während ich Roove nachblickte.

„Ich mag niemanden", erwiderte sie kühl.

„Aber was habe ich dir denn getan?"

Sie atmete hörbar aus. „Du hast nichts *getan*. Aber du hältst dich für etwas Besseres, nur weil du eine Halbtitanin bist."

Bevor ich antworten konnte, drehte sie sich um und stürmte zurück zum Lagerfeuer.

※

Einige Stunden später erwachte ich im Schlafsack, den Ramy für mich hiergelassen hatte, und beobachtete den Nachthimmel. Kurzerhand beschloss ich, aufzustehen und begann, mich aus dem Schlafsack zu schälen. Mein Atem bildete weiße Wölkchen in der kalten Nachtluft. Ich fand Roove auf einem der umliegenden Hügel bei seiner Wache friedlich schlafend auf dem Boden, holte meinen Schlafsack und deckte ihn damit zu. Anschließend setzte ich mich neben ihn und blickte auf die Wellen des Meeres, in denen sich das Mondlicht spiegelte. Morgen früh würden wir versuchen, zu Neraya zu gelangen. Was würde uns dort unten am Meeresgrund erwarten?

Langsam sandte die Sonne erste Strahlen durch die Wolkendecke und wärmte mein Gesicht. Plötzlich hörte ich einen Zweig knacken, zog Skouro und fuhr herum. Ich ließ das Schwert wieder sinken und entspannte mich, als ich sah, dass Ramy lächelnd vor mir stand. „Auftrag erfüllt, Miss."

„Danke", sagte ich und mir wurde bewusst, dass ich wirklich froh über seine Hilfe war. Ohne ihn hätten wir weder eine Ahnung, wo wir waren, noch Waffen oder Epouros.

Wir weckten Roove und gingen gemeinsam den Hang hinunter, um alle anderen wachzurütteln.

Nachdem wir ein Frühstück aus Käsebrot und Äpfeln gegessen hatten, besprachen wir genauer, wie wir vorgehen würden.

„Ich halte den ganzen Weg über die Zeit an, das ist am sichersten", sagte ich.

„Du könntest sie auch nur dann anhalten, wenn ich ein Monster in der Nähe spüre", schlug Nae vor, doch ich schüttelte den Kopf. „Ich brauche dann zu lange, um zeitliche Grenzen festzulegen", erklärte ich.

Jannes hob eine Augenbraue. „Du kannst die Zeit nie im Leben so lange anhalten", schnaubte sie.

„Im Flugzeug habe ich es mindestens eine halbe Stunde geschafft."

„Und wenn der Weg länger ist?"

„Dann schaffe ich es länger."
Sie grinste schief. „Da bin ich aber mal gespannt."
„Also ...", sagte Cryliss unbehaglich und versuchte damit die aufkommende Spannung zwischen uns zu lösen. „Ich bete dann mal zu Poseidon: Oh, Poseidon, König des Meeres", sagte sie mit ehrfürchtiger Stimme, woraufhin Ramy sofort losprustete. Sie warf ihm einen genervten Blick zu, fuhr dann aber fort: „Wir benötigen die Kraft, unter Wasser Atmen zu können. Erweise uns die Güte und hilf uns."
„Ich spüre schon wie mir Kiemen wachsen", lachte Ramy. „Ich glaube ich werde zum Thunfisch."
„Das bezweifle ich", grinste ich. „Du bist meiner Meinung nach eher der Karpfen-Typ."
Sein Lachen wurde lauter.
„Wie auch immer", sagte ich und versuchte, nicht selbst loszulachen. „Ich versuche es mal: Poseidon, äh, kannst du uns bitte unter Wasser atmen lassen und Schutz vor dem Wasserdruck wäre auch ganz nett."
Cryliss lachte auf. „Als ob das funktionieren ..."
Plötzlich hielt sie inne und griff sich an den Hals. Sie rang nach Luft und hustete, während meine Kehle ebenfalls zu brennen begann. Auch allen anderen erging es wie mir. Auf einmal sprang Nae auf und rannte zum Meer, was wir ihr gleichtaten. Hals über Kopf stürzten wir uns in die tosenden Wellen. Und tatsächlich: Als ich versuchte, Wasser einzuatmen, verebbte der Schmerz und ich fühlte mich sofort besser. Meine Sicht war gestochen scharf und das Meersalz brannte nicht im Geringsten in meinen Augen.
Ich nickte Nae als Zeichen, mir zu folgen, zu und schwamm am Grund entlang, während ich Zeitgrenzen um uns alle legte. Der inzwischen vertraute Druck umgab mich und fühlte sich mittlerweile nicht einmal mehr unangenehm an. Wir schwammen an einigen scheinbar erstarrten Fischen vorbei, die mir irgendwie bizarr vorkamen. Plötzlich verdunkelte sich die Umgebung für einen Moment. Der Meeresgrund befand sich auf einmal weit unter uns und ein goldenes Licht drang von dort nach oben. Das musste der Weg zu Neraya sein. Egal, wo man im Ägäischen Meer untertauchte, wenn man wollte und sie es

zuließ, gelangte man zu Neraya.

Mittlerweile war ein Palast mit kleinen Türmen und goldenen, diamantbesetzten Torbögen zu erkennen. Das majestätische Gebäude bestand vollständig aus purem Gold. Egal welches Wissen Poseidon mit diesem Palast bezahlt hatte – es musste verdammt wertvoll gewesen sein. Ich bewunderte das prächtige Schloss, ließ mich vom goldenen Schimmer bezaubern, als mich plötzlich eine enorme Druckwelle traf und ich spürte, wie mir die Zeit entglitt. Kurz darauf verschwand der Druck wieder und ein winziger Fisch schwamm an mir vorbei. Das musste eine magische Grenze sein, die die Nutzung von Gaben verhinderte.

Und dann ging alles so schnell: Nae stieß einen erstickten, gurgelnden Schrei aus und eine große, dunkle Gestalt jagte mit rasender Geschwindigkeit auf uns zu.

Der Oberkörper des Monsters hätte der einer Frau sein können, wären da nicht die Kiemen, die zehn Zentimeter langen, messerscharfen Zähne, die apfelgroßen Schlangenaugen und die Schwimmhäute zwischen den Fingern gewesen. Das Monster war hauptsächlich mit Schuppen, aber an manchen Stellen auch mit normaler Haut bedeckt. Die Bestie war etwa doppelt so groß wie ein Mensch und hatte einen fünf Meter langen Schlangenschwanz.

Schlagartig wurde mir klar, dass wir uns hier unter Wasser kaum verteidigen konnten. Panik stieg in mir auf. Wie ein Fischschwarm stoben wir auseinander und tatsächlich schien das Ungeheuer an uns vorbeizurasen. Doch plötzlich griff der Schwanz nach Devan, umwickelte ihn wie eine Würgeschlange und riss ihn mit sich.

Reflexartig griff Nae nach einem Pfeil, hielt dann aber mitten in der Bewegung inne und zog stattdessen ihre Schwerter, da sie ihren Bogen unter Wasser nicht einsetzen konnte. Unsicherheit breitete sich in ihrem Gesicht aus. Man sah ihr an, dass sie die Schwerter nur verwendete, wenn sie dazu gezwungen war.

Das Ungeheuer schien Naes Schwäche zu erkennen und griff sie an. Während ich ihr zu Hilfe eilte, wartete diese bis es nahe genug war und tauchte unter ihm weg. Als das Monster sie packen wollte, schlug Nae mit dem Schwert nach dessen Handgelenk. Schwarzes Blut quoll aus der Wunde hervor. Zur

gleichen Zeit versuchte ich, Devan zu befreien, doch Skouro konnte nichts gegen die dicke Schuppenschicht am Schwanz ausrichten. Mir wurde klar, dass ich es am Oberkörper, wo keine Schuppen waren, erwischen musste. Aber wie konnte ich dort hingelangen, ohne gefressen zu werden?
Die anderen hatten offenbar keine Ahnung, wie sie das Ungeheuer bekämpfen sollten. Hin und wieder griff einer von ihnen an, erzielte aber wenn überhaupt nur wirkungslose Treffer am Schuppenpanzer.
Als Ramy es versuchte, biss ihm das Ungeheuer einfach die Klinge am Heft ab und zerkaute diese genüsslich. Nur knapp entging er den rasiermesserscharfen Zahnreihen, die plötzlich nach ihm schnappten. Während er zu uns zurück schwamm, machte sich das Monster noch nicht mal die Mühe, ihn zu verfolgen, schließlich waren wir ohnehin sichere Beute.
Stirnrunzelnd sah ich in die dunklen Augen des Seeungeheuers. Für einen Moment hielt es still und erwiderte meinen Blick. Dann schaute ich zu Nae hinüber, woraufhin wir das Monster von beiden Seiten attackierten. Doch bevor wir es erreichten, schnellte es plötzlich vor und schnappte nach Jannes, die sich gerade noch zur Seite werfen und einen tödlichen Biss vermeiden konnte. Trotzdem streifte einer der Reißzähne ihren Oberarm. Ich nutzte den kurzen Augenblick, in dem sich das Ungeheuer auf Jannes konzentrierte, um dessen Seite zu verwunden, was ihr die Möglichkeit zum Rückzug gab.
Währenddessen schaffte Devan es, sich irgendwie zu befreien und zu den anderen zu gelangen. Wir änderten unsere Strategie und griffen alle gemeinsam an. Das Monster schlug mit seinen Armen nach Nathan und mir. Ich konnte dem Hieb entgehen, doch Nathan wurde an der Brust getroffen und wirbelte ein paar Meter weit zurück.
Mühelos parierte das Ungeheuer jeden unserer Schläge, wurde aber durch unseren gemeinsamen Angriff so sehr abgelenkt, dass ich unbemerkt hinter das Monster gelangen konnte. Als plötzlich sein Schwanz wie eine Peitsche über mich hinweg schoss und Devan erneut schnappte, stieß ich Skouros Spitze mit voller Wucht in den Nacken der Bestie. Doch für Devan war es bereits zu spät. Denn im selben Moment gruben sich unzählige, spitze

Zähne in seine Brust. Ein gurgelnder Schrei ertönte, während das Monster ihn verschlang.
Mit aller Kraft riss ich mein Schwert aus der Wunde und rammte die Klinge seitlich in den Hals des Ungeheuers. Tiefschwarzes Blut quoll hervor, verteilte sich wie Tinte im Wasser und nahm mir die Sicht. Ohrenbetäubendes Reptiliengebrüll hallte durch das Wasser, als auf einmal ein Schlag meine Brust traf. Mir wurde schwarz vor Augen, während ich weggeschleudert wurde und die Meeresströmung mich weiter forttrug.

Irgendwann drang trotz des Rauschens in meinen Ohren ein leises Schluchzen zu mir durch. Ich riss die Augen auf und wurde sofort vom strahlenden Glanz der massiven Golddecke über mir geblendet. Auf einer edelsteinbesetzten Truhe neben meinem Bett saß Jannes und starrte mit verweinten Augen in die Leere. Quer über ihren Oberarm verlief eine klaffende Schnittwunde, doch sie schien sie gar nicht wahrzunehmen. Ruckartig setzte ich mich auf, woraufhin mein Brustkorb schmerzhaft rebellierte. Erst jetzt bemerkte ich meine an der Brust aufgerissene Spolas und darunter die geschwollene, von Blutergüssen und blauen Flecken übersäte Haut.
„Wo bin ich?", fragte ich verwirrt.
„In Nerayas Palast", schniefte sie und fügte hinzu: „Sie haben uns in ihre goldene Abstellkammer verfrachtet, weil sie meinen, wir wären im Moment zu schwach, um mit Neraya zu verhandeln."
„Sie haben uns in ihre goldene Abstellkammer verfrachtet, damit wir uns erholen", korrigierte ich.
Sie schüttelte den Kopf. „Jetzt gerade leitet Cryliss die Mission. Ihr kommt es gerade recht, dass du verletzt bist. Sie glaubt nämlich, sie hätte das Kommando verdient."
„Und hat sie das?"
„Ja. Aber du verdienst es mehr."
Ich spürte, wie unangenehm es ihr war, das zuzugeben, also beschloss ich, ihr einen Gefallen zu tun und schnell das Thema zu wechseln.
„Ich muss zu Neraya."

„Dann versuch es. Die Tür steht zwar offen, aber du wirst sie nicht finden. Dieser Palast ist riesig. Außerdem kannst du wegen Keto wohl kaum laufen."
„Keto?"
„Das Monster vor dem Palast. Eigentlich hat Perseus es schon mal getötet. Du weißt schon, die Sache mit Prinzessin Andromeda. Keto hat versucht, sie zu verschlingen und Perseus hat sie gerettet. Aber anscheinend hatte Hades sich entschlossen, es zurückzuschicken."
„Ich gehe Neraya suchen", sagte ich nach einer kurzen Pause, stand auf und versuchte wenigstens auf dem Weg zur Tür nicht ohnmächtig zu werden.
„Ich setze fünf Dollar darauf, dass du nach spätestens zehn Metern umkippst und ich dich dann wieder hier rein schleifen darf", rief Jannes mir hinterher. Ich verdrehte die Augen.
Die Wände im Flur bestanden ebenfalls aus massivem Gold. Überrascht stellte ich fest, dass es nicht ein einziges Fenster gab, was wegen des Wasserdrucks hier unten durchaus verständlich war.
Meine Schritte hallten an den Wänden wieder, während ich ziellos durch die verzweigten Korridore irrte. Endlich waren Stimmen hinter einer edelsteinverzierten Tür am Ende eines Flurs zu hören. Als ich eintrat, schauten mich alle erstaunt an. Sie standen dicht gedrängt um einen kleinen runden Tisch, der auch aus Gold war. Langsam fragte ich mich, warum so viel unnötiger Luxus sein musste.
Inmitten der anderen saß eine Frau mit hüftlangen, rabenschwarzen Haaren und olivbrauner Haut. Das musste Neraya sein. Ihre hellgrauen Augen wirkten im Gegensatz zu ihren jugendlichen Zügen alt und weise. Sie war sehr klein, trug lederne Sandalen und einen Chiton. (Wie ich erfahren hatte nannte man die römische Toga bei den Griechen Chiton.)
Ramy räusperte sich, kramte eine Jacke aus seinem Rucksack hervor und reichte sie mir. Jetzt wurde mir klar, dass die anderen mich nicht nur anstarrten, weil ich soeben hereingeplatzt war, sondern auch wegen meiner an der Brust aufgerissenen Spolas. Ich lief rot an.
Sichtlich enttäuscht über mein Auftauchen sagte Cryliss: „Wir

brauchen Informationen über den Standort der Insel der Verdammten und wie man sie erreichen kann."
Neraya nickte. „Über die Bezahlung hatten wir ja gerade besprochen. Die *Nisi o' Katarameros*, liegt unter der Wüste Sahara. Dort waren vor tausenden Jahren gigantische Wassermassen in Hohlräumen eingelagert. Auf dem größten dieser unterirdischen Seen befand sich die Insel. Das Wasser ist mittlerweile in andere Gesteinsschichten abgeflossen, sodass die Insel gar keine richtige Insel mehr ist."
Sie schob eine vergilbte Landkarte über den Tisch. Ganz oben war die Wüstenoberfläche zu sehen. Von einer Oase aus verliefen vier unterirdische Wege zu den vier eingezeichneten Inselbereichen, die alle mit verschiedenen griechischen Wörtern beschriftet waren. In der Mitte der Insel befand sich ein Gebirgsring, welcher den Schriftzug *Pyrinas* umschloss. Auf dem höchsten Gipfel des jeweiligen Bereichs war ein kleines Tor eingezeichnet. Neraya legte einen Finger auf das Wort *Pyrinas*. „Das Herz der Insel, das Zentrum. Dort liegt das Skia, versteckt und durch verschiedene Monster und Hindernisse vor Dieben geschützt."
„Aber in diesem Fall sind wir die Diebe", sagte Nae trocken, die mit verschränkten Armen aufmerksam zuhörte.
Ohne auf ihre Bemerkung einzugehen, fuhr Neraya fort: „Es gibt vier Bereiche mit jeweils einer Landschaftsform und einem Tor, das nach Pyrinas führt. Arktis, Tropen, Steppe und Waldlandschaft. In jedem Teil befindet sich das Tor auf dem höchsten Berg. Ihr müsst die Tore so lange offen halten, bis alle gleichzeitig geöffnet sind, oder ihr könnt nicht hindurchgehen.
Falls ihr nah genug an den Bereichsgrenzen seid, könnt ihr euch gegenseitig sehen, aber nicht zwischen den Landschaftsformen wechseln. Ihr müsst euch also bereits an der Oase in vier Gruppen teilen. Schwimmt dort zum Grund der Wasserstelle und der Boden wird sich auftun, sodass ihr in eine Höhle fallt, von der aus sich die vier Gänge trennen."
Neraya hielt einige Sekunden inne und sagte dann: „Und jetzt verlange ich meine Bezahlung. Ihr habt mir als Gegenleistung für mein Wissen über die Insel der Verdammten Informationen über den Tartaros versprochen. Aus der Sicht einer *lebenden*

Seele."

Erwartungsvoll sah sie Cryliss an, welche daraufhin einen Schritt zurücktrat und auf eine golden glitzernde Wand starrte. Schließlich atmete sie tief durch und begann mit zitternder Stimme, zu erzählen: „Wenn man in die Unterwelt gerät, findet man sich entweder im Elysium, Aspholdeliengrund oder Tartaros wieder. Im Tartaros, wo ich war, kann man nicht weit laufen, ohne plötzlich an genau der Stelle zu erscheinen, an der man anfangs aufgetaucht ist. Ich habe Tantalos, der die Götter betrogen hat, gesehen, wie er versuchte, Früchte zu pflücken, die vor ihm entwichen, die Danaiden, die ihre Männer getötet haben, wie sie mit einem bodenlosen Fass Wasser schöpften. Viele bekommen dort eine spezielle Strafe und können keine anderen Seelen sehen. Die meisten wandern jedoch körperlos durch die schneebedeckte Felslandschaft. Lange versuchte ich, einen Ausweg zu finden, doch ich fand mich immer wieder an der selben Stelle wieder. Dort gibt es keinen Raum wie hier, es ist alles verworrener, größer und kleiner zugleich. Doch das schlimmste sind die Seelen. Sie schweben überall, nur aus dem Augenwinkel schemenhaft erkennbar ..." Cryliss kniff die Augen kurz zu, atmete tief durch und fuhr anschließend fort.

„Außerdem fließen fünf Flüsse durch die Unterwelt: der Styx, der das Totenreich von der Welt der Lebenden trennt, Acheron, der Schmerz, Kokytos, das Wehklagen, Lethe, das Vergessen und Phlegeton, das heilende, flüssige Feuer, von dem man trinken soll, damit man noch mehr Schmerz ertragen kann. Und egal wo man erscheint, dieser letzte Fluss aus tiefschwarzen Flammen ist immer in Reichweite. Ich habe mich daran erinnert, dass der Phlegeton in den Acherousia-See mündet, in dem sich die Toten vor einer Wiedergeburt reinigen sollen. Der Acheron entspringt diesem See und ist, wie nur wenige wissen, ebenfalls ein Grenzfluss. Also versuchte ich, den Phlegeton, hinaufzuwaten – und es funktionierte. Nur über die Flüsse kann man sich im Tartaros von der Stelle bewegen. Das Feuer schmerzt, fügt aber keine Verletzungen zu. Ich watete also durch das Wasser bis zum Acherousia-See und von dort durch den Acheron. Es hat nicht wehgetan, aber es war, als würde ich mich an die ehemaligen Schmerzen der Toten erinnern. Als hätte ich

jedes einzelne Leben gelebt und jede Verletzung selbst gespürt."
Cryliss erschauderte.

„Nach einiger Zeit gelangte ich in den Asphodeliengrund, wo die Seelen automatisch hingelangen, falls sie nicht vor das Totengericht gerufen werden. Die Eingangstore aus schwarzen Dornen werden von Kerberos, dem dreiköpfigen Höllenhund, bewacht. Und als Kerberos von den zahlreichen ankommenden Toten abgelenkt wurde, ergriff ich die Chance und rannte hinaus, ohne zurückzuschauen.

Das ist der Weg aus der Unterwelt. Und ich hoffe, dass Hades jetzt viel Arbeit mit fliehenden Seelen bekommt."

Der ganze Raum war von angespannter Stille erfüllt. Die Temperatur schien um zehn Grad zu fallen. Nach einigen Minuten sagte Neraya: „Ich danke dir. Alle Lebenden, die Hades zu Unrecht eingesperrt hat, obwohl sie nie gestorben sind, haben jetzt die Chance zu entkommen."

Sie machte eine kurze Pause. „In diesem Flur befinden sich weitere Zimmer, in denen jeweils einer von euch übernachten kann. Am Ende des Korridors ist ein Badezimmer. Ihr werdet noch vor dem Morgengrauen aufbrechen. In zwei Stunden wird euch eine Abendmahlzeit ins Zimmer gebracht. Nehmt die Landkarte mit. Sobald ihr nah genug seid, zeigt das kleine Kreuz auf der Rückseite an, wo ihr euch gerade befindet und wo die Oase ist. Damit dürftet ihr keine Schwierigkeiten haben, die Insel zu finden."

Ich bedankte mich und wir drängten uns langsam durch die Tür, wobei jeder einen unauffälligen Blick auf Cryliss' unergründliche Miene warf.

Kapitel 9

Xaenym

Jeder von uns wurde in einen goldenen Raum mit blank polierten Wänden, einem Bett mit silbrig schimmernder Bettwäsche und einer kleinen, vergoldeten Kommode gebracht. Ich setzte mich auf mein Bett und trank etwas Wasser aus dem goldenen Kelch, der auf einem kleinen Tisch stand, als es an der Tür klopfte und Ramy hereinkam.
„Hey, ist irgendwas los?"
Er setzte sich neben mich und bemerkte plötzlich etwas in meinem Haar. Mit verwunderter Miene fischte er eine große, türkis glitzernde Fischschuppe von meinem Kopf und reichte sie mir.
„Die Schuppe der Keto", sagte er, stach mit einem spitzen Dolch ein Loch in die Schuppe, fädelte ein dünnes Lederband durch das Loch und legte mir die Kette um den Hals. „Dein Triumph. Im Laufe der Zeit, erbeutet jeder Goldblüter irgendeinen Gegenstand, den er immer bei sich trägt, seine Trophäe. Ich denke, diese Schuppe könnte deine sein. Keto ist ein mächtiges Monster, Xaenym."
„Ihr habt es abgelenkt. Es war gar nicht so schwer", sagte ich, während ich die schillernde Farbe der Schuppe betrachtete.
„Trotzdem tötet kaum jemand bei seiner ersten Mission ein Ungeheuer wie Keto."
„Bist du gekommen, um mir das zu sagen?"
„Nein, eigentlich nicht. Einer der Gründe war, dass du mit Jannes reden solltest. Munter sie auf. Devans Tod hat sie wirklich mitgenommen. Ich würde das ja tun, aber ich bin nicht gut darin. Ich weiß, es ist schwer zu glauben, dass es irgendetwas gibt, was ich nicht kann, doch ich schwöre, das ist die Wahrheit."
„Warum soll ich mit ihr reden? Sie hasst mich."
„Ja, aber du hast das Kommando, also ist das deine Aufgabe."
„Bist du gekommen, um mir *das* zu sagen?"

Er atmete tief durch. „Es ist nur ... Ich weiß, was du vorhast. Neraya hat hohe Preise, Xaenym. Denk gut nach, was du für ihr Wissen zahlst."

„Es ist nicht deine Sache, wen ich was frage", seufzte ich, woraufhin Ramy nickte und den Raum verließ.

Ich ließ mich gegen die Wand sinken und atmete hörbar aus. Er wusste, dass ich heute Nacht zu Neraya gehen und ihr meine Fragen stellen würde. Und dass ich plante, mit Wissen über meine Gaben zu bezahlen.

※

Also machte ich mich wenige Minuten später auf den Weg zum Raum, in dem Neraya mit uns gesprochen hatte und ging hinein. Neraya saß über ein Buch gebeugt an ihrem Schreibtisch, schaute aber auf, als sie die Tür quietschen hörte.

„Ich ... ich habe eine Frage", sagte ich zögernd.

„Dann kann ich sie beantworten. Aber was ist mit der Bezahlung?"

„Informationen über meine Gaben. Die Götter würden einiges dafür geben."

Sie nickte. „Stelle deine Frage."

„Armenia. Was hat sie mit mir zu tun?"

„Cryliss hat mich vor dieser Frage gewarnt. Und sie hat gedroht, mir die Kehle durchzuschneiden, wenn ich es dir sage. Du solltest nichts von Armenia wissen. Geh, Mädchen, und schlafe heute Nacht. Du musst morgen gut kämpfen können."

„Beantworte meine Frage!"

„Du wirst alles erfahren, wenn der richtige Zeitpunkt gekommen ist, vertraue mir, es ist gut, wie es ist. Und jetzt geh."

Resigniert schlurfte ich zurück in mein Zimmer und ging schnell duschen. Nichteinmal die Frau, die mit Wissen handelte, wollte mir etwas über Armenia sagen. Ich fragte mich, ob Sivah es gekonnt hätte. Und ob sie es auch getan hätte.

Bald wurde mir von einem blonden Zimmermädchen ein Tablett voll mit Hühnchen in Sahnesoße, Kartoffelbrei und Vanillepudding serviert.

Das Fleisch war perfekt gewürzt, der Pudding nur leicht gesüßt, genau wie ich es mochte. Ein kleiner Teil von mir wollte ewig hier bleiben, mit meinen Freunden in goldenen Hallen die leckersten Gerichte essen. Doch das war nicht mein Leben. Und das war auch gut so. Ich musste in die Sahara reisen und das Skia finden.

Sivah war in dieser Wüste gestorben. Sie war besser als wir alle im Kampf gewesen und trotzdem war sie tot. Morgen schon könnte dasselbe mit mir passieren. Würde ich am Abend noch am Leben sein? Devan war innerhalb von Sekundenbruchteilen getötet worden. Er hatte keine Zeit für den Abschied gehabt, keine Zeit für letzte Worte. Ich könnte auch so sterben. Vor wenigen Wochen noch hatte ich mir Sorgen wegen einer Mathearbeit, nicht wegen meines Todes gemacht. Es war alles so schnell gegangen, und jetzt war ich hier, in einen jahrtausendealten Krieg geraten, den ich kaum verstand und schon spielte ich eine wichtige Rolle darin. Aber obwohl ich erst seit so kurzer Zeit in der versteckten Welt war, wusste ich, dass ich hierher gehörte. Es war richtig für die Titanen zu kämpfen, nicht nur, weil sie meine Familie waren. Und trotz der Gefahr hatte ich keine Angst. Wovor sollte ich mich fürchten? Natürlich war ich besorgt um meine Freunde, aber sie konnten sich verteidigen.

Die ganze Nacht wälzte ich mich schlaflos in meinem Bett umher und dachte über Armenia nach. Langsam ging die Sonne auf. Ich stand mit einem Rucksack und den anderen neben mir vor dem Tor, das aus Nerayas Palast hinaus führte, und beobachtete wie es sich langsam öffnete und dennoch kein Wasser hindurch floss. Diesmal brauchten wir nicht zu Poseidon zu beten, denn eine Brücke, die schräg nach oben zur Wasseroberfläche führte und von Luft umgeben war, erschien plötzlich wie aus dem Nichts. Das war Nerayas Bedingung: Zu ihr musste man es ohne ihre Hilfe schaffen, aber auf dem Rückweg durfte man ihre Brücke benutzen. Sie schien sich alle Mühe zu geben, jeden von ihrem Palast fernzuhalten, was ich als ziemlich schlechtes Geschäftskonzept erachtete, zumal sie doch mit Wissen handeln wollte.

Die Brücke bestand aus Seetang und Korallen mit goldenen Verzierungen. Auf dem Weg nach oben bewunderte ich die schillernden Schuppen der Fische und die Sonne, die den goldenen Palast strahlen ließ. Ich war fast schon traurig, als wir oben ankamen und die Brücke langsam verschwand.

„So, ich bring euch dann mal zum Flughafen", verkündete Ramy und machte sich direkt auf den Weg. Wir folgten ihm, wobei ich einen Blick auf Jannes warf. Ihre glasigen Augen waren gerötet und von dunklen Schatten umrandet. Auf einmal tat sie mir furchtbar Leid. Also beschloss ich, Ramys Rat zu befolgen und mit ihr zu reden.

Ich ging zu ihr und stammelte: „Das mit Devan ..."

Sie seufzte genervt. „Hörmal, es interessiert mich wirklich nicht, was du mir zu sagen hast."

„Ich wollte dir nur mein Beileid ausdrücken."

„Das hast du ja jetzt getan. Verschwinde."

Doch gerade als ich mich wegdrehte, um neben jemand anderem zu laufen, sagte sie: „Ich habe Devan wirklich geliebt. Er hat mich nie geliebt, aber ich konnte immerhin bei ihm sein. Das war genug, um mich glücklich zu machen. Und jetzt ist er tot. Jetzt kann ich nicht mehr nur wegen seiner Anwesenheit glücklich sein, weil er eben nicht mehr da ist. Er ist weg, für immer, und ich bin hier mit dir und erzähle ausgerechnet dir davon und du willst es wahrscheinlich nicht einmal hören."

„Doch, ich will es hören."

Sie hob eine Augenbraue. „Ich erkenne Lügen, Xaenym."

Ich biss mir auf die Zunge. Sie hatte Recht, ich wollte das nicht hören, aber es war meine Pflicht, ihr irgendetwas zu sagen, damit sie sich vielleicht besser fühlte.

„Jannes, ich kenne dich nicht so gut, ich weiß nur, dass du mich nicht ausstehen kannst und nicht einmal warum. Aber du gehörst zu meinem Team, ich habe dich mitgenommen, weil du kämpfen kannst. Jetzt bist du hier und schaust traurig auf den Boden. Man kann dir momentan keine Aufgabe zuteilen, du kannst keine Wache halten. Seth und Devan sind tot, Neffire und Paver weg, Nae ist trotz Epouros verletzt und kann kaum schießen, genauso wie Roove, du und ich. Wie viele unversehrte Leute habe ich? Ramy, Nathan und Cryliss. Nae kann wirklich nicht kämpfen, aber Roove, du und ich müssen es versuchen, auch wenn wir verletzt sind. Also zeig mir, warum ich dich in mein Team gewählt habe, okay?"

„Du kannst zwar kämpfen, aber du kannst diese Mission nicht leiten. Du hast keine Ahnung von der verborgenen Welt, kennst die Sagen nicht gut genug, kennst die Götter nicht gut genug. Ich weiß nicht, warum Aras dich ausgewählt hat. Aber Xaenym, so ungern ich das zugebe, du schaffst es irgendwie trotzdem, dich hier zurechtzufinden. Ich mag dich nicht, aber das muss ich auch nicht. Du kannst dich auf mich verlassen."
„Danke."
„Und jetzt verschwinde, du nervst mich."
Ich entschied, eine Weile neben Nae herzulaufen, da ich Jannes nun wirklich genug mit meiner Anwesenheit gequält hatte.
„Wie geht es deinem Arm?", fragte ich.
„Besser. Und wie steht es mit deinem Brustkorb? Es könnten ein paar Rippen gebrochen sein ... Na gut, es *sind* ein paar Rippen gebrochen. Cryliss hat dich untersucht."
Wie um ihre Aussage zu unterstreichen durchfuhr mich stechender Schmerz, als ich seufzte.
„Das geht schon."
„Trink ein wenig Epouros. Wenn man mit einer Sache nicht sparen sollte, ist es Epouros, denn wenn du verletzt bist, kannst du nicht kämpfen."
„Vielleicht mache ich das."
Ich würde es nicht machen. Vor Cryliss wollte ich nicht schwach wirken. Sie wollte das Kommando so sehr, dass ich es mir nicht leisten konnte, sie oder Ramy um Epouros zu bitten.
„Wie sollen wir das schaffen, Xae? Dieser Weg ist so lang, überall wimmelt es von Monstern. Und das Lager ... Wenn es angegriffen wird, haben wir ohnehin verloren."
„Selbst wenn Titansvillage zerstört wäre, könnten wir das Skia finden und die Götter besiegen."
„Können wir nicht. Ich weiß was beim ersten Angriff passiert ist. Ich glaube, ich habe dir nie die Geschichte erzählt, wie ich in das Lager kam. Xae, ich bin eine Dryade, eine Baumnymphe. Mein Leben ist an einen Baum gebunden, wenn dieser stirbt, sterbe ich auch und andersherum. Dryaden werden nicht geboren, wir wachsen einfach aus den Bäumen heraus. Das Lager wurde um meine Buche gebaut und irgendwann bin ich dem Baum entsprungen. Ich war dort, vor 20 Jahren, als die

Götter das Lager zum ersten Mal angegriffen haben. Das Heer war riesig. Wir waren zu wenige und die meisten von uns noch jung und ohne Kampferfahrung. Zeus' Armee beherbergte uralte Monster, deren Sagen fast niemand mehr kannte. Sogar Riesen waren unter ihnen. Eines Nachts konnte ich nicht schlafen, also ging ich nach draußen spazieren. Plötzlich hörte ich Schritte, die immer lauter wurden und zu einem ohrenbetäubenden Stapfen wurden. Ich kletterte auf den Turm an der Bibliothek und sah sie am Horizont. Tausende Krieger drängten sich auf den Hügelkamm hinter dem Wald, der das Lager umringt. Ich schlug Alarm und sofort stürmten alle kampfbereit hinaus. Doch in ihren Augen sah ich die Angst. Wir waren damals 500 Goldblüter. 500, Xae. Aber Zeus hatte Tausende.

Als erstes traf uns ein brennender Pfeilhagel. Die Flammen erreichten meinen Baum. Ich spürte denselben Schmerz wie meine Buche. Also rannte ich, gefolgt von einigen anderen, auf meinen Baum zu und versuchte mit den Wasserflaschen, die mir gereicht wurden, das Feuer zu löschen, obwohl der Wall aus feindlichen Kriegern immer näher rückte. Zeus stand in der ersten Reihe und hob sein Schwert, um mich zu töten, doch es war mir egal, ich wollte nur den Brand löschen. Und kurz bevor Zeus' Klinge mich enthauptet hätte, kreuzte jemand anderes sein Schwert mit Zeus'. Die Wasserflaschen waren leer, aber mein Baum brannte immer noch. Ich musste hilflos zusehen, wie die Flammen sich an der Buche hinaufwanden. Panisch schaute ich auf und sah Crudd, wie er Zeus' Schwert mit seinem eigenen von meinem Hals drückte und mir dabei seine Wasserflasche reichte. Auch diese schüttete ich auf den Baum, doch es half nicht. Tränen traten mir in die Augen. Aber plötzlich sprudelte Wasser aus dem Boden und die Fontäne überflutete meinen Baum, Crudd, Zeus und mich. Obwohl ich Wasser spuckte und nach Luft rang, war ich unendlich froh. Der Brand war gelöscht. Ich sah mich um und bemerkte Poseidons Sohn Xenyl, der hinter den Kriegern stand und das Feuer durch seine Gabe, Wasser zu kontrollieren, löschte. Er lächelte mich an. Dabei schlich sich ein Feind mit einem Speer von hinten an ihn heran. Ich versuchte, ihn zu warnen, doch es war bereits zu spät.

Währenddessen kämpfte Crudd gegen Zeus und tatsächlich

schlug er sich zunächst wirklich gut. Aber Zeus ist ein Gott, er kann seine Gestalt wechseln wann und wie er will. Und so hüllte ihn eine Sturmwolke ein, die immer weiterwuchs und von Blitzen durchzuckt wurde. Darin erkannte ich allmählich Zeus' Gesicht, ein gemeines Lächeln aufgesetzt, als hunderte Blitze auf Crudd zujagten. Auch mich erreichte eine Hitzewelle, doch sie prallte an mir ab und hinterließ keinen Schaden, weil die Blitze nicht für mich bestimmt gewesen waren.

Und dann hörte ich einen Schrei. Ein Mädchen mit gelockten, braunen Haaren und damals noch himmelblauen Augen ließ ihr Schwert fallen und brach zusammen. Zeus verwandelte sich wieder in seine sterbliche Form zurück. Sivah rannte auf Crudds verbrannten Körper zu und beugte sich über ihn. Blaue Tränen liefen ihr über die Wangen und ihre immer so strahlenden Augen wurden grau und traurig. Zeus hob sein Schwert vom Boden und ging auf Sivah zu, die tatenlos zusah wie Zeus die Klinge an ihre Kehle drückte.

'Na los', wisperte sie. 'Was soll ich in dieser Welt ohne ihn?'

Zeus' Lächeln wurde breiter und er holte zum Hieb aus. Und ich tat das einzige, was mir einfiel: Ich legte einen Pfeil an die Sehne meines Bogens und zielte. Ich verdrängte, auf wen ich zielte, verdrängte, wie wichtig dieser Schuss war. Ich hatte nur diesen einen Schuss, keinen zweiten Versuch. Der Pfeil zischte voran, das Schwert sauste auf Sivahs Hals zu und kurz bevor es Sivah getötet hätte, bohrte die Pfeilspitze sich in Zeus' Hand, woraufhin er seine Waffe unkontrolliert nach unten riss und aufschrie. Dabei fügte er Sivah zwar eine Schnittwunde am Hals zu, aber sie lebte immerhin noch. Ich sprintete zu ihr, hievte sie auf meine Schultern und versuchte so schnell wie möglich wegzulaufen. Zeus schlug noch mit dem Schwert nach mir, aber er traf mich nur leicht am Arm, sodass ich einfach weiterrennen konnte. Sivah war durch den Blutverlust ohnmächtig geworden. Ich sprintete weiter, stolperte mehrfach und rappelte mich immer wieder auf. Zeus war sicherlich schon geheilt. Durch seine göttliche Kraft könnte er uns finden und töten. Meine einzige Chance war, dass er jetzt gegen andere kämpfte und uns vergaß. Ich musste nur weit genug laufen, um nicht zufällig von seinen Kriegern gefunden zu werden. Plötzlich stolperte ich erneut.

Mein Kopf schlug auf etwas Hartem auf und mir wurde schwarz vor Augen.
Als ich aufwachte, hörte ich als erstes lautes Weinen und Klagen. Ich öffnete die Augen und fand mich im Krankenzelt wieder. Damals hatten wir fast nur Zelte, Titansvillage war wirklich nur ein einfaches Lager. Mein Kopf tat höllisch weh, aber die Schmerzen an meinem Arm waren erträglich. Ich lag auf einer dünnen Matratze, neben mir viele andere Verletzte. Das Zelt war so überfüllt wie noch nie, selbst der Boden war mit Verwundeten übersät, viele hatten nicht einmal eine Matratze. Auf meiner Stirn lag ein kühler Lappen. Als ich ihn herunternahm, fuhr ich vor Schmerz zusammen. Ich betastete die blutige Platzwunde an meinem Haaransatz und stand auf, obwohl mir schwindelig wurde, ging durch die Reihen auf der Suche nach einem ganz bestimmten Gesicht. Viele meiner Freunde hatten grauenvolle Verletzungen erlitten, aber noch mehr waren nicht hier und ich ahnte Schreckliches. Ich traf auf Aras, der eine lange Schnittwunde an der Wade davongetragen hatte, hektisch umherhumpelte und den Verletzen Epouros einflößte. Er sah so viel älter aus als sonst. Seine Augen lagen tief in den Höhlen. Sorgenfalten zeichneten sich an seiner Stirn ab. Immer wieder warf er einen beunruhigten Blick auf die restlichen Epourosvorräte. Nur noch ein paar Flaschen Epouros waren übrig, aber es mussten noch mehrere dutzend Goldblüter versorgt werden.
'Leg dich wieder hin, Nae. Du musst dich ausruhen. Und Epouros brauchst du auch', murmelte Aras.
'Mir geht's gut, gib das Epouros Leuten, die es dringender brauchen. Wo ist ... '
'Ich habe sie in ihr Zelt gebracht.'
Sofort begab ich mich zu Sivahs Zelt. Als ich eintrat, sah ich sie mit einem blutgetränkten Verband um ihren Hals im Bett liegen. Ihre Augen waren geschlossen, doch ich wusste trotzdem, dass sie wach war.
'Bist du gekommen, um mir dieses klägliche Leben wieder zu retten?', fragte sie mit heiserer Stimme.
'Ich will dir nur mein Beileid ausrichten.'
'Ich brauche dein Beileid nicht.' Dann flüsterte sie: 'Du verstehst

es nicht ... Er ist tot ... Ich... Ich weiß nicht, wieso ich leben sollte ... Es ist so leer ... Hass und Wut und Trauer, aber keine Liebe mehr ... Ich ... weiß nicht. .. '

Sivah verstummte und starrte mit glasigen, grauen Augen die Zeltplane an. Also ließ ich sie allein.

Später erfuhr ich, dass niemand unverletzt geblieben war. Diejenigen, die ich nicht im Krankenzelt gesehen hatte, waren also tot. Wie viele waren dort gewesen? Hundert? So viele hatte ich nicht gesehen. So viele waren gestorben. Zeus' Armee hatte sich zurückgezogen. Aber wir alle wussten, dass wir nicht gewonnen hatten. Das Heer der Götter hatte bei Weitem nicht so viele Verluste erlitten wie wir. Die Götter hatten sich nicht zurückgezogen, weil wir sie besiegt hatten. Ich erkannte, dass sie uns nicht vollständig auslöschen wollten. Ein Teil von uns musste übrigbleiben, wenn auch geschwächt und kampfunfähig. Ich ging in die Bücherei und suchte die ganze Nacht nach einer Erklärung für das Verhalten der Götter. Und am nächsten Morgen erzählte ich Aras von meiner Vermutung."

„Was hast du denn vermutet?"

„Dass ein Teil von uns übrigbleiben musste, damit das Gleichgewicht zwischen Gut und Böse noch da ist und der Hüter nicht erwacht."

„Wieso suchen wir das Skia dann erst jetzt?"

„Dass sie das Skia suchen, wurde uns erst vor zwei Monaten klar. Davor haben wir Wissen über den Hüter gesammelt und langsam die Zusammenhänge erkannt. Bei den Göttern schien es ähnlich gewesen zu sein. Und vor genau zwei Wochen hat Zeus Truppen geschickt, um das Skia zu finden."

„Also werden wir nicht nur Monstern in Pyrinas begegnen."

„Vorausgesetzt, das Skia ist überhaupt noch da."

„Das sich ja fantastische Erfolgsaussichten", brummte ich.

Dann liefen wir schweigend nebeneinander her. Später erreichten wir eine kleinere Stadt, deren Namen ich allerdings nicht kannte, suchten den Flughafen auf und verstauten alle Waffen in Ramys Rucksack, um keine Probleme bei den Kontrollen zu bekommen. Im Flugzeug saß ich neben Roove und schaute aus dem Fenster. Ich wusste nicht genau, wann, aber nach einiger Zeit veränderte sich die Landschaft. Städte kamen in Sicht und bald darauf landeten wir in Kairo. Wir hatten dieses Ziel gewählt, da dies eine der wenigen eingezeichneten Städte auf der Rückseite von Nerayas Landkarte war, welche den Standort der Oase zeigte. Später würde sie uns zwar anzeigen, wo wir uns befanden, aber im Moment waren wir noch nicht nah genug.

„Wir müssen die Teams für die einzelnen Bereiche der Insel einteilen", sagte Roove.

Ich schüttelte den Kopf.

„In dieser Wüste haben wir genug Zeit. Es wird ein sehr langer Weg. Außerdem ... wenn wir jetzt festlegen, wer mit wem in welchen Bereich geht, wird daraus sowieso nichts, denn wir wissen nicht, wer überlebt."

Ohne Vorwarnung schlang er die Arme um mich.

„Xae, ich bin froh, dass du noch lebst."

Bevor ich irgendwie darauf reagieren konnte, wurden wir gebeten, auszusteigen, worüber ich insgeheim ziemlich froh war. Ich hatte keine Ahnung gehabt, was ich antworten sollte.

Diesmal sagte keine Stewardess, etwas wäre mit meinem Gepäck passiert. Wir wurden nicht aufgehalten und konnten ungestört aussteigen. Doch als ich hinausging, fühlte es sich an, als würde ich gegen eine Wand aus Hitze laufen. Plötzlich war meine Kehle staubtrocken. Auch die anderen griffen zu ihren Wasserflaschen. Ramy reichte schnell eine Flasche Sonnencreme herum, deren Inhalt ich ausgiebig auf meinen Armen und Beinen verteilte.

„Wohin jetzt? Was sagt die Karte?", fragte Ramy.

Ich kramte diese hervor und warf einen kurzen Blick darauf..

„Süden", erklärte ich.

Also liefen wir in Richtung Süden durch Kairo. In den Straßen wimmelte es von Kaufleuten, jeder lobte lautstark seine Waren und ein hagerer Mann versuchte aufdringlich, mir eine Ziege zu verkaufen. Bald gelangten wir jedoch in einen moderneren Teil der Stadt. Die Straße war geteert, überall waren Cafés und Restaurants und ich sah nur noch vereinzelte Straßenstände. Sogar an einigen Clubs liefen wir vorbei. Plötzlich blieb Nae geschockt stehen.

„Was ist los? Spürst du Monster in der Nähe?", fragte ich sofort.

„Nein, sondern ein Halbgott", erklärte sie verwirrt.
„Was sollen wir jetzt tun? Man findet nicht gerade oft einen Demigott, wir können ihn nicht hier lassen. Aber wenn er mit uns kommt, wird er uns nur behindern. Schließlich können die wenigsten anständig kämpfen", meinte Cryliss.
„Ich denke, wir sollten uns das Ganze mal ansehen. Aber Nae, bist du sicher, dass es niemand von Zeus' Armee ist?", sagte ich.
„Ich erkenne, ob der Halbgott von seiner Abstammung weiß. Und dieser hier hat keine Ahnung."
„Also kann er nicht kämpfen. Wie gesagt, er wird uns behindern", brummte Cryliss.
„Wir können kämpfen. Derjenige kann ja währenddessen untätig herumstehen oder versuchen, unsere Gegner mit Messern abzuwerfen. Schaden kann es nicht wirklich. Wir gehen hin", entschied ich.
Cryliss murmelte etwas von Kommando, schaute dann aber Nae an und fragte: „Wo ist er überhaupt?"
„Im Club da drüben." Sie deutete auf einen Club namens *Cheops*, vor dem eine riesige Schlange stand und zwei Türsteher fast niemanden hineinließen.
„Dann haben wir wohl ein Problem. So, wie wir aussehen, dürfen wir bestimmt nicht rein", meinte Nathan.
„Ich habe in meinem Rucksack so gut wie alles, auch schicke Klamotten", erklärte Ramy und kramte für mich ein schwarzes, enges Kleid, für Nae das gleiche in dunkelgrün, für Jannes ein blaues und für Cryliss ein pinkes heraus. Für Nathan, Roove und sich holte er schlichte, weiße Hemden hervor. Wir zogen uns auf der Toilette eines Restaurants um und stellten uns in einer Reihe vor dem Club auf.
„Ramy, es verwirrt mich ein wenig, dass du Frauenkleider mit dir herumschleppst", bemerkte ich.
„Wenn du so viel herumreist wie ich, sammelt sich in deinem Rucksack so gut wie alles an", erwiderte er achselzuckend.
„Also gut. Dann lasst uns feiern gehen", verkündete ich.
Als wir endlich bei den Türstehern angelangt waren, musterten sie uns kritisch. Ramy und mich ließen sie fast sofort durch, nach einigem Zögern dann auch alle anderen.
Drinnen herrschte ohrenbetäubender Lärm. Die Musik war viel

zu laut und dadurch musste jeder, der sich unterhalten wollte, brüllen. Ich setzte mich mit Nae an die Bar und hielt nach einem Halbgott Ausschau, obwohl ich gar nicht genau wusste, woran ich erkennen sollte, wer goldenes Blut hatte und wer nicht. Bald kam ein dunkelhaariger Junge um die 20 zu uns und fragte, ob er uns eine Cola spendieren könne. Nae warf mir einen kurzen Blick zu, um mir zu signalisieren, dass sie spürte, dass er der Halbgott war.

„Gern, wie nett von dir", meinte ich und setzte ein strahlendes Lächeln auf.

Also ließen wir uns ein Getränk spendieren. Als ich mich wieder dem Jungen zuwenden wollte, war er plötzlich verschwunden. Ich runzelte die Stirn, stand auf, um ihn zu suchen und musste mich dabei an etlichen Leuten vorbeiquetschen. Kurz darauf kam mir Roove entgegen, der ebenfalls eine Cola trank. Ich schrie ihm zu, dass wir den Goldblüter gefunden hätten. Roove nickte und zog mich auf die Tanzfläche. Auf einmal musste ich lachen. Der Demigott würde schon nicht verschwinden. Es konnte ja nicht schaden ein bisschen Spaß zu haben, bevor wir wieder gingen. Nach dem, was wir in den letzten Tagen erlebt hatten, würde es uns guttun, ein wenig zu tanzen. Den Halbgott hatte ich inzwischen völlig vergessen. Auch Roove schien sich wenig für ihn zu interessieren. Er grinste mich breit an und begann, mit mir zu tanzen. Auf einmal beugte er sich zu mir runter und küsste mich. Ich legte meine Hände in seinen Nacken und erwiderte den Kuss. Aus irgendeinem Grund musste ich kichern und fühlte mich benommen. Plötzlich drehte sich die Welt. Mir wurde schummrig und ich schlug hart auf dem Boden auf. Meine Sicht verschwamm, verdunkelte sich und ging langsam in eine erdrückende Dunkelheit über.

Kapitel 10

Xaenym

Ruckartig riss ich die Augen auf. Der Wüstenboden befand sich etwa 100 Meter unter mir. Weit und breit sah ich nur Sand. Meine Beine baumelten frei in der Luft. Ich blickte nach rechts und sah eine Klaue, die meinen Oberarm umklammerte. Mein Blick wanderte weiter nach oben: Das Wesen hatte einen rabenartigen Körper mit Armen *und* Flügeln und den Kopf einer hübschen Frau, so groß wie ein Mensch. Es schaute auf mich herab und sagte: „Schade, dass ich dich nicht fressen darf. Du siehst lecker aus."
Ich murmelte: „Ja, schade", und versuchte, nicht in Panik zu geraten, weil soeben ein riesiges Federvieh mit mir gesprochen hatte. Über uns flogen weitere Ungeheuer, die jeweils jemanden aus meinem Team trugen.
„Wo bringt ihr uns hin?", fragte ich.
„Zum Meister", erklärte sie, als wären damit alle Fragen geklärt.
Am Horizont erkannte ich bald die Umrisse eines Palastes. Anscheinend standen Goldblüter auf Schlösser. Das war jetzt schon der zweite Palast mitten im nirgendwo. Falls das überhaupt möglich war, wirkte dieses Gebäude noch prunkvoller als Nerayas. Tausende Türme und Kuppeln ragten in den Himmel empor. Eine sandfarbene Mauer umgab den Palast, doch von hier oben aus, konnte ich hinübersehen. Auf einer Seite wimmelte es nur so von goldenen Torbögen, auf der anderen gab es jedoch keinen einzigen. Der Baustil war einwandfrei griechisch, jedoch hatte man die Säulen nicht aus weißem Marmor, sondern aus Gold erbaut. Als wir näher heranflogen, blieb mir die Luft weg. Das, was ich für eine Mauer gehalten hatte, war in Wahrheit Sand, der rings um das Schloss herumwirbelte und so eine Barriere bildete.
Wir setzten zur Landung an und sanken hinter der Sandmauer zu Boden. Die Raben setzten uns auf einem Weg ab, der durch eines der Tore in das Innere des Palastes führte. Die Anweisung

hineinzugehen lag unmissverständlich in der Luft, also blieb uns wohl nichts anderes übrig. Hinter den Toren befand sich ein Flur, an dessen Seite eine Waffenkammer lag, in die zahlreiche Waffen hineingetragen wurden. Zwischen den silbernen Klingen sah ich Skouros dunkle Schneide aufblitzen. Die Ungeheuer schoben uns auf eine goldene Tür zu. Als sie diese öffneten, kam ein Thronsaal mit einem diamantbesetzten Thron in der Mitte zum Vorschein. Ein junger Mann mit sandfarbenen Haaren saß darauf und musterte uns lächelnd. Er trug keinen Bart und war ebenfalls sandfarben gekleidet. Seine Augen erinnerten mich an einen Wüstensturm. Verschiedene Gelbtöne schienen darin umherzuwirbeln. Obwohl der Mann nicht bedrohlich wirkte, jagte ein kalter Schauer meinen Rücken hinunter. Irgendetwas an dem Funkeln in seinen Augen beunruhigte mich.

Ich vermutete, dass er ein Wüstengott war und falls ich Recht behielt, hatten wir ein ordentliches Problem.

„Willkommen!", sagte er freundlich. „Setzt euch und esst." Er schnippte mit den Fingern, woraufhin ein Tisch voll mit leckerem Essen erschien. „Ich bin Notos, der Gott des Südwindes. Und ihr seid meine Gäste."

Wir setzten uns, denn jeder von uns hatte Hunger und Durst und auch wenn man nicht bei einem Fremden, der in der Wüste einen Palast bewohnte und Raben losschickte, die einen entführten, etwas zu Essen annehmen sollte, siegte der Hunger.

„Also Herr Notos, wieso habt ihr euren Harpyien befohlen, uns herzubringen?", fragte Cryliss mit zuckersüßer Stimme.

„Die Harpyien haben euch gefunden, euch vorgetäuscht, ein Demigott sei in eurer Nähe und hergebracht, weil sie nicht wussten, was sie tun sollen. Aber ich bin froh darüber, ich habe so selten Gesellschaft. Und diese hungrigen Harpyien erleichtern es nicht gerade. Fast jeden Besuch, den ich habe, fressen sie auf! Fürchterlich! Mal sehen, wie das bei euch ist. Wenn ich euch mag, lasse ich euch vielleicht sogar am Leben. Ansonsten muss ich euch ihnen leider vorwerfen. Aber macht euch keine Sorgen, ich bin gut gelaunt, ich verschone euch vorerst, ihr seid schließlich meine Gäste", verkündete er glücklich.

„Wir wissen eure Gastfreundschaft zu schätzen, doch leider müssen wir bald weiterreisen. Auf wessen Seite steht ihr im

Krieg, Herr Notos?", fragte Cryliss.

„Ihr werdet nicht weiterziehen. Gefressen werden oder meine Gäste bleiben, das sind eure Optionen. Und Krieg, meine Liebe, ist von so kurzer Dauer. Ich stehe auf keiner Seite. Was wirklich zählt, sind die dauerhaften Dinge, wie ... wie ...", überlegt er, „DER SÜDWIND! Der Südwind bleibt für immer!" Nun strahlte über er das ganze Gesicht.

„Darf ich dir mein Sandwich an den Kopf werfen?", wollte Jannes wissen.

„Klappe", zischte Cryliss.

Notos ignorierte die beiden.

„Wie lange hast du vor, uns hierzubehalten?", fragte ich stirnrunzelnd.

„Sofern ihr nicht gefressen werdet, bleibt ihr für immer! Ist das nicht *entzückend*?" Wieder strahlte er, als wäre ihm gerade deutlich geworden, was für eine tolle Idee er hatte.

„Herzallerliebst", lächelte ich und widmete mich erneut meinem Sandwich.

Als wir alle fertig gegessen hatten, zeigte eine der Harpyien uns die Zimmer. Ich sollte mir mit Nae eins teilen, ebenso Jannes und Cryliss sowie Roove und Nathan. Ramy bekam ein einzelnes Zimmer. Die Harpyie öffnete eine Tür und bedeutete Nae und mir, hineinzugehen. Der Raum war edel eingerichtet, wenn auch ein bisschen altmodisch, mit Wänden aus Gold und persischen Teppichen. Alles in allem kostete dieses Zimmer sicherlich mehrere Millionen. Wir sahen uns staunend um, als die Harpyie die Tür wieder schloss und das mehrfache Einrasten und Knacken des Türschlosses uns unmissverständlich zu verstehen gab, dass wir eingesperrt waren. Wir schauten uns an und prusteten dann los. Vielleicht lag es nur daran, dass wir Angst hatten und ratlos waren, aber wir fanden Notos einfach unendlich komisch.

„Sind das nur die Windgötter, oder verhalten sich alle Götter so?", fragte ich.

Augenblicklich wurde Nae wieder ernst. „Kommt darauf an. Es gibt Götter, die benehmen sich wie vor 3000 Jahren und sind wie damals, zum Beispiel Hekate. Dann gibt es welche wie Notos, die mit der Zeit durchgedreht sind. Oder aber sie haben alte

Sitten hinter sich gelassen, wie Demeter. Sie ist die Göttin der Fruchtbarkeit und des Ackerbaus. Jetzt hat sie einen Blumenladen in Manhattan, gibt Onlinekurse über den Anbau verschiedener Pflanzen und scheint ziemlich zufrieden damit zu sein."

„Steht sie denn nicht auf Zeus' Seite?", wunderte ich mich.

„Nein. Einige Götter haben die Seiten gewechselt. Wie du schon weißt, Poseidon, aber auch Demeter und Iris. Sie finden es nicht gut, wie die restlichen Götter ihre Kinder, also uns, behandeln und wie sie über Rotblüter herrschen. Also helfen sie uns."

„Warum landen wir dann ausgerechnet bei solchen Göttern wie Notos?"

„Wir brauchen Glück. Aber weder Tyche, die Göttin des Glücks, noch die Moiren, die Schicksalsgöttinnen, stehen auf unserer Seite. Die Moiren stehen aber auch nicht auf der Seite der Götter. Sie legen nur das Schicksal fest, was wir daraus machen, überlassen sie uns."

Wie immer, wenn sie etwas erklärte, hoben sich Naes Mundwinkel. Sie liebte es, ihr Wissen zu teilen. Ich dachte daran, dass sie sich gut als Lehrerin machen würde. Wenn der Krieg vorbei war, würde sie vielleicht irgendwann unterrichten können. Ich lächelte bei diesem Gedanken.

„Dann hoffen wir mal, sie geben uns die Chance, von hier zu entkommen."

Plötzlich kam mir eine Idee: Ich konzentrierte mich und wartete auf den gewohnten Druck, den ich spürte, wenn ich die Zeit anhielt, doch es wollte mir nicht gelingen.

„Du kannst die Zeit hier nicht anhalten", sagte Nae, als hätte sie meine Gedanken gelesen. Ich sah sie erstaunt an, woraufhin sie erwiderte: „Grenzen, wie bei Neraya, die den Gebrauch von Gaben verhindern. So was gibt es leider an viel zu vielen Orten."

Seufzend ließ ich mich auf das Bett fallen und starrte die Decke an.

„Wenn wir die Harpyie, die uns als nächstes die Tür öffnet töten und ihre Schlüssel nehmen, können wir die anderen befreien und vielleicht fliehen", überlegte ich.

„Wir haben keine Waffen. Überall stehen Wachen. Und selbst wenn wir uns rausschleichen können, Notos spürt, wenn jemand

seinen Palast betritt oder verlässt."
„Waffen haben wir." Ich zog meinen Dolch hervor und lächelte.
„Wo hast du den her?", staunte sie.
„Manche Waffen kehren zurück."
„Xae, Waffen kehren nicht zurück."
„Sivah hat mir gesagt, es sei so."
Nae schüttelte nachdenklich den Kopf.
„Jedenfalls können wir damit die Harpyie töten", sagte ich.
„Und die Wachen? Notos? Außerdem wissen wir nicht, was dieses Messer tut. Es gibt nur vier Waffen, die zurückkehren: Zeus' Donnerkeil, Poseidons Dreizack und Hades' Zweizack. Und keine davon ist ein Dolch"
„Das waren nur drei", stellte ich stirnrunzelnd fest.
„Ja." Sie klang nervös. „Äh … Ich habe mich versprochen."
„Ich ignoriere das jetzt einfach mal und sage erneut: Wir können damit die Harpyie töten und entkommen."
Natürlich hätte ich weiter fragen können, aber ich hatte einfach keine Lust, mich mit ihr zu streiten.
„Alles klar. Versuchen wir es. Aber du bist schuld, wenn wir sterben."
„Irgendwann sterben wir sowieso."
Wortlos setzte Nae sich auf ihr Bett und wartete auf die Harpyie. Stunden vergingen, wir bekamen Hunger und Durst, lagen nur herum und starrten Löcher in die goldene Decke.
„Nae?", fragte ich.
„Hmm?"
„Hat Notos überhaupt noch vor, eine Harpyie zu schicken?"
„Ich glaube nicht. Wenn wir tot sind, wird er allerdings welche schicken, die uns fressen. Er hat sich entschieden. Er lässt uns nicht leben."
„Ich kann aber nicht sterben. Weiß Notos das?"
„Er weiß, wer du bist. Dass du nicht sterben kannst, ist ihm offenbar nicht klar. Er ist durchgedreht, wie gesagt."
„Durchgedreht? Komm schon, Dryade, ich bin *entzückend!*"
Wir beide erschraken unheimlich, als Notos plötzlich an der Wand lehnte und tadelnde „Ts-ts-ts"-Geräusche von sich gab. Er spazierte in die Mitte des Zimmers und machte eine abwertende Handbewegung.

„Keine Angst, eure Fluchtpläne interessieren mich nicht, ich lasse mich überraschen. Aber ich bin nicht durchgedreht. Ich bin *entzückend.*" Er lachte auf. Es war fast ein Gackern – nicht menschlich und mit einem Anflug von Wahnsinn.
„Und du bist hergekommen, um uns das zu sagen?" Ich gab mir Mühe, gelangweilt zu klingen, obwohl mein Herz wie verrückt schlug.
„Mutig, so mit mir zu sprechen. Aber zu deinem Glück bin ich fröhlich gestimmt. Ich bin gekommen, um euch zu sagen, dass ihr, bis auf wenige Ausnahmen, meine Gäste bleibt. Aber leider haben meine Harpyien Hunger und die *entzückende*", diesmal sagte er das Wort mit einem angeekelten Unterton, „Jannes muss leider gefressen werden. Und ach ja, dieser Junge auch. Wie heißt er noch gleich? Ramy? Das wird *entzückend!*", strahlte er.
Als sie Ramys Namen hörte, wurde Nae ganz bleich.
„Bitte ... Herr Notos, lassen sie beide am Leben. Ihre Harpyien können doch Tiere fressen, oder Vegetarier werden. Wisst ihr, das ist sehr gesund und ...
„Sei still! Es ist immer dasselbe: Nein, bitte nicht, Vegetarier, bla, bla, bla. Warum könnt ihr nie dankbar für meine Freundlichkeit sein?" Verzweifelt hob er die Hände.
„Vielleicht, weil du nicht freundlich bist?", schlug ich vor und hätte mir direkt danach die Zunge abbeißen können. Er warf mir einen bösen Blick zu. „An deiner Stelle wäre ich nicht so respektlos. Harpyien haben immer Hunger ..." Gerade als mir auffiel, dass er seit etwa einer ganzen Minute nicht mehr 'entzückend' gesagt hatte, verkündete er: „*Entzückend*! Damit wäre das geklärt. In einer Stunde gibt es ein Festmahl für euch und am Morgen gibt es eins für die Harpyien."
Kurz darauf verschwand er in einer Wolke aus wirbelndem Sand und ließ uns mit einem hinuntergerieselten Häufchen davon auf dem Boden allein.
„Er wird ...", setzte Nae an.
„Wird er nicht. In einer Stunde töte ich die Harpyie. Ein Messerstich und wir haben die Schlüssel."
„Was, wenn du es nicht schaffst?"
„Ich kriege das schon hin."
„Ich weiß. Aber danach? Angenommen, wir haben die anderen

befreit? Wie kommen wir an unsere Waffen?"

„Eigentlich bist du diejenige, die unsere Pläne schmiedet."

„Also gut: Wir teilen uns in drei Gruppen auf. Eine bricht in die Waffenkammer ein, die andere lenkt auf der gegenüberliegenden Seite des Palastes so viel Aufmerksamkeit auf sich, wie sie nur kann. Die dritte Gruppe, bestehend aus dir und Ramy, muss entkommen. Ihr beide flieht zuerst, danach die Gruppe, die in die Waffenkammer eingebrochen ist, und als letztes flieht die Ablenkung."

„Ich laufe ganz sicher nicht weg, während ihr kämpft. Ihr braucht mich, warum sollte ich wegrennen?"

„Weil du gut genug kämpfst, um das Skia allein zu finden. Aber falls du verletzt wirst, kann Ramy dir helfen. Wenn ihr zwei es rausschafft, reicht das aus."

„Ich laufe nicht weg. Wenn jemand rauskommt, dann alle", protestierte ich.

„Wenn du zu sehr so denkst, zu viel für andere opfern würdest, kann das zu deiner Schwachstelle werden. Manchmal ist es klüger, sich in Sicherheit zu bringen."

„Wenn ich meine Freunde nicht retten kann, dann bringe ich mich nicht selbst in Gefahr indem ich versuche, ihnen zu helfen, obwohl das nicht möglich ist. Aber wenn auch nur ein Funken Hoffnung besteht, gebe ich alles, um sie zu retten. Und das werde ich auch gleich tun, statt wegzurennen."

Sie nickte nachdenklich. „Wir machen nur zwei Gruppen. Aber du gehörst zu der, die das Waffenlager angreift. Und Ramy auch. Die andere Gruppe lenkt die Harpyien ab. Flieht zwei Tage nach Süden und wartet dort einen. Wenn die zweite Gruppe dann nicht angekommen ist, geht ohne uns weiter."

„Uns? Also gehörst du zur Ablenkung?"

„Ja. Jannes, Nathan und ich. Titansvillage braucht euch. Uns nicht unbedingt."

„Was redest du da? Du gehörst nicht in die Ablenkung! Nathan, Jannes und du, ihr seid genauso wichtig, wie wir anderen!"

„Aber irgendwer muss es machen!"

„Eine Ablenkung brauchen wir. Aber muss es auch automatisch jemand von uns sein? Wir könnten eine Harpyie zwingen ..."

„Griechisches Feuer!", rief Nae plötzlich. Ihr Gesichtsausdruck erhellte sich, als sie am Riemen ihrer Spolas eine winzige Ampulle löste.

„Es breitet sich nicht aus, brennt aber ewig weiter und kann nicht durch Wasser gelöscht werden", erklärte Nae. „Ich kann es beliebig auslösen, indem ich daran denke. Jeder wird vor dem Feuer davonlaufen. Wir müssen es nur nah am Ausgang legen. Dort haben wir dann freie Bahn. Wir laufen, während alle Panik haben, zur Waffenkammer und fliehen durch das Tor daneben."

Ich wusste, dass es nicht funktionieren würde. Ohne Ablenkung würde Notos uns finden. Aber wenn ich ...

„Alles klar", sagte ich. „So brauchen wir keine Ablenkung. Allerdings müssen wir uns bis zum Thronsaal führen lassen und wenn wir am Tor vorbeilaufen, lässt du die Ampulle fallen. Und kurz bevor die Harpyie uns nach dem Essen wieder hier einsperrt, töte ich sie."

Nae nickte.

❦

Es fühlte sich an, als wären Jahre vergangen, bevor das Schloss endlich knackte und die Tür sich öffnete. Die einwandfrei hässlichste Harpyie der Welt kam zum Vorschein und krächzte: „Essen. Leider erst mal nur für euch. Mitkommen!"

Sie schlurfte den Flur entlang und wir folgten ihr. Diese Monster waren zweifelsfrei nicht zum Laufen geeignet: Sie hinkten und bewegten ihre Flügel ungeschickt, als wollten sie losfliegen, sich aber dann daran erinnern, dass sie doch laufen mussten. Am Ende des Flures trafen wir auf weitere Harpyien, die Roove, Nathan, Jannes, Cryliss und Ramy mit sich zogen.

„Habt ihr einen Plan?", flüsterte Roove.

Ich nickte. „Nach dem Essen befreien wir euch."

„Okay."

Als wir am Eingangstor vorbeiliefen, sah Nae mich eindringlich an und deutete mit einer Kopfbewegung auf ihre Hand. Laut fing ich an zu Husten, um das Klirren der Ampulle zu übertönen. Erst als Nae kaum merklich lächelte, hörte ich damit auf. Das Ungeheuer schien davon nichts bemerkt zu haben und öffnete die Türen zum Thronsaal.

Ein langer Tisch kam zum Vorschein, versehen mit allerlei

teuren Speisen, aber auch Süßigkeiten, wie Marshmallows und Popcorn. Am anderen Ende des Tisches saß Notos, sein strahlendes Kleinkinderlächeln aufgesetzt, und verkündete: *„Entzückend*! Da seid ihr ja! Los, setzt euch, es gibt alles, was ihr euch nur vorstellen könnt."
Widerwillig setzten wir uns, so weit wie möglich von Notos entfernt, hin. Goldene Teller erschienen auf unseren Plätzen und wir nahmen uns zögernd etwas zu essen.
Still aß ich meinen Burger, genau wie alle anderen, außer Notos. Er gab alle paar Sekunden Sätze wie „Ich bin *entzückend*" oder „Ich bin *so cool*", von sich. Am liebsten hätte ich ihm einen kandierten Apfel an den Kopf geschmissen oder so, aber ich wusste nicht, ob das gegenüber einem Gott so klug wäre. Vermutlich nicht.
Offenbar hatte Jannes ähnliche Gedanken, denn sie guckte noch gelangweilter als sonst.
Nun hob Notos die Hände in einer Geste, die ungefähr sagte: *Jede Bewegung einstellen* und teilte uns mit: „Ich bin *großartig*! Ich bin der *SÜDWIND!*" Ich fragte mich, ob man an einem übersteigerten Ego ersticken konnte.
Nachdem wir alle zu Ende gegessen hatten, sagte Notos uns, dass es morgen früh um acht Uhr 'losgehe'. (Ich fand das Wort an dieses Stelle ziemlich unpassend.) Die hässliche Harpyie brachte uns zum Zimmer. Auf dem Weg dorthin legte ich meine Hand unauffällig an den Dolchgriff. Schweiß brach auf meinen Handflächen aus. Nae und ich liefen langsam, damit die übrigen Monster schon weg waren, wenn wir angriffen. Nun waren wir vor der Tür angekommen.
Der Plan wird aufgehen, dachte ich. Notos würde sich nicht auf Nae und die anderen konzentrieren, wenn ich meinen Plan durchführte. Er würde sich auf *mich* konzentrieren. Blitzschnell stürzte ich mich auf die Harpyie, die zunächst gar nicht begriff, was ich tat und mich verdutzt anschaute. Noch bevor sie krächzen konnte, hatte ich ihr die Kehle durchgeschnitten und ihre Schlüssel genommen.
„Schnell, beeil dich", flüsterte ich Nae zu und lief zum nächsten Zimmer. Als ich die Tür öffnete, erschlug Roove mich fast mit einem Kerzenleuchter.

„Bringst du immer Leute um, weil sie dich befreien?", zischte ich.
„Tut mir leid, ich dachte du wärst eine Harpyie."
„Du wusstest doch, dass wir einen Plan haben!"
„Das war nur zur Sicherheit, falls die sich doch entscheiden, uns zu fressen."
Ich verdrehte die Augen, lief zum nächsten Zimmer und befreite Cryliss und Jannes. Beide schienen nicht glücklich darüber zu sein, sei es, weil *ich* den Plan ausführte, oder einfach, weil ich in ihrer Nähe war. Ramy hingegen war froh, morgen früh nicht als Vogelfutter zu enden. Schnell drückte ich ihm den Schlüsselbund in die Hand. Er sah mich fragend an, doch ich tat so, als hätte ich es nicht bemerkt. Ich hoffte inständig, dass er nicht erriet, wieso ich die Schlüssel nicht weiterhin behalten konnte.
„Lös das Feuer aus", wies ich Nae an. Sie schloss kurz die Augen und nickte. Bald waren Rufe und Schreie zu hören und irgendwo ertönte eine Sirene. Es überraschte mich, dass der Palast anscheinend über einen Feueralarm verfügte. Dann verdunkelte sich alles, als wäre es Nacht und ich konnte nur noch mit Mühe sehen. Vermutlich war das Notos' Schuld. Auf diese Weise wollte er uns die Flucht erschweren.
Wir liefen den Flur entlang, als zwei Harpyien panisch angerannt kamen. Ich warf meinen Dolch auf die erste, die daraufhin krächzend zu Boden sank. Nur leider standen wir jetzt einem Monster mit scharfen Krallen waffenlos gegenüber. Fast hatte das Ungeheuer uns erreicht, als Ramy eine winzige Perle vom Riemen seiner Spolas hervorzog (das schien ein gutes Versteck zu sein) und darauf drückte. Diese entfaltete sich zu einem kleinen Dolch, den er auf die zweite Harpyie warf. Beim Vorbeilaufen nahmen wir unsere Messer wieder an uns und rannten weiter.
Bald kam uns eine einzelne Harpyie entgegen. Sie trug eine griechische Rüstung und hatte zusätzlich zu den Krallen noch einen Dreizack und ein mit Gewichten versehenes Netz bei sich. Ich hatte nur einmal gegen diese Art von Waffen trainiert, aber damals gewonnen. Sie stach auf mich ein, doch ich wich aus. Nun warf sie ihr Netz und hoffte, die Hand, mit der ich den

Dolch führte, einzufangen, doch ich sprang problemlos zur Seite und bohrte mein Messer durch einen Spalt in ihrer Rüstung. Unter Schmerzensgeheul sank sie zu Boden.

Ich lief mit Roove voraus. Nae und die anderen waren ein Stück hinter uns. Als wir um die Ecke bogen, kam uns eine gewaltige Front von Harpyien entgegen, mindestens 30, jede mit Speer oder Schwert. Ich fuhr herum. Am Ende des Ganges gabelte sich der Weg.

„Umdrehen, dann nach rechts!", donnerte ich und flüsterte Roove zu, dass wir stattdessen nach links laufen sollten, woraufhin er nickte und zurücklief. Dann drehte ich mich ebenfalls um. Die Meute rannte uns im Gänsemarsch hinterher, was mir ziemlich bizarr vorkam, aber ich hatte keine Zeit mich darüber zu wundern.

An der Gabelung angekommen, rannte ich nach rechts, wobei ich „Los!", kreischte. Alle anderen sprinteten weiter nach links, als sich Roove plötzlich umdrehte und mir hinterher stürmte, gefolgt von der Vogelschar, die glücklicherweise nicht bemerkte, dass alle außer uns nach links gelaufen waren. Das war die gute Nachricht. Die schlechte war, dass wir jetzt zu zweit, mit nur einem Dolch bewaffnet, etwa 30 schwerbewaffneten Vögeln gegenüberstanden.

Auf der gegenüberliegenden Seite des Ganges tauchte ein weiteres Dutzend Harpyien auf. Ihre anfängliche Panik schien verflogen zu sein.

Wir hingegen waren umzingelt, während der Wall aus Monstern immer näher rückte ...

Nae

Ich stürmte in den Flur, gefolgt von Cryliss, Jannes, Nathan, Ramy und ... niemandem. Wo zum Hades waren Xae und Roove? Als die Meute von Harpyien plötzlich nach rechts abbog, statt uns zu jagen, ahnte ich, wo sie waren. Wo sollte ich hinlaufen? Sollte ich fliehen und die beiden dem sicheren Tod überlassen? Das musste ich. Wir waren unbewaffnet und stark in der Unterzahl. Trotzdem konnte ich mich nicht einfach umdrehen, während die beiden starben.

„Wir müssen weiter. Wir können ihnen nicht mehr helfen", sagte

Cryliss und rannte los. Uns blieb nichts anderes übrig, als ihr zu folgen, auch wenn es uns widerstrebte, Xae und Roove im Stich zu lassen.

Keine Monster kamen uns entgegen, nichts hielt uns auf, was ich schrecklich fand, denn das bedeutete, dass alle Harpyien gegen Xae und Roove kämpften. Bald kamen wir an der Waffenkammer an. In Gedanken befahl ich dem Feuer, zu erlöschen, um nicht gegrillt zu werden, sobald wir in der Nähe des Eingangstors waren. Als wir feststellten, dass einer der Schlüssel, die wir der Harpyie abgenommen hatten, ins Schloss der Waffenkammer passte, atmete ich erleichtert auf.

Drinnen suchten wir als allererstes Ramys Rucksack, denn darin waren bereits Waffen, Kleidung und Epouros. Dann nahm ich mir meinen Bogen und legte einen Pfeil ein. Jeder suchte seine Waffe und beinahe wären wir gegangen. Doch kurz bevor ich hinausging, blieb mein Blick an einem schwarzen, glänzenden Schwert haften. Vor ein paar Wochen hatte mir Skouro irgendwie Angst gemacht. Jetzt aber war es einfach nur traurig, es ohne Xaenym zu sehen. Ich griff danach, doch Nathan hielt meinen Arm fest. „Stopp! Es tötet jeden, der es berührt."

„Es tötet jeden, der damit *kämpfen* will", korrigierte ich. „Und das will ich nicht. Ich will es nur aufbewahren, bis es den nächsten Krieger auserwählt."

Ramy lächelte mir beruhigend zu und legte seine Hand auf meine Schulter. Ich nahm Skouro und den Diamantdolch daneben mit, schnappte mir meinen Bogen und legte einen Pfeil ein. Nachdem wir alle unsere Waffen zusammengesucht hatten, liefen wir hinaus zum Tor. Es stand überraschenderweise offen und fast wären wir hindurch gelaufen. Fast. Aber plötzlich knallte es mit ohrenbetäubender Lautstärke zu.

„Wäre das nicht zu einfach gewesen? Habt ihr wirklich gedacht, ihr könntet so leicht fliehen?", fragte eine spöttische Stimme. Ich drehte mich um und sah Notos, der am anderen Ende des Ganges eine tadelnde Handbewegung machte und dabei ein „Ts-ts-ts" von sich gab. Ich nahm all meinen Mut zusammen und schoss den eingelegten Pfeil auf seinen Kopf. Doch er hielt seine Hand vor sich und der Pfeil zerfiel zu Sand. Notos lachte auf. „*Entzückend*! Jetzt werdet ihr alle gefressen!"

Dann schnippte er mit den Fingern, woraufhin sich der Boden unter uns in Treibsand verwandelte. So gut es ging, versuchte ich stillzuhalten, aber das war nicht so einfach, wie es sich anhörte.
„Das ist zu langweilig", entschied Notos nun. Kurz überlegte er, doch dann wurde ich durch starken Wind aus dem Sand gehoben und schwebte für einen Moment in der Luft. Notos lächelte mich boshaft an und machte eine ruckartige Handbewegung.
Meine Augen weiteten sich, während ich zur Seite geschleudert wurde, mit voller Wucht gegen die massive Goldwand krachte und ächzend zu Boden fiel. Ich spürte, wie mehrere Knochen brachen, hörte sie knacken. Meine Sicht verschwamm. Ich kämpfte dagegen an, bewusstlos zu werden. Notos ließ gerade einen Luftwirbel entstehen, in dem meine Freunde umhergewirbelt wurden, setzte dabei ein wahnsinniges Grinsen auf und sagte mehrfach „*entzückend*", doch diesmal jagte es mir einen kalten Schauer über den Rücken.
Ich wollte aufstehen und Notos töten, doch mein Bogen und meine Pfeile waren zerbrochen. Blut tropfte aus meiner Nase und hinterließ eine Pfütze auf dem Boden. Notos schleuderte Nathan gegen Jannes, wodurch beide ohnmächtig wurden, Cryliss schien sich durch die umherfliegenden Waffen eine Wunde an der Stirn zugezogen zu haben.
Ich zwang mich, ruhig durchzuatmen und meine Möglichkeiten zu überdenken. Alles was ich hatte, war ein langer Dolch, der als einziges nicht durch den Aufprall zerbrochen war. Notos war abgelenkt. Er war damit beschäftigt, meine Freunde zu töten. Vielleicht würde ihm nicht auffallen, wenn ich das Messer auf ihn warf. Vielleicht. Ich hatte in meinem ganzen Leben noch nie beim Messerwerfen ins Schwarze getroffen, was meine Chancen nicht gerade erhöhte. Ich musste nachdenken. Wer war der Feind des Südwindes?
Ich durchforstete mein Gehirn nach Informationen über die Windgötter, aber alles was ich fand, war Aiolos, der Gott des Windes, der Odysseus die Winde der vier Himmelsrichtungen in einem Sack gegeben hatte, den seine Mannschaft schon auf dem Schiff geöffnet hatte. Diese Winde hatten das Schiff wieder auf hohe See getragen. Wie mir das nun weiterhelfen sollte, war mir

ein Rätsel. Die Pfütze aus Blut wurde größer und ich spürte, wie meine Kraft mich verließ. Bald würde ich in Ohnmacht fallen oder sogar sterben.
Ein weiterer Bluttropfen fiel in die Pfütze ... und noch einer ... und noch ... Moment mal! Das, was als letztes in die Pfütze fiel, war ganz sicher kein Blutstropfen. Ich musste mich stark konzentrieren, um zu erkennen, was dort lag und zunächst glaubte ich meinen Augen nicht, aber schließlich war ich sicher. Dort, getränkt von meinem Blut, lag ein brauner Sack. Wenn das wirklich das war, was ich dachte, hatten wir unglaubliches Glück. Wenn nicht, würde uns das, was ich gleich tat, vermutlich umbringen. Ich wusste nicht wie, aber ich schaffte es, mich zu bewegen. Zitternd nahm ich den Beutel und schnitt die Schnur, die ihn verschlossen hielt, durch. Mir war nicht so genau klar, was genau ich jetzt erwartete. Vielleicht Wind, der Notos umnietete oder so. Stattdessen war darin Wind, der *uns alle* umnietete. Es kam mir vor wie eine Explosion, nur ohne Hitze. Eine Druckwelle breitete sich aus und schleuderte uns fort. Notos wurde von eisigem Nordwind getroffen und außer Sichtweite geschmettert. Der Wind öffnete das Tor und schleuderte mich gemeinsam mit den anderen hindurch. Ein letzter Windstoß schloss das Tor und alles wurde still.

Xaenym
Entschlossen rückten die Harpyien vor. Einige richteten ihre Speere auf uns. Ich schaute mich um. Über uns hing ein kitschiger Kronleuchter, daneben war ein Fenster. Wenn ich doch nur an den Kronleuchter herankäme ...
Ich hob meinen Dolch und machte mich bereit zu kämpfen und zu sterben. Die erste Harpyie griff an und offenbar zählte das als Zweikampf, denn die übrigen Monster feuerten sie nur an und mischten sich nicht ein. Sie war mit einem Kurzschwert bewaffnet, trug eine Rüstung und einen schweren Schild. Während ich ungeschützter war, aber dadurch auch leichter und schneller, war sie eher zur Verteidigung gekleidet.
Die Harpyie griff an. Und sie kämpfte gut. Sie hätte mich fast mit ihrem Schild getroffen, aber in letzter Sekunde duckte ich mich weg. Jetzt stieß sie mit ihrer Klinge zu, doch ich sprang zur

Seite. Dann wich ich zurück, sodass sie mich verfolgen musste. Es fiel mir nicht schwer, mich zu verteidigen und es war für sie ermüdend, viel umherzulaufen, da das Gewicht ihrer Rüstung sie viel Kraft kostete.
Endlich machte die Harpyie einen Fehler. Sie versuchte, meine Kehle zu treffen, doch ich schlug ihr das Schwert aus der Hand, drückte sie zu Boden, hielt die Messerspitze an ihre Brust und stach zu.
Ich war überrascht, wie gut ich innerhalb der Grenzen ohne die Gabe des Kämpfens war. Nicht so gut wie sonst, aber beinahe.
Die anderen Monster sahen nach meinem Sieg leicht erschrocken aus, obwohl es Dutzende waren und wir zu zweit gegen sie kämpfen mussten.
Das schien ihnen auch gerade klar zu werden, denn sie richteten wieder ihre Waffen auf uns und rückten näher. Als die ersten Monster uns erreichten, stach ich wahllos auf sie ein und tötete ein Ungeheuer. Großartig! Jetzt waren es nur noch 28 gegen zwei.
„Du hättest mir nicht nachlaufen dürfen", sagte ich zu Roove.
„Süße, ich folge dir überallhin."
Ich hätte gern gefragt, was er mit 'Süße' meinte, doch es stellte sich heraus, dass ich andere Sorgen hatte, denn nun stach eine der Harpyien mit ihrem Speer nach mir und ich wusste, dass sie getroffen hätte, wäre ich nicht plötzlich durch einen Windstoß in Richtung Decke geschleudert worden, ebenso wie Roove. Dann verschwand der Wind und wir begannen zu fallen. Panisch griff ich nach dem Kronleuchter und schaffte es tatsächlich, mich daran festzuhalten, im Gegensatz zu Roove der sich an mein Bein klammerte und mich fast zu Boden riss. Hektisch flatterten die Harpyien mit den Flügeln, doch durch die Rüstungen waren sie zu schwer, also begannen sie, diese abzulegen.
Währenddessen schaukelte ich hin und her, versuchte das Fenster zu erreichen. Das erste Ungeheuer hatte die Rüstung ausgezogen und flog mit dem spitzen Schnabel voraus auf uns zu. Wir rasten auf das Fenster zu, hatten es fast erreicht, als ich Roove schreien hörte. Trotzdem schwang ich weiter auf das Glas zu. Es wäre vermutlich klüger gewesen zuerst auf die Fensterbank zu springen, dann das Fenster zu öffnen und

danach zu springen, aber es war so ein altmodisches Fenster, bei dem ich nicht einmal wusste, wie man es öffnet. Außerdem hätte mir die Zeit dazu gefehlt, da jetzt weitere Harpyien auf uns zuflogen.
Also krachte ich mit voller Absicht gegen das Fenster, ließ den Kronleuchter los und riss Roove hinter mir her. Ich spürte, wie die Glassplitter sich in meine Haut bohrten. Erst jetzt sah ich die enorme Entfernung zum Boden. Mir blieb gerade noch Zeit zu denken, dass Roove einen solchen Sturz vielleicht gar nicht überleben würde, bevor ich durch den dumpfen Aufprall bewusstlos wurde.

Nae
Wir husteten, würgten Sand und die Meisten machten ungeschickte Versuche aufzustehen. Ich lag einfach nur herum und krümmte mich vor Schmerz. Bald torkelte Ramy zu mir herüber und gab mir Epouros, wodurch ich mich aber kein Stück besser fühlte. Trotzdem setzte ich mich auf und schaute mich um. Wir waren etwa zehn Meter vom Tor entfernt, aus dem wider Erwarten weder Harpyien noch Notos kamen, um uns zu töten.
Doch bald war ein panisches Krächzen zu hören, das sich immer weiter steigerte, bis plötzlich eines der Fenster zersplitterte und Xaenym, die Roove hinter sich herzog, herausfiel. Meine Augen weiteten sich. Das Fenster war mindestens fünfzehn Meter hoch und sie stürzten mit einem dumpfen Schlag auf den Wüstenboden. Das war die erste schlechte Nachricht. Die zweite war, dass ihnen etwa dreißig Harpyien hinterherjagten, die Xae und Roove offenbar als sichere Beute ansahen und sich jetzt auf uns stürzten, um uns ebenfalls als solche betrachten zu können.
Ramy drückte mir seinen Bogen in die Hand und kramte hektisch einen anderen aus seinem Rucksack hervor. Ich spannte die Sehne, wobei brennender Schmerz durch meinen gebrochenen Arm und meine Schulter fuhr. Trotzdem schoss ich den Pfeil ab und eine der Harpyien fiel vom Himmel. Dann die zweite.
Ramy gab Cryliss Pfeil und Bogen und obwohl sie nicht gerade geschickt damit umging, landete sie einige Glückstreffer. Nathan

und Jannes waren noch immer ohnmächtig. Jetzt beschoss Ramy die Harpyien selbst. Mit jedem Pfeil tötete er ein weiteres Ungeheuer, genau wie ich, doch immer noch zischte ein Dutzend mit erschreckender Geschwindigkeit auf uns zu. Das erste Monster krachte mit voller Wucht gegen mich und grub seine scharfen Krallen in meinen Arm. Ich fiel hin und die Harpyie versuchte, mit ihrem Schnabel mein Gesicht zu treffen, als sie plötzlich erstarrte. Ein schwarzer Pfeil ragte aus ihrem Körper hervor und Ramy lächelte mich an, während sich eine der Harpyien von hinten auf ihn stürzte. Er erstach sie schnell mit einem Dolch, doch da hatte sie ihren Schnabel schon tief in seine Schulter gebohrt. Er verzerrte das Gesicht schmerzerfüllt und knirschte mit den Zähnen, gab aber keinen Laut von sich.
Es waren noch vier Harpyien übrig. Zwei davon kämpften gegen Cryliss, die fast keine Kraft mehr hatte. Die Wunde an der Stirn schwächte sie und sie musste sich gegen zwei Gegner gleichzeitig verteidigen. Eine andere wurde von Ramy erschossen, bevor sie sich auf Jannes und Nathan stürzen konnte. Ich lag noch immer auf dem Boden. Meine Knochen waren gebrochen, mein Arm durch den Zyklopen verwundet, der andere von tiefen blutenden Furchen übersät. Unter Schmerzen drehte ich meinen Kopf nach rechts. Verschwommen erkannte ich Jannes.
Plötzlich bemerkte ich im Augenwinkel eine Harpyie, die sich auf sie stürzen wollte. Keiner hielt sie auf. Innerlich schrie ich Ramy an, dass er ihr helfen solle, aber er kämpfte gegen eine andere Harpyie und bemerkte nicht, was hier geschah.
Jannes durfte nicht sterben. Wir brauchten sie und außerdem war sie zwar manchmal unfreundlich, aber dennoch meine Freundin. Das Ungeheuer sprang mit den Klauen voraus auf Jannes zu, während ich all meine Kraft und meinen Mut sammelte und mich vor Jannes warf. Ich spürte den Zusammenstoß, sah etwas silbernes vorbeizischen und verlor das Bewusstsein.

Das erste, was ich spürte, war Schmerz. „Nae?", fragte eine Stimme. Ramy! Ich wollte antworten, doch ich schaffte es nicht, einen Satz zu bilden. Stattdessen sagte ich so ungefähr:

„Uuuäägh."
Ich öffnete die Augen. Verschwommen sah ich Ramy, der sich über mich beugte. Er umarmte mich und als er merkte, dass Nathan, Cryliss und Jannes ihn anstarrten, löste er sich von mir, warf den anderen einen stirnrunzelnden Blick zu und fragte: „Habt ihr etwa noch nie einen Goldblüter gesehen, der eine Dryade umarmt?"
Jannes hob eine Augenbraue, sagte aber nichts. Die Harpyien hatten sie ziemlich übel zugerichtet. Ebenso wie ich hatte sie blutige Furchen an den Armen, durch die Krallen davongetragen. Ihre braunen Haare waren verknotet und voller Sand. Außerdem zeigten ihre dunklen Augenringe, dass sie seit längerem nicht mehr geschlafen hatte. Nathan war allgemein ziemlich zerschrammt, hatte aber keine großen Wunden. Cryliss schien bis auf den Schnitt an der Stirn unverletzt zu sein.
„Fast alle deine Knochen sind gebrochen, du hast eine Gehirnerschütterung, schlimme Blutergüsse, eine Platzwunde am Kopf, tiefe Kratzer am linken Arm und im Gesicht und die Wunde von der Axt des Zyklopen am anderen", teilte sie mir mit.
„Xae und Roove?", krächzte ich.
„Platzwunden, Knochenbrüche, üble Schnitte. Roove hat eine Wunde an der Wade. Aber sie werden es überleben und das ist mehr, als wir uns erhofft haben. Trink das und ruh dich aus." Sie hielt mir ein Fläschchen Epouros an den Mund, ich trank es gierig leer und verlor bald wieder das Bewusstsein.

Kapitel 11

Neffire

Ich riss die Augen auf. In der Dunkelheit konnte ich Pavers Umrisse neben mir erkennen. Mein Atem bildete weiße Wölkchen in der kühlen Nachtluft.
Nachdem Ramy uns am Flughafen abgesetzt hatte, erfuhren wir, dass wir über Grönland nach Kanada fliegen und von dort aus mit dem Auto oder Zug fahren müssten. Der Flieger hatte uns mitten im Nirgendwo abgesetzt und wir waren nach Süden gegangen und hatten ein Auto gestohlen.
Momentan befanden wir uns irgendwo im Süden Kanadas. Es war eiskalt und trotz der warmen Schlafsäcke konnten wir vor Kälte fast nicht schlafen, also war ich froh, dass Paver eingenickt war, auch wenn er Wache hätte halten sollen.
Unsere Reise war abgesehen von der Kälte hier leicht verlaufen, fast schon zu leicht. Wir waren nicht ein einziges Mal angegriffen worden. Eines Tages war uns der Sprit ausgegangen, was uns eine Woche Fußweg durch den kanadischen Wald eingebrockt hatte. Ansonsten hatten wir keine Schwierigkeiten gehabt.
Vor etwa zwei Wochen hatte Ramy uns zum Flughafen gebracht. Zwei Wochen ohne Angriff. Da stimmte etwas nicht. Ich erwartete, dass jeden Moment eine Monstermeute aus dem Wald neben uns sprang, doch bis auf Pavers Schnarchen blieb es still. Ich wusste, dass ich dankbar sein sollte, aber nicht angegriffen zu werden machte mich wahnsinnig und raubte mir den Schlaf. Ich rückte ein wenig näher an Paver heran und strich ihm durch die zerzausten, braunen Haare. Durch seine Nähe fühlte ich mich zumindest ein wenig sicherer.
Die ersten Sonnenstrahlen schienen bereits auf mein Gesicht, als ich ihn weckte. „Los, wir müssen weiter", mahnte ich und stieg ins Auto, das wir am Waldrand abgestellt hatten. Wir schliefen nicht darin, da es im Falle eines Angriffs schwer wäre, daraus zu fliehen.

Verschlafen sah Paver mich an und schleppte sich zum Auto, wo er sich in den Sitz fallen ließ und augenblicklich weiterschnarchte, während ich den Motor startete und losfuhr.

Xaenym

Die gute Nachricht war, dass ich Rooves Aufprall abgefedert hatte. Die schlechte war, dass ich daher einen 65 Kilo schweren Siebzehnjährigen abbekommen hatte. Ich schlug die Augen auf.
Neben mir lag Nae. Bei ihrem Anblick erschrak ich: Sie war übersät von Blutergüssen und tiefen Schnittwunden am Arm. Ihr normalerweise hübsches Gesicht war von geschwollenen blauen Flecken bedeckt. Ich setzte mich trotz der Schmerzen auf, wobei mir schummrig wurde. Auf meiner rechten Seite lag Roove, der ähnliche Verletzungen wie Nae davongetragen hatte. *Ich sehe wohl selbst so aus*, dachte ich und betrachtete meine Arme und Beine. Blaue Flecken, Kratzer, tiefe, blutige Schrammen und vermutlich gebrochene Knochen. Ich seufzte und sah mich ein wenig um.
Nur wenige Meter vor uns befand sich Notos' Palast, was mir Sorgen bereitete, und ein Stück davon entfernt ein graues Zelt, das wohl aus Ramys Rucksack stammte. Ich verstand nicht, wie dieser Rucksack funktionierte, und ich glaube, genau darum ging es Hekate: Niemand sollte ihre Macht verstehen. Plötzlich tauchte Jannes neben mir auf. „Er denkt, ihr wärt jetzt zusammen", sagte sie.
Da ich kaum sprechen konnte, sah ich sie nur fragend an.
„Roove. Ihr habt euch geküsst und jetzt hast du ihn am Hals. Er war sehr lange mit einem anderen Mädchen zusammen und weiß daher einfach nicht, ab wann man als Paar gilt. Mal ehrlich, Roove ist naiv und hat keine Ahnung von Beziehungen. Ich meine er nennt dich *Süße*. Das Wort sollte einen Preis für den dämlichsten Kosenamen der Welt erhalten. Aber du darfst nicht mit ihm Schluss machen, noch nicht. Ich will mal ehrlich sein: Nae, Roove und du, ihr seid vollkommen kampfunfähig. Ramy hat eine üble Wunde an der rechten Schulter, wodurch er nicht richtig schießen kann. Bis er einen Pfeil eingelegt hat, hätte uns jeder Gegner erreicht. Ich bin noch immer durch die Wunde von Keto eingeschränkt, Nathan ist ziemlich zerschrammt und

Cryliss hat Kopfschmerzen wegen der Wunde an ihrer Stirn. Nathan und Cryliss können aber trotzdem kämpfen, Ramy und ich *müssen* trotzdem kämpfen. Das macht vier. Aber wir können nicht mal hier weg, weil wir euch nicht tragen können. Wir liegen hier vor Notos' Palast und sind angreifbar, die Vorräte gehen uns aus und Epouros haben wir auch nicht unendlich viel. Wir haben also ein Problem. Aber wenn du auch noch mit ihm Schluss machst, wird Roove am Boden zerstört sein, was uns auch nicht gerade weiterhilft. Verstanden?"

Ich nickte, woraufhin Jannes im Zelt verschwand. Kurz darauf tauchte Cryliss auf und hielt mir ein Fläschchen Epouros an den Mund. Ich trank es gierig leer. Sofort verspürte ich Linderung, obwohl mir immer noch alles wehtat.

„Noch zehn. Wir haben nur noch zehn solche Fläschchen. Ihr drei braucht noch eins, Ramy auch. Das macht sechs auf Reserve. Wir bleiben noch drei Tage hier, dann müsst ihr laufen können. Du schaffst das, du bist nach dem Flugzeugabsturz auch weitergelaufen. Aber Nae und Roove ..." Sie runzelte die Stirn.

„Wir sollten uns vier Tage ausruhen." Ich konnte kaum mehr als ein raues Flüstern von mir geben, doch ich gab mir Mühe, entschlossen zu klingen.

„Nein, wir haben keine Zeit." In ihrer Stimme lag ein drohender Unterton. Ich wusste, dass Cryliss unbedingt die Befehle erteilen wollte. Es ging ihr nicht wirklich um den vierten Tag, sondern um das Kommando.

„Hier sind wir sicher. Notos unternimmt aus irgendeinem Grund nichts, um uns wieder gefangen zu nehmen. Wenn wir aber weitergehen, ohne kämpfen zu können, haben wir, äh ... ein Problem. Außerdem leite ich diese Mission und nicht du."

Ich fragte mich, ob das zu viel gewesen war. Cryliss funkelte mich böse an und stapfte wütend ins Zelt.

Die nächsten Tage verbrachte ich hauptsächlich damit, zu schlafen oder in Ohnmacht zu fallen. Immer wenn ich aufwachte, gab mir jemand Epouros und dann wurde alles dunkel. Als ich heute aufwachte, fühlte ich mich besser. Nicht gut, aber besser. Neben mir war Nae ebenfalls wach. Sie erzählte mir kurz, was mit ihrer Gruppe passiert war, über den Treibsand und den Sack der Winde. Ich hätte ihr vielleicht sagen sollen,

dass sie mutig war oder so, aber alles was ich herausbrachte war: „Ein Sack ist vom Himmel gefallen. Ein Sack!" Vielleicht lag es nur daran, dass ich erschöpft war und überall Schmerzen hatte, aber ich prustete los.
Nae stimmte nicht mit ein, sondern hob nur eine Augenbraue und drehte sich beleidigt weg. Ich wollte gerade nachfragen, was los war, doch da fiel mir wieder ein, dass ich ihren Plan ruiniert und ihre Anweisungen ignoriert hatte. Ich rief Ramy zu mir, der ein paar Meter weiter entfernt stand. Meine Stimme klang kräftiger, als vor ein paar Tagen, obwohl sie sich noch immer kratzig und gedämpft anhörte.
„Willst du Epouros? Wie geht es dir? Möchtest du etwas trinken?", fragte Ramy besorgt.
„Nein, aber ... Vor wie vielen Tagen sind wir geflohen? Der wievielte Tag ist heute?"
„Der vierte", sagte eine Stimme hinter mir. Cryliss schlenderte in mein Blickfeld und wiederholte: „Vier Tage. Nicht drei." Sie lächelte, wenn auch etwas gezwungen, und verschwand dann schnell im Zelt.
Als ich ihr verwundert nachsah, schmunzelte Ramy.
„Was hast du mit ihr gemacht?", fragte ich stirnrunzelnd.
„Sie davon überzeugt, dass du Recht hast. Und laut deinen Anweisungen müssen wir heute weiter."
„Ich kann laufen", erklärte ich und stand auf, um es zu beweisen. Meine Beine brannten wie Feuer und obwohl sich alles im meinem Kopf drehte, kämpfte ich dagegen an hinzufallen. „Aber Roove und Nae? Ihnen geht es noch schlechter als mir."
„Genaugenommen geht es mir besser. Du hast meinen Aufprall gefedert."
Roove drehte sich zu uns und stand ebenfalls auf. Er war bleich und zitterte, sein Gesicht glänzte vor Schweiß. Und dann erst sah ich die Verletzung an seiner Wade: eine klaffende, entzündete Wunde, aus der noch immer Blut sickerte, geschwollen und rot. Es war mir ein Rätsel, wie überhaupt er darauf stehen konnte.
Am liebsten wäre ich weggelaufen, aber ich zwang mich ruhig zu bleiben und keuchte: „Was ist das an deiner Wade?"

„Als wir am Kronleuchter hingen, hat mich eine Harpyie mit dem Schwert getroffen. Aber es ist schon besser geworden. Das Epouros hilft."
Ich starrte Ramy an. „Warum hast du mir nicht gesagt, dass er diese Wunde hat?"
„Du hättest dich nur aufgeregt."
„Süße, es geht mir ...", setzte Roove an.
„Nein, es geht dir nicht gut. Du bekommst ein zusätzliches Fläschchen Epouros und Nathan muss dich beim Gehen stützen."
„Das geht schon", erwiderte er.
Plötzlich stand Nae neben mir. Auch sie war kreidebleich und zitterte, aber ihre Stimme klang fest und überzeugend. „Xae hat Recht. Roove braucht mehr Epouros."
„Meinetwegen", sagte er.
Nathan und Cryliss bauten das Zelt ab und stopften es in Ramys Rucksack, Roove trank Epouros, wir alle bekamen neue Kleidung und aßen etwas. Bald waren wir fertig und liefen los. Nach wenigen Schritten erreichten wir die Grenze, die Mauer aus wirbelndem Sand die zugleich auch die magische Grenze war. Ich hatte keine Ahnung, wie es sich anfühlen würde, diese Barriere zu durchqueren. Dennoch ging ich entschlossen auf die undurchsichtige Wand zu, als ich plötzlich einen Luftzug spürte. Einen Luftzug, der vermutlich von Süden kam.
„Ihr seid tapfer", ertönte Notos' Stimme. „Tochter des Chronos, du bist mutig, Dryade du bist klug und weise, die Tochter des Hades ist stark, der Sohn der Nike geschickt, Heras Sohn zielstrebig, die Tochter der Asteria ist stolz und ehrenvoll. Und Ramy ..." Er neigte den Kopf und musterte ihn, wandte sich dann mir zu. „Ich lasse euch gehen. Es hat so viel Spaß gemacht, endlich wieder einmal Gäste zu haben, dass ihr es euch verdient habt."
Notos sah mich eindringlich an und fügte hinzu: „Aber merke dir meine Worte, der Zeit's Kind, irgendwann wirst du den Zorn des Notos spüren. Und irgendwann wirst du den rechten Lohn für alle deine Taten erhalten."
Nun lächelte er verschmitzt, als wüsste er etwas, das ich nicht wusste, und verblasste. Und dann, weil Notos eben Notos war,

hallte der Satz „Das wird nicht *entzückend*", wie ein Windhauch durch die Luft.
„Tu mir einen Gefallen", sagte ich zu Nae. „Sag nie wieder entzückend." Sofort nickte sie.
Ich sah den goldenen Palast inmitten der Wüste noch einmal an und ging dann auf die Mauer aus wirbelndem Sand zu.
Um mich herum wurde alles dunkel. Neben mir konnte ich schemenhaft ein paar Gestalten erkennen, mein Team, das ebenfalls versuchte, etwas zu sehen. Erfolglos.
Der Sand schürfte an meiner ohnehin schon verletzten Haut wie Schleifpapier. Atmen konnte ich überhaupt nicht. Es war die Hölle. Ich wusste nicht wann, aber nach einiger Zeit ließ der Schmerz nach und die Luft wurde klarer. Nachdem ich mir eine Menge Sand aus den Augen gerieben hatte, schaute ich mich um. Alle anderen würgten und husteten. Nae gab mir Skouro und meine Dolche, dazu noch vier kleine Messer, die ich allesamt an meinem Gürtel befestigte. Meine Hand umfasste Skouros Heft, wodurch ich mich stärker fühlte. Sogar meine Schmerzen schienen nachzulassen.
Ich kramte die Karte von Neraya hervor und musste mich drei Mal vergewissern, ob das, was ich dort sah, stimmte. Die Karte zeigte an, dass wir uns in der Südsahara befanden. Die Harpyien hatten uns fast tausend Meilen weit getragen. Das konnte nicht sein. Wie lange waren wir durch die Drinks bewusstlos gewesen?
„Leute, wir sind ... in der Südsahara." Ich zuckte unbeholfen mit den Schultern.
„Das ist 700 Meilen von Kairo entfernt!", staunte Nathan. „Wie lange waren wir denn ohnmächtig?"
„Harpyien sind Windgeister, sie reisen anders, als normale Monster, schneller. Sie verwandeln sich in Wind und materialisieren sich wieder, wenn ihr Ziel in der Nähe ist", erklärte Ramy.
„Wie haben sie uns dann hergetragen?", fragte Jannes.
„Starker Wind ist durchaus in der Lage, jemanden zu heben", sagte Cryliss.
„Der Eingang zur Insel ist jedenfalls weiter südlich, aber nicht mal so weit weg. Aber zu Fuß wird das, äh, schwierig",

bemerkte ich.
„Wir brauchen ein Auto", stellte Nathan fest.
„Falls es dir nicht aufgefallen sein sollte, hier ist keine Menschenseele, geschweige denn ein Wagen", sagte Jannes.
„Dann müssen wir wohl vorerst laufen", beschloss ich und stapfte los. Es stellte sich heraus, dass Roove ohne Hilfe keinen einzigen Schritt gehen konnte, weshalb er sich auf Cryliss und Nathan stützte. Ich hätte ihm gern geholfen, doch ich hatte schon durch mein eigenes Gewicht Probleme, mich auf den Beinen zu halten, ebenso wie Nae. Zwar hatte das Epouros unsere Knochen einigermaßen geheilt, aber wir drohten immer noch, unter jedem Schritt zusammenzubrechen. Die Hitze machte das Ganze auch nicht besser, ebenso wie unsere knappen Wasservorräte.
Völlig erschöpft schlugen wir am Abend ein Lager auf und ich ging zu Nae, um mich zu entschuldigen.
„Hey, Nae. Äh, es tut mir leid. Ich hätte mich an deinen Plan halten sollen."
„Weißt du noch, dass wir über deine Schwachstellen gesprochen haben? Nun, du hast wirklich nicht viele. Es stimmt nicht, dass du für deine Freunde zu viel opfern würdest. Aber du kannst nicht folgen. Jeden Befehl den du kriegst, missachtest du und tust etwas anderes, weil du denkst, du wüsstest alles besser. Fast immer gelingt der Plan dadurch auch besser, aber nur fast. Weißt du, was passiert wäre? Notos hätte uns erwischt, euch ein bisschen herumgewirbelt, mich an die Wand geworfen. Der Sack wäre vom Himmel gefallen und hätte uns gerettet. Er hätte euch nicht zum Kronleuchter heben müssen, ihr wärt nicht so tief gefallen und jetzt vermutlich unverletzt."
Ich ballte die Fäuste, Wut kochte in mir auf. „Die Harpyien wären uns gefolgt und hätten uns in Stücke gerissen. Wir wären gestorben und Zeus hätte das Skia bekommen!"
„Das weißt du nicht!"
„Ich weiß, dass wir jetzt leben! Also ist doch alles in Ordnung!."
„Ramys Schulter ist in Ordnung? Sie ist ..." Nae warf ihm einen langen Blick zu. Man sah ihr an, wie gern sie ihm geholfen hätte.
Auf einmal musste ich lächeln. „Du liebst ihn."
Nae verschränkte die Arme vor der Brust. „Das geht dich nichts

an. Was weißt du schon von so was?"
„Ich weiß, dass er dich auch liebt."
Sie zuckte mit den Achseln.
„Aber warum ..."
„Liebe gehört nicht in das Leben eines Goldblüters."
„Schön."
„Schön", sagte sie und ging ins Zelt. Ich hatte die erste Wache zugeteilt bekommen, also blieb ich draußen. Ich verdrängte den Sowas-ähnliches-wie-Streit mit Nae und dachte über die Mission nach. Wir brauchten ein Auto. Warum gab es in Ramys Rucksack keins? Warum hatte Hekate keins hinein ... Hekate. Sie war die Titanin der Hexenkunst und Zauberei. Sie stand auf unserer Seite. Ich hatte bereits mit ihr gesprochen. Wenn jemand uns ein Auto verschaffen konnte, dann sie. Also sandte ich ein kurzes Gebet an die Titanin.
Allmählich ging die Sonne unter. Die Hitze des Tages verwandelte sich in nächtliche Kälte. Wir wurden nicht angegriffen und Jannes, die mit mir Wache hielt, schwieg mich durchweg nur an. Bald wurden wir von Nae und Ramy abgelöst, die ich absichtlich in eine Gruppe eingeteilt hatte, in der Hoffnung, sie würden über ihre Gefühle reden. Ich legte mich im Zelt in einen Schlafsack. Meine Verletzungen hatten mich so abgelenkt, dass ich gar nicht gemerkt hatte, wie müde ich war.

⁂

Es war anders, als in meinen sonstigen Träumen. Ich sah nicht zu, wie jemand redete oder etwas tat. Ich war dieser jemand.
Vom Hügel, auf dem ich stand, hatte ich einen guten Blick über die Landschaft. Ein anderer Hügel befand sich etwa 100 Meter entfernt gegenüber von mir. Im Tal dazwischen glimmte ein Lagerfeuer. Daneben saßen ein Junge und ein Mädchen, nicht älter als 20, in eine Diskussion vertieft. Sie fuchtelte mit den Händen und er drehte sich immer wieder weg und schüttelte den Kopf. Ich konnte nicht hören, was sie sagten, aber offensichtlich stritten sie. Neben ihnen stand ein Zelt, das an ein Tipi erinnerte. Unser Zelt.
Zufrieden betrachtete ich meine sichere Beute, als ein Typ neben mich trat. Er war eher klein, ein bisschen dick und wirkte

unbeholfen, aber um seine Schulter hing ein Bogen und ich vermutete, dass man sich von seinem Aussehen nicht täuschen lassen durfte. Ich verachtete ihn, betrachtete ihn nur als Werkzeug, um meine Ziele zu erreichen. Er würde sterben, genau wie viele andere, die für mich gearbeitet hatten, aber das war mir egal. Er musste nur so lange überleben, bis er zumindest etwas hilfreich sein würde, danach hatte sein Leben für mich keinen Sinn mehr.
„Sir, ich …", stammelte er und trat von einem Bein aufs andere. Ich brachte ihn mit einer Handbewegung zum Verstummen. „Sei still! Ich denke nach."
„Ja, S-Sir, es ist nur … Die Krieger halten einen Angriff heute Nacht für zu gefährlich. Sie ist dort." Er schauderte.
„Sie ist immer dort. Wir wollen doch, dass sie dort ist. Wir wollen sie zu Zeus bringen. Sie ist schwach, sie ist verletzt. Es gibt keinen besseren Zeitpunkt." Ich lächelte triumphierend. „Wir werden sie kriegen …" Dann sah ich die grässliche Narbe an meinem Arm an. „… und sie wird ihren rechten Lohn erhalten."
Vor meinem geistigen Auge blitze eine Erinnerung auf: Etwas Schimmerndes, das durch die Luft zischt, jemand mit rotbraunen Haaren, dessen Gesicht davon verdeckt wird, und das Gefühl von schrecklichem Schmerz.
Ich schickte den Jungen los, um meine Krieger zu holen und zog mein Schwert. Eine kurze, schwere Klinge, mit Diamant überzogen.
Plötzlich geschah etwas Eigenartiges. Die Luft um das Zelt herum flimmerte, als würde ich durch aufsteigenden Rauch darauf hinabschauen, und schließlich verblasste es. Ich versuchte mit meinen Kräften, den Schleier zu lösen, aber eine gewaltige Macht hinderte mich daran, hinter der nur Hekate stecken konnte.
„Verdammt!" schrie ich und schlug aus Wut dem Krieger, der jetzt zu mir kam, ins Gesicht. Es war der Dicke von vorhin, der jetzt nach hinten taumelte und fiel. Die anderen Krieger sahen mich verängstigt und fragend an.
„Hekate hat sie versteckt", erklärte ich knapp und stürmte in mein eigenes Zelt.

Keuchend und schweißgebadet fuhr ich aus dem Schlaf hoch. Das waren die Bogenschützen, die Sivah und Bluerax erschossen hatten. Sie waren hier. Und sie wollten uns töten.
Dann bemerkte ich ein schwaches, silbernes Glühen, durch die Nische im Zelteingang schimmerte. Mit der Hand am Schwertgriff schlich ich hinaus und hätte um ein Haar Hekate halbiert.
„Ach du schei... Äh, geehrte Hekate, was verschafft mir das Vergnügen?", stammelte ich und fand, dass ich mich anhörte, als wäre ich einer schlechten Mittelalterdoku entsprungen.
„Hör auf mit den Förmlichkeiten und hör zu: Der Anführer der Bogenschützen ist ein mächtiger Hexenmeister. Er hat ähnliche Kräfte wie ich, ist aber sterblich. Ich habe euch vor ihm verborgen, doch seine Macht ist sogar für mich zu stark. Bald wird er den Schleier lösen und euch angreifen. Da ihr ein Auto braucht: Hier habt ihr eins."
Sie schnippte mit den Fingern und ein silberner Jeep tauchte neben Nae und Ramy auf, die in einer Art Trance zu sein schienen.
„Fahrt jetzt sofort damit weg, vielleicht entkommt ihr dann. Lasst das Zelt hier, verliert keine Zeit." Sie begann zu verblassen. „Beeilt euch!"
Hekate verschwand, ebenso das silbrige Glühen. Ruckartig drehte ich mich um und erkannte die Umrisse eines Hügels. Mehrere Krieger hatten sich darauf postiert, bereit zum Angriff. Ihre Silhouetten wurden immer deutlicher. Hekates Schleier begann, zu verschwinden. Obwohl das unmöglich war, bildete ich mir ein, die eisblauen Augen eines Krieger bis hierher erkennen zu können. Der Typ blickte mich blutrünstig an und grinste boshaft. Da ich keine Zeit und Lust hatte, mir anzusehen, wie er sein Schwert zog und eine Reihe von Kriegern auf uns zumarschierte, brüllte ich, dass alle aufwachen sollten und warf Nae und Ramy regelrecht auf die Rückbank des Jeeps. Verschlafen stolperten alle mit erhobenen Waffen aus dem Zelt und suchten die Gefahr. Noch bevor sie sich versahen, hatte ich sie auf die Rückbank oder in den Kofferraum geschubst. Der

Wall aus Feinden kam immer näher. Sie erkannten, dass wir fliehen wollten, weswegen jetzt alle ihre Bögen hoben und Pfeile einlegten. Ich sprang auf den Vordersitz, drehte den Schlüssel, der zum Glück schon steckte, und trat mit voller Wucht auf das Gaspedal. Der Wagen machte einen Satz nach vorne, während dutzende Pfeile die Scheiben zerschlugen. Da ich noch nie Auto gefahren war, wurden alle im Kofferraum und auf der Rückbank hin und her geschüttelt, was mir ein allgemeines Meckern mit zahlreichen „He" 's und „Aua" 's einbrachte.

Ich bretterte wie eine Verrückte immer weiter geradeaus, als mir einfiel, dass ich vielleicht auf die Karte gucken sollte. Wie ich feststellte, fuhren wir in die völlig falsche Richtung, nämlich nach Norden. Umkehren konnte ich nicht, also trat ich das Gaspedal noch fester, drehte das Lenkrad und fuhr in Richtung Osten, sodass wir wenigstens nicht völlig vom Weg abkamen.

Eine halbe Stunde fuhr ich und bemerkte, dass der Tank nicht leer wurde, was ich als ziemlich praktisch empfand. Durchweg wurde hinter mir laut gemeckert, dann wurde es kurz still.

„Äh, Xae?", fragte Roove. „Kannst du überhaupt autofahren?"

„Nein", erklärte ich, woraufhin noch lauteres Geschrei ausbrach. Darunter waren Kommentare wie „Wenn du die Karre schrottest, verzeihe ich dir das nie!" oder „Lass jemanden fahren, der es kann!", herauszuhören.

„Stopp! Haltet die Klappe!", brüllte ich und tatsächlich verstummten alle. „Wie ihr seht bin ich seit einer Weile am Steuer und wir hatten noch keinen Unfall! Hier ist nichts, was ich überfahren könnte, kein Hang den wir runterfallen könnten, also vertraut mir! Wir haben keine Zeit den Fahrer zu wechseln."

Wundersamerweise blieben alle stumm und bald drehte ich nach Süden. Wir waren jetzt weit genug östlich, um unseren Feinden nicht entgegen zu fahren. Hoffentlich würden wir es so schaffen, an ihnen vorbei zu fahren.

Ramy verteilte an jeden eine karge Mahlzeit aus je einem Brötchen und reichte einen Wasserkanister herum, sodass jeder seine Trinkflasche füllen konnte.

„Wie viel Wasser haben wir noch?", fragte ich Ramy.

„Jeder hat noch seine volle Flasche und ich habe zusätzliche drei

Kanister mit je fünf Litern."

„Damit kommen wir noch drei, wenn wir sparen, vier Tage hin. Dann müssen wir die Insel erreicht haben, wo es hoffentlich Wasser gibt", sagte ich knapp.

„Xae, ich sage es nur ungern, aber die Insel besteht aus vier Teilen: Arktis, Tropen, Wald und *Steppe*. Dort gibt es vermutlich kein Wasser", bemerkte Ramy.

„Ich weiß. Deshalb sage ich ja *hoffentlich*."

„Süße, wenn du willst, fahre ich ein Stück, dann kannst du schlafen", meinte Roove

„Du kannst doch mit deinem Bein nicht mal richtig bremsen", zischte Cryliss. „Ich fahre."

Ich war einfach so müde, dass mir Cryliss' Versuch, das Kommando zu übernehmen, egal war, weshalb ich nur nickte und ihr die Karte in die Hand drückte. Wir sortierten uns ein bisschen, sodass fast jeder einen Sitzplatz bekam. Ich saß am Fenster neben Roove, benutzte eine Jacke als Kissen und schlief bald darauf ein.

～※～

Dunkelheit umgab mich und ich hatte am ganzen Körper Schmerzen. Ich bekam kaum Luft und das Wenige, was ich atmen konnte, war glühend heiß und trocken.

Träge öffnete ich die Augen und sah nur Sand. Mir wurde klar, dass ich vermutlich mit dem Gesicht zum Boden herumlag. Ich setzte mich auf und rieb mir wenig erfolgreich den Sand aus den Augen. Meine Hände hatten einige kleinere Schrammen, genau wie meine Arme. Rechts von mir erstreckte sich die Wüstenlandschaft der Sahara. Links befand sich ein Hang, von dem Stimmen und das Klirren aufeinander schlagender Schwerter ertönten. Mir wurde klar, dass ich den Hang hinuntergestürzt sein musste und mir dabei Kratzer zugezogen hatte.

Nun stand ich auf und schlich den Hang hinauf. Am Rand der Straße standen zwei Autos: unser Jeep und ein schwarzer Audi. Offensichtlich hatte es einen Unfall gegeben. Unser Wagen war von der Seite gerammt worden. Dahinter standen zehn schwarz gekleidete Krieger. Einige von ihnen hielten meinen Freunden

Schwerter an die Kehle. Hinter ihnen befand sich ein ähnlicher Abhang wie der, den ich hinuntergerollt war. Ich versuche die Zeit zu stoppen, doch aus irgendeinem Grund funktionierte es nicht.

„Wo ist Xaenym?", fauchte der Typ, der Cryliss festhielt. Er hatte einen eigenartigen Akzent, den ich nicht genau einordnen konnte. So in etwa eine Mischung aus Französisch und Italienisch. Aber als ich die Feinde genauer betrachtete, gefror mir das Blut in den Adern. Es waren die Bogenschützen, die ich im Traum gesehen hatte, vor denen Hekate uns gerettet hatte, die Sivah und Bluerax erschossen hatten.

„Tot", meinte Cryliss.

„Lüg nicht! Vor einem halben Tag war sie noch am Leben." Er presste ihr das Schwert fester an die Kehle.

Ich zog meine Dolche und schlich mich hinter die Autos. Bei diesen zwei Würfen musste ich treffen. Tat ich es nicht, würden sie mich mit ihren Pfeilen töten, bevor ich überhaupt ein weiteres Messer ziehen konnte. Ich machte mich bereit und konzentrierte mich auf die Dolche in meiner Hand. Dann holte ich aus und warf das erste Messer auf den, der Roove einen Dolch an die Kehle drückte. Es bohrte sich direkt in das Herz des Halbgottes und er sackte in sich zusammen. Nun warf ich das zweite Mal, während diejenigen, die niemanden festhielten nach ihren Bögen griffen. Eine weitere Goldblüterin fiel zu Boden und Nathan konnte sich befreien. Roove und er griffen nach den Schwertern der toten Krieger und stürzten sich auf die Bogenschützen, die ihre erste tödliche Salve auf mich abfeuerten. Ich warf mich flach auf den Boden, sodass die Pfeile über meinem Kopf hinwegzischten, ohne Schaden anzurichten. Die Demigötter, die jetzt noch jemanden festhielten, schlugen diejenigen mit ihrem Schwertknauf bewusstlos. Jannes fiel zu Boden, dann Cryliss, Ramy, Nae. Da ich keine Dolche mehr hatte, stand ich auf, zog Skouro und sprang hinter den Autos hervor. Zwei Krieger erreichten mich und versperren mir den Weg. Ein Pfeil zischte knapp an meinem Ohr vorbei. Einer der Goldblüter holte aus und versuchte mich am Hals zu treffen, doch ich blockte ab, drehte Skouro und fügte ihm einen Schnitt quer über die Brust zu. Er machte währenddessen einen Satz hinter mich und ließ sein Schwert beidhändig auf meinen Kopf hinunter zischen. Blitzschnell riss ich die Arme hoch und drückte mein Schwert gegen seines.

Meine Muskeln brannten, doch ich ignorierte den Schmerz, drehte mich ruckartig und bohrte ihm Skouro bis zum Heft in die Brust. Seine Spolas färbte sich dunkelrot und er sank keuchend zu Boden. Der andere Kämpfer schlug nach meinem Arm, doch ich rollte mich zur Seite und holte ebenfalls aus, um seine Brust nochmal zu verwunden. Er hob sein Schwert, um sich zu schützen, doch bevor ich seine Klinge traf, änderte er die Richtung seines Hiebes und vollführte eine Finte gegen mich, die mich um ein Haar durchbohrt hätte, wäre ich nicht weggesprungen und hingefallen. Er trat über mich und holte zum tödlichen Schlag aus, doch ich rollte mich zur Seite, zog beim Aufstehen einen kleinen Dolch aus seinem Waffengürtel und bohrte ihm diesen in den Rücken.

Wieder zischten einige Pfeile auf mich zu, doch ich lenkte einen Pfeil mit meiner Klinge ab und duckte mich. Im Augenwinkel bemerkte ich einen Halbgott, der sich mit erhobener Axt an Roove heranschlich. Hastig riss ich einen Dolch aus dem Gürtel eines Toten und warf ihn zwischen die Rippen des Goldblüters. Er heulte auf, woraufhin Roove ihn mit einem kurzen Schwerthieb erledigte. Obwohl Nathan und er sich nicht schlecht schlugen, wurden sie immer weiter an den Rand des Abhangs gedrängt. Ich wollte ihnen helfen, doch ich hatte genug eigene Probleme. Einer der Bogenschützen zielte auf meine Brust. Blitzschnell wich ich zur Seite aus, doch der Pfeil streifte meinen Arm und hinterließ eine blutige Furche. Er musste vergiftet gewesen sein, denn die Wunde schmerzte viel mehr, als es eine solche Verletzung normalerweise tat. Glücklicherweise wirkte Gift bei Halbtitanen nicht.

Mit einem Satz sprang ich zum Schützen und drückte ihm Skouros Klinge an die Kehle. Ich erkannte den dicken Jungen aus meinem Traum. Die Angst in seinen schwarzbraunen Augen war kaum zu übersehen. An seiner Wange prangte ein roter Bluterguss, der durch den Schlag des Hexenmeisters entstanden sein musste. Er machte keine Anstalten, sich zu wehren.

Dann hörte ich, wie Nathan aufschrie. Ich musste mich

entscheiden. Schnell schlug ich den Jungen mit dem Knauf meines Schwertes ohnmächtig und eilte auf Roove und Nathan zu. Inzwischen hatten vier Kämpfer sie umzingelt, weitere drei stürmten auf mich zu. Den ersten Hieb blockte ich problemlos ab, drehte dabei Skouro, schnitt dem Angreifer ins Handgelenk und durchtrennte ihm anschließend die Kehle. Krächzend sank er zu Boden und schlug unkontrolliert mit seinem Schwert nach meinem Bein. Er verwundete meine Wade, aber ich ignorierte den Schmerz und kämpfte gegen den nächsten Goldblüter, den ich jedoch schon nach wenigen Sekunden ins Herz traf. Nun kam der Hexenmeister auf mich zu. Seine eisblauen Augen musterten mich belustigt. Und plötzlich griff er an. Er bewegte sich schneller als die anderen. Ich blockte seine Hiebe mehrmals ab und holte oft aus, doch ich kämpfte viel ungeschickter, als ich es normalerweise tat. Es war, als würde mir etwas die Kraft zu kämpfen rauben und ich müsste mich anstrengen, sie zu behalten. Ich holte aus, doch er sprang mühelos zur Seite, sodass ich nach vorne stolperte. Jetzt hätte er mich töten können, indem er meinen Rücken verwundete. Aber er ließ mich leben.
Abermals holte ich aus, doch er parierte jeden Angriff ohne Anstrengung.
Er konnte nicht besser sein als ich. Das war unmöglich. Ich hatte immer gewonnen, immer. Er schlug mir Skouro mit einem gekonnten Hieb aus der Hand und richtete die Schwertspitze auf meine Kehle. Ich schluckte. Doch plötzlich bohrte sich ein Pfeil in seinen Schwertarm und er schrie auf. Der Schütze, ein schwarz gekleidetes Mädchen, stand auf einem anderen Hügel, der sich beeindruckend weit weg von unserem befand.
Der Hexenmeister riss bei ihrem Anblick erschrocken die Augen auf und rief seine Krieger zurück. Augenblicklich stürmten sie den Hang hinunter, während ihr Anführer rief: „Du weißt, dass ich stärker bin. Ich komme wieder."
Das Mädchen, das uns gerettet hatte, verschwand nun ebenfalls hinter dem Hügel.
Nathan stützte seine Hände auf den Knien auf und rang nach Luft. Schweißperlen zeichneten sich auf seiner Stirn ab.
„Was", keuchte er, „war das?"
„Keine Ahnung. Aber jemand muss hinterher."

Obwohl meine Wade, meine Brust und meine gesamten Knochen schmerzten, sagte ich: „Baut hier ein Lager auf. Wenn ich heute Abend nicht zurück bin, bin ich tot."
Sie antworteten irgendwas, aber ich konnte sie nicht mehr hören, da ich schon losgerannt war. Ich konnte gar nichts hören, außer das Rauschen in meinen Ohren. Eigentlich lief ich nicht dem Mädchen hinterher. Ich lief vor dem Hügel weg. Ich lief vor den Leichen weg, vor ihren toten Augen, die mich anstarrten und mich für ihren Tod verantwortlich machten. Und sie hatten Recht. Ich war Schuld an ihrem Tod. Im Flugzeug hatte ich Monster getötet, aber nur einen Halbgott. Und jetzt hatte ich es wieder getan. Halbgötter waren wie Menschen. Sie starben endgültig und kehrten nicht nach ein paar Jahren aus der Unterwelt zurück. Ich hatte nicht wie in den Filmen gesagt, ich sei ein guter Mensch und würde keinen töten. Statt sie einfach bewusstlos zu schlagen, hatte ich sie getötet. Warum hatte mir der Junge leid getan und die anderen nicht? Sie hatten Familie, die um sie trauern würde und Freunde. Sie hätten eine Zukunft haben können. Aber ich hatte sie ihnen genommen. Ich hatte ihnen all die Entscheidungen genommen, die sie hätten treffen können, das Leben, das sie hätten führen können. Vielleicht hatte Zeus sie gezwungen, für ihn zu arbeiten. Vielleicht wollten sie das gar nicht. Aber das zählte nicht mehr. Sie zählten nicht mehr.
Stundenlang rannte ich ziellos durch die Wüste. Bald trottete ich nur noch. Meine Wasservorräte waren im Jeep. Ich hatte nur Skouro und einen Dolch bei mir, der andere war nicht zu mir zurückgekehrt. Die Sonne ging allmählich unter und die brennende Hitze verwandelte sich in Kälte. Meine Kehle war ausgedörrt, meine Zunge trocken und rissig. Meine Beine fühlten sich an, als wären sie aus Blei. Die Wunde an meiner Wade entpuppte sich als schlimmer, als ich zunächst gedacht hatte. Ich war den ganzen Tag gelaufen, zu weit, um umzukehren. Mir blieb vielleicht noch eine Stunde, bis mich die anderen für tot erklären würden. Ich stolperte, fiel und fand keinen Grund aufzustehen. Sollten sie mich doch für tot halten, sollte mich doch ein Monster finden. Mit diesem Gedanken fiel ich in einen traumlosen Schlaf.

Das wäre hiermit schon das zweite Aufwacherlebnis, bei dem ich versuchte, Sand zu essen. Ich lag mit dem Gesicht im Sand und mein ganzer Mund war voll davon. Mein Rücken fühlte sich an wie gebraten und ich vermutete, dass ich überall Sonnenbrand hatte. Ich setzte mich auf und würgte eine Weile, dann rieb ich mir erfolglos den Sand aus den Augen. Jemand hielt mir eine Wasserflasche vor die Nase. Ich blickte hinauf, wobei ich von der Sonne geblendet wurde. Ein Mädchen stand vor mir und reichte mir die Flasche. Sie hatte unregelmäßig geschnittene, schokoladenbraune Locken, war relativ muskulös, aber trotzdem schlank. Man sah ihr an, dass sie eine gute Kämpferin war. Ihr Gesicht war durch die Sonne stark gerötet. Als meine Sicht klarer wurde, erkannte ich ihre Augen: stahlgrau, als wäre die Farbe daraus verschwunden, traurig und wütend zugleich. Mein Herz setzte einen Schlag aus. Das Mädchen, das vor mir stand, war Sivah.

Kapitel 12

Xaenym

„Trink", meinte sie.
Ich sagte etwas höchst Vernünftiges wie „Ähä" und nahm unbeholfen die Flasche. Als sie leergetrunken war, meinte ich: „Du lebst. "
„Und du bist hier."
„Du und Bluerax, ihr wurdet erschossen ... Ich habe die Mission zugeteilt bekommen und ..."
„Bluerax wurde erschossen, ich nicht."
„Aber dein Rücken, der Pfeil ...", meinte ich total verwirrt.
„Ich habe überlebt. Der Pfeil hat keine lebenswichtigen Organe verletzt. Ich bin fast unsterblich, schon vergessen?" Sie machte eine kurze Pause. „Du hast in einem Traum gesehen, wie ich erschossen wurde, es Aras erzählt und den Auftrag bekommen", folgerte sie.
Ich nickte. „Warst du der Schütze? Hast du den Pfeil auf meinen Gegner geschossen?"
„Was meinst du? Ich habe doch nicht mal einen Bogen."
Dann erzählte ich alles. Vom Flugzeugabsturz, vom Besuch bei Neraya, von meinem Traum, dem Schleier von Hekate, vom Angriff und wie ich dem Mädchen hinterhergelaufen bin. (Dass ich eher weggelaufen war, ließ ich aus und hoffte, dass sie gerade nicht in meinen Gedanken wühlte.)
„Wir müssen zurück zu ihnen, sie haben die Karte. Aber dieser Schütze ... Auch den sollten wir finden", überlegte sie.
„Wie? Der Schütze will offensichtlich nicht gefunden werden. Die anderen sind bestimmt heute morgen weitergezogen. Wir sitzen hier mitten im Nirgendwo, ohne Karte und ohne Wasserquelle. Am besten gehen wir dorthin, wo wir angegriffen wurden. Den Schützen zu finden ist fast unmöglich ohne Nae, nur sie kann jemanden durch ihre Gabe ausfindig machen. Ich bin von dort gekommen und den ganzen Tag gelaufen", erklärte ich und deutete hinter mich. „Wir gehen zurück, suchen den

Schützen, machen die Insel ausfindig und teilen uns in vier Gruppen für die verschiedenen Eingänge ein."
„Ich bin stolz auf dich."
„Wieso?"
„Das hört sich nach einem Plan an, der vielleicht sogar funktioniert. Könnte von mir stammen. Und außerdem ist da noch die Sache mit dem Flugzeug, Notos ... Du fängst langsam an, zu handeln wie ich."
Ohne sich zu vergewissern, ob ich ihr folgte, lief sie los, woraufhin ich ihr hinterhertrottete. Ich wollte nicht sein wie Sivah, wollte nicht so viele getötet haben wie sie. Wie viele hatte ich überhaupt getötet? Ich wusste es nicht mal.
„Sivah?"
„Hmm?"
„Zählst du, wie viele Goldblüter du ... ?"
„Umgebracht hast?" Plötzlich lachte sie auf. „Schon lange nicht mehr."
Da ich nicht wusste, was genau ich darauf antworten sollte, wechselte ich das Thema.
„Armenia."
„Ja, so heißt sie."
„Und?"
„Mehr gibt es nicht zu sagen. Du wolltest den Namen, du hast den Namen. Was passt dir daran nicht?"
„Du hast sie nicht mehr alle", entschied ich.
„Jedenfalls braucht Armenia dich nicht zu interessieren."
„Tut sie aber", rief ich empört.
„Sollte sie nicht", erklärte sie und lief schneller, sodass ich all meine Kraft brauchte, um mit ihr mitzuhalten.
Nach dieser unfreundlichen Antwort traute ich mich nicht, nach den Dolchen zu fragen. Generell war es wohl besser, keine Fragen zu stellen, da Sivah sie mir ohnehin nicht beantworten würde.
Den ganzen Tag liefen wir in die selbe Richtung. Es war schon dunkel und ich fragte mich, ob Sivah wusste, wohin wir gehen mussten, aber bald sah ich am Horizont den aufsteigenden Rauch eines Lagerfeuers und hörte auf, an ihr zu zweifeln. Und tatsächlich – der Hügel, auf dem das Feuer brannte, war der, auf

dem wir angegriffen worden waren. Die anderen hatten bereits ein kleines Zelt aus Ramys Rucksack aufgestellt und waren gerade beim Essen. Als ich oben ankam, zog mich Roove in eine stürmische Umarmung und küsste mich. Sivah sah mich fragend an und ich warf ihr einen Erkläre-ich-dir-später-Blick zu. Lautes Gemurmel brach aus, darunter Sätze wie „Du lebst. Fantastisch!" (Das klang für mich eher sarkastisch und ich vermutete, dass dieser Kommentar von Jannes stammte) oder „Süße, ich bin so froh, dass du hier bist", was wohl Roove gesagt haben musste. Erst jetzt schienen sie Sivah zu bemerken und verstummten schlagartig.

Ohne dass jemand danach gefragt hätte, erzählte sie, was ihr widerfahren war und setzte sich ans Feuer. Von ihrer Mutter Hekate hatte sie erfahren, dass sich die Insel unter der Sahara befand und dass man durch die Oase dort hin gelangte. Sie waren hierher geflogen und eines Morgens war Scuerah verschwunden gewesen. Bald darauf waren sie von einigen Dracaenae angegriffen worden. Am nächsten Tag hatten die Bogenschützen auf sie geschossen, Bluerax war gestorben und ein Pfeil hatte sich in Sivahs Rücken gebohrt. Sie hatte all ihre Epourosvorräte aufgebraucht, die Wunde war fast verheilt und sie hatte mich auf dem Boden liegend gefunden.

Bei der Erwähnung von Bluerax und Scuerah breitete sich eine bedrückende Stille aus, die ich jedoch unterbrach, indem ich von meinem Traum erzählte, den Hexenmeister genau beschrieb und fragte, ob jemand wüsste, wer er war.

„Ja", sagte Sivah düster. „Das ist mein Bruder."

Ich starrte sie ungläubig an. Hatte sie soeben gesagt, der Hexenmeister sei ihr Bruder? War er ein Kind der Hekate? Ein Halbtitan?

„Sein Name ist Vice Shae", erklärte sie. „Wir sind Zwillinge. Hekate hat uns geboren und mich zu den Menschen geschickt, ihn aber in ihrem Palast aufgezogen. Da er der Erstgeborene war, wurde er Thronerbe, selbst wenn alle wussten, dass Hekate unsterblich war. Sie brachte ihm bei, Hexenmagie zu verwenden und verlieh ihm Macht. Zu viel Macht. Er wurde immer mächtiger und Hekate gab ihm immer mehr Kraft. Er lernte, Grenzen zu erzeugen, die die Benutzung von Gaben verhindern.

Deshalb konntest du ihn nicht besiegen, Xae. Du hast die Gabe des Kämpfens. Und Vice nimmt dir diese Gabe. Gegen ihn kannst du nichts ausrichten. Er wurde der größte Hexenmeister seiner Zeit und jagte die anderen. Einen nach dem anderen brachte er um. Er hätte es nicht tun müssen. Es gab ohnehin nur wenige Hexenmeister, da jeder von Hekate persönlich ausgebildet werden musste. Doch das hat ihm nicht gereicht. Vice wollte schon immer perfekt sein. Schön, erfolgreich, stark, der Beste in allem. Und er wollte immer mehr Macht. Die Gier danach hat ihn verdorben und er wechselte auf die Seite der Götter. Hekate nahm ihm das Recht, ihr Sohn zu sein, aber seine Kraft konnte sie ihm nicht nehmen. Er wurde ein sterblicher Hexenmeister. Vice lernte, Mauern zu erschaffen, die Wahrnehmung einiger Menschen zu beeinflussen, Gaben außer Kraft zu setzen und auf viele verschiedene Arten zu töten. Er leitet die Mission, mit dem Ziel, das Skia zu finden. Mit dem Ziel, uns zu töten."

Ein kalter Schauer jagte mir den Rücken hinunter. Seit Wochen war ich daran gewöhnt, jeden zu besiegen. Ich musste mich nicht anstrengen. Auch innerhalb solcher Grenzen konnte ich jeden besiegen. In Notos' Palast hätte ich jede der Harpyien problemlos getötet. Aber Vice war mindestens so gut wie ich und nahm mir auch noch meine Gabe. Vice würde mich töten können. Und es schien, als hätte er es darauf abgesehen.

Wenig später lag ich in meinem Schlafsack und starrte in die Glut des Feuers. Die Gesichter der Goldblüter, die ich umgebracht hatte, drängten sich immer wieder vor mein geistiges Auge. Ich wusste, dass es keine andere Möglichkeit gegeben hatte. Hätte ich es nicht getan, wäre ich jetzt vermutlich tot. Dieser Gedanke beruhigte mich ein wenig, sodass es mir gelang, einzuschlafen.

Als ich aufwachte, stand eine Frau mit einem goldenen Schild vor mir. Ihre schwarzen Locken waren schulterlang und ihre Haut leicht olivfarben. Sie war zum Kampf gekleidet, mit Rüstung und Speer. Ihre Augen waren ebenfalls golden und sie lächelte mich boshaft an. Dann schien sie auf einmal verwirrt zu sein und blickte hektisch zwischen mir und ihrem Schild hin und her. Adrenalin schoss durch meine Adern und meine Hand schnellte zu Skouros Heft. Dann hörte ich Sivah schreien: „Gorgonen! Schaut sie nicht an! Bleibt einfach mit geschlossenen Augen wo ihr seid! Xaenym, los, du kannst sie angucken, hilf mir!" Sie stand ein paar Meter von mir entfernt im Zelt und kreuzte ihr Schwert mit dem einer Frau, die genauso aussah, wie die, die vor mir stand, nur hatte diese braune statt schwarze Locken. Ich wusste zwar nicht, was eine Gorgone war, aber die, die vor mir stand, fauchte mich nun an und stieß mit ihrem Speer nach mir. Ich rollte mich in meinem Schlafsack auf Nae, was mir sofort leidtat, da sie vor Schmerz zusammenzuckte.

„Sorry", murmelte ich, packte die Gorgone an einem Lederriemen ihrer Rüstung und stieß sie aus dem Zelt, um draußen zu kämpfen und nicht bei jedem Schritt jemanden zu zertrampeln. Ich zog mein Schwert und machte einen Satz auf sie zu, musste aber zur Seite springen, als sie ihren Speer in meine Richtung stieß. Ich drehte mich um meine eigene Achse und versuchte sie schräg von oben zu treffen, doch die Gorgone wehrte Skouros Klinge mit dem Speerschaft ab, woraufhin ich sie überrascht anstarrte. Eigentlich wäre jeder Speer dadurch zerbrochen, doch dieser hatte nicht einmal eine Kerbe davongetragen.

Sie zischte und die Speerspitze schnellte erneut auf mich zu, doch ich ließ den Dolch fallen, hielt Skouro nun mit beiden Händen und wehrte mit der Parierstange ab. Schnell rollte ich mich zur Seite und verwundete die Wade der Gorgone. Wieder zischte sie, als wäre sie eine Schlange. Ich erstarrte. Gorgonen. Ich hatte in den Büchern, die Seth mir gegeben hatte, über sie gelesen. Es waren die drei Schwestern Stheno, Euryale und Medusa, die Schlangen, statt Haaren hatte. Wer Medusa anschaut, wird zu Stein, wer Stheno anschaut, dessen Seele wird in ihren goldenen Schild gesperrt, wer Euryale anschaut, stirbt. Diese Frau musste Stheno sein und die Frau gegen die Sivah kämpfte, Euryale. Glücklicherweise schien Medusa nicht bei ihnen zu sein.

Stheno riss mich aus meinen Gedanken, indem sie mit dem

Speer nach mir stieß und mich zwang wegzuspringen, falls ich nicht aufgespießt zu werden wollte. Ich wollte nicht.
Wir tauschten weitere Schläge aus und es sah so aus, als würde es ewig so weitergehen, als sie endlich einen Fehler machte: Sie versuchte, meine Seite zu treffen, doch ich drehte meinen Oberkörper, woraufhin der Speer an mir vorbeistach und ich ihre Schulter durchbohrte. Dann holte ich aus, um sie zu enthaupten, als plötzlich ein anderer Speer auf mich zuflog. Ich riss den Kopf herum und sah die Spitze auf mich zurasen. Plötzlich sprang Nathan auf und stieß mich fort. Dabei streifte der Speer seine Rippen und hinterließ eine tiefe Wunde an seiner Seite.
Stheno kam mit erhobenem Speer auf mich zu, doch wie aus dem Nichts bohrte sich ein silberner Pfeil in ihren Hals. Ein weiterer traf Euryales Brust. Ich fuhr herum und erblickte die Bogenschützin, die uns bereits beim Kampf gegen Vice gerettet hatte. Mir blieb nicht viel Zeit, um eine Entscheidung zu treffen.
Vielleicht ist das deine letzte Gelegenheit, dachte ich, schnappte Nathans Arm und zog ihn hinter mir her, während ich zu der Schützin sprintete. Sie wandte sich bereits um und lief fort. Obwohl wir rannten, so schnell wir konnten, verloren wir sie aus den Augen. Ich blieb stehen und stütze die Hände auf die Knie. Nathan atmete tief durch. Plötzlich verzerrte er das Gesicht vor Schmerz. Er griff sich an die Rippen; Blut quoll zwischen seinen Fingern hervor.
„Gift?", fragte ich besorgt.
Er nickte und sank keuchend zu Boden. Schweißperlen zeichneten sich auf seiner Stirn ab und als ich ihm meine Wasserflasche reichte, zitterten seine Hände so stark, dass er fast alles ausgekippt hätte. Jede weitere Minute sah er schlechter aus. Ich kniete mich neben ihn und tätschelte unbeholfen seine Schulter.
„Ich werde sterben", stieß er zwischen zusammengebissenen Zähnen hervor.
„Nein, nein ..."
„Du hasst mich doch sowieso. Warum interessiert es dich überhaupt?"
„Ich hasse dich nicht!"
„Doch. Du hältst mich für einen Macho, der mit fast jeder im

Lager zusammen war und deiner Freundin das Herz gebrochen hat."

„Moonrise hat *dir* das Herz gebrochen."

„Sie hat mich abserviert, aber ihr hat es mehr ausgemacht, als mir. Ich wusste, dass sie mich liebt. Weißt du, der Plan war, dass ich nach dieser Mission Rosen kaufe und sie damit zurückgewinne. Sie liebt mich. Ich liebe sie."

Er versuchte mit den Schulter zu zucken, doch er brachte nur ein unkontrolliertes Zittern zustande.

„Nate … bitte nicht … Lass mich nicht hier allein ...", flüsterte ich.

„Ich möchte, dass du meine Version der Geschichte hörst, bevor ich sterbe. Über mich wird nicht viel Gutes erzählt. Wer mich nicht kennt, mag mich nicht. Aber eigentlich bin ich gar nicht so schlimm."

„Du stirbst nicht", sagte ich eindringlich.

„Doch, Xaenym. Das Gift breitet sich aus. Jedenfalls wurde ich vor drei Jahren ins Lager gebracht. Dann kam Moon ins Lager. Sie war so perfekt. Ich habe sie zum Essen eingeladen und sie hat tatsächlich abgelehnt. Aber ich fragte sie wieder und wieder und schließlich waren wir zusammen, für ein ganzes Jahr. Dann machte sie aus heiterem Himmel Schluss, schrie mich an, dass ich mich nie ändern würde und einen schlechten Einfluss auf sie hätte. Ein paar Tage danach kamst du ins Lager und seitdem weißt du ja Bescheid."

Er lächelte und ich konnte das Blut an seinen Zähnen sehen, das nun an seinem Kinn hinunterlief.

„Ich habe nicht danach gefragt. Warum erzählst du mir das?"

„Ich wollte bei jemandem sterben, der mich nicht hasst. Wenn ich schon nicht bei Moon sein kann, dann will ich wenigstens jemanden bei mir haben, der mich mag."

Tränen bahnten sich ihren Weg über seine schmutzbedeckten Schläfen und wuschen Sand, Schweiß und Dreck fort.

„Sie war so perfekt. So wunderschön. Und ich werde sie nie wieder sehen. Ich liebe sie. Sehr." Dann schloss er die Augen.

„Danke", flüsterte ich. „Dieser Speer war für mich bestimmt. Du hast mich gerettet."

Ein Lächeln umspielte Nathans Lippen. Und er atmete aus, aber nicht mehr ein.

Sivah

Die Tatsache, dass ich bei meiner Wache eingeschlafen war, war beunruhigend genug. Aber dass wir auch noch angegriffen worden waren, machte mich fertig. Falls jemand starb, würde ich dafür verantwortlich sein.
Noch bevor ich die Augen öffnete, spürte ich das kühle Metall eines Schwertes an meiner Kehle. Eine Frau mit braunen Locken und goldener Rüstung stand vor mir. Schnell stieß ich sie von mir fort, zog ein Messer und versuchte, sie damit zu verwunden, während ich mit der anderen Hand nach meinem Schwert griff.
Doch beides wehrte sie ab. Ich steckte den Dolch in meinen Gürtel und kämpfte nun nur mit meinem Schwert.
Wir tauschten mehrere Schläge aus. Hektisch schrie ich den anderen zu, dass es Gorgonen seien und dass sie ruhig liegen bleiben sollten. Dann ließ ich die Klinge von oben auf ihren Kopf zuschnellen, wobei sie nach meiner Brust stach. Ich sprang zur Seite und änderte die Richtung meines Hiebes, sodass ich ihr eine kleine Wunde am Oberarm zufügte. Wir kämpften weiter, doch keine von uns schaffte es, die andere zu verletzten. Plötzlich traf ein silberner Pfeil die Brust der Gorgone. Ein schwarz gekleideter Schütze hatte ihn geschossen und rannte jetzt weg – gefolgt von Xaenym, die Nathan hinter sich herschleifte.
„Sie hat den Schützen schon mal nicht gefunden", schnaubte Jannes, die auf einmal neben mir stand.
„Sie hat *mich* gefunden. Reicht dir das nicht aus?", erwiderte ich.
Daraufhin hob sie eine Augenbraue, sagte aber nichts mehr.
„Xaenym hat die Karte. Wir warten drei Tage auf sie. Wenn sie dann nicht hier ist, ist sie tot", verkündete ich.
Die Verletzten bekamen Epouros, ich wurde Ramy vorgestellt, da wir das gestern Abend versäumt hatten, und stellte erstaunt fest, dass ich seine Gedanken zwar lesen konnte, er aber nicht daran dachte, wer seine Eltern waren oder wo er herkam. Er dachte nur an Nae und ich beschloss, seine Gedanken in Ruhe zu lassen.

Xaenym

Ich stand auf einem Hügel und schaute mich um. Weit und breit sah ich nichts außer Sand. Die erdrückende Hitze trocknete meine Kehle aus. Nathans Leiche hatte ich mit Sand bedeckt und war einfach irgendwohin gelaufen, in der Hoffnung, die Schützin zu finden. Ich hielt mehrfach die Zeit an, um ihren Vorsprung zu verringern, doch ich fand sie nicht – sie fand mich. Als ich eines Morgens aufwachte, stellte ich fest, dass neben mir ein Feuer brannte und zwei Eichhörnchen oder so etwas ähnliches darüber brieten. Das Mädchen stand daneben und schärfte ihr Messer an einem Stein. Ihre untere Gesichtshälfte hatte sie mit einem Tuch verdeckt.

„Guten Morgen." Ihre Stimme klang rau, aber nicht unfreundlich.

„Wer ... wer bist du?"

„Heige."

Ich sah sie fragend an.

„Heige Climbton."

„Ähm ... Und warum genau bist du hier?"

„Setz dich, das dauert lange. Iss eins von diesen, äh, Eichhörnchen."

„Weißt du überhaupt, was für Tiere das sind?"

„Nein. Aber sie sehen ziemlich essbar aus."

Ich zuckte mit den Schultern und nahm mir eins, während sie begann, zu erzählen:

„Ich wurde vor 20 Jahren in Nevada geboren. Meine Mom hat mich allein aufgezogen und für meinen Vater habe ich mich nie wirklich interessiert. Als ich 10 war, ist meine Mutter einfach verschwunden. Noch am selben Tag stand ein Mann vor meiner Haustür und behauptete, er sei mein Vater. Ich habe ihm nicht geglaubt, woraufhin er mit den Fingern geschnippt hat und ich mich plötzlich in einem riesigen Raum voller olympischer Göttern wiederfand. Sie erzählten mir von den alten Sagen, erklärten mir den Krieg und wollten, dass ich für sie kämpfe. Sie bildeten mich aus, brachten mir das Schießen und dem Umgang mit einem Schwert bei. Dann schickten sie mich vor fünf Jahren los, um jemanden zu töten und ich lief weg. Dieser Krieg war

nicht meiner, ich wollte nichts damit zu tun haben. Sie haben mir das Mal der Götter verpasst und mich ein paar Mal ... *zurückgebracht*, aber ich bin immer wieder geflohen."
Sie nahm das Tuch von ihrem Gesicht und ihre leicht gewellten, dunkelbraunen Haare kamen zum Vorschein. Heige hatte warme, schokoladenbraune Augen und eine Narbe, die sich von ihrer Schläfe bis zu ihrem Kinn zog.
„Heige Climbton", sagte sie wieder. „Tochter des Windgottes Aiolos."
„Der Sack der Winde ist durch dich heruntergefallen!", wurde mir klar.
Sie nickte. „Wer bist du überhaupt?"
„Xaenym Davine, Tochter des Chronos."
Sie nickte und reichte mir einen Bogen. „Wir müssen jagen gehen. Ich habe kaum noch Vorräte."
„Komm mit mir." Ich stand auf. „Kämpf mit uns gegen die Götter. Wir könnten dich gebrauchen. Du schießt gut. Du hast uns gerettet."
„Ich kann schießen, ja, aber ich kann nicht kämpfen. Mein Rücken wurde verletzt. Ich bin sozusagen ein Krüppel. Zehn Minuten im Kampf, mehr halte ich nicht durch."
„Du kannst es wieder lernen", erwiderte ich.
„Ich werde das bereuen", murmelte sie, seufzte dann aber und sagte: „Also schön. Ich habe ohnehin nichts Besseres zu tun." Es überraschte mich, wie einfach es war, sie zu überreden. Offenbar war ihr hier ziemlich langweilig.
Ich nickte und lief in irgendeine Richtung los. „Xaenym?"
„Hmm?"
„Falsche Richtung."
„Ach so. Klar. Da lang", meinte ich und ging in die entgegengesetzte Richtung. Damit wäre der anfängliche Eindruck, ich wüsste genau, was ich tat, wohl zerstört.

Einen halben Tag dauerte der Marsch und das Wasser wurde langsam knapp. Wie viel Ramy noch hatte, wusste ich auch nicht. Als wir bei meinem Team ankamen starrten alle Heige überrascht an. Schnell teilte sie den anderen mit, wer sie war,

und dass sie sich bereiterklärte, sich uns zumindest während dieser Mission anzuschließen, aber sich noch nicht sicher war, ob sie mit nach Titansvillage kommen würde. Wir prüften ihre Gedanken und die Wahrheit in ihren Worten durch Jannes und Sivah, die Heige zwar komisch ansah, aber sagte, dass alles in Ordnung sei, also ließen wir sie bei uns bleiben. Wir setzten uns in einem Kreis um ein erloschenes Lagerfeuer, als plötzlich jemand fragte: „Wo ist eigentlich Nathan?" Ich erstarrte. Nae sah mich fragend an. Langsam schüttelte ich den Kopf.
Stille kehrte ein. Ich sah die anderen an. Nae brach in Tränen aus. Cryliss umklammerte den Griff ihres Schwertes so fest, dass ihre Knöchel weiß wurden. Ihr Gesicht rötete sich vor Wut. Ich hatte mich schon immer gewundert, wie Cryliss ihre Trauer durch Wut ersetzte. Doch nun stellte ich fest, dass ich selbst nicht wirklich traurig war, sondern wütend auf die Gorgonen. Roove ballte die Hände zu Fäusten und wurde bleich. Sivahs Miene veränderte sich kein bisschen, Ramy hingegen runzelte nachdenklich die Stirn. Jannes zog ihren Dolch, stieß ihn in den Boden und sagte anschließend: „Es bringt nichts, rumzuheulen. Wir müssen besprechen, wie wir als nächstes vorgehen. Wenn wir Erfolg haben, ist er nicht umsonst gestorben."
Vielleicht war es wirklich besser, sich auf unsere Mission zu konzentrieren. Ich nickte zustimmend und breitete die Karte vor uns allen aus. „Ich schätze, wir erreichen die Insel in etwa einer Woche. Ich denke, wir sollten jetzt die Teams für die Insel einteilen."
„Versucht, bis dahin nicht zu sterben, sonst müssen wir alles neu festlegen", warf Jannes ein.
Als ich ihr einen mahnenden Blick zuwarf, hob sie verständnislos die Arme.
„Die Insel besteht aus vier Teilen. Arktis, Tropen, Steppe und Wald. Der Wald und die Tropen bieten Schutz, sowohl uns, als auch den Angreifern. Hier sollte jemand kämpfen, der auch die Umgebung zu seinem Vorteil nutzt und nicht nur auf Waffen setzt, also Roove.
Nae, du bist eine Dryade, wo sonst sollte ich dich hinschicken, als in den Wald? Ramy, du hast lange im Wald gelebt, du gehst mit ihr."

Er warf mir einen dankenden blick zu und legte seine Hand auf Naes Schulter.

„Cryliss, du kämpfst auf offenem Feld am besten. Willst du in die Steppe oder Arktis?"

„Ich bin hier schon lange genug gegrillt worden. Ein wenig Abkühlung würde guttun. Also Arktis."

„Jannes, ich weiß nicht, wie du in den Tropen kämpfen würdest, ich weiß nur, dass du in der Wüste ziemlich brauchbar bist. Also gehst du in die Steppe. Heige, ich habe keine Ahnung wie du dich anderswo schlägst, also gehst du auch dorthin. Sivah, du kriegst mit Cryliss die Arktis, ich nehme mit Roove die Tropen."

Ich hatte nicht die geringste Lust dazu. Er glaubte immer noch, wir wären zusammen – und es würde schwer sein, ihn weiterhin in diesem Glauben zu lassen.

Nach der Besprechung kämpfte ich zur Übung mit Heige. Die ersten paar Minuten schlug sie sich wirklich gut, doch sie verzog immer öfter das Gesicht. Schließlich fiel sie auf den Boden und stöhnte.

„Weiter", wies ich sie an. Ich kam mir dabei leicht unfreundlich vor, aber wenn sie einem Monster begegnete, durfte sie nicht aufgeben. Im Laufe des Kampfes wiederholte ich alles, was Sivah mir damals beim Training gesagt hatte. Und es funktionierte.

Keuchend rappelte sie sich auf und wir duellierten uns weitere fünf Minuten, ehe ich mich absichtlich von Heige verwunden ließ, aber dafür den Kampf gewann.

„Opferbereitschaft. Ein kleiner Schnitt am Bein, aber dafür habe ich jetzt gewonnen", erklärte ich. „Das reicht für heute."

„Warum kannst du so gut kämpfen?", wollte sie wissen.

„Ich bin eine Machitis. Was ist eigentlich deine Gabe?"

„Ich kann die Luft manipulieren, aber es kostet verdammt viel Kraft, also erwarte das ja nicht von mir."

Ich nickte, entschuldigte mich für das harte Training und machte mich daran, das Lagerfeuer auszutreten.

In dieser Nacht hielt ich Wache – allein. Jeder war erschöpft, verletzt und müde. Ich zwar auch, aber da ich mehr oder weniger

unsterblich war, schien das nicht so wichtig zu sein. Ich saß vor dem Lagerfeuer und starrte in die noch glimmende Glut, als ich plötzlich einen Schrei, der aus dem Zelt drang, hörte. Blitzschnell sprang ich auf und sprintete hinein. Dort sah ich Cryliss, die sich kreischend in ihrem Schlafsack hin und her wand. Ich rüttelte sie wach und fragte, was los sei, doch sie antwortete mir nicht. Stattdessen stand sie auf und stürmte hinaus. Vor dem Zelt kauerte sie sich zusammen, umschlang ihre Beine und schluchzte leise. Schweigend setzte ich mich neben sie und legte meine Hand zum Trost auf ihre Schulter.
„Lass mich in Ruhe. Du verstehst mich nicht."
„Ich kann dich nicht verstehen. Ich war nicht im Tartaros."
„Das Traurige daran, wahnsinnig zu sein, ist, dass es wirklich niemand versteht. Aber alle versuchen, dir zu helfen und dich zu beruhigen. Als würde das etwas nützen." Sie schnaubte.
„Du bist nicht wahnsinnig ..."
„Doch!", unterbrach sie. „Ich sehe manchmal Dinge, die nicht wirklich da sind. Mit der Zeit habe ich gelernt, sie von realen Dingen zu unterscheiden, doch in meinen Träumen suchen sie mich heim. Ich sehe Kerberos, den Höllenhund, der mich gejagt hat, Hades, wie er mich auslacht. Und die Seelen. Tausende Seelen der Toten. Sie sind nur noch Geister, aber ihre Waffen sind noch scharf."
Ich fragte nicht, wie ich ihr helfen konnte, stattdessen schwieg ich nur. Cryliss starrte wie gebannt den Horizont an, blinzelte nicht, trank nicht, aß nicht. Aber sobald die Sonne aufging, stand sie auf, weckte alle und half, das Zelt zusammenzubauen.

Kapitel 13

Cryliss

Meine Fassade bröckelte. Xaenym hatte mich schwach gesehen. Immer hatte ich die Halluzinationen verdrängt, die Schreie unterdrückt, doch diesmal hatte ich es nicht geschafft. Während ich das Zelt zusammenrollte, betrachtete ich Sivah. Auch sie hatte einiges durchgemacht. Doch sie war verbittert, wütend und rachsüchtig. Ich hingegen war bloß verrückt.
Die Autofahrt, die jetzt folgte, war lang und vor allem eines: heiß. Das Thermometer auf dem Armaturenbrett zeigte 54 Grad an. Im Wagen selbst war es sicherlich noch wärmer. Wir alle hatten inzwischen Sonnenbrand, trotz der Unmengen an Sonnenmilch, die wir fast jeden Tag auftrugen. (Gelegentlich wurde dieser Prozess durch die Gefahr des schmerzhaften Todes verhindert.) Ich saß am Steuer und trommelte nervös mit den Fingern auf dem Lenkrad herum. Jeder von uns war verletzt oder durch Müdigkeit und Durst geschwächt. Vice hingegen hatte viele, unversehrte Kämpfer und war außerdem ein Hexenmeister. Unsere Erfolgsaussichten hielten sich daher ziemlich in Grenzen. Die anderen schienen ebenfalls angespannt. Keiner sagte etwas, wie meistens, wenn wir im Auto saßen. Ich schaute gelangweilt umher, als ich im Augenwinkel etwas bemerkte. Etwas Großes, doch es war sofort wieder verschwunden. Wenn ich mich nicht getäuscht hatte ...
„Los! Raus aus dem Wagen!", schrie ich.
„Was?", fragte Heige.
„Raus, raus! Schnell!", brüllte ich, öffnete die Fahrertür und sprang hinaus – keine Sekunde zu früh, denn jetzt zerstampfte ein riesiger Fuß unseren Jeep. Ich sah hoch und hätte ich nicht bereits auf dem Boden gelegen, wäre ich vor Schreck umgefallen. Das Monster war mindestens 15 Meter groß und auch ziemlich fett. Leider ahnte ich, dass es uns trotzdem hervorragend zertrampeln konnte. Sein kahler Schädel war mit Tattoos übersät und er trug nur einen Lendenschurz, was kein

sonderlich erfreulicher Anblick war. (Vielleicht lag das daran, dass es für ihn keine passende Kleidergröße gab.) Ein Laistrygone. Klasse. Eines der zwölf menschenfressenden Ungeheuer, die Steine auf Odysseus' Schiffe geworfen hatten. Am wenigsten an dieser Beschreibung gefiel mir, dass es *zwölf* waren und ich jetzt einen weiteren Laistrygonen neben den ersten treten sah, der mich angrinste, sodass ich einen ausführlichen Blick auf seine schiefen, gelben Zähne werfen konnte. Ein weiteres Monster trat in mein Blickfeld, noch eins ... Es waren alle hier. Alle zwölf. Wir waren nur acht und viel kleiner.

Einer der Laistrygonen hob seinen Fuß, um mich zu zertreten, doch es gelang mir, mich wegzurollen und mein Schwert zu ziehen. Dieser Kampf war der erste, bei dem ich keinen Plan hatte, kein Ass im Ärmel, nichts. Bis jetzt war mein Gegner immer entweder besiegbar gewesen oder ich hatte einen Plan gehabt.

„Nae, Ramy, Heige, auf einen Hügel, los! Beschießt sie!", schrie Xaenym, die gerade zwischen den Füßen des gelbzähnigen Ungeheuers durchlief. Ein weiterer Laistrygone trat nach Sivah, die daraufhin ihr Schwert in seine Ferse bohrte. Das Monster grunzte, schien sich aber ansonsten nicht wirklich für sie zu interessieren. Inzwischen standen Nae, Heige und Ramy auf einem nahe gelegenen Hügel und eine Pfeilsalve zischte auf den Kopf eines Monsters zu. Im Verhältnis zu ihren Gesichtern waren die Pfeile höchstens so groß wie Nadeln, aber immerhin bohrten sich zwei in die Wange des Laistrygonen. Offensichtlich hatten sie es auf Xaenym abgesehen: Drei Monster versuchten, sie zu fangen und sie musste sich wegrollen, sich ducken oder wegspringen. Einer trat nach Roove, doch der rammte seine Klinge in die Fußsohle des Monsters, als es versuchte, auf ihn draufzutreten. Plötzlich hörte ich Jannes aufschreien, während einer der Riesen sie mit dem Handrücken zur Seite schlug und sie ächzend zu Boden fiel.

Xaenym

Der Kampf war aussichtslos. Wir konnten uns nur auf die Verteidigung konzentrieren, an einen Angriff war nicht zu denken. Die Zeit anzuhalten, war unmöglich. Vice hatte unsere großgewachsenen Freunde anscheinend mit magischen Grenzen versehen. Wir konnten die Monster nur an den Beinen verletzen und das zeigte nicht gerade viel Wirkung. Wenn ich eins töten wollte, musste ich auf die Schultern eines Monsters klettern. Ich sah an einem der Laistrygonen hoch. Und plötzlich kam mir eine Idee. Sie war verrückt, aber was blieb mir schon übrig? Also tat ich etwas, das normalerweise als ziemlich dumm galt: Ich schleuderte Skouro wie einen Dolch in die Richtung der Wade des Ungeheuers, das mich gerade fast gepackt hätte. Tatsächlich bohrte mein Schwert sich in sein Bein. Es schrie wütend auf und bückte sich, um die Klinge herauszuziehen.

Das war meine Chance: Ich machte einen Satz und hielt mich an dem Lendenschurz des Riesen fest. Dieser tat genau das, was ich erwartet hatte: Er griff nach mir, doch ich sprang auf sein Handgelenk und versuchte mit einer Mischung aus Klettern und Rennen, seinen Arm hinaufzugelangen. Er schlug nach mir, allerdings zu langsam, weshalb er nur sich selbst traf. Auch ein weiteres Monster hatte mich bemerkt und schlug erfolglos nach mir, sodass sie jetzt beide auf den Arm des Laistrygonen einprügelten. (Mal ganz ehrlich, diesen Teil des Kampfes fand ich überaus amüsant.) Inzwischen war ich auf der Schulter des Laistrygonen angekommen und sprang in den Nacken des Riesen. Blitzschnell machte ich einen Satz auf das Ohrläppchen zu und klammerte mich daran fest. Der Schlag des anderen Monsters verfehlte mich nur um Haaresbreite.

Beide Ungeheuer griffen nach mir, doch ich sprang ab und landete in der kleinen Vertiefung unter dem Kehlkopf zwischen den Schlüsselbeinen und stieß meinen Dolch mit aller Kraft in seine Kehle. Blut spritzte mir ins Gesicht, er rang nach Luft und schlug nach mir. Ich kletterte auf seine Schulter.

Die Wunde an seiner Kehle schien ihn zu schwächen, aber plötzlich griff er nach mir. So schnell ich konnte sprang ich weg, doch seine Fingernägel gruben sich in meinen Rücken. Schmerz durchzuckte mich und ich keuchte auf. Sobald ich auf seinem Nacken landete, stieß ich den anderen Dolch in seine Haut. Er schrie auf und griff wieder nach mir. Mir wurde klar, dass ich nirgendwohin springen konnte. Ich hatte nur eine Chance: Wild

mit den Armen rudernd ließ ich mich fallen und erwischte seinen Lendenschurz. Einige Sekunden baumelte ich hin und her, rutschte aber schließlich ab und schlug hart ich auf dem Boden auf, doch wie durch ein Wunder brach keiner meiner Knochen. Ich spürte lediglich den pochenden Schmerz an meinem gesamten Rücken, doch dieser war erträglich. Am Boden liegend fand ich Skouro und packte den Griff, als ich bemerkte, dass ein riesiger Fuß auf mich zukam. Ich warf mich zur Seite, rappelte mich so schnell ich konnte auf, wich dem nächsten Tritt aus – und lief direkt in die Hand eines anderen Laistrygonen. Panisch bohrte ich ihm mein Schwert in die Handfläche, doch er gab mich nicht frei, ganz im Gegenteil: Er umklammerte mich noch fester. Nur noch mein Kopf ragte zwischen seinen Fingern hervor. Fluchend zappelte ich herum, doch es war aussichtslos. Im Augenwinkel sah ich Jannes bewusstlos auf dem Boden liegen. Zumindest hoffte ich, dass sie nur bewusstlos war.
Der Laistrygone, dem ich meine Dolche in die Kehle und in den Nacken gerammt habe, lag ein paar Meter weiter rechts herum. Eine Blutlache hatte sich um seinen Kopf gebildet. Roove kämpfte gegen einen Monster, dem er bereits mehrere Schnitte an den Waden zugefügt hatte, während Nae, Heige und Ramy seinen Oberkörper mit Pfeilen beschossen. Plötzlich starrte mich Ramy erschrocken an und begann in seinem Rucksack zu kramen. Cryliss wurde gerade durch einen Schlag weggeschleudert und fiel kreischend zu Boden. Zwei Riesen kämpften gegen Sivah, die sich nicht vollkommen auf den Kampf zu konzentrieren schien. Sie verpasste mehrere Möglichkeiten, eines der Ungeheuer zu verwunden. *Sie arbeitet an einem Plan*, wurde mir klar. Plötzlich zischte etwas Schwarzes auf mich zu. Ein Pfeil, allerdings fast so groß wie ein Speer, ragte aus der Hand des Laistrygonen hervor, der mich nun unter Schmerzensgeheul fallen ließ. Am Boden rollte ich mich ab, um mich beim Aufprall nicht zu verletzen. Das Ungeheuer hatte sich wieder zusammengerissen und griff an. Ich rannte zwischen seinen Beinen hindurch und stach mein Schwert in seine Wade. Er schrie auf, beachtete die Wunde aber nicht weiter und machte einen Satz in meine Richtung, um mich zu packen, doch ich wich seitlich aus und traf seinen Fuß. Skouros Klinge

steckte bis zum Heft in seiner Ferse. Das war die gute Nachricht. Leider gab es auch eine schlechte: Er drehte sich, das Schwert wurde mir aus der Hand gerissen, ich wurde ein paar Meter weit geschleudert und prallte dort gegen einen anderen Laistrygonen, wobei der Schmerz an meinem Rücken aufflammte. Das Monster drehte sich um, sah mich abwertend an und rümpfte die Nase (als wäre *ich* das fette Monster). Dann hob er seinen stinkenden Fuß zum Tritt und ich wurde beinahe püriert. Fantastisch. Jetzt hatte ich beide Monster am Hals. Ich stürmte auf den anderen Laistrygonen zu und duckte mich, als wollte ich mich unter ihm hindurchrollen. Sobald er sich bückte, um mich dort abzufangen, sprang ich mit aller Kraft auf seinen Arm und sprintete bis zu seiner Schulter hinauf. Doch diesmal schlug er nicht daneben, sondern fegte mich mit dem unverletzten Handrücken von seiner Schulter wie Staub und fing mich mit der anderen Hand auf. Der zweite Riese lachte triumphierend auf, während der andere lächelnd auf mich herabblickte. Ich zappelte, schlug um mich, versuchte mich zu befreien. Doch dann geschah etwas wirklich Seltsames ...

Nae

Wir standen auf einem Hügel und ließen tödliche Pfeilsalven auf die Laistrygonen hinabzischen. Leider hatten diese nicht den gewünschten, tödlichen Effekt: Statt zu sterben, grunzten die Monster nur wütend, wenn sie ein Pfeil traf. Als Xae in der Hand eines Ungeheuers gefangen war, hatte Ramy aus seinem Rucksack einen fast speergroßen schwarzen Pfeil und eine Art Mischung aus einem riesigen Bogen und einem Katapult hervorgekramt und auf die Hand des Laistrygonen gezielt.
„Warte!", hatte ich gerufen. „Was, wenn der Pfeil nicht nur die Hand, sondern auch Xae durchbohrt?"
„Was, wenn nicht?", hatte er entgegnet, während der Pfeil bereits auf die beiden zugeschossen war. Und es hatte tatsächlich geklappt. Doch nun sah ich, wie Xae erneut in der Hand eines Monsters gefangen war, wie wild zappelte und auf seinen Daumen einschlug. Wir mussten sie befreien. Ich wies Heige und Ramy an, auf das Ungeheuer zu zielen, doch es zeigte keine Wirkung, egal wie oft wir unser Ziel trafen. Im Augenwinkel fiel

mir die Sehne des riesigen Bogens auf. Sie konnte sicherlich 50 Kilo schleudern. Wir brauchten etwas Großes und Schweres, da Ramy keinen weiteren Pfeil zu dem Katapult hatte. Etwas Großes und Schweres, das auf den Laistrygonen flog und ihm die Kehle durchschneiden würde ...
„Schieß mich", wandte ich mich an Ramy.
„Ich soll *was*?"
„Mich schießen. Mit dem Riesenbogen. Auf den Laistrygonen, der Xae festhält. Wenn ich auf seinen Schultern lande, kann ich ihm die Kehle durchtrennen."
„Das kommt nicht in Frage!"
„Doch!", rief ich.
„Leute, der Plan ist klasse. Wäre ich nicht zu schwer, würde ich es sogar freiwillig machen. Wie cool ist es bitte, mit einem Katapult geschossen zu werden?"
Ramy starrte sie stirnrunzelnd an, woraufhin sie mit den Schultern zuckte. „Ich stehe auf Adrenalin."
„Was, wenn ich dich vorbeischieße?", wandte er sich an mich.
„Das wirst du nicht. Ich vertraue dir." Ich wartete seine Antwort nicht ab, sondern setzte mich stur in die Pfeilauflage, die natürlich viel zu klein war, aber wenn ich mich gut festhielt und früh genug losließ, konnte ich theoretisch bis zu dem Monster fliegen. Theoretisch. Ramy atmete tief durch. Kurz bevor er mich losließ, flüsterte er: „Ich liebe dich."
Und schon wurde ich mit einem gewaltigen Ruck durch die Luft geschleudert. In der Praxis sah das ganze etwas anders aus als *fliegen*. Ich würde es eher *mit-den-Armen-flattern-als-hätte-ich-Flügel* nennen.
Der Laistrygone schien mich nicht zu bemerken. Offenbar war er viel zu beschäftigt damit, Xae höhnisch anzugrinsen. Erst als ich mit voller Wucht gegen sein Ohr prallte, grunzte er und versuchte, mich zu packen. Doch sobald ich auf die Schulter des Riesen fiel, sprang ich in die Richtung seines Halses, bohrte ihm eines meiner Schwerter in die Kehle und hielt mich daran fest. Er schrie, was durch das Blut eher wie ein Gurgeln klang, und gab Xae frei. Sie krachte ächzend auf den Wüstenboden und ich hoffte, dass sie sich nichts gebrochen hatte. Ich hing noch immer an mein Schwert geklammert in der Luft, doch als der

Laistrygone auf die Knie sank, ließ ich los und sprang hinunter. Prompt griff mich ein anderes Monster an und versuchte, mich zu zertreten. Ich rollte mich unter seinen Beinen hindurch und stach mein Klinge in die Rückseite seiner Wade. Schnell zog ich ein weiteres Schwert aus meinem Waffengürtel, um nicht nur mit einem kämpfen zu müssen. Ohne eine zweite Waffe fühlte ich mich wackelig, als wäre mein Gleichgewicht gestört.
Das Ungeheuer, dem ich vor einigen Sekunden die Kehle durchtrennt hatte, fiel mit einem dumpfen Schlag zu Boden, während sich ein Blutschwall auf meine Kleidung, meine Haare und mein Gesicht ergoss. Ich spürte den metallischen Geschmack der tiefroten Flüssigkeit, die mir in den Mund lief. Würgend lief ich zu Roove, der gerade gestürzt war und sich nun wieder aufrappelte.
„War nett, an deiner Seite zu kämpfen", teilte er mir mit, bevor wir dem Monster gemeinsam in den Weg sprangen. Ich versuchte, es abzulenken und Roove holte zum Hieb aus, doch er schlug uns beide mit dem Handrücken weg, sodass wir umfielen und einige Meter weit über den Boden schlitterten. Eine Pfeilsalve zischte über uns hinweg und bohrte sich in den Oberkörper des Riesen. Einige von Ramys Pfeilen ragten bereits aus seiner Brust, doch der Laistrygone brüllte siegessicher auf und hob sein Bein, um Roove zu zerstampfen, als Xaenym auf einmal neben ihn sprang und dem Riesen in die Fußsohle durchbohrte. Schnell zog er sein Bein weg, entfernte das Schwert daraus und warf es anschließend weg. Skouro fiel weit außer Reichweite zu Boden. Xae zog stattdessen einen ihrer Dolche, den anderen schien sie verloren zu haben. Es folgte ein Faustschlag, dem sie nur knapp entkam, dann ein Tritt in meine Richtung. Ich warf mich zur Seite und prallte hart auf dem gefühlt tausend Grad heißen Wüstenboden auf, wobei ich mir die Ellenbogen sowie die Knie aufschürfte. Hastig rappelte ich mich auf, als mich plötzlich eine riesige Hand umfasste und hochhob.

Jannes

Dunkelheit und Schmerz umgaben mich. Ich schlug die Augen auf, worauf ich mir Sand und Blut aus den Augen reiben musste.

Moment mal, war ich etwa verletzt? Mein Kopf schmerzte entsetzlich, und als ich meine Stirn berührte, spürte ich warmes, dickes Blut, das von einer Wunde am Haaransatz über mein ganzes Gesicht lief. Ich hievte mich ins Stehen und sortierte meinen Standort in das Geschehen ein: Etwa 20 Meter von mir entfernt kämpften 10 Laistrygonen gegen Roove, Sivah, Cryliss und Xaenym. Nae war in der Hand eines Riesen gefangen, Heige und Ramy beschossen die Monster von Hügel aus mit Pfeilen. Ich zog mein Schwert und stürzte mich ins Kampfgetümmel. Da ich keinen wirklichen Plan hatte, tat ich das gleiche, was alle anderen taten: Ich stach hin und wieder ein Schwert in einen Monsterfuß und versuchte, nicht plattgetreten zu werden. Zwei Laistrygonen wandten sich von Xaenym und Roove ab und nahmen stattdessen mich ins Visier. Ich duckte mich unter zahlreichen Faustschlägen weg, rollte mich zur Seite und fügte ihnen Schnitte an den Waden zu. Die Pfeilsalven schienen einen der beiden Laistrygonen zu nerven, denn er verdrehte die Augen, ließ mich in Ruhe und marschierte auf Heige und Ramy zu. Dabei ignorierte er die Pfeile, die sich in seinen Körper bohrten. Die beiden zogen ihre Schwerter ...
Mehr konnte ich nicht sehen, da ich jetzt einer riesigen Hand ausweichen musste, die mich zu packen drohte. Ich entging weiteren Schlägen und Tritten, stolperte, rappelte mich wieder auf und schlug zu. Wie lange wir kämpften, konnte ich nicht sagen. Mit voller Konzentration fokussierte ich mich auf den Kampf, auf meinen Gegner, suchte nach Schwächen. Er hatte nur eine, seine Langsamkeit. Aber ich hätte ihn, selbst wenn er still gestanden hätte, nicht ernsthaft verletzen können. Es war nur eine Frage der Zeit, bis er mich packen oder zertrampeln würde. Also zögerte ich es hinaus, kämpfte weiter. Was sollte ich auch tun? Aufgeben? Ich wich einem Tritt aus, indem ich mich wegrollte. Lange hielt ich durch, doch schließlich, stolperte ich, fiel und landete direkt in der Hand des Laistrygonen. Ich stieß mein Schwert in seinen Handrücken, doch er zeigte keinerlei Regung.

Heige

Entschlossen marschierte einer der Riesen auf uns zu. Im Kopf

ging ich unsere Chancen durch. Den großen Bogen konnten wir nicht benutzen, um jemanden auf das Monster zu schießen, wir waren beide zu schwer. Pfeile zeigten keine Wirkung. Seine einzige Schwachstelle war der Hals. Doch, den Wind so zu manipulieren, dass er mich dort hinauf trägt würde mich alle Kraft kosten.
Meine Hand verkrampfte sich, ich fasste den Schwertgriff fester. Es war, als könnte ich meinen Herzschlag hören und spüren, wie Adrenalin durch meine Adern schoss. Ich machte mich für die Qualen bereit, die mir mein Rücken beim Kampf bereiten würde. Xaenym hatte Recht, als sie sagte, irgendwann würde der Tag kommen, an dem ich meine Feinde nicht mit Pfeilen erschießen könne. Und dieser Tag war heute.
Der Laistrygone brüllte und griff uns dann an. Mit einem gewaltigen Fausthieb schlug er ein Loch an die Stelle, an der ich eben gerade noch gestanden hatte. Jetzt folgte ein Tritt, ein Hieb, ein Schlag, doch ich blieb unversehrt. Bis plötzlich stechender Schmerz durch meinen Rücken fuhr und ich zu Boden fiel.
Steh auf, hörte ich Xaenyms Stimme in meinem Kopf, sah, wie sie mir beim Übungskampf hochhalf. Ich schaute an dem Laistrygonen hoch, der von Ramy abgelenkt wurde. Der Hals des Riesen war leicht zu verwunden. Die Luft zu manipulieren würde mich in meinem Zustand vielleicht das Leben kosten. Es wäre schmerzhaft. Ich könnte selbst nicht kämpfen, also müsste die Luft Ramy hochheben. Aber ich musste bereit sein, das zu riskieren. Scharf atmete ich ein, schöpfte Kraft. Dann befahl ich der Luft, Ramy zu umgeben, wobei sich etwas in mir verkrampfte. Ich zwang das Element, in die Höhe zu schießen, mit einem kleinen Ruck nach vorn, damit Ramy sich besser festhalten konnte. Tatsächlich begann er, zu schweben und Schmerz flammte in mir auf. Meine Arme, mein Kopf und mein ganzer Körper brannten. Hätte ich gekonnt, hätte ich geschrien, doch ich schaffte es nicht. Verschwommen sah ich, wie Ramy weiter aufstieg. Ich musste die Kraft nur noch ein wenig aufrechterhalten. Verzweifelt redete ich mir ein, dass es gleich vorbei sei und versuchte mir den Tag ins Gedächtnis zu rufen, an dem mir diese Verletzung zugefügt wurde. Wie jedes Mal blitze die Erinnerung an ein blutverschmiertes Schwert vor meinem

geistigen Auge auf und war sofort wieder verschwunden. Immer hatte ich vermieden zu sagen, woher die Verletzung an meinem Rücken kam. Alle nahmen an, es sei Zeus gewesen, doch eigentlich sagte ich immer nur: *Mein Rücken wurde verletzt.* Ohne Angabe, wer mir das angetan hatte.
Denn in Wahrheit wusste ich es nicht. Ich wusste gar nichts. Ich erinnerte mich nur an wenige Bruchteile meines Lebens. Ich hatte keine Ahnung, wer mir diese Verletzung am Rücken zugefügt hatte oder woher die Narbe an meiner Wange stammte. Ich hatte eine fröhliche Kindheit gehabt. Zwar kannte ich keine Details, aber ich war glücklich gewesen. Dem ein oder anderen Zeitraum konnte ich Gefühle zuordnen, aber keine Ereignisse. An einem Tag war ich zutiefst verängstigt gewesen. Zeus hatte versucht, mich auf seine Seite zu ziehen. Ob ich das Angebot angenommen hatte, wusste ich nicht. Danach war ich ein paar Jahre glücklich. Und dann kamen Wut, Dunkelheit und Schmerz. Das war alles. Mehr wusste ich nicht. Ich war mit meinen Waffen in der Wüste aufgewacht. Hatte gelernt zu überleben und mich nicht dafür zu interessieren, was mit mir passiert war, dachte mir eine Geschichte, einen Namen und die Erklärung für mein Wissen über die versteckte Welt aus. Vielleicht hieß ich ja wirklich Heige Climbton, vielleicht aber auch nicht. War Aiolos überhaupt mein Vater? Das hatte er mir erzählt, als er mir vor einigen Wochen in der Wüste erschienen war. Ich hatte eine passende Gabe, von daher glaubte ich ihm. Das alles ging mir innerhalb weniger Sekundenbruchteile durch den Kopf. Bevor ich sehen konnte, ob Ramy es schaffte, sich festzuhalten, verdunkelte sich die Welt um mich herum bereits.

Ramy

Ich muss zugeben, dass ich ziemlich erstaunt war, als ich plötzlich zu fliegen begann. Nicht, dass es etwas Neues für mich gewesen wäre. Schon damals im Kampf gegen die stymphalischen Vögel hatte ich mich an einen Vogel gehängt und hatte von dort aus die anderen Monster beschossen. Doch die Tatsache, dass man auf einmal schwebt, ist da etwas überraschender. Trotzdem schaffte ich es, mich an der Kartoffelnase des Laistrygonen festzuhalten, was mit einem

Schnauben und einem Niesen einherging. Ich fiel hinunter, schaffte es aber, mich an seinem Schlüsselbein festzuhalten und versuchte nun, weiter nach oben zu klettern. Mehrfach schlug er nach mir, doch er schien nicht zu der besonders schlauen Sorte zu gehören und schlug sich nur selbst.
Auf seiner Schulter angekommen machte ich einen Satz auf seinen Hals zu, während er mich packen wollte. Mit aller Kraft rammte ich ihm mein Schwert in die Kehle. Der metallische Geruch von Blut stieg mir in die Nase. Seine Hand erschlaffte, ich sprang hinunter und der Riese sank zu Boden. Das war die gute Nachricht. Die schlechte war, dass seine Hand genau auf mich fiel, ich darunter begraben wurde und das Bewusstsein verlor.

Xaenym

Wie viele waren wohl noch übrig? Ich hatte den Überblick verloren. Roove, Cryliss und ich wirbelten herum, schlugen zu, wichen aus, rollten uns weg, jedoch ohne großartige Erfolgsaussichten. Wir hatten im Augenwinkel beobachtet, wie alle anderen gefangen genommen oder, wie in Ramys Fall, fast zerquetscht worden waren. Beides klang nicht sehr verlockend, weshalb wir so gut es ging versuchten, dies zu umgehen.
Doch plötzlich hörte ich einen erstickten Schrei, als die Finger eines Monsters sich um Cryliss schlossen. Ich wurde umzingelt, alle Auswege waren versperrt, von überall griffen Hände und traten Füße nach mir, bis mich eine Hand schnappte und mir auf den Hinterkopf schlug.

※

Als ich aufwachte, stellte ich zwei Dinge fest: Erstens lagen wir in der Ecke eines Zelts und zweitens waren wir nicht, wie in diversen Filmen, auf Stühlen mit dem Rücken zueinander gefesselt. Eigentlich waren wir nur ein großer, gefesselter Haufen. Mein Kopf schmerzte entsetzlich, genau wie der Rest meines Körpers. Die Kratzer an meinem Rücken pochten, seit dem Sturz aus Notos' Palast waren meine Knochen noch nicht vollständig zusammengewachsen. Die Wunde an meiner Wade, die ich mir beim Kampf gegen Vice' Team zugezogen hatte, heilte langsam, tat aber immer noch leicht weh. Alle anderen Verletzungen waren so gut wie verheilt, dank des Epouros, das ich jeden Tag mit meinem Wasser vermischt trank. Der ständige Schlafmangel machte das Ganze auch nicht besser. Letzte Nacht hatte ich zwei Stunden geschlafen. Zwei. Insgesamt war ich auf dieser Mission wohl länger ohne Bewusstsein gewesen, als ich geschlafen hatte.

Allerdings stellte ich fest, dass man uns zwar erwartungsgemäß alle Waffen, jedoch nicht unsere lederne Kampfmontur genommen hatte, worüber ich ziemlich froh war. Sie war bequem und flexibel. Außerdem schützte die Lederjacke mich vor Sonnenbrand, auch wenn mir dadurch unerträglich warm war.

„Willkommen!", ertönte es vom Eingang des Zelts.

Im Augenwinkel erkannte ich einen schwarzhaarigen Typen, mit zahlreichen Narben im ganzen Gesicht und durchdringenden braunen Augen, die mich eingehend musterten.

„Vice schickt mich, um Xaenym zu holen."

Seine Stimme klang eigenartig. So ... belustigt. Als fände er uns alle furchtbar armselig und witzig. Ohne auf eine Antwort oder Erlaubnis zu warten (die vermutlich eine Beleidigung enthalten hätte) kam er zu uns rüber und machte meine Fesseln los. Er griff meinen Arm, um mich hochzuziehen, doch ich riss mich los und stand alleine auf.

Als ich an mir herabsah, wurde mir schlagartig bewusst, dass mein Dolch nicht zurückgekehrt war. Vice' Magie musste dies verhindert haben. Ich war vollkommen wehrlos. Mein Herzschlag beschleunigte sich und Schweiß brach an meinen Handflächen aus.

„Gibt es ein Problem?", fragte er genervt und begutachtete dabei das Leder am Griff seiner Axt.

„Nein, alles bestens. Mir gefällt die Situation hier nur nicht so sehr."

Der Goldblüter verdrehte die Augen, wandte sich mir zu und hob mit den Fingerspitzen mein Kinn an, sodass ich gezwungen wurde, ihm in die Augen zu sehen.

„Schade um dich."

Ich biss ihm in den Finger.

Blitzschnell zog er die blutende Hand zur Seite und schlug mir auf die Wange. Wütend starrte ich ihm in die braunen Augen. Es fiel mir schwer, seinem durchdringenden Blick standzuhalten. Es kam mir so vor, als würde er etwas in meinem Gesicht suchen. Doch ich durfte nicht wegsehen. Er würde glauben, ich wäre schwach. Und das war ich nicht. Sicherlich konnte ich ihn besiegen. Alles, was ich brauchte, war eine Waffe.
Er stieß mich unsanft durch die Öffnung des Zelts. Grelles Sonnenlicht blendete mich und die Hitze verschlug mir den Atem. Erst jetzt stellte ich fest, dass ich seit einem Tag nichts getrunken hatte und griff wie gewohnt nach meinem Rucksack, um meine Flasche zu suchen, doch da ich gefangen war, hatte man ihn mir natürlich weggenommen.
„Kann ich ein wenig Wasser haben?", krächzte ich.
„Nein", erwiderte er und schubste mich weiter in Richtung eines riesigen weißen Zelts, vor dem zwei Wachen standen. Beim Vorübergehen spuckte ich einen von ihnen an.
Anscheinend hatte Vice hier irgendeinen Zauber gesprochen, denn drinnen erwartete mich angenehm erfrischende Kälte.
„Xaenym Davine", ertönte eine raue Stimme, die wie Schleifpapier über meine Haut zu kratzen schien und mir so einen kalten Schauer über den Rücken jagte. Ein junger Mann, der eine Art Mischung aus einer Spolas und einem einfachen T-Shirt trug, an dem Lederriemen mit zahlreichen Waffen befestigt waren, trat durch die Öffnung des Zeltes. Seine schwarzen Haare glänzten, als wären sie nass, und seine eisblauen Augen starrten mich funkelnd an. Vice. Allerdings hatte er schon besser ausgesehen. Dunkle Schatten lagen unter seinen Augen und seine Haut erschien mir ungewohnt blass. Als er sich jedoch ein Glas voller schwarzer Flüssigkeit von einem Tisch nahm und den gesamten Inhalt in einem Zug leertrank, sahen seine markanten Züge augenblicklich verjüngt aus, seine Augenringe verschwanden und er wirkte allgemein erfrischt.
„Du weißt sicher, warum du hier bist." In seiner rauen Stimme lag noch etwas anderes als Grausamkeit, nämlich die vollkommene Gleichgültigkeit, die er mir gegenüber empfand und dennoch das Interesse, dass er für meine Macht hegte. Ich persönlich war ihm egal. Doch die Tochter des Chronos mit

zahlreichen Gaben weckte seine Aufmerksamkeit.
„Und du kennst die Antwort."
Ich gab mir Mühe, unbeeindruckt zu klingen. Schließlich hatte ich keine Angst vor ihm. Nein, es war Wut. Zorn auf den Mann, der uns alle jagte und uns töten würde, sobald er die Gelegenheit dazu erhielt. Und diese Gelegenheit hatte er genau jetzt.
„Du weißt, wir töten dich, wenn du nicht für uns kämpfst."
Obwohl ich der Situation nichts Lustiges abgewinnen konnte, lachte ich auf. „Töten? Ihr könnt mich nicht töten. Ich bin Xaenym Davine, die Tochter des Chronos. Niemand auf der Welt würde es wagen, mich zu töten, außer ein paar Monstern, die mich nicht kennen oder keine Befehle von Zeus erhalten haben. Zeus will mich auf dem Olymp haben und nicht tot sehen."
„Zeus lässt mich tun, was ich will. Und du weißt nicht, wie herzlos ich bin, Xaenym. Entweder du kämpfst für uns oder du stirbst. Das mit dem Sterben würde ich persönlich in die Wege leiten oder sogar durchführen."
Mir wurde klar, dass ich reden musste, während ich einen Plan schmiedete. Das war meine einzige Chance.
„Dann überzeug mich, dass es sich lohnt, die Seiten zu wechseln", wies ich ihn an.
„Wie kommst du darauf, dass du die richtige Seite gewählt hast? Aras hat dich ins Lager gebracht und dir etwas erzählt. Die Wahrheit? Wohl kaum."
„Ihr habt meine Mutter getötet. Zeus ist grausam, ich habe es gesehen. Niemand auf der richtigen Seite wäre so gnadenlos."
„Du weißt nur, was man dir über ihn erzählt hat", entgegnete er spitz. Offenbar wusste er nicht, dass ich eine Oneira war.
Rasch versuchte ich, vom Thema abzulenken und suchte etwas, was ihn aus der Fassung bringen würde. Sivah hatte gesagt, dass Vice perfekt sein wollte. Vielleicht konnte ich damit etwas anfangen.
„Woher stammt denn die Narbe an deinem Arm?"
„Du weißt es nicht?", höhnte er. „Noch eines der vielen Dinge, die dir dein Freund Aras verschwiegen hat. Ich nehme an, du weißt auch nichts über Armenia."
Innerlich fluchte ich. Statt seine Schwachstelle zu finden hatte

ich ihm meine gezeigt, den Punkt an dem meine Loyalität zu Aras wankte. Und genau dort hatte er angegriffen.

„Wir hätten es dir erzählt", fuhr er fort. „Du hättest bei uns alle Antworten auf jede Frage erhalten. Eine bessere Ausbildung, jahrelang, statt dich direkt in tödliche Gefahren zu schicken. All das hättest du auf der Seite der Götter bekommen können. Weißt du, dass du aussiehst wie Armenia? Ich kann dir sagen, wieso. Du brauchst uns nur im Krieg zu helfen. Die Titanen sind deine Eltern, aber unterstütze deshalb nicht die falsche Seite."

„Du hast deine Familie verraten", murmelte ich. „Und hast andere Hexenmeister ermordet. Grundlos."

„Du erzählst mir etwas von Familie, Chronostochter? Wessen Bruder ist Zeus denn? Meiner oder deiner?"

Die Erkenntnis traf mich, wie ein Schlag. Dieses Monster, das einen Mantikor über Scuerah herfallen ließ und dabei lachte, war mein Halbbruder. Irgendwie hatte ich es zwar gewusst, aber noch nie so betrachtet.

Doch ich hatte bereits eine Familie. Annie Davine, die chaotische, enthusiastische Frau, die mir die schönste Kindheit, die man sich nur vorstellen konnte, beschert hatte. Nie hatte sie mich angeschrien oder ungerecht behandelt. Sie hatte mir immer zugehört und alles für mich getan. Und jetzt war sie tot und ich war eine Waise, denn Chronos würde ich nie als meinen Vater betrachten, selbst wenn er auf unserer Seite stand. Und erst recht nicht würde ich Zeus als meinen Bruder betrachten.

Auf den Boden starrend sagte ich fest und ohne jegliches Zittern in meiner Stimme: „Ich habe keinen Bruder. Meine Mutter war Annie Davine, mein Vater musste uns verlassen ehe ich auf die Welt kam, ich habe ihn nie kennengelernt. Und ich kämpfe für die Seite, für die ich mich entschieden habe."

„Das hier ist deine letzte Chance. Ich nehme nicht an, dass ich dich überzeugen kann, dass unsere Seite die richtige ist, da du mir ohnehin nicht glaubst. Aber selbst wenn unsere Seite falsch wäre: Wen kümmert es, ob du Gutes oder Böses tust? Schwöre, dass du für uns kämpfst, oder einige unangenehme Dinge werden geschehen. Verletzte. Tote. Krieg. Du kannst nichts dagegen tun. Du bist zu schwach."

„Ich kann etwas dagegen tun, indem ich euch nicht helfe."

Daraufhin zückte Vice einen Dolch und kam mit steinerner Miene auf mich zu.
„Du hast dich entschieden", sagte er emotionslos.
Ich nickte und schluckte den Kloß in meinem Hals hinunter.
„Das habe ich."

Kapitel 14

Roove

V erdammt nochmal, könntest du dich vielleicht ein bisschen beeilen?", fluchte ich, während Ramy mit konzentrierter Miene versuchte, den komplizierten Knoten an meinen Fesseln zu lösen.
„Das ist nicht so einfach, wenn du wie verrückt rumzappelst!", zischte er.
Es war wirklich erstaunlich, dass keiner unserer Feinde es bisher geschafft hat, uns alle Waffen oder Ähnliches wegzunehmen. Zuerst hatte ich bei Steropes mein Ypnosöl noch gehabt, Notos hatte uns das griechische Feuer und Ramys verzauberten Dolch nicht abgenommen und jetzt hatte Vice nicht bemerkt, dass Naes Handfesseln zu locker saßen. Allerdings gefiel mir der Gedanke, dass wir jedes Mal nur wegen der Fehler unserer Gegner entkommen waren, nicht besonders. Was würde geschehen, wenn wir vollständig auf uns allein gestellt waren?
Als ich endlich befreit war, schüttelte ich meine taub gewordenen Hände und half dabei, Jannes zu befreien. Nach einer gefühlten Ewigkeit waren wir alle Fesseln los, doch wir hatten noch ein schwerwiegendes Problem.
„Xae", stieß ich hervor. „Warten wir hier, bis sie wieder zurückgeschickt wird?"
„Ich bezweifle, dass sie überhaupt irgendwann zurückgeschickt wird. Entweder sie wechselt die Seite oder wird getötet. Wofür sie sich entscheidet, weiß ich nicht, aber keine dieser Optionen beinhaltet es, nochmal hierher zu kommen", erwiderte Jannes achselzuckend.
„Dann holen wir sie da raus. Wir kämpfen."
„Woher willst du denn bitte Waffen herbekommen?"
„Ich schätze mal, sie haben unsere Waffen irgendwo gelagert. Wir suchen sie."
„Man wird uns sehen."
„Perfekt!", rief Nae in diesem Augenblick und wir alle drehten

uns mit zweifelnder Miene zu ihr um.

„Wir müssen nur so tun, als würden wir dazu gehören. Wir laufen einfach durch das Lager und nicken jedem freundlich zu. Gruppen fallen zu stark auf, am besten wir laufen allein. Bis sie merken, dass hier was falsch läuft sind wir längst hinter dem nächsten Zelt verschwunden. Und bis sie Alarm schlagen, haben wir längst Waffen gefunden", erklärte sie hastig.

„Du bist genial", stellte Ramy fest.

„Das klappt nie im Leben." Jannes runzelte die Stirn.

„Nae hat uns oft genug aus solchen Situationen gerettet. Ihre Pläne haben immer funktioniert", meinte Cryliss.

„Außerdem halte ich es für eine gute Idee", sagte Sivah, woraufhin unangenehme Stille einkehrte. Sie nahm nie an unseren Gruppendiskussionen Teil. Mit ihr konnte man nicht verhandeln. Wir mussten ihrer Meinung widerstandslos zustimmen. Alles an ihr strahlte Autorität und Kampferfahrung aus. Wenn sie einen Vorschlag machte, war er automatisch beschlossene Sache.

„Gut, damit wäre das geklärt", sagte Nae. „Lauft einzeln für den Fall, dass sie euch doch schnappen. Los."

Zögernd lugte ich aus der Zeltöffnung. Als ich niemanden sah, lief ich hinaus und steuerte auf das erstbeste Zelt zu, in der Hoffnung, Waffen vorzufinden. Allerdings waren dort nur eine Menge unbewachter Kisten voller Proviant. Hastig stahl ich ein paar Äpfel, die ich entweder essen oder notfalls ja auf jemanden werfen konnte. Nachdem ich wieder hinausgegangen war, kam mir ein dicklicher Junge mit braunen Locken entgegen. Mein Puls schoss in die Höhe, aber ich versuchte, mir nichts anmerken zu lassen.

„Hey, Vice braucht Wachen an der Ostflanke. Würdest du das vielleicht übernehmen?",

„Ja klar, kann ich machen. Aber hast du vielleicht einen Dolch für mich? Ich hab meinen verloren."

Normalerweise wäre jeder misstrauisch geworden, da ich auch sonst überhaupt keine Waffen trug. Allerdings schien dieser Junge noch nicht lange hier zu sein und gab mir achselzuckend einen Kurzdolch, der an der Innenseite seiner Jacke befestigt war.

„Danke."
Vermutlich hätte ich ihn auf der Stelle töten oder zumindest bewusstlos schlagen sollen, aber ich brachte es einfach nicht über mich. Er wirkte noch so jung und ich wollte kein Kind töten. Stattdessen verschwand ich so schnell ich konnte im erstbesten Zelt, in dem ich Xaenym fand. Das war die gute Nachricht. Die schlechte war, dass sie von drei Wachen umzingelt wurde, Vice ihre wunderschönen, rotbraunen Haare gepackt hatte und ihr einen Dolch an die Kehle drückte.

Nae
Nachdem ich aus dem Zelt, in dem wir gefangen gewesen waren, hinausging, lief ich dahinter, ging von dort aus in das nächste – und hätte beinahe einen schlafenden Typen überrannt. Leise fluchend stieg ich über ihn hinweg und suchte neben seinem Bett, von dem er sich irgendwie heruntergerollt haben musste, nach Waffen. Tatsächlich fand ich unter seinem Bett einen in der Mitte durchgebrochenen griechischen Dory, einen zwei Meter langen, aber leichten Speer. Das Problem war nur: Ich konnte bei bestem Willen einfach nichts mit einem Speer anfangen. Schon immer hatte ich Probleme damit, andere Waffen als einen Bogen und meine zwei leichten Schwerter zu verwenden. Und noch nie hatte ich große Waffen gemocht. Sie waren zu unhandlich und schwer. Obwohl der Dory relativ leicht war, würde es mir wegen seiner Größe schwerfallen, damit zu kämpfen. Schnell huschte ich durch die Zeltöffnung und marschierte mit erhobener Speerhälfte durch das feindliche Lager, als würde ich vollkommen dazugehören.
Aus einem der Zelte drang leises Geflüster, von dem ich mich absichtlich fernhielt. Mir wurde klar, dass alle anderen vermutlich im Waffenlager auf mich warteten und ich lugte im Vorbeigehen in jedes Zelt. Schlafende Leute, Kisten, Nahrung, Roove ... Moment mal, Roove?
Ich versuchte, mich vor dem Zelt, das mich an ein indianisches Tipi erinnerte, wie eine Wache zu postieren und spähte durch den Eingang. Roove hatte mir den Rücken zugewandt und vor ihm standen drei Wachen und Vice, der Xaenym ein Messer an die Kehle hielt. Vice' Leibwächter stürzten sich sofort auf

Roove, der einen winzigen Dolch hob. Von Anfang an war klar, dass er damit nicht die geringste Chance hatte. Er wirbelte herum und versetzte dem ersten Angreifer einen Tritt. Ich musterte das Zelt und suchte fieberhaft nach einer Lösung, als mein Blick auf den Pfahl, die die Zeltplane hielt, fiel. Er stand ein bisschen schief und schien mir recht instabil ...

Jannes
Als ich gerade in das Zelt ging, in dem sie anscheinend Nahrungsvorräte aufbewahrten, spürte ich einen leichten Luftzug hinter mir und fuhr herum. Ein dunkelhaariger Junge mit braunen Augen blickte auf mich herab. *Devan*, schoss es mir durch den Kopf. Die Ähnlichkeit war verblüffend. Bis auf die kleine Narbe an der Wange, sah dieser Junge vollständig so aus wie er. Die gleichen breiten Schultern, das gleiche Kinn, die gleiche Nase.
„Wer bist du? Ich kenne dich gar nicht."
Seine Stimme, die Devans ebenfalls ähnelte, blieb ruhig und freundlich, doch seine Hand glitt langsam zu seinem Waffengürtel. Plötzlich kochten die Wut und der bittere Schmerz über Devans Tod in mir hoch und ich grub die Fingernägel tief in meine Handflächen, bis ich spürte, wie Blut hervorquoll und auf den Boden tropfte. Ich hätte beinahe die Fassung verloren. Doch dieser Junge war nicht Devan. Ich konnte weinen und trauern, doch das brachte ihn nicht zurück, also konnte ich mich genauso gut zusammenreißen.
„Jannes. Jannes Xanthos", fauchte ich. Ich sah keinen Grund, meinen Namen zu verschweigen. Seine Augen weiteten sich, er riss einen Zweihänder aus seinem Gürtel und schlug damit nach mir, doch ich hatte mich bereits hinter einen Haufen Kartoffelsäcke geworfen. Hastig nahm ich eine Kartoffel und warf sie ihm gegen die Schläfe. Knurrend kletterte er auf mich zu, wobei sich der halbe Inhalt der Säcke auf dem Boden verstreute.
Ich hechtete zur Seite, warf ihn dabei mit einer weiteren Kartoffel ab, die mit voller Wucht gegen seine Nase prallte und diese bluten ließ. Doch er machte einen Satz nach vorne, während sein Schwert nur wenige Millimeter vor meiner Brust

einen Bogen beschrieb, weshalb ich mich nach hinten lehnen musste und auf einem Apfel ausrutschte. Mein Hinterkopf prallte gegen die Kante einer Holzkiste und brennender Schmerz explodierte in meinem Kopf. Warmes, dickes Blut lief über meinen Nacken.

Obwohl meine Sicht verschwamm, rappelte ich mich so schnell ich konnte wieder auf – keine Sekunde zu früh, denn dort, wo ich eben noch gelegen hatte, bohrte sich die breite Klinge seines Schwertes in den Boden. Ruckartig zog der Junge es wieder heraus und sah sich nach mir um. Ich kletterte gerade einen Berg aus Kisten hinauf und griff wahllos in eine der Boxen hinein. Schließlich bekam ich einen Laib Brot zu fassen und schleuderte ihn mit voller Wucht auf meinen Angreifer. Er wich zur Seite aus doch das Gebäckstück traf ihn an der Lippe, wodurch nun ein dünnes Rinnsal aus Blut sein Kinn hinablief. Allerdings schien ihn das nicht sonderlich zu interessieren, denn er lächelte mich boshaft an, wobei die rote Flüssigkeit aus seinem Mundwinkel tropfte. Entschlossen rückte er vor und erklomm den Kistenstapel.

Als ich seitlich hinuntersprang, zischte etwas Silbernes an mir vorbei und sorgte für eine kleine Schnittwunde an meinem Unterarm. Ich schlug hart auf dem Boden auf und keuchte. Die Wunde an meinem Arm brannte höllisch, viel mehr, als eine solche Verletzung eigentlich sollte.

Schnell sprang ich auf, während meine Augen fieberhaft nach etwas suchten, das ich als Waffe verwenden konnte, doch weit und breit sah ich nur Kisten und auf dem Boden liegende Kartoffeln. Natürlich konnte ich meinen Angreifer weiterhin mit Nahrung bewerfen, aber ich würde ohnehin nicht mehr treffen, da ich alles um mich herum nur verschwommen wahrnahm. Das Messer, das er geworfen hatte, lag irgendwo unter einem Stapel Kisten vergraben.

Plötzlich musste ich würgen und erbrach Blut. Mein Kopf pochte, außerdem fiel mir das Atmen schwer. Das nächste Messer zischte auf mich zu und irgendwo in meinen benebelten Sinnen erkannte ich, dass ich mich schnellstmöglich zur Seite wegrollen musste.

Haarscharf neben meinem Kopf bohrte sich der Dolch in den

Zeltboden. Ich griff danach doch statt eines Messergriffs sah ich drei und meine Hand glitt jedes Mal daran vorbei. *Reiß dich zusammen!*, ermahnte ich mich.
Nach ziellosem Herumfuchteln streifte meine Hand etwas – den Dolchgriff! Ich konzentrierte mich darauf, meine Finger zu krümmen, sodass ich das Heft umklammerte und die Waffe ruckartig aus dem Boden riss. Doch inzwischen war mein Feind über mir und hob das Schwert zum Todesstoß. Benommen rollte ich mich weg, doch die Klinge streifte meinen Oberarm. Aus der klaffenden Wunde sickerte Blut und durchtränkte meine lederne Kampfmontur. Mein Gegner versuchte, seine Waffe aus dem Boden zu ziehen, aber sie steckte dem Anschein nach fest. Kraftlos stieß ich mit dem Dolch nach seinem Bein, verfehlte es jedoch. Ich kämpfte mich ins Stehen und versuchte wegzulaufen, doch ich prallte gegen Kisten, die aus dem Nichts auftauchten, fiel hin, rappelte mich auf und entkam nur knapp einem Dolch, der an meinem Ohr vorbeizischte. Der metallische Geruch meines Blutes stieg mir in die Nase und erneut erbrach ich die tiefrote Flüssigkeit, rutschte darauf aus und ruderte beim Hinfallen wild mit dem Armen.
Devans Doppelgänger stand vor mir und versetzte mir einen heftigen Tritt zwischen die Rippen, woraufhin ich husten musste und der Geschmack von Eisen meinen Mund füllte.
„Letzte Worte?", grinste er hämisch.
Ich sammelte Blut und Speichel in meinem Mund und spuckte ihm auf die Schuhe. Ob ich getroffen hatte, konnte ich nicht genau sagen, da ich alles doppelt sah. Dann begann die Welt um mich herum, sich zu drehen. Alles verschwamm noch mehr, mein Kopf pochte stärker, die Übelkeit verstärkte sich und das Schwert sauste auf mich hinab.
Es war vorbei. Ich hatte absolut keine Chance mehr gegen ihn, aber wenigstens hatte ich bis zum Ende gekämpft. So wollte ich schon immer sterben. Im Gegensatz zu den meisten Goldblütern war ich in Titansvillage aufgewachsen. Natürlich kämpfte ich nicht so gut wie Xaenym und Sivah oder war so klug wie Nae, aber in allen Fähigkeiten lag ich über dem Durchschnitt.
Seit ich mich erinnerte, hatte ich trainiert, trainiert und trainiert. Ich war eine gute Kriegerin und wie jede andere wollte ich

genau so sterben: Im Kampf getötet werden, jedoch auf meine Art und Weise unbesiegt bleiben, ohne zu schreien oder um Gnade zu flehen. Ich würde meine Augen nicht schließen, sondern meinen Gegner bis zum Ende anstarren.
Also sah ich ihn hasserfüllt an und wartete auf den Schmerz. Doch er kam nicht – stattdessen flog ein Pfeil auf meinen Feind zu, bohrte sich in seinen Rücken und ragte an seiner Brust wieder heraus.
Fassungslos sah er die Pfeilspitze an. Dann wirkte er jedoch glücklich, als hätte man ihn erlöst. Er schloss die Augen, während er vornüber kippte und mich unter seinem Körper begrub. Verschwommen sah ich Ramy, der an der Zeltöffnung stand und seinen Bogen sinken ließ, bevor mich die endlose Dunkelheit umfing.

Heige
Nervös fummelte ich am Lederriemen meines Köchers herum. Ich saß mit Cryliss und Sivah im Waffenzelt und wartete darauf, dass noch jemand hier eintraf und wir endlich verschwinden konnten. Jeden dieser Momente hasste ich: die Ruhe, die Anspannung und die erdrückende Stille vor dem möglicherweise bevorstehenden Kampf. Vor meinem inneren Auge blitze die Erinnerung an einen solchen Moment vor einer bedeutenden Schlacht auf – und verschwand so schnell wie sie erschienen war. Seit ich aufgewacht war, hatte ich nur gegen vereinzelte Monster und ums Überleben gekämpft, aber nie an einem richtigen Gefecht teilgenommen. Dennoch wusste ich, dass ich diese Augenblicke unerträglich fand. Der Weg zum Waffenlager war ereignislos verlaufen: Ich war einem Mädchen begegnet, doch sie hatte mich nicht sonderlich beachtet. Hier angekommen war ich auf Cryliss getroffen, die mich angewiesen hatte, mir möglichst viele Pfeile und ein Schwert zu schnappen.
Leider hatten wir festgestellt, dass nicht alle unsere Waffen hier waren, weshalb ich mehrere Pfeile auf einen Schild, der einige Meter entfernt an einer Speerhalterung lehnte, geschossen hatte, um ein Gefühl für den fremden Bogen zu entwickeln. Kurz darauf war Sivah eingetroffen, hatte sich wortlos zwei Schwerter und mehrere Dolche gegriffen und sie in die leeren Scheiden an

ihrem Waffengürtel gesteckt. Dann hatte sie noch Skouro und beide Dolche für Xaenym mitgenommen und resigniert festgestellt, dass Ramys Rucksack nicht hier war. Nun saßen wir hier, fummelten an unseren Waffen herum, drehten eine Haarsträhne unruhig zwischen unseren Fingern hin und her oder starrten mit ausdrucksloser Miene in die Leere, wie Sivah.
Es war eine gute Entscheidung gewesen, mit Xaenym zu gehen. Das, was ich noch wusste, sagte nichts Gutes über die Götter aus und Vice' Verhalten hatte meine Annahme bestätigt: Den Göttern war nicht zu trauen. Allerdings fiel es mir schwer, mich mit jemandem hier anzufreunden. Xaenym und Nae hatte ich auf Anhieb gemocht, jedoch konnte ich Jannes einfach nicht ausstehen, Cryliss war verrückt, Sivah unfreundlich. Ramy erzählte nichts über seine Vergangenheit und sprach kaum mit mir. Roove hingegen versuchte, freundlich zu sein, wobei er sich aber so ungeschickt anstellte, dass bei jedem unserer Gespräche peinliches Schweigen aufkam.
Ich wusste nicht sehr viel über Halbtitanen, jedoch hatte ich die Sache mit der einzigen Liebe schon gehört und vermutete, dass Sivah ihre verloren hatte. Was Cryliss widerfahren war, hatte man mir nicht erzählt. Den Rest mochte ich einfach nicht. Also blieben mir Xaenym und Nae, allerdings wusste ich nicht, ob ich mich überhaupt mit ihnen anfreunden wollte. In keiner einzigen Erinnerung, die ich noch besaß, hatte ich Freunde gehabt. Ich hatte keine Ahnung, was Freundschaft eigentlich bedeutete.
Plötzlich riss mich Sivahs raue Stimme aus meinen Gedanken: „Sie werden nicht kommen. Man hat sie geschnappt. Wir müssen sie holen gehen."
„Sollen wir nicht noch ein wenig warten?", fragte Cryliss.
„Ich habe das Kommando, sobald Xaenym weg ist. Siehst du sie hier irgendwo?", fauchte sie.
„Nein."
Cryliss wurde rot vor Wut, umklammerte den Griff ihres Schwertes so fest, dass ihre Knöchel weiß wurden, erkannte allerdings widerwillig, dass Sivah Recht hatte.
„Dann gehen wir jetzt", verkündete Sivah lauter als nötig und marschierte in Richtung Zeltöffnung, ohne nachzusehen, ob wir ihr folgten.

Nae

So schnell ich konnte riss ich die Heringe aus dem Boden. Dann zerrte ich an einem der Spannseile, bis der Pfahl in der Mitte umstürzte und das Zelt in sich zusammenfiel. Die Plane legte sich wie ein Netz über Roove, Xaenym, Vice und die Wachen. Mehrere Gestalten standen auf und liefen orientierungslos herum oder fielen hin.

Blitzschnell sprintete ich ins Zelt, den Dory so fest umklammert, dass meine Fingerknöchel weiß hervortraten, hob die Plane an und kroch darunter. So tastete ich mich voran und bekam bald das Heft eines Schwertes zu fassen. Den Speer nutzte ich zum Anheben der Plane über meinem Kopf. Schon das Laufen tat durch meine Verletzungen weh, doch Kriechen jagte bei jeder Bewegung brennenden Schmerz durch meinen Körper. Aber ich hatte schließlich keine Wahl, ich *musste* weiter und Xae und Roove schnellstmöglich hier herauszerren.

Plötzlich stieß ich mit jemandem zusammen, der definitiv *nicht* Xae oder Roove war, wodurch mir der Dory aus der Hand rutschte. Das dunkelhaarige Mädchen war viel größer als ich und fletschte die Zähne, während sie ausholte und ihre Faust mich mit voller Wucht im Gesicht traf. Meine Lippe platzte auf und ich spuckte Blut.

Ich schlug mit dem Schwert nach ihr, doch es schnitt nur ein Loch in die Zeltplane. Meine Angreiferin hatte sich zur Seite gerollt und war nun ins Stehen gekommen, wobei ihre Hand die Plane über ihrem Kopf hochhielt und die andere mit der Geschicklichkeit einer erfahrenen Kriegerin einen Dolch auf mich herabzischen ließ.

Hastig warf ich mich zur Seite und stieß mein Schwert in ihre Richtung. Mit einem grauenhaften Geräusch glitt die Waffe durch sie hindurch. Es steckte bis zum Heft in ihrer Seite. Mit schmerzverzerrter Miene sank sie zu Boden, den Schwertgriff umklammert. Nachdem sie noch kurz unkontrolliert zuckte, erstarrte sie.

Ich nahm die Waffe, die ihr Leben beendet hatte, wieder an mich. Ich fühlte mich schrecklich. Vielleicht hatte sie Familie, eine Zukunft, die jedoch gerade von mir gestohlen worden war.

Allerdings musste ich es tun. Ich hatte keine Wahl gehabt.
Auf allen Vieren kroch ich weiter, bis ich eine zappelnde Gestalt mit rotbraunen Haaren fand. Xae zog anscheinend an irgendjemanden, von dem ich hoffte, dass es sich um Roove handelte. Ich griff sie am Arm und schleifte sie dorthin, wo ich das Ende der Plane vermutete. Sie zog wiederum Roove mit sich. Ich hob den Stoff an, schleppte mich ins Freie und erlaubte mir einige Sekunden lang tatenlos im glühend heißen Sand herumzuliegen und tief durchzuatmen. Jede Zelle meines Körpers schmerzte, zusätzlich lief ein dünnes Blutrinnsal mein Kinn hinab und hinterließ rostrote Flecken auf meiner Kampfmontur. Neben mir robbte Xae unter der Plane hervor und hustete, woraufhin sich der Sand rot verfärbte.

„Wo ist Roove?", krächzte ich.

Sie hob die Augenbrauen. „Ich dachte, du hättest ihn."

„Und ich dachte, du hättest ihn."

Sie sog scharf die Luft zwischen den Zähnen ein, als sich plötzlich die Plane wieder hob und der Pfahl sich wie von selbst wieder aufrichtete. Abrupt zerriss ein gellender Schrei die Stille, gefolgt von lautem Stimmgewirr.

„Wir haben ihn gefunden", bemerkte Xae spitz.

Plötzlich tauchten Sivah, Heige und Cryliss auf und halfen uns hoch.

„Roove", keuchte ich. „Er ist da drin."

„Wie viele?", fragte Sivah.

„Vice und zwei Wachen", erklärte ich.

„Gegen Vice können wir nichts ausrichten."

„Wir können es aber versuchen", sagte ich. „Wir *müssen* es versuchen."

Ohne die Antwort abzuwarten, stürmte ich zum Eingang und stellte mich dort kampfbereit auf. Drinnen bot sich mir ein schrecklicher Anblick: Zwei Wachen, die mit Langbögen auf mich zielten, die Sehnen, die nach vorne schnellten, doch ich beachtete sie gar nicht, denn in der Zeltmitte stand Vice, ein höhnisches Grinsen aufgesetzt, der sein vergiftetes Schwert tief in Rooves Schulter gebohrt hatte.

Ramy

Blitzschnell kletterte ich zu Jannes und stieß die Leiche von ihr hinunter. Mittlerweile machte mir so etwas nichts mehr aus. Ich betrachtete die Schnittwunde an ihrem Unterarm. Sie war eindeutig durch einen vergifteten Dolch verursacht worden. Diese kleine Verletzung würde sie nicht umbringen, allerdings konnte sie mit höllischen Kopfschmerzen, Übelkeit, Halluzinationen, Krämpfen, allgemeinen Schmerzen am ganzen Körper und gelegentlicher Bewusstlosigkeit rechnen. Leider hatte ich das alles schon an mir selbst feststellen müssen.

Ich hielt es für klug, sie zwischen ein paar Kisten zu verstecken, ein bisschen Proviant zu stehlen und die anderen zu suchen.

Im Köcher, den ich einem blonden Goldblüter abgenommen hatte, befanden sich anfangs elf Pfeile, von denen noch neun übrig waren. Einen hatte ich soeben auf Jannes' Angreifer geschossen und mit dem anderen das Leben einer Wache beendet, die zwischen den Zelten umherlief. Als er umgefallen war, war der Pfeil zerbrochen, weshalb ich ihn nicht wieder an mich nehmen konnte.

Neun Pfeile waren beunruhigend wenig. Ich war daran gewöhnt, in meinem Rucksack immer dutzende Köcher mit je mindestens zwanzig Pfeilen zu haben.

Leise schlich ich mich hinaus und hörte einen ohrenbetäubenden Schrei aus einem großen Zelt in der Mitte des feindlichen Lagers. Schnell sprintete ich dorthin und fand Nae, Xaenym, Sivah, Heige und Cryliss, die in das Zelt starrten, dann zu ihren Waffen griffen und gemeinsam hineinstürmten, bis auf Heige, die am Eingang stehen blieb und immer zwei Pfeile gleichzeitig abschoss, wie es nur erfahrene Schützen konnten.

Ich stellte mich neben Heige und legte einen Pfeil ein, als ich bemerkte, dass nur Vice im Zelt stand, das vergiftete Schwert in Rooves Schulter gebohrt. Alle Pfeile prallten von einer unsichtbaren Barriere, die ihn umgab, ab.

Drei tote Wachen lagen neben ihm, doch er schien sich nicht für sie zu interessieren. Jetzt zog er die blutige Klinge aus Rooves Schulter, setzte sich auf einen herumstehenden Stuhl und schnippte mit den Fingern.

Xaenym warf einen Dolch in Vice' Richtung, aber er prallte an der Grenze ab und fiel klirrend zu Boden. Dann zog sie den zweiten und machte einen Satz auf ihn zu. Ich erwartete, dass die Barriere sie abhalten würde, was Vice anscheinend ebenfalls glaubte, doch ihre Gestalt flackerte beim Überschreiten der Grenze nur kurz auf.

Für einen Moment huschten Unsicherheit und Erstaunen über Vice' Gesicht, doch dann setzte er erneut die gleichgültige Maske auf, zog sein Schwert und versuchte damit, Xaenym den Dolch aus der Hand zu schlagen, doch sie sprang zur Seite und ließ das Messer auf seine Rippen zuschnellen. Er lenkte es mit der Kante seines Schwertes ab, schien aber nachzudenken, statt sich auf den Kampf zu konzentrieren. Plötzlich reihten sich vor der Zeltöffnung dutzende schwerbewaffnete Krieger auf. Vermutlich hatte Vice' Fingerschnippen irgendeinen Alarm ausgelöst. Ich hob meinen Bogen und brachte den ersten Krieger zu Fall, dann den zweiten, während wir alle hinausströmten, um draußen zu kämpfen.

Heige und ich schossen einzelne Feinde aus der kämpfenden Menge ab. Allerdings war mir klar, dass wir so alle unsere Pfeile aufbrauchen würden, schnappte mir das Schwert eines toten Goldblüters und stürzte mich dicht gefolgt von Heige ins Getümmel.

Ich erstach ein Mädchen, das Nae gerade fast getötet hätte und zwinkerte dieser grinsend zu. Sie warf mir einen dankenden Blick zu und brachte anschließend einen großen, stämmigen Demigott um.

Sivah wirbelte so schnell herum, dass ich kaum einzelne Bewegungen ausmachen konnte, Xaenym kämpfte durch Vice' Einfluss zwar gut, aber bei weitem nicht so überragend, wie sie es außerhalb magischer Grenzen tat. Cryliss kämpfte ungefähr genauso gut wie Xaenym und Heige schlug sich auch nicht schlecht, jedoch zog sie bei jeder Bewegung ein schmerzverzerrtes Gesicht.

Obwohl wir einen Goldblüter nach dem anderen aus dem Weg räumten, nahm der Wall aus Feinden kein Ende, stattdessen strömten sogar immer noch neue Angreifer auf den Platz. Jeder gefallene Feind schien durch zwei neue ersetzt zu werden. Bisher hatte ich eine Schnittwunde quer über die Brust und eine am rechten Oberarm erlitten. Glücklicherweise war die Klinge

nicht vergiftet gewesen, sonst wäre es mir jetzt wie Jannes oder Roove gegangen, allerdings setzte mir der Stich, der meine Schulter durchbohrt hatte, sehr zu. Ich hatte Probleme, meinen Arm über den Kopf zu heben, tat ich es dennoch, jagte ein sengender Schmerz an ihm hinab.
Plötzlich zischte ein Wurfmesser auf mein Gesicht zu, aber ich konnte mich gerade noch weit genug zur Seite lehnen, um einen tödlichen Treffer zu vermeiden.
Allerdings traf der Dolch meine Stirn. Aus der klaffenden Wunde über meiner rechten Augenbraue ergoss sich ein Blutstrom über mein Gesicht, nahm mir die Sicht und füllte meinen Mund mit dem beißenden metallischen Geschmack meines eigenes Blutes.
Ich taumelte zurück, wodurch die Halbgöttin, gegen die ich soeben gekämpft hatte, die Chance hatte, mir eine weitere Schnittwunde an der Brust zuzufügen. Schmerz durchzuckte mich, doch ich ignorierte ihn, fuhr blitzschnell nach vorn, und schnitt ihr die Kehle durch. Warmes, dickflüssiges Blut strömte über meine ohnehin schon dunkelrot verfärbte Kampfmontur. Wie viel davon mein eigenes war, konnte ich nicht sagen. Innerlich fluchte ich, da meine Aussichten, meinen Rucksack jemals wieder zu finden ziemlich gering waren und ich somit die nächsten Wochen in einer zerschnittenen Spolas rumlaufen durfte.
Plötzlich spürte ich einen Luftzug, weswegen ich herumwirbelte und mit meinem Schwert eine Axt abblockte, die noch vor wenigen Augenblicken mit gewaltiger Kraft auf meinen Rücken zugeschossen war. Zwei gigantische Hände umklammerten den lederumwickelten Griff, die zu einem mindestens zwei Meter großen Mann, der höchstwahrscheinlich zur Hälfte Zyklop, Laistrygone, Riese oder etwas ähnlich Großes war, gehörten. Höhnisch grinsend zeigte er seine gelben, schiefen Zähne und holte erneut aus, doch ich duckte mich, sodass die Axt über meinen Kopf hinwegzischte. Schnell bohrte ich mein Schwert in seinen riesigen Fuß, woraufhin er ohrenbetäubend laut aufschrie. Hastig richtete ich mich wieder auf, täuschte ihn mit einer Finte, sprang hinter ihn und stach die Klinge in seinen Rücken, während mir Blutspritzer die Sicht nahmen und ich einen

Faustschlag auf das Kinn davontrug. Mein Kiefer knirschte dabei beunruhigend laut. Ich wurde nach hinten geschleudert und stieß mit dem Kopf gegen etwas Hartes. Dumpfer Schmerz breitete sich an meinem Hinterkopf aus. Ich kämpfte darum, nicht ohnmächtig zu werden, doch meine Sicht verschwamm und verdunkelte sich, bis die Dunkelheit mich schließlich verschluckte.

Heige

Durch den enormen Kraftaufwand beim Kampf gegen die Laistrygonen fühlte ich mich ausgelaugt und müde. Jede Bewegung schmerzte noch mehr als sonst, es war, als würde meine Wirbelsäule mit einem Hammer zertrümmert und anschließend wieder zusammengeschweißt werden. Dennoch gab ich nicht auf und kämpfte weiter, bis ich nicht mehr konnte und noch weiter. Trotzdem würden wir es nicht schaffen. Mittlerweile hatten uns die Feinde umzingelt und wir hatten keine Chance.
Also tat ich etwas, das ich seit ich aufgewacht war, vermieden hatte: Ich betete zu Aiolos. Vielleicht würde er mir helfen, meine Gabe anzuwenden. Ich musste einfach glauben, dass er mir helfen würde, obwohl er möglicherweise gar nicht mein Vater war. Schließlich hatte ich keine andere Wahl.

Jannes

Als ich aufwachte, stellte ich fest, dass ich mich zwischen etlichen Kisten befand, mein Kopf höllisch schmerzte und mir schrecklich übel war. Doch ich kämpfte mich ins Stehen und versuchte, aus meinem Versteck herauszuklettern, wobei ich über einen Kistenstapel fiel und schmerzhaft auf den Boden rollte. Mühevoll stand ich auf und torkelte aus dem Zelt.
Überrascht stellte ich fest, dass draußen kein einziger Krieger herumlief und schleppte mich daher unbemerkt weiter voran. Plötzlich kamen hinter einem Zelt zwei kämpfende Fronten zum Vorschein. Heige hatte sich zurückgezogen und kniff die Augen konzentriert zusammen. Irgendwo in meinem benebelten Hirn beschloss ich, zu ihr zu gehen, was leider mit einem Sturz im trockenen Wüstensand endete.

Heige erschien mir so klein wie eine Fliege, während alles andere groß und nicht zu verfehlen war.
Hustend rappelte ich mich wieder auf. Bald hörte ich auf, bewusst zu handeln und torkelte einfach irgendwie auf Heige zu, die plötzlich ganz woanders stand, als ich zunächst dachte.
Noch immer hatte mich keiner bemerkt, sodass ich wenigstens nicht durch einen kurzen, simplen Schwertschlag, den ich in diesem Zustand wohl kaum abwehren könnte, niedergestreckt wurde. Ich hätte es nie ertragen, so zu sterben. Ich wollte meine Ehre verteidigen, bis zur letzten Sekunde kämpfen, statt beim Herumtorkeln umgebracht zu werden.
Plötzlich drang ein schmerzerfüllter, angestrengter Schrei zu mir durch, als Heige ihre Arme, die sie eng um sich geschlungen hatte, ruckartig in entgegengesetzte Richtungen ausstreckte und die zwei Fronten durch einen gewaltigen Windstoß auseinandergerissen wurden.
Auch mich schleuderte die Böe fort. Ich sah noch, wie Vice' Team in die Ferne rückte, bevor ich das Bewusstsein verlor.

Kapitel 15

Xaenym

Plötzlich wurde ich mit einem Ruck von meinem Gegner fortgeschleudert. Während ich mich in der Luft hin und her wand, hörte ich Heiges Aufschrei. Glücklicherweise federte der Wind meinen Aufprall ab, wodurch mir nichts geschah. Augenblicklich stürmte ich zu Heige, die sich vor Schmerzen zusammenkrümmte.
„Ramy! Gib mir schnell Epouros!", rief ich. Auf einmal tauchte er wie aus dem Nichts neben mir auf. Seine meergrünen Augen musterten Heige besorgt. Seine Lippe war aufgeplatzt und ein dünnes Blutrinnsal lief von seinem Hinterkopf über seinen Nacken. Die Wunde an seiner Schulter hingegen war auf gutem Weg zur Besserung.
„Der Rucksack. Sie haben ihn."
Geschockt starrte ich ihn an. „Aber was machen wir jetzt mit Roove, Jannes und Heige?"
Als hätte er auf dieses Stichwort gewartet, fing Roove abrupt an, vor Schmerz zu schreien. Sofort rannte ich zu ihm und betrachtete seine Schulter. Die Verletzung ähnelte der von Ramy sehr, doch die Adern an seinem Oberarm traten schwarz hervor. Ich streichelte seine Wange und gab ihm einen schnellen Kuss, woraufhin er aufhörte zu schreien, aber noch immer flach und stoßweise atmete.
Ich würde nicht die Fassung verlieren. Xaenym Davine verlor niemals die Fassung. Ich ballte meine Hände zu Fäusten, wobei sich meine Fingernägel schmerzhaft in meine Handflächen gruben. Rote Blutstropfen quollen hervor und fielen in den Wüstensand. Plötzlich merkte ich, dass sich meine Beine bewegten und stellte überrascht fest, dass ich rannte, mich in den Sand warf, meine Beine mit den Armen umschlang und mich hin und her wiegte. Nach einigen Minuten trat Ramy neben mich und reichte mir einen Apfel.
„Ich habe ein paar Sachen aus dem Vorratszelt mitgehen lassen.

Möchtest du was essen?", fragte er besorgt.
„Wenn ich jetzt etwas esse, verlässt es mich sofort wieder. Und ich glaube es würde auf deinen Stiefeln landen."
Achselzuckend setzte er sich neben mich.
„Er kann von Glück reden, dass er dich hat. Wenn er stirbt, ist er wenigstens bei dir."
„Wieso sagst du so was? Ich bin eine schreckliche Freundin."
„Ich habe nie etwas anderes behauptet. Aber er ist in deiner Gegenwart unglaublich glücklich. Ich glaube, er weiß nicht einmal, dass du ihn nicht liebst."
Zuerst dachte ich, er wolle mich kränken, doch dann begriff ich, was er wirklich sagte: die Wahrheit. Schlicht und ergreifend die Wahrheit.
„Xaenym, ich mag dich", fuhr er fort. „Du gehörst zu den Menschen, die einfach perfekt sind. Furchtlos, stark, mutig, noch dazu wunderschön. Manchmal wirkst du zwar schroff, aber du machst es unkompliziert: Mitleid nützt niemandem etwas, also versuchst du einfach zu helfen und bist nicht die ganze Zeit traurig. Einfach und unkompliziert. Ich kann Roove verstehen. Aber eine Beziehung mit dir muss die Hölle sein. Ich könnte mir nie vorstellen, mit jemandem wie dir zusammen zu sein. Mal abgesehen davon, dass ich zu gut für dich aussehe. Weißt du, ich hatte nicht gerade eine unbeschwerte Kindheit. Ich musste stark sein. Nein, nicht stark. *Stärker* als alle anderen. Niemand wollte mich, niemand brauchte mich. Deshalb liebe ich Nae. Sie gibt mir das Gefühl, gebraucht zu werden, ist aber auf ihre eigene Weise stark."
Mit großen Augen starrte ich ihn an. „Warum ... erzählst du mir das alles?"
„Das sagte ich doch schon", meinte er schulterzuckend. „Ich mag dich. Und es hat dich abgelenkt, du hast dich schließlich wieder beruhigt. Jetzt lass uns zurückgehen und schauen, wie wir jemandem helfen können, ja?"
Ich nickte und ließ mich von ihm ins Stehen ziehen. Wir gaben Heige den Apfel, da sie Energie brauchte, schließlich hatte sie uns mehrere Meilen von unseren Gegnern fortgeschleudert, und gingen noch zu Jannes, die durch das Gift halluzinierte und zusammenhanglose Wörter murmelte. Dann übergab sie sich.

Ramy tätschelte ihr den Rücken, obwohl er auch leicht grün im Gesicht wurde. Mir wurde bewusst, dass Ramy mir wirklich ans Herz gewachsen war. Er half uns und hatte immer beruhigende Worte oder einen guten Spruch auf Lager. Ich musste lächeln.
Nae stellte sich bald zu uns und gab Jannes etwas Wasser, während Cryliss sich um Heige kümmerte, Sivah herumstand und das Blut von ihrem Schwert wischte. Ich seufzte und setzte mich neben Roove, da Jannes über meine Anwesenheit sicher nicht erfreut war, selbst wenn sie im Moment nicht in der Lage war, es laut auszusprechen. Schweißperlen zeichneten sich auf Rooves Stirn ab und er zitterte, jedoch hoben sich seine Mundwinkel, als ich seinen Kopf auf meinen Schoß legte und ihm durchs dunkle Haar strich. Zwar kam ich mir seltsam dabei vor, aber anscheinend machten das Paare so, wenn einer von beiden im Sterben lag.
„Ich liebe dich", stieß Roove unter Schmerzen hervor.
Ich versuchte zu verbergen, wie sehr mich diese Situation überforderte und antwortete mit einem gespielten Hustenanfall, bis plötzlich Nae neben mir auftauchte.
„Er hört dich nicht mehr. Er ist ohnmächtig, du kannst aufhören, zu husten", bemerkte sie spitz.
Ich stand seufzend auf, wobei ich mich schrecklich fühlte, setzte mich mit allen anderen halbwegs unverletzten Teammitgliedern in einen Kreis und besprach unser weiteres Vorgehen, um diesem unangenehmen Moment zu entgehen. Wieso musste ich in so einer Situation stecken? Hatte ich denn nicht genug Probleme mit den Überleben?
„Sie haben zwar unsere Karte, aber wir sind nicht mehr weit von der Oase entfernt. Noch etwa einen Tagesmarsch nach Westen."
Sivahs raue Stimme riss mich aus meinen Gedanken.
„Woher willst du das Wissen?", fragte Cryliss skeptisch.
Sivahs sturmgraue Augen richteten sich auf sie.
„Bevor ihr mich für tot erklärt habt, habe ich auch einiges über die Insel in Erfahrung gebracht."
„Das war nicht meine Idee." Sie warf mir einen vorwurfsvollen Blick zu. „Xaenym hat gesagt, du wärst tot."
„So, nachdem wir uns jetzt alle gegenseitig beschuldigt haben, können wir ja weitermachen. Oder möchte noch einer jemandem

Vorwürfe machen?", fragte Ramy und sah erwartungsvoll in die Runde. Einige Sekunden herrschte überraschte Stille, doch dann räusperte ich mich und beschloss: „Wir gehen jedenfalls morgen zur Oase."
„Und wie zum Hades willst du die drei da", Ramy deutete auf die Verletzten, „hinschleppen?"
„Jannes muss wohl laufen, Heige kann gestützt werden und Roove auch", warf Sivah ein.
„Niemand hat eine Beinverletzung, also müsste es funktionieren", bestätigte Nae.
„Lasst uns morgen kurz vor Sonnenaufgang aufbrechen", schlug ich vor. Zustimmendes Gemurmel ertönte.
Da die Sonne bereits unterging und die Hitze des Tages sich in nächtliche Kälte verwandelte, teilten wir Ramy die Wache zu und legten uns einfach in den Sand. (An dieser Stelle möchte ich mal normale Betten loben. Ehrlich, ich hätte alles für eine Nacht in einem kuscheligen Bett gegeben.) Die Wunde an meiner Brust, die Keto mir durch einen Schlag mit ihrem Schwanz zugefügt hatte, schmerzte noch immer, meine Haut wies zahlreiche Schürfwunden und Schnitte auf. Nun wanderte mein Blick zu der Schuppe der Keto, die an dem Lederband um meinen Hals hing. Sie schimmerte im schwindenden Sonnenlicht wie ein Smaragd. Ramy hatte Recht gehabt, diese Schuppe war mein Triumph. Sie hatte mich so viel Schmerz gekostet, aber es hatte sich gelohnt. Die Schuppe stammte aus meinem ersten Kampf gegen ein Monster. Sie war mein Triumph, weil sie meine Stärke zeigte, mich und vor allem meine Feinde daran erinnerte, dass ich nicht schwach war. Man sah mir an, dass man mich nicht angreifen sollte, wenn man überleben wollte.

Nae

Plötzlich rüttelte mich irgendwer. Hektisch griff ich nach meinen Schwertern, doch dann bemerkte ich, dass es nur Ramy war.
„Was zum Hades ist denn los?", fluchte ich.
„Lust auf ein Date?", grinste er.
„Auf ein *was*?"
„Du hast schon verstanden. Ein Date. Ein Rendezvous. Nenn's,

wie du willst."

„Warum hast du das gesagt?", platzte ich heraus, woraufhin er mich fragend ansah. „Als du mich auf den Laistrygonen geschossen hast. Du hast gesagt, dass du mich liebst."

„*Das*", erwiderte er übertrieben betont, „habe ich ganz sicher *nicht* gesagt. Ich glaube, ich sagte, ich mag Käsebrot. Also, ein Date?"

Er sah mich aus seinen wunderschönen Augen an. In der Dunkelheit wirkten sie fast schwarz, doch ich wusste, dass sie eigentlich leuchtend grün waren und in der Nähe des türkisfarbenen Meeres manchmal blaugrün erschienen.

„Das hast du mich doch schon in der Nacht vor Vice' Angriff gefragt. Und dann haben wir uns gestritten."

„Aber ich glaube, dass ich diesmal größere Chancen habe", schmunzelte er und reichte mir eine Hand.

„Okay", hörte ich mich plötzlich sagen und verschränkte meine Finger mit seinen. Auf einmal ertönte leise, langsame Geigenmusik.

„Wie hast du das denn geschafft?", staunte ich und sah mich verwundert um.

„Hab Aphrodite ein kleines Gebet geschickt", sagte er und zwinkerte mir dabei zu.

Dann zog er mich an sich und wir fingen an, eng aneinander geschmiegt zu tanzen. Ich verlor mich in der Musik, in seinem wunderbaren Duft nach Wald, Moos und Regen, wiegte mich im Rhythmus hin und her und blickte zu ihm hoch. Er war fast zwei Köpfe größer als ich. Mein Blick streifte über sein markantes Kinn und seine schmale Nase. Seine Züge kamen mir so vertraut vor, als hätte ich ihn schon mein ganzes Leben lang gekannt. Aber eigentlich kannte ich noch nicht mal seinen Nachnamen.

„Wer bist du nur?", flüsterte ich.

„Weißt du das denn nicht? Ich bin Ramy. Und mein Leben begann erst wirklich, als ich dich traf. Meine Geschichte davor ist viel zu lang und unwichtig."

„Ich sollte mich nicht damit zufriedengeben, aber mir bleibt wohl nichts anderes übrig."

Er grinste. „Der Moment zählt, okay?"

Mein Blick streifte über seine Lippen.

„Der Moment, wenn man nur ein paar Zentimeter voneinander entfernt ist ...", flüsterte er, während er sich tiefer zu mir herunterbeugte.
„... das Herz anfängt, schneller zu schlagen ..."
„... der Mund trocken wird ..."
„... das Schlucken schwerfällt ..."
„... und es einem ganz warm in der Bauchgegend wird."
„Diese wenigen Sekunden lassen den ganzen Körper kribbeln, ..."
„... wie abertausende Luftbläschen, die durch die Adern huschen."
„Wie benommen und wie von einer physischen Übermacht ..."
„... ziehen sich die Lippen in diesem Moment an ..."
„... und die Gedanken überschlagen sich."
„Man versucht, sich zu konzentrieren, ..."
„... aber dieser Augenblick raubt einem jeden anderen Gedanken, ..."
„... wie der schönste und aufregendste Trommelwirbel ..."
„... der einem immer in Erinnerung bleiben wird."
Ich konnte seinen Atem auf meinen Lippen spüren, als er seinen Mund sanft auf meinen drückte. Er schmeckte erfrischend und aufregend. Ich legte meine Hände um seinen Nacken und zog ihn näher zu mir heran, doch er hob mich ohne jegliche Anstrengung hoch, sodass wir uns nun auf gleicher Höhe befanden. Langsam ließ ich meine Hände über seine muskulösen Arme gleiten, fuhr die Linien der wunderschönen Tattoos an ihnen mit dem Fingerspitzen nach und schlang die Beine um seine Hüfte, während ich mich mit den Armen an seinen Schultern festhielt.

Xaenym

Am nächsten Morgen wurde ich von Ramy, der trotz der Umstände übertrieben glücklich grinste, geweckt. Dunkle Ringe zeichneten sich unter seinen Augen ab und sein sonst immer perfekt gestyltes Haar war ungewohnt zerzaust. Wenige Minuten später liefen wir gähnend zwischen den Verletzten hin und her und begutachteten ihren Zustand. Jannes' Haut hatte einen grünlichen Unterton angenommen, sie hatte pochende

Kopfschmerzen und ihr war vor allem übel, aber sie musste wohl laufen. Heige hatte keine konkreten Wunden, war aber so ausgelaugt, dass sie sich ohne Hilfe kaum bewegen konnte.

„Du hast Fieber und Schüttelfrost, dir ist übel und das Gift zerfrisst langsam aber sicher deine Nerven. Fazit: Dir geht es ziemlich beschissen", diagnostizierte Ramy, als er Roove untersuchte.

„Das weiß ich selbst", knurrte Roove.

Jannes, die sich inzwischen ins Stehen gekämpft hatte, hob eine Augenbraue, wie sie es immer tat, und öffnete den Mund, um eine Bemerkung zu machen, schien sich aber angesichts Rooves schlechten Zustandes eines Besseren zu besinnen und sagte nichts. Ramy zog währenddessen eine Mullbinde aus der Innentasche seiner Jacke hervor und begann, die Wunde damit zu verbinden.

„Jetzt kommt normalerweise der Punkt, an dem du irgendein magisches Heilmittel aus deinem Rucksack fischst", bemerkte ich.

Er zog die Nase kraus. „Diesmal habe ich nur Mullbinden."

„Wir haben uns viel zu sehr auf diesen Rucksack verlassen", stieß ich zwischen zusammengebissenen Zähnen hervor.

„Das wird schon."

Nun eilte Nae mit gesenktem Blick und hochrotem Kopf an uns vorbei, darauf bedacht, Ramy, der sie breit angrinste, nicht anzusehen. Ich ahnte, wieso Ramy so glücklich gewesen war, was mir den Anflug eines Lächelns auf das Gesicht zauberte.

Hungrig, durstig und mit sonnenverbrannter Haut liefen wir nun los, wobei Ramy und ich Roove stützten. Sivah und Cryliss halfen Heige und Jannes schleppte sich irgendwie voran. Nae hatte angeboten, sie zu stützen, doch sie hatte abgelehnt. Ich musste grinsen. Selbst wenn sie gebrochene Beine hätte, wäre Jannes zu stolz, um sich helfen zu lassen.

Daher war Nae stattdessen dafür zuständig, vorauszulaufen und nach der Oase Ausschau zu halten.

Der Tag zog sich in die Länge. Wir schienen kaum voranzukommen. Meine Kehle war wie ausgedörrt, meine zahlreichen Wunden schmerzten und meine Lippen waren trocken, rissig und aufgesprungen.

Gerade als wir eine Pause machen wollten, kam Nae mit einem strahlenden Lächeln im Gesicht zu uns zurück und sagte, dass sie die Oase gefunden habe.
Tatsächlich war nach einigen Minuten der Umriss von ein paar Palmen zu erkennen, die immer deutlicher wurden, bis wir direkt davor standen. Sie umgaben einen kleinen See und schirmten ihn so vor der glühenden Wüstensonne ab. Der Ort war wunderschön und idyllisch, doch irgendetwas an dieser Oase gefiel mir nicht. Eigentlich sah sie aus, wie jede andere, doch nach einigen Sekunden erkannte ich es schlagartig: Nichts spiegelte sich an der Wasseroberfläche, nicht die Palmen, nicht die Sonne. Das Wasser schien alles zu verschlucken. Ich konnte nicht mal den Grund sehen. Die Oase wirkte auf den ersten Blick wunderschön, doch wenn man genauer hinsah, bemerkte man etwas Böses, Verdorbenes im Wasser. Jemand hatte es vergiftet.
Ich seufzte. „Das Wasser ist vergiftet. Trinkt auf keinen Fall davon."
„Alles klar", sagte Sivah, ging zum See, tauchte ihre Hände ein und trank das vergiftete Wasser in großen Schlücken.
„Sivah!", rief ich empört.
„Keine Panik, Demititanen spüren keine Auswirkungen von Vergiftungen. Es schadet uns nicht", winkte sie ab.
Dadurch ermutigt trank ich ebenfalls davon. Es schmeckte ekelhaft süß, wodurch mir übel wurde, doch es tat gut, endlich wieder zu trinken. Nun legten wir die Verletzten ans Ufer und liefen alle ziellos herum. Wir warteten darauf, dass sie gesund wurden und wir aufbrechen konnten.
Ich setzte mich neben Nae, die an einer Palme lehnte und das Wasser beobachtete.
„Du und Ramy ... Ist irgendetwas zwischen euch … äh ... vorgefallen?"
„Bitte frag nicht."
„Zu spät, schon geschehen", erwiderte ich achselzuckend.
„Ich kann dich also nicht von der Fragerei abbringen?"
Ich schüttelte den Kopf.
„Also schön: Er hat mich heute Nacht geweckt und mich zu einem Date eingeladen. Aphrodite hat Geigenmusik ertönen

lassen und wir haben getanzt."
„Habt ihr euch geküsst?"
„Ja."
„Mehr als nur geküsst?"
Wie in Zeitlupe drehte sie ihren Kopf in meine Richtung und warf mir einen vernichtenden Blick zu, unter dem sich jedoch ein leichtes Lächeln verbarg.
„Seid ihr dann jetzt wenigstens zusammen?"
„Natürlich nicht."
Ich hob abwehrend die Hände. „Ich verstehe dein Problem nicht. Du liebst ihn ganz offensichtlich."
„Und wenn wir ein Paar wären? Was wäre dann? Ich wäre mit jemandem zusammen, der vielleicht bald stirbt. Wir könnten alle bald sterben. Ich kann im Moment einfach nicht an so was denken."
„Das hast du gestern wohl doch getan."
„Das war ... Dass wir gestern ... Es hätte nicht passieren dürfen."
Ich verdrehte die Augen und setzte mich ans Ufer, als sich Jannes plötzlich neben mich schleppte.
„Willst du etwa zu *mir*?", wunderte ich mich.
„Ich will ans Ufer. Und unglücklicherweise bist du auch hier."
Sie ließ sich neben mich sinken. „Hoffentlich können wir morgen früh schon aufbrechen. Heige hat uns nur einen knappen Vorsprung verschafft."
„Ich glaube, morgen geht es allen besser."
„Schon vergessen, dass ich Lügen erkenne? Mach dir nichts vor. Wir warten nicht darauf, dass es allen besser geht. Wir warten darauf, dass Roove *stirbt*, damit wir ihn hierlassen können. Verstehst du das? Er wird sterben. Und keiner von uns kann ihm helfen."
Resigniert stapfte ich fort und murmelte dabei: „Wie glücklich ich doch immer bin, wenn wir miteinander reden."
Jannes schnaubte verächtlich.
Zitternd ließ ich mich am gegenüberliegenden Ufer zu Boden sinken. Roove würde sterben. Ich würde niemals die Antworten auf meine Fragen erhalten. Es schien, als wäre diese Mission niemals vorbei, als würde ich mein ganzes Leben gegen unzählige Monster kämpfen, nur knapp entkommen und immer

wieder das Gleiche erleben. Eigentlich stimmte das auch. Das war mein Leben. Und ich mochte dieses Leben, wollte Zeus töten, das Skia finden und den Krieg gewinnen. Aber ich musste auch wissen, wieso ich aussah wie Armenia, wieso mein Dolch zurückkehrte, was Nae mit der vierten Waffe, die zurückkehrt meinte. Zuerst hatte ich gedacht, Sivah könnte mir das alles sagen. Dann hatte ich Neraya fragen wollen, danach wieder Sivah und nun gab es niemanden mehr, der es mir sagen würde. Plötzlich setzte Sivah sich neben mich und starrte auf das Wasser.

„Deine Gedanken sind kaum zu überhören", brummte sie. „Da versuche ich mich mal auf Heige zu konzentrieren, um herauszufinden, von wem sie abstammt und du denkst so laut, dass ich sonst nichts höre."

„Was meinst du?"

„Heige hat nicht gelogen, als sie zu Jannes sagte, dass sie jetzt für uns kämpft. Aber als sie später ihre Geschichte erzählt hat ... Sie hat gelogen und Jannes hat nicht aufgepasst." Sivah runzelte die Stirn. „Es ist komisch. Sie denkt oft an ihre Vergangenheit, aber nicht an irgendwelche Ereignisse, sondern daran, dass sie eine Vergangenheit *hat*. Aber ich kann nicht sehen, welche."

Ich blickte über meine Schulter zu Heige. Sie lag zusammengerollt mit geschlossenen Augen auf dem Boden und runzelte die Stirn. Ihre braunen Haare waren von Blut und Sand verklebt. Sie war fast gestorben, um uns alle zu retten. Wenn Heige uns wirklich angelogen hatte, musste sie ihre Gründe dafür haben.

„Das ist nicht wichtig. Heige kämpft für uns. Alles andere ist mir egal."

„Eine gute Entscheidung. Ich wollte es dir nur sagen."

Daraufhin verschwand Sivah. Nun dachte ich über unsere Teamaufteilung nach. Geplant war, dass ich mit Roove ging, doch er würde sterben. Sollte ich also allein gehen? Ich musste wohl. Im Moment waren wir zu acht. Doch ohne Roove würden wir nur sieben sein, was bedeutete, dass einer allein gehen musste. Und dieser eine würde ich sein.

Nae

Gedankenverloren betrachtete ich die Wellenbewegungen des Wassers. Meine Gabe, Lebewesen zu spüren, funktionierte hier nicht so gut, weshalb ich mich blind fühlte. Schon immer hatte ich es gehasst, meine Gabe innerhalb von magischen Grenzen nicht nutzen zu können. Hier strahlten die magischen Grenzen der Insel ihre Kraft nach außen ab und erschwerten die Nutzung von Gaben. Mein Blick schweifte über das Ufer, wo Roove flach atmend schlief. Er würde binnen weniger Stunden sterben. Denn ich kannte dieses Gift. Bei leichten Verletzungen durch vergiftete Waffen, wie Jannes sie erlitten hatte, bekam man Halluzinationen, Krämpfe und Bauchschmerzen. War die Wunde jedoch zu groß, war der Verletzte noch bei vollem Bewusstsein, verhielt sich wie sonst auch, würde aber im Laufe des Tages sterben. Und Roove benahm sich, wie sonst auch, was bedeutete, dass sein Tod nicht lange auf sich warten lassen würde. Tränen schossen mir in die Augen. Wir brauchten ein Gegenmittel. Doch wie sollte ich mitten in der Wüste die Zutaten dafür auftreiben? Grübelnd starrte ich in das trübe Wasser. Und da fiel es mir wie Schuppen von den Augen: Das Wasser war ebenfalls vergiftet. Auch das Gegenmittel für Schlangenbisse basierte auf dem Giftstoff selbst. Möglicherweise könnte das Wasser aus der Oase die Wirkung aufheben. Sofort hastete ich auf Roove zu, jedoch wurde mir der Weg von Ramy versperrt, sodass ich gegen ihn prallte und er vermutlich absichtlich hinfiel, woraufhin ich auf ihm landete. Schnell hievte ich mich ins Stehen, funkelte ihn wütend an und klopfte den Sand von meiner Kampfkleidung. Ramy stand inzwischen wieder neben mir und sah mich grinsend aus seinen grünen Augen an. In meinem Kopf blitze die Erinnerung an den Moment auf, als mich diese Augen kurz bevor wir uns geküsst hatten, angesehen hatten. Schnell schüttelte ich diesen Gedanken ab.
„Ich weiß vielleicht, was Roove helfen könnte", sagte ich kühl, schob ihn zur Seite und marschierte zur Oase, wo ich mit den Händen Wasser schöpfte. Nun lief ich zu Roove und weckte ihn auf. Keuchend schreckte er aus dem Schlaf hoch.
„Was ist passiert? Werden wir angegriffen?", fragte er benommen.
„Nein. Aber ich habe hier etwas Wasser aus dem See. Das

Gegenmittel ist möglicherweise ein anderes Gift."
„Was, wenn es mich tötet?"
Tränen schossen mir in die Augen, die ich schnell wegblinzelte.
„Oh. Klar. Dann könnt ihr endlich zur Insel. Gib mir das Wasser", erwiderte Roove bitter. Er wollte uns keine Vorwürfe machen. Dennoch fühlte ich mich schuldig, als ich ihm das vergiftete Wasser reichte.
Inzwischen hatte Ramy allen anderen Bescheid gegeben, die nun um uns herum standen und wie gebannt Rooves Gesichtsausdruck anstarrten. „Ich fühle mich ...", setzte er an, woraufhin alle gespannt aufhorchten.
„... ganz genauso wie vor einer Minute."
Ein mattes Gemurmel ertönte und jeder senkte resigniert den Kopf.
Plötzlich ertönte ein spitzer Schrei, der überraschenderweise von Xaenym stammte. Wie gebannt starrte sie auf einen Hügel am Horizont, wo sich gerade dutzende schwarz gekleidete Krieger aufreihten. Und ganz vorn in der ersten Reihe stand Vice, ein höhnisches Grinsen aufgesetzt.

So früh hatten wir ihn nicht erwartet. Wir dachten, wir hätten noch mindestens einen Tag Zeit. Heige konnte kaum gerade stehen, Jannes war schrecklich übel und Roove lag im Sterben. Vice hätte keinen schlimmeren Zeitpunkt wählen können.
Zunächst fühlte ich mich bewegungsunfähig. Ich stand nur starr da und sah mit weit aufgerissenen Augen zum Horizont. Dann plötzlich stürmte ich los, sammelte den am Ufer gestapelten Proviant ein, drückte den anderen etwas davon in die Hand und zog sie zum Wasser.
Ich beachtete die Schlachtreihe, die auf uns zustürmte, nicht. Ich beachtete die Pfeile, die sich neben mir in den glühen heißen Sand bohrten, nicht. Es gab nur das glitzernde Wasser, das vor mir ruhige Wellenbewegungen machte. Heige wurde von Ramy gestützt, was mir irgendwo in meinem Unterbewusstsein einen Stich Eifersucht versetzte. Xaenym hatte Roove ins Stehen gezogen und Jannes schleppte sich mühsam heran.
Ich machte einen Schritt in Richtung des Wassers. Wir würden

dort nicht atmen können. Dann noch einen. Es war vergiftet. Und einen weiteren. Wir wussten nicht, wie tief es war. Das Wasser umspülte meine Knöchel. Vice hatte uns beinahe erreicht.

Und dann tauchte ich vollständig ein. Es war, als hätte sich das Wasser verwandelt. Ich konnte weder etwas sehen, noch fühlen. Der See war weder kalt noch warm, löste kein Gefühl auf meiner Haut aus, als wäre die Oase nicht real. Benommen machte ich einen Schwimmzug und stellte fest, dass das Wasser keinen Widerstand bildete. Ich wusste nicht, ob ich mich überhaupt von der Stelle bewegt hatte. Meine Lunge begann, zu brennen. Wenn ich nicht bald einatmen könnte, würde ich in Ohnmacht fallen.

Panisch blickte ich mich um. Von der Wasseroberfläche drang ein leichter Lichtschimmer zu mir herab. Die Welt über mir erschien mir immer unerreichbarer, wurde trüber, die Lichtstrahlen dunkler. Mir wurde bewusst, dass ich mich längst nicht mehr bewegte. Der Schmerz in meiner Brust verebbte allmählich. Ich fühlte mich unendlich müde.

Doch plötzlich explodierte rotes Licht vor meinen Augen. Ich sah Vice, der einen Zauber hatte sprechen wollen und Ramy, der wieder an die Wasseroberfläche geschwommen war und einen Pfeil auf den Hexenmeister geschossen hatte. Das schwarz gefiederte Ende ragte aus seinem Bein, wodurch er die Kontrolle über den Zauber verlor.

Rote Blitze zuckten in alle Richtungen. Aus irgendeinem Grund schienen sie das Wasser aber nicht durchdringen zu können, weshalb der See lediglich wie durch eine Explosion erschüttert wurde und ich von einen Strudel in die Tiefe gezogen wurde.

Kapitel 16

Xaenym

Als die Welle der Explosionen begann, strampelte Roove, den ich ins Wasser gezogen hatte, wie verrückt. Ruckartig riss ich ihn nach unten und schwamm dem Strudel entgegen. Plötzlich erfasste uns der Sog und wir wurden in die Tiefe gerissen. Die Oase erinnerte mich eher an eine Höhle voll Wasser als an einen See.
Als wir am Grund, der sich nun auftat, angekommen waren, zuckte ein letzter Blitz auf uns zu, durchschnitt das Wasser und löste erneut eine solch große Erschütterung aus, dass die Gesteinswände splitterten, während sich Felsbrocken aus den Wänden lösten und mit tödlicher Kraft in die Tiefe fielen. Die gesamte Höhle stürzte ein. Roove war inzwischen ohnmächtig geworden. Ein Stein krachte an mir vorbei und streifte meine Schulter. Scharfer Schmerz loderte in mir auf, doch ich zwang mich, weiter zu schwimmen, obwohl ich nicht einmal sicher war, dass ich mich dadurch überhaupt von der Stelle bewegte. Meine Lunge brannte höllisch, doch ich wusste, das Demititanen nicht durch Luftmangel sterben oder bewusstlos werden konnten.
Auf einmal wurde das Wasser um mich herum zu Luft, sodass ich einen schmalen Gang hinabstürzte, mir dabei Knie und Ellenbögen aufschürfte und hart auf dem Boden aufschlug. Sämtliche Luft wich aus meinem Körper. Ich war auf ein paar Steinen in einer runden Höhle, von der sich vier Tunnel abzweigten, gelandet. Um mich herum lag mein Team, teilweise bewusstlos. Plötzlich ertönte ein ohrenbetäubender Knall, die Höhle schwankte und die Decke ächzte. Feine Risse zeichneten sich an ihr ab. Unter vereinzelten Knackgeräuschen wanderten sie über das Gestein. Staub rieselte hervor. Und bevor ich mich versah, stürzte der erste Felsbrocken hinab.
Meine Augen weiteten sich angsterfüllt, als sich immer mehr Steine lösten und auf Roove und mich zufielen. Mit einem jähen

Ruck wurde ich auf einmal zur Seite gerissen. Ich kämpfte gegen Sivah an, die mich jedoch stur zur Seite zerrte. Der erste Stein schlug wenige Zentimeter neben Roove ein. Ich schrie und versuchte mich loszureißen, um ihn wegzuschleifen, doch Sivahs Griff war zu fest. Die Höhle wurde erschüttert. Weitere Risse bildeten sich an der massiven Felsdecke. Doch plötzlich machte Jannes einen Satz nach vorne und schleifte Roove hastig zur Seite, bevor die gesamte Decke einstürzte, mir durch den aufwirbelnden Staub die Sicht genommen wurde und Sivah mich grob in den Höhlengang hinter uns stieß. Hustend fuhr ich herum und starrte die Felsbrocken an. Sivah hatte sie Hände auf die Knie gestützt und rang nach Luft. Ich rannte zum verschütteten Gang und hämmerte mit den Fäusten gegen die Steine.

„Kann mich jemand hören?", schrie ich.

Aus weiter Ferne drang Jannes' Stimme zu mir durch.

„Wir sind hier! Ich hab Roove in einen Höhlengang gezogen, also werden wir wohl zusammen gehen. Allerdings habe ich keine Ahnung in welchem Gang wir eigentlich sind."

„Ich hab Heige hierher geschleift", rief Cryliss.

„Ich bin mit Nae hier." Die Freude in Ramys Stimme war kaum zu überhören.

„Dann hat jeder ja einen Partner", meinte ich. „Wir sehen uns in Pyrinas", fügte ich hinzu, machte auf dem Absatz kehrt und marschierte durch den schmalen, dunklen Gang.

Der Tunnel roch modrig, die Luft war so dicht, dass mir das Atmen schwerfiel. Auch hier unten war es stickig und unerträglich warm. Glücklicherweise hatten wir beide unsere Wasserflaschen vor kurzem mit dem Wasser aus der Oase gefüllt. Jedoch hatten wir nur zwei Äpfel dabei, die Nae Sivah beim hektischen Aufbruch gegeben hatte. Sie hatte sie in den Taschen ihrer inzwischen zerfetzten Lederjacke verstaut. Bei dem Gedanken daran, wie es den anderen erging, erschauderte ich. Sie hatten kein Wasser dabei und waren schon seit längerer Zeit durstig. Hoffentlich hatten sie wenigstens etwas zu essen. Meine verletzte Schulter schmerzte schrecklich. Obwohl meine

Kehle ausgetrocknet war, erlaubte ich es mir nicht, das kostbare Wasser zu verschwenden. Doch ich zwang mich, das Tempo beizubehalten und schleppte mich mühsam voran.

Jannes

Das Problem an meiner Situation war die Tatsache, dass ich es nicht schaffte, Roove auch nur ein wenig von der Stelle zu bewegen. Das Gift schwächte mich zu sehr, sodass ich untätig am Tunneleingang saß und auf sein Aufwachen wartete. Nach einer gefühlten Ewigkeit, die ich damit verbrachte, meinen Brechreiz zu unterdrücken, öffnete er verschlafen die Augen.
„Wir müssen los", mahnte ich.
„Ich ... meine Schulter ... Sie fühlt sich *besser* an", sagte er verwundert.
Als ich auf die Wunde sah, bemerkte ich, dass die schwarz verfärbten Adern an seinen Armen und am Hals nicht mehr zu sehen waren. Nach wie vor sah die Wunde schlimm aus, doch das Seewasser hatte anscheinend geholfen.
„Du bleibst vielleicht sogar am Leben", meinte ich.
„Sieht ganz danach aus", erwiderte er grinsend und rappelte sich auf. Die modrige Luft machte das Atmen schwer, doch wir gingen lange weiter und zögerten somit das Zählen unserer Vorräte hinaus. Wir wollten gar nicht erst sehen, wie tief wir in der Scheiße steckten.
Mein Kopf pochte, meine Gelenke schmerzten und ich war kurz davor, zu erbrechen. Ich hätte Roove bitten können, mich zu stützen, doch ich wollte aus eigener Kraft laufen, das Gift allein besiegen.
Plötzlich bemerkte ich, dass wir gar nicht mehr weitergingen, sondern beide stehen geblieben und erschöpft auf den Boden gesunken waren. Ich fühlte mich unendlich müde und bemerkte nicht einmal, was ich gerade tat. Ich fragte mich, ob das Gift nun auch meine Sinne trübte. Irgendwann glitt ich in den Schlaf über. Es war erstaunlich, wie ähnlich diese beiden Dinge sich hier unten waren, als wäre es völlig egal, ob man schlief oder nicht.

Heige

Nun lief ich hier mit der verrückten Tochter des bösen Totengottes durch einen dunklen, stinkenden Tunnel – und das Eigenartige war, dass ich keine Angst hatte. Cryliss hatte genau zwei Worte mit mir gesprochen, seit die Höhle eingestürzt war: 'Los' und 'Schneller'. Auf beide Befehle hatte ich mit einem schwachen Nicken geantwortet, da ich erstens keine Lust hatte, mit Cryliss über das Kommando zu streiten und mich zweitens matt, müde und kraftlos fühlte. Meine Wirbelsäule schmerzte seit dem Kampf ununterbrochen, meine Lippen waren rissig und aufgesprungen. Wir hatten festgestellt, dass wir keinen einzigen Tropfen Wasser und nur einen halben Laib Brot hatten. Die Spannung in der Luft war förmlich greifbar. Dass ich Cryliss nicht besonders mochte, machte es auch nicht besser. Ich wollte nicht sterben, wenn sie die einzige sein würde, die dabei war, die meine letzten Worte hören würde. Für einen Augenblick blitze die Erinnerung an eine Schlacht in meinem Kopf auf. Ich war mir sicher gewesen, dass ich sterben würde, doch ich hatte keine Angst gehabt. Eigentlich hatte ich nur zwei Erinnerungen, in denen ich mich fürchtete: Immer als ich meine Gabe benutzt hatte. Und das hatte ich in nächster Zeit ohnehin nicht vor, da ich sonst vor Kraftlosigkeit sterben würde.

Nae

Resigniert ließ ich mich gegen die Höhlenwand sinken. Dem Anschein nach hatten wir genau einen einzigen Apfel und kein Wasser, was gleichbedeutend mit dem sicheren Tod war.
Verstohlen blickte ich zu Ramy hinüber, der, die Stirn auf die Beine gelegt, neben mir kniete und überlegte. Unwillkürlich musste ich an letzte Nacht denken. An die Art, wie er mich geküsst hatte. An die kleine Narbe auf seiner muskulösen Brust. An die wunderschönen Tattoos, die sich über seine Arme schlängelten. An seine zerzausten Haare am Morgen. Er musste wohl erraten haben, woran ich dachte, denn er sagte lächelnd:
„Du scheinst ja ziemlich glücklich zu sein."
„Und wenn es so wäre?", fragte ich kühl.
„Dann würde es ohnehin nichts ändern."
Der plötzliche Schmerz und die Leere in seiner Stimme waren nicht zu überhören. Hastig stand er auf und stürmte den

Höhlengang entlang, doch ich lief ihm nach und hielt seinen Arm fest.
„Was willst du denn hören?"
Einige Sekunden lang musterte er mich, wobei seine Gesichtszüge weicher wurden.
„Nichts. Vergiss es einfach. Die Gewissheit des unmittelbar bevorstehenden Todes macht mich nervös."
„Du warst doch schon tausend mal in solchen Situationen", erwiderte ich.
„Aber jetzt geht es nicht um mich. Es geht auch um *dich*", gab er zurück und legte in das letzte Wort so viele Emotionen, dass mein Herz einen Schlag aussetzte. Plötzlich merkte ich, wie ich einen Schritt auf ihn zu machte, dann noch einen und bevor ich mich versah, hatte ich mich auf die Zehenspitzen gestellt und ihn geküsst. Unsere Lippen streiften sich nur kurz, doch ich nahm augenblicklich dieses Kribbeln im Bauch wahr, das sich anfühlte wie tausende Luftbläschen. Sofort löste ich mich wieder von ihm und räusperte mich. Ich spürte, wie mir das Blut in die Wangen schoss.
„Ähm ... Wir sollten gehen", sagte ich mit gesenktem Blick.
Ramy grinste nur.
„Ja, das sollten wir", grinste er, woraufhin ich den Tunnel entlangeilte, ohne mich zu vergewissern, ob er mir folgte.
Ramy brachte mich aus dem Konzept. Diese Gefühle machten mich schwach. Schon jetzt war ich zu klein, schwach und mitfühlend. Das einzige, was ich wirklich konnte, war, Pläne zu schmieden. Aber wenn Ramy darin verwickelt war, hätte ich jeden Plan über Bord geworfen, solange das ihn nur retten würde. Und genau das war der perfekte Weg, um eine Gefahr für seine Freunde zu werden.

Xaenym

Inzwischen liefen wir schon mehrere Stunden durch den Tunnel. Nach einiger Zeit hatten wir bemerkt, dass die Luft nicht nur stickig war. Sie schien meine Sinne zu trüben. Wenn Sivah mit mir sprach, klang es wie ein Echo, wie das verzerrte Abbild ihrer Worte. Die Luft um mich herum kam mir zähflüssig vor, meine Bewegungen waren langsamer als je zuvor und ich fühlte mich schläfrig, wie in Trance. Es war so still, dass ich meine eigenen, schweren Atemzüge hörte und jeder unserer Schritte, der an den Höhlenwänden widerhallte, sich wie ein Donnergrollen anhörte. Ich rang nach Atem, doch es fühlte sich trotzdem an, als würde ich ersticken. Schleichend und langsam hatte sich der Schleier, der unsere Sinne trübte, um Sivah und mich gelegt. Ich sehnte mich nach Erfrischung, nach Kühlung, obwohl es hier nicht mal übermäßig warm war. Mein Körper schwankte durch das Laufen in einem ruhigen, gleichmäßigen Rhythmus hin und her.

Der Schlaf war hier nicht erholsam, das Wasser nicht durstlöschend. Ruhelos wanderten wir durch den scheinbar unendlichen Tunnel. Es schien, als würde ich durch einen trüben Nebelschleier hindurchschauen. Ich mochte diese Höhle nicht. Irgendwie erschien sie mir *lebendig*. Als wären diese schweren Atemzüge nicht meine, sondern die des massiven Steins. Dieses Gefühl trieb mich in den Wahnsinn, ließ mich kaum schlafen, aber auch nicht richtig wach bleiben. Plötzlich weckte ein kühler Windstoß meine Lebensgeister. Ich riss die Augen auf. Adrenalin pulsierte durch meine Adern.

„Diese Brise kommt von draußen. Dieser Nebel oder was es auch ist, verschwindet. Vice' Krieger haben den zugeschütteten Tunnel geöffnet. Komm schnell, sie sind nicht mehr weit entfernt", mahnte Sivah.

Obwohl ich ohnehin schon erschöpft war und mir das schnelle Laufen stark zusetzte, zwang ich mich, schneller zu gehen. Mir war alles Recht, solange Vice uns dadurch nicht einholen würde. Ich hatte Angst vor ihm. Keine Angst vor seinen Kräften, sondern davor, was er sagen könnte. Angst, dass er meine Loyalität zu Aras schwächen würde, wie er es im Zelt getan hatte. Ich wollte Antworten auf die unzähligen Fragen, die mir Tag für Tag durch den Kopf schwirrten. Armenia, Skouro, der zurückkehrende Dolch ... Über das alles wusste ich zu wenig, um mich damit zufrieden zu geben, aber zu viel, um es für uninteressant zu halten. Und genau das hatte Vice ausgenutzt. Die Fragen, die ich verdrängt hatte, waren erneut in den Vordergrund meiner Gedanken getreten.

Ich versuchte mehrfach, Sivah Informationen zu entlocken, doch sie blockte jeden meiner Versuche sofort ab. Würde sie es mir

sagen, wenn wir wieder in Titansvillage waren? Würde ich überhaupt jemals wieder ins Lager zurückkehren? Unbewusst umschloss meine Hand Skouros Griff. Denn ich hatte vor, alles zu tun, um zurückzukehren und möglicherweise meine Antworten zu erhalten.
Seufzend blieb ich stehen. Ich fühlte mich wie eine Gefangene. Die Höhle schien mit jedem meiner Schritte, kleiner zu werden. Wann würden wir endlich ankommen? Sogar die Arktis wäre mir lieber gewesen, als dieser stinkende, dunkle Tunnel.

❧

Inzwischen lag ich zusammengekauert auf dem unbequemen Felsboden. Sivah und ich waren noch ein paar Stunden weitergelaufen und hatten festgestellt dass unsere Beine uns voraussichtlich noch weitere fünf Meter tragen würden, bevor sie den Dienst verweigern würden. Also hatten wir entschieden, uns ein wenig Schlaf zu gönnen, was sich als Fehler herausstellen sollte.
Ich befand mich nach wie vor auf dem harten Felsboden. Noch immer trennten mich Tonnen von massivem Stein von der Freiheit. Noch immer fühlte ich mich eingesperrt. Ruckartig setzte ich mich auf. Vor mir saß ein grau gekleideter Mann, der mich aus durchdringenden blauen Augen, in denen weiße Sprenkel umhertanzten, musterte. Sein kurzes, graues Haar stand nach allen Seiten ab, als wäre er gerade erst aufgewacht.
„Xaenym Davine, der Zeit's Kind", sagte er in anerkennendem Ton.
„Wer bist du?", fragte ich misstrauisch.
„Nicht so hastig. Ich möchte dir einen Vorschlag machen."
„Wer bist du?", zischte ich erneut.
„Ich habe viele Namen aus vielen Zeitaltern, die ich überdauert habe. Doch nur unter einem Namen wirst du mich sicher erkennen. Morpheus, der Gott der Träume."
„Und was will Morpheus, der Gott der Träume, von mir?"
„Ich kann dir schlimme Träume schicken, wenn du dich weiterhin so respektlos verhältst", drohte er. „Nun zu deiner Frage: Ich will einen Handel."
„Es gibt nichts, was du mir anbieten könntest."

Er lachte auf. *„Ach wirklich? Xaenym, es kommt die Zeit, in der du jemanden töten willst. Nicht jemanden wie Zeus. Du weißt kaum etwas über Zeus. Ich bezweifle nicht, dass er dein Feind ist. Aber es sind die Umstände, die ihn dazu machen und nicht du selbst. Du hast keinen Grund ihn zu töten. Titansvillage hat einen. Und du kämpfst für Titansvillage. Mir geht es um deinen persönlichen Gegner. Jemand, mit dem du dich selbst verfeindet hast, den du aber nicht einfach töten kannst. Ich schenke dir die Macht, ihn zu töten, wann auch immer es dir gerade passt. Doch im Gegenzug nehme ich deine Gaben, bis auf das Träumen. Du wurdest mit zu vielen Kräften beschenkt, die du nicht verdient hast."*
„Das ... das ist der schlechteste, ungerechteste Handel, den ich je gehört habe." Ich runzelte die Stirn.
„Ich habe nie behauptet, er sei gerecht. Ich sagte, dass irgendwann die Zeit kommt, in der du diesen Handel brauchst, in der er dein einziger Ausweg sein wird. Es wird dir egal sein, ob es ungerecht ist. Und du wirst ohne zu überlegen darauf eingehen. Deshalb gebe ich dir die Möglichkeit, mich zu rufen, sobald du dich dazu entschieden hast, mein Angebot zu akzeptieren. Rufe mich in Gedanken und ich werde dir im Schlaf erscheinen. Lebe wohl, der Zeit's Kind. Du wirst mich rufen. Es ist nur eine Frage der Zeit."
Morpheus lächelte verschmitzt, während er begann, in trübem Licht zu verschwinden, wie ein entgleitender Traum.

Schweißgebadet schreckte ich aus dem Schlaf hoch. Neben mir schnarchte Sivah seelenruhig. Sie sah jünger und friedlicher aus als im wachen Zustand, obwohl sie sogar jetzt verbittert und rachsüchtig wirkte. Eigentlich hätte sie Wache halten müssen, doch wir beide waren so müde gewesen, dass ich ihr das Einschlafen nicht übel nahm.
Ich weckte Sivah und wir liefen wieder durch den scheinbar endlosen Tunnel, wobei unsere Schritte laut an den Höhlenwänden widerhallten.
„Sivah?", fragte ich vorsichtig.
„Hmm?"

„Hast du einen *persönlichen* Gegner? Jemand, mit dem du dich unabhängig von Titansvillage verfeindet hast? Dessen Tod dir besonders wichtig wäre?"
„Glücklicherweise ist mein persönlicher Gegner unser größter Feind. Zeus. Er hat Crudd getötet."
Hastig schüttelte sie den Kopf, um den Gedanken daran loszuwerden. „Wieso fragst du danach?"
Ich biss mir auf die Zunge. „Nur so."
„Ich hasse es, wenn du lügst."
Eigentlich hätte ich es ihr sagen sollen. Aber ich konnte nicht. Irgendetwas hielt mich davon ab.
Plötzlich gruben sich wie aus dem Nichts scharfe Krallen in meinen Rücken, woraufhin ich mich instinktiv nach vorn warf und mein Kopf hart auf dem Boden aufschlug. Ich kämpfte gegen die Bewusstlosigkeit und den Schwindel an. Der Schmerz ließ mich aufkeuchen, doch ich ignorierte ihn und riss Skouro aus der Schwertscheide. Ich rappelte mich auf, fuhr herum und erblickte ... drei Omas. Sie trugen gestrickte Mützen, hatten faltige Haut und sahen auch sonst durch und durch nach Omas aus. Allerdings passten die langen schwarzen Krallen an ihren Fingern für mich nicht ins Bild.
Da ich noch nie gegen Rentner gekämpft hatte, konnte ich das nicht so gut beurteilen, allerdings bewegten sie sich schneller, als ich gedacht hätte. Ihre Bewegungen waren ruckartig, unnatürlich, ohne jegliche Menschlichkeit und so schnell, dass ich sie kaum sehen konnte.
„Graien. Wir sind so gut wie tot", seufzte Sivah und griff eines der Ungeheuer an. Ich fragte mich, wie sie trotz der Gefahr so ruhig und gefasst bleiben konnte.
Bevor ich mir weitere Gedanken darüber machen konnte, stürzte sich eines der Omamonster mit ausgefahrenen Krallen auf mich. Ich versuchte, sie zu verwunden, doch die Verletzung, die ich ihr zufügte, heilte augenblicklich. Sie krachte mit voller Wucht gegen mich, wobei ihre die Krallen blutige Furchen über meinen Oberarm zogen und ich gegen die Felswand geschleudert wurde. Jegliche Luft wurde aus meiner Lunge gepresst. Ein leises Knirschen, das mich an brechendes Eis erinnerte, drang zu mir durch. Ich fühlte mich gelähmt, konnte mich nicht bewegen. Mir

war zu schwindelig. Während eine der Graien sich erneut auf mich stürzte, umzingelten die anderen beiden Sivah, die mittlerweile auf die Knie gesunken war. Sie blutete aus mehreren Wunden im Gesicht und an den Schultern.

Als die Graie gegen mich prallte und mich gegen die Höhlenwand warf, knirschte es erneut, diesmal lauter als vorhin. Ich rang nach Luft, doch ich schaffte es nicht, einzuatmen. Skouro glitt mir aus der Hand, wobei das Ungeheuer mich boshaft angrinste. Meine Hand schnellte zum Griff eines Dolches. Als die Graie bemerkte, was ich vorhatte, wurde ihr Lächeln nur breiter.

Doch ich wollte mich wenigstens nicht kampflos geschlagen geben. Mit voller Wucht stieß ich ihr den Dolch ins Herz.

Ihr Lächeln erstarb, ihre Miene wirkte versteinert und leblos, während sie vor mir zusammensackte. Die beiden anderen starrten mich fassungslos an, was Sivah die Chance verlieh, sich neben mich an die Wand zu schleppen. Plötzlich ertönten haarsträubende Schreie. Die Graien kamen mit weit geöffneten Mündern, aus denen schmerzerfüllte Laute drangen, auf uns zu.

Meine Finger schlossen sich krampfhaft fester um den Dolchgriff.

Durch die magischen Grenzen kämpfte ich schlechter als sonst. Und die Graien waren zu schnell, zu geschickt. Doch ich würde kämpfen. Ich würde nicht sterben, bevor ich erfahren hatte, wer Armenia war, bevor ich mich zum ersten, einzigen Mal verliebt hatte und bevor ich die Sonne nicht wiedergesehen hatte.

Als die erste Graie mich erreichte, versuchte ich, sie mit dem Dolch zu töten. Und tatsächlich bohrte sich die Klinge bis zum Heft in ihre Brust. Aber trotzdem lebte sie noch und stieß gegen mich. Das knirschende Geräusch, das die Höhlenwand verursachte, wurde lauter. Einige Risse zeichneten sich am Fels ab. Das zweite Monster krachte mit voller Wucht gegen Sivah.

Ich verlor den Halt. Aufgewirbelter Gesteinsstaub umgab mich, begleitet von dem Gefühl, in einen Abgrund zu fallen. Plötzlich griff jemand nach meinem Handgelenk und ein Ruck durchfuhr meinen Körper. Das wenige unnatürliche Licht im Tunnel über uns reichte aus, um zu erkennen, was passiert war: Die Höhlenwand musste unfassbar dünn gewesen sein. Wo die

Graien gegen uns geprallt waren, war sie durchgebrochen. Wir wären beinahe hinabgestürzt, doch Sivah klammerte sich mit einer Hand an der Kante zwischen dem Tunnel und dem Abgrund fest. Mit der anderen hielt sie mich fest. Sie stieß einen schmerzerfüllten Schrei aus, als ein paar Steine auf sie hinabfielen. Staub rieselte auf ihr Gesicht. Ein dünnes Blutrinnsal lief von Sivahs Arm auf meine Hand. Mit meinen Füßen suchte ich am Fels nach Halt. Plötzlich hörte ich ein wütendes, unnatürliches Kreischen aus der Tiefe. Auf einmal fiel das schwache Licht auf eine Graie, die an der Wand hinaufkletterte. Sie sah nicht mehr aus wie eine alte Frau, sodass ich jetzt einen Blick auf ihre verdrehten Gliedmaßen und ihre graue, runzlige Haut werfen konnte. Ihre schwarzen Augen starrten mich wie gebannt an. Sie hatte die spitzen, schwarzen Zähne gebleckt. Alles an dieser Kreatur wirkte unfassbar falsch und unnatürlich. Bei anderen Monstern hatte ich nie diesen Eindruck. Aber die Graien sahen aus, als wären sie vor sehr langer Zeit einmal menschlich gewesen und als hätte sie jemand gewaltsam zu solchen Geschöpfen gemacht.
Zischend kletterte sie weiter auf uns zu. Wenn meine Idee funktionieren sollte, durfte ich Sivah noch nicht verraten, dass ich einen Plan hatte, da die Graien es sonst gehört hätten. Mein Herz raste. Doch mein Plan würde aufgehen. Meine einzige Möglichkeit, um ihn auszuführen, war, zuzulassen, dass sich die scharfen Krallen in meine Wade gruben. Ich zuckte vor Schmerz zusammen und machte mich bereit. Noch wenige Zentimeter und sie war nah genug. Ruckartig trat ich auf den Kopf des Ungeheuers und zog mich an Sivahs Hand weiter aufwärts. Wütend kreischend verlor das Monster den Halt und stürzte hinab, wobei es das andere mit sich riss. Knapp konnte ich mich an der Kante des Abgrundes festhalten. Spitze Steine bohrten sich in meine Handflächen, während ich mich hinaufzog. Meine Armmuskeln brannten. Auch Sivah versuchte, hochzuklettern, doch ihre Verletzungen setzten ihr stark zu. Als ich endlich auf dem Höhlenboden stand, half ich ihr hoch. Keuchend legte sie sich neben mich und wischte sich mit dem Handrücken Staub und Blut vom Gesicht.
Ich hätte nie gedacht, dass ich einmal froh sein würde, in diesen

Tunneln zu sein, doch angesichts der Alternative, die daraus bestand, in die Tiefe zu stürzen, war mir diese Höhle doch lieber.
„Was war *das*?", keuchte ich. „Wieso gibt es hier andere Höhlen?"
„Unter der Wüste gibt es zahlreiche Hohlräume, einige voll Wasser, andere leer. Durch Magie wurden die vier Tunnel und der Hohlraum der Insel erschaffen. Doch andere, natürliche Räume gibt es hier trotzdem noch", erwiderte sie achselzuckend.
„Und ... was war mit den Graien? Irgendwas an ihnen war ..."
„Unnatürlich? Sie sind die drei Schwestern der Gorgonen und wurden schon alt geboren. Gemeinsam besaßen sie nur ein Auge, das sie sich immer wieder teilten. Damals waren sie friedlich und freundlich, nahmen manchmal als Geschenk das Alter einer Person an sich und verjüngten diese so. Aber Zeus verlockte sie eines Tages mit dem Versprechen, ihnen Unverwundbarkeit und das Augenlicht zu geben. Als er sie gehen ließ, hatten sie jeweils zwei tiefschwarze Augen, deren Preis jedoch ihre Freiheit war. Sie wurden zu den mordenden Werkzeugen der Götter und konnten nicht verwundet werden. Außer von deinem Dolch."
„Ich nehme an, du wirst mir nicht sagen, was es mit meinem Dolch auf sich hat."
„Natürlich nicht."

Kapitel 17

Jannes

Erschöpft ließ ich mich neben Roove auf den Boden sinken.
Wir beide litten an Wassermangel, jedoch ging es Roove schon erheblich besser. Mein Zustand verschlimmerte sich aber jede Sekunde. Ich vermisste die Wüstensonne, egal wie glühend heiß sie war. Die Lichtstrahlen auf meinem Gesicht, das offene Gelände, die Möglichkeit, jeden Feind schon lange vor einem Angriff zu sehen. Ich wollte mich nicht in diesen Höhlen verkriechen, sondern ehrenvoll bis zum Tod kämpfen. Auf einfachem Gelände, ohne Hinterhalt. Ich schwor mir, nicht in diesen Höhlen zu sterben, sondern unter freiem Himmel. Niemals hätte ich es ertragen, in einem dunklen, stickigen Tunnel zu sterben.
„Du hast keine Ahnung, wie sehr ich diese stinkenden Höhlen jetzt schon satt habe", schnaubte ich.
„Ich auch. Ich vermisse Xaenym."
Ich hob eine Augenbraue, wie ich es immer tat, sagte aber nichts. Erkannte er denn nicht, dass sie ihn nicht liebte?
Vielleicht hatte er sich unbewusst damit abgefunden, wollte es aber nicht wahrhaben. Er liebte sie so sehr, dass er nicht glauben wollte, dass sie dieses Gefühl nicht erwiderte. Bei Devan war mir von vornherein klar gewesen, dass er mich niemals lieben würde. Doch es hatte mir gereicht, in seiner Nähe zu sein. Ich seufzte. Ob er wohl im Elysium war? Ob er sich wohl noch über diese Haarsträhne ärgerte, die immer abgestanden hatte? Eine Träne lief mir über die Wange. Ich würde nicht schluchzend und heulend trauern. Dafür war ich zu eitel. Mehr als einen kurzen Augenblick der Schwäche wollte ich mir nicht erlauben.
„Verdammt, ich vermisse sie so sehr." Rooves leise Stimme riss mich aus meinen Gedanken.
„Ich weiß."
„Warum hasst du sie nur? Ihr seid gar nicht so verschieden, auch wenn du es nicht wahrhaben willst."

„Wir sind unterschiedlich genug, um uns zu hassen."
„Xae hasst dich nicht."
Stur schwieg ich. Meine Trauer war verschwunden. Jetzt war ich wütend. Ich würde mich nicht überreden lassen, Xaenym zu mögen.
Er seufzte.
„Was glaubst du, wie lange wir schon hier unten sind?"
Ich warf ihm für den Themenwechsel einen dankenden Blick zu.
„Keine Ahnung. Die Zeit vergeht hier nicht so, wie an anderen Orten. Diese Höhlen wurden von Urgöttern geschaffen. Vielleicht haben sie die Zeit hier verändert. Außerdem habe ich das Gefühl dafür verloren. Seit ich die Sterne nicht mehr sehe, kann ich nicht einmal mehr zwischen Tag und Nacht unterscheiden. Meine Fresse, ich will raus hier", stieß ich zwischen zusammengebissenen Zähnen hervor.
„Darüber können wir nicht immer entscheiden. Goldblüter haben ein hartes Leben."
Ich nickte. „Das haben sie wirklich."

Heige

Es fühlte sich an, als würde ich ertrinken. Egal wie sehr ich nach Luft rang, meine Lungen füllten sich nicht. Meine Kehle schmerzte. Dunkelheit umfing mich. Ich versuchte, mich zu wehren, doch es war schwer, gegen etwas anzukämpfen, das sich zwar überall befand, aber dennoch nicht greifbar war. Ohne ein wirkliches Ziel konnte ich nichts ausrichten. Gegen eine solche gestaltlose Kraft war ich machtlos. Meine Brust schmerzte. Der Sauerstoffmangel ließ mein Herz langsamer schlagen.
Erinnere dich!, rief ich mir in Gedanken zu. Wie war ich in diese Lage geraten? Was war das Letzte, das ich noch wusste? Cryliss und ich hatten beschlossen, uns ein paar Stunden Schlaf zu gönnen. Konnte dies alles also nur ein Traum sein? Würde ich aufwachen, wenn ich im Traum starb?
Doch es fühlte sich zu echt an, als dass es sich um eine Illusion meines Unterbewusstseins hätte handeln können. Nein, zumindest ein Teil davon war echt. Ich war wirklich dabei, zu ertrinken. Die Zeit wurde knapp. Ich musste sofort aufwachen. Meine Lunge brannte höllisch. Ich würde nicht aufgeben,

sondern weiterkämpfen. Noch konnte ich es schaffen.
Hier in den Höhlen gab es kein Wasser, was bedeutete, dass ich gar nicht ertrank. War ich also dabei, zu ersticken? Meine Kehle schmerzte zu stark. Plötzlich ging mir auf, dass ich erwürgt wurde. Schlagartig riss ich die Augen auf und verpasste meinem Angreifer einen Kinnhaken. Cryliss' Kopf wurde zurückgeworfen, bevor ihre Hände meine Kehle erneut umschließen konnten.

Cryliss

Das Monster kauerte neben mir auf dem Boden und atmete keuchend ein und aus. Als es eingeschlafen war, hatte es noch ausgesehen wie Heige. Doch im Schlaf hatte es die Täuschung nicht aufrechterhalten können und hatte sich wieder in seine ursprüngliche Gestalt verwandelt. Diese rabenschwarzen Augen ohne erkennbare Pupille oder Iris starrten mich entsetzt an. Das Monster rieb sich die gerötete Haut am Hals, wo ich versucht hatte, es zu erwürgen. Dort sah die Haut fast aus, wie die eines Menschen. Doch an anderen Stellen war sie aschfahl, makellos und unnatürlich glatt. Erneut stürzte ich mich auf das Ungeheuer und schlug mit den Fäusten auf sein Gesicht ein.
Plötzlich traf ein Schlag meine Nase, woraufhin diese beunruhigend laut knirschte. Auf einmal befand sich vor mir nicht länger die schwarzäugige Kreatur, sondern Heige mit aufgeplatzter Lippe und blutender Nase. Hatte es sich wieder verwandelt? Oder hatte ich mich getäuscht?
„Was zum Hades machst du da?!"
Die Stimme gehörte zweifelsfrei zu Heige.
„Du ... das Monster ... ", murmelte ich völlig verwirrt.
„Ich bin kein Monster", sagte sie verärgert und wischte sich das Blut von der Lippe. „Ich bin Heige."
Vor mich hin starrend ließ ich mich auf den Boden sinken.
„Du ... bist nur Heige?"
Ihre Miene wurde weicher und sie nickte.
Ich presste die Lippen zu einem dünnen Strich zusammen. „Ich dachte, ich könnte mittlerweile zwischen Realität und Illusion unterscheiden."
„Das kannst du auch. Aber dieser Tunnel lässt jeden ein wenig

verrückt werden. Und falls du in Zukunft noch einmal vorhast, ein Monster umzubringen, sieh erst nach, ob ich es auch für ein Monster halte."

Kaum merklich nickte ich. Heige reichte mir eine Hand.

„Komm, wir müssen weiter."

Obwohl sie versuchte, freundlich zu wirken, sah ich den Schock in Heiges Augen. Und ich konnte es ihr nicht verübeln. Ich hatte sie angegriffen, wobei nur die Tatsache, dass ich zu verwirrt gewesen war, um nach meinem Schwert zu greifen, ihr Leben gerettet hatte. Und wer konnte wissen, was ich tun würde, wenn ich daran dachte, meine Waffe zu ziehen.

Ramy

Zweimal hatte ich versucht, Nae zu küssen. Zweimal war sie geschickt ausgewichen, woraufhin ich meine Gefühle überspielt und so getan hatte, als hätte ich mich nur an die Höhlenwand lehnen wollen.

Wir saßen nebeneinander auf dem Boden und aßen jeweils ein kleines Stück unseres einzigen Apfels. Aus dem Augenwinkel sah ich, wie Nae mich beobachtete. Als ich sie direkt ansah, stellte ich überrascht fest, dass sie sich wider Erwarten nicht hastig wegdrehte.

Ihre grünen Augen musterten mich eindringlich. Sie lächelte und beugte sich ein Stück vor. Nur wenige Zentimeter trennten unsere Lippen voneinander. Aber plötzlich drehte ich mich weg und lehnte mich erneut an die Höhlenwand.

Die Verwirrung stand ihr ins Gesicht geschrieben, weshalb ich schmunzeln musste. Was sie konnte, schaffte ich allemal. Auch ich konnte mich plötzlich wegdrehen. Auch ich konnte sie ignorieren.

„Wie es wohl den anderen geht?", fragte sie nach einigen Minuten.

„Ich weiß es nicht. So wie uns? Halb verdurstet?"

„Wir werden sterben." Ihre Stimme klang fast nur wie ein Flüstern.

„Sei nicht so pessimistisch. Was glaubst du, in wie vielen aussichtslosen Situationen ich schon überlebt habe?"

„Keine Ahnung, du erzählst mir ja nicht davon."

„Warum ist das dir so wichtig?"
Sie seufzte. „Vielleicht hast du ja Recht."
„Dann gibt es ja keinen Grund, wütend auf mich zu sein."
„Wütend? Nein. Ich weiß nur nicht, was das mit uns ist."
„Muss man alles definieren?"
Plötzlich küsste sie mich und löste sich ebenso abrupt wieder.
„Ich fürchte, man *kann* nicht alles definieren", flüsterte sie gedankenverloren.
Ich lachte. „Das hier kann man meiner Meinung nach sehr eindeutig definieren."
Nae warf mir einen bösen Blick zu.
„Wie viele Pfeile haben wir eigentlich?", wollte sie dann wissen. Sie gab sich wirklich alle Mühe, vom Thema abzulenken.
„Ich habe neun."
„Vier."
„Das sind bei Weitem nicht genug."
„Ich weiß."

Nae

Wir beschlossen, dass es Zeit wurde, weiterzulaufen und machten uns auf den Weg. Auch wenn der verzauberte Nebel verflogen war, als erneut Luft von außen hierher geweht wurde, fühlte ich mich müde und meine Beine taten weh. Die meisten meiner Wunden waren halbwegs verheilt, doch ich hatte Schmerzen am ganzen Körper sowie schrecklichen Hunger und Durst. Meine Lippen waren aufgesprungen und meine Kehle trocken. Seit dem Angriff der Laistrygonen hatte ich nichts getrunken, was sicher schon zwei Tage her war. Zwei Tage ohne Wasser. Zwei Tage ohne Sonnenstrahlen auf meinem Gesicht. Eigentlich nicht viel, doch es kam mir vor, als wäre ich vor Jahren zuletzt draußen gewesen. Diese Höhle hatte noch immer etwas Trügerisches an sich, etwas, das alles auslöschte, bis auf das Hier und Jetzt. Neraya hatte Recht gehabt – die gesamte Insel war dazu ausgelegt, Eindringlinge zu töten.
Doch wiederum waren zwei Tage ohne Wasser etwas völlig anderes als zwei Tage ohne die Sonne gesehen zu haben. Diese Zeit erschien mir nicht nur lang, es war auch tatsächlich ein gefährlich großer Zeitraum. Je weiter der Tag voranschritt, desto

mehr wurde mir bewusst, wie groß mein Problem war. Mein Kopf schmerzte, ich musste mich ständig ausruhen und als ich mir mit den Fingerspitzen über die Zunge fuhr, spürte ich, dass sie trocken und rissig war. Ramy schien es ähnlich zu gehen. Ich unterdrückte das Bedürfnis, ihn zu umarmen. Mitleid würde uns nicht weiterhelfen.

Verzweifelt zerbrach ich mir den Kopf. Irgendetwas musste mir doch einfallen, um an Wasser zu kommen. Da ich nicht den blassesten Schimmer hatte, wie lange wir noch in diesen Höhlen gefangen sein würden, konnten wir nicht darauf hoffen, rechtzeitig in einen der vier Inselteile zu gelangen.

Was sollten wir also tun? Auf Regen hoffen? Ich befand mich in dieser verdammten Höhle. Nach einem Bach suchen? Ich befand mich in dieser verdammten Höhle.

Der einzig plausible Ausweg wäre also, irgendwie aus dem Tunnel zu entkommen.

Leider hatte aber jeder Tunnel die niederschmetternde Eigenschaft, in nur zwei Richtungen zu verlaufen. Wir konnten also geradeaus gehen und hoffen, hinauszugelangen, bevor wir verdursten würden oder zurücklaufen, wo uns etwa ein dutzend bewaffneter Krieger entgegenkam, von denen jeder mit reichlich Nahrung und Wasser versorgt war. Und da fiel es mir wie Schuppen von den Augen: *Sie hatten Wasser und Proviant.* Es war ein Glücksspiel: Wenn wir entschieden, weiterzugehen, würden wir vielleicht entkommen. Aber wenn nicht, konnten wir uns nicht mehr umentscheiden, da wir nicht mehr in der Lage sein würden, zu kämpfen. Wählten wir aber den Kampf gegen Vice' Krieger, könnten wir ihnen möglicherweise Wasser und etwas zu Essen stehlen – oder aber auch dabei sterben.

„Der Plan gefällt mir nicht", murmelte Ramy, während er gedankenversunken die Höhlenwände anstarrte.

„Es ist die einzige Möglichkeit", beharrte ich.

Inzwischen war ich zu dem Schluss gekommen, dass es aussichtslos wäre, dem Verlauf des Tunnels weiterhin zu folgen, da die Insel weit unter er Erdoberfläche lag und der Weg nicht besonders steil abfiel, weshalb wir noch nicht genug

Höhenunterschied überwunden haben konnten. Es würde noch einige Tage dauern, bis wir endlich auf der Insel sein würden. *Falls* wir überhaupt dort ankamen.

„Wir sind zu zweit. Die sind mindestens zu zehnt. Und Vice zählt hundertfach", sagte Ramy trocken.

„Du weißt genauso gut wie ich, dass Vice Sivah und Xae gefolgt ist. Durch seine Kräfte weiß er genau, wer welchen Tunnel gewählt hat. Außerdem funktionieren meine Pläne so gut wie immer."

„Also schön. Lieber falle ich im Kampf, als jämmerlich zu verdursten. Aber wie willst du gegen so viele Krieger kämpfen? Sie werden uns überrennen."

„Wenn wir uns nebeneinander aufstellen und so den Durchgang versperren, können sich uns immer nur zwei Gegner entgegenstellen. Erst wenn wir sie besiegt haben, können die nächsten zwei vorrücken."

„Du vergisst, dass sie Pfeil und Bogen haben. Sie können uns einfach erschießen."

„Nicht, wenn wir uns nachts anschleichen, ihre Wachen erschießen und schnell alle Bogensehnen durchtrennen oder schon einige von ihnen töten."

„Wenn wir sie töten, fangen sie dabei an zu schreien. Aber die Bogensehnen können wir kappen. Nur wie sollen wir uns anschleichen? Hier unten gibt es keine Tageszeiten, woher wissen wir also, wann sie schlafen? Wir können ihnen nicht einfach entgegenlaufen und hoffen, sie schlafend vorzufinden."

„Der ganze Plan ist ein einziges Risiko. Aber so haben wir höhere Überlebenschancen, als wenn wir dem Tunnel folgen. Wir *müssen* darauf hoffen, dass sie schlafen, wenn wir sie finden."

„Das gefällt mir immer noch nicht. Ich bevorzuge es, meinem Gegner weit überlegen zu sein – und ihn das auch wissen zu lassen."

„Man kann nicht immer haben, was man will", erwiderte ich.

Behutsam strich ich mit dem Daumen über das gefiederte Ende des Pfeilschaftes. Die gespannte Sehne drückte sich in meine

Fingerkuppen. Meine Schritte kamen mir angesichts des Echos viel zu laut vor. Jeder Muskel meines Körpers war zum Zerreißen gespannt. Vor einigen Stunden waren wir umgekehrt, sodass wir nun Vice' Kriegern entgegenliefen. Die meiste Zeit hielt ich die Luft an und horchte, ob ich ein Gespräch oder Schritte hören konnte, doch alles blieb still. Mir wurde noch deutlicher bewusst, wie gewaltig die erdrückenden Felsmassen waren, die mich von der Sonne trennten. Als Dryade fehlte mir der Duft des Waldes, die vereinzelten Sonnenstrahlen, die das Blätterdach durchdrangen und auf mein Gesicht fielen.

Als plötzlich ein leises Knacken ertönte, spannte ich die Sehne des Bogens vollständig und richtete die Pfeilspitze nach vorn. Da der Tunnel hier eine Biegung machte, konnte ich noch niemanden sehen. Ich lugte hinter der abgerundeten Felskante hervor. Zunächst war ich so erstaunt, dass ich gar nicht daran dachte, meine Gegner zu erschießen.

Sie sahen schrecklich aus. Blutige Furchen überzogen die Gesichter der beiden Goldblüter. Die Haut zwischen den Schnitten war blau und angeschwollen. Nur einer trug noch eine zerfetzte Spolas, der andere ein ebenso zerstörtes T-Shirt, unter dem die tief zerkratzte und aufgeplatzte Haut zum Vorschein kam. Sie nutzten ihre Langschwerter als Krücken und schleppten sich auf diese Weise mühevoll voran. Im Halbdunkel sah man ihr blondes Haar, das jedoch von Blut und Schmutz ein rötliches Hellbraun angenommen hatte. Der Kleinere hatte einen Verband um seinen seltsam kurzen Arm gebunden, was darauf schließen ließ, dass er im Kampf seine Hand verloren haben musste. So übel zugerichtet hatte ich nur wenige Goldblüter jemals gesehen. Nichtmal Xaenym sah nach ihrem Sturz aus dem Flugzeug so aus. Ramy sprang hinter der Tunnelbiegung hervor und richtete seinen Bogen auf die Brust des Jungen, der seine Hand eingebüßt hatte. Auch ich trat hervor und zielte auf das Herz des anderen Kriegers. Die beiden sahen uns mit unergründlicher Miene an, als warteten sie nur auf den Schuss.

„Wer hat euch das angetan?", fragte ich, bemüht, das Zittern in meiner Stimme zu unterdrücken.

Der Größere lächelte; Blut sickerte aus seinem Mundwinkel.

„Sie werden euch auch bald töten." Seine Stimme war heiser,

nicht lauter als ein Flüstern.
„*Wer*?", wiederholte ich eindringlich.
Als sie nicht antworteten, ließ ich das gefiederte Ende des Pfeils zwischen meinen Fingern hindurchgleiten. Das Surren der zurückschnellenden Sehne hallte an den Wänden wider. Die Spitze bohrte sich tief ins Herz des noch immer lächelnden Jungen. Langsam ließ ich den Bogen sinken und trat über seinen leblosen Körper. In seinen strahlend blauen Augen lag Glück. Und genau das hatte ich gewollt. Nicht Wut, sondern Mitleid hatte mich dazu gebracht, ihn zu töten. Auch der andere Kämpfer stürzte; ein schwarz gefiederter Pfeil ragte aus seiner Brust. Ich kniete mich neben sie und schloss behutsam die Augen der beiden.
Ramy trat neben mich, setzte sich und legte die Arme um mich. Ich vergrub das Gesicht an seiner Brust.
„Wie sie wohl hießen?", flüsterte ich.
„Das werden wir niemals erfahren."
„Sie ... sie waren tapfer. Nur wenige hätten den Kampfgeist gehabt, bei solchen Verletzungen noch weiterzulaufen."
Mit zitternden Händen nahm ich die Pfeile, die das Leben der beiden beendet hatten, an mich. Erst jetzt sahen wir uns die Rucksäcke der Jungen an. Sie waren so sehr mit ihren Wunden verklebt, dass wir sie nur mühevoll von ihnen lösen konnten. Ramy gab mir einen Rucksack, während er den anderen noch vom Rücken des Goldblüters zog. Hoffnungsvoll öffnete ich den solide verarbeiteten Verschluss und griff blindlings hinein. Ich spürte etwas Metallisches, das ich sofort aus dem Rucksack riss. Meine Finger umschlossen eine silberne Zweiliterflasche, die etwa bis zur Hälfte gefüllt war. Ich schraubte hastig den Deckel auf. Am liebsten hätte ich den gesamten Inhalt sofort getrunken, doch ich zwang mich, zuerst daran zu riechen. Kein Gift, kein sonderbarer Geruch, nur Wasser. Ich nahm mehrere große Schlücke und genoss das Gefühl, wie die kühle Flüssigkeit meine trockene Kehle hinunterlief. Auch Ramy hatte ebenfalls eine halb volle Trinkflasche entdeckt, die er schon fast leergetrunken hatte.
Nun griff ich in eine der Seitentaschen, wo ich ein paar getrocknete Rindfleischstreifen sowie Streichhölzer vorfand.

Außerdem hatten die beiden Krieger noch jeweils ein Seil, drei Fläschchen Epouros, einen Laib Brot und insgesamt siebzehn Pfeile bei sich. Das alles war nicht viel, doch für uns genug zum Überleben.
Dennoch konnte ich mich nicht darüber freuen. Nicht, während ich neben zwei tapferen Jungen saß, die für ihre Überzeugung gestorben waren. Diese beiden waren so überzeugt von ihrem Ziel, dass sie sich dafür unter Schmerzen vorangeschleppt hatten und bereitwillig gestorben waren. Man hatte sie angelogen und ihnen die Grausamkeit der Götter verheimlicht, um sie dazu zu bringen, die Titanen vernichten zu wollen. Und es machte mich traurig, dass sie niemals erfahren würden, dass sie Zeus egal waren.
Was hatte sie so schlimm zurichten können? Wo war es? Und am wichtigsten: Würden wir gegen es kämpfen müssen?

Xaenym
Sivah hatte beschlossen, dass es besser sei, weiterzulaufen, statt zu schlafen. Die Müdigkeit zehrte an meinen Kräften. Unsere Wasservorräte waren, ebenso wie die verbliebene Nahrung, aufgebraucht. Noch war ich nicht allzu hungrig oder durstig, aber innerhalb der nächsten Stunden würde sich dies gewaltig ändern.
Durch die schwüle Luft fiel uns beiden das Atmen schwer. Plötzlich bemerkte ich, dass die ehemals stockdunkle Höhle von zaghaften Sonnenstrahlen erleuchtet wurde. Obwohl meine Lunge brannte, stieß ich einen Freudenschrei aus und sprintete die letzten Meter, die mich von der Freiheit trennten. Zunächst blendete das grelle Licht meine Augen. Allmählich erkannte ich verschwommenes Grün, woraufhin mir ein Stein vom Herzen fiel. *Keine Steppe*, dachte ich zufrieden.
Als meine Sicht klarer wurde, sah ich den riesigen Dschungel, der sich vor mir erstreckte. Tausende mir unbekannte Bäume mit glatten Stämmen sowie bunten Früchten, die an den Baumkronen hingen, standen dicht beieinander. Wegen der zahlreichen, kreuz und quer hängenden Lianen würden wir uns den Weg mit unseren Schwertern selbst bahnen müssen. Der dunkle Boden wurde von einer Schicht aus herabgefallenen

Blättern und Ästen bedeckt. In der Ferne erhob sich zwischen den hohen Bäumen ein felsiger Berg. Dort oben musste das Tor zu Pyrinas sein. Ein ruhiger Bach teilte den Dschungel in zwei Teile. Ein Lächeln umspielte meine Lippen.
Als ich nach oben sah, blieb mir die Luft weg. Eine hohe Kuppel aus schwarzem Fels umschloss uns. Dennoch drang das Sonnenlicht mühelos hindurch, sodass man zwar die Sonne und ihr Licht, aber sonst nichts aus der Oberwelt sehen konnte. Es war ein merkwürdiger Anblick.
Hastig lief ich zum Bach und schöpfte eine Handvoll klares Wasser. Ich wusch mir Blut und Schmutz vom Gesicht, aus meinen Wunden und aus den Haaren. Auch meine Spolas spülte ich kurz ab, bevor ich mich einfach ins Wasser legte und die erfrischende Wirkung genoss.
Sivah befreite sich ebenfalls von Dreck und Blut. Mit neuer Hoffnung gingen wir auf die scheinbar undurchdringliche Wand aus Lianen zu. Die schwüle, tropische Hitze war anders als die der Sahara. Unzählige Moskitos und andere Insekten flogen herum, weshalb ich dauernd um mich schlug.
Wir liefen bis in die späte Nacht hinein. Plötzlich grollte der Himmel. Warme Regentropfen strömten auf uns herab, was uns die Orientierung noch zusätzlich erschwerte. Als ich eine weitere Liane zerteilen wollte, ertönte auf einmal ein haarsträubendes Geräusch, wie Fingernägel, die über eine Schultafel kratzen. Skouro glitt über eine durchsichtige Barriere und mir ging auf, dass ich am Rand des tropischen Bereichs der Insel angekommen sein musste. Durch den starken Regen musste ich die Augen zusammenkneifen, um etwas auf der anderen Seite zu erkennen. Und als ich das tat, stockte mir der Atem.

Roove

Ich verzog wegen des Schmerzes mein Gesicht, als ich über einen Stein stolperte und mit der Schulter gegen die Höhlenwand stieß. Zwar war die Vergiftung auf wundersame Art geheilt, doch Vice' Klinge hatte meine Schulter nach wie vor fast vollständig durchbohrt, weshalb jede Bewegung mit einem starken Brennen einherging. Außerdem hatte ich gestern bei einem Kampf gegen einen von Vice' Spähern eine flache Wunde am Oberschenkel davongetragen. Der Junge war so dumm gewesen, uns zu nahe zu kommen, weshalb wir seine Schritte nicht hatten überhören können. Nach einigen wenigen Schwertschlägen hatten wir ihn getötet, doch im letzten Moment hatte er einen Dolch über mein Bein gezogen.

„Weg da!", schrie Jannes plötzlich und stieß mich mit voller Wucht zur Seite, wodurch ich erneut, doch diesmal mit voller Wucht, gegen die Tunnelwand krachte.

„Was zum Hades ist los?", meckerte ich. Als ein spinnenartiges, grauenvoll stinkendes Ungeheuer mit einem dumpfen Knall dort aufschlug, wo ich kurz zuvor gestanden hatte, brummte ich: „Oh. *Das* ist los."

Einer der sechs Wolfsköpfe des Monsters blickte mich aus rot glühenden Augen an und fauchte. Auf zwölf dünnen, haarigen Beinen schleppte es seinen fetten Körper in meine Richtung.

So ein Pech konnte aber auch nur ich haben. Das war Skylla, eine Kreatur, die hier rein gar nichts zu suchen hatte. Schnell zog ich mein Schwert und schlug mit der Klinge auf einen der Köpfe ein, doch ein metallisches Klirren signalisierte mir, dass er gepanzert sein musste. Sogar die Beine waren von einer harten Schutzschicht umgeben. Mehrere messerscharfe Zahnreihen schnappten wenige Zentimeter vor meinem Gesicht zu, woraufhin ich ins Taumeln geriet. Jannes bekämpfte die Bestie von der anderen Seite, doch die Köpfe schienen unabhängig voneinander zu funktionieren. Ein markerschütternder Schrei übertönte Skyllas Fauchen. Einer der Köpfe hatte seine Zähne tief in Jannes' Seite geschlagen. Sie wimmerte, während sie versuchte, sich zu befreien. Ich wusste, dass wir im direkten Kampf keine Chance hatten. Also tat ich das, was Nae getan hätte: überdenken, was ich über meinen Gegner wusste. Skylla war einst ein schönes Mädchen gewesen, die jedoch von der Hexenmeisterin Circe in ein rachedurstiges Ungeheuer verwandelt worden war. Laut der Legenden hauste sie an der Meerenge bei Messina, gegenüber des Meeresstrudels Charybdis.

Rede!, dachte ich. *Du musst reden!*

„Du warst auch einmal menschlich, nicht wahr?"

Alle Köpfe erstarrten und sahen mich erwartungsvoll an.

„Was, wenn ich den Zauber zurücknehmen könnte?"
Weiterhin musterte das Monster mich. Eine einzelne Träne lief aus dem Auge, das mir am nächsten war.
„Glaubst du, ich weiß nicht, dass du mich anlügst? Glaubst du, jedes Ungeheuer wäre dumm?"
Skyllas eiskalte Stimme hallte noch lange an den Wänden wider. Eines der Augen verwandelte sich in ein strahlend blaues. Schmerz und Wut spiegelten sich darin.
„Also schön, ich kann dir nicht helfen. Aber musst du uns deshalb töten?"
„Ich muss mich ernähren. Und ihr beide gebt einen köstlichen Happen ab." Das Auge wurde wieder rot, als wäre nie etwas damit geschehen. Von der Menschlichkeit, die gerade noch darin gelegen hatte, war nichts mehr übrig.
Alle Köpfe wandten sich von mir ab und schnappten nach Jannes. Ohne zu überlegen sprang ich auf den Rücken, die schwarze Fläche, an deren Seiten sich die Köpfe reihten, und versuchte, mein Schwert hineinzustoßen. Doch auch hier schützte ein Panzer Skylla vor Angriffen.
Nur haarscharf entging ich einem Biss, wobei ich vom Rücken der Bestie fiel und dabei einige Kratzer davontrug. Mehrere Köpfe schnappten nach mir, die ich mit meinem Schwert abwehren, jedoch keinen Gegenangriff starten konnte.
Plötzlich ließ die Bestie von mir ab und kroch zu Jannes, die eine Hand auf ihre verletzte Seite gepresst hielt. Blut quoll zwischen ihren Fingern hervor.
Auf einmal entspannten sich ihre Gesichtszüge. Ihre Hand umfasste den Schwertgriff fester. Sie machte einen Satz nach vorn und ließ sich währenddessen fallen, sodass sie unter dem Monster lag. Dieses zerkratzte ihr mit den Pfoten das Gesicht und versuchte, sie zu beißen. Jannes stieß mit dem Schwert nach Skyllas Rachen, doch es ertönte lediglich ein metallisches Knacken, als die Waffe brach. Das Ungeheuer zerkaute genüsslich die Klinge, als wäre dies eine besonders leckere Delikatesse und widmete sich erneut Jannes, die Skylla mit offenem Mund anstarrte.
Es wurde Zeit, dass ich mal wieder etwas Dummes und Unüberlegtes tat, also griff ich das Monster ohne genaueren Plan

an.
Sofort schnappten drei Mäuler nach mir und drängten mich bis zur Tunnelwand zurück. Jannes' Augen weiteten sich, als das Monster weiter auf mich zukroch. Hektisch riss sie einen Dolch aus ihrem Waffengürtel, kniff die Augen zu und rammte ihn gefolgt von Skyllas Brüllen in den Bauch der Bestie. Schwarzes Blut spritzte auf ihr Gesicht, während das Monster sich hin und her wand. Die rot glühenden Augen verblassten. Das Ungeheuer fiel mit einem dumpfen Schlag auf den Boden. Jannes hievte sich ins Stehen, wobei sie sich an der Wand stützte.
„Jedes Monster", keuchte sie, „hat glücklicherweise eine Schwachstelle."
„Deine Seite ist verletzt. Zeig mal her."
„Lass mich. Mir geht's gut", sagte sie schroff.
„Soll ich dich beim Gehen stützen?"
„Hast du mir nicht zugehört oder bist du einfach schwer von Begriff? Mit mir ist alles in Ordnung. Nur ein kleiner Kratzer."
Da war sie wieder, Jannes' Eitelkeit. Lieber wäre sie zusammengebrochen, als sich von jemandem helfen zu lassen. Stürmisch marschierte sie an mir vorbei, nur um nach zwei Schritten schmerzverzerrt das Gesicht zu verziehen und langsamer zu gehen. Schweigend liefen wir einige Stunden nebeneinander her. Jannes' Gesicht wurde immer blasser; Schweißperlen zeichneten sich an ihrer Stirn ab.
Als ich einen Sonnenstrahl, der in die Höhle fiel, entdeckte, lief ich voraus in die Freiheit und sah mich voller Neugier um. Mit geschlossenen Augen trat Jannes neben mich.
„Welche Landschaftsform? Sag jetzt bitte nicht … "
„Steppe", brummte ich.
„Scheiße."
Weite, hügelige Dünen voll von ausgetrocknetem Gestrüpp, Sand und Steinen erstreckten sich bis zu einem kahlen Berg, dessen Umriss sich am Horizont abzeichnete. Weit und breit konnte ich keine Wasserquelle erkennen. Resigniert ließ ich mich in den heißen Sand fallen und starrte nach oben. Die ersten Sonnenstrahlen des Tages, die seltsamerweise durch die Höhlendecke drangen, schienen endlich wieder auf mich herab.
„Wir sollten uns kurz ausruhen. Nur ein paar Minuten",

murmelte ich, während ich bereits in den Schlaf glitt.
Als Jannes mich rüttelte, fiel schon gleißendes Nachmittagslicht auf mein Gesicht.
„Warum hast du mich nicht früher geweckt?"
„Ich habe eine Oase gefunden", sagte sie nur.
„Moment mal. Du hast mich schlafend und wehrlos mitten in der Steppe auf einer Insel voller tödlicher Monster *allein zurückgelassen* um Wasser zu suchen?!"
Sie schien kurz zu überlegen und nickte dann. „Das trifft es ziemlich genau."
Ich warf ihr einen bösen Blick zu. „Und ich Idiot werfe mich ohne Plan auf ein Monster, um dich zu retten."
Sie hob eine Augenbraue und ging nicht weiter darauf ein.
„Wir sollten Wasser holen gehen. Die Oase ist keine zwei Stunden entfernt."
Ohne ein weiteres Wort rappelte ich mich auf, schließlich hatte ich riesigen Durst und wollte so früh wie möglich bei der Wasserquelle ankommen.
Die Abendsonne brannte während des Marschs gnadenlos vom Himmel. Als wir nachts bei der kleinen Wasserstelle ankamen, war meine Kehle ausgetrocknet und meine Haut vom Sonnenbrand gerötet. Außerdem war mir in der Lederjacke unerträglich warm. Ich schöpfte mit meinen Händen lauwarmes Wasser und trank es in wenigen Zügen leer. Nun wusch ich mir das Gesicht und den Nacken sowie die Wunde an der Schulter und den flachen Schnitt am Oberschenkel.
Auch Jannes wusch sich schnell und spülte ihre Verletzungen aus.
Erschöpft legte ich mich ins umliegende, trockene Gras, als auf einmal eine schwache Stimme krächzte: „Verschwindet von meiner Oase!"
Ein hagerer, alter Mann erschien auf einem Hügel. Um sein schütteres graues Haar hatte er einen Kranz aus Eichenlaub geflochten. Sein sonnengegerbtes Gesicht war von tiefen Falten durchzogen, was sein hohes Alter unterstrich. Buschige Augenbrauen umrahmten seine dunkelbraunen Augen und in seiner knochigen Hand hielt er eine hölzernen Gehstock. Der Mann trug einen griechischen Chiton, den er mit einem Gürtel

fixiert hatte. Mit zitternden Händen zeigte er auf uns.
„Weg da! Das ist mein Wasser!"
Jannes hob eine Augenbraue.
„Versucht der, uns von hier zu verjagen?", flüsterte sie.
„Anscheinend ... Aber was macht er hier? Auf mich macht er nicht den Eindruck, als sei er ein Monster."
Auf seinen Gehstock gestützt schlurfte der Fremde entschlossen auf uns zu. Wäre ich nicht so verwundert über seine Anwesenheit gewesen, hätte ich bei diesem Anblick sicher lachen müssen. Doch so starrten wir beide ihn nur sichtlich verwirrt an, während er zu uns kam und mir mit seinem Stock gegen das Bein stieß.
„He!", rief ich. „Wer sind Sie überhaupt?"
„Ein armer alter Greis, dessen Wasser von euch Rotzbengeln gestohlen wird!"
Jannes' Hand glitt unauffällig zu ihrem Waffengürtel.
„Wie wäre es, wenn Sie die Oase mit uns teilen. Wir bleiben nicht lange hier", sagte ich übertrieben höflich, um den Konflikt ohne Blutvergießen zu lösen, da ich den Verdacht hatte, dass er nicht nur ein verwirrter Rentner war.
„Ich will jetzt baden gehen! Glaubt ihr, ich lasse mich von euch bespannen?", schimpfte er.
Jannes, die mittlerweile hinter dem Mann stand, deutete auf den Rentner und wedelte mit der Hand vor ihrem Gesicht, während ihr Mund die Worte „Der ist nicht mehr ganz dicht" formte.
Auch ich legte nun die Finger auf den Knauf meines Schwertes. Blitzschnell flammte in den Augen des alten Mannes Zorn auf.
„Verschwindet. Sofort. Oder ihr werdet es bereuen."
Von der plötzlichen Schärfe seiner Stimme erschreckt, trat ich einen Schritt zurück und hob beschwichtigend die Hände.
„Wir gehen ja schon."
„Was? Nein!" Sofort nachdem Jannes diese Worte ausgesprochen hatte, hätte ich ihr am liebsten den Mund zugehalten, um zu verhindern, dass sie wieder etwas ähnlich Dummes sagte. Wie stur konnte ein Goldblüter eigentlich sein?
„Jannes, der freundliche, alte, auf keinen Fall lebensgefährliche Mann – schließlich trifft man auf Monsterinseln täglich Rentner im Urlaub – möchte, dass wir seine Oase verlassen. Wir sollten

tun, was er sagt", raunte ich in der Hoffnung, dass das Vielleicht-Monster es in Rentnergestalt nicht verstehen konnte.
„Ist mir egal, was er ist! Ohne Wasser überleben wir nicht. Wir müssen kämpfen. Außerdem lasse ich mich nicht von einem alten Mann verscheuchen", zischte sie empört, laut genug, dass dadurch jeder im Umkreis von einer Meile einen Hörschaden erlitt.
Auf einmal zog meine Hand ungewollt mein Schwert. Es war, als würde eine fremde Macht meinen Arm kontrollieren. Ich konnte nichts tun, außer verzweifelt mitanzusehen, wie ich die Klinge an Jannes' Hals hielt. Auch sie wurde anscheinend gezwungen, ihre Waffe gegen meine zu stemmen. Sie fluchte.
„Was passiert mit uns?", schrie sie den Fremden an.
Dieser lächelte. „Ich bin Tmolos, der greise Berggott aus dem fernen Thrakien, der den Kampf zwischen Ödipus und Theseus auf dem Berg Kolonos bei Athen gerichtet hat. Ich habe einst über die dortige Grotte, einen der Eingänge zur Unterwelt, wo Ödipus seine Ruhe fand, geboten, bevor man mich in dieses Höllenloch verfrachtet hat. Diese Steppenlandschaft ist grauenvoll! Ich vermisse die Berge! Außerdem gibt es hier unten viel zu wenig Unterhaltung. Also lasse ich euch kämpfen", grinste er boshaft. „Und ich, Tmolos von Thrakien, werde euer Schiedsrichter sein. Ihr solltet euch geehrt fühlen."
Ungewollt begab ich mich ein Stück weiter nach rechts, wo der Kampf nicht durch die Oase behindert werden würde. Mit mechanischen Bewegungen, die nichts mehr von ihrer katzenhaften Geschmeidigkeit hatten, folgte Jannes mir. Wut loderte in ihren Augen.
Obwohl ich mich dagegen wehrte, wurde mein Körper gezwungen, einen schrägen Hieb zu vollführen. Das Klirren aufeinanderschlagender Schwerter ertönte. Jannes drehte ihr Handgelenk, sodass meine Klinge von ihrer rutsche und seitlich hinunterglitt. Ich schrie zur Warnung auf, als ich sie mit einer Finte täuschen musste. Dadurch, dass die Bewegungen meinem Körper gewaltsam aufgezwungen wurden, verursachten sie fast schon echte Schmerzen.
Sobald ihr Gegenschlag folgte, versuchte ich, mein Schwert zum Schutz zu heben, doch mein Arm gehorchte nicht. Tmolos ließ

mit voller Absicht meine linke Deckung fallen. Brennender Schmerz durchzuckte mich, als sie die Klinge über meinen Oberarm zog.

„Tut mir leid", stieß sie zwischen zusammengebissenen Zähnen hervor. Ich wusste, dass das hier für sie viel schlimmer war als für mich. Ihre Freiheit zu verlieren verletzte ihren Stolz. Tmolos nahm ihr hiermit den freien Willen, mit dem sie immer hatte sterben wollen. Tränen rannen ihr über die Wangen, während ich ihr eine Schnittwunde an der Schulter zufügte. Ich hatte Jannes noch nie weinen sehen. Es war ein seltsamer Anblick.

Als das Mädchen zum nächsten Hieb ansetzte, verzog sie vor Wut das Gesicht. Ihr erhobener Arm zitterte einige Sekunden, bevor das Schwert schließlich doch auch mich herabzischte. *Sie konnte sich widersetzen!*, dachte ich hoffnungsvoll.

Aber meine Versuche scheiterten ausnahmslos. Tmolos' eiserner Wille brach meine Freiheit. Ich war nur noch das Werkzeug eines verrückten Rentnergottes.

„Tmolos, lass uns gehen", rief ich, doch dieser lachte nur.

Und genau in diesem kurzen Augenblick der Unachtsamkeit riss Jannes das Schwert herum und stieß es sich unter wildem Geschrei bis zum Heft in den Bauch. Zufrieden lächelnd sackte sie in sich zusammen; ihr Atem ging stoßweise. Sofort ließ Tmolos meinen Körper frei, woraufhin ich meine Waffe voller Zorn in seine Richtung schleuderte, doch der Greis war bereits verschwunden. Die Landschaft hinter der Oase flimmerte seltsam, als sei sie eine Täuschung, doch dann ging mir auf, dass meine Sicht durch die Tränen getrübt wurde.

Weinend setzte ich mich neben Jannes und nahm ihre Hand, doch sie entzog sie mir.

„Wenn du jetzt mit emotionalem Mist anfängst ...", drohte sie.

„Ich habe immer gewusst, dass dich deine Eitelkeit irgendwann mal umbringt. Du würdest lieber sterben, als dir deinen freien Willen nehmen zu lassen."

„Und könnte ich das hier noch einmal überdenken, würde ich es ohne zu zögern wieder tun."

Ihre Spolas färbte sich um ihre Wunde herum tiefrot.

„Ich werde unsere nächtlichen Gespräche vermissen", schniefte ich. „Und deine Dickköpfigkeit. Deinen Stolz. Deine Eitelkeit.

Die Tatsache, dass du dauernd eine Augenbraue hebst."
Jannes' Blick schweifte zum Sternenhimmel. Sie starb, wie sie es sich immer gewünscht hatte. Frei, stolz und ehrenvoll. Langsam beugte ich mich vor und drückte meine Lippen an ihre Schläfe.
„Du hast es verdient, endlich glücklich zu sein. Und jede Nacht den Himmel im Elysium ansehen zu können", flüsterte ich.
Mein Blick wanderte nach oben zu den Sternen am Nachthimmel. Und ich hätte schwören können, ihr Licht strahlte heller als jemals zuvor.

Kapitel 18

Xaenym

Jannes war tot. Sie hatte sich beim Kampf gegen Roove umgebracht, obwohl sie beide dabei geweint hatten. Und ich hatte tatenlos zugesehen.
Was hatte das zu bedeuten? Warum hatte Roove das getan? War er ein Verräter? Seine Bewegungen hatten seltsam mechanisch gewirkt. Und als er mich direkt angeschaut hatte, hatte es so ausgesehen, als hätte er mich gar nicht wahrgenommen. Ich kauerte inmitten der tropischen Pflanzen auf dem Boden, meine Beine eng umschlungen. Vor meinem geistigen Auge spielte sich immer wieder Jannes' Tod ab. Der Moment in dem sie sich das Schwert in den Bauch gestoßen hatte. Ihr letzter Atemzug.
Sivah war spurlos verschwunden. Vermutlich war sie ganz in der Nähe, doch das prasselnde Geräusch des Regens übertönte meine Rufe. Stundenlang starrte ich in das Dickicht, ohne die Regentropfen zu beachten, die meine Wangen hinabliefen wie Tränen. Jannes hatte auf mich immer unzerstörbar gewirkt. Nicht, weil sie hervorragend kämpfen konnte. Sie hatte ihre Schmerzen immer geleugnet. Und so hatten alle angenommen, dass ihr nichts passieren *konnte*. Keiner hatte sich jemals Sorgen um sie gemacht.
Ich seufzte und rappelte mich auf, um Sivah zu suchen. Zwar konnte man sich in diesem Dschungel schon auf zwei Meter Entfernung nicht sehen, doch irgendetwas stimmte nicht. Meine rechte Hand legte sich um Skouros Griff. Das nasse Leder war mittlerweile so zerschlissen, dass ich es vom Heft wickelte und stattdessen den kühlen Onyx unter der Lederschicht umklammerte. Es war pure Dummheit gewesen, Sivah nicht augenblicklich nach ihrem Verschwinden zu suchen. Doch nachdem ich Jannes gesehen hatte, hatte ich mich einfach hinsetzten und nachdenken müssen.
Würde das immer geschehen, wenn jemand starb? Das wäre eine schreckliche Schwachstelle. Eine unmittelbare Gefahr für meine

Freunde, denn durch ihren Tod könnte man mich schwächen, was bedeutete, dass meine Feinde sie töten würden. Vorausgesetzt, diese Unfähigkeit, zu handeln, war nicht nur eine Ausnahme. Der beste Schutz für meine Freunde wäre, wenn ich statt Trauer Wut bei ihrem Tod empfinden würde wie Cryliss. Und für gewöhnlich war das ja auch der Fall.
Kurzerhand beschloss ich, dass es besser wäre, einen Baum hinaufzuklettern und mich so zu orientieren, statt ziellos durch die Tropen zu stapfen. Ein dicker Baum mit zahlreichen Ästen schien mir geeignet, also begann ich, hinaufzuklettern. Erleichtert stellte ich oben angekommen fest, dass die Luft hier etwas weniger stickig war.
Vor mir erstreckte sich der scheinbar endlose Dschungel. Ich war dem Tor nach Pyrinas kaum eine einzige Meile näher gekommen, obwohl ich den ganzen Tag gelaufen war. Ein dunkler Fleck in der Nähe des Berges erweckte meine Aufmerksamkeit. Bei genauerem Hinsehen erkannte ich, dass es sich um einen schwarzen Turm handelte. Neben dem Berg wirkte er unglaublich klein, doch ich wusste, dass er so hoch wie einer der Bäume sein musste. Winzige, eigenartig aussehende Gestalten zerrten eine weitere Person hinein und verschwanden. Das Blut gefror mir in den Adern. Sivah. Wer sonst hätte das sein können?
Hastig kletterte ich vom Baum und fiel in einen schnellen Trab, den ich bestimmt eine Weile durchhalten konnte. Der Berg war noch vier Tagesmärsche entfernt. Ich musste Sivah schnellstmöglich befreien. Und ich hatte das beklemmende Gefühl, dass ich die letzte Demititanin sein würde, falls ich versagte.

Heige

Cryliss war, seit sie mich angegriffen hatte, nur einmal schreiend und schweißgebadet aufgewacht. Sonst verhielt sie sich wie immer, doch ich traute mich nicht mehr, wirklich zu schlafen. Stattdessen glitt ich meistens nur für eine Stunde in den Halbschlaf, die Hand am Heft meines Schwertes, bereit, die Klinge aus der Scheide zu ziehen. Mein Körper war in dauernder Alarmbereitschaft, sodass ich mittlerweile todmüde war.

Ich hielt Cryliss' Angriff für eine Täuschung von Vice, für die das mehr oder weniger wahnsinnige Mädchen ein perfektes Ziel war. Irgendwo in meinen Erinnerungen tauchte die Information über sinnestäuschende Ungeheuer auf. Vielleicht hatte Vice eine solche Kreatur in den Tunnel geschickt.

Je kälter es in der Höhle geworden war, desto mehr hatte sich der Verdacht, dass wir auf die Arktis zusteuerten, bestätigt. Mittlerweile konnte ich schon das bläuliche Weiß am Ende des Ganges erkennen. Ich beobachtete, wie der Felsboden in schneebedecktes Eis überging und schritt hinaus. Beißende Kälte umfing mich, sodass ich froh war, meine Jacke trotz der Wüstenhitze nicht weggeworfen zu haben, selbst wenn sie eher dem Zweck gedient hatte, Sonnenbrand zu vermeiden.

Cryliss trat neben mich und betrachtete eingehend die Landschaft. In der Ferne stach der Berg mit dem Tor darauf in den Himmel empor. Ansonsten gab es hier nur verschneites Flachland, in dem sich gelegentlich kleine Wasserpfützen gebildet hatten. Die Sonne schien seltsamerweise durch die Höhlendecke hindurch, als wäre diese gar nicht da.

Cryliss' Seufzen brach die beinahe unheimliche Stille.

„Ursprünglich wollte ich sowieso hierher. Lass uns gehen. Die Zeit drängt."

Warmherzig und freundlich wie immer, dachte ich seufzend und folgte ihr wortlos. Bei jeden Schritt knirschte das Eis unter unseren Füßen, was mir ganz und gar nicht gefiel. Wir konnten während eines Angriffes ins Eiswasser stürzen. Eine andere Landschaftsform wäre mir lieber gewesen, da ich mich nicht daran erinnern konnte, jemals in der Arktis gekämpft zu haben. Diese neue Umgebung machte mich unsicher. Ich hielt meinen Bogen gesenkt, hatte aber einen Pfeil eingelegt, jederzeit bereit, die Sehne zu spannen und einen Feind zu töten.

Meine Fingerspitzen begannen nach einigen Minuten, taub zu werden. Aus einer Vertiefung, in die geschmolzenes Eis geflossen war, schöpfte ich unangenehm kaltes Wasser und trank es in wenigen Zügen leer. Nun füllten wir unsere Wasserflaschen und legten uns hin, um ein wenig zu schlafen. Da wir bei der Flucht aus Vice' Lager Ramys Rucksack zurückgelassen hatten, besaßen wir weder Decken noch Brennholz oder Streichhölzer.

Doch wir waren völlig übermüdet, weshalb wir uns darauf einigten, jeweils eine Stunde zu schlafen. Mehr ging leider nicht, weil wir uns bewegen mussten, um nicht zu erfrieren. Nachdem ich Wache gehalten hatte, glitt ich langsam in den Schlaf hinüber. Es kam mir vor, als weckte Cryliss mich schon nach wenigen Minuten, aber die Sonne war tatsächlich schon ein entsprechendes Stück über den Himmel gewandert.
Noch halb schlafend stand ich auf und schlurfte über das rutschige Eis, während ich überlegte, wie ich dies bei einem Kampf zu meinem Vorteil nutzen könnte. Da man hier jeden Feind schon aus großer Entfernung erkennen konnte, jedoch weit und breit kein Monster zu sehen war, vermutete ich, dass sie sich unter Wasser befanden. Umso beunruhigender war daher das laute Knirschen des Eises unter meinen Füßen. Falls es brach, würde ich entweder gefressen werden oder erfrieren. Ich persönlich fand keinen dieser Tode besonders prickelnd und beschloss, möglichst über Wasser zu bleiben.

Nae

Ein spitzer Schrei ließ mich zusammenfahren. Der Laut erinnerte an den Ruf eines Vogels, klang aber seltsam verzerrt. Blitzschnell legte ich einen Pfeil an die Sehne meines Bogens. Ramy zog sein schlankes, spitz zulaufendes Schwert. Er hatte mal erwähnt, dass dieses seine erste Waffe war – und so sah es auch aus. Er hielt das Heft mit solcher Leichtigkeit, dass man denken könnte, das Schwert sei eine Verlängerung seines Arms. Man erwartete beinahe, dass die Tattoos sich von seiner Haut auf die Klinge erstreckten. Schnell schüttelte ich den Kopf, um diese Gedanken loszuwerden. Selbst in tödlicher Gefahr musste ich an Ramy denken.
Ich spannte die Bogensehne und sah langsam nach oben, wo ich den Ursprung des Schreis vermutete. Zunächst sah ich nur Dunkelheit, doch sie kam mir seltsam lebendig vor. Als ich die Augen leicht zusammenkniff, erkannte ich Silhouetten an der Decke. Plötzlich kam ein blutrot glühendes Augenpaar zum Vorschein. Mein Herz raste.
Nach und nach öffneten sich immer mehr Augen an der Höhlendecke. Durch den Schein erkannte ich die vogelartigen

Kreaturen, die sich an den Fels krallten. Sie besaßen grobe Schnäbel, die metallisch glänzten. Ihre Flügel wurden von Federn, die aussahen wie winzige Dolche, verziert. Die zahlreichen Monster hatten gedrungene Körper, welche von schwarzer, ledriger Haut bedeckt waren. Ihre Schädel waren klein und kahl, was die lidlosen Augen besonders hervorstechen ließ. Jede ihrer langen Krallen war messerscharf.

Stymphalische Vögel. Ein kalter Schauer jagte mir den Rücken hinunter. Zweifellos hatten die beiden feindlichen Goldblüter von diesen Vögeln gesprochen. Sie konnten zehn von Vice' Kriegern umbringen – warum sollte ihnen das bei uns nicht gelingen?

„Bleib ganz still. Nicht bewegen", flüsterte ich Ramy zu, der sein Schwert gegen den Bogen tauschte und dadurch ordentlich Krach verursachte. Er hielt mitten in der Bewegung inne. Die Vögel begannen, unruhig zu werden. Einzelne Schreie übertönten die Rufe der anderen. Sie ließen sich von der Decke fallen und flogen mit kurzen, hektischen Flügelschlägen wieder hinauf. Das Gekreische wurde immer hysterischer. Bald verschmolzen die Stimmen zu einem einzigen Schwall aus panischem Zwitschern.

Ein Vogel raste plötzlich im Sturzflug auf mich zu. Ich warf mich zur Seite. Ohne zu überlegen, schoss ich den ersten Pfeil auf das Monster. Klirrend prallte das Geschoss von den Federn aus Erz ab. Dennoch zog ich noch einen Pfeil und zielte auf die Köpfe, die jedoch ebenfalls geschützt waren. Schuss um Schuss wurden die Pfeilspitzen von der Haut und den Federn der Monster abgelenkt. Doch jedes Mal legte ich ein neues Geschoss an die Sehne.

Ein stymphalischer Vogel schoss rechts an mir vorbei und riss mir mit dem Schnabel die Schulter auf. Blut lief an meinem Arm hinab, aber ich fühlte keinen Schmerz. Ich konzentrierte mich vollständig auf meinen Bogen. Auf die Sehne, die an meine Fingerkuppen drückte. Auf die eiserne Spitze der Pfeile.

Ramy schrie mir zu, dass ich auf die Augen zielen solle. Um ihn herum lagen schon zwei tote Ungeheuer. Aber immer mehr schossen von der Decke herunter und kratzten mir die Haut auf. Erneut wollte ich einen Pfeil aus meinem Köcher ziehen, doch meine Hand griff ins Leere. Panisch fuchtelte ich in an meinem Rücken herum, obwohl ich insgeheim wusste, dass ich keine Pfeile mehr hatte. Ich griff nach meinen Schwertern und bemerkte dabei viel zu spät, das ein Monster mit ausgestreckten Klauen auf mein Gesicht zuzischte.

Mit einem wütenden Schrei warf sich Ramy vor mich, während er sein Schwert aus der Scheide riss und nach vorn streckte. Der Vogel stieß ein geschocktes Kreischen aus und flog fort. Auch die anderen Kreaturen schrien und entfernten sich von uns, als könnten sie die Nähe zu seiner Waffe nicht ertragen. Sie bildeten einen Kreis und jedes Monster das hineinflog, zog sich kreischend daraus zurück.

„Diessse Klinge hat taussende der unssserssen getötet", sagte einer der Vögel. Die zischenden Laute klangen kurz und abgehackt, manche Worte waren seltsam verdreht und die Aussprache ließ zu wünschen übrig, aber dennoch hörte ich die Furcht in diesen Worten.

„Einess Tagesss werden wir dich fressssen. Vergisss dasss nicht."

Die Vögel stießen einen haarsträubenden Zischlaut aus und verschwanden innerhalb weniger Sekunden. Nur das flatternde, sausende Geräusch ihrer Flügelschläge hallte noch an den Wänden wieder. Abrupt brach der Schmerz über mich herein. Ich spürte jeden Kratzer überdeutlich, weshalb ich mich erschöpft zu Boden sinken ließ.

„Woher wusstest du, dass sie so auf dein Schwert reagieren würden?", fragte ich mit zittriger Stimme.

„Ich wusste es nicht", entgegnete Ramy achselzuckend.

„Du hättest dabei sterben können! Das hättest du nicht für mich tun sollen!", rief ich.

„Ich hab das nicht für *dich* getan", sagte er, als wäre das vollkommen offensichtlich.

„Ich habe es für *uns* getan."

Langsam hatte ich diese stinkende Höhle wirklich satt. Nach Ramys Bemerkung war ich hektisch aufgestanden und weitermarschiert. Den ganzen Weg über hatten wir kein Wort gesprochen.

Nun lief ich mit meinen beiden Schwertern in der Hand durch die Höhle, als ich bemerkte, dass das Ende des Tunnels von einem Sonnenstrahl erhellt wurde. Voller Freude stürmte ich darauf zu, trat mit geschlossenen Augen ins Freie und atmete tief ein.

Die Luft war angenehm warm. Es roch nach Moos, Tannennadeln und Harz. Lächelnd schlug ich die Augen auf. Zahlreiche Berge erstreckten sich vor mir, von denen sich jedoch ein besonders hoher am Horizont abzeichnete. Hauptsächlich Kiefern, aber auch einige Laubbäume bedeckten die Landschaft. Ich genoss die Sonnenstrahlen auf meinem Gesicht, die durch die Höhlendecke drangen. Auch Ramy war sichtbar glücklich. Waldlandschaft. Das war der Plan gewesen.

Niemand hatte damit gerechnet, dass man nicht erkennen würde, welcher Tunnel wohin führte. Niemand hatte damit gerechnet, dass uns die Felsbrocken daran hinderten, die geplanten Teams zu bilden. Und dennoch waren wir beide genau dort, wo wir hingehörten.

Wir liefen eine Weile schweigend nebeneinander her. Die Berge machten es schwer, die Landschaft zu durchqueren. Mehrfach mussten wir über steile Hänge laufen, da sie zu breit waren, um sie zu umgehen. Nur einmal machten wir eine kurze Pause, in der wir etwas tranken und ein Stück Brot aßen. Ramy und ich fielen in einen lockeren Trab. Das Laub, das den Boden bedeckte, dämpfte unsere Schritte, doch wir mussten bald feststellen, dass die Bäume weniger und die kargen Berge zahlreicher wurden. Bald ragte eine steile, brüchige Felswand vor uns auf.

„Wir müssen wohl klettern", seufzte Ramy.

„Das sehe ich."

Ich hatte beschlossen, abweisend und kühl zu sein, genau wie Jannes. Vielleicht würde ich Ramy auf diese Weise vergessen.

Wie so oft in Titansvillage an der Kletterwand setzte ich einen Fuß in die erste Vertiefung im Fels, als Ramy mich an der Schulter packte und zu sich hinunterzog, wo er seine Lippen auf meine drückte. Ich schlang die Arme um seinen Hals, löste mich nach wenigen Sekunden jedoch wieder, lächelte und begann

erneut, hinaufzuklettern.
Abweisend und kühl, dachte ich. *Klappt doch ganz wunderbar.*
Meine Finger krallten sich an einen winzigen Felsvorsprung. Es war riskant, doch die Risse im Stein waren selten breit genug, um sich daran festzuhalten, sodass dieser Vorsprung genügen musste. Als ich meinen Fuß in einen Gesteinsspalt zwängte und dort Halt suchte, rieselte Staub hervor, der auf Ramys Gesicht landete.
Meine Verletzungen, insbesondere die tiefe Furche an der Schulter, die der Schnabel des Vogels hinterlassen hatte, schmerzten. Auf einmal rutschte meine Fußspitze aus dem Gesteinsspalt; mein komplettes Gewicht lastete auf den Fingerspitzen meines linken Arms, die ich verzweifelt in den Felsvorsprung grub. Mit der anderen Hand kratzte ich über die Wand, auf der Suche nach einer Unebenheit, die groß genug war, damit ich mich daran festhalten konnte.
Endlich fand ich einen Riss im Stein und zog mich daran ein Stück hinauf. Schon als ich kaum bei der Hälfte der Felswand angekommen war, brannte jeder meiner Muskeln höllisch. Eigentlich war ich dank meines geringen Gewichts gut im Klettern, aber diese Gesteinswand war höher als alle, die ich jemals erklommen hatte.
Trotzdem gefiel es mir, wieder zu klettern. Ich befand mich im Wald, die Sonne schien auf mein Gesicht und während der körperlichen Anstrengung konnte ich wunderbar nachdenken. In Gedanken teilte ich unseren Proviant ein, wobei ich feststellte, dass wir bald jagen mussten. Ich rechnete aus, dass wir durch den beschwerlichen Weg etwa 5,2 Meilen an einem Tag zurücklegen konnten und kam zu dem Schluss, dass wir etwa eine knappe Woche bis zum Tor brauchen würden.
Oben angekommen stellte ich zufrieden fest, dass eine kleine Gebirgsquelle zwischen zwei Bergen hervorsprudelte. Erschöpft setzte ich mich ans Bachbett und wusch mein Gesicht, meine Arme sowie die Verletzungen, füllte die silberne Trinkflasche auf und trank ein wenig.
Bald tauchte Ramys Kopf an der Klippe auf. Er schleppte sich neben mich an den Bach und spitze sich Wasser ins Gesicht, damit der Gesteinsstaub verschwand.

„Musstest du den Staub in mein Gesicht treten?", meckerte er.
„Natürlich. Ist eine meiner liebsten Freizeitbeschäftigungen."
„Dann mach so was in deiner Freizeit. Jetzt müssen wir erst mal nach Pyrinas."
„Und danach?"
Er runzelte die Stirn „Was meinst du?"
„Was tust du, wenn – *falls* – wir das Skia finden und zurück nach Titansvillage gehen? Kommst du mit uns? Kämpfst du für uns?"
Er atmete hörbar aus.
„Ich ... Darüber habe ich noch nicht nachgedacht. Aber mittlerweile ist der Götterkrieg zu wichtig, als dass ich mich einfach raushalten könnte. Schließlich stecke ich schon mittendrin. Ja, ich schätze, ihr habt einen neuen Bogenschützen unter euren Kriegern."
„Du schätzt?"
„Ich bin ganz offensichtlich auf eurer Seite, aber ich gehöre nicht wirklich ins Lager. Eher möchte ich auf Missionen gehen. Immer. Trainieren und warten ist eigentlich nicht meine Art. Aber ... ich komme mit, Nae. Für dich. Irgendwo will ich euch unterstützen. Und am besten geht das in Titansvillage."
Ich nickte. Ein solches Versprechen war schwer für ihn, das wussten wir beide. Ramy wollte das Lager ganz offensichtlich meiden. Anscheinend hatte es etwas mit seiner Vergangenheit oder Herkunft zu tun. Vielleicht kannte er dort jemanden, überlegte ich. Oder er wollte jemand ganz bestimmten nicht kennenlernen.

Xaenym

Schon seit Stunden lief ich durch den Dschungel. Es hatte sich herausgestellt, dass der Turm weiter weg war, als ich erwartet hatte, was für mich einen langen, beschwerlichen Weg durch die Tropen bedeutete, während dem ich mir Gedanken über alles Mögliche machte. Und das war das Schlimmste daran.
Meine zahlreichen offenen Fragen schwirrten mir durch den Kopf.
Armenia. Immer wieder tauchte ihr Name in meinen Gedanken auf. Jede Frage lief auf sie hinaus. Nachdem ich diesen Punkt

auf der Liste meiner Probleme ausreichend überdacht und nichts zustande gebracht hatte, widmete ich mich dem nächsten: meine Beziehung mit Roove und die Tatsache, dass er gegen Jannes gekämpft hatte. Dies war das einzige Problem, das hoffentlich mit der Zeit gelöst werden würde. Sivah würde seine Gedanken untersuchen und ich würde mich nach der Mission von ihm trennen. Von diesen beiden Punkten abgesehen, gab es noch einen weiteren: Wie sollte ich Sivah aus dem Turm befreien? Ich hatte ein ungutes Gefühl bei dieser Festung. Die Insel der Verdammten war ein Gefängnis, das mittlerweile vom Tartaros ersetzt worden war. Dass die eingesperrten Monster sich zusammenrotteten, wies darauf hin, dass hier etwas im Gange war. Etwas, das dringend gestoppt werden musste. Die Aussicht auf einen weiteren Auftrag wurde zu einem neuen Punkt auf der Liste. Langsam hielt ich es nicht mehr aus. Ich wollte zuerst Erklärungen, bevor ich schon wieder eine gefährliche Reise antreten würde. Und da wären wir wieder am Anfang der Liste. Antworten. Armenia.

Es schien ein ewiger Kreislauf zu sein. Ich landete dauernd wieder dort, wo ich angefangen hatte. Am liebsten hätte ich meinen Kopf gegen einen Baum geschlagen, bis mir eine Lösung einfiel, doch ich hatte ohnehin schon genug Verletzungen, die nur halbwegs verheilt waren. Meistens waren es nur oberflächliche Kratzer und Schnitte, aber sie schmerzten trotzdem.

Plötzlich hörte ich laute, schwere Schritte und warf mich augenblicklich hinter eine Pflanze mit orangenen Blüten, wo ich zuerst einen Dolch zog und anschließend regungslos liegenblieb. Zwei Dracaenae in bronzener Rüstung traten in mein Blickfeld. Ich wunderte mich, wieso sie meine Anwesenheit durch das Mal der Götter auf meiner Hand nicht spüren konnten, doch dann ging mir auf, dass die magischen Grenzen hier unten wahrscheinlich nicht nur Gaben außer Kraft setzten. Die Ungeheuer unterhielten sich eindringlich, aber sie sprachen so zischend und verzerrt, dass ich nur wenige Worte aufschnappen konnte. Sie sagten etwas über ihre baldige Freiheit und über eine Armee. Beides verstärkte meine Vermutung. Die Monster auf der Insel planten etwas. Ein kalter Schauer jagte mir den Rücken

hinunter.
Als die beiden Ungeheuer fast verschwunden waren, kroch ich leise aus meinem Versteck und folgte ihnen auf Zehenspitzen.
Wie erwartet führten sie mich zum schwarzen Turm. Um ihn herum waren alle Pflanzen entfernt worden und durch einen breiten Wassergraben ersetzt worden, über den nur zwei bewachte Brücken führten.
Das Gebäude besaß fast ausschließlich Gitterfenster. Die gesamte Fassade war von armlangen, scharfkantigen Stacheln bedeckt. Als die beiden Dracaenae an einem der Tore ankamen, hob sich das mit Dornen besetzte Gitter davor an und die Ungeheuer schlüpften hinein. Währenddessen hielt ich mich im umliegenden Dschungel verborgen. Das Versteck bot mir eine gute Sicht auf den Turm, ich selbst war jedoch kaum zu entdecken.
Leise setzte ich mich hin und überlegte. Ich ging im Kopf mehrere Möglichkeiten durch, prägte mir das Gebäude genau ein und überdachte Fluchtwege.
Stundenlang schmiedete ich einen Plan und wartete auf die schützende Dunkelheit, die sich wie ein tarnender Umhang um mich legte und so vor den Blicken der Monster abschirmte. Als ich den Zeitpunkt für günstig hielt, huschte ich blitzschnell zu einer der Brücken. Die beiden Wachen senkten ihre Speere und hielten sie in meine Richtung, doch noch bevor diese mich hätten verwunden können, bohrten sich meine beiden Dolche in die rötliche, schuppige Haut an ihren Hälsen. Ich war froh, wegen der Rüstung gar nicht erst zu erkennen, welche Art von Monster ich vor mir hatte. Schnell rannte ich weiter zum Tor und kletterte daran hinauf, achtsam, keine der Dornen zu berühren.
Nachdem ich das Tor hinter mir gelassen hatte, hielt ich mich an den Unebenheiten der Fassade fest. Meine Armmuskeln brannten, während ich mich immer weiter hinaufzog. Jedes Mal, wenn ich an einem Fenster vorbeikam, sah ich hindurch, doch es waren immer nur einfache, leerstehende Räume oder Waffenkammern voller glänzender Klingen.
Je höher ich kletterte, desto öfter stieß ich auf Verliese. Sie bestanden ausnahmslos aus hartem Stein und besaßen mit Ketten behangene Wände. Aber auch sie standen leer. Plötzlich

bemerkte ich einen schwachen Lichtschein, der aus einem der oberen Zellen drang. Hastig kletterte ich dort hinauf und lugte hinein. Eine Kerze brannte inmitten des Raumes. Ihr Schein fiel auf Sivahs verschmutztes Gesicht. Sie war gefesselt sowie an beiden Handgelenken angekettet, schien aber unverletzt zu sein. Ich atmete erleichtert auf.
„Psst. Sivah", flüsterte ich.
Ruckartig riss sie ihren Kopf herum und sah mich aus weit aufgerissenen Augen an.
„Was machst du hier?", staunte sie.
„Dich retten."
„Du musst hier weg. Es sind zu viele, du kannst nicht gegen sie alle kämpfen."
„Ich lasse dich doch nicht hier", protestierte ich.
„Wenn du geschnappt wirst, hat ganz Titansvillage ein gewaltiges Problem. Du zerstörst unsere Chancen, das Skia zu finden."
„Kannst du dich nicht einfach freuen?"
„Das kann ich schon lange nicht mehr", stieß sie zwischen zusammengebissenen Zähnen hervor. „Und jetzt beeil dich. Da du schon hier bist und sowieso nicht wieder verschwindest, solltest du wenigstens damit beginnen, mich zu retten, statt nur vor meinem Fenster herumzuhängen."
Dieser letzte Satz erinnerte mich so sehr an Jannes, dass ich unter anderen Umständen wohl aufgelacht hätte. Jetzt kletterte ich jedoch wortlos in die nächstliegende Waffenkammer hinunter, die nicht von Gitterstäben oder einer Scheibe geschützt war.
Auf einmal hörte ich dumpfe Schritte vor der Tür und versteckte mich hinter einer großen Rüstung. Die Holztür knarrte, während eine Harpyie eintrat und sich misstrauisch umsah. Meine Handflächen begannen, zu schwitzen, sodass Skouros Griff mir fast aus der Hand rutsche. Das Herz schlug mir bis zum Hals. Innerhalb weniger Sekundenbruchteile sprang ich hervor und enthauptete die Harpyie, die jedoch leider noch laut krächzte, bevor die Klinge ihre Kehle durchtrennte. Fluchend nahm ich ein Langschwert für Sivah mit, schlich hinaus und lief die steinerne Wendeltreppe hinauf, die hoffentlich zu Sivahs Zelle

führte. Schon hörte ich die schweren Schritte der Wachen, die wegen des Schreis der Harpyie von unten heraufkamen. Ich beschleunigte mein Tempo.
Als mir plötzlich ein Monster entgegenkam, riss ich einen Dolch aus der Scheide und schleuderte ihn auf das Ungeheuer. Es stürzte zu Boden, wobei die Rüstung ohrenbetäubenden Krach machte. Noch dazu polterte die Leiche nun die Treppe hinunter, was wahrscheinlich jedes Monster im ganzen Turm auf mich aufmerksam machte. Die schnellen Schritte meiner Verfolger wurden immer lauter.
Endlich kam ich im obersten Stockwerk des Turms an, wo ich den Flur entlang hastete und vor der verschlossenen Holztür, hinter der ich Sivahs Verlies vermutete, stehen blieb. Hektisch hieb ich mit Skouro auf das Schloss ein, bis es klirrend zu Boden fiel. Erleichtert stellte ich fest, dass ich die richtige Zelle erwischt hatte. Mit wenigen Schwertschlägen zerteilte ich ihre Ketten, darauf bedacht, ihre Handgelenke nicht zu verwunden.
Ich wollte mich nicht länger als nötig in der Zelle aufhalten, weshalb ich Sivahs Fesseln nicht durchtrennte, sondern sie in die nächste Waffenkammer schleppte, um sie dort zu befreien.
„Warum hast du mich hierher gebracht?", fragte Sivah.
„Hier rechnen sie nicht mit uns. Sie suchen uns jetzt vermutlich irgendwo im Flur", erklärte ich hastig.
Sie setzte zur Antwort an, erstarrte dann aber und sah erschrocken zur Tür.
Mehrere Wachen strömten herein und senkten ihre Speere. Ich machte einen Schritt zurück und hob Skouro zum Kampf, als Sivah plötzlich rief: „Spring mir hinterher und halt mich oben, sonst gehe ich unter!"
Noch bevor ich fragen konnte, was sie meinte, machte sie einen Satz und sprang aus dem Fenster. Jetzt dämmerte mir, dass sie wohl in den Wassergraben gefallen sein musste, wo sie wegen der Fesseln nicht schwimmen konnte. Also steckte ich mein Schwert kurzerhand zurück in die Scheide, stürzte ich auf das Fenster zu und warf mich hinaus, begleitet von dutzenden erstaunten Blicken. Ich ruderte panisch mit den Armen, überschlug mich mehrmals und klatschte schließlich schmerzhaft mit dem Rücken auf die Wasseroberfläche, wobei

mir die Luft aus der Lunge gepresst wurde. Sofort umfing mich beißende Kälte, die sich wie eisige Nadeln in meine Haut bohrte. Sivah wand sich einige Meter von mir entfernt bei dem Versuch, sich über Wasser zu halten, hin und her. Schnell schwamm ich zu ihr und drückte ihren Körper nach oben. Das Gewicht meiner Waffen zog mich auch ohne ihre Last schon hinunter, doch so konnte ich mich kaum oben halten.
Panisch mit den Beinen strampelnd hielt ich Sivah über Wasser und suchte meinen Waffengürtel nach einem Dolch ab, um ihre Fesseln damit zu durchtrennen. Mehrmals ging ich unter und musste mich mühevoll wieder hochkämpfen, als auf einmal ein Pfeil ins Wasser zischte.
Ich holte tief Luft und riss Sivah unter Wasser, um uns vor den Pfeilen zu schützen. Nun zog ich meinen Dolch und befreite Sivahs Arme und Beine, woraufhin sie zum Atmen zur Oberfläche schwamm. Bald tauchte sie wieder ab und wir durchquerten den Graben unter Wasser. Keuchend schleppten wir uns an Land und rannten sofort weiter. Mehrfach wechselte ich die Richtung und schlug Haken, um den Schützen ein schlechtes Ziel zu bieten.
Ein Pfeil sauste dennoch knapp an meinem Ohr vorbei und wirbelte mir meine rotbraunen Haare ins Gesicht. Die Stelle, an der das gefiederte Ende des Geschosses über meine Wange geschrammt war, schmerzte.
So gut ich konnte, beschleunigte ich mein Tempo. Das schützende Dickicht war keine hundert Meter mehr entfernt. Schnell sprang ich über einen im Boden steckenden Pfeil hinweg. Nicht hoch genug. Das Holz des Schafts splitterte, während mein Fuß davon herumgerissen wurde. Ich geriet ins Straucheln. Fest entschlossen, dadurch nicht an Geschwindigkeit zu verlieren, rannte ich weiter. Sobald ich am Rand des Dschungels ankam, stürzte ich, rappelte mich jedoch schnellstmöglich auf und sprintete weiter. Erst einige Minuten später traute ich mich, stehen zu bleiben. Sivah stütze die Hände auf die Knie und rang nach Luft.

Etwa vier Stunden später saßen wir an einem kleinen Feuer, über dem verschiedene exotische Früchte und Knollen brieten. Wir hatten alles, was einigermaßen essbar aussah, eingesammelt und da Gift bei Demititanen ohnehin keine Wirkung zeigte, mussten wir nicht darauf achten.

Mittlerweile war es wieder Tag geworden, weshalb es riskant war, ein Feuer zu machen, da man den Rauch sehen könnte, doch man konnte die Pflanzen dem Geschmack und der Konsistenz nach nicht roh essen.

„Also", sagte ich zwischen zwei Bissen von einer bitteren, gelblichen Knolle, „Weißt du, warum die Monster hier Festungen bauen?"

Sivah nickte.

„Sie schließen sich zu einem Heer zusammen und wollen für Zeus kämpfen, wenn er sie als Gegenleistung von hier befreit. Mit dem Skia könnte er das tun – schließlich ist das ein mythischer Ort wie der Tartaros und von dort kann man mit dem Skia auch jeden befreien – aber Monster können das Skia nicht berühren. Wer mehr als zur Hälfte ein Monster ist, zählt nicht als Goldblüter, sondern als Ungeheuer. Nur ein Goldblüter ist in der Lage, das Skia zu benutzen, was für die Monster heißt, dass das Werkzeug zu ihrer Freiheit direkt vor ihrer Nase ist, sie es jedoch nicht gebrauchen können. Und wir, die Krieger der Titanen, würden sie nicht befreien. Aber Zeus schon – wenn er nur wüsste, dass sie ihm dienen und den Treueschwur ablegen würden. Ich weiß nicht, ob sie in jedem Bereich der Insel ein Heer bilden, aber hier auf jeden Fall. Sie rüsten für den Krieg und warten auf Zeus' Kämpfer, um sich ihnen im Gegenzug für ihre Befreiung als Heer zur Verfügung zu stellen. Als wir durch den Dschungel gelaufen sind, habe ich dich auf einmal aus den Augen verloren und bin vom Weg abgekommen, aber plötzlich hat mich eine Dracaenae gepackt und fortgeschleift. Sie wollten mich anscheinend Vice als Zeichen ihrer guten Absichten übergeben. Ich schätze, sie wissen, dass ich seine Schwester bin." Sie schnaubte.

„Auf so einen Mist können aber auch nur Monster kommen", merkte ich an.

„Noch greift uns die Armee nicht an, aber sobald Vice hier ist und sie einen Pakt geschlossen haben, befielt er ihnen, uns zu töten. Wir müssen uns beeilen", fuhr Sivah fort.

„Nae hätte jetzt bestimmt einen genialen Plan. Warum kann mir nicht auch so was einfallen?", seufzte ich.

„Davine, Halbtitanen sind stärker und schneller als andere Goldblüter. Sei zufrieden damit."

„Wir sind doch nicht perfekt", erwiderte ich.

„Natürlich nicht. Aber das Problem ist nur unser Charakter. Dass du Befehle nur schwer befolgen kannst, zu selbstsicher und sehr impulsiv bist, liegt allein an dir. Deine Stärken, wie dein Mut, kommen auch allein von dir. Aber deine Kraft und deine Schnelligkeit kommen von den Genen der Demititanen. Mit dem Beginn des siebzehnten Lebensjahres treten all diese Fähigkeiten und unsere Gaben in Kraft. Vorher gleichen wir den Menschen."

„Vielleicht hätte ich Rotblüter bleiben sollen. Vor einem Monat hatte ich ein perfektes Leben – und jetzt sitze ich auf einer sagenumwobenen Insel und kämpfe gegen Monster", murmelte ich.

„Mach dir nichts vor. Es gefällt dir. Die Aufregung, das Adrenalin, das Ziel, das dir der Krieg gibt und die Wut über Zeus' Ungerechtigkeit. Du willst ihn stürzen. Ja, früher hattest du ein perfektes Leben – eine so unendlich perfekte Lüge. Du warst beliebt, hübsch, hattest viel Geld und Luxus. Fremde Kinder haben dir Geburtstagsgeschenke überreicht, weil du so beliebt warst. Du warst mit dem Quarterback zusammen. Aber worauf hattest du Aussicht? Auf einen mittelmäßiger Schulabschluss, einen Ehemann, den du nicht liebst, ein durchschnittliches Leben. Und jetzt? Du wirst dich niemals verändern. Zwar entwickelst du dich geistig ein wenig weiter, bleibst aber auf ewig sechzehn. Du hast ein Ziel. Es ist genetisch festgelegt, dass du dich verliebst und diese Liebe erwidert wird. Falls wir den Krieg gewinnen, bekämpfst du Monster, die den Frieden stören, suchst Lösungen für Sterbliche, die zufällig von unserer Welt erfahren haben, und irgendwann stirbst du im Kampf. Du hast die Chance auf ein wahres Leben. Keine Lügen, keine falsche Liebe und kein bedeutungsloser Tod. Die Leute werden sich an dich erinnern. Sie werden wissen, wer Xaenym Davine war."

Mehrere Minuten schwieg ich und dachte über ihre Worte nach.

Sie hatte Recht. Ich hatte mich so schnell mit dieser Welt zurechtgefunden, weil sie mir gefiel, weil mir dieses Leben gefiel. So viel besser, als das Leben, das ich als Rotblüterin geführt hätte. Aber Sivah konnte das nicht wissen. Ich hatte nie daran gedacht, sodass sie es nicht durch ihre Gabe hatte erfahren können.
Stirnrunzelnd fragte ich: „Woher weißt du das überhaupt?"
„Wir beide sind gar nicht so verschieden. Bevor Crudd gestorben ist, bevor das alles passiert ist, war ich fast genauso wie du."
Ich schluckte.
„Sivah, ich bin nicht wie du. Du bist ..."
„Verbittert? Du weißt ja nicht, wie ich damals war."
„Ich bin nicht wie du", beharrte ich.
Sie neigte den Kopf in meine Richtung. „Wenn du meinst."
Seufzend nahm ich mir eine orangene Frucht und biss genüsslich hinein. Roh war sie steinhart gewesen, doch nun schmeckte sie süß, aber auch leicht würzig.
Nach dem Essen löschten wir das Feuer und beschlossen, uns ein wenig auszuruhen. Während Sivah Wache hielt, knüllte ich ein Kissen aus ein paar Blättern zusammen und fiel in einen unruhigen Schlaf.

Roove
Jannes Xanthos glitt auf Palmenblätter gebettet ins Wasser. Sie hielt ihr Schwert mit beiden Händen fest, sodass die Klinge die Wunde an ihrem Bauch verdeckte. Ihr Gesicht wirkte jung und ausgeruht, fast, als würde sie schlafen.
Tränen stiegen mir in die Augen. Nathan, Seth, Devan, Jannes und Bluerax waren tot. So viele meiner guten Freunde waren innerhalb so kurzer Zeit gestorben. Woran lag es, dass gerade sie sterben mussten?
Noch einmal blickte ich hinauf zum klaren Sternenhimmel und machte mich auf den Weg. Die Landschaft, die zunächst eher einer Wüste als einer Steppe geglichen hatte, wurde nun immer felsiger und bewachsener. Zwischen den Steinen huschten Eidechsen umher, von denen ich eine mit einem kurzen Schwertschlag erlegte. Schnell machte ich aus dem trockenen

Gestrüpp und ein paar Ästen ein Feuer und hielt die Fleischbrocken, die ich aus der Eidechse zubereitet hatte, auf einen Stock gespießt darüber. Der leckere Geruch ließ mir das Wasser im Mund zusammenlaufen. Nach ein paar Minuten aß ich zwei Stücke davon und stopfte drei weitere in die Innentasche meiner Jacke. Das Feuer ließ ich brennen, nachdem ich mich davon entfernt hatte, um Feinde zu täuschen, und suchte einen geschützten Schlafplatz zwischen zwei Felsen. Es gefiel mir nicht, dass ich beim Schlafen völlig schutzlos sein würde. Ohne Jannes hatte ich niemanden, der währenddessen Wache hielt. Steine drückten sich unangenehm in meinen Rücken. Einzig und allein die Müdigkeit ließ mich einschlafen.

Abertausende Regentropfen strömten vom Himmel herab, nahmen mir die Sicht, durchnässten den edlen Anzug, den ich trug, und ließen die Blüten des Rosenstraußes in meiner Hand kraftlos herabhängen. Langsam schritt ich durch die Reihen der Grabsteine. Jeder von ihnen war mit kunstvoller, altgriechischer Schrift verziert. Verwelkte Blumen lagen auf ihnen. Niemand kümmerte sich um diesen Friedhof. Efeu hatte ihn mit der Zeit bewachsen, der Rasen war an manchen Stellen durch Brandflecken geschwärzt und die Wege waren durch das Unkraut kaum noch zu erkennen. Ich trat an eines der Gräber heran und versuchte, die Inschrift zu entziffern. Leider sprach ich kaum altgriechisch, konnte aber nach einigen Minuten übersetzen, was in den Stein graviert war.

Seth Morinson
Dessen Fröhlichkeit immer Licht in die dunklen Zeiten des Krieges brachte

Ich keuchte auf und bemerkte erst jetzt den Rauch, der in der Ferne aufstieg. Es schien, als hätte ein Feuer die kleinen, hölzernen Häuser und die altgriechischen Gebäude zerstört. Tränen flossen gemeinsam mit den Regentropfen über meine Wangen. Titansvillage war verbrannt. Nur noch die Rauchschwaden zeugten von seiner ehemaligen Existenz. Der

Krieg hatte mein Zuhause zerstört. Und ich befand mich auf dem Friedhof des Krieges.
Das nächste Grab zeigte wieder einen Namen und einen zu der verstorbenen Person passenden Satz.

Devan Aroughs
Der das Schweigen mehr schätzte als jedes Wort

Jeder Einwohner von Titansvillage war so auf den Gräbern aufgeführt. Ich ging noch einen Schritt weiter und las:

Crudd Adams
Der seine Sivah so sehr liebte, dass er für sie gestorben wäre

Über Sivahs und Crudds Geschichte hatte ich nie viel gewusst. Wie hätte ich denn auch fragen sollen? Im Lager galt das, was mit Sivah geschehen war, als streng vertraulich. Als ich weiterging, sah ich, dass sich direkt neben seinem Grab ihres befand.

Sivah Shae
Die im Elysium ihre Liebe wiederfand

Mir wurde klar, dass der Traum die Zukunft zeigte. Die mögliche Zukunft, falls wir den Krieg verlieren würden, denn viele der Gräber gehörten Leuten, die noch lebten.
Nach und nach las ich weitere Grabinschriften:

Jannes Xanthos
Die stolz, ehrenvoll und frei im Kampf starb

Moonrise Fox
Die sich weigerte, zu kämpfen und stattdessen helfen und heilen wollte

Nathan Parks
Der durch seine Zielstrebigkeit alles erreichte, was er nur wollte

Tränen strömten mir über das Gesicht, während ich jede der Inschriften las. Als ich eine Reihe weiter gehen wollte, zögerte ich. Nur zwei Gräber standen in dieser letzten Reihe; ich ahnte, welche es waren, und hoffte so sehr, dass ich mich irrte.
Der erste Grabstein war aus hellgrauem Marmor mit schwarzen Sprenkeln darin. In großen Buchstaben stand dort:

Ayslynn Chase
Deren Augen immer voller Leben strahlten

Das Grab neben Ayslynns hatte einen schwarzen Marmorstein mit hellgrauen Sprenkeln, glich aber bis auf die Farben vollständig dem von Ayse.

Xaenym Davine
Deren Mut die Welt bewegte

Ich sah auf den Rosenstrauß in meiner Hand hinab. Erst jetzt bemerkte ich, dass meine Haut faltig und farblos geworden war. Der Traum spielte tatsächlich in der Zukunft. In einer Zukunft, in der ich beinahe 400 Jahre alt war und somit wie ein 80-jähriger Rotblüter aussah.
Ich nahm den Strauß mit beiden Händen und hielt ihn vor meine Brust. Es waren neun tiefrote Rosen; gleichmäßig aufteilen konnte ich sie nicht. Natürlich liebte ich Xaenym. Aber es war ein Traum und seltsamerweise wusste ich das ganz genau, obwohl alles so viel realer wirkte als in einem gewöhnlichen Traum. Beide Mädchen waren hier jemand, den ich vor langer Zeit verloren hatte. Es war nicht die Frage, welche ich im Moment, als Siebzehnjähriger, liebte. Die Frage war, welche ich mehr geliebt hatte. War die Liebe die ich jetzt für Xaenym empfand größer, als die, die ich damals für Ayse empfunden hatte? Eigentlich hätte ich nicht wissen dürfen, dass ich siebzehn war. Ich hätte nicht wissen dürfen, dass das hier die mögliche Zukunft war. Aber ich war mir sicher. Welche Entscheidung ich jetzt auch traf, sie bedeutete viel. Das hier war wichtig für die Realität. Für meine Realität.
Mit zitternden Händen nahm ich vier Rosen und legte sie auf

Ayse' Grab. Ich hatte mich entschieden. Ayslynn bekam nur vier. Nun griff ich nach den restlichen Blumen und legte sie auf Xaes Grab. Bis auf eine. Ich liebte Xae genauso sehr, wie ich Ayse geliebt hatte. Und diese letzte Rose war für keine der beiden bestimmt.
Auf einmal bemerkte ich einen dunklen Punkt auf einem Hügel. So schnell ich konnte, stieg ich hinauf, doch meine Gelenke schmerzten. Meine Lunge brannte. Als ich endlich oben ankam, schlug mein Herz wie verrückt und meine Beine knickten ein. Ich schlug hart auf dem matschigen Boden auf, konnte aber noch im Augenwinkel den letzten Grabstein sehen.

Roove Carter
Der übrig blieb, obwohl seine Freunde diese Welt schon längst verlassen hatten

Meine Hand umklammerte die letzte Rose, obwohl sich die Dornen in meine Haut gruben. Die Welt um mich herum verschwamm. Mir wurde klar, dass ich im Sterben lag. Im Traum war ich alt. Jeder meiner Freunde, ganz Titansvillage war gestorben, doch ich hatte überlebt und hatte bis zum Schluss bleiben müssen. Es war so ungerecht. Viele geschicktere Kämpfer mit besseren Absichten als ich waren gestorben. Warum hatte gerade ich überlebt? Wieso hatte ich es verdient und Ayslynn, Seth, Nathan und Jannes nicht? Oder Bluerax und Scuerah?
Mein Puls verlangsamte sich. Ruhig atmete ich aus und schloss die Augen. Meine Hand, die die Rose so krampfhaft umklammerte, erschlaffte. Und das alt gewordene Herz in meiner Brust hörte auf, zu schlagen.

Schweißgebadet schreckte ich aus dem Schlaf hoch. Meine Augen waren geschwollen. Anscheinend hatte ich im Schlaf geweint. Natürlich ergab der Traum gar keinen Sinn. Wir beerdigten unsere Toten noch nicht mal, sondern warfen in Titansvillage altgriechische Münzen in eine Schale mit brennendem Alkohol.

Da ich allerdings nicht die geringste Lust hatte, über meinen Traum nachzudenken, beseitigte ich die Überreste des Feuers von gestern Abend und machte mich auf den Weg zum Tor. Ein kleiner Teil meines Gehirns wollte sich umdrehen und nachsehen, ob Jannes bereit zum Aufbruch war – doch dann fiel mir ein, dass sie das nie wieder sein würde. Irgendwie hatte ich noch nicht komplett realisiert, dass sie endgültig tot war. Ein trauriges Lächeln umspielte meine Lippen. Jannes' Eitelkeit und ihre Dickköpfigkeit fehlten mir. Diese beiden Eigenschaften hatte sie bis zum Schluss beibehalten. Ihr Tod war wirklich ehrenvoll gewesen, wie sie es gewollt hatte. Selbstmord galt in unserer Welt normalerweise nicht als ehrwürdig, fast schon als feige, als Flucht vor dem Kampf. Aber die Goldblüter unterschieden, wenn auch unausgesprochen, zwischen Selbstmord aus Angst und Selbstmord, den man beging, um andere zu retten. Und Jannes war nicht vor ihrem Schicksal geflohen – sie hatte sich ihm gestellt und es mutig entgegengenommen. Noch dazu hatte sie mich gerettet. Und ich war froh darüber. Aber ich wollte nicht übrig bleiben. Schon seit Wochen starben viele meiner Freunde. Und ich wollte auf keinen Fall der Letzte sein, wollte nicht leben, wenn andere mich gerettet hatten und dabei gestorben waren.
Ich seufzte. Aus irgendeinem Grund konnte ich es nicht glauben. Jannes war *tot*. Sie hatte immer so unzerstörbar gewirkt. Zwar war sie nicht die Stärkste, Mutigste oder Klügste unter uns gewesen, aber man hatte sich nie um sie sorgen müssen. Erst als sie von Skylla gebissen worden war, hatte ich das bemerkt. Jetzt aber war dieses Gefühl so deutlich, dass es mich innerlich zerriss. Warum hatten wir uns nicht besser um sie gekümmert, als sie verletzt war? Wieso hatten wir nur auf die anderen geachtet?

Die Landschaft veränderte sich im Laufe des Tages, wurde immer steiniger und unebener. Ausgetrocknetes Gestrüpp zerkratzte mir die Beine und teilweise musste ich über Felsen klettern, wobei meine Schulter stark schmerzte. Das raue Gestein schürfte meine Handflächen auf, woraufhin ich sie mit einem Stück meines mittlerweile zerstörten T-Shirts umwickelte. Die Sonne brannte gnadenlos vom Himmel. (Genaugenommen durch die Höhlendecke, aber diese Vorstellung war so seltsam, dass ich es beim Himmel beließ.) Meine Wasserflasche hatte ich das letzte Mal bei Tmolos' Oase aufgefüllt. Wenigstens hatte ich noch die drei Fleischstückchen von der Eidechse, mit denen ich den ganzen Tag auskommen würde.

Nachdem ich einen weiteren Felsen erklommen hatte, ließ ich mich erschöpft zu Boden sinken. Die Verletzung an meiner Schulter brannte höllisch. Ich presste meine Zähne aufeinander und sog scharf die Luft ein, während ich ein paar Tropfen Wasser auf die Wunde tröpfelte, um zu verhindern, dass sie sich entzündete. Nun führte ich den Verschluss zu meinen aufgesprungenen Lippen und trank ein wenig vom bitteren, lauwarmen Wasser. Als ich noch einen Schluck nehmen wollte, stellte ich fest, dass die Flasche bereits leer war. Mit zitternden Händen ließ ich sie sinken. Zwar hatte ich jetzt kaum noch Durst, doch wenn ich nicht bald Wasser finden würde, könnte es sehr unangenehm für mich enden. Bald schlang ich noch zwei Stücke Fleisch hinunter. Mein grummelnder Magen stieß ein zufriedenes Glucksen aus.

Anschließend machte ich mich wieder auf den Weg. Die Spitze des Felsens war brüchig und unsicher. Jeder Schritt erforderte Konzentration. Nae wäre hier problemlos und leichtfüßig hinübergetanzt. Sie hätte niemals das Gleichgewicht verloren. Ich hingegen trat in diesem Augenblick auf einem lockeren Stein und schwankte gefährlich. Mein Herz raste. Mit dem rechten Arm hielt ich mich an einem hüfthohen Stein neben mir fest – und ließ ihn vor Schmerz sofort wieder los. Ich hatte die Verletzung an meiner Schulter völlig vergessen. Durch diese unbedachte Bewegung verlor ich endgültig die Kontrolle. Steine rieselten den Hang vor mir hinab.

Plötzlich verlor mein Fuß den Halt. Schmerzhaft schlug ich auf dem harten Boden auf und rutschte an der Seite des Felsens hinab. Meine Finger krallten sich in den staubigen Boden, doch das einzige, was mir dieser Versuch einbrachte, waren eingerissene Nägel. Als ich auf den Boden krachte, wurde mir jegliche Luft aus der Lunge gepresst. Ich blieb hustend auf dem

Boden liegen und unterdrückte den Schmerzensschrei, der sich den Weg durch meine Kehle bahnte.

Auf einmal bemerkte ich eine Bewegung im Augenwinkel. Ruckartig zog ich einen Dolch und rappelte mich auf. Halb hinter einem vertrockneten Strauch versteckt saß ein Junge und starrte mich aus angsterfüllten schwarzbraunen Augen an. Seine zerzausten, dunklen Locken fielen ihm ins Gesicht, sodass seine Stirn gar nicht mehr zu sehen war. Er wirkte sehr jung, höchstens vierzehn, wenn nicht sogar noch jünger. Seine Spolas war ihm viel zu groß. Der Junge war recht klein, ein bisschen dick und wirkte unsicher. An seinem Waffengürtel hing lediglich ein kleiner Dolch, doch er trug auch einen vollen Köcher auf dem Rücken. Einen Bogen konnte ich nirgends entdecken. Mein Blick fiel auf das Messer in meiner Hand. Ich hatte es während der Gefangenschaft in Vice' Lager von einem Jungen bekommen. Beim kurzen Kampf gegen die Wachen im Hauptzelt hatte Vice sich nicht die Mühe gemacht, mir den Dolch wegzunehmen. Er hatte mich einfach zu Boden getreten und das Schwert durch meine Schulter gebohrt. Danach hatte man mich sozusagen vergessen. Der Kampf war außerhalb des Zeltes ausgetragen worden. Der Windstoß hatte mich mit dem restlichen Team in die Nähe der Oase befördert. Und dieser Dolch war die ganze Zeit in meinem Waffengürtel verstaut gewesen. Das Bild des Jungen, der mir das Messer gegeben hatte, blitzte vor meinem inneren Auge auf. Ordentlichere Haare, nicht so verängstigt, aber es war zweifellos der Goldblüter gewesen, der gerade vor mir saß.

„Wer bist du?", fragte ich lauter als nötig, um sicherzugehen, dass meine Stimme nicht zittern würde.

Er sah mich wortlos an.

„Wer bist du?" Diesmal sprach ich etwas sanfter und ließ den Dolch ein wenig sinken, da er für mich ohnehin keine große Gefahr darstellte.

„Ich ... Dvyn. Ich bin Dvyn Averon."

Die Angst in seiner schwachen Stimme war förmlich greifbar.

„Du kommst aus Vice' Lager", stellte ich fest.

Dvyn nickte.

„Und was machst du hier?"

„Ich will dir nichts tun", beteuerte er, statt meine Frage zu beantworten.
„Warum bist du hier?", wiederholte ich eindringlich.
„Vice hat ... Er ..." Er atmete tief durch. „Ich bin weggelaufen. Vice war ungerecht. Ich will nicht für ihn kämpfen."
Überrascht zog ich die Augenbrauen hoch.
„Warum sollte ich dir das glauben?"
„Weil ich es dir beweisen kann."
Die Unsicherheit war etwas abgeklungen. Er sprach mit neuer Zuversicht, da ich ihn nicht sofort getötet hatte.
Plötzlich zog er einen Pfeil und riss einen geschwungenen Bogen aus seinem Rucksack hervor. Blitzschnell legte er den Pfeil ein und zielte auf mein rasendes Herz. Ich hätte Dvyn töten sollen, als ich die Gelegenheit dazu hatte. Darauf hatte er gewartet. Auf mein Zögern. Ich war zu weit weg, um ihn mit dem Dolch zu verwunden, bevor mich der Pfeil treffen würde.
„Ich könnte dich jetzt töten", sagte er noch immer leicht unsicher, obwohl er nichts mehr zu befürchten hatte.
„Wenn ich Informationen wollen würde, könnte ich dir jetzt den Dolch aus der Hand schießen und deine Beine mit Pfeilen durchbohren, bis du mir alles sagst, was ich will", fuhr er fort.
„Aber ich tue es nicht. Vice hat mich nicht geschickt. Ich bin geflohen und will euch helfen."
Mit einer schnellen Bewegung warf er den Bogen ein paar Meter weit fort, zog seinen Dolch und schleuderte ihn ebenfalls aus seiner Reichweite. Nun nahm er seinen Rucksack ab und warf ihn mir zu.
Schließlich machte er er einen Schritt auf mich zu und führte meine Hand mit dem Messer darin an seine Kehle.
„Und jetzt könntest du mich töten. Aber du tust es nicht, weil du an das Gute in Menschen glaubst. Ich kenne dich. Vice hat uns alles über jeden von euch beigebracht. Du bist Roove Carter, Sohn der Nike, kannst wirklich gut mit deinem Schwert umgehen und glaubst an die gute Seite jedes Goldblüters."
Ich starrte ihn mit offenem Mund an. Letzteres konnte man im Kampf ganz sicher nicht merken. Dafür musste man mich persönlich kennen. Oder hatte Vice es durch seine Kräfte herausgefunden?

„Erklär mir, was du hier machst", forderte ich.
„Das habe ich doch schon. Ich wechsele die Seiten."
„Und wer bist du?"
„Dvyn."
Ich verdrehte die Augen.
„Doch nicht dein Name. Deine Abstammung. Deine Geschichte."
„Oh ... Also ich bin der Sohn ... des Zeus", murmelte er verlegen. Sofort umklammerte ich den Dolch fester und spannte jeden meiner Muskeln an, wartete aber ab, was er sonst noch zu sagen hatte.
„Dreizehn Jahre nach meiner Geburt tauchte Vice plötzlich bei uns auf und zerrte mich fort. Meine Mutter schien nicht glücklich darüber, aber es war alles abgesprochen. Sie hat keinen Widerstand geleistet. Im Trainingsbereich des Olymp wurde ich drei Tage im Bogenschießen trainiert. Und dann hat Zeus mich mit Vice, seinem Heerführer, auf diese Mission geschickt."
Ich sah ihn überrascht an.
„Wie lange weißt du schon von der versteckten Welt?"
„Ich weiß nicht, wie lange dieser Auftrag schon dauert. Vielleicht zwei Monate?"
„Du wurdest nach drei Tagen auf eine Mission geschickt?"
„Natürlich. Wie alle Rekruten."
„Bei uns braucht man etwa ein Jahr, bis man so weit ist. Ihr könnt doch noch nicht überleben, wenn ihr keine Ausbildung habt. Falls ihr zurückbleibt und Vice nicht mehr findet ..."
„Dann sind wir tot, ja."
Seufzend ließ ich den Dolch sinken.
„Ich nehme dir alle Waffen und Vorräte ab. Abends suche ich mir einen Schlafplatz, den du nicht findest. Wir machen dann einen Treffpunkt für den nächsten Tag aus", beschloss ich und befestigte Dvyns Waffe an meinem Gürtel. Den Köcher und den Bogen schnürte ich an meinen Rücken.
Nun durchforstete ich seinen Rucksack. Als erstes zog ich eine Wasserflasche hervor, die ich innerhalb weniger Sekunden halb leertrank. Dvyn schien das nicht zu überraschen. Er hatte wahrscheinlich erwartet, dass ich etwas zu trinken brauchen

würde und sich dementsprechend vorbeireitet. Tatsächlich hatte er noch viele andere Trinkflaschen, die alle mit klarem Wasser gefüllt waren. Als nächstes griff ich nach einem kleinen Behältnis mit Epouros und schraubte hastig den Deckel ab. Ich konnte mich beinahe nicht mehr an den würzigen Geschmack der trüben Flüssigkeit erinnern. Sofort verschwand das Pochen in meiner Schulter. Eine wohlige Wärme breitete sich in mir aus. Ich seufzte zufrieden. So gut hatte ich mich seit dem Angriff von Vice' Laistrygonen nicht gefühlt.

Im Rucksack befanden sich noch mehrere Packungen Trockenfleisch, zwei Brotlaibe, einige Äpfel und ein wenig Käse. Außerdem hatte Dvyn Streichhölzer, zwei dünne Schlafsäcke, Ypnosöl und griechisches Feuer mitgenommen.

„Danke", meinte ich freundlich. „Du hast dich davongeschlichen, sagst du? Wer weiß, was geschehen wäre, wenn Vice dich erwischt hätte. Du bist mutig."

„Das war kein Mut", erwiderte Dvyn. „Es war die Angst vor dem, was geschehen wäre, wenn ich dort geblieben wäre."

Ich antwortete nicht.

Wir machten uns nach wenigen Minuten auf den Weg. Sicherheitshalber hielt ich ein wenig Abstand zu Dvyn, obwohl ich nicht glaubte, dass er mir etwas tun wollte. Wieso hätte er das Epouros an mich verschwendet, wenn er mich später umbringen wollen würde?

Leider stellte sich nach wenigen Minuten heraus, dass Dvyn unglaublich langsam war und so viel Krach beim Laufen machte, als würde eine Bisonherde durch die Landschaft marschieren. Mehrfach wies ich ihn an, leiser und schneller zu laufen, doch natürlich hatte Zeus ihm nie beigebracht, wie man unbemerkt blieb. Die Götter wollten möglichst schnell ein riesiges Heer aufbauen. Ich erinnerte mich an meine ersten drei Tage in Titansvillage. Im Gegensatz zu Xae war ich absolut nicht mit der Situation klar gekommen. Vielleicht hatte sich Dvyn gut im Gegensatz zu mir gut in dieser Welt zurechtfinden können, aber nach so kurzer Zeit Tag für Tag in Lebensgefahr zu schweben war eine große Belastung. Schon dass Aras Xaenym so früh auf eine Mission geschickt hatte, war erstaunlich gewesen. Aber Xae war eine Ausnahme.

Wie es ihr wohl ging? Ich weigerte mich, den Gedanken zuzulassen, dass sie vielleicht gar nicht mehr lebte. Das war unmöglich. Xae würde immer einen Ausweg finden. Ich vermisste sie so sehr, dass es beinahe an körperlichen Schmerz grenzte.

Spätestens jetzt hätte Jannes erraten, dass ich an Xaenym dachte und einen unfreundlichen Kommentar abgegeben. Warum sie Xae wohl so sehr gehasst hatte? Einmal hatte sie gesagt, dass sie glaubte, Devan sei in sie verliebt. Aber Devan hat Xaenym genauso behandelt, wie jede andere. Wie kam Jannes nur auf diesen Quatsch? Ich hätte sie gern gefragt. Es gab noch so vieles, was ich über Jannes wissen wollte. Es war nicht fair.

Xaenym könnte auch schon lange tot sein. Ich gestand mir ein, dass Xaes Mut ihr nichts nützen würde. Glück. Es war nur Glück. Und ich wollte dieses Glück nicht, wenn meine Freunde es nicht haben würden.

Kapitel 19

Nae

Wir hatten einen kleinen See im Schutz der Bäume entdeckt und beschlossen, uns hier ein wenig auszuruhen. Ramy watete ins Wasser, wusch seine Haare und spülte Blut und Schmutz von seiner Spolas.
Wassertropfen hingen in seinen tiefschwarzen Haaren und ließen sie noch dunkler erscheinen, wodurch die Farbe seiner Augen mehr zur Geltung kam. Sie erinnerte mich an den Ozean und an das satte Grün des Waldes. Jede Bewegung seiner Muskeln schien die verschlungenen Tattoos auf seinem Oberkörper zum Leben zu erwecken.
Als er merkte, dass ich ihn ansah, grinste er breit und fuhr sich durch die Haare.
„Willst du nicht auch baden?", rief er mir zu.
„Ich warte, bis du fertig bist."
Er verdrehte die Augen. „Stell dich nicht so an."
Kurzerhand rannte er ans Ufer, hob mich urplötzlich hoch und trug mich zum See.
„Lass mich runter", lachte ich.
Bevor ich mich versah, hatte er mich fallen gelassen. Mit einem lauten Platschen landete ich im Wasser. Ich gab mir Mühe, ihm einen bösen Blick zuzuwerfen, doch ich konnte mir das Grinsen nicht verkneifen.
Ich watete weiter ins Wasser und begann, meine fast hüftlangen schwarzen Haare zu waschen, in der Hoffnung, dass Ramy bereits am Ufer sein würde, wenn ich fertig war. Aber auf einmal stand er hinter mir und legte eine Hand auf meine Schulter. Mein Herzschlag beschleunigte sich.
„Gesellschaft gefällig?"
Ich seufzte und drehte mich um, um ihm zu sagen, dass ich lieber allein sein würde, doch die Worte blieben mir im Hals stecken. Stattdessen stellte ich mich auf die Zehenspitzen und legte die Arme um seinen Hals. Doch kurz bevor sich unsere

Lippen berührt hätten, verdüsterte sich seine Miene. Er starrte ans Ufer des Sees und flüsterte: „Runter."
„Was?"
Mit einem Ruck zog er mich unter Wasser und bedeutete mir, mich nicht zu bewegen.
Als wir endlich auftauchten, war ich kurz davor, ohnmächtig zu werden. Ich hustete und rang nach Luft.
„Tut mir leid, vier Dracaenae waren am Ufer", sagte Ramy leise. „Hätte ich dich nicht unter Wasser gezogen, wären wir jetzt tot."
„Vielleicht hättest du mich nicht ins Wasser schmeißen sollen, dann hätte ich aufgepasst und sie rechtzeitig gesehen", schnaubte ich und stapfte ans Ufer.
Wir hatten noch Glück gehabt. Das ganze hätte verdammt schief gehen können. Unsere Waffen lagen am Ufer und Dracaenae konnten schwimmen.
Warum vergaß ich jegliche Vernunft, wenn ich bei Ramy war?

Heige

Seit Tagen stapften wir nun schon durch diese trostlose Eislandschaft. Meine Lippen waren blau, meine Finger taub, weshalb ich kaum die Bogensehne spannen könnte, wenn es einen Kampf geben würde.
Aber danach sah es im Moment sowieso nicht wirklich aus. Der Boden war vollständig eben, es gab keine Hügel oder Vertiefungen, in denen sich ein Feind verstecken konnte. Theoretisch müsste man also jedes Monster sehen. Dennoch erblickte ich weit und breit nur Schnee und Eis. Und das machte mich fertig. Ich hasste diese Anspannung vor dem Kampf, das Wissen, dass man urplötzlich angegriffen werden könnte, aber nichts geschah.
Den ganzen Tag liefen wir durch die vereiste Ebene. Ich musterte Cryliss dem Augenwinkel. Ihre blonden Locken hatten den rostigen Farbton von Blut und Schmutz angenommen, ihre vor Kälte blauen Lippen hatte sie zu einem schmalen Strich zusammengepresst. Unter ihren Augen lagen dunkle Schatten, das Zeichen von Angst und Schlafmangel. Wahrscheinlich sah ich nicht anders aus.
Am Abend füllten wir unsere Trinkflaschen mit eisigem Wasser.

Obwohl ich Durst hatte, war jeder Schluck, den ich nahm, eine Qual, da mich die Kälte so auch von innen erreichte. Jedes Mal wenn das eiskalte Wasser in meinem knurrenden Magen aufkam, zuckte ich zusammen. Ich vermutete, dass dieser inzwischen auf die Größe einer Erbse geschrumpft war. Das war ebenfalls ein Problem in dieser Landschaft. Es gab nichts zu Essen. Nichts. Null.

Meine Beine schmerzten nach dem langen Marsch und ich konnte meine Augen kaum offen halten.

„Wir … wir sollten schlafen", sagte ich gähnend.

Sofort brach Cryliss zusammen. Das Eis unter uns knirschte gefährlich laut. Auch ich legte mich auf den Boden, rollte mich zusammen und bettete meinen Kopf auf meinem Arm. Eigentlich sollte jemand Wache halten, doch wir waren beide zu schwach.

Hier gibt es sowieso keine Monster, dachte ich schläfrig.

Ich schloss die Augen und versuchte, die Kälte zu ignorieren.

Mitten in der Nacht schreckte ich durch ein Klirren hoch. Hatte ich mir das Geräusch nur eingebildet? Oder kam es von Cryliss, die sich herumgewälzt hatte?

Mein Blick schweifte über meine dunkle Umgebung. Mein Herz setzte einen Schlag aus, als ich eine dunkle Silhouette erkannte. Langsam nahm ich meinen Bogen und legte einen Pfeil ein. Ich spürte die Sehne an meinen tauben Fingerkuppen kaum. Ob sie wohl ausreichend gespannt war? Auf Zehenspitzen schlich ich auf die die Gestalt zu. Ich zielte so sorgfältig ich konnte, vergaß den Rest der Welt. Noch einmal atmete ich tief durch, dann schnellte die Bogensehne nach vorn. Die Pfeilspitze durchschnitt die Luft mit einem leisen Pfeifen, das plötzlich durch ein Wimmern ersetzt wurde. Die Hand an meinem Schwertgriff, eilte ich zu der Silhouette, um sie mir genauer anzusehen. Ein menschlich aussehende Gestalt lag erschlafft auf dem Boden. Mein Pfeil ragte aus der Brust.

Als ich jedoch mit meinen Fingerspitzen die Augen der Leiche schließen wollte, zuckte ich zurück. Die Haut fühlte sich ganz und gar nicht menschlich an. Sie war seltsam trocken, rissig und beinahe so hart wie Stein.

Mehr konnte ich in der Dunkelheit nicht erkennen. Beunruhigt ging ich zu Cryliss zurück, wobei ich das tote Monster nicht aus den Augen ließ. Stundenlang starrte ich es an, auf den Sonnenaufgang wartend, damit ich endlich sehen konnte, was diese Kreatur war.

Ich hatte kein gutes Gefühl bei dem Ungeheuer. Wir hätten es bemerken müssen. Man konnte sich hier nicht verstecken. Um unentdeckt zu bleiben, musste man drei Tagesmärsche entfernt sein. Aber dieses Monster hatte uns innerhalb einer halben Nacht erreicht. Nach einer gefühlten Ewigkeit durchbrachen endlich die ersten Sonnenstrahlen die Höhlendecke und fielen auf das Monster.

Es hatte annähernd menschliche Statur, jedoch hatte seine rissige Haut einen kränklichen grünen Farbton. Krallen wuchsen aus seinen kurzen Fingern. Es hatte wunderschöne, blonde Haare, was mir irgendwie falsch vorkam. Seine vor Angst geweiteten Augen, die komplett schwarz waren, starrten mich hasserfüllt an. Ich kannte solche Ungeheuer. Wie immer, wenn ich plötzlich etwas wusste, hatte ich keine Ahnung, woher ich diese Informationen nahm, war mir aber sicher. Ein keuchender Atemzug durchzuckte seine Brust. Ich brauchte einige Sekunden, bis ich begriff, dass die Kreatur noch am Leben war. Mein Pfeil hatte das Herz verfehlt.

„Cryliss!", kreischte ich panisch. „Cryliss, wach auf! Schnell!"
Sie stöhnte und rappelte sich unbeholfen auf.
„Warum weckst du ..." Ihre Stimme erstarb. „Was ... was ist das? Ich kenne jedes Monster. Ich bringe den Auszubildenden im Lager doch alles über Monster bei. Und diese hier kenne ich nicht", flüsterte sie.
„Das ist ein Schwarzblüter. Eigentlich gibt es seit Jahrtausenden keine mehr. Er war mal ein Goldblüter, doch Vice hat ihn durch dunkle Magie verändert. Ich frage mich, woher er so viel Kraft hatte. Schwarzblüter können Sinne täuschen. Halluzinationen hervorrufen. Deshalb hast du mich angegriffen. Du bist nicht verrückt. Vielleicht hast du noch Halluzinationen, aber du kannst sie von der Realität unterscheiden."
Sie nickte und atmete erleichtert auf. „Ich bin froh, dass es nicht wieder schlimmer geworden ist. Aber warum hat uns das Ding nicht einfach getötet?"

„Schwarzblüter verlieren ihren eigenen Willen und ihren Verstand. Nach der Verwandlung können sie nur noch Befehle ausführen. Zum Kämpfen wären sie niemals in der Lage."
„Woher weißt du das alles?"
Mir wurde klar, dass ich mich einem gefährlichen Thema näherte.
„Äh ... Zeus hat es mir gesagt", stammelte ich.
Ich brachte es nicht über mich, ihr zu sagen, dass alles eine Lüge war. Dass ich keine Ahnung hatte, wer ich war, oder was ich in der Wüste verloren hatte. Dass Heige Climbton ein erfundener Name war. Dass ich nicht wusste, wieso Vice weggelaufen war, als ich auf ihn geschossen hatte.
Jedes Mal hatte ich als Antwort auf eine Frage etwas erfunden. 'Ich bin in die Wüste weggelaufen' oder 'Vice konnte meine Pfeile nicht abwehren, weil sie verzaubert sind, und musste deshalb fliehen.'
Ich hatte sorgfältig darauf geachtet, dass ich in Jannes' Gegenwart keine konkreten Antworten gab. Die angeblich verzauberten Pfeile hatte ich schnell verschossen, damit niemand sie sich genauer ansah und neue von Ramy bekommen. Ich hatte vermieden, zu erklären, woher ich manchmal einfach gewusst hatte, dass die anderen in Gefahr waren. Zum Beispiel damals, als die anderen bei Notos gefangen waren. Ich hatte es auf eine seltsame Art gespürt, ohne sie zu kennen, und mir gewünscht, sie würden Hilfe bekommen. Und auf einmal ist der Sack der Winde bei ihnen aufgetaucht. Glücklicherweise hatte nie jemand gefragt, wie ich das angestellt hatte.
Blitzschnell zog ich einen Dolch und setzte die Klinge am Hals des Schwarzblüters an.
„Ihr seid so gut wie tot", krächzte er.
Dann zog ich das Messer durch die Kehle des Monsters, woraufhin es verstummte.
Als ich mich umdrehte, explodierte brennender Schmerz in meinem Kopf. Auch Cryliss krümmte sich zusammen. Die Landschaft um mich herum begann, zu verschwimmen. Ein kleiner Teil meines Gehirns nahm war, wie ich auf dem Boden aufschlug, doch dann überkam mich die zweite Welle des Schmerzes. Ich wand mich hin und her, doch es gab keine

Möglichkeit, den Qualen zu entkommen. Es war anders, als bei einer Verletzung durch eine Waffe, kein klarer, stechender Schmerz, sondern ein Brennen am ganzen Körper. Mir wurde übel. Die Welt drehte sich und ich hätte mich übergeben, wäre der Schmerz nicht so schnell, wie er über mich hereingebrochen war, wieder verschwunden.
Keuchend stand ich auf und sah mich um. Die Landschaft hatte sich verändert. Sie war jetzt hügelig mit festem, gefrorenem Boden. Es gab nur wenige Seen, die alle von einer dünnen Eisschicht überzogen waren.
Und dann waren da noch die schwerbewaffneten Monster, die in diesem Augenblick aus einem schwarzen Turm strömten, kaum eine halbe Meile von uns entfernt. Hinter dem Gebäude schien eine undurchdringliche Wand aus verschlungenen Lianen die Arktis zu überwachsen. Es dauerte einige Sekunden, bis ich begriff, dass dort der Grenze zum nächsten Bereich der Insel lag. Überall zog sich eine trübe Schicht zwischen den beiden Landschaftsformen. Nur an einer Stelle leuchtete das Grün der Pflanzen satter. War es möglich, dass die Monster dieses Stück der Barriere zerstört hatten?
Allerdings blieb mir nicht viel Zeit, darüber nachzudenken, denn ein Monster drehte seinen geschuppten Kopf wie in Zeitlupe in unsere Richtung. Und ich war mir sicher, dass seine rot glühenden Augen mich fixierten.
Die Masse kam in Bewegung. Mit schnellen Schritten kam sie auf uns zu, ein unaufhaltsamer Wall aus Speeren, Schwertern und Äxten. Hektisch zog ich Cryliss hinter den nächsten Hügel. Eine Schneeflocke segelte vom Himmel und landete auf meiner Stirn. Dann noch eine.
„Sie haben uns gesehen", flüsterte ich Cryliss zu, die den Turm wie gebannt anstarrte.
Langsam nickte sie. „Wir sind so gut wie tot", sagte sie seelenruhig und atmete tief ein.
„Lauf!", schrie sie plötzlich, während sie bereits auf den Turm zusprintete. Na ja, nicht ganz darauf zu. Eher als würde sie genau daran vorbeirennen wollen.
„Was machst du denn?", kreischte ich.
Dann ging mir auf, dass sie sich hinter dem Turm an der

Barriere entlangschleichen wollte. Die Monster waren vom Turm aus mitten in die vereisten Weiten geströmt. Der Schneefall würde uns helfen, ungesehen zu bleiben. Ich hastete hinter Cryliss her. Die klirrende Kälte bohrte sich wie Nadeln in meine Haut. Tränen traten mir in die Augen, doch ich beschleunigte mein Tempo. Meine Gedanken überschlugen sich. Der Schwarzblüter hatte all das vor uns verborgen. Wären wir noch ein Stück weitergegangen wären wir den Ungeheuern in die Arme gelaufen. Diese Kreatur hatte Cryliss in den Höhlen getäuscht. Doch wegen ihres Aufenthalts in der Unterwelt hatte sie geglaubt, sie sei wieder vollständig verrückt. Und ich hätte es fast auch geglaubt. Fast. Wäre nicht auf einmal diese unvollständige Information über solche Kreaturen in meinem Gehirn aufgetaucht. Ich wusste nicht, was ohne diese Vorahnung aus mir geworden wäre. Vermutlich wäre ich schon lange tot.

Nach wenigen Minuten hörte es auf, zu schneien. Ich fühlte mich nicht sicher auf diesem offenen Gelände, insbesondere jetzt, wo wir dem Turm schon gefährlich nah waren. Nur etwa 100 Meter trennten uns von den schwarzen Toren des Turms. Wir versteckten uns hinter einem steilen Hang und sahen uns um. Weit und breit waren keine Ungeheuer zu sehen, abgesehen von denen, die das Tor des Gebäudes bewachten. Wenn wir schnell genug liefen, würden sie uns nicht bemerken. Hoffentlich. Für einige Minuten blieben wir hinter dem Hang und schöpften Atem. Das schnelle Rennen hatte uns beide bis an unsere Grenzen getrieben. Der Hunger setzte uns ebenfalls zu. Unsere Kräfte ließen nach.

Reiß dich zusammen!, ermahnte ich mich selbst.

Ich musste erst mal am Turm vorbeikommen. Danach würde ich mich um meinen leeren Magen kümmern. Cryliss machte einen Satz und rannte los. Ich folgte ihr. Meine Lunge brannte.

Wir waren neben dem Turm angelangt. Plötzlich tauchte ein über zwei Meter großes Ungeheuer in bronzener Rüstung rechts von uns auf. Ein junger Zyklop. Ruckartig riss ich mein Schwert aus der Scheide und wehrte die Axt ab, welche das Monster mit beängstigender Geschwindigkeit durch die Luft schwang. Die Wucht des Schlages ließ mich zurücktaumeln. Im Augenwinkel erkannte ich Cryliss, die ebenfalls gegen ein Monster kämpfte.

Ein schwarz gefiederter Pfeil flog an meinem Gesicht vorbei und streifte dabei mein Ohr.
Plötzlich verkrampfte sich mein Rücken. Ich presste meine Lippen zusammen, um nicht aufzuschreien, und stach mit der Schwertspitze nach der Brust meines Gegners. Er verdrehte seinen Oberkörper, sodass die Klinge an seinem Brustpanzer abrutschte. Ein schmerzerfüllter Aufschrei übertönte das Klirren der aufeinanderschlagenden Waffen. Cryliss presste ihre Hand auf eine Wunde über dem Schlüsselbein, aus der ein Pfeil ragte. Blut quoll zwischen ihren Fingern hervor. Sie stieß ein wütendes Knurren aus und griff wieder ihren Gegner an. Jeder ihrer Hiebe wurde schneller, als würde der Schmerz ihre Sinne schärfen.
Ich erinnerte mich an diese Kraft, von der man erfasst wurde, wenn man eine schlimme Wunde erlitt. Der Schmerz rückte weit weg, man fokussierte sich nur auf den Kampf. Vielleicht hatte ich das einmal selbst erlebt. Vielleicht hatte ich es auf dem Schlachtfeld gesehen. Oder aber ich hatte nicht die geringste Ahnung davon und bildete mir nur ein, etwas darüber zu wissen. Würde ich es je erfahren? Es war nicht fair. Jeder kannte seine Vergangenheit. Jeder, außer mir.
Wut loderte in mir auf. Bei jeder meiner Bewegungen schoss mir eine Frage durch den Kopf. Ich stach die Klinge in den Oberschenkel des Zyklopen. Er schrie auf.
Warum konnte ich mich nicht wie alle anderen an meine Vergangenheit erinnern?
Nun drehte ich mich um meine eigene Achse und grub das Schwert in seine Schulter.
Wieso war ich in der Wüste aufgewacht?
Der Zyklop sank auf die Knie.
Was hatte ich in der versteckten Welt zu suchen?
Eine Drehung aus dem Handgelenk sorgte dafür, dass mein Schwert auf die Kehle des Monsters zusauste.
War ich überhaupt ein Demigott?
Die Klinge durchtrennte den Hals des Ungeheuers.
Was hatte Vice dazu gebracht, vor mir fortzulaufen, als ich auf ihn geschossen hatte?
Der Rumpf sackte kraftlos vornüber.
Wer war ich?

Der Zyklop war tot.
Ein weiterer Pfeil flog an mir vorbei und bohrte sich in den Schnee. Noch immer wütend riss ich meinen Bogen von der Schulter, legte einen Pfeil ein und zielte auf den Schützen, der aus einem der Turmfenster schoss. Auch er spannte gerade die Sehne. Für den Bruchteil einer Sekunde starrten wir uns gegenseitig an. Gleichzeitig ließen wir die Sehnen vorschnellen. Ein Schrei durchbrach die Stille. Der Schütze verschwand. Meine Mundwinkel hoben sich zu einem triumphierenden Lächeln.
Doch es erlosch als das Monster plötzlich wieder auftauchte und die Sehne seiner Waffe spannte. Es musterte mich kurz und ließ seinen Bogen dann sinken. So schnell ich konnte legte ich einen Pfeil ein, zielte und schoss dem Ungeheuer zwischen die Augen. Dieser Schrei klang nicht so, wie er eben geklungen hatte. Schließlich hatte ja auch nicht das Ungeheuer geschrien. Sondern Cryliss.
Langsam drehte ich mich zu ihr um. Sie lag gekrümmt im Schnee. Der Pfeil, den das Monster zur gleichen Zeit wie ich geschossen hatte, der Pfeil, der für mich bestimmt gewesen war, hatte Cryliss mitten in die Brust getroffen.
Sofort kniete ich mich neben sie. Tränen rannen über ihre Wangen. Ihr Atem ging stoßweise.
„Ich habe mich mal gefragt, wer aus Titansvillage den schönsten Tod stirbt", flüsterte sie. „Wer stirbt schnell und leise, auf wen werden alle Augen gerichtet sein? Wer hat Zeit für letzte Worte, wer stirbt mitten im Satz? Hätte ich gedacht, dass ich so sterbe? Hier in der Kälte? Nein. Cryliss Preed, das Mädchen, das durch die Hölle gegangen ist, hätte einen Tod auf einem richtigen Schlachtfeld verdient. Nicht wegen der Ehre. Sondern einfach damit alle sehen, dass ich alles gegeben habe. Ich wollte immer die Beste sein, das Kommando haben. Ich sollte durch ein Schwert sterben, das mein Blut – das Blut des Hades – verdient, sollte bis zur letzten Sekunde Widerstand leisten, trotz meiner Schmerzen nicht aufgeben und kämpfen bis mein Herz aufhört zu schlagen. Das hätte ein Heerführer getan."
Ich schluckte den Kloß in meinem Hals hinunter.
„Man kann sich nicht immer aussuchen, wann man stirbt. Man

ist nicht immer bereit. Vielleicht wirst du mitten aus dem Leben gerissen. Es ist nicht gerecht. Du stirbst nicht unbedingt so, wie du es möchtest. Das alles ist dem Tod egal. Er wird dich nicht warnen. Vielleicht würdest du dir nur einen Augenblick für letzte Worte wünschen, aber du kriegst ihn einfach nicht. Es wird niemals fair sein. Du musst den Tod akzeptieren, den du bekommst. Jeder Augenblick könnte dein letzter sein. Cryliss, du solltest dich freuen, schließlich hast du Zeit für letzte Worte, kannst eindrucksvoll sterben. Und obwohl es nur meine sind, werden alle Augen hier auf dich gerichtet sein."
Ich wusste nicht, wie viel sie noch hören konnte. Während ich sprach hatte sie ihre Augen geschlossen. Eine letzte Träne lief über ihre Schläfe. Und das war das Ende des Mädchens, das durch die Hölle gegangen war.

Kapitel 20

Nae

„Erzähl mir etwas über dich", forderte ich Ramy auf. „Irgendwas."
Wir hatten insgesamt nun schon zwei Tage auf der Insel verbracht. Ramy hatte mich mehrfach geküsst, als sei das völlig normal und war weitergelaufen. Ich war dann jedes Mal rot geworden und hatte nichts mehr dazu gesagt.
Die Dracaenae, der wir begegnet waren, hatte Ramy erschossen, bevor sie uns überhaupt bemerkt hatte. Ebenso einen Kentauren und eine Harpyie. Anscheinend befanden sich in den einzelnen Bereichen der Insel nicht allzu viele Monster. Umso mehr lebten demnach in Pyrinas. Ein kalter Schauer jagte mir über den Rücken, als ich daran dachte.
„Was soll ich denn erzählen?", grinste Ramy. Seine grünen Augen reflektierten den Schein des knisternden Lagerfeuers.
„Keine Ahnung. Du hast bestimmt schon einiges erlebt. Die stymphalischen Vögel. Sag etwas von ihnen. Was ist damals geschehen?"
Er zuckte mit den Schultern. „Es war mehr oder weniger ein Auftrag von den Göttern. Und eher weniger freiwillig natürlich. Die Götter sind überaus ..." Ramy suchte nach dem richtigen Wort. „... *böse*", entschied er.
„Weißt du, was ich mich manchmal frage? Warum sind sie böse? Und warum haben sie dich gezwungen, ihren Auftrag auszuführen?"
Dies war eine der ersten Fragen, die ich je gestellt hatte. Schon immer wollte ich die Beweggründe der Götter verstehen, um besser gegen sie kämpfen zu können. Aber niemand hatte mir diese Frage jemals beantworten können.
„Viele sagen, Zeus sei verrückt. Aber so etwas lässt sich nicht einfach mit Wahnsinn erklären. Man kann nicht jeden, den man nicht versteht, als verrückt abtun. Allerdings habe ich da eine Theorie: Stell dir vor du lebst ewig. Am Anfang versuchst du

Gutes zu tun. Doch mit den Jahrtausenden versteifst du dich so sehr auf deine Ziele, dass du nicht mehr darauf achtest, wie du sie erreichst. Du bemerkst nicht, was aus dir wird. Es fällt dir ganz einfach nicht auf. Und irgendwann findest du dich in einem schneeweißen Palast wieder und quälst Unschuldige in deinen Kerkern. Das ist das Problem. Ein unsterblicher Herrscher, der ewig lebt, läuft Gefahr, wie die Götter zu werden. Die Ewigkeit ist eine lange Zeit, Nae. So gesehen könnten wir auch für das Falsche kämpfen. Wir können nur für unsere Überzeugungen eintreten. Sie sind nicht immer richtig oder falsch, gut oder böse, schwarz oder weiß. Alle Menschen sind grau. Nur die allerwenigsten sind eindeutig gut oder böse. Sie haben das Gleichgewicht unter Kontrolle. Darum geht es hier doch eigentlich, oder? Die Götter wollen sich für eine Weile auslöschen, um das Gleichgewicht zu stören und dessen Hüter zu erwecken. Und diese Menschen, die eindeutig zugeordnet werden können, haben die Waage zwischen den beiden Seiten unter Kontrolle. Gute Menschen sind viel gefährlicher als graue."

Ich starrte ihn an. „Äh … du hast nicht auf meine Frage geantwortet. Wieso haben sie dich gezwungen?"

„Weil die Ewigkeit ihnen nicht gut getan hat."

„Das ist die Antwort auf meine erste Frage. Aber ich will wissen, was es mit diesem Auftrag auf sich hatte."

„Hör zu Nae. Ich bin alt. Diesen ganzen Kram mit der Ewigkeit weiß ich nur, weil ich eine kleine Ewigkeit erlebt habe. Tu dir einen Gefallen und frag nicht immer nach so was. Wo du doch so klug bist, solltest du erkannt haben, dass manches Wissen nicht gut für dich ist."

Ich seufzte. „Wir führen diese Diskussion jeden Tag."

„Und du hast noch nie etwas erreicht. Du könntest endlich aufgeben."

„Dafür, dass du mit mir zusammen sein willst, bist du ganz schön gemein zu mir", brummte ich.

„Nae, das *bin* ich längst."

„Was?"

Er verdrehte die Augen.

„Wir sind doch schon zusammen. Du hast es nur nicht bemerkt."

Im Schnelldurchlauf ließ ich die letzten zwei Tage vor meinem inneren Auge vorbeiziehen.
„Du hast ...", stammelte ich.
Er nickte.
„Wir ... wir sind doch nicht ... "
„Was unterscheidet unseren jetzigen Zustand von dem in einer Beziehung? Nichts."
Völlig verwirrt starrte ich in die Flammen. Er hatte Recht. Ramy hatte mich, das Mädchen, das als so klug und weise galt, mühelos überlistet. Schließlich atmete ich tief durch und sah ihn an.
„Du hast uns also ohne mein Wissen zusammengebracht?"
Er grinste. „Ganz genau."
„Ich hasse dich."
„Das bezweifle ich."
Ich schwieg eine Weile und fragte dann: „Und seit wann genau sind wir ein Paar?" *Ein Paar.* Es klang seltsam. Unpassend. Beinahe schon beängstigend.
„Keine Ahnung. Seit einer Woche etwa?"
„Das wird es schwer machen, unser Jubiläum zu feiern", bemerkte ich schmunzelnd.
Ramy verdrehte die Augen. „Ich bitte dich. Falls du jemals etwas so Kitschiges tust, erwürge ich dich."
„Das bezweifle *ich."*
„Wir bezweifeln zu viel", grinste er.

Xaenym
Seit wir aufgestanden waren, bahnten wir uns einen Weg durch das Dickicht. Die ganze Zeit über schwieg Sivah und ich folgte ihrem Beispiel.
Das Seltsame war, dass es mir körperlich *gut* ging. Meine Wunden waren allesamt verheilt, wenn man kleinere Kratzer nicht mitzählte. Ich hatte genügend Wasser und auch etwas zu essen. Die Monster sammelten sich alle am Turm, sodass wir im Dschungel keinem einzigen begegneten. Sie machten sich nicht die Mühe, uns zu verfolgen, schließlich hatten sie Besseres zu tun. Für unsere momentane Mission war das hilfreich – allerdings war es wiederum beeindruckend unhilfreich von den

Monstern, sich Zeus anzuschließen. Aber im Moment war ich froh darüber, keinen Ungeheuern zu begegnen, und genoss die Situation.

Was meine geistige Verfassung anging, war ich mir nicht so sicher. Die vielen offenen Fragen drängten sich in mein Bewusstsein, doch ich schloss sie aus meinen Gedanken aus und konzentrierte mich stattdessen auf meine Umgebung: die knallbunten Blüten an den riesigen Bäumen, die langen geschwungenen Blätter der Sträucher ...

Ich seufzte und senkte den Blick. Es war frustrierend. Jedes vernunftbegabte Wesen hätte diese Landschaft als interessant und wunderschön empfunden, hätte sie stundenlang ansehen können. Und ich wanderte hindurch, wobei ich hauptsächlich meine verdreckten Schuhe musterte.

Plötzlich hörte ich ein Rascheln. Sofort zog ich Skouro und fuhr herum. Auf Zehenspitzen schlich ich auf einen meterhohen Strauch zu.

„Ich will dir ja nicht die Spannung verderben", meinte Sivah gelangweilt „aber das ist Heige."

Tatsächlich trat diese aus dem Dickicht hervor. Erleichtert stellte ich fest, dass sie zwar ausgelaugt, aber unverletzt war. Sofort schloss ich sie in die Arme.

Als Heige Sivah umarmen wollte, winkte diese ab und fragte schroff: „Was machst du hier?"

„Die Monster, sie ..."

„... bauen Türme als Armeelager und wollen sich Vice anschließen?", fiel ihr Sivah ins Wort. „Wissen wir. Ich war dort eingesperrt."

Heige schüttelte den Kopf.

„Das ist es nicht. Sie haben die Barriere zwischen den Landschaftsbereichen zerstört. Neben dem Turm ist ein Loch. Ich musste mich hier verstecken. Die Monster konnten mich aus dem Turm sehen, aber hier im Dschungel kann man sich gut verstecken."

„Wo ist Cryliss?", fragte ich. Heige warf mir einen langen Blick zu. Erst jetzt bemerkte ich ihre verquollenen Augen.

„Cryliss", murmelte sie niedergeschlagen. „Sie ... Ein Pfeil, der mich hätte treffen sollen."

Behutsam legte ich meine Hand auf Heiges Schulter.
Ich hoffte inständig, dass Cryliss in Elysium glücklich werden würde. Und dass es dort eine Menge Leute gab, die ihrem Kommando folgten.

※

„Wann ist das Essen denn endlich fertig?", fragte Heige. Inzwischen saßen wir um ein kleines Feuer herum. Irgendein Dschungelvogel briet über den Flammen, wollte aber einfach nicht gar werden.
„Habt ihr noch etwas zu essen, das ich mitnehmen kann? Drüben gibt es so gut wie nichts", meinte Heige.
„Das meiste ist wahrscheinlich giftig", erwiderte Sivah grob. „Am besten du schießt dir hier drüben etwas und nimmst es mit. Wenn du schon dabei bist, jag auch was für uns", wies sie Heige an. Meiner Meinung nach hätte sie ruhig etwas freundlicher sein können, schließlich sah Heige wirklich fertig aus, aber Sivah war einfach nicht die warmherzigste Person der Welt. Die Wut und die Härte in ihrer Stimme machten es auch nicht besser.
Heige hob einen Stein auf und schoss ihn mit ihrer Bogensehne gegen einen Baumstamm. Durch das Geräusch flogen mehrere Vögel auf, die innerhalb weniger Sekunden von Pfeilen durchbohrt auf den Boden fielen.
„Fertig", schnaubte Heige, schnappte sich zwei Vögel und marschierte durch das Dickicht davon. Kurz bevor sie außer Sichtweite war, drehte sie sich um und sagte: „In etwa zwei Tagen müsste ich das Tor erreicht haben. Falls ich so lange lebe. Ich hoffe, wir sehen uns in Pyrinas wieder."
Dann war sie verschwunden.
Sivah seufzte.
„Ein Loch in der Barriere. Das ist gar nicht gut. Wir müssen das Skia so schnell wie möglich holen und zurück nach Titansvillage. Die Götter werden ihr eigenes Heer und die aus den Türmen dort einmarschieren lassen – direkt nachdem sie uns getötet haben. Sie sind viel mächtiger, als ich angenommen hatte. Wenn wir das Skia nicht finden, bevor die Monster sich Zeus angeschlossen haben, werden wir überrannt. Beeil dich!", rief sie und marschierte los, ohne die Vögel, die Heige für uns

geschossen hatte, aufzusammeln. Hastig schnappte ich mir die Beute und rannte hinter Sivah her.

Der Rest des Tages verflog überraschend schnell. Sivah hielt nicht einmal an, um etwas zu essen und rannte als würde ihr Leben davon abhängen. Was genaugenommen sogar der Fall war.

Am Abend hielten wir es für zu riskant, ein Feuer anzuzünden und aßen lieber ein paar Beeren und Nüsse, die wir neben unserem Lager gesammelt hatten. Alles davon schmeckte irgendwie bitter, aber etwas Besseres konnten wir hier nicht finden.

Nach dem Essen legte sich Sivah hin und gähnte.

„Weck mich in einer Stunde auf. Danach bist du dran."

„Was? Nur eine Stunde? Wir sind den ganzen Tag gerannt!"

„Ja. Und die Monster werden sicherlich Rücksicht darauf nehmen und mit unserer Verfolgung warten, bis du dich ausgeruht hast."

„Wir müssen doch mal ein wenig schlafen können!", protestierte ich.

„Eine Stunde für jeden. Mehr können wir uns nicht leisten. Du hast die letzten paar Tage genug Schlaf bekommen. Es wird Zeit, dass sich daran etwas ändert."

Sie legte sich hin und schnarchte augenblicklich los. Ich seufzte, setzte mich hin und legte mein Kinn auf die Knie.

„Armenia ...", murmelte Sivah plötzlich und wand sich hin und her.

„Befehle ... nichts sagen ... unberechenbare Reaktion ... verbotene Göttin ..." Dann verstummte sie.

Nicht daran denken, sagte ich zu mir selbst. Ich unterdrückte die aufkeimende Wut, die ich immer empfand, wenn mir bewusst wurde, wie viele vermutlich wichtige Informationen mir verschwiegen wurden.

„Warum sehe ich aus wie Armenia?", flüsterte ich, in der Hoffnung, Sivah würde noch etwas sagen. Doch sie schwieg. Wie alle, wenn ich Fragen stellte.

Nach etwa einer Stunde rüttelte ich sie wach und schlief selbst auf dem ungemütlichen Boden ein.

Mein Traum bestand nur aus einem einzigen Bild, welches so schnell wieder verschwand, dass ich mich fragte, ob ich es wirklich gesehen hatte. Und ich wünschte mir wirklich, es wäre nicht erschienen. Vice stand in einer steinernen Halle und schüttelte die schuppige Hand eines Monsters in schwarzer Rüstung.

Ruckartig riss ich die Augen auf. Sivah wickelte gerade ein paar Beeren in ein Blatt ein. Sobald sie bemerkte, dass ich nicht mehr schlief, sagte sie: „Gut, du bist wach. Ich wollte dich sowieso gleich …" Stirnrunzelnd musterte Sivah meinen Gesichtsausdruck.

„Was ist los?" Ihre Stimme klang beunruhigt.

„Der Pakt ist abgeschlossen. Die Jagd auf uns ist eröffnet. Sie kommen."

Daraufhin drückte sie mir hektisch das Bündel mit den Beeren in die Hand und schnappte sich ein weiteres Blatt, in das sie anscheinend etwas zu essen gewickelt hatte. Wir machten uns schnellstmöglich auf den Weg. Sivah rannte noch schneller als gestern.

Einige Stunden liefen wir schweigend nebeneinander her. Bald fielen die ersten Sonnenstrahlen auf mein Gesicht. Meine Lunge brannte, doch ich gab mir Mühe, nicht zurückzufallen. Als Sivah abrupt stehenblieb wäre ich beinahe in sie hineingerannt. Doch sie beachtete mich kaum. Stattdessen starrte sie nur den aschgrauen Berg an, der direkt vor uns emporragte.

„Ist das … ?", fragte ich erstaunt.

Sivah nickte. „Ja. Wir haben den unerreichbaren Berg erreicht."

Mit diesen Worten begann sie, die steile Felswand hinaufzuklettern.

Roove

Dvyn und ich liefen schon seit zwei Tagen durch die Steppe. Nachts schickte ich ihn weg und suchte mir einen gut versteckten Schlafplatz, wo er mich auf keinen Fall finden und im Schlaf töten könnte. Doch bis jetzt verhielt er sich überhaupt nicht, als wäre er mein Feind. Dvyn war zwar sehr schüchtern, versuchte aber auch, nett zu mir zu sein, teilte bereitwillig seine

Vorräte und hatte kein Problem damit, dass ich ihm seine Waffen weggenommen hatte. Ganz im Gegenteil: Er schien irgendwie froh darüber zu sein.

Ich erinnerte mich, wie mir zumute gewesen war, als ich von der versteckten Welt erfahren hatte. Damals hatte ich mich kaum damit abfinden können, dass alte Sagen der Wahrheit entsprachen und dass wir mit altgriechischen Waffen gegen Monster kämpften. Ich hatte keine Schwerter mit mir herumtragen und niemanden töten wollen. Mittlerweile war es für mich vollkommen normal. Doch für Dvyn musste das alles so ungewohnt und schrecklich sein. Er tat mir furchtbar leid.

„Wollen wir eine Pause machen?", fragte ich ihn, da er unendlich ausgelaugt und müde wirkte. Der Junge nickte und ließ sich sofort auf den Boden fallen. Wir beide aßen einen Apfel und tranken ein wenig Wasser. Ich bat um ein weiteres Fläschchen Epouros, da sich meine Schulter zwar deutlich besser anfühlte als vor zwei Tagen, die Wunde aber nach wie vor schmerzte.

Nach der Mahlzeit machten wir uns wieder auf den Weg. Der Berggipfel, auf dem sich das Tor befand, war noch mindestens einen Tagesmarsch entfernt. Ich hatte eigentlich geplant, heute dort anzukommen, doch ich musste oft auf Dvyn warten, sodass die Reise wohl etwas länger dauern würde, als ich ursprünglich gedacht hatte. Aber da wir seit Tagen nicht angegriffen worden waren, konnte ich mich nicht beklagen. Wir hatten kein einziges Monster zu sehen bekommen, was sehr ungewöhnlich war, doch ich war heilfroh darüber. In der hügeligen Steppenlandschaft konnte man schließlich nicht weit sehen. Ich war mir sicher, dass die Monster irgendwo lauerten. Aber glücklicherweise nicht hier. Unser Abendessen bestand aus Käse, getrockneten Rindfleischstreifen, Brot und Äpfeln. Als Dvyn gerade gehen wollte, um sich einen geeigneten Schlafplatz zu suchen, sagte ich: „Du kannst meinetwegen bleiben. Es ist sicherer, wenn immer einer von uns Wache hält."

Seine Miene erhellte sich, während er sich wieder zu mir setzte.

„Also, hast du irgendwelche geheimen Informationen über Zeus' Pläne?"

Er schüttelte den Kopf. „Wenn die Götter von einem

unentdeckten Goldblüter erfahren, schicken sie sofort Krieger los, die diesen zu ihnen bringen sollen. Sie zerstören sein gesamtes Zuhause und schleifen ihn ins Heerlager. Es folgen drei Tage Training, ohne zu erklären, was das Ganze sollte. Dann wird jedem ein Auftrag zugeteilt, kurz das Ziel und der Grund der Mission erläutert und es geht auch schon los. Kein Rekrut weiß, was die Götter wirklich planen. Man kennt nur Bruchstücke ihrer Pläne. Wenn man dann 16 und somit offiziell Goldblüter ist, schwört man den Göttern Treue und Gehorsam. Als Belohnung wird jedem Rekruten ein Wunsch gewährt. Und ausnahmslos jeder möchte wissen, was aus dem sterblichen Elternteil oder den Geschwistern geworden ist. Völlig blödsinnige Frage, wie ich gehört habe, denn jeder Angehörige wurde angeblich tragischerweise von einem Monster gefressen. Nur wenige verstehen, dass es nur Monster aus Zeus' Heer gewesen sein können. Von sich aus greifen Monster keine Sterblichen an."
„Du hast also noch nichts geschworen?", fragte ich.
Dvyn schüttelte den Kopf, wobei seine Locken ziemlich stark wackelten. Ich fragte mich, warum er sich nicht die Haare schnitt.
„Und ... du hast keine Ahnung, was mit deiner Familie passiert ist?"
„Du etwa?", gab er schulterzuckend zurück.
„Ich wurde mit vierzehn Jahren von einem Monster angegriffen. Sivah hat mich gefunden und nach Titansvillage gebracht. Daher stammt auch übrigens auch die Idee, einige Goldblüter früher zu rekrutieren, wenn sie theoretisch noch Rotblüter sind. Von daher ... Nein. Ich habe keine Ahnung, was mit meiner Mutter passiert ist."
„Hattest du Geschwister?", fragte er leise.
Ich schüttelte den Kopf.
„Ich schon. Sterbliche Halbgeschwister. Mary, Julien und Rose."
Der Schmerz in seiner Stimme war fast greifbar. Tränen kullerten über seine Wangen. Er wischte sich mit dem Handrücken über das Gesicht und bot an, die erste Wache zu übernehmen. Gähnend nickte ich, legte mich hin und schlief sofort ein.

Als ich Dvyn mich weckte, fielen schon die ersten Sonnenstrahlen auf mein Gesicht.
„Warum hast du mich so spät geweckt? Du musst doch auch noch schlafen", meckerte ich.
„Ich bin letzte Nacht eingenickt. Wir können jetzt los."
Er warf sich seinen Rucksack über die Schultern und wir begannen den beschwerlichen Marsch durch die Steppe. Noch war die Hitze erträglich, doch im Laufe des Tages würden sich die Temperaturen bis ins Unermessliche steigern.
Wir erreichten den Berg früher, als ich erwartet hatte. Schon am frühen Nachmittag ragte der Berg vor uns auf. Auf seinen steilen, sandbedeckten Hängen wucherte trockenes Gestrüpp. Ich atmete tief durch und lief los. Dvyn folgte mir, fiel aber schon nach wenigen Minuten zurück. Als ich mich umdrehen wollte, um ihm zu sagen, er solle sich beeilen, bemerkte ich einen schwarzen Turm an der Barriere zu den Tropen. Winzige Gestalten liefen vor dem Gebäude in geordneter Formation umher. Mehrere Schlachtreihen schlossen sich zu einer riesigen Mauer zusammen, die gleichmäßig in unsere Richtung vorrückte. Der Schildwall schien unaufhaltsam. Wer auch immer diese Krieger waren, menschlich waren sie definitiv nicht.
„Äh, Dvyn? Wir haben ein kleines Problem. Eine Schlachtreihe marschiert auf uns zu. Und ich bezweifle, dass wir eine Begegnung mit ihr überleben würden."
Er fuhr herum. „Wer sind die?"
„Ich habe keine Ahnung. Aber wir sollten uns auf jeden Fall beeilen", sagte ich düster.
Dvyn nickte und gab wirklich sein Bestes, obwohl auch das nicht gerade schnell war. Trotz seiner Bemühungen ging, lange bevor wir den Gipfel des Berges erreicht hätten, die Sonne unter. Doch ich lief stur weiter und sah nicht zurück. Der Schildwall machte mir Angst. Falls er uns einholen würde, hatten wir keine Chance. Das Tor zu erreichen war unsere einzige Hoffnung – vorausgesetzt, die anderen hatten den Berg in ihrem Landschaftsbereich schon erreicht. Ansonsten würden wir das Tor offen halten, auf die anderen warten und zusehen müssen,

wie der Schildwall immer näher rückte. Wir liefen die ganze Nacht, ohne dass Dvyn sich auch nur einmal beklagte.
Mehrfach schlief ich fast im Gehen ein, doch ich riss jedes Mal die Augen auf und blickte zu den Monstern hinunter. Diese Krieger schliefen auch nicht. Und sie kamen mit beängstigender Geschwindigkeit näher.
Als wir oben angelangten, war es fast wieder Morgen. Der Gipfel wirkte, als habe man die Spitze des Berges abgetrennt, um dort das Tor aus grauem Marmor platzieren zu können. Der Berg schien in zwei Teile gespalten zu sein. Wir standen auf einer Hälfte, doch dort, wo der zweite Teil hätte sein sollen, sah man nur eine undurchdringliche Wand aus Finsternis. Die Farbe war intensiver als jedes Schwarz, dunkler als alles, was man sich vorstellen konnte. Was hinter diesem Berg folgte, war nicht einfach schwarz. Man glaubt immer, das Nichts sei schwarz. Aber Schwarz war eine Farbe wie Grün oder Rot. Das wahre Nichts befand sich direkt vor mir. Und es war nicht schwarz.
Im Gegensatz dazu wirkte die dunkelblaue Fläche zwischen den beiden Torsäulen, die mich an das nächtliche Meer erinnerten, wie pures Licht.
„Ähm ... Das sieht ja alles wirklich mystisch aus ... Aber wie zum Hades öffnet man das Tor? Es ist ja schon mehr oder weniger offen", fragte Dvyn.
„Ich weiß nicht", gab ich zu. „Aber vielleicht gibt es ja irgendeinen versteckten Schalter oder ..."
„Hab's!", rief Dvyn. Er hatte seine Hand auf eine der Säulen gelegt, die daraufhin saphirblau zu glühen begann und die Umgebung in bläuliches Licht tauchte. Ich packte einen Schlafsack aus, aß einen Apfel aus Dvyns Rucksack und lehnte mich an die andere Säule, die dort wo ich sie berührte, anfing zu schimmern.
„Du kannst dich schlafen legen", sagte ich zu Dvyn. „Ich halte das Tor so lange offen."
Er nickte schläfrig, legte sich in den Schlafsack und schlief augenblicklich ein. Ich hingegen starrte den immer näher rückenden Schildwall an. Von jetzt an lag es nicht mehr an mir, ob ich überleben würde. Ich konnte nichts tun, nur warten, während die Monster vorrückten, und hoffen, dass sich die Tore

öffnen würden, bevor sie uns erreichten.

Nae

Wir hatten unser Lager in einem kleinen Tal aufgeschlagen, etwa einen Tagesmarsch vom Berg entfernt. Alle Monster schienen einfach verschwunden zu sein. Ramy und ich saßen an einem Lagerfeuer, über dem wir zwei Eichhörnchen und ein Kaninchen brieten. Er saß an einen Baum gelehnt auf dem Boden und da er fast zwei Köpfe größer war als ich, konnte ich mich prima in seinen Armen zusammenrollen. Ich vergrub mein Gesicht an Ramys Brust. Eigentlich hielt er Wache und ich sollte schlafen, doch meine Gedanken überschlugen sich.

Ramy und ich waren zusammen. Zwar war ich irgendwie schon in ihn verliebt, wollte es aber nicht sein. Ich hätte ohne zu zögern statt der ganzen Welt Ramy gerettet, falls ich mich hätte entscheiden müssen. Goldblüter hatten ein gefährliches Leben. Ramy konnte jederzeit sterben. Ich war dabei gewesen, als Sivahs Augen die Farbe und Fröhlichkeit verloren hatten, weil Crudd gestorben war. Ich hatte den Schmerz in Devans Augen gesehen, als Scuerah gestorben war. Sivah würde nie wieder glücklich sein. Jannes würde Devan niemals wiedersehen. Roove würde Ayse immer vermissen, obwohl er sich mittlerweile in Xae verliebt hatte. Ich hatte den Ausdruck in ihren Gesichtern gesehen und hatte solche Angst davor. Es klang egoistisch, aber Ramy sollte *für mich* am Leben bleiben, damit ich nie seinetwegen würde leiden müssen. Und er durfte auch nicht leiden, falls ich starb.

Lieben war gefährlich. Es machte verwundbar. Freude und Trauer schienen so eng miteinander verbunden zu sein, wie ich es zuvor nie für möglich gehalten hätte. Was Glück schenkte, konnte auch Schmerz zufügen. Es machte keinen Unterschied, ob ich mit Ramy zusammen war oder nicht. Das Prickeln im ganzen Körper und die Freude, die ich jedes Mal spürte, wenn ich ihn sah, würden bleiben. Es wäre so viel einfacher, ihn einfach nicht zu lieben. Es wäre klüger, Ramy fortzuschicken, ihn in Titansvillage immer auf Missionen zu senden, für die ich mich jedoch nicht bereiterklärte, und ihn nie wieder zu sehen. Und dafür war ich doch bekannt, für meine Klugheit. Aber ich

wollte ihn nicht fortschicken, sobald wir im Lager waren und warten, bis die Gefühle verschwinden würden. Ich wollte ihn in meiner Nähe haben. Egal, ob es vernünftig war oder nicht.
„Was ist los?", flüsterte Ramy.
Ich drehte mein Gesicht, sodass ich ihm in die Augen sah. „Was soll schon los sein?"
„Ich merkte doch, dass etwas nicht stimmt. Du hast dein Nachdenk-und-Verzweifel-Gesicht aufgesetzt."
„Es ist nur … Ich bin nicht wirklich müde", log ich.
„Vielleicht hilft das hier ja", sagte er und küsste mich sanft. „Ist es jetzt besser?"
Ich schüttelte den Kopf. „Jetzt bin ich erst recht wach."
Er grinste. „Wenn das so ist ..." Noch bevor er seinen Satz beendet hätte, lagen seine Lippen wieder auf meinen.
Ich schlang die Arme um seinen Hals und vertiefte den Kuss.
Meine Hände glitten zu Ramys Brust, wo ich den Reißverschluss seiner Lederjacke öffnete. Er streifte sie ab, ohne sich von mir zu lösen und ich fuhr mit den Fingerspitzen über die geschwungenen Linien seiner Tattoos.
Plötzlich hörte ich ein Rascheln, zuckte zurück und starrte in die Dunkelheit. Etwas Kleines kam auf uns zu. Als ich das Tier im Schein des Lagerfeuers erkannte, atmete ich erleichtert auf.
„Du bist aber heute wirklich schreckhaft. Das ist doch nur ein Kaninchen", lächelte Ramy.
„Es ist nur klug, auf dieser Insel schreckhaft ..."
Er unterbrach mich, indem er mich stürmisch küsste.
Klug. Ja, das sollte ich eigentlich sein. Aber es war nicht klug, meine Gefühle für Ramy zuzulassen. Es war nicht klug, meine Jacke auszuziehen. Es war nicht klug, mich noch enger an ihn zu schmiegen. Es war nicht klug, den Verschluss meiner Spolas zu lösen. Aber ich tat all das trotzdem, weil Liebe die Menschen unvernünftig machte.

Als ich am nächsten Morgen aufwachte, war Ramy bereits dabei, unseren Proviant in Blätter einzuwickeln. Ich lächelte. Die gefährliche Insel hatte sich in ein Paradies verwandelt. Überall war das Gezwitscher der Vögel, die zwischen den

Bäumen umherflogen, zu hören. Ramy und ich waren unverletzt, hatten Wasser sowie etwas zu essen und waren überglücklich. Wir befanden uns in einem wunderschönen, lichten Laubwald, es duftete nach Harz, Moos und den gelben Blüten, die zwischen den Wurzeln eines Baumes hervorwuchsen.
Doch etwas stimmte nicht. Die Rufe der Vögel wurden lauter, hektischer. Es war kein Gezwitscher mehr, es waren Warnschreie. Irgendetwas kam auf uns zu. Wie um dies zu unterstreichen, hörte ich plötzlich ein weit entferntes, rhythmisches Stampfen. Schritte.
Ich sprang auf, zerrte Ramy zum nächstgelegenen Baum und wies ihn an, hinaufzuklettern.
„Hörst du die Schritte? Da kommt etwas", erklärte ich hastig.
Er nickte und zog sich an den Ästen hinauf, bis er die Baumkrone erreiche. Auch ich kletterte hinauf, setzte mich neben Ramy auf einen Ast und wartete angespannt auf den Feind. Nach einigen Minuten brachen zwei dutzend bewaffnete Monster in schwarzer Rüstung zwischen den Bäumen hervor. Sie marschierten in perfekt geordneter Schlachtformation. Eines der Ungeheuer blies in ein Signalhorn, woraufhin die Menge nur knappe hundert Meter von uns entfernt abrupt stehenblieb.
„Ssie müsssten hier ssein", zischte ein Monster. Unter seiner Rüstung war schuppige Haut zu erkennen, daher vermutete ich, dass es sich um eine Dracaenae handelte.
„Die Ssspäher haben ssie heute Nacht hier gessehen."
„Sie verstecken sich in den Baumkronen", sagte eine Harpyie, deren Schnabel aus dem Helm herausragte. Blitzschnell nahm sie einen Bogen von ihrer Schulter und legte einen Pfeil ein. Ich hielt die Luft an, um kein einziges Geräusch von mir zu geben und kniff die Augen zu.
Nicht auf uns zielen, dachte ich. *Bitte nicht.*
Das Surren der zurück schnellenden Bogensehne ertönte. Ich spürte einen Luftzug neben meinem Gesicht. Ich lächelte. Sie hatte uns nicht getroffen. Als ich jedoch die Augen öffnete, erstarb mein Lächeln. Der Pfeil war nur knapp an mir vorbeigeflogen. Und direkt neben mir saß Ramy.
Ich riss den Kopf herum und atmete erleichtert auf. Wenigstens hatte der Pfeil ihn nicht verwundet. Aber er hatte ausweichen

müssen, sodass er das Gleichgewicht verloren hatte. Er ruderte wie wild mit den Armen und rutschte vom Ast. Ich versuchte, ihn an seiner Schulter hinaufzuziehen, doch ich war zu langsam. Meine Hand griff ins Leere. Ramy fiel vom Baum und krachte mit einem dumpfen Schlag auf den Boden. Die Monstermeute setzte sich sofort in Bewegung. Hastig sprang ich ebenfalls hinunter, zerrte ihn auf die Beine und rannte um mein Leben. Mein Knöchel war beim Aufprall umgeknickt und pochte, doch ich ignorierte den Schmerz und sprintete weiter. Ramy war eigentlich schneller als ich, doch er lief absichtlich etwas langsamer, um mich nicht zurückzulassen.

Ich wollte ihn anschreien, er solle so schnell rennen, wie er nur konnte, doch meine Lunge brannte so sehr, dass ich keinen einzigen Ton herausbringen konnte. Plötzlich zog Ramy mich zur Seite und schob mich hinter einen moosbewachsenen Felsen. Wir duckten uns, damit die Monster uns nicht sehen konnten. Wenige Sekunden später hörten wir die näherkommenden Schritte.

„Sssie haben sssich irgendwo hier am Boden versteckt. Es war nicht genug Zeit, um auf einen Baum zu klettern", meinte eines der Ungeheuer

„Ssieh mal hinter dem Felsen dort nach."

In Gedanken fluchte ich. Mein Herz hämmerte von innen gegen meinen Brustkorb.

Ich hörte, wie ein Monster auf uns zu kam. Wir brauchten einen Plan. Wenn das Monster uns hier entdeckte, waren wir tot.

Plötzlich kam mir eine Idee. Eine vollständig wahnsinnige Idee, aber immerhin etwas. Die meisten Goldblüter glaubten, Monster seien dumm. Doch das waren sie nicht. Sie waren meistens sogar recht klug. Ich atmete tief durch, sprang auf, winkte mit den Armen und rief: „Hey! Wir sind hier! Wir sind nicht, äh, dort drüben." Ich deutete auf die erstbeste von Gestrüpp umwachsene Baumgruppe, die ich erblickte. „Wir sind hier! Kommt alle her!"

Ramy schlug nach meinem Bein, um mich zum Schweigen zu bringen, doch ich ließ mich nicht beirren und machte weiterhin auf mich aufmerksam.

Die Monster sahen mich einen Augenblick lang irritiert an, dann

rief ein Ungeheuer: „Aufspalten! Formation vier zu fünfundzwanzig!" Daraufhin stürmte ein Großteil der Menge auf die Baumgruppe zu, bei der wir *nicht* waren. Vier Monster rannten aber auf mich zu. Hektisch schoss ich einen Pfeil auf den Kopf der ersten Kreatur. Das Geschoss bohrte sich genau in den Augenschlitz des Helmes und das Monster sank zu Boden. Ramy stand plötzlich ebenfalls auf und schoss auf die Feinde, bis jeder von ihnen tot auf dem Boden lag.
„Was zum Hades war das?", fragte er nun.
„Es gibt nur einen Grund, wieso man einen Gegner auf sich absichtlich aufmerksam macht: Man will ihn von etwas anderem ablenken. Aber Ungeheuer sind nicht dumm. Sie haben gedacht, du wärst dort drüben und ich wollte sie davon abhalten, dich zu jagen und sie stattdessen zu mir locken", erklärte ich achselzuckend.
„Du bist ganz schön schlau", grinste er.
„Wir müssen weiter. Sie kommen bald hierher zurück, weil sie dich nicht finden."
Sofort liefen wir weiter, wobei wir einen Weg wählten, der nicht allzu vorhersehbar war: Statt zwischen ein paar Hügeln eine Lichtung entlangzulaufen, die zum Tor führte, überquerten wir die dicht bewachsenen Hügel. So nahmen wir zwar einen Umweg auf uns, waren aber nicht so leicht zu finden.
„Was meinst du, wieso sie in Kampfformation marschiert sind? Monster jagen ihre Beute allein. Oder sie stehen unter Zeus' Befehl", fragte Ramy nach einiger Zeit.
„Dann ist deine Frage doch beantwortet", erwiderte ich achselzuckend. „Sie kämpfen für die Götter."
Er seufzte. „Kann eigentlich nicht ein einziges Mal jemand auf unserer Seite stehen?"
„Würdest du wollen, dass Monster an unserer Seite kämpfen? Kentauren haben wir auch in Titansvillage, allerdings sind das keine richtigen Ungeheuer. Aber die anderen Monster? Hades kann manche von ihnen nur aus der Unterwelt zurückschicken, weil sie in ihrem Leben keine Seele und keine Persönlichkeit entwickelt haben. Du willst nicht, dass sie uns helfen, glaub mir."
Ramy nickte knapp.

Am Abend wagten wir nicht, ein Feuer zu machen und aßen stattdessen ein paar der Beeren, die wir heute morgen gesammelt hatten. Laut meinen Berechnungen waren wir noch mindestens zwei Tagesmärsche vom Berggipfel entfernt. Die anderen waren vielleicht schon da, schließlich waren wir in den Höhlen eine Weile in die falsche Richtung gelaufen, um Vorräte von Vice' Kriegern zu stehlen.
Ich seufzte. „Wir haben zu viel Zeit in diesen stinkenden Höhlen verschwendet."
Ramy sah mich an. „Keine einzige Minute mit dir war verschwendet."
Als ich nicht antwortete, breitete sich ein Grinsen auf seinem Gesicht aus.
„Jetzt weißt du nicht, was du sagen sollst, hm?"
„Ja", gab ich zu.
„So bin ich eben. Ich mache die Leute um mich herum sprachlos."
Ich lächelte. „Ich denke nicht, dass das auf jeden zutrifft."
„Nur auf den Teil, der hoffnungslos in mich verliebt ist."
„Du hast es erfasst", grinste ich.
Mir wurde klar, dass es die Wahrheit war. Doch was, wenn er starb? Was, wenn ich starb? Warum musste es so kompliziert sein? Oder machte ich es mir nur unnötig schwer? Mein ganzes Leben lang hatte ich darauf geachtet, alles zu überdenken und abzuwägen. Vielleicht dachte ich auch nur zu viel darüber nach. Warum sollte ich nicht einfach glücklich mit ihm sein, solange das möglich war? Ich konnte nicht ohne ihn leben. Ich *wollte* nicht ohne ihn leben. Und ich *würde* auch nicht ohne ihn leben.

Heige
Eine Meile vor mir ragte der verschneite Gipfel in die Höhe. Ich hatte ein paar schwere Tage hinter mir. Nachdem ich beim Kampf gegen ein Monster in schwarzer Rüstung, das mir über den Weg gelaufen war, fast gestorben wäre, hatte ich einige steile Berge überquert, wo ich durch den eiskalten Wind fast erfroren wäre. Nun hatte ich das kleine Tal vor dem Berg

erreicht und beschloss, hier zu übernachten. Morgen würde ich mit dem Aufstieg beginnen. Falls ich dann nicht nach Pyrinas gelangte, würde ich sterben. Meine Vorräte waren aufgebraucht und die Arktis hatte mich all meine Kraft gekostet. So oder so würde ich morgen von hier fortgehen. Entweder in die Unterwelt oder nach Pyrinas. Es war ein seltsam tröstlicher Gedanke. Eine Gewissheit. Und im Moment gab es so wenige Dinge in meinem Leben, bei denen ich nicht sicher sein konnte, dass ich mich über alles, was ich hundertprozentig wusste, freute.

※

Am nächsten Morgen wachte ich durch ein lautes Geräusch auf. Immer wieder hörte ich dumpfe, schwere Schritte. Hastig sprang ich auf und sah mich um. Mein Herz raste. Von der Bergkette, die ich gestern überquert hatte, rollte ein Wall aus Feinden auf mich zu. Die Monster aus dem schwarzen Turm. Ich unterdrückte einen Schrei und sprintete in Richtung des Berges. Nach einer knappen Minute erreichte ich die zugefrorene Ebene, die mich vom Berg trennte. Das Eis bildete eine sichere Oberfläche, knirschte nicht einmal, als ich hinüberrannte. Innerlich fluchte ich. Etwa ein Dutzend Krieger konnte sicher hinübergehen, ohne dass es brach. Bald kam ich am Fuß des Berges an. Ich sah nach, wie weit die Schlachtreihe noch entfernt war. Etwa eine halbe Meile. *Das wird knapp*, dachte ich und begann den Aufstieg.

Der Boden war glatt. Mehrfach verlor ich das Gleichgewicht und schwankte. Nach wenigen Metern rutschte ich aus und landete im kalten Schnee. Der Hang war zu flach zum Klettern, aber zu steil zum Laufen. Ich seufzte, rappelte mich auf und ging weiter. Meinen Blick hielt ich starr nach vorn gerichtet. Ich blendete die Schlachtreihe einfach aus und konzentrierte mich auf den Gipfel. Doch plötzlich hörte ich jemanden sprechen. Ich versteckte mich hinter einem Eisbrocken und lauschte den Stimmen. Jeder meiner Muskeln war zum Zerreißen gespannt. Mein Atem ging unregelmäßig.

„Was meinst du, wann die anderen endlich in ihrem Landschaftsbereich die Tore öffnen? Diese Warterei macht mich wahnsinnig. Ich hasse es, untätig herumzusitzen", sagte ein

Mädchen.

„Keine Ahnung. Wir haben unser Tor geöffnet. Mehr können wir vorerst nicht tun", erwiderte eine tiefere Stimme, die vermutlich zu einem Jungen gehörte.

Jetzt kamen die beiden in mein Blickfeld. Sie waren schwarz gekleidet, wie alle von Vice' Kriegern und hatten bunte Strickmützen an, was bei der Kälte zwar verständlich war, aber das bedrohliche Gesamtbild dann doch irgendwie zerstörte.

Langsam zog ich einen Pfeil aus dem Köcher und legte ihn an die Sehne meines Bogens. Der Pfeil bohrte sich in den Hals des Mädchens, bevor sie die Chance gehabt hatte, zu antworten. Kurz darauf bohrte sich ein weiterer in das Herz des Jungen. Sofort sackte er in sich zusammen. Der Schnee um ihn herum färbte sich rot.

Ich trat aus meinem Versteck und nahm die beiden Pfeile wieder an mich. Meine Gedanken rasten. Es waren noch nicht alle vier Tore offen. Vice' Krieger waren bereits auf dem Gipfel. Selbst wenn ich also hinaufrannte, würde ich dort nur Feinde und ein verschlossenes Tor vorfinden. Die Schlachtreihe oder die Goldblüter auf dem Berg würden mich töten. Ich brauchte einen Plan. Der Wall aus Monstern war an der gefrorenen Ebene angelangt. Sie liefen alle gleichzeitig hinüber und obwohl es mindestens 30 Ungeheuer waren, brach das Eis nicht. Zwar bildeten sich feine Risse auf dem Eis, doch die Eisschicht würde nicht einbrechen. Ich beobachtete, wie sich einer der Risse über das Eis zog. Es würde nicht brechen. Es sei denn ...

Mir blieben noch drei Pfeile. Es waren wahrscheinlich zu wenige. Und dort, wohin ich sie schießen würde, konnte ich sie nicht zurückholen. Ich atmete tief durch, füllte meine Lunge mit eisiger Kälte und zog einen Pfeil und schoss. Die messerscharfe Spitze bohrte sich in die Brust eines Monsters aus dem Wall und es kippte vornüber. Daneben.

Ein weiteres Geschoss durchbohrte ein anderes Ungeheuer. Wieder daneben.

Behutsam strich ich über das gefiederte Ende des letzten Pfeils. Achtete auf die Windrichtung. Spannte die Sehne. Zielte. Und schoss.

Der Pfeil bohrte sich in den Boden. Ich lächelte. Der Riss im

Eis, den ich mit den Augen verfolgt hatte, war fast breit genug, um das Eis brechen zu lassen. Also hatte ich nachhelfen müssen. Weitere Risse gingen von der Pfeilspitze aus, wurden breiter und zogen sich über die Eisfläche.
Und auf einmal krachte sie ein. Das Ungeheuer, das dem Pfeil am nächsten stand, stürzte ins Wasser. Dann ein ein weiteres. Sie kämpften nicht darum, über Wasser zu bleiben, versuchten nicht, sich herauszuziehen. Sie wussten ebenso gut wie ich, dass sie nicht entkommen konnten. Eine Minute später trieben nur noch ein paar Eisschollen über das ruhige Wasser. Nichts zeugte davon, dass hier soeben dutzende Monster untergegangen waren. Ich seufzte. Mein Atem bildete kleine weiße Wolken in der Luft. Tief durchatmend drehte ich mich um und stapfte den Berg hinauf. Meine Gedanken hätten sich überschlagen müssen, doch seltsamerweise dachte ich nicht daran, was mich auf dem Gipfel erwarten könnte, daran, dass ich soeben allein eine komplette Schlachtreihe besiegt und zwei Goldblüter getötet hatte.
Drei Stunden später erreichte ich den Gipfel.
Zwei blonde Krieger berührten die beiden Säulen eines schneeweißen marmornen Tores, dessen Durchgang silbrig schimmerte. Einer der beiden schnappte überrascht nach Luft, als er mich entdeckte. Langsam zog ich mein Schwert und machte mich bereit zum Kampf, doch keiner der beiden Jungen rührte sich.
„Wir haben es gesehen", flüsterte der Rechte. „Du hast sie alle mit einem einzigen Pfeil getötet. „Und du kannst uns erschießen, bevor wir auch nur einen Pfeil einlegen oder in deine Nähe gelangen."
Mir wurde klar, dass sie nicht wissen konnten, dass meine Pfeile aufgebracht waren. Sie dachten, dass sie gegen mich machtlos wären. Und um sie in diesem Glauben zu lassen, brach ich eine der ältesten Regeln der Kampfkunst. *Verschone niemals einen Gegner, der dich nicht auch verschonen würde.*
Meistens endete man dann nämlich mit einem Messer im Rücken. Es war eine Lüge, dass gute Menschen immer jeden am Leben ließen, weil sie nicht töten wollten. Ob man wollte oder nicht, man hatte keine andere Wahl.
„Ich lasse euch gehen. Aber beeilt euch. Falls ihr in fünf

Minuten noch in Schussweite seid, erschieße ich euch", verkündete ich und steckte mein Schwert zurück in die Scheide.

„Du lässt uns gehen?", fragte der Linke ungläubig.

Ich nickte. Sofort eilten die beiden Jungen den Hang hinab. Einer der beiden drehte sich im Laufen um und nickte knapp. Er wollte mir damit zu verstehen geben, dass er mir etwas schuldig war. Vielleicht würde er mich bei Gelegenheit trotzdem töten, doch er stand in meiner Schuld.

Ich legte den Kopf in den Nacken und sog die klirrend kalte Luft ein. Obwohl ich mich geographisch gesehen unter der Erde befand, fühlte ich mich, als stünde ich auf dem höchsten Berg der Welt. Und darauf war ich unendlich stolz. Das Mädchen, das ihren wirklichen Namen nicht kannte, hatte die Arktis der Insel der Verdammten durchquert.

Ich hatte es geschafft. Nun hatte ich eine neue Geschichte, eine neue Vergangenheit, neue Erinnerungen. Bei diesem Gedanken musste ich lächeln. Ich war Heige Climbton und stand auf der Spitze des höchsten Berges in dieser Arktis.

Kapitel 21

Xaenym

Seit knapp zwei Tagen hatten wir unser Lager an der Spitze des Berges aufgeschlagen. Ich hatte mit etwas Eindrucksvollerem als einem kargen Gipfel aus zerklüftetem Gestein gerechnet. Das einzig Spektakuläre war das Flammentor: Zwei Säulen aus rotbraunem Marmor ragten in die Höhe, zwischen ihnen schimmerte eine rötliche Oberfläche, die an glühende Kohlen erinnerte. In den ersten Stunden, die wir hier oben verbracht hatten, war das Tor zwei Mal aufgeflammt. Sivah hatte gesagt, zwei weitere Tore stünden bereits offen. Also fehlte nur noch eins. Doch tagelang war nichts geschehen. Wir verzweifelten langsam. Eigentlich hätte jedes Team in den einzelnen Inselteilen ungefähr gleichzeitig am Tor ankommen müssen. War eines unserer Teams gestorben? War Heige tot? Oder Roove? Warteten wir vergeblich? Würden uns die Monster aus dem schwarzen Turm doch noch erwischen?

Das tatenlose Herumsitzen gab mir unglücklicherweise Zeit zum Nachdenken, was bedeutete, dass meine offenen Fragen immer öfter in meinen Gedanken auftauchten.

Lange starrte ich das Tor an, als mir auf einmal etwas in den Sinn kam.

„Und was, wenn es schon offen ist? Vielleicht ist das Tor offen und wir sehen es nur nicht", sagte ich.

Sivah, die eine der Säulen berührte, um das Tor offen zu halten, schüttelte den Kopf. „Ihr wart bei Neraya und habt nur Informationen von ihr. Aber ich habe mein Wissen von Hekate. Wenn alle Tore offen sind, löst sich der Schleier zwischen den Säulen auf und offenbart den Weg zu dem, was auch immer dahinter liegt."

„Du weißt nicht zufällig, wie es in Pyrinas aussieht, oder?"

„Niemand weiß es. Wer ist schon jemals lebend zurückgekehrt?" Sie zuckte mit den Schultern.

„Das klingt ja vielversprechend", seufzte ich und legte mich auf

den Boden.
„Weck mich, falls es sich öffnet", murmelte ich im Halbschlaf, fest davon überzeugt, dass der Durchgang verschlossen bleiben würde. Doch ich irrte mich.
Mitten in der Nacht rüttelte Sivah mich unsanft wach.
„Es ist offen", sagte sie ehrfürchtig. Ein Hauch von Besorgnis schwang in ihrer Stimme mit, was mich überraschte. Sivah hatte sonst nie Angst.
Sofort war ich hellwach. Ich nickte, sprang auf und sah zum Tor. Der glühende Schleier zwischen den beiden Säulen war verschwunden. Stattdessen sah man dort einen langen, dunklen Tunnel, an dessen Ende Licht strahlte.
„Beeil dich. Wenn alle vier Tore gleichzeitig geöffnet wurden, bleiben sie nur wenige Minuten offen. Es schließt sich bald, die Zeit drängt", mahnte Sivah.
Unsicher trat ich vor die beiden Säulen und versuchte vergeblich, etwas am Ende des Tunnels zu erkennen. Hinter mir schnaubte Sivah verärgert.
„Ich gehe ja schon", brummte ich, atmete tief durch und wollte gerade einen Schritt nach vorn machen, doch Sivah kam mir zuvor: Sie stieß mich energisch durch das Tor und ich stolperte hinein.
Zunächst fühlte es sich an, als würde ich in eisiges Wasser eintauchen. Ich schwebte einige Minuten in der Kälte, konnte nicht atmen, mich nicht bewegen. Doch mit der Zeit bemerkte ich, dass ich nicht schwebte, sondern fiel. Die Luft zischte rasend schnell an mir vorbei. Ein Teil meines Gehirns fragte sich, warum auf dieser Insel nicht zur Abwechslung mal irgendetwas angenehm sein konnte. Alles musste irgendwie schmerzhaft, kompliziert oder gefährlich sein. Man hätte den Übergang zwischen den Tropen und Pyrinas auf viele Arten gestalten können: als Strandpromenade, Einkaufszentrum oder wenigstens als einfachen Tunnel. Aber man fiel durch die eisige Kälte und bei meinem Glück klatschte man wie ein toter Fisch auf irgendeinen Felsen. Die ganze Insel schien nach dem Motto *'Möglichst unangenehm, schmerzhaft und tödlich'* konzipiert zu sein. Ich wusste nicht, wie lange ich durch die Dunkelheit stürzte. Es hätten nur wenige Minuten oder mehrere Tage sein

können. Doch irgendwann explodierte grelles Licht um mich herum. In meinem rechten Ohr piepte es ununterbrochen. Ich war vollständig bewegungsunfähig, spürte nichts, sah nur leuchtendes Weiß.
Lange versuchte ich, zu schreien und mich zu bewegen, aber ich war machtlos. Mein Körper gehorchte mir nicht. War ich tot? Bewusstlos? Oder war das die erste Herausforderung in Pyrinas? Wer es nicht schaffte, sich zu bewegen, würde ewig im Nichts festsitzen? Von weit entfernt drang plötzlich eine Stimme zu mir durch. Ich konnte kein Wort verstehen, war aber überglücklich, etwas anderes als das Piepen zu hören. Die Worte wurden deutlicher.
Antworten!, dachte ich. *Ich muss antworten.*
Und das tat ich auch. Sobald ich meinen Körper wieder spürte, riss ich die Augen auf, sah Ramy, der sich über mich beugte und brüllte ihm „Üääääågh" ins Gesicht. Vielleicht hätte ich etwas Eindrucksvolleres sagen sollen, aber ich freute mich, überhaupt etwas von mir gegeben zu haben.
Ruckartig setzte ich mich auf und betrachtete die Mitglieder meines Teams. Cryliss und Jannes waren nicht hier, doch das hatte ich schon gewusst. Aber auch Heige und Roove fehlten. Ich runzelte besorgt die Stirn.
Nur Sivah, Nae und Ramy waren hier und sie sahen alle weitgehend unverletzt aus.
Doch wo war ich überhaupt? Ich saß auf einem meterhohen Felsen. Man konnte nicht weit sehen, da schwarzgraue Nebelschwaden meine Sicht verschleierten. Der kühle Wind zerrte an meinen verdreckten, zerzausten Haaren.
Sofort stürzten Nae und ich aufeinander zu und umarmten uns. Ramy klopfte ich auf die Schulter und grinste ihn an. Währenddessen nickte Sivah den beiden zu, was für ihre Verhältnisse schon ziemlich nett war.
„Wo sind die anderen?", fragte ich. „Wie lange war ich ohnmächtig?"
„Wir sind alle erst seit zwei Minuten hier. Und du warst nicht lange bewusstlos. Es fühlt sich nur so an", erwiderte Ramy.
Kurz darauf krachte Roove auf den Felsen. Doch neben ihm lag ein kleiner, dicker Junge mit braunen Locken. Was machte der

hier?
Nach wenigen Sekunden sprang er auf und sah uns panisch an.
„Ich ... äh ...", stammelte er.
Noch bevor er irgendetwas hätte sagen können, machte Sivah einen Satz, stand hinter ihm und drückte einen Dolch an seine Kehle.
„Du hast drei Sekunden zu erklären, wer du bist", zischte sie.
„Du kannst doch meine Gedanken lesen, oder? Schau nach, ob ich die Wahrheit sage", forderte er.
„Es gibt auf der Insel magische Grenzen, die Gaben unbrauchbar machen", fauchte Sivah.
Der Junge bekam Panik, erklärte aber knapp, dass er Dvyn Averon hieß, auf Vice' Seite gestanden hatte, aber fortgelaufen war und nun für uns kämpfte.
Sivah ließ ihn auf der Stelle los und musterte ihn mit zusammengezogenen Augenbrauen.
„Du bist der Schütze, der mir einen Pfeil in den Rücken geschossen hat." Sie klang amüsiert.
„Äh ... ja." Er wurde rot. „Das mit deinem Rücken ...", begann Dvyn.
„Nein, ist schon in Ordnung. Einwandfreier Schuss, Dvyn. Mach so was öfter. Nur solltest du nicht auf mich zielen." Alle ihre Zweifel schienen verschwunden zu sein. Es kam mir beinahe so vor, als würde sie Dvyn vertrauen.
Auch ich erkannte den Jungen wieder. Er hatte Sivah in der Wüste mit einem Pfeil getroffen. Ihn hatte Vice geschlagen, als Hekate unser Lager verborgen hatte. Ich hatte ihn beim Kampf nach dem Autounfall verschont.
„Und du glaubst, er sagt die Wahrheit?", fragte ich Sivah, die daraufhin nickte. Ich hatte keine Ahnung, wieso sie sich so sicher war, aber ich entschied, ihrem Urteil zu trauen. Dvyn wirkte tatsächlich nicht gefährlich.
Ich lächelte ihn an und sagte: „Willkommen bei den Titanenkriegern."
„Hey Süße", hörte ich jemanden plötzlich rufen. Ich fuhr herum und wurde von stürmisch von Roove umarmt. Meine Hand glitt langsam zu meinem Waffengürtel. Gerade als er sich von mir löste und mich küssen wollte, riss ich Skouro aus der Scheide

und richtete die Schwertspitze auf seine Brust. Er starrte mich entgeistert an.
„Ganz ruhig, Xae. Steck das Schwert weg, ich bin es nur." Roove hob beschwichtigend die Hände.
„Jannes. Wieso hast du gegen sie gekämpft?"
Seine Augen weiteten sich. „Woher weißt du ..."
„*Antworte mir*", forderte ich.
„Ein Gott hat die Kontrolle über unsere Körper an sich gerissen. Aber Jannes konnte sich widersetzen und hat ..."
„Moment mal, was ist passiert?", mischte sich Sivah ein.
„Als du weg warst habe ich durch die Barriere zugesehen, wie die beiden gekämpft haben. Und dann hat Jannes sich umgebracht", erklärte ich hastig.
„Jannes ist tot?", quiekte Nae
„Warum erzählst du mir so etwas nicht?", fauchte Sivah.
„Du erzählst mir ja auch nichts über Armenia!", schrie ich.
„Du hättest es mir sagen müssen!"
Zwar hatte sie Recht, aber ich weigerte mich, zuzugeben, dass ich einfach zu beschäftigt mit meinen offenen Fragen gewesen war, um daran zu denken.
Statt ihr zu antworten, nahm ich die inzwischen schluchzende Nae in den Arm und tätschelte ihren Kopf. Ramy warf mir einen bösen Blick zu, als wäre das eigentlich seine Aufgabe, doch ich ignorierte ihn.
Und dann fingen plötzlich alle an, zu streiten. Über Jannes' Tod, Rooves Loyalität und die Zweifel an Dvyns Vertrauenswürdigkeit. Nae weinte, Dvyn starrte uns erschrocken an und Roove zerrte mich am Arm von Nae fort.
„Xae, glaub mir bitte, ich würde mich nie gegen euch stellen! Ich liebe dich doch!", rief er verzweifelt. Tränen stiegen ihm in die Augen.
„Äh.. Das mit uns ist ..." Ich hielt inne, als ich im Augenwinkel Nae erblickte, die mich mit verweinten Augen ansah und kaum merklich den Kopf schüttelte.
„ ... wundervoll", fuhr ich mit gequältem Lächeln fort. „Ich, äh, liebe dich auch. Und ich glaube dir, aber ich musste nachfragen."
Er strahlte übers ganze Gesicht, legte die Hände an meine

Hüften und küsste mich. War er so verliebt in mich, dass er nicht merkte, wie gespielt das alles war?

<hr />

Kurz danach hatte sich die Lage ein wenig beruhigt.
Sivah saß auf dem Boden und drehte einen Dolch zwischen ihren Fingern, Ramy hatte einen Arm beschützend um Nae gelegt, Dvyn stand in der Mitte des Felsens und schien sich unbehaglich zu fühlen. Nach kurzer Zeit kam auch Heige an, erlangte sofort das Bewusstsein wieder und brachte allen die Nachricht über Cryliss' Tod möglichst schonend bei.
Eine Stunde später saßen wir in einem Kreis um ein kleines Lagerfeuer, breiteten unsere Vorräte vor uns aus und fassten die Ereignisse in den einzelnen Inselbereichen zusammen.
„Wir müssen schleunigst von hier verschwinden. Die Monster stellen eine Armee auf. Vice jagt uns. Sogar wenn man den Inhalt von Dvyns Rucksack mitzählt, werden die Vorräte bald knapp. Hier gibt es kaum Holz, fast nur trostlose Felslandschaft und dunklen Nebel. Wo auch immer das Skia ist, wir müssen es schnellstmöglich finden", fasste ich zusammen. „Also hat jemand einen Vorschlag? Wo sollten wir suchen?"
„Gibt es hier einen besonders hohen Berg?", fragte Ramy.
„Hekate hatte irgendeine Ebene erwähnt", warf Sivah ein.
„Nur leider sehen wir kaum etwas. Wir können nicht ganz Pyrinas absuchen", meinte Nae.
„Das ist nicht nötig", sagte eine leise Stimme. Wir alle sahen zu Dvyn hinüber. Er hatte den ganzen Abend noch nichts gesagt, sondern nur schweigend in die Flammen gestarrt.
„Vice hat jedem von uns verraten, wo das Skia liegt. Für den Fall, dass wir diejenigen sein sollten, die es weit genug schaffen, um es zu erreichen. Der Marsch dauert höchstens einen Tag. Ich habe zwar geschworen, niemandem etwas über den Standort des Skia zu sagen, und ich breche keinen Schwur, ob er nun bindend ist oder nicht, aber das muss ich ja genaugenommen nicht. Ich kann euch einfach hinführen", bot er an. „Falls ihr mir vertraut", fügte er leise hinzu.
„Ich vertraue dir kein bisschen. Aber uns bleibt wohl nichts anderes übrig, als dir zu folgen", brummte Heige.

Der Junge zuckte auf ihre Bemerkung hin kaum merklich zusammen.
„Dann geht es morgen früh los. Nae und ich halten die erste Wache, Sivah und Heige die zweite", verkündete ich.
Wenig später saß ich neben Nae und starrte die undurchsichtigen Nebelschleier an.
„Etwas stimmt hier nicht", murmelte ich. „Pyrinas sollte voller Monster sein. In den einzelnen Inselbereichen wurden die schwarzen Türme erbaut. Gibt es die hier etwa auch?"
„Wir sollten zusehen, dass wir von hier fortkommen. Mehr als zwei Tage kommen wir ohnehin nicht mit unserem Proviant aus."
Auf einmal kam mir eine Frage in den Sinn, über die ich noch nie nachgedacht hatte.
„Wie kommen wir überhaupt zurück in die normale Welt?"
„Es gibt versteckte Wege, allerdings weiß niemand, wohin sie führen. Wir könnten überall landen."
Ich nickte und stellte nun, nachdem ich das Gespräch ein wenig ins Rollen gebracht hatte, die Frage, die der Grund dafür war, dass ich Nae und mich zur Wache ausgewählt hatte.
„Was ist im Wald mit euch passiert?"
„Das habe ich doch schon erzählt. Wir haben den schwarzen Turm gesehen und ..."
„Nein nicht, was passiert ist, sondern was *mit euch* passiert ist", unterbrach ich.
Sie atmete hörbar aus. „Ramy und ich sind zusammen."
„Und?"
„Da gibt es kein *und*."
„Natürlich gibt es das. Ich brauche Details."
„Er hat mich ausgetrickst", brummte sie.
Ich unterdrückte ein Schmunzeln. „Ramy hat *dich* ausgetrickst?"
Nae nickte unbehaglich.
„Das Thema scheint dir so gar nicht zu gefallen. Ich höre besser auf, Fragen zu stellen", grinste ich.
„Klug von dir", sagte sie zuckersüß lächelnd.

Als ich einige Stunden später von der Wache abgelöst wurde,

rollte ich mich auf dem Boden zusammen. Mir war bewusst, was morgen alles geschehen konnte. Dvyn hatte gesagt, es dauere einen Tag, zum Skia zu gelangen. Und ich glaubte ihm. Obwohl ich ihn gerade erst kennengelernt hatte, wusste ich seltsamerweise, dass man ihm vertrauen konnte.

Das Ende der Mission rückte nahe. Dieser Gedanke hatte etwas Tröstliches und Trauriges zu gleich an sich. Fast augenblicklich fielen mir die Augen zu.

Moonrise

Der Schein des Mondes und die kalte Nachtluft beruhigten mich ein wenig. Ich stand vor meinem geöffneten Fenster und starrte gedankenverloren in den Himmel. An den Traum selbst konnte ich mich kaum erinnern, nur an meine Angst und Panik, nachdem ich aus dem Schlaf geschreckt war. Tief durchatmend schloss ich die Augen. Etwas stimmte nicht. Ich hatte ein mulmiges Gefühl. Dort draußen geschah irgendetwas. Kurzerhand stieg ich aus dem Fenster und rannte vor Kälte zitternd zur Krankenstation, von der aus man einen Blick auf das gesamte Lager hatte. Nach wenigen Minuten wurden meine Füße taub, doch ich beachtete dies nicht. Völlig außer Atem stützte ich die Hände in die Knie, während ich Titansvillage betrachtete. Alles war ruhig. Nirgends war eine Bewegung zu entdecken. Was machte ich überhaupt hier? Warum stieg ich mitten in der Nacht aus dem Fenster?

Ich musste wohl verrückt geworden sein. Xaenym, Neffire und Nae waren vor etwa einem Monat aufgebrochen. Seitdem hatte ich mich immer weiter von Loryelle abgeschottet, die abgesehen von ihnen meine einzige Freundin war. Ich galt fast schon als Einzelgängerin. Vielleicht wurde ich dadurch ja verrückt.

Gerade als ich wieder gehen wollte, schien die Hügelkette um Titansvillage herum rot aufzuleuchten. Meine Augen weiteten sich. So schnell ich konnte, sprintete ich zum Hauptgebäude.

Neffire

Paver und ich hatten Titansvillage beinahe erreicht. Bald würde das Lager in Sichtweite sein. Die Reise hierher hatte sich ohne Zwischenfälle ereignet. Entweder hatten wir unglaubliches

Glück oder wir wurden von jemandem beschützt. Allerdings waren wir seit unserem Aufbruch keinem anderen Goldblüter begegnet, was bedeutete, dass es wohl nur Glück war. Ich lächelte. Bald würde ich zu Hause sein. Voller Freude rannte ich auf Titansvillage zu und wartete auf den Moment, in dem das Lager endlich zu sehen sein würde. Doch dann erstarrte ich. Am Horizont stieg eine gewaltige Rauchsäule auf. Titansvillage stand in Flammen.

„Pave!", kreischte ich hysterisch. „ Da drüben! Das Feuer!"
Er antwortete nicht. Besorgt sah ich mich um. Paver lag ein paar Meter entfernt auf dem Boden und wand sich hin und her. Irgendetwas zog ihn an den Beinen den Hang eines Hügels hinab. Seine weit aufgerissenen goldenen Augen, die ich immer so geliebt hatte, enthielten eine einzige Warnung: *Lauf.*
Noch bevor ich hätte reagieren können, war er verschwunden. Ich rannte ihm hinterher, doch weit und breit war niemand zu sehen. Alles, was von Paver geblieben war, war ein Dolch mit elfenbeinfarbenem Griff, den er verloren haben musste. Ich bückte mich und hob ihn auf. Die Tränen schnürten mir die Kehle zu. Unkontrolliert lief ich auf das Lager zu. Weinkrämpfe schüttelten mich. Titansvillage bestand nur noch aus Flammen und undurchsichtigem Qualm. Schluchzend rannte ich mitten auf die Wand aus Rauchschwaden zu, durch die ich nur schwer sehen konnte, wohin ich lief, obwohl ich mich auch blind zurechtgefunden hätte. Hier war ich aufgewachsen. Dies war mein Zuhause. Und es stand in Flammen. Ein hysterischer Schrei bahnte sich einen Weg durch meine brennende Kehle. Meine Lunge fühlte sich an, als würde sie gekocht werden. Hustend blieb ich stehen und überlegte. Das Hauptgebäude. Dort musste ich hin. Im Abstellraum waren Feuerlöscher und Wasserschläuche.
Der kürzeste Weg wurde von einer Flammenwand versperrt. Schluchzend wandte ich mich um und rannte in die entgegengesetzte Richtung. Hastig zog ich mein T-Shirt über die Nase, um mich vor dem Qualm zu schützen und sprintete weiter. Brennende Balken stürzten mit einem Funkenregen zu Boden. Die Welt hatte sich in ein brennendes Inferno verwandelt. Einige meiner Haarsträhnen wurden von glühenden Funken getroffen.

Hektisch riss ich sie heraus, um zu verhindern, dass alle meine Haare Feuer fingen. Als ich am Hauptgebäude ankam, erstarrte ich. Zwischen den zertrümmerten Marmorbrocken stieg Rauch auf. Das weiße Gestein war durch Ruß geschwärzt. Erneut schluchzte ich auf. Meine Beine gaben unter mir nach. Meine Knie krachten auf das Gestein, während mich ein weiterer Weinkrampf überkam. Innerhalb weniger Minuten hatte ich alles verloren. Der Junge, den ich liebte, war verschleppt worden, mein Zuhause bestand nur noch aus schwelendem Gestein.
Warum unternahm niemand etwas gegen das Feuer? Hier hätten zahllose Goldblüter herumlaufen müssen. Wenigstens Schreie hätte ich hören müssen. Waren sie etwa alle tot? Hatte denn niemand eine Idee gehabt, was man gegen den Angriff tun konnte? Es gab hier so viele Leute, denen immer etwas einfiel. Und da begriff ich: Sie waren alle nicht hier. Unsere besten Krieger waren auf der Insel der Verdammten. Dies war für Zeus die perfekte Gelegenheit, anzugreifen. Viele hier waren noch in der Ausbildung. Das war Zeus' Plan. Wir sollten uns so sehr auf das Skia konzentrieren, dass er Titansvillage zerstören und das Skia danach an sich reißen konnte. Dies war der Angriff, vor dem Paver und ich Aras warnen sollten. Wir hatten versagt. Mit meiner letzten Kraft rappelte ich mich auf und ging durch die verschlungenen Gassen von Titansvillage. Es musste irgendwo einen Kampf geben. Das Feuer brannte noch nicht lange.
Ich verlor jegliches Zeitgefühl. Doch irgendwann sah ich in der Ferne zwei Heere, die aufeinander zustürmten und sich zu einer kämpfenden Flut vereinten. Ich zog mein Schwert und sprintete auf das Kampfgebiet zu. Diese Schlacht war alles, was mir geblieben war. Ich hatte nichts mehr, außer diesem Kampf.
Blindlings fiel ich von der Seite in die Schlachtreihen ein und schlug mit der Klinge um mich. Die Monsterkrieger der Götter hatten die Bewohner des Lagers schon fast umzingelt. Egal wie viele Feinde ich erschlug, es rückten immer doppelt so viele nach. Auf einmal wurde ich von jemandem hinter die Front der Titanenkrieger gezerrt. Fast schon hätte ich zugestochen, doch da erkannte ich Raphael Sanchez, der bis auf einige Brandflecken an seinem T-Shirt unverletzt wirkte.
„Was machst du hier?", brüllte er, um das Schlachtgetöse zu

übertönen.
„Wir wussten von diesem Angriff. Ich wollte euch warnen", erklärte ich hastig, riss mich los und bahnte mir einen Weg zum nächsten Feind. Ich hätte es nicht ertragen, wenn er nach Paver gefragt hätte. Das Beste, was ich jetzt tun konnte, war, mich abzulenken. Ich stürzte mich auf ein Monster in vollständiger Rüstung, mit Speer und Schild.
Meine Gedanken fokussierten sich auf meine Gegner und meine Klinge. Ich achtete nicht auf die Einzelheiten des Kampfes. Ließ mein Schwert und meine Wut für mich Handeln.
Die Schlacht tobte immer weiter. Die Flammen breiteten sich aus. Feinde rückten nach. Einige meiner Freunde fielen. Doch das alles nahm ich kaum wahr. Ich wusste nicht, wer gestorben war oder gegen wen ich kämpfte. Es schien nichts mehr außer meinem Schwert zu existieren, das jeden, der mir in den Weg kam, tötete.

Xaenym
Die Tatsache, dass in Pyrinas scheinbar keine Monster mehr lebten, hätte mich eigentlich glücklich machen müssen. Keine Gefahr. Keine Kämpfe. Bis auf das Prasseln des Regens war es mucksmäuschenstill. Doch dies war einer der gefährlichsten Orte der Welt. Das Fehlen von Ungeheuern beunruhigte mich. Etwas stimmte mit der Insel ganz und gar nicht. Und ich musste herausfinden, was es war. Direkt, nachdem ich tausend weitere offene Fragen geklärt haben würde.
Seit Stunden liefen wir durch die kalte, dunkle, nebelige Felslandschaft. Meine zerschlissene Lederjacke war durch die heftigen Regenströme durchnässt. Aber noch schlimmer war Roove, der sich den ganzen Weg über nie weiter als einen Meter von mir entfernte und dabei zufrieden lächelte. Auch die erdrückende Stille sorgte nicht wirklich für eine angenehme Atmosphäre.
„Bleibt stehen!", rief Nae plötzlich. Wir alle drehten uns mit verwirrter Miene zu ihr um.
„Es ist zu einfach", murmelte sie. „Ich ..." Sie runzelte die Stirn. Und schlagartig wurde mir klar, dass sie vollkommen Recht hatte.

Hekates Worte schossen mir durch den Kopf. *Der schwerste Weg ist meist der richtige.*
„Nae hat Recht. Ich weiß nicht, wohin uns dieser Weg bringt, aber es könnte eine Falle sein. Diese Stille ist seltsam. Wir kehren um."
„Ich wollte euch nicht täuschen", beteuerte Dvyn. Alle Farbe war aus seinem Gesicht gewichen. „Das ist der Weg", fügte er leise hinzu.
„Dann hat Vice dich angelogen. Hier ist etwas faul. Wir nehmen einen Umweg zur Ebene", erwiderte ich.
Ich machte mich auf lautstarken Protest gefasst, aber keiner sagte auch nur ein Wort. Mir wurde bewusst, dass ich keine Widerrede erwarten konnte. Cryliss und Jannes lebten nicht mehr. Wer sonst hätte meine Pläne kritisiert? Aus irgendeinem Grund wünschte ich, die beiden wären bei uns gewesen. Ich wollte, dass Cryliss versuchte, ihren eigenen Plan durchzusetzen, dass Jannes mir sagte, ich solle die Klappe halten, weil ohnehin nichts Nützliches aus meinem Mund käme. In diesem Moment hätte ich alles dafür gegeben, mit den beiden zu diskutieren. Doch das würde ich nie wieder. Wortlos wandte ich mich um und lief in die entgegengesetzte Richtung. Niemand widersprach mir. Keiner gab auch nur einen einzigen Laut von sich.
Einige Zeit später bereute ich es, diese Strecke gewählt zu haben. Zwar war es klüger, das Skia nicht auf geradem Weg anzusteuern, doch wir mussten einen Felsspalt durchqueren. Die hohen Klippen schnitten uns von allem anderen ab. Ich fühlte mich wie in den Höhlengängen, eingesperrt und angreifbar. An den Gesichtsausdrücken der anderen konnte ich erkennen, dass es ihnen ähnlich erging. Sivah sprach leise mit Heige über die Ereignisse in der Arktis. Nae und Ramy liefen mit steinerner Miene nebeneinander her. Auf einmal trat Sivah neben mich und riss mich aus meinen Gedanken.
„Ich habe einen Plan", verkündete sie.
„Du hast was?"
Sie verdrehte die Augen. „Wir wissen beide, dass wir spätestens morgen früh gegen Vice und die Monsterarmee kämpfen werden. Und ich habe eine Idee, wie wir gewinnen könnten.

Riskant, unberechenbar, gefährlich und ein wenig wahnsinnig. Die perfekte Mischung."
Ich sah sie fragend an, woraufhin sie mir erklärte, was sie plante. Meine Augen weiteten sich. „Jetzt verstehe ich, wieso Nae für die Pläne zuständig ist und nicht du."
Sivah warf mir einen finsteren Blick zu. „Es wird funktionieren."
Ich seufzte. „Also gut." Dabei hoffte ich inständig, dass sie Recht behielt und wir nicht alle draufgehen würden.

Neffire

Kurz nach Sonnenuntergang zog sich das Heer der Götter zurück und schlug eine halbe Meile von Titansvillage entfernt ein Lager auf. Die Schlacht war noch nicht zu Ende. Die Monster wollten uns noch nicht umbringen. Sie warteten darauf, dass sie das Skia in ihren Besitz brachten und den Hüter erwecken konnten. Erst dann würden sie uns allesamt töten. Der Hüter sollte während des Kampfes zu ihnen stoßen. Diese Schlacht bedeutete nichts. Wer das Skia auf der Insel fand, würde hier gewinnen. Die Übermacht der Götter nutzte ihnen nichts. Sie durften uns ohnehin nicht alle umbringen. Es ging nur um das Skia.
Ich lag zusammengerollt im Gras und summte vor mich hin, um das Klagen der Verwundeten nicht hören zu müssen. Wir hatten auf einem Hügel ein kleines Lager aufgeschlagen. Nach dem Kampf waren einige nach Titansvillage gelaufen und hatten alles mitgebracht, was noch zu gebrauchen war: zwei Zelte mit einigen Rußflecken, zur Hälfte verbranntes Brot und Waffen. Schon morgen würde dieser bedeutungslose Kampf weitergehen. Warum kämpften wir überhaupt? Wieso mussten wir überhaupt das Skia suchen? Warum konnte ich kein normales Leben führen?
Eine einzelne Träne lief meine Wange hinunter. Plötzlich setzte sich Moonrise neben mich und legte ihre Hand auf meine Schulter. Sie hatte beim Kampf nur einen Kratzer an der Wange abbekommen, jedoch zeigten die dunklen Ringe unter ihren Augen, dass sie schon seit Stunden Verwundete versorgte.
„Es tut mir leid", flüsterte sie. „Du hast so etwas nicht verdient."
Sie verzog das Gesicht, als ob sie starke Schmerzen hätte. Ich

setzte mich auf. „Was ist los?", fragte ich.
„Nichts." Sie legte die Hand an ihre Schulter.
„Was ist das?" Ich deutete auf ihren Oberarm.
„Nichts."
„Was ist mit deinem Arm?", wiederholte ich eindringlich.
Als sie nicht antwortete, zog ich ihre Hand von ihrer Schulter. Meine Miene verdüsterte sich. Ein winziger Pfeil ragte aus ihrem Oberarm.
„Warum ziehst du ihn nicht heraus?", fragte ich, obwohl ich die Antwort schon kannte.
Moonrise sah weg. „Weil … sich das Gift dann schneller verbreitet", sagte sei mit erstickter Stimme. „Ich dachte, vielleicht sollte ich einmal im Leben kämpfen. Einmal nicht nur heilen. Für Titansvillage."
Ich schluchzte auf.
„Nein. Nicht du auch noch", flehte ich.
„Ich habe noch eine Chance. Ich brauche nur genug Epouros."
„Du lügst."
„Ich weiß."
Das war das letzte Mal, dass ich sie sah.

Kapitel 22

Xaenym

Vor uns erstreckte sich die weite Ebene von Pyrinas. Der Engpass hatte uns direkt hierher geführt. Angespannte Stille lag in der Luft. Jeder hielt den Atem an und betrachtete die Ebene. Der Nebel war verflogen. Nun konnte ich erkennen, dass eine meterhohe, schwarze Säule, die an einen Wirbelsturm aus Schatten erinnerte, die graue Höhlendecke stützte.
„Ist das ...", begann Roove.
Sivah nickte. „Da drin ist das Skia. Wenn man die Säule berührt, wird man davon verschlungen. Wenn man mit Waffen darauf einschlägt, gleiten diese hindurch. Und wenn es doch gelingt, sie zu zerstören, stürzt ganz Pyrinas ein", erklärte sie düster.
„Wir haben also nicht die geringste Chance", fasste Heige zusammen.
„Du wusstest das?", rief Roove entsetzt.
„Natürlich."
„Warum hast du dann zugelassen, dass so viele von uns sterben und wir das Skia am Ende sowieso nicht bekommen?", schrie er. Tränen stiegen ihm in die Augen.
„Sind Seth, Jannes, Nathan und alle anderen umsonst gestorben? Für etwas, von dem von vornherein klar war, dass es unmöglich ist?" Sein Gesicht war rot vor Wut.
„Ich habe einen Plan. Er könnte funktionieren." Sivahs Stimme blieb ruhig und kühl.
„*Könnte?*", brüllte Roove.
Sivah nickte.
„Nein! Schluss mit den tödlichen Plänen! Schluss mit dem Sterben! Warum können wir kein normales Leben führen?"
„Ach, halt die Klappe, Roove! Weißt du, wie oft ich mir genau das gewünscht habe? Ein normales Leben? Verdammt, ich habe keine Ahnung, wer ich bin", rief Heige. Wir alle starrten sie entgeistert an.
„Das ist dein Leben, Roove. Komm damit klar", fuhr sie fort

und ignorierte die verwirrten Blicke. „Deine Freunde könnten sterben. Aber wenigstens hast du eine Ahnung, wer zum Hades du bist. Du hast jemanden, an den du dich erinnern kannst, jemanden, dem du nachtrauern kannst. Ich bin einfach in der Wüste aufgewacht und habe mir einen Namen und eine Geschichte ausgedacht. Ich habe gar nichts. Und ich komme auch damit zurecht", sagte sie schulterzuckend. „Ich habe jetzt ein neues Leben. Ich bin Heige Climbton. Vielleicht finde ich nie heraus, wieso ich in der Wüste aufgewacht bin. Doch das hier war mein Neuanfang. Es gefällt mir nicht. Aber ich muss damit klarkommen. Im Tausch dafür kann ich etwas bewirken. Wir haben die Chance, buchstäblich die Welt zu retten. Ist diese Chance das alles etwa nicht wert?"
Ich legte meine Hand auf ihre Schulter.
„Wenn wir hier fertig sind, schaue ich mir deine Erinnerungen an. Vielleicht war ja ein anderer Diagraf am Werk. Aber jetzt müssen wir erst mal kämpfen, weil ..."
Ich sah die Ebene an. Auf der gegenüberliegenden Gebirgskette reihten sich Vice' Krieger und die Monsterarmee auf.
„Weil wir sonst sterben."
„Hört zu. Ich habe eine Strategie", meldete sich Sivah zu Wort.
„Ihr solltet nicht davon wissen, weil ihr sie hassen würdet. Aber befolgt einfach meine Befehle, ja? Und Xaenyms auch." Sie wandte sich an Heige. „Und du weißt, was zu tun ist?"
Sie nickte.
„Warum sollte ich einfach irgendeinen Plan befolgen? Und wieso sollte ich Heige trauen?", warf Nae ein.
„Äh ...", stammelte ich.
„Weil ich es sage. Und ich habe mehr zu sagen als du", fauchte Sivah.
Nae sah Sivah erschrocken an, als hätte diese sie soeben geschlagen. Ramy ballte die Hände zu Fäusten. Man sah den anderen an, wie wütend sie waren, doch keiner von ihnen wollte so kurz vor dem Kampf streiten.
Wir stellten uns Seite an Seite auf. Ich zog Skouro aus der Scheide. Das vertraute Gewicht des Schwertes in meiner Hand beruhigte mein rasendes Herz ein wenig.
„Das war gemein", flüsterte ich Sivah, die rechts von mir stand,

zu.

„Es hat doch funktioniert, oder etwa nicht? Ich kenne Nae. Sie würde sich nie vor einem Kampf streiten. Und genau das habe ich ausgenutzt."

Ich schnaubte und richtete meine Aufmerksamkeit erneut auf die feindliche Schlachtreihe. Inzwischen standen uns die Monster regungslos gegenüber. Nur wenige hundert Meter trennten uns von ihnen. Die Ungeheuer in schwarzer Rüstung hielten ihre Speere nach vorn, sodass jeder, der ihnen zu nahe kam, gnadenlos aufgespießt werden würde. Vice war nirgends zu entdecken, doch mir war bewusst, dass er sich mitten unter den Kriegern aufhalten musste. Bei einem Heer, das etwa hundert Mann zählte, war es einfacher, die Befehle aus der Nähe zu geben.

Die Spannung in der Luft war beinahe greifbar. Niemand rührte sich.

Im Augenwinkel betrachtete ich Heige. Ich wusste, was sie gleich tun würde. Sie war das Herzstück von Sivahs Plan. Schweißperlen standen ihr auf der Stirn. Sie hielt ihr Schwert gesenkt, als würde sie darauf vertrauen, es nicht nutzen zu müssen. Was, falls der Plan funktionieren würde, auch stimmte. Sie machte sich bereit loszulaufen. Und erstarrte.

Schrille Schreie ertönten, die immer hysterischer wurden, bis sie sich zu einem panischen Stimmgewirr steigerten. Auch unsere Gegner schienen verwirrt zu sein. Alle drehten sich nach links, wo jetzt Nebelschwaden am Horizont aufwirbelten. Ich kniff die Augen zusammen, um besser zu sehen. Es war kein Nebel. Es waren dutzende, winzige Sandstürme, zwischen denen krächzende Harpyien umherflogen, gefolgt von weiteren Rabenfrauen in vollständiger Rüstung.

Notos, schoss es mir durch den Kopf. Er hatte ein eigenes Heer nach Pyrinas geführt. Woher wusste er überhaupt, dass wir hier waren?

Irgendwann wirst du den Zorn des Notos spüren, hatte er gesagt. Und 'irgendwann' war heute.

Ich fluchte. Ein drittes Heer in dieser Schlacht war das letzte, was ich jetzt brauchen konnte.

Es war, als würde die Welt sich verlangsamen. Heige rannte los.

Auch alle anderen machten sich dazu bereit, doch ich schrie: „Lasst sie! Kämpft nicht gegen Vice' Armee! Kommt stattdessen einfach mit"
Doch mein Befehl ging im Lärm unter. Keiner beachtete die näherrückenden Harpyien. Nur Sivah blieb neben mir stehen. Alle anderen waren schon losgestürmt. Ich stieß Sivah in Richtung der Harpyien und sprintete den anderen hinterher. Heige hatte die Schlachtreihe beinahe erreicht und lief dennoch furchtlos auf die Speere zu.
Nach wenigen Sekunden hatte ich Nae eingeholt und riss sie am Arm zurück.
„Heige schafft das schon. Du musst zu den Harpyien", wies ich sie an.
Zuerst starrte sie mich entgeistert an, als hätte ich ihr soeben gesagt, sie solle von einer Klippe springen, doch dann verstand sie, was ich vorhatte. Ihre Miene verdüsterte sich.
„Dieser blöde Plan wird niemals klappen! Das kann nicht euer Ernst sein! Heige wird sterben!", schrie sie.
„Du kannst jetzt nichts mehr dagegen tun. Bitte, vertrau mir. Der Plan wird funktionieren. Das muss er einfach. Bitte", flehte ich.
Sie seufzte. „Wenn etwas schiefgeht, bist du Schuld."
„Damit muss ich dann wohl leben. Oder besser gesagt sterben", murmelte ich, doch Nae war schon auf die Harpyien zugestürmt. Hastig sprintete ich den anderen Teammitgliedern hinterher, wobei ich dicht an der Säule aus Schatten und Sturm vorbeilief. Ich spürte, wie der Wind an meinen Haaren riss. Nicht nur an meinen Haaren. Das Skia schien meine komplette Existenz in sich aufsaugen zu wollen. Ich erschauderte. Heige war kaum hundert Meter von den Speerspitzen der Monsterarmee entfernt. Einige der Ungeheuer waren schon verunsichert.
An welchen Befehl würden sie sich halten? An den, Heige aus welchem Grund auch immer am Leben zu lassen oder an den, die Schlachtreihe zu halten? Davon hing alles ab. Das Heer hatte sich noch nicht in Bewegung gesetzt, was ein gutes Zeichen war. Eigentlich hätten sie schon längst auf uns zustürmen müssen. Von daher verfehlte der erste Teil des Plans seine Wirkung zumindest nicht vollständig.
Ich schaffte es, Dvyn einzuholen und schickte ihn ebenfalls zu

den Harpyien. Ramy und Roove befahl ich, mir zu folgen.
Wir rannten zurück zur wirbelnden Schattensäule. Als wir ankamen, blieben die beiden verwirrt stehen. Sofort spürte ich die unangenehme Aura des Skia. Aus der Nähe sah die Säule aus wie ein Tornado aus Schatten.
„Sollten wir uns nicht zuerst um die beiden Heere kümmern?", brüllte Ramy, um das Sausen des Windes zu übertönen.
„Das ist Teil des Plans. Wir holen uns das Skia, *bevor* wir kämpfen", erklärte ich.
„Damit wir die Arbeit machen und sie es uns am Ende wegnehmen? Und außerdem: Wie willst du das Ding bitte holen? Ich habe irgendwie das Gefühl, dass man nicht einfach in einen Tornado springen kann", entgegnete Ramy.
„Ich ... Haltet mich einfach gut fest, ja?" Ich bemühte mich, entschlossen zu wirken.
Tief durchatmend wandte ich den Blick zum dunklen Wirbelsturm und ergriff Rooves Hand. Er sah mich verdutzt an.
Ich glaube es geht um die Stärke des Teams, hatte Sivah gesagt, als sie mir den zweiten Teil des Plans erklärt hatte. *Mehrere Goldblüter müssen das Skia gemeinsam holen. Man braucht eine Verbindung zu jemand Lebendigem. Oder das Skia saugt einem das Leben förmlich aus*, hatte sie kleinlaut hinzugefügt.
Roove starrte mich an und begriff plötzlich, was ich vorhatte.
„Du willst doch nicht etwa ...", setzte er an, doch falls er seinen Satz beendete, hörte ich es nicht mehr, denn ich war mitten in den Wirbelsturm hineingesprungen.
Es fühlte sich an, als würden die Windströme mich zerreißen, während ich immer weiter nach oben stieg. Meine Persönlichkeit und meine Seele schienen sich von meinem Körper lösen zu wollen.
Roove wurde hinter mir her gerissen, doch Ramy ergriff sein Handgelenk und stellte sicher, dass er nicht in die Säule geriet.
Hier drinnen war es weder warm noch kalt. Ich spürte meinen Körper kaum noch. Ich wusste nicht, ob Roove meine Hand noch umklammerte. Innerlich hoffte ich, Sivah würde ihren Teil des Plans trotz der Harpyienarmee ausführen. Eigentlich hätte sie Ramy festhalten müssen. Auf diese Art wäre die Kette lang genug gewesen, um mich bis ans obere Ende der Säule steigen

zu lassen. Vergeblich versuchte ich, zu atmen und riss die Augen auf.

Ich schwebte in der Mitte der grauen Schattensäule. Das Skia befand sich nur wenige Zentimeter über mir. Die intensiv schwarze Kugel war kaum größer als eine Faust, jagte mir aber trotzdem einen kalten Schauer über den Rücken. Das Skia erinnerte mich an die Pupille eines Auges, in der jedoch dieser kleine Lichtreflex, der die Menschlichkeit ausmachte, fehlte. Mein Herz raste. Ein Schrei bahnte sich den Weg durch meine Kehle. So fühlte sich blanke Angst an. So große Angst, wie ich noch nie in meinem Leben gehabt hatte. Plötzlich hörte ich Jannes' höhnische Stimme in meinem Kopf.

Die mutige Xaenym Davine hat Angst vor einer kleinen, schwarzen Kugel. Vielleicht bist du ja doch nicht so tapfer? Was für eine Schande. Wo ist deine Ehre, Davine?

Auf einmal spürte ich, wie die Angst der kochenden Wut wich. Genau das hätte Jannes gesagt, wenn sie mich jetzt hätte sehen können. Nichteinmal nach ihrem Tod hörte sie auf, mich zu verspotten. Mir war klar, dass ich mir ihre Stimme nur eingebildet hatte. Doch ich nutzte diese Wut, um meine Hand nach den Skia auszustrecken. Die Haut an meinem Arm kribbelte unangenehm. Plötzlich wurde ich nach unten gezogen. Als ich nach hinten schaute, sah ich Roove, der ebenfalls in die Säule eingetaucht war. Sein Gesichtsausdruck war panisch, er zappelte und zog mich somit vom Skia fort. Ich grub meine Fingernägel in seine Hand, um ihn darauf aufmerksam zu machen, dass er stillhalten solle, doch genau wie ich schien er hier drin nichts zu fühlen. Auch meine Rufe konnte er nicht hören. Mir war klar, was ich tun musste. Auch wenn er es nicht bemerkte, drückte ich Rooves Hand, bevor ich mich von ihr losriss und irgendwie versuchte, das Skia zu erreichen. Ich befand mich ohne jegliche Verbindung zu den anderen in einem Wirbelsturm aus Dunkelheit. So musste sich ein Astronaut in der Schwerelosigkeit fühlen. Er schwebte ohne Kontrolle umher, zappelte, konnte sich aber nicht von der Stelle bewegen.

Als ich nach hinten sah, entdeckte ich Roove ein paar Zentimeter unter mir. Mittlerweile hatte er sich beruhigt und starrte mich mit geweiteten Augen an. Mit fragender Miene

deutete er auf meinen Fuß, um zu fragen, ob er mich festhalten solle, doch ich schüttelte den Kopf und schob beide Arme hoch, um ihm zu signalisieren, dass er mich nach oben drücken solle. Widerwillig stieß er mich hinauf. Ich streckte die Arme nach dem Skia aus, während ich immer weiter darauf zudriftete. Meine Hand hatte die schwarze Kugel fast erreicht, als Roove aus der Säule verschwand. Ich war allein.
Als meine Fingerspitzen das Skia berührten, fuhr sengender Schmerz durch meinen gesamten Körper. Meine Haut und Knochen brannten. Es war, als würde meine Seele aus meinem Körper herausgerissen.
Die Titanen, flehte ich innerlich. *Die Titanen sollen aus dem Tartaros freikommen und in Titansvillage erscheinen.*
Ich hatte keine Ahnung, ob das Skia so funktionierte. Man hatte mir nur gesagt, dass es die Gedankenkraft des Besitzers nutze.
Zählte Berühren überhaupt schon als Besitzen? Noch bevor ich dies überdacht hatte, durchzuckte mich ein heftiger Stromschlag. Meine Sicht verschwamm. Mein Kopf pochte. Und alles wurde schwarz.

Heige

Es gab genau drei Gründe, die dafür sprachen, auf eine Reihe aus Speerträgern zuzurennen. Erstens: Selbstmord. Zweitens: Man war einfach vollkommen blöd. Drittens: Man befolgte einen riskanten Plan, um seinen Freunden zu helfen und die eigene Loyalität unter Beweis zu stellen.
Die Schlachtreihe wurde unruhig. Zwar kamen sie nicht auf mich zu, wie sie es eigentlich getan hätten, wenn sie mich hätten töten dürfen, aber sie hielten ihre Speere dennoch voraus.
Es geht nur um Entschlossenheit, hatte Sivah gesagt. *Du darfst auf keinen Fall stehen bleiben. Je furchtloser du aussiehst, desto mehr werden die Monster eingeschüchtert. Nur wenn es wirklich so aussieht, als würdest du sterben, wenn sie ihre Speere nicht sinken lassen, funktioniert es. Siehst du aber unentschlossen aus, lassen sie die Speere oben, damit du stehenbleibst. Aber das darfst du nicht, ja? Lauf einfach immer weiter.*
Diese Worte gingen mir durch den Kopf, während ich den Speerspitzen immer näher kam. Ich hatte mir ein Ziel gesetzt:

Ich würde die Augen nicht schließen. Egal was geschehen würde, ich würde die Monster anstarren und dabei sterben – oder auch nicht.

Die Nervosität der Monster stieg an. Eins von ihnen senkte den Speer. Noch eins. Und wieder eins. Als ich gegen den Schildwall krachte, gab er tatsächlich nach. Ich fiel mitten zwischen die verwirrten Ungeheuer. Zischlaute waren zu hören. Krächzen brach aus.

So schnell ich konnte rappelte ich mich auf, ignorierte das Schwindelgefühl und schwang mein Schwert. Mit jedem Hieb tötete ich mindestens zwei Monster. Keines wehrte sich. Mehrere Minuten lang rannten sie sich alle gegenseitig um, versuchten zu fliehen oder standen wie versteinert da. Ich hatte ihre Formation zerstört.

Doch plötzlich bildeten sich kleine Gruppen. Sie schlossen ihre Schilder zu Wällen zusammen und umzingelten mich. Panik stieg in mir auf. Schweiß brach an meinen Handflächen aus. Ich warf mich fest gegen die Schilder, doch sie gaben nicht nach. Stattdessen rückten die Monster immer näher. Würden sie mich also doch töten? Zwischen ihren Schilden zerquetschen?

Mit aller Kraft schlug ich auf die Schilde ein. Ich wollte kämpfen. Ich brauchte wenigstens einen Gegner. Das hier war noch schlimmer, als die bedrückende Stille vor dem Kampf. Das Wissen, gleich zu sterben und überhaupt nichts dagegen tun zu können. Bei einem normalen Kampf hing das Überleben von einem selbst ab. Man konnte sich wehren. Aber jetzt stand ich einfach da und wartete.

Plötzlich ging alles so schnell. Wie aus dem Nichts traf mich ein Schlag seitlich am Kopf. Ich fiel zu Boden. Meine Sicht verschwamm und ich verlor das Bewusstsein.

⁕

Als sich die gleißenden Flecken vor meinen Augen lösten, brach der Schmerz über mich herein. Mein Kopf dröhnte. Ich versuchte aufzustehen, doch erst jetzt sah ich, dass ich an Händen und Füßen gefesselt war. Ich lag etwa hundert Meter von Vice' Truppen entfernt auf dem Boden. Die Schildwälle ordneten sich gerade wieder. Einige Ungeheuer rannten vor der

Schattensäule umher, stellten sich in einer Reihe auf oder wiesen andere zurecht. Meine Freunde konnte ich nirgends sehen. Ein paar Meter vor mir stand ein Goldblüter und begutachtete den lederumwickelten Griff seiner Axt. Er warf den Truppen einen sehnsüchtigen Blick zu, bedachte mich anschließend mit einem genervten Blick und seufzte. Man sah ihm an, dass er lieber gekämpft hätte, als mich zu bewachen.
Mein Blick fiel auf eine tote Harpyie, die wenige Zentimeter von mir entfernt auf dem Boden lag. An ihrem Arm war eine Dolchscheide befestigt. Und tatsächlich ragte ein hölzernes Heft daraus hervor. Ich schielte zum Goldblüter hinüber. Er beobachtete eher das Geschehen als mich. Und er glaubte, ich sei noch immer ohnmächtig. Ich fasste einen Entschluss und robbte ein kleines Stück auf die Harpyie zu. Die Wache bemerkte nichts. Als ich bei dem Ungeheuer ankam, nahm ich unbeholfen das Messer an mich und versuchte, meine Handfesseln durchzuschneiden. Als sich die Fesseln lösten, durchschnitt ich hastig die Seile an meinen Beinen, stand auf, schlich zum Goldblüter und rammte ihm das Messer in den Rücken. Er keuchte auf.
„Man wendet seinem Gegner nicht den Rücken zu", raunte ich ihm ins Ohr, zog das Messer heraus und ließ ihn fallen. Ich hatte absolut keine Gewissensbisse dabei. Er kämpfte für seine Ziele. Ich kämpfte für meine. Wenn unsere Ziele nicht die gleichen waren, kämpften wir gegeneinander. Und dabei musste nun mal einer von uns sterben.

Neffire
Noch vor dem Morgengrauen hatte der Kampf erneut begonnen. Zeus' Heer hatte unser notdürftiges Lager auf dem Hügel umstellt und ließ seine Truppen immer näher rücken. Seit einer halben Stunde stand ich an der Front und schlug blindlings auf jeden Gegner ein. Ich machte keinen Unterschied zwischen Demigöttern und Monstern. Mittlerweile klebte an meinen Händen eine dicke Blutschicht. Meine Kampfmontur war zerschnitten, verschwitzt und dunkelrot verfärbt. Aus einer Wunde an meiner Wade sickerte beim Auftreten Blut, doch ich spürte keinen Schmerz. Es war, als würde ich jemand anderen

aus der Ferne beobachten und das Schwert gar nicht selbst führen.

Wir würden dieser Übermacht nicht mehr lange standhalten können. Wir konnten nur darauf hoffen, dass wir so lange überlebten, bis jemand das Skia fand oder die Götter entschieden, uns am Leben zu lassen. Beim ersten Angriff vor 20 Jahren hatten sie auch ein paar von uns verschont, um das Gleichgewicht intakt zu halten. Doch vielleicht würden sie das diesmal nicht tun.

Das Klirren der aufeinanderprallenden Waffen bildete einen beständigen, monotonen Rhythmus. Jedes Monster versuchte, mich auf die gleiche Art zu töten. Ein sauberer Hieb von links, mit so viel Kraft ausgeführt, dass abblocken kaum möglich war. Danach ein Stich, der die Hüfte treffen sollte. Ein Schlag mit dem Schild, ein Hieb von oben oder von rechts. Es war offensichtlich, dass sie alle gemeinsam trainiert hatten.

Gegen Kentauren, Zyklopen oder Mantikore musste ich kein einziges Mal kämpfen, da unsere Bogenschützen sie niederstreckten, bevor sie mich erreicht hätten. Wir Nahkämpfer bildeten einen Ring um eine kleine Gruppe von Bogenschützen, die die größeren Monster mit Pfeilen beschossen.

Mittlerweile war in den Kampf eine eintönige Routine eingekehrt. Keiner der Gegner war eine Herausforderung. Ich hatte den Elan verloren. Dieser Kampf wurde ohnehin nicht hier entschieden, sondern in Pyrinas. Es gab nichts mehr, wofür es sich zu kämpfen lohnte. Meinen Freund, meine beste Freundin und mein Zuhause hatte ich gestern verloren. Hatte es also überhaupt noch einen Sinn, sich zu wehren?

Plötzlich zuckte ein greller Blitz über den klaren Himmel. Donner grollte. In Sekundenschnelle zogen dunkle Wolken auf. Mein Puls schoss in die Höhe.

Zeus. War er hier, um uns alle zu töten? Es war wie beim ersten Angriff. Mit weit aufgerissenen Augen starrte ich die Gewitterwolken an. Doch dann erkannte ich, dass es nicht der Himmelsgott war.

Sivah

Seit einer gefühlten Ewigkeit versuchte ich nun schon, die

Harpyien aufzuhalten. An sich waren sie nicht schwer zu besiegen, doch Notos sandte hin und wieder Windstöße zu uns, tauchte urplötzlich vor mir auf oder *redete* einfach, was mindestens genauso störend war, wie seine richtigen Angriffe. Er schien sich einen Spaß daraus zu machen, uns zu Tode zu nerven. Seine Schergen sollten dann den Rest übernehmen.

Aus einer Wunde an meiner Wange strömte Blut in meinen Mund, wo es einen beißend metallischen Geschmack hinterließ. Doch ich hatte schon abertausende Male in der Unterzahl gegen Monster gekämpft. Das Adrenalin des Kampfes brannte in meinen Adern. Ich konnte meine Gedanken abschalten und mein Schwert für mich handeln lassen.

Wer mir eher Sorgen bereitete, war Heige. Ich wusste nicht, wie Vice auf unsere Strategie reagieren würde, ob er seinen Monstern neue Befehle gegeben hatte.

Mir war klar, dass er Heige aus irgendeinem Grund nicht töten wollte. Er vermied es regelrecht, mit ihr konfrontiert zu werden. Einmal war er lieber fortgelaufen, als gegen sie zu kämpfen, obwohl er sie hätte besiegen können. Es wirkte, als hätten alle Götterkrieger und Monster die ausdrückliche Anweisung erhalten, Heige nicht zu töten. Wenn sie also den Truppen entgegenstürmte, müssten diese so verwirrt sein, dass sie sich nicht von der Stelle rühren und ihre Waffen senken würden.

Mit einem sauberen Hieb tötete ich zwei Harpyien und verschaffte mir so die Zeit, um zurückzublicken. Ein Lächeln huschte über mein Gesicht. Heige hatte ein halbes Dutzend Monster getötet. Die Ordnung in der Schlachtreihe löste sich auf. Keiner wagte es, sie zu verwunden. Niemand achtete auf Xae, Roove und Ramy, welche gerade an der Schattensäule ankamen.

Doch mein Lächeln erstarb, als ein eisblaues Augenpaar mir entgegenblickte. Auf einem Berg in der Nähe der Ebene stand Vice und verfolgte aufmerksam das Geschehen. Als er mich sah, lächelte er mich kalt an. Schmerz schoss durch meinen Kopf. Plötzlich änderte sich mein Blickwinkel auf das Geschehen. Ich stand an Vice' Seite auf dem Berg und sah auf die Kämpfenden hinunter.

„Hallo Schwesterherz", raunte er mir ins Ohr.

„Ach, halt die Klappe. Wir kennen uns ja nicht einmal wirklich", fauchte ich.
„Dein Plan war gut. Echt Klasse. Vielleicht kriegt ihr das Skia ja sogar", fuhr er fort.
„Das Mädchen rennt auf meine Truppen zu, die sind total verwirrt, nehmen keine Befehle mehr an. Perfekt." Er schnalzte mit der Zunge. „Muss wohl in der Familie liegen. Wir sind doch eine Familie, nicht wahr? Wir hatten die gleichen Augen, bevor dein Crudd geschmort wurde."
Kochende Wut stieg in mir auf. Ich schlug mit dem Schwert nach ihm, doch es prallte klirrend an seiner bronzenen Rüstung ab.
„Ihr Demititanen seid so leicht zu zerstören. Ihr kämpft immer weiter, aber wie lange dauert es, bis ihr die Motivation verliert? Man hat es ja bei Armenia gesehen. Nachdem sie tot war, hat Aras aufgehört zu kämpfen. Crudd ist tot. Warum kämpfst du überhaupt weiter?"
Innerhalb weniger Sekundenbruchteile befand ich mich wieder auf der Ebene und starrte Vice an. Anscheinend hatte die Zeit stillgestanden, während ich mit ihm gesprochen hatte. Sein Mund verzog sich zu einem hässlichen Grinsen. Ich durchbohrte eine Harpyie, die im Sturzflug auf mich zuhielt. Krächzend fiel sie zu Boden. Ich würdigte sie jedoch keines Blickes, sondern starrte Vice an und formte mit dem Mund die Worte 'Ich kämpfe, weil ich mich an Zeus rächen will', wobei ich weitere Harpyien erschlug.
Notos tauchte neben mir auf und gackerte: „Entzückend ausgedrückt. Du wirkst richtig bedrohlich. Entzückend!" Er lachte auf.
Ich knurrte und versuchte, mit der Faust sein Gesicht zu treffen, doch er verschwand.
„Was meint er?", keuchte Nae neben mir.
„Vice denkt, ich hätte keine Motivation zum Kämpfen", erwiderte ich und wehrte dabei einen Axthieb ab.
„Ich kenne dich, Sivah. Du würdest nie aufgeben."
Es waren noch in etwa zwei dutzend Harpyien übrig, davon zehn bewaffnet. Notos hatte mehrfach die Gelegenheit gehabt, uns umzubringen, aber anscheinend wollte er uns erst töten,

nachdem wir alle Harpyien besiegt hatten. Oder es einfach tun, wenn er Lust dazu hatte. Die Tatsache, dass er wahnsinnig war, half nicht gerade dabei, ihn einzuschätzen.

Dvyn schlug sich gar nicht so schlecht. Er stand hinter Nae und mir und schoss von dort einige Monster vom Himmel, damit wir anderen uns auf die Bodentruppen konzentrieren konnten. Immer wieder traf er sein Ziel, bis schließlich keine Harpyie mehr übrig war. Ich atmete tief durch. Hinter einer Mauer aus toten Ungeheuern stand Notos in sandfarbener Rüstung und sah uns mit funkelnden Augen an. Erst jetzt konnte ich einen ausführlichen Blick auf ihn werfen. Die blonden Haare hingen ihm strähnig ins Gesicht. Sein durchdringender Blick verriet eindeutig, dass er weder menschlich noch bei vollem Verstand war.

„Ich will gegen die Chronostochter kämpfen. Und ich will die Dryade töten", forderte er, woraufhin Nae kaum merklich zusammenzuckte.

„Notos, was genau haben wir euch getan?", fragte ich vorsichtig.

„Deine Freunde haben meine Gastfreundschaft abgelehnt!", quengelte er, als wäre er ein Zehnjähriger, dem das Spielzeug weggenommen worden war.

„Wie wäre es, wenn wir euch nächste Woche besuchen?", bot ich an.

„Aber ich will euch töten! Das wäre so entzückend, findet ihr nicht?"

„Äh ... nein", warf Dvyn ein.

„Klappe!", fuhr Notos ihn an.

„Wollt ihr uns nicht helfen, Monster zu töten?", fragte Nae.

Notos gackerte. „Ihr denkt wohl, ich wäre blöd. Ich bin der Gott des Südwindes. Ich kann euch innerhalb weniger Sekunden töten. ICH BIN DER ENTZÜCKENDE SÜDWIND!" Notos räusperte sich. „Und ich habe mit jedem von euch eine Rechnung offen. Dryade, du hast einen Dolch auf mich geworfen. Stirb! Halbtitanin, du hast meine Harpyien getötet. Stirb! Und der Zeit's Kind wird ihren rechten Lohn erhalten. Ich habe euch gehen lassen, weil es noch nicht so weit war. Aber jetzt werde ich mich rächen! Ich bin entzückend!"

„Ist er immer so?", fragte ich Nae.

„Wenn du wüsstest ...", murmelte sie.
„Er kann euch hören", flüsterte Dvyn.
„*Er* kann auch dich hören, Zeussohn!", beschwerte sich Notos.
Wäre die Situation nicht so absurd gewesen, hätte ich vielleicht sogar lachen können. Doch diese wahnsinnigen Augen jagten mir einen Schauer über den Rücken.
Ich seufzte. „Könnt ihr eure überaus wichtige Rache nicht irgendwann anders üben?"
„Nein!", schrie Notos.
Schon vor einer knappen Minute hatte ich begriffen, dass Nae sich einen Plan überlegte. Sie wollte, dass ich redete, bis irgendetwas geschah. Was genau das war, wusste nur sie.
„Reicht es wirklich nicht, wenn wir euch irgendwann besuchen?", wiederholte ich.
„Nein! Ich will Tod und Zerstörung! Und ganz viel Wind!"
Ich schlug mir die Hand vor die Stirn.
„Wie wäre es mit einem gemeinsamen Aufenthalt in der Psychiatrie?", schlug ich vor.
„Das reicht!", brüllte Notos. Ein heftiger Windstoß kam mir entgegen. Ich verlor das Gleichgewicht und fiel auf das harte Gestein. Plötzlich stand Notos über mir, sein Schwert drohend erhoben. Im Augenwinkel sah ich, dass Nae in einem Wirbelsturm gefangen war. Dvyn wurde von einer unsichtbaren Wand zurückgehalten. Notos strich mit der Schwertspitze über meine Kehle. Ich hatte es nicht geschafft. Ich hatte nicht lange genug geredet.
„Was habe ich euch getan? Ich musste die Harpyien doch töten. Ich hätte eure Gastfreundschaft ganz sicher nicht abgelehnt. Ihr seid doch so ... äh ... entzückend", sagte ich.
Er lächelte, ehrlich erfreut. „Nicht wahr? Warum versteht das denn keiner? Weißt du was, Demititanin? Du hast Recht. Nicht du hast ein Messer nach mir geworfen, sondern die Dryade."
Der Wirbelsturm verschwand abrupt und Nae fiel ächzend zu Boden. Ihr Gesicht war schmerzverzerrt. Notos wandte sich von mir ab und ging auf Nae zu. Ich rappelte mich auf und wollte ihm folgen, doch ich prallte von einer unsichtbaren Wand ab.
Notos drückte sein Schwert an Naes Kehle. Sie unternahm nichts dagegen, sondern sah ihn nur an. Ich kannte diesen Blick.

Vor zwanzig Jahren hatte ich die Dryade schon in dieser Situation gesehen. Schmerz flammte in meiner Brust auf.
Es war wie damals. Plötzlich kreuzte jemand das Schwert mit dem des Gottes und drückte es von Naes Hals fort.
„Weg von meiner Freundin", knurrte Ramy und stach nach Notos' Brust.
Crudd hatte Nae vor zwanzig Jahren auf dieselbe Art das Leben gerettet. Er war dafür gestorben. Ich spürte das schwarze Loch in meiner Brust so stark wie noch nie. Mit der Faust hämmerte ich gegen die Barriere. Ein Schrei bahnte sich den Weg durch meine Kehle. Vor meinem inneren Auge spielte sich Crudds Tod erneut ab. Notos sandte Windstöße in Ramys Richtung wie Zeus damals Blitze gegen Crudd geschickt hatte. Nae sah hilflos zu, wie Notos die Oberhand gewann. Die Besorgnis in ihren Augen war nicht zu übersehen. Nun tauchte auch Roove auf, doch er wurde ebenfalls von einer durchsichtigen Mauer abgehalten. Die Schwerter der beiden Kämpfenden prallten klirrend aufeinander.
Nae begann, zu schluchzen.
Wenn Roove und Ramy wieder hier waren, wo war dann Xaenym? Und hatte sie das Skia?
Ich sah mich um. Vice' Truppen liefen ungeordnet über die gesamte Ebene. Heige und Xae waren nirgends zu sehen.
Auf einmal hörte ich einen Aufschrei. Notos hatte Ramy eine tiefe Wunde am Oberschenkel zugefügt. Gackerndes Lachen übertönte die Rufe der hysterischen Monster und Ramys Schmerzensschrei.
Als Notos einen Satz nach vorn machte und nach Ramys Brust stach, sah ich Crudd, durch dessen Körper die Elektrizität der Blitze raste. Ich kniff die Augen zu. Ein Schrei ertönte. Als ich die Augen öffnete, sah ich Ramy am Boden liegen. Alle starrten ihn mit offenem Mund an. Seine Spolas was voller Blut. Er zitterte. Sein Schwertarm war nach vorn ausgestreckt. Er hatte Notos' Brust durchbohrt. Das Blut tropfte auf Ramys Rüstung. Der siegessichere Blick des Windgottes verwandelte sich in Entsetzten. Im letzten Moment hatte Ramy nach der Brust des Windgottes gestochen und war einem Hieb ausgewichen. Hätte ich noch wirklich glücklich sein können, wäre ich vor Freude umhergesprungen.

Die Barrieren verschwanden. Ramy grinste breit, als er zu Nae hinüber humpelte, sie an sich zog und liebevoll küsste.
„Ich liebe dich", flüsterte er.
„Ich mag Käsebrot", erwiderte Nae. Ich beschloss, dies besser nicht zu hinterfragen.
„Und lass dich nie wieder fast umbringen", befahl Nae streng.
„Das war doch ein Klacks", beteuerte Ramy und zwinkerte ihr zu. Nae verdrehte lachend die Augen.
„Ich will ja nicht stören ...", murmelte Roove, „aber da drüben steht ein feindliches Heer, das sich gerade wieder ordnet. Und Xae steckt noch immer in der Schattensäule, also ..."
„Was?!", schrie ich. „Davine ist da drin? Ohne dass jemand sie festhält?"
Er nickte. „Sie hat sich losgerissen, um das Skia zu erreichen."
„Hol sie sofort da raus!", brüllte ich. „Da drin wird die Seele aus dem Körper gerissen! Kämpft euch sofort zur Schattensäule durch, bildet eine Kette und holt sie verdammt noch mal raus!"
Rooves Augen weiteten sich. Er zog sein Schwert und rannte mitten auf die Monster zu, die sich neu formierten. Langsam bildeten sich wieder einzelne Schildwälle, doch Roove schlug sich blindlings hindurch. Wir anderen folgten ihm. Ich kannte diese übermenschliche Kraft, die in einem wütete, wenn jemand, den man liebte in Gefahr war. Man würde alles tun, um ihn zu beschützen. In diesem Zustand würde Roove sich durch nichts aufhalten lassen.
Inständig hoffte ich, dass wir noch rechtzeitig zu Xaenym gelangen würden. Als wir an der Schattensäule ankamen, wollte Roove sofort hineinspringen, doch ich hielt ihn zurück.
„Wir müssen eine Kette bilden", rief ich und versuchte, das Sausen des Wirbelsturms zu übertönen. „Wie ihr es eigentlich hättet machen sollen."
„Das haben wir ja, aber sie hat sich losgerissen!", schrie Roove. Tränen standen in seinen Augen. Schweißperlen zeichneten sich an seiner blassen Stirn ab.
Ich nickte gedankenversunken und reichte Roove meine Hand.
Xaenym hatte sich losgerissen, um das Skia zu erreichen. Entweder sie war noch mutiger, als ich gedacht hätte, oder sie hatte ganz einfach nicht gewusst, in welche Gefahr sie sich

damit brachte.
Ramy ergriff meine andere Hand. Dvyn und Nae standen hinter uns und schossen auf Monster, die uns angreifen wollten. Heige war noch immer irgendwo im Schlachtgetümmel. Roove drückte meine Hand und sah mich an.
„Halt mich gut fest, ja?"
Ich nickte. „Hol sie dir wieder."
Und dann sprang er. Ich wusste, dass ich auch zum Teil mit hineingezogen werden würde. Doch trotzdem war ich nicht darauf vorbereitet. Statt mich herumzuwirbeln, schien das Innere der Schattensäule nur aus verschwimmenden Grautönen zu bestehen. Es war windstill. Dennoch riss irgendeine Kraft an meiner Seele. Es fühlte sich an, als würde mir jegliche Luft aus der Lunge gesogen werden. Nur Ramys Hand, meine Verbindung zu den Lebenden, hielt mich davon ab, zu sterben. Ich sah nach oben. Xaenym schwebte ein paar Meter über mir. Ihre Augen waren geschlossen, ihre Züge entspannt. Mit der rechten Hand umklammerte sie eine schwarze Kugel. Der andere Arm hing schlaff herunter.
Roove streckte den Arm aus und ergriff Xaes Hand. Ich machte einen Schritt zurück. Dann noch einen.
Mittlerweile war ich komplett aus den wirbelnden Schatten herausgetreten. Kräftig zog ich an Rooves Hand und hoffte, dass er Xaenym festhalten würde. Als die beiden wieder auftauchten, hustete Roove. Xae sackte in sich zusammen. Obwohl sie ohnmächtig war, hielt sie das Skia immer noch fest umklammert. Ramy sprintete sofort zu Nae und half ihr, die Monster abzuwehren. Es hatten sich einzelne Schildwälle gebildet, die nun auf uns zurückten. In den Lücken zwischen ihnen standen Schwertkämpfer. Wir stellten uns in einem Halbkreis auf, Xae hinter uns, sodass sie vor Pfeilen geschützt war. Plötzlich blieben die Monster stehen. In Sekundenschnelle tat sich einer der Schildwälle in der Mitte auf. In voller griechischer Rüstung mit einem breiten Schwert in der Hand schritt Vice durch den neu entstandenen Durchgang. Seine eisblauen Augen fixierten das Skia.
„Gebt mir das Skia und ich lasse euch in Ruhe", verkündete er seelenruhig.

„Bruderherz, das sagt jeder Bösewicht in jedem Film. Ist ein Klischee. Und ganz nebenbei eine Lüge", antwortete ich.
„Ich lasse euch wirklich gehen", beteuerte er.
„Um uns dann später vom Hüter niedermetzeln zu lassen?", zischte Ramy.
Vice sah ihn abwertend an.
„Bist du jetzt vollständig einer von ihnen?", höhnte er. „Du umgehst deinen Schwur, sie zu töten und schließt dich ihnen an. Angeblich hältst du dich doch aus dem Krieg raus. Ich sehe ja, wie sehr du dich raushältst."
„Ich habe mich für die Titanen entschieden. Und es ist auch nicht meine Schuld, dass der Schwur so leicht zu umgehen war", erwiderte Ramy kühl.
„Ihr seid ein Haufen aus Verrätern und aus Ahnungslosen. Dvyn schleicht sich nachts davon und schließt sich euch an. Ramy bricht seinen Schwur. Ihr wisst ja nicht mal, wer Heige und Ramy sind. Heige hat ja selbst keine Ahnung. Und wo ist sie überhaupt? Ich weiß es. Ihr lasst sie auf meine Schlachtreihe zurennen und interessiert euch danach nicht mehr für sie." Vice grinste boshaft und rief: „Wo ist Heige? Na, wo ist sie?"
„Ich bin hier", ertönte es aus den Reihen der Monster. Jemand zog sich den Helm vom Kopf. Braune Locken und ein Gesicht, von dessen Schläfe eine wulstige Narbe bis zum Kinn verlief, kamen zum Vorschein. Heige. Plötzlich sprang sie aus der vordersten Front der Schildträger heraus, riss ein Schwert aus der Scheide und schlug nach Vice.
Manchmal kommen einem wenige Sekunden wie Stunden vor. Die Welt verlangsamt sich. Jedes noch so kleine Detail fällt ins Auge. Heiges Klinge zischte auf Vice' Nacken zu. Er riss den Kopf herum und starrte sie für einen Sekundenbruchteil verblüfft an. Dann machte er einen Satz auf uns zu. Das Schwert streifte seinen Hals und hinterließ eine blutige Schramme. Obwohl wir mehrere Meter von Vice entfernt standen, krachte er mit voller Wucht in mich und Roove hinein. Ich wurde nach hinten umgeworfen. Mein Kopf stieß auf den harten Felsboden. Vice rannte an mir vorbei. Im Augenwinkel sah ich, wie er sich über die zusammengesunkene Xaenym beugte und nach dem Skia in ihrer Hand griff. Heige schnitt zahlreichen Monstern die

Kehle durch oder enthauptete sie. Ramys Augen weiteten sich. Er warf sich auf Vice, hielt dessen Arme fest und versuchte, ihn von Xae wegzuzerren. Nae schoss ihren letzten Pfeil auf eines der Ungeheuer. Dvyn kämpfte gegen zwei Dracaenae gleichzeitig. Er hatte eine Wunde an seiner Stirn und am Oberschenkel, wodurch er viel Blut verlor. Roove rappelte sich auf und eilte ihm zu Hilfe.

Und ich? Ich lag auf dem harten Gestein und rührte mich nicht. Der Aufprall auf den Boden lähmte mich. Ich konnte mich nicht bewegen. Seltsamerweise verspürte ich keinen Schmerz. Nur die Wut und die Rachsucht wüteten in meiner Brust, wie in jeder Sekunde seit Crudds Tod.

Inzwischen hatte Ramy Vice ein Stück von Xae fortgezogen. Und es hätte auch fast funktioniert. Fast. Ramy hätte ihn zu Nae gezogen, die ihn dann mit einem Schwertstoß getötet hätte, wenn Vice sich nicht noch einmal mit aller Kraft nach vorn geworfen hätte und eine unsichtbare Mauer um sich und Xae errichtet hätte. Ramy und Nae warfen sich kräftig dagegen, doch sie gab nicht nach. Immer wieder schlug Ramy auf die Barriere ein, bis seine Fingerknöchel wund waren. Nae sah zitternd zu, wie Vice sich neben das ohnmächtige Mädchen kniete. Er legte sein Schwert beiseite und nahm einen der Diamantdolche aus Xaenyms Waffengürtel. Behutsam strich er ihr die rotbraunen Haare aus dem Gesicht, fast als würde er sie mögen.

Ich wusste, warum er sie mit genau diesem Dolch töten wollte. Und ich wusste, warum er sie so behandelte. Wie eine alte Freundin, die er seit Jahren nicht gesehen hatte. Eigentlich war sie seine Feindin. Es war seine lang ersehnte Rache, die er mit offenen Armen begrüßte.

Er umfasste den Dolch fester, setzte die Spitze an Xaes Schulter an und zog eine klaffende Wunde bis zum Ellenbogen. Dabei sah er seine eigene Narbe am Arm an. Ich war sicher, dass er sie genau vor Augen hatte, obwohl die Rüstung sie verdeckte. Er wollte Xae gar nicht töten. Er wollte, dass sie die gleiche Narbe trug.

Kurzerhand warf er das blutige Messer zur Seite und griff nach dem Skia. Mit einem Ruck entriss er es ihren verkrampften Fingern. Und dann flog alles in die Luft.

Ich konnte mir nicht erklären, was die Explosion ausgelöst hatte. Ich konnte mir nicht erklären, wie wir alle so etwas überleben konnten. Und ich konnte mir nicht erklären, wieso ich nicht bewusstlos wurde. Pyrinas brach zusammen. Der Stein, die Schattensäule, einfach alles zerfiel in tausend kleine Stücke. Die Felsdecke stürzte ein. Gesteinsbrocken wirbelten umher. Die Monster wurden fortgeschleudert. Der Energiestoß beförderte mich nach oben. Ich glitt in einen Zustand zwischen Ohnmacht und Wachsein. Meine Sinne funktionierten nicht mehr, doch ich konnte noch denken. Und in Gedanken schrie, zappelte und rannte ich.

Nach einiger Zeit drang dumpfer Schmerz zu mir durch, doch dann entglitt mir die Wirklichkeit. Mein letzter Gedanke war, dass Xaenym in Lebensgefahr schwebte. Die Schattensäule könnte ihre Seele von ihrem Körper gelöst haben. Danach überkam mich die Bewusstlosigkeit.

Kapitel 23

Xaenym

Nach und nach begann ich wieder, etwas zu spüren. Ich erlangte mein Zeitgefühl zurück. Ich merkte, ob es kalt oder warm war. Meine Sinne schalteten sich langsam ein. Einmal roch ich den Duft von frisch gebratenem Fleisch. Ab und an hörte ich Stimmen, die ich jedoch nicht verstand. Ich spürte meine Finger wieder, versuchte probeweise, sie zu bewegen, was jedoch nicht funktionierte. Allerdings war ich froh, überhaupt wieder lebendig zu sein. Doch irgendetwas stimmte nicht. Ich fühlte mich fremd in meinem Körper. Als wäre nicht ich es, die in dem weich gepolsterten Bett lag und darauf wartete, dass etwas geschehen würde.

Ich erinnerte mich nur schwach an die Ereignisse des letzten Monats. Zwar versuchte ich, sie im Kopf durchzugehen, schaffte es aber nicht richtig.

Einige Tage nachdem ich mein Bewusstsein zumindest teilweise wiedererlangt hatte, setzte sich jemand auf die Bettkante.

„Hey, Xaenym." Es war Nae. Sie griff nach meiner Hand.

„Kannst du mich hören?", fragte sie leise.

Ich wollte antworten, ihre Hand drücken, doch ich schaffte es nicht.

„Ich glaube, du kannst es. Du kannst dich nicht bewegen, aber ich glaube, du hörst mich. Das musst du einfach. Bitte", flehte sie. Das war Nae, wie ich sie kannte. Sie kam immer auf die richtige Lösung. Sie hatte immer einen Plan.

„Weißt du was passiert ist? Es war unglaublich. Die Götter haben Titansvillage angezündet. Der Angriff, von dem der Mantikor im Flugzeug gesprochen hatte, hat stattgefunden. Paver und Moonrise sind tot. Pave wurde auf dem Hügelkamm vor Titansvillage von einem Monster fortgezerrt. Vielleicht solltest du bald mal mit Neffire reden. Sie ist am Boden zerstört. Titansvillage ist größtenteils abgebrannt, aber die Bauarbeiten laufen schon. In zwei Jahren dürfte alles wieder hergestellt sein.

Sie wollten uns schwächen, aber nicht vollständig auslöschen, um das Gleichgewicht nicht zu stören, wie damals vor 20 Jahren, wollten unsere besten Krieger aus dem Lager locken, uns angreifen, fast auslöschen und danach in Pyrinas einmarschieren. Auf dem Weg, den wir absichtlich nicht genommen haben, befand sich eine unmittelbare Verbindung zum Olymp. Eine Art Portal, das Zeus errichtet hat, nachdem sich die Monster ihm angeschlossen hatten. Wären wir nicht umgekehrt, hätten wir uns plötzlich im Olymp wiedergefunden. Aber du hast es geschafft. Du hast die Titanen aus dem Tartaros geholt, als du in der Schattensäule warst. Sie sind in Titansvillage erschienen und daraufhin sind die Götter sofort abgehauen. Ich habe mit ein paar Titanen gesprochen. Dein Vater ist so nett. Und Krios, der Titan des Südens, sagte, er würde Notos bei Gelegenheit mal eine runterhauen. Ramy hätte ihn fast getötet, aber Götter sind nun mal unsterblich. Aktuell ist er also in der Unterwelt, aber Hades schickt ihn sicher bald wieder her. Jedenfalls hat Ramy Notos fast umgebracht. Du hättest ihn sehen sollen. Er hat mich gerettet, als der *entzückende* Windgott mich töten wollte. Und dann haben wir dich aus der Schattensäule geholt. Roove hat sich einfach durch die Reihen geschlagen, als wäre das die einfachste Sache der Welt. Er liebt dich wirklich. Du hast die ganze Zeit das Skia festgehalten, auch als du bewusstlos warst. Wir haben uns vor der Schattensäule in einer Reihe aufgestellt und die ganze Zeit nach Heige Ausschau gehalten. Die Monster waren noch immer verwirrt, also musste das Manöver funktioniert haben, aber ich konnte sie nirgends entdecken und dachte schon sie wäre tot. Doch die Monster hatten sie überwältigt und nur gefesselt, aber sie hat sich irgendwie losgeschnitten, die Rüstung eines toten Monsters gestohlen und sich zwischen die Ungeheuer geschlichen. Sivah hatte Recht. Aus irgendeinem Grund lassen sie Heige am Leben. Und dann, als Vice mit uns gesprochen hat, ist sie plötzlich in einer Monsterrüstung aus der vordersten Reihe gesprungen und hätte ihn fast getötet. Er ist aber in letzter Sekunde nach vorn gesprungen und hat dir das Skia aus der Hand gerissen. Plötzlich ist alles explodiert. Weißt du wieso es überhaupt möglich war, eine Verbindung von der Insel zum

Olymp einzurichten? Oder wieso die Barrieren zwischen den Bereichen zerlöchert waren? Oder wieso es die Explosion gab? Es liegt alles an Armenia. Verdammt, wirklich alles was passiert ist, liegt an ihr. Ich habe den strikten Befehl, dir nichts über sie zu erzählen, aber das ergibt einfach keinen Sinn. Du musst es wissen." Sie atmete tief durch. „Hast du dich je gefragt, was Aras ist? Halbgott? Oder Halbmonster? Er altert, also könnte er eigentlich kein Demititan sein. Aber er war es. Als er vor 130 Jahren geboren wurde, hieß er Aras Eve. Sohn von Marina Eve und Chronos, dem Titanen der Zeit. Er war dein Bruder, Xae. Mit 16 Jahren wurde er von den Göttern entdeckt, auf den Olymp gebracht, ausgebildet und jahrelang als Werkzeug gegen Sterbliche, die die Götter erzürnt hatten, benutzt. Er erkannte, wie falsch sie handelten, floh und suchte andere wie sich. Bald fand er Crudd und kurz darauf stießen die beiden auf Sivah. Die Widersacher der Olympier vereinten sich. Aras wurde ein großartiger Krieger.
Und als er bei einem Kampf der Göttin Armenia begegnete, erging es ihm wie jedem Halbtitanen: Er verliebte sich unsterblich. Armenia ist die Göttin der gerechten Bestrafung und auch der Vergebung. Sie war zuständig für die Insel der Verdammten, wo die Monster für ihre Taten eingesperrt wurden. Auch nachdem die Bestrafung in den Tartaros verlegt worden war, blieb die Insel ihr Eigentum, ihr Königreich. Zumindest war das bis vor 15 Jahren so. Eigentlich hätte Aras sich in eine Demititanin verlieben müssen, aber es gab zu dieser Zeit nur Sivah. Armenia und er begannen, sich zu treffen. Sie unterstützte Titansvillage. Mit Skouro, dem Schwert, das sie von Nyx bekommen hatte, und ihrem Diamantdolch war sie auch eine fantastische Kriegerin. Sie hatte deine Waffen, Xae. Aber als sie bei einem Kampf auf Vice stieß, gelang es ihr nicht, ihn zu töten. Sie verwundete ihn nur am Arm mit ihrem Dolch. Davon trägt er noch heute diese Narbe. Und dafür hasste er Armenia mehr als alles andere. Er belegte die Göttin mit einem Fluch, der sie genauso verdarb, wie die Magie einst ihn verdorben hatte. Man kann diesen Fluch nicht einfach aussprechen und schon wird jeder böse. Jeder kann ihn nur ein einziges Mal im Leben verwenden und auch nur aus freien Stücken. Aber Vice hat es

getan. Von da an musste Armenia den Göttern dienen. Und sie glaubte auch wirklich, dass sie das wollte.
Armenia verlor die Kontrolle über die Insel. Der Fluch zerstörte sie. Aber Aras konnte sie dennoch nicht vergessen. Sie trafen sich weiterhin heimlich in der Sahara, weil die in der Nähe der Insel liegt. Und als Chronos wieder aus dem Tartaros in die Welt der Sterblichen zurückkehrte, weil es der Pakt mit Hades erlaubt, alle 10 Jahre eins außerhalb der Unterwelt zu verbringen, sah er, was sein Sohn tat. Er hatte sich in den Feind verliebt. Und er nahm Aras das goldene Blut, wie Hekate es bei Vice getan hatte. Von da an konnte Aras altern und hatte keinerlei Gaben mehr. Armenia wurde wegen ihrer Beziehung zu ihm zur verbotenen Göttin. Sie wurde aus der Erinnerung sämtlicher Menschen, aus Büchern und Sagen gelöscht. Nur wenige wissen noch über sie Bescheid. Aras hat uns davon erzählt, aber eigentlich sollte sie in Vergessenheit geraten. Das war ihre Strafe."
Ich wollte schreien, sie solle aufhören. Es wurde mir zu viel. So lange Zeit hatte ich die Antwort auf meine Fragen wissen wollen, doch jetzt konnte ich das alles kaum verstehen. Es fühlte sich seltsam an, jetzt so viele Antworten auf einmal zu bekommen. Die Last an Informationen schien mich zu erdrücken.
Doch Nae fuhr unbeirrt fort: „Da sie beide so hart bestraft wurden, erkannte Aras, wie gefährlich die Beziehung zu Armenia war. Er hat sich mit ihr getroffen und sie getötet. Du hast dich noch nicht verliebt, Xae, aber ich habe Sivah gesehen, als Crudd gestorben ist. Diese Liebe ist stärker als alles andere. Es zerstört beide, wenn einer stirbt. Und Aras hat es dennoch geschafft, sie umzubringen, weil es das Richtige war. Seit dem kann er niemanden mehr töten, ohne eine Panikattacke zu bekommen. Und Armenia? Was tust du als Göttin, die in ihrer sterblichen Erscheinung umgebracht wird? Du versuchst, irgendwie am Leben zu bleiben. Und als Unsterbliche hast du die Kraft dazu. Sie hat ihre Seele von ihrem Körper gelöst und sie an die einer anderen Person gekettet und sich im Unterbewusstsein versteckt. Das ist ein sehr schwieriger und endgültiger Prozess. Eigentlich kann man sich nicht mehr von der anderen Person lösen. Armenia wurde durch diesen Zauber

so schwach, dass sie keine Kontrolle mehr über die Insel hatte. Die Monster, die noch immer ihre jahrhundertelange Strafe absaßen, konnten die Insel verändern, die Barrieren zerstören. Armenia fiel in eine Art Schlaf, während sie immer ein wenig Lebensenergie von der anderen Seele stahl, um überhaupt zu überleben. Doch wer wäre stark genug, um so viel Energie abgeben zu können? Das Bewusstsein eines Gottes ist zu stark. Er würde Armenia bemerken und vollständig töten. Wer bleibt also übrig? Demititanen. Sivah und Crudd waren zu alt, zu unformbar. Vor fünfzehn Jahren warst du kaum ein Jahr alt. Jung. Formbar. Schwächer als Götter und stärker als Sterbliche. Sie hat ihre Seele an deinen Körper geheftet und deine Entwicklung beeinflusst. Der Körper, den du für deinen gehalten hast, ist ihrer. Skouro hat dich erwählt, weil es Armenias Schwert war. Der Dolch hat dir gefallen, weil es ihre Waffe war, die vierte Waffe, die zum Besitzer zurückkehrt. Aber nicht zu dir. Zu Armenia. Das Messer ist eine Götterwaffe, das jedem Schutzzauber trotzt. Der andere Dolch ist eine Nachbildung. Du konntest auch innerhalb magischer Grenzen ohne deine Gabe so gut kämpfen, weil Armenias Körper die Bewegungsabläufe schon kannte. Allein deine Persönlichkeit wurde nicht von ihr beeinflusst. Nur ganz selten konnte sie dich vielleicht zu einer Entscheidung bewegen."

Nae schluchzte auf. Vor meinem inneren Auge liefen zahlreiche Szenen aus dem vergangenen Monat ab, die erst jetzt wirklich Sinn ergaben. Als ich in den Höhlen entschied, Sivah den Traum von Morpheus zu verschweigen, war das nicht ich gewesen. Es war Armenia. Warum sie das wollte, war mir jedoch schleierhaft. So vieles ergab jetzt Sinn. Nur eines nicht: Wieso hatte Aras mir nichts davon erzählt? Was war der Grund dafür, dass mir wochenlang verschwiegen wurde, dass ich nicht in meinem eigenen Körper lebte?

„Um auf die Explosion zurückzukommen ...", setzte Nae an. „Wer sich zu lange in der Schattensäule aufhält, dessen Seele wird vom Körper gelöst und im Skia aufgesaugt. Und das ist bei dir auch passiert. Doch deine Seele haftete stärker an deinem Körper als Armenias. Also wurde zuerst ihre gelöst. Aber da du das Skia in der Hand hattest, war ihre Seele noch unmittelbar mit dir verbunden. Als Vice es dir aus der Hand gerissen hat, hatte Armenia sich schon von dir gelöst, war aber noch nicht vom Skia aufgesaugt. Sie war frei. Zwar ohne Körper, aber durch deine Lebenskraft stark genug, sich einen Teil deiner Erscheinung zu nehmen, den Teil, den sie erschaffen und geformt hat. Was zurückblieb, warst *du*. So wie du dich ohne sie entwickelt hättest. Oh Xae, ich wünschte, du könntest dich sehen. Du bist so wunderschön", schluchzte Nae.

Das war also der Grund dafür, dass ich mir in meinem Körper fremd vorkam. In *meinem eigenen* kam ich mir fremd vor, aber fünfzehn Jahre hatte ich mich in einer fremden Erscheinung wohlgefühlt. Fast musste ich lachen. Und da fiel es mir auf: Hätte ich gewollt, hätte ich lachen können. Ich konnte mich bewegen. Jetzt war es einfach der Schock, der mich lähmte.

„Armenia hat all ihre Kraft darauf verwendet, ihre eigene Insel zu zerstören, weil sie regelrecht kaputt war. Sie hat die Insel erschaffen, aber die Monster haben sie verändert.

Zwar hat sie die Monster, die dort eingesperrt waren, auch umgebracht, aber Vice und seine Krieger hat sie mit uns rausgebracht und in unsere Lager befördert. Der Fluch, der sie zwingt, den Göttern zu helfen, lastet noch immer auf ihr, deshalb hatte sie keine andere Wahl. Aber sie hat uns wenigstens nicht nebeneinander abgesetzt, damit wir uns gegenseitig umbringen. Und … sie haben das Skia, aber irgendetwas stimmt damit anscheinend nicht. Armenias Macht hat es irgendwie geschädigt. Armenia ist jetzt bewusst, dass sie nicht für die Götter kämpfen will. Aber sie kann uns auch nicht unterstützen, der Einfluss von Vice' Zauber ist zu stark. Na ja, immerhin hält sie sich aus dem Krieg raus. Man kann den Fluch nur aufheben, indem man Vice tötet. Und das steht ja sowieso auf unserer Liste der zu erledigenden Dinge. Sie ist geflohen, irgendwohin, wo sie nicht in Versuchung gerät, den Göttern zu helfen. Aber Xae, das alles ist unwichtig, wenn du nicht aufwachst. Du liegst seit Wochen hier. Eigentlich wurde deine Seele nicht von deinem Körper gelöst. Sie wurde geschwächt, aber nicht gelöst. Bitte Xae. Du musst aufwachen. Du musst einfach."

Ihren letzten Satz konnte ich kaum verstehen, da ihre Stimme versagte.

Im Hintergrund hörte ich prasselnden Regen und Schritte. Irgendwer hatte den Raum betreten.
„Das war eine schöne Geschichte", hörte ich Aras sagen. Kochende Wut stieg in mir auf. Er hatte mich wochenlang verzweifeln lassen, statt mir zu sagen, was es mit Armenia auf sich hatte. Und jeder hatte blindlings seine Befehle befolgt. Doch wer sagte, dass diese Befehle richtig waren? Konnte man Aras trauen? Alle anderen taten es offensichtlich. Aber wie konnte ich mir sicher sein, dass die Motive der anderen richtig waren? Aras lag falsch. Hatte er auch mit dem gesamten Krieg gegen die Götter Unrecht? Zweifellos musste etwas gegen die Götter unternommen werden. Aber wie stand es mit den Titanen? Man hatte mir gesagt, sie seinen gut. Meine Mutter hatte Sivah vertraut. Sivah vertraute Aras. Und ich hatte das alles einfach hingenommen ohne darüber nachzudenken. Mein Bauchgefühl sagte mir, dass es richtig war, für die Titanen zu kämpfen. Aber mit Aras stimmte irgendetwas nicht. Titansvillage kämpfte für das Gute. Schließlich hatte ich gesehen, zu was die Götter fähig waren. Doch dass Aras mir all dies verschwiegen hatte, erschütterte mein Vertrauen in ihn. Ich wollte mit den anderen gegen die Götter und für Titansvillage kämpfen. Aber nicht für Aras.
Seine Stimme riss mich schließlich aus den Gedanken.
„Du hast es ihr erzählt. Ohne meine Zustimmung. Entgegen meines Befehls", bemerkte er spitz.
„Ja", sagte Nae seelenruhig. Man hörte nicht einmal mehr, dass sie geweint hatte.
„Für gewöhnlich befolgt jeder meine Anweisungen. Ich will dich nicht bestrafen. Was soll man also in so einer Situation tun?"
„Es war ein blöder Befehl. Wie wäre es, wenn du das einsiehst und mir dankbar bist?", erwiderte Nae. „Oder deine Anweisungen mehr mit uns absprichst?"
Ich wollte ihn fragen, wieso er mir nichts erzählt hatte. Stattdessen sagte ich so ungefähr: „Üüäugh."
Sofort wandte sich Nae mir zu. „Xae? Bist du wach? Kannst du sprechen?", rief sie euphorisch.
Ich atmete tief durch. „Alles klar. Bin wach. Es geht mir gut."
Meine Stimme klang ein wenig tiefer als ich sie in Erinnerung

hatte. War das *meine* Stimme? Als ich die Augen öffnete, blendete das grelle Licht mich. Sobald ich mich aufsetzte, griff Nae nach meinem Arm und wollte mir helfen. Ihre moosgrünen Augen musterten mich besorgt. Sie hatte sich seit unserer letzten Begegnung kaum verändert. Zwar wirkte sie durch die dunklen Schatten unter ihren Augen mitgenommen, doch alles in allem schien sie die Geschehnisse zu verkraften.

„Du musst das nicht tun, ich kann allein aufstehen", krächzte ich. Das weiß bezogene Bett, in dem ich gelegen hatte, stand in einem kleinen Zelt, auf dessen Plane der Regen trommelte. Eine Glühbirne, die an einem Kabelknäuel an der Decke hing, verströmte warmes, helles Licht. Einige Regale und Holzkisten voller Waffen und Vorräte standen herum. In meinem Arm steckte eine Infusionsnadel, die ich kurzerhand herausriss. Und dabei sah ich meine Hand. Meine Finger waren länger und dünner. Das Mal der Götter hatte sich nicht verändert, aber die Haut drumherum. Sie war glatter, heller und das winzige Muttermal auf dem Knöchel fehlte. Meine Fingernägel waren breiter und kürzer, der kleine weiße Halbmond auf den Nägeln größer und gleichmäßiger. Ich trug einen dunkelgrünen Pullover und schwarze Jeans, die mir ein wenig zu klein waren. Meine Füße steckten in ledernen Stiefeln. Langsam setzte ich sie auf den Boden und versuchte zu stehen. Es fühlte sich seltsam an. So fremd.

„Soll ich dir wirklich nicht helfen?", fragte Nae.

„Nein. Ich schaffe das schon." Sobald ich das gesagt hatte, gaben meine Beine unter mir nach. Ich sackte zusammen. Jeder andere hätte mich dafür ausgelacht, doch Nae war sofort da und half mir auf. Dabei bemerkte ich, dass sie mir noch kleiner erschien, als sonst.

„Da drüben steht ein Spiegel." Sie deutete mit dem Kopf nach rechts und stützte mich, bis wir dort ankamen. Aras, der mich wie versteinert anstarrte, sah ich nicht einmal an.

„Kann ich dich jetzt loslassen?, fragte Nae.

Ich nickte und machte den letzten Schritt zum Spiegel allein. Als ich hineinsah, starrte ich einige Sekunden regungslos vor mich hin. Ich strich mit den Fingerspitzen über die Spiegeloberfläche. Der fremde Körper tat das gleiche. Ich ging näher heran. Auch das Spiegelbild machte einen Schritt auf mich zu. War das wirklich ich? Eigentlich hatte ich schulterlange rotbraune Wellen, weiche Gesichtszüge und grünbraune Augen. Aber das war ja nicht *ich*, korrigierte ich. Mein neuer, mein wirklicher Körper war größer. Ich schätzte mich auf 1,75 Meter. Meine Oberschenkel waren dünner, meine Waden ein wenig dicker. Muskeln zeichneten sich unter den Ärmeln des Pullovers ab. Ich hatte ein wenig breitere Hüften und kleinere Brüste, war sogar ein wenig schlanker. Anscheinend hatte ich auch größere Füße, da die Stiefel viel zu eng waren. Ich berührte mein Gesicht. Der neue Körper hatte markante Züge, hervorstehende Wangenknochen und eine schmalere Nase als zuvor. Vereinzelte Sommersprossen zeichneten sich an meinen Wangen ab.

Früher hatte ich mir immer vollere Augenbrauen gewünscht. Und nun waren sie kantig und dunkler als zuvor. Meine Wimpern waren dichter und länger. Sie umrahmten große, grüne Augen. Es war nicht das typische Grün, weder goldgrün, noch grünbraun, türkis oder moosfarben. Stattdessen blickten mich aus dem Spiegel leuchtend grüne Augen an, von einem schmalen schwarzen Ring umrandet. Große, kupferrote Locken fielen mir bis unter die Brust. Ich fuhr mir durch die Haare. Sie waren so stark gelockt, dass sie sofort wie Metallfedern in ihre ursprüngliche Form zurücksprangen. Dennoch wirkten sie nicht kraus oder struppig.

Meine Stirn war nicht mehr so hoch wie früher. Die ganze Statur dieses Körpers schien besser proportioniert zu sein. Aber ich war immer zufrieden mit meinem alten Körper gewesen. Und ich wusste nicht, was ich von dieser Erscheinung halten sollte. Sie war wirklich hübsch, doch ich fühlte mich unbehaglich.

Langsam griff ich an meine Wange und fuhr über die glatte Haut. Nae trat neben mich. Jetzt reichte sie mir kaum bis zur Schulter. Schon immer war sie einen Kopf kleiner gewesen, doch jetzt kam ich mich geradezu riesig vor.

„Gefällst du dir?", fragte sie.

„Ich ... Ich weiß nicht", gab ich zurück.

„Du gewöhnst dich daran. Du musst noch lernen, mit dem Körper umzugehen. Bald kannst du dich wieder normal bewegen", war alles was sie sagte, bevor sie das Zelt verließ. Ich

wandte mich zu Aras um, der mich noch immer wortlos anstarrte. Stumm schwankte ich zurück zum Bett, setzte mich darauf und sah ihn vorwurfsvoll an. Wie üblich trug Aras ein weißes T-Shirt und einfache Jeans. Die schwarzbraunen, verknoteten Haare hingen ihm bis auf die Schultern und seine Kiefermuskulatur war bis zum Zerreißen gespannt. Eine mir bisher unbekannte Gleichgültigkeit lag in seinen Augen.
„Willst du mir keine Antwort geben?", fragte ich.
„Dazu musst du erst eine Frage stellen." Seine Stimme klang seltsam hohl und kernlos.
„Ich habe tausend Fragen gestellt. Aber du hast allen befohlen, mir nichts zu verraten", zischte ich.
„Ja."
„Antworte mir!", schrie ich.
„Was möchtest du wissen?" Er klang weiterhin teilnahmslos, als würde er einen Text vorlesen, sich keinerlei Gedanken über den Inhalt machen.
„*Wieso* konntest du es mir nicht sagen?", fragte ich mit zitternder Stimme.
„Xaenym, du bist impulsiv. Unberechenbar. Und enorm wichtig für Titansvillage. Du bist eine Demititanin. Du kannst das tun, was ich als Sohn des Chronos hätte tun sollen. Ich wusste nicht, wie du reagieren würdest. Also habe ich nichts gesagt. Es war zu riskant."
Und in diesem Moment spürte ich, dass er log. Wie sehr ich auch bitten würde, Aras würde mir nichts verraten. Diese Erkenntnis traf mich wie ein Schlag. Es war noch nicht vorbei. Ich würde weiterhin nach Antworten suchen müssen.
„Riskant?", fragte ich kühl. „Ich vertraue dir nicht mehr. Und das werde ich auch nie wieder. Ich befolge nie wieder einen deiner Befehle, wenn ich es nicht selbst will."
Aras sah aus, als hätte ich ihm ein Messer zwischen die Rippen gestoßen. Er schloss die Augen, nickte dann aber und ging stocksteif durch die Zeltöffnung nach draußen.
„Warte!", rief ich. Aras bleib wie erstarrt und stehen.
„Ich habe noch eine letzte Frage. Warum hast du mich nicht schon früher ins Lager gebracht? Ich verstehe ja, dass ich nicht als kleines Kind hierher gebracht werden konnte. Aber warum

erst mit sechzehn?", wollte ich wissen.

„Ich wollte dich sofort zu einem Auftrag losschicken." Das Prasseln des Regens dämpfte meine Stimme. „Erst mit sechzehn hast du Fähigkeiten. Erst mit sechzehn bemerken die Götter dich. Erst dann kann man dir einen Auftrag zumuten. Und ich habe dich direkt losgeschickt, um dir keine Zeit zu geben, etwas über Armenia zu erfahren. Während einer Mission ist man mit dem Überleben beschäftigt. Ich wollte mir keine Fragerei über Armenia anhören."

Ohne mich noch einmal anzusehen, stapfte Aras aus dem Zelt. Ich legte mich auf das Bett und versuchte den Strom an Informationen zu verarbeiten. Im Kopf ging ich nochmal die ganze Geschichte von Aras und Armenia durch. Dann versuchte ich, mich an die Ereignisse in Pyrinas zu erinnern. Nun fing ich noch einmal ganz von vorn an. Ich dachte an jedes Ereignis, das mit Armenia zu tun hatte. Als Roove mir gesagt hatte, er hätte keine Ahnung, worüber Seth gesprochen hatte, war es um Armenia und mich gegangen. Ich wusste nicht, wie viel von der Geschichte sie kannten, aber zumindest einen Teil müssen sie mitbekommen haben. Als Cryliss erzählt hatte, dass sie Armenia einmal auf dem Olymp gesehen hätte, hatte sie die Wahrheit gesagt. Aber dass sie nicht mehr über sie wüsste, war gelogen gewesen. Mein Messer hatte Vice' Schutzmauer durchdringen und die Graien töten können, weil es eine Götterwaffe war. Armenias Waffe. Und als Sivah 'verbotene Göttin' im Schlaf gemurmelt hatte, hatte sie von Armenia geträumt.

Nachdem ich mir ein wenig über sie klargeworden war, versuchte ich mich an die gesamte Mission zu erinnern. Aus irgendeinem Grund war dieser Zeitraum in meinen Gedanken durcheinander und verschwommen.

Als erstes war ich im Flieger gefangen genommen worden. Ich hatte mich befreit, war eine Weile mit göttlicher Hilfe durch den Wald gerannt und war auf die anderen gestoßen. Danach waren wir bei Neraya gewesen. Auf ihre Anweisung hin waren wir nach Kairo geflogen und am Club vorbeigekommen, wo die Harpyien uns getäuscht hatten. Aber irgendwas stimmte hier nicht. Ich strengte mich an, meine Erinnerung so detailreich wie möglich vor meinem inneren Auge abzuspielen. Zwischen der

Ankunft in Kairo und dem Club sah ich für den Bruchteil einer Sekunde nur Dunkelheit. Mit aller Kraft versuchte ich mich zu erinnern, was dort geschehen war. Und plötzlich hörte ich meine eigene Stimme in meinem Kopf zu mir sprechen.
Ich habe dir einen Tag aus deiner Erinnerung gestohlen, Zeit's Kind. Und du musst zu mir kommen, um ihn wieder zu kriegen. Schließlich ist an diesem Tag etwas sehr Wichtiges geschehen.
Mir ging auf, dass dies nicht länger meine Stimme war. Sie gehörte Armenia. Ich spürte, dass wirklich etwas Bedeutendes passiert war. Dieser Tag war enorm wichtig. Und ich würde ihn mir holen müssen. Ich würde Armenia suchen müssen. Während ich mich zur Seite wälzte, um aufzustehen, spürte ich etwas Hartes unter meinem Kopfkissen. Schnell griff ich darunter und zog ein kleines Holzkästchen hervor. Darin befanden sich ein Brief und die Schuppe der Keto an einem ledernen Band. Ich hatte diese Schuppe schon ganz vergessen und dachte, ich hätte sie irgendwann im Kampf verloren, doch jetzt machte es mich glücklich, sie wiederzufinden.
Mit unbeholfenen Fingern entfaltete ich den Brief und begann zu lesen:

Ich habe mich mal kurz in den Raum geschlichen, als du in Gedanken versunken warst und das hier hinterlassen. Die Schuppe hast du wohl schon gefunden. Behalt sie und pass drauf auf.

Und nun zu Armenia: Ich weiß, dass Nae es dir gesagt hat, ich habe ihre Gedanken gelesen. Und ich weiß, dass Armenia einen Tag aus deinem Gedächtnis gestohlen hat, weil ich auch deine Gedanken gelesen habe. Ich weiß auch, dass du sie suchen gehen wirst. Habe dir einen Rucksack mit allem, was du brauchen könntest, in die Holzkiste

mit der gelben Markierung gelegt. Waffen sind auch drin, da Armenia Skouro und ihren Dolch mitgenommen hat, habe ich dir mal ein Schwert rausgesucht. Aber es gibt noch etwas, was Nae dir nicht gesagt hat. Wirst du nicht oft „der Zeit's Kind" genannt? Es gibt eine uralte Prophezeiung, von der jeder zunächst dachte, sie würde sich auf Aras beziehen. Doch es geht um dich. Lies einfach selbst:
Der Zeit's Kind erhält rechten Lohn
und tot geglaubten Königs Kron'
Ob des Krieges oder Friedens Leid
denn Schicksal folgt des Kindes Geleit
Wer Recht wider Unrecht soll unterstehn
Wird hervor aus Kindes Stimme ergehn
Soll's urteiln wessen's Einhalt gebot
und ob im Leben oder im Tod

Du wirst drei Entscheidungen treffen. Du hast schon einmal gewählt, „ob des Krieges oder Friedens Leid" herrschen soll. Indem du die Titanen befreit hast, wurden zwei Erzfeinde miteinander konfrontiert. Also Krieg. Aber der Frieden wäre dadurch eingekehrt, dass die Götter uns alle umgebracht hätten, also stört mich das nicht sonderlich.
Die anderen zwei Entscheidungen musst du noch

treffen. Wähle gut, der Zeit's Kind. Und pass auf dich auf. Armenia ist noch immer verflucht. Sie muss sich gegen uns wenden. Sie will, dass du zu ihr kommst. Und das kann sehr gefährlich werden.

Ich weiß nicht, ob wir uns jemals wiedersehen. Leb wohl.

Sivah

Kapitel 24

Xaenym

Langsam ließ ich den Brief sinken. Ich glaube, ein Mensch kann nur eine bestimmte Menge an Informationen aufnehmen, bevor er einfach abschaltet. Diese Grenze war bei mir definitiv erreicht, doch ich zwang mich dazu, ruhig zu bleiben und mir vor Augen zu führen, was ich als nächstes tun wollte.
Als erstes wollte ich Neffire besuchen. Sie hatte Moonrise und Paver so gut gekannt wie niemand sonst. Ich wollte sie trösten, bevor ich ging.
Außerdem hatte ich vor, die gelb markierte Box zu durchsuchen und mir alles mitzunehmen, was ich brauchen würde.
Und danach wollte ich hier verschwinden.
Also lugte ich ein wenig unbeholfen aus der Zeltöffnung, um nach anderen Goldblütern Ausschau zu halten. Es schüttete so stark, dass es mir vorkam, als stünde ich unter der Dusche. Sobald ein Junge in Spolas und Lederjacke vorbeilief, winkte ich ihn heran und fragte, wo Neffire untergebracht sei. Er hingegen starrte mich nur entgeistert an.
„Was?", fragte ich verwirrt.
„Wer bist du?" Er runzelte die Stirn.
„Xaenym."
Seine Hand glitt zu seinem Waffengürtel.
„Die sieht anders aus. Kleiner. Und ihre Haare sind viel dunkler."
Mir wurde klar, dass ich von nun an nicht mehr erkannt werden würde und dieses lästige Gespräch dauernd würde führen müssen.
„Es lag sozusagen ein Fluch auf mir."
„Wir haben mitbekommen, dass in Pyrinas was schief gegangen ist. Vice hat das Skia. Und Xaenym ist in eine Art Koma gefallen. Mit ihrer Seele hat etwas nicht gestimmt."
„Ich bin Xaenym. Mein Schwert ist … war Skouro. Und ich hatte zwei Diamantdolche."

„Xaenyms Stimme klingt anders", beharrte er.
„Zum letzten Mal: Ich bin Xaenym. Und mit dir gesprochen habe ich noch nie, du kannst meine Stimme gar nicht kennen."
Er nickte. „Das mit der Stimme war ein Test. Fire ist da drüben." Er deutete auf ein kleines, dunkelgrünes Zelt.
Ich bedankte mich und wankte so schnell ich konnte dorthin. Trotz meiner Eile war ich triefnass, als ich eintrat.
Neffire saß auf einem Feldbett und starrte in die Flamme einer Kerze. Wortlos setzte ich mich neben sie. Anscheinend hatte sie mich während meiner Bewusstlosigkeit besucht, denn sie wunderte sich nicht über mein neues Aussehen. Vielleicht bemerkte sie es aber auch einfach nicht. Sie schien völlig versunken zu sein.
„Ich habe alles verloren", flüsterte sie.
„Es tut mir leid. Hätte ich mich früher an die Worte des Mantikors erinnert ...", setzte ich an, doch sie unterbrach mich.
„Ja. Du hättest dich erinnern müssen."
Es wäre mir lieber gewesen, wenn sie mich angeschrien hätte. Doch so sagte sie einfach die Wahrheit, ohne mich verantwortlich machen zu wollen.
„Aber es hätte nichts genützt, wenn wir früher hier gewesen wären", wisperte Neffire.
„Ihr hättet fliehen können."
Sie schüttelte den Kopf. „Zeus hätte uns gekriegt."
„Ja." Ich gab mir nicht wirklich die Schuld dafür, was geschehen war. Es wäre so oder so passiert. Nur Neffires leere Augen setzten mir zu. Hätte ich die beiden früher losgeschickt, wäre Paver nicht am Hügelkamm gewesen, als das Monster auch dort gewesen war.
Auf einmal lebte Neffire wieder ein wenig auf. Sie nahm etwas aus der Schublade einer kleinen Kommode und reichte es mir.
Es war ein Dolch mit elfenbeinfarbenem Griff in einer schwarzen Lederscheide.
„Pave hat ihn verloren. Ich dachte, du könntest ihn vielleicht gebrauchen. Gib dir nicht die Schuld, ja?" Tränen rannen ihr über die Wangen.
Ich lächelte und nahm den Dolch entgegen. Sie legte sich hin und ich kniete mich neben das Feldbett. Mehrere Stunden

verbrachte ich bei Neffire und tröstete sie.
Nachdem das Mädchen eingeschlafen war, schlich ich mich hinaus. Der neue Körper fühlte sich noch immer falsch an. Häufig schwankte ich oder ließ den Dolch aus Versehen fallen. Ich hatte noch kein Gefühl für diesen Körper.
Sobald ich in meinem Zelt ankam, suchte ich nach einer Kiste mit einer gelben Markierung. Endlich fand ich eine braune Box, auf die ein knallgelber Klebestreifen geheftet war und öffnete sie. Im Inneren befand sich ein schwarzer, solide verarbeiteter Lederrucksack. Darin lag der zweite Diamantdolch, die Nachbildung. Ich griff nach dem Heft. Früher hatte das Messer so gut in der Hand gelegen. Jetzt fühlte es sich zu dünn und zierlich an. Ich legte den Dolch beiseite, da ich nicht vorhatte, ihn mitzunehmen. Dies war nicht länger meine Waffe.
Im Rucksack befanden sich außerdem zehn Wurfmesser, zwölf Fläschchen Epouros, zwei Spolas, Ersatzkleidung, ein Waffengürtel, Stiefel, ein Schlafsack, Streichhölzer, Brot, Trockenfleisch und zwei volle Wasserflaschen. Außen waren ein Köcher und ein kleiner Bogen befestigt. Ich legte den Waffengürtel an und befestige Pavers Dolch daran. Als ich die Kiste schon wieder schließen wollte, blitze etwas darin auf. Ich griff hinein und zog ein breites, langes Schwert hervor. Die Klinge glänzte metallisch, schien aber auch von einer Diamantschicht überzogen zu sein. Es lag optimal in der Hand. Man konnte es mit beiden Händen schwingen, wenn man wollte, musste aber nicht. Probeweise schwang ich es umher. Mit atemberaubender Präzision zischte es durch die Luft. Selbst meine Unbeholfenheit verschwand für diesen Augenblick. Am Knauf des Schwertes waren winzige griechische Buchstaben eingraviert. Ich entzifferte das Wort *Tharros*. Sivah hatte einen kleinen Klebezettel daran befestigt, auf dem stand, dass 'Tharros' Mut auf griechisch bedeutete.
Ich befestigte die Scheide, die auch in der Box lag am Waffengürtel und steckte Tharros hinein. Nun zog ich eine Spolas an und stopfte den Pulli in den Rucksack. So ausgerüstet lief ich hinaus in den Regen. Es war nicht schwer, sich davonzuschleichen. Fast schon hatte ich die Zelte hinter mir gelassen, doch da bemerkte ich Ramy, der im feuchten Gras saß

und das, was von Titansvillage noch übrig war, anstarrte. Er hätte mich nicht bemerkt, wenn ich einfach weitergelaufen wäre, aber ich brachte es nicht über mich. Sein Anblick machte mich traurig. Noch dazu ahnte ich, wieso er hier saß.
Also blieb ich stehen und fragte: „Du bist ihr Sohn, oder? Armenias?"
Er nickte betrübt.
„Und dein Vater ist ...", begann ich.
„Ja. Aras."
Ich setzte mich neben ihn und sah die Ruinen des Lagers an. Nur wenige Hütten standen noch. Die meisten waren auf die Grundmauern niedergebrannt. Das Hauptgebäude lag in Trümmern. Einige Gestalten liefen umher und trugen Bretter durch die Gegend, mit denen sie dann die Dächer der noch stehenden Häuser abdichteten, um sie vor dem Regen zu schützen.
„Ramy ... Wer bist du?"
Er seufzte. „Acht Jahre nach meiner Geburt kam die Sache mit Aras und Armenia raus. Und da bin ich weggelaufen. Ich habe keinerlei emotionale Bindung zu den beiden. Ich betrachte sie nicht mal als meine Eltern. Zu dieser Zeit hieß ich Ephelos Eve. Aber ich wollte diesen Namen nicht mehr, diese Eltern nicht mehr, dieses Leben nicht mehr. Damals war Armenia noch nicht verflucht. Sie und Aras haben Titansvillage gemeinsam aufgebaut. Ich bin hier aufgewachsen, doch niemand hat mich beachtet. Crudd hat manchmal mit mir gespielt. Alle anderen niemals. Sivah wusste gar nicht, wer ich war. Niemand wusste es. Ich war für alle einfach das Kind, das im Lager herumlungerte. Sie hielten mich für einen Goldblüter, der aus irgendwelchen Gründen besonders früh nach Titansvillage gebracht worden war. Aras und Armenia konnten sich nicht um mich kümmern, sie hatten schließlich so viel zu tun. Und ich geriet in Vergessenheit. Als ich sieben war habe ich einen Bogen bei einem Mädchen gesehen und wollte ihn unbedingt ausprobieren. Ich stahl einen aus der Waffenkammer. Und sobald ich meinen ersten Pfeil abgeschossen und getroffen hatte, wusste ich, dass es meine Waffe war.
Nach einem Jahr bin ich dann abgehauen. Zeus wollte mich

unbedingt in die Finger kriegen und wissen, welche Fähigkeiten ich besaß. Eine Kreuzung aus göttlichem, titanischem und sterblichem Blut. Es stellte sich heraus, dass ich ebenso unsterblich bin, wie ihr Demititanen. Ich hörte mit 16 Jahren vollständig auf zu altern. Aber ich kann im Gegensatz zu euch an den Folgen einer Verletzung oder an einem Sturz erliegen und außerdem Narben davontragen, während ihr euch immer vollständig regeneriert. Ich bin eine Mischung aus einem Demititan und einem Halbgott.

Damals mit acht Jahren bin ich im Wald verschwunden. Ephelos, der kleine Junge aus Titansvillage, ist nie wieder herausgekommen. Nur Ramy, der Bogenschütze, lebt heute noch.

Ich wurde genauso aus der Erinnerung der Menschen gelöscht wie Armenia. Sogar noch mehr. Aras veranlasste, dass ein Diagraf jedem Einwohner des Lagers die Erinnerung an mich raubte. Ich lernte im Wald zu überleben, bekam mit 16 das Mal und ein paar Jahre später diese Tattoos am ganzen Körper. Es ist unglaublich anstrengend für die Götter, so was zu verteilen, aber sie wollten mich unbedingt haben. Vielleicht, um Aras zu erpressen. Später haben sie sich nicht mehr für mich interessiert. Ich habe Hekate die Male unwirksam machen lassen und bin ein bisschen herumgereist. Habe den stymphalischen Vögeln einen Besucht abgestattet. Das war echt super, die Dinger hassen mich bis heute wie die Pest. Jedenfalls bin ich Ramy. Der Bogenschütze ohne Eltern. Reicht dir das aus?"

Ich nickte und stand auf.

„Du gehst fort, nicht wahr?", fragte er.

„Ja."

„Kommst du jemals wieder?"

„Ich weiß es nicht. Richte den anderen bitte Abschiedsgrüße von mir aus."

„Mach ich." Er stand auf und umarmte mich.

„Pass auf dich auf, Dolchwerferin", sagte er, als wir uns voneinander lösten.

„Pass auf dich auf, Bogenschütze. Ich werde dich vermissen", erwiderte ich.

„Ich dich auch."

Wir gingen in entgegengesetzte Richtungen. Er setzte sich wieder auf den Hügelkamm um Titansvillage und ich ging an den Zelten vorbei. Ich war schon einige hundert Meter davon entfernt, als mich plötzlich jemand am Arm festhielt. Wie vielen Leuten musste ich noch begegnen, bevor ich endlich gehen konnte?

„Wo willst du hin?", fragte Roove, musterte meine Spolas, meinen Rucksack und Tharros' Heft.

„Du willst doch nicht ..." Seine Augen weiteten sich.

„Doch. Ich gehe sie suchen. Aber ich komme auf jeden Fall zurück", log ich.

„Ich weiß, dass dir das alles zu viel ist, aber bleib bei uns. Bei mir. Wir ordnen deine Gedanken gemeinsam", bot er an und lächelte.

Inzwischen hatte sich meine Kleidung mit Regen vollgesogen. Wasserrinnsale liefen mein Gesicht hinunter und nahmen mir die Sicht.

„Geh nicht", flehte er.

„Sie hat mir eine Erinnerung genommen. Ich brauche sie wieder. Ich muss sie finden."

„Bitte. Ich kann dich kein zweites Mal verlieren. Nicht nachdem Ayse gestorben ist. Ich dachte einmal ein paar Tage lang, du wärst tot. Ich könnte es nicht ertragen, wenn es wirklich so wäre. Du kannst noch nicht mit diesem Körper umgehen. Wir trainieren und machen uns mit Nae, Ramy, Heige, Neffire, Sivah und Dvyn zusammen auf den Weg, ja?"

Ich schüttelte den Kopf. „Es ist meine Angelegenheit. Ihr bringt euch nur in Gefahr. Titansvillage braucht euch."

Er sah enttäuscht aus. Vielleicht weinte er auch, aber im Regen konnte man das nicht erkennen.

„Du kommst nicht zurück, oder? Selbst wenn du überlebst, nicht", flüsterte er.

„Doch, das werde ich", beharrte ich.

„Nenn mir einen Grund, wieso du das tun solltest", forderte er.

Ich sah ihn traurig lächelnd an. Es dauerte nicht lange, einen Grund zu finden. Zwar war es eine Lüge, doch es würde ihm versichern, dass ich zurückkommen würde. Dieser Satz war das einzige, was ich ihm sagen konnte. Ernst gemeint ist er

bindender als jeder Schwur. Insbesondere, wenn ein Demititan ihn sagte.
„Ich liebe dich."
Roove sah aus, als hätte ich ihn geschlagen.
„Du lügst."
„Ich weiß."
Ich rannte durch den strömenden Regen davon. Und hätte ich nicht nur ein einziges Mal weinen können, hätte ich die Tränen nicht zurückhalten können.

Glossar

Acheron: Fluss des Schmerzes, einer der fünf Unterweltflüsse, fließt durch den Tartaros und den Asphodeliengrund. Jeder der fünf Unterweltflüsse mündet im Acheron. Die Fähre des Charon bringt die Seelen über diesen Fluss in die Unterwelt.

Acherousia-See: See im Asphodeliengrund, in dem sich diejenigen Toten, die sich für eine Wiedergeburt entschieden haben, reinwaschen sollen.

Aiolos: Gott der Winde, Sohn des Hippotes und Gatte der Eos.

Aphrodite: Göttin der Liebe, Tochter des Zeus und der Göttin Dione, Gattin des Hephaistos, wird häufig in einer Muschelschale liegend dargestellt. Eine der zwölf olympischen Hauptgottheiten.

Armenia: Göttin der gerechten Strafe und der Vergebung. Tochter des Zeus und der Hera. Wurde aus Büchern und der Erinnerung sämtlicher Lebewesen entfernt. Durch einen Fluch nicht fähig, den Göttern zu trotzen. Auch verbotene Göttin genannt.

Asbolos: Einer der Kentauren.

Asphodeliengrund: Auch Felder der Verdammnis genannt. Die Seelen derjenigen, die nichts Außergewöhnliches im Leben vollbracht haben, werden von den Totenrichtern dorthin gesandt. Die Seelen irren dort bis in alle Ewigkeit ohne Erinnerungen durch ein Feld voller farbloser Asphodelos-Blüten.

Asteria: Göttin der Sterne, Tochter des Titanenpaares Koios und Phoibe.

Atlas: Titan der Kraft, Sohn des Titanen Iapetos und der Nymphe Klymene, wurde nicht in den Tartaros verbannt, sondern musste Uranos und Gaia trennen und somit den Himmel auf den Schultern tragen, um zu verhindern, dass er auf die Erde stürzte.

Chaos: Urzustand der Welt, gelegentlich auch als götterähnliche Macht angesehen. Teilweise mit dem Nichts gleichzusetzen. Aus dem Chaos entsprangen Uranos und Gaia, von denen jedes Göttergeschlecht abstammt.

Chronos: Urtitan der Zeit, Gatte der Titanin Rhea, verschlang seine Götterkinder, da er fürchtete, sie könnten ihn stürzen. Als Rhea ihm einmal statt seinem Sohn Zeus einen Stein zu essen gab, gelang es diesem, Chronos ein Brechmittel zu verabreichen, weshalb er seine anderen Nachkommen hervorwürgte. Gemeinsam verbannten diese Götter alle Titanen in den Tartaros und übernahmen die Herrschaft über die Sterblichen.

Danaiden: Töchter des libyschen Königs Danaos, die ihre Männer auf seinen Befehl hin töteten und deshalb im Tartaros bestraft werden.

Demeter: Göttin des Ackerbaus und der Fruchtbarkeit, Tochter des Titanenpaares Chronos und Rhea. Eine der zwölf olympischen Hauptgottheiten und Mutter der Persephone, welche von Hades in die Unterwelt entführt und zur Heirat gezwungen wurde. Daraufhin wurde verfügt, dass Persephone die Hälfte des Jahres auf dem Olymp und die andere in der Unterwelt verbringen solle. Der Sage nach entstehen die Jahreszeiten dadurch. Im Frühling lässt Demeter die Pflanzen blühen, da sie sich über die baldige Ankunft ihrer Tochter freut. Im Herbst lässt sie jedoch alles verwelken, weil Persephone bald wieder in die Unterwelt zurückkehren muss.

Dracaenae: Schlangenfrau, zur Hälfte menschlich, zur anderen Hälfte Schlange. Je nach Genetik variiert die

Erscheinung. Häufige Merkmale sind jedoch Reptilienhaut, Krallen, Schlangenaugen und zischendes Sprechen.

Donnerkeil des Zeus: Auch Herrscherblitz genannt, Waffe des Zeus, welche diesem die Macht verleiht, Blitze zu erzeugen.

Dryade: Baumnymphe. Das Leben jeder Dryade ist an einen Baum gebunden. Sie werden nicht geboren, sondern entstehen aus dem Geiste dieses Baumes.

Elysium: Auch Insel der Seligen genannt, Bereich der Unterwelt, in dem Helden ewigen Frieden finden.

Epouros: Heiltrank, der nur bei Goldblütern wirkt. Heilt nahezu jede körperliche Verletzung innerhalb einer Woche.

Gaia: Urgewalt, Personifikation und Urgöttin der Erde, aus dem Chaos entstanden.

Goldblüter: Alle Wesen, die das Blut der Urgötter Uranos oder Gaia in sich tragen. Beispielsweise Halbgötter, Demititanen, Nymphen oder Halbmonster.

Gorgonen: Die drei Schwestern Medusa, Stheno und Euryale, Töchter des Phorkis und der Keto. Können durch Augenkontakt versteinern, die Seele des Betroffenen einsperren oder töten.

Graien: Drei von Geburt an greise Schwestern, teilten sich zu dritt ein Auge, Personifikationen des Alters.

Hades: Gott der Unterwelt und der Toten, Gatte der Persephone. Versuchte seinen Vater Chronos zu erwürgen, was der Grund dafür war, dass dieser seine Kinder lebendig verschlang. Eine der zwölf olympischen Hauptgottheiten.

Harpyie: Rabenfrau, zur Hälfte menschlich, zur anderen Hälfte

Rabe. Windgeist, von menschenähnlicher Erscheinung, mit Flügeln und einem Schnabel.

Hekate: Titanin der Hexenkunst und der Tore zwischen den Welten, widersetzte sich den Göttern, die es nicht schafften, sie in den Tartaros zu verbannen und zog sich auf eine unbekannte Insel zurück, Tochter der Asteria und des Perses.

Hexenmeister: Goldblüter oder in seltenen Fällen Sterbliche mit der Fähigkeit, auf die rohe Form der Magie zuzugreifen und sie dann zu nutzen wie eine Gabe.

Hüter des Gleichgewichts: Sagenumwobenes Wesen, welches das Gleichgewicht zwischen Gut und Böse bewahrt. Ist eine der beiden Seiten zu schwach, erwacht er und kämpft 100 Jahre für die betroffene Seite, es sei denn, die andere wird schwächer als die, für die der Hüter kämpft, es ursprünglich war.

Insel der Verdammten: Insel, welche sich in den zum Teil mit Wasser gefüllten Hohlräumen unter der Erdoberfläche der Sahara befindet. Die Mitte der Insel namens Pyrinas wird von einem Ring aus den vier folgenden Landschaftsformen umgeben: Steppe, Tropen, Arktis und Wald. Ehemaliges Gefängnis für Ungeheuer. Nach einiger Zeit wurde die Bestrafung der Monster jedoch bis zu ihrem Tod verschoben, sodass sie nun gegebenenfalls im Tartaros bestraft werden.

Ichor: Goldenes Blut der Götter.

Iris: Göttin des Regenbogens, Tochter des Thaumas und der Elektra.

Kentauren: Menschenähnliche Wesen, welche den Oberkörper eines Menschen und den Unterkörper eines Pferdes haben.

Kerberos: Höllenhund, der den Eingang zur Unterwelt

bewacht, damit keine Toten entkommen.

Keto: Meeresungeheuer, Tochter des Pontos und der Gaia, Mutter der Gorgonen und der Graien.

Kokytos: Fluss der Trauer, einer der fünf Unterweltflüsse, sowohl im Tartaros als auch im Asphodeliengrund auffindbar.

Krios: Titan des Südens und der Sternbilder, Sohn des Uranos und der Gaia.

Lethe: Fluss des Vergessens, einer der fünf Unterweltflüsse, sowohl im Tartaros als auch im Asphodeliengrund auffindbar.

Mantikor: Mischwesen mit dem Körper eines Löwen und dem Schwanz eines Skorpions.

Moiren: Die drei Schicksalsgöttinnen Klotho, Lachesis und Atropos. Klotho spinnt den Lebensfaden, der von Lachesis bemessen und von Atropos abgeschnitten wird.

Morpheus: Gott der Träume, Sohn des Hypnos und der Nyx. Hat die Macht, in Träumen zu erscheinen.

Nereide: Wassernymphe.

Notos: Gott des milden Südwindes, Sohn des Astraios und der Eos.

Nyx: Göttin und Personifikation der Nacht, aus dem Chaos entstanden.

Olymp: Berg in Griechenland, auf dessen Gipfel die Götter hausen.

Othrys: Berg in Griechenland, auf dessen Gipfel die Titanen hausen.

Phlegeton: Strom aus flüssigem Feuer, einer der fünf Unterweltflüsse, nur im Tartaros vorzufinden, wo er dazu dient, die Wunden der Verurteilten zu heilen, um diese daraufhin erneut bestrafen zu können.

Poseidon: Gott des Meeres, der Erdbeben und der Pferde, die er aus der Gischt des Meeres erschuf. Gatte der Meeresnymphe Amphitrite. Eine der zwölf olympischen Hauptgottheiten. Sein Symbol ist der Dreizack.

Pyrinas: Von vier Landschaftsbereichen umringte Mitte der Insel der Verdammten. Nebelige und zerklüftete Felslandschaft. Standort des Skia.

Rhea: Titanin des Mondes, Gattin des Chronos.

Rotblüter: Normalsterbliche.

Sack der Winde: Sack, der die Winde der vier Himmelsrichtungen enthält. Der Windgott Aiolos überreichte ihn dem Odysseus auf dessen Heimreise mit der Anweisung, den Sack erst auf dem Festland zu öffnen. Doch die Schiffsbesatzung befolgte diesen Befehl nicht, woraufhin das Schiff wieder weit von Odysseus' Heimat fortgeweht wurde.

Schwarzblüter: Durch Magie veränderte Goldblüter, die Sinne täuschen können. Da es Unmengen an Kraft kostet, sie zu erschaffen, sind sie beinahe ausgestorben.

Selene: Göttin des Mondes, Tochter des Hyperion und der Theia, in späteren Sagen durch Artemis ersetzt.

Skia: Manifestierung aller Schatten, verleiht dem Besitzer die Macht, alles und jeden vollständig auszulöschen, wiederzubeleben oder in die Unterwelt zu verbannen. Befindet sich auf der Insel der Verdammten, wo es vor Dieben geschützt ist.

Skouro: Sagenumwobenes Schwert der Nyx, der Göttin der Nacht, aus Eisen, Diamant und Onyx gefertigt, tötet jeden Träger, der nicht von der Klinge auserwählt wurde. Wie dies geschieht oder nach welchen Kriterien gewählt wird, ist nicht bekannt.

Skylla: Zwölfbeiniges Ungeheuer, das in der Nähe der Meerenge von Messina haust. Einst war sie ein schönes Mädchen, doch die Zauberin Circe verwandelte sie aus Eifersucht auf ihre Schönheit in ein Ungeheuer.

Steropes: Einer der Zyklopen.

Styx: Grenzfluss zwischen der Welt der Sterblichen und dem Totenreich, verleiht Unverwundbarkeit. Achilles wurde von seiner Mutter Thetis als Kleinkind in den Styx getaucht, weshalb seine Haut von keiner Klinge durchdrungen werden konnte. Nur an seiner Ferse blieb er verwundbar.

Tantalos: König von Lydien, Sohn des Zeus und der Pluto. Glaubte, klüger zu sein als die Götter und servierte ihnen bei einem Festmahl Menschenfleisch, um zu beweisen, dass sie nicht allwissend waren. Als Strafe verbannten die Götter ihn in den Tartaros, wo er inmitten eines Sees mit einem Zweig voller Früchte über sich stand. Jedoch wich das Wasser zurück, wenn er es trinken wollte und der Ast entzog sich seiner Hand, wenn er essen wollte.

Tartaros: Tiefster Teil der Unterwelt, Verbrechern und Mördern vorbehalten, welche dort ewige Qualen leiden müssen.

Tmolos: Berggott und König Lydiens.

Trojanischer Krieg: Krieg zwischen den Griechen und den Bewohnern Trojas. Auslöser war Paris, Prinz von Troja, der die Frau des spartanischen Königs Helena entführte. Die Griechen siegten, indem sie Truppen in einem Holzpferd versteckten, das sie als Friedensgeschenk tarnten. Während die Trojaner auf ihren vermeintlichen Sieg tranken, öffneten die Griechen ihrer Armee die Stadttore.

Tyche: Göttin des Glücks, Tochter des Okeanos.

Unterwelt: Auch Hades genannt, jedoch ist diese Bezeichnung meist dem gleichnamigen Gott der Unterwelt vorbehalten. Ort, an dem die Seelen der Verstorbenen die Ewigkeit verbringen. Dreigeteilt. Die Totenrichter Minos, Rhadamantys und Aiakos teilen die Seelen entweder dem Elysium, dem Asphodeliengrund oder dem Tartaros zu.

Uranos: Urgewalt, Personifikation und Urgott des Himmels, aus dem Chaos entstanden.

Ypnosöl: Goldenes Öl, das jedem Lebewesen bei Kontakt mit dem Gesicht für mehrere Minuten das Bewusstsein nimmt.

Zeus: Oberste Gottheit, Herrscher des Olymp, Gott des Himmels, der Blitze und der Stürme, Gatte der Hera, stürzte seinen Vater Chronos und verbannte ihn in den Tartaros. Seine Mutter Rhea täuschte Chronos, indem sie ihm einen Stein statt des neugeborenen Zeus überreichte. Chronos verschlang den Stein in dem Glauben, es handele sich um seinen Sohn. Später verabreichte Zeus seinem Vater ein Brechmittel, wodurch dieser seine anderen verschlungenen Götterkinder hervorwürgte.

Zyklopen: Einäugige Riesen. Werden bis zu zehn Meter groß. Meist Söhne des Poseidon und einer Nymphe. Gelten als leicht zu täuschen.

Das Abenteuer geht weiter!

Xaenym hat sich auf die Suche nach Armenia gemacht, um ihre gestohlene Erinnerung zurück zu bekommen. Ihre Freunde haben die Titanen aus der Unterwelt befreit und können es nun mit den Göttern aufnehmen Das dachten sie zumindest. Denn etwas ist schief gelaufen. Die Titanen haben keine Kräfte.
Als Ramy eine alte Prophezeiung in einem Buch findet. Wird schnell klar, dass sie etwas damit zu tun hat. Da die Bibliothek von Titansvillage jedoch abgebrannt ist, müssen sie einen anderen Weg finden, an Informationen zu kommen. Sie treten eine Reise zum Olymp an, in dessen Bibliothek sie etwas in Erfahrung bringen, das den Kampf gegen die Götter völlig auf den Kopf stellt. Aber sie wissen nicht als einzige davon.

432 Seiten (gebunden) oder 392 Seiten (Taschenbuch). Auch als eBook erhältlich.
ISBN: 978-3-8448-0071-5 (gebunden und eBook)
ISBN: 978-3-8423-6845-3 (Taschenbuch)